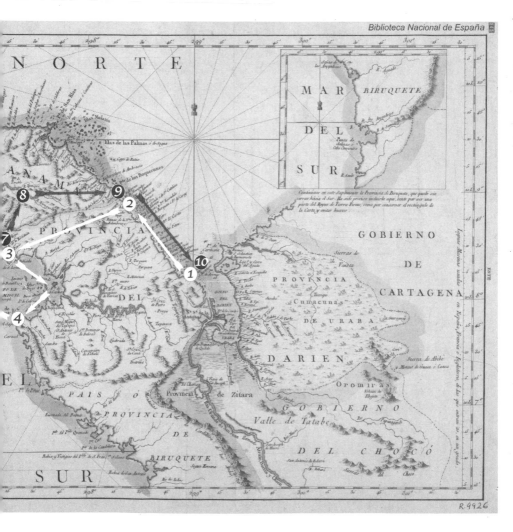

Juan López,
*Carta Maritima del Reyno de Tierra Firme ú Castilla del Oro:
Comprehende el Istmo y Provincia de Panamá, las Provincias de Veragua,
Darién y Biruquete*, año de 1785.
Escala [ca. 1:67.000]
Biblioteca Nacional de España, Madrid

EL VIAJE DE IDA

(1) Balboa sale de Santa María del Darién el 1 de septiembre de 1513, con ciento noventa soldados. Costean hacia el norte en bergantín.

(2) El 3 de septiembre, Balboa y sus hombres llegan a Cueva. De allí, siempre hacia el sur y ya solo con 92 hombres, pasan por Ponca, atraviesan la selva y llegan a Quareca el 23 de septiembre. Al día siguiente, sesenta y seis hombres inician la ascensión de la cordillera del río Chucunaque. El 25 de septiembre, Balboa llega a la cima y por fin divisa el Mar del Sur, su gran descubrimiento. Descienden hacia el mar y cruzan el Chiape.

(3) Tras cuatro días de viaje, el 29 de septiembre llegan a la costa, a un lugar donominado Yaviza. Bañándose en sus aguas, Balboa toma posesión de la Mar del Sur en nombre de Castilla.

(4) Balboa decide explorar la zona, bautizada ya como golfo de San Miguel, en honor del santo del día. El 17 de octubre llegan al poblado de Cuquera, a bordo de ocho canoas, y allí conoce al cacique Tumaco.

(5) Balboa explora varias islas cercanas con la ayuda de Tumaco. Un grupo de soldados llega hasta la isla de Terarequi, bautizada luego por Balboa como isla Rica.

(6) Continúan navegando hacia el norte hasta Chitirraga para ver pescar ostras. Balboa bautiza al conjunto de islas como el archipiélago de las Perlas, por su abundancia.

EL REGRESO

(7) El 23 de noviembre se inicia el regreso, hacia el norte, tierra adentro. Llegan a Pacra, poblado al que llamaron Todos los Santos, donde luchan y matan a su cacique.

(8) Durante el mes de diciembre cruzan el istmo a la inversa, a través de las tierras de Pocorosa, Tubanamá, Comagre y Ponca.

(9) Llegan nuevamente a Cueva el 17 de enero, con el bergantín ya preparado y a punto para zarpar hacia el Darién.

(10) Balboa regresa al Darién el 19 de enero de 1514, después de casi cinco meses de viaje, con un gran cargamento de oro y perlas.

La pasión de Balboa

La pasión de Balboa

Rosa López Casero

Rocaeditorial

© Rosa López Casero, 2013

Primera edición: septiembre de 2013

© de esta edición: Roca Editorial de Libros, S. L.
Av. Marquès de l'Argentera, 17, pral.
08003 Barcelona
info@rocaeditorial.com
www.rocaeditorial.com

Impreso por EGEDSA
Roís de Corella 12-16, nave 1
Sabadell (Barcelona)

ISBN: 978-84-9918-674-0
Depósito legal: B. 16.803-2013
Código IBIC: FV

Aquí y en todas las demás distancias
servían indios por repartimientos.
Había fertilísimas estancias,
y en ellas, españoles muy contentos.
Crecían cada día las ganancias
de sus caudalosos nacimientos,
en Quiminén, Guainea y Horomicos,
Duvey y Canín, ríos bien ricos.

Elegías de varones ilustres de Indias. «Elegía VI».
JUAN DE CASTELLANOS

* * *

La ambición, ya sea de oro o de honores,
es la madre de la hipocresía, que acecha
en las esquinas y lugares oscuros,
dispuestas siempre a lanzarse al ataque.

SAN BERNARDO

Prólogo

*E*ste año se conmemora el quinientos aniversario de la gesta que tuvo lugar el 25 de septiembre de 1513, cuando Vasco Núñez de Balboa alcanza la Mar del Sur, que luego se llamaría océano Pacífico siguiendo la denominación dada por Fernando de Magallanes. Es un acontecimiento de gran importancia tanto para Panamá, territorio en el que tuvo lugar la expedición, como para la propia España, ya que este gran descubridor nació en la Extremadura eterna, cuna de numerosos exploradores y héroes.

Pocas veces un novelista entra tan de lleno en el sentir y pensar de un personaje como lo hace Rosa López Casero en esta novela que titula *La pasión de Balboa* y recoge las andanzas de ese extremeño histórico.

La novela histórica es uno de los géneros favoritos de la literatura actual, que se ha ganado el fervor del público lector por el atractivo con el que presenta los hechos ocurridos en el pasado. Aunque estos se hallan recogidos en las páginas de los libros de historia, la novela los hace inteligibles y amenos para los ciudadanos comunes y no especializados. Gracias a autores de renombre, algunos de ellos historiadores reconvertidos en novelistas, han llegado a nosotros episodios reales vividos por personajes pretéritos, que ahora aparecen en relatos narrados de manera muy atractiva. En ese arte de presentar el pasado, se consagra Rosa López Casero con esta segunda novela histórica.

El personaje elegido es Vasco Núñez de Balboa, que tuvo el privilegio de vivir en una época de ensueño única, en la que todos los países de Europa tuvieron puntual conocimiento de la noticia del Nuevo Mundo descubierto por Cristóbal Colón, debido a la difusión de la *Carta de Colón*, editada hasta once veces en pocos años por las primeras imprentas, el reciente invento de Gutenberg.

Junto al protagonista, *La pasión de Balboa* nos presenta también a los grandes personajes de aquella época: Cristóbal Colón, Gonzalo Fernández de Córdoba —el Gran Capitán que triunfaría en cuantas batallas participara en el sur de Italia contra los franceses—, Francisco Pizarro —quien luego emprendería su insólita aventura en el Perú de los incas—, los exploradores Alonso de Ojeda, Juan de la Cosa y Diego de Nicuesa —que recorrieron tras las huellas colombinas la costa septentrional de Sudamérica— y finalmente los gobernadores de La Española, Francisco de Bobadilla, Nicolás de Ovando y Diego Colón.

La novelista lleva de la mano al lector para recorrer la existencia del aventurero extremeño partiendo de su niñez, en el Jerez de los Caballeros que le vio nacer, a sus años de juventud, cuando entró al servicio de don Pedro Portocarrero, señor de la villa de Moguer. Este período, que marcaría su existencia, le puso en contacto con los servicios de las armas, oficio principal al que se debía un hidalgo por razón de su consideración de clase aunque fuera dentro del nivel más bajo de la nobleza, estamento privilegiado en la España del siglo XV.

La situación de guerra continuada en suelo español contra los musulmanes, hasta conseguir el ansiado fin de la Reconquista, hacía obligada la preparación previa de todos los caballeros españoles, ya que en cualquier momento podían ser llamados a intervenir en los combates. Esta circunstancia daría a Balboa una habilidad notable en el manejo de las armas, que luego le sería de gran utilidad en su aventura en tierras del Nuevo Mundo.

La narración de nuestra novelista también nos lleva tras las huellas de Cristóbal Colón y de Rodrigo de Bastidas, quienes recorrieron la costa norte de los actuales territorios de Venezuela y Colombia, e incluye el periplo del Cuarto Viaje, en el cual el Almirante recorriera las de Honduras, Costa Rica y Panamá. Se trataba de dos viajes complementarios, cuya conclusión supuso para Cristóbal Colón una profunda decepción al confirmar que no existía el paso que él buscara con tanto ahínco entre la Tierra Firme del Sur, o continente sudamericano, como hoy lo conocemos, y la franja centroamericana. Sin embargo, el Almirante fue plenamente consciente de que frente a él se alzaba un istmo estrecho, con mar al otro lado a tan solo breves jornadas de marcha, según le informaban los indios. Pero ese reto era excesivo para los achaques de sus muchos años e iba a quedar pendiente para que lo superara alguien dotado de la energía que da la juventud.

Tras el descubrimiento del continente americano en el tercer viaje colombino, en el que recorrió el golfo de Paria, desembocadura del Orinoco, varias expediciones siguieron sus huellas. Capitanes como Alonso de Ojeda, Américo Vespucio, Juan de la Cosa, Niño, Guerra, Vicente Yáñez Pinzón, Lepe o Bastidas volvieron, esta vez solos, autorizados por la Corona. Su propósito era alcanzar gloria y fortuna, pero solo alguno volvió rico. Los más regresaron arruinados por las deudas, otros quedarían imposibilitados para regresar al perder sus naves mientras los más desgraciados dejarían allí sus huesos para siempre.

Las nuevas tierras del Darién, situadas en el actual territorio fronterizo entre Colombia y Panamá, a las que llegaron los exploradores, suponían un paraíso para la vista, pero encerraban incomodidades y peligros para el extranjero que no sabía moverse en ellas. La vegetación tropical que cerraba el paso a través de las selvas, la temperatura extrema unida a la humedad y los enjambres de insectos se erigieron en obstáculos difíciles de superar para los exploradores españoles. También les costó mucho acostumbrarse a los alimentos del Nuevo Mundo y tuvieron que seguir el magisterio de los indígenas, que les indicaron las plantas comestibles como el maíz, la yuca, el banano, los frijoles, la batata, el achote y el ají.

En ese escenario, los españoles fundaron Santa María de la Antigua del Darién, una ciudad perdida en medio de una selva tropical, pero que tiene el alto honor de ser la primera del continente americano. Allí tuvieron lugar los primeros

11

encuentros de los indígenas con los recién llegados españoles y, aunque estos procuraban que fueran pacíficos, no siempre lo consiguieron. En ocasiones tuvieron que hacer frente a ataques en los que las flechas envenenadas constituían armas mortíferas, a las que los españoles oponían sus mosquetes, ballestas y feroces perros de guerra que causaban el terror a los indios.

Estas dificultades y la lejanía de la patria constituían un entorno propicio para las disputas por el poder, que incluían rebelión, insumisión y desacato, y a las que solo con mano de hierro era posible hacer frente. Comenzando por el propio Almirante en La Española, ninguna de las grandes figuras históricas se vio libre de esta maldición.

La novela nos presenta el retrato humano del jerezano Núñez de Balboa, cuya inteligente actuación le llevó a ganar la carrera de la popularidad entre los ciudadanos de aquella ciudad perdida en medio de la selva. De manera semejante supo ganarse la voluntad de los indígenas, ante quienes se presentaba como comprensivo y amistoso, llegando incluso a mediar en disputas entre tribus. Era la forma de obtener su apoyo, que consideraba imprescindible para sobrevivir en un entorno tan hostil. El resultado favorable a sus gestiones no se hizo esperar y se convirtió en el líder indiscutible de los españoles, mientras mantenía la amistad con los indígenas. Fueron los momentos del encumbramiento de Balboa, pues allí había encontrado un mundo que parecía hecho a su medida.

Entre todas las dificultades, enfermedades y luchas de poder, en aquella ciudad remota también hubo lugar para el amor. La relación de los españoles con las indias tuvo su ejemplo más significativo en aquella de nuestro protagonista con Anayansi, que ambos vivieron con una pasión que traspasa los límites de la leyenda.

Pero no todo fue gloria para el personaje, y Rosa López Casero describe momentos de gran carga dramática, como aquel de la llegada de Diego de Nicuesa a Santa María de la Antigua, trastornado por el hambre y las privaciones, y reclamando con poco tacto el mando supremo de la colonia, que también disputará Martín Fernández de Enciso.

Todas estas intrigas de poder, aventuras expedicionarias e

historias de amor apasionadas desembocan en una fecha crucial: el primer día de septiembre de 1513, cuando Balboa inicia la marcha que le cubrirá de gloria.

Luego, nuevos hechos aciagos vendrían a torcer de forma dramática un destino que hasta entonces le había sido favorable. El último episodio está descrito con un gran dramatismo narrativo por esta novelista, y nos conduce a un desenlace insospechado en la aventura vital de este personaje legendario.

CRISTÓBAL COLÓN XX,
duque de Veragua

Madrid, Semana Santa de 2013

13

Capítulo 1

Vasco Núñez de Balboa

Vasco Núñez de Balboa corría por las calles de Xerez como alma que lleva el demonio. Casi pisándole los talones, un acalorado tendero lo perseguía.

—¡Párate, pelirrojo del carajo! Espera que te eche el guante, malandrín.

—Prueba a cogerme. ¡Ja, ja, ja!

El muchacho, de unos once años, se metió entre los soportales de la plaza, corrió por las calles aledañas al mercado y ascendió por una calle empinada hasta lo más alto de la ciudad. Al hombre le faltaba fuelle para seguirle y desistió.

Momentos antes, Vasco se encontraba en la plaza holgazaneando con tres amigos. Un carruaje se había detenido junto a un puesto de verduras y frutas. El puesto consistía en un tablado bajo con dos palos en los extremos y sustentado por dos ruedas de madera. Sobre las tablas, el vendedor exponía su mercancía en canastos de esparto y junco. Por la mente de Vasco cruzó una idea como un relámpago. Sacó del bolsillo una cuerda y la ató por un extremo al cajón atiborrado de mercancía; el otro extremo lo anudó a la parte trasera del carruaje. Cuando este retomó la marcha, tiró del puesto, y una lluvia de manzanas, granadas, limones y verduras inundó el suelo de la plaza.

Los amigos de Vasco se escabulleron cada uno por su lado. Alguien le señaló como el culpable de aquel destrozo, y el vendedor comenzó su persecución con un palo en la mano.

Como no consiguió atraparle, se encaminó hacia la casa señorial de los Balboa. Una criada le negó la entrada, pero él armó tal vocerío que don Nuño ordenó dejarlo pasar. Ya en su presencia, le dio quejas del comportamiento de su hijo, el pelirrojo, y de cómo le había echado a perder toda la mercancía. Don Nuño, un hombre más bien bajo, enjuto, con una nariz superlativa que sobresalía en su cara delgada y un gran bigote que le tapaba el labio superior, se sacó una bolsa del pecho, extrajo unos reales y se los dio al tendero. Este pensó que había hecho un buen negocio; casi le quitó la bolsa de la mano y, después de hacerle una reverencia al hidalgo, salió presto.

Don Nuño mandó a un criado que llamara a Vasco.

—Quiero escuchar lo sucedido —vociferó el hidalgo, rojo de furia—. Hablad.

—Solo ha sido una travesura, padre —dijo Vasco poniendo cara de monje arrepentido—. Lo hicimos solo para divertirnos.

—Esto no puede continuar así, hijo.

—Pero, padre, yo…

—Vos nada, Vasco. Raro es el día que no recibo alguna queja sobre vos, bien en la casa o en la calle.

—Perdone, padre, yo…

—Vos todo lo arregláis con perdones, pero no os enmendáis.

—Si vos queréis, os lo pido de rodillas —le dijo con fina ironía y se arrodilló de veras.

—Pero ¿por qué me dais estos disgustos, hijo? —se lamentó don Nuño moviendo la cabeza.

—Nunca es con mala intención, padre. Solo fue una travesura…

—Una travesura que me ha costado buenos caudales. O moderáis vuestra conducta o…

—¿O qué, padre mío? —preguntó con descaro.

—O me veré obligado a castigaros severamente —dijo mientras paseaba nervioso con los brazos a la espalda.

Vasco estaba seguro de que su padre nunca cumpliría sus amenazas; en muchas ocasiones le había demostrado que era su ojito derecho. Le besó la mano y salió corriendo en dirección a la calle.

Desde pequeño no había dejado de darle quebraderos de cabeza a don Nuño. Al principio incluso la servidumbre le reía las gracias. «El pobre bastante desdicha tiene de criarse sin madre desde los cuatro años», solía decir el padre. A los ocho, ya se mostraba insolente; no le importaba dar una patada a un criado si trataba de sujetarlo, o soltarle una grosería al ama si se empeñaba en vestirlo de una determinada guisa que al niño no le complacía. A partir de los doce, su comportamiento se hizo más difícil; cualquiera podía ser blanco de sus bromas.

Destacaba por su piel pálida y el pelo rojizo. Se juntaba con muchachos mayores, siempre pilluelos de clase baja, con quienes tramaba travesuras sin temor al peligro: sacaban a los marranos de las cochineras y los capaban; abrían los zaguanes de las casas y tiraban tierra y boñigas; subían al campanario y echaban las campanas al vuelo, para desconcierto de los vecinos de la villa, que se santiguaban presumiendo alguna desgracia. Una vez abrieron el portón de la cerca de un vecino y soltaron los animales, que se dispersaron alegres ante los gritos de su amo. En otra ocasión, lanzaron ratones en un baile para ver cómo las damiselas salían espantadas.

Cuando rendía cuentas al padre, Vasco desarrollaba sus dotes de actor y ponía ojos de mártir. Siempre lograba desarmarlo y obtener su perdón.

Era muy aficionado a los libros de romances que hablaban de amor, al *Amadís de Gaula* y el *Libro del caballero Zifar*. Los sacaba de la biblioteca de su casa, se sentaba en una peña rodeado de amigos, iletrados todos, y procedía a su lectura dramatizada, con tal solemnidad que conseguía que lo escucharan sin pestañear horas y horas. Aprendía de memoria muchas leyendas orientales y cristianas, así como gestas francesas, que luego declamaba a su cuadrilla.

Aunque pendenciero, Vasco actuaba sin doblez. Siempre estaba dispuesto a ayudar y era valiente. Cuando el hijo del pastor se cayó a un pozo, Vasco se ofreció a bajar atado a una soga y sacó al chiquillo que estaba en el fondo, medio asfixiado. Y a veces hurtaba algunas viandas de la bodega de su casa para saciar el hambre de la familia de un compañero.

En casa de Balboa, de puertas adentro, vivían su propio infierno.

17

Don Nuño, sentado a la mesa, miró el plato como quien mira una cucaracha. Estaba harto de la sopa de ajo y se preguntaba si su mujer habría olvidado que él, don Nuño Arias de Balboa, era descendiente de reyes godos y de la casa real de León. Y que en su familia no habían faltado prelados y ministros.

—Mirad, doña Ana Francisca de Montemolín, ya os tengo dicho…

—…que sois descendiente de reyes y que no os tomaréis agua sucia con ajillo, eh. Y yo provengo de familia acomodada, de las mejores de Badajoz, ¿y qué? ¡Callaos y tragad la sopa, que no hay para más!

Doña Ana Francisca era de genio vivo, muy religiosa y hogareña. Vasco había heredado de ella su piel blanca, las pecas y aquel cabello rojizo y rizado.

—Pero, mujer…

—Pero un cuerno, señor mío. —Doña Ana Francisca apoyó las manos sobre la mesa y le dijo lentamente—: Cuando os dejéis de tabernas y de putas, en esta casa se comerá como Dios manda.

Don Nuño no tuvo coraje para sostenerle la mirada. Aunque se enzarzaban en pendencias por las continuas amonestaciones de la esposa, don Nuño comprendía que ella llevaba razón, que a él le perdía la bebida y que despilfarraba el dinero con los naipes y las mujeres.

Aunque hijodalgo y heredero de un buen patrimonio, pasaba por grandes apuros económicos.

—Si os preocuparais más de la hacienda en vez de abandonarla en manos del administrador, otro gallo nos cantaría.

—Pero para eso está ya él.

—Sí, para robar. ¿Es que no os dais cuenta de que él hace crecer su bolsa mientras vacía la vuestra?

—Siempre tan mal pensada, mujer. Venid acá —dijo atrayéndola hacia sí—, que aún parecéis una moza garrida y me traéis loco.

—Parad, don Nuño, que os conozco. Y sé que detrás de vuestros arrumacos viene otro embarazo. Continuamente me tenéis preñada.

Doña Ana Francisca de Montemolín se pasó la mano por la

panza, presintiendo que frenar a su marido era una acción tardía porque quizá su undécimo hijo ya venía en camino. De ellos, uno había muerto a los tres días de nacer, y la única hija se malogró por unas fiebres cuando apenas empezaba a andar. Además, doña Ana había sufrido tres abortos. Por desgracia, solo habían sobrevivido Gonzalo y Vasco. Después de este, otros dos hermanos no llegaron a cumplir el primer año. El invierno anterior había sufrido otro aborto y estuvo a punto de perder la vida.

—Es que os deseo tanto... —dijo don Nuño—, ¿qué culpa tengo de ser así?

La cogió por la cintura y, entre risas y caricias, la condujo a sus aposentos.

Gonzalo no había escuchado a sus padres, pero reparó en esa puerta que se cerraba, echó una mirada a Vasco y sonrió. Era poco hablador —al contrario que su hermano— y de temperamento apacible. Por ser dieciséis años mayor que Vasco, don Nuño siempre le exigió a Gonzalo responsabilidad y buenos modales; mientras que al pequeño, más necesitado de afecto, tan ocurrente y decidido, su padre le dejaba hacer lo que le venía en gana.

19

Cuando en la casona de los Balboa se retiraron las cortinas negras —indicio del final del luto por doña Ana Francisca de Montemolín, muerta en el parto de ese undécimo hijo que había presagiado—, don Nuño se decidió a buscar nueva esposa. No olvidaba que la difunta había sido una buena compañera, pero él era hombre y necesitaba una mujer en la casa. «Además —argumentó ante los familiares más disconformes—, Vasco acaba de cumplir los cinco y necesita una madre. Y ya hemos guardado luto casi dos años.»

La elección de la futura esposa recayó en doña Matilde de Sotomayor, una dama huraña, muy pagada de sí misma. Era de rancio abolengo y, si accedió a contraer matrimonio con un viudo con dos hijos, hijodalgo pero sin fortuna, fue porque ya rondaba la treintena, su indisimulable cojera le alejaba a los pretendientes y no quería quedarse para vestir santos.

—Sabed, don Nuño —le dijo con voz aflautada— que he

dado calabazas a muchos pretendientes y que, si os he elegido a vos, ha sido por vuestra apostura y elocuencia.

—Os lo agradezco, doña Matilde. Y yo me desposo con vos porque sois la dama más gentil que conozco. Y porque estoy seguro de que seréis una buena madre para Vasco.

Pronto comprendió don Nuño que no había acertado en la elección. Al principio todo eran caricias y halagos al pequeño Vasco, pero en cuanto nació Alvar, un niño paliducho y flaco, doña Matilde no volvió a prestarle demasiada atención a su hijastro. Y cuando dos años más tarde nació Juan, Vasco dejó de existir para ella y delegó su cuidado en manos de las sirvientas.

Raro era el día en que Vasco no se llevara una regañina de Matilde.

—¡Quitad vuestras cochinas manos de la cara de Juan! Sois un guarro y le vais a pegar algo a mi hijo. Id a que os laven.

Don Nuño entró en la habitación a tiempo de escuchar las palabras de su mujer.

—No le habléis así a mi hijo —saltó malhumorado—. Solo es un niño.

—Pero no deja de hacer travesuras. En cuanto me descuido levanta al bebé de la cuna y por poco lo deja caer. Y tampoco me obedece.

—Es que vos solo le llamáis para reñirle.

—Es que él me saca de quicio. Todo el día enredando y quitándoles los juguetes a sus hermanos. Y Alvar y Juan, llora que te llora. Y vos nunca le reñís.

—¿Dónde está ahora Vasco? ¿Adónde iba?

—Lo mandé a lavarse, siempre está sucio y desgreñado, pero seguro que se ha escapado. Ese demonio se pasa todo el día en la calle.

A la hora del almuerzo, doña Matilde volvió a las andadas.

—¿De dónde venís, majadero? ¿No veis a vuestros hermanos, que están ya sentados a la mesa? A saber dónde habréis andado toda la mañana.

—Vos no sois mi madre para pedirme explicaciones —replicó el mozalbete—, solo sois mi madrastra.

—Sois un malcriado, un malvado sin entrañas, que no ama a nadie.

—Vos solo os metéis conmigo, nunca regañáis a los pequeños. Y bien que hacen travesuras. Y yo no soy malo.

—¿Veis cómo me contesta, don Nuño? —dijo doña Matilde gritando—. Tenéis que darle un castigo.

—¡A callar! —dijo don Nuño alzando la voz y dando con el puño en la mesa—. Aquí mando yo. Y se acabó la discusión.

Un ruido bronco despertó a Vasco. Abrió los ojos. Las tinieblas se enseñoreaban de la pequeña alcoba que compartía con su hermano Alvar. Se levantó, abrió el ventanuco y miró al cielo: estaba sereno y aún lucían las estrellas. Contempló por un instante la que más brillaba y se dijo que era su estrella. Luego volvió a la cama de puntillas.

Pensó que el ruido que lo había despertado provendría de las cuadras, pues antes del amanecer los criados ya comenzaban a faenar con los animales.

Se echó de espaldas intentando dormir, pero estaba inquieto. Escuchaba la respiración de su hermano, que dormía cerca de él. Tiró de la manta y se arropó hasta la nariz. Pensó que sentía envidia de sus amigos porque tenían madre y él no; echaba de menos a la suya, a la que apenas había conocido. Solo una imagen perduraba grabada en su mente: su madre lo llamaba desde el patio, llegaba hasta ella y lo abrazaba con ternura. En muchos momentos le hubiera gustado que estuviera viva, correr a su lado y cobijarse junto a su pecho. Porque su padre lo quería mucho, pero se pasaba el día entre el campo y la taberna; apenas tenía tiempo para hablar con él.

Y luego estaba ella, la madrastra. Otra pesadumbre casi tan oscura como el sueño que le atormentaba muchas noches.

Cuando se dio cuenta estaba clareando el día. La vieja ama los llamó a voces; ya estaba don Cosme, el preceptor, esperándolos en la sala. Alvar y él se levantaron y, después de desayunar, acudieron a las clases del viejo maestro. Vasco no atendía a las explicaciones, estaba deseando que terminara la lección para salir a vagabundear con sus amigos.

Procuraba pasar la mayor parte del día en la calle, lejos de ella, porque sabía que le odiaba, y solo regresaba a casa a las horas del almuerzo y la cena.

Y

Años más tarde, cuando Vasco ya había cumplido los trece, estaba un día con sus amigos sentado en un poyo de piedra, a la entrada de la taberna, y vieron a una moza lozana que venía calle abajo. Vasco hizo un guiño a sus amigos, se dirigió hacia ella y le dijo un requiebro. Pero el novio —que la esperaba cerca de allí— le había oído. Se dirigió como un rayo hacia él y le propinó un revés. Vasco, que aparentaba diecisiete años, debido a su complexión fuerte y a que ya le sacaba casi un palmo a su padre, no se arredró: agarró un asiento que había a la puerta de la taberna y, sin mediar palabra, se lo partió en la cabeza.

—Tú te lo has buscado, so celoso —le dijo.

El novio, caído en el suelo, vio que la sangre le chorreaba.

—Esto no va a quedar así. Iré a dar cuenta a la justicia.

Los piquetes prendieron a Vasco, lo llevaron con grillos al calabozo y allí permaneció todo el día.

Don Nuño, al enterarse de la nueva pendencia de su hijo, gritó a los criados con voz de trueno y golpeó repetidamente la mesa con el puño. El pelirrojo había colmado su paciencia. Se personó en las dependencias del Concejo, habló con el corregidor y, al cabo de unas horas, pudo llevarse a Vasco a casa.

—El mes pasado tuve que pagar cincuenta reales para sacaros del calabozo por meteros con la mujer del cabrero. Al tendero tuve que ofrecerle una bolsa de maravedís porque le tirasteis la mercancía en la plaza. Y ahora resulta que casi le abrís la cabeza a un mozo porque defendió a su novia. Siempre estáis metiéndoos en líos, he de encontrar una solución.

Y la solución vino en forma de misiva a las tres semanas. Don Nuño, por medio del arcediano, amigo suyo, le escribió a don Pedro Portocarrero, que había sido alcaide de Xerez y ostentaba el señorío de Moguer. Aceptaría al muchacho como paje; lo avalaba el apellido ilustre de los Núñez de Balboa y su buena formación, que completaría, sin duda, a su servicio. Don Nuño confiaba en que su hijo se hiciera un hombre de bien, escribano, militar, o que alcanzara incluso un alto cargo en la corte.

Al mes siguiente mandó llamar a Vasco a su despacho. Le hizo sentarse y, con el semblante serio, le comunicó su decisión.

—Pero, padre…

—Pero nada, Vasco. Mañana viajaréis hasta Huelva. He tenido que mover muchas influencias para conseguiros ese trabajo. Y espero que no me decepcionéis.

Al día siguiente, a lomos de su caballo, Vasco Núñez de Balboa emprendió el camino que lo llevaría hasta Moguer.

23

Capítulo 2

El Señor de Moguer

Una mañana fría y ventosa, Vasco Núñez de Balboa cabalgaba hacia el sur. Iba pensando en lo mucho que cambiaría su vida a partir de ahora, libre del yugo de su madrastra, aunque lejos de sus amigos, de sus hermanos y de su padre, al que quería de corazón. Don Nuño iba a su lado, pues desconfiaba de hacia dónde se encaminaría aquel mozalbete de trece años tan travieso sin compaña. Ya le había advertido en la carta a don Pedro que Vasco era buen muchacho, inteligente y trabajador, pero que debía atarlo corto porque temía que se metiera en líos o no se adaptara.

Don Nuño aprovechó el viaje para ponerle al tanto sobre su nuevo amo.

—Cuando don Pedro era alcaide de Xerez, le oí decir que, de muy niño, su padre le prometió en matrimonio nada menos que con una hija bastarda del rey de Francia, Luis XI.

—Entonces, voy a servir a un señor muy importante, ¿verdad, padre?

—De los nobles más importantes de Castilla.

—¿Y se casó con la princesa?

—No, hijo, no. Por lo que fuera, no llegó a celebrarse esa boda. Está casado con la hija del maestre de la Orden de Santiago, con la que ha tenido dieciséis hijos.

Continuaron el camino, con el hijo haciendo preguntas y el padre respondiendo a lo que sabía.

Atravesaron las tierras andaluzas entre campiñas multicolores y suaves lomas de tonos ocres. El sol tibio de marzo apenas calentaba sus huesos. Dejaron atrás el paisaje abrupto de la sierra de Aracena. A la salida de uno de aquellos pueblos de blancas casas, que reflejaban la luz del sol como un espejo, se toparon con un campesino a lomos de un pollino y le preguntaron la dirección de Moguer. Les indicó que divisarían un castillo a lo lejos, propiedad del señor de Moguer, como todas las tierras que lo circuían, y que desde allí siguieran recto hasta el pueblo. Contemplaron desde lo alto de una colina el paso acompasado de los ríos Tinto y Odiel, que permitía a sus habitantes navegar hasta salir al mar. A la entrada de Moguer, Vasco se apeó del caballo, lo guio con la brida y siguió caminando tras su padre hasta llegar a la plaza del Cabildo.

Don Pedro Portocarrero vivía en Sevilla, pero pasaba algunas temporadas en esta casa-palacio para atender sus posesiones.

Ya en la plaza, don Nuño le dijo que a partir de ahí debería apañárselas solo, como un hombre. Se despidió de su hijo y emprendió el camino de vuelta a Xerez. Pero antes se quedó apostado durante un rato, mirando al muchacho hasta que este traspasó el umbral.

Vasco ató el caballo a una anilla del muro y echó una ojeada a la casona de dos plantas, con una larga fachada blanca poblada de ventanas con artísticas rejas y blasones. Dio unos aldabonazos en una impresionante puerta con dos columnas de piedra a cada lado. Un lacayo le franqueó la entrada, lo condujo a través de un amplio patio y le indicó la dirección a seguir. Vasco ojeó a la izquierda las cuadras; al otro lado, las dependencias de la servidumbre. Aspiró el olor que emanaba de la cocina y entró, de frente, en las dependencias de los señores.

En la puerta que daba acceso a un gran recibidor, entregó a otro criado su carta de presentación. Mientras esperaba, contempló los suelos, de la misma cantería de granito que la escalera que conducía al piso superior. Una criada, de rodillas, con un cubo de madera a su lado, fregaba las losas; otras iban y venían con cestos de ropa, o limpiaban candelabros y piezas de cobre. Al rato se abrió una puerta de doble hoja y le hicieron pasar a una sala amplia y luminosa ante el señor de Moguer.

Vasco apenas pudo admirar el caprichoso artesonado en madera ni las diversas armaduras, espadas y cuadros de una estancia mil veces más lujosa que su casa de Xerez.

A la derecha, tras una mesa con las patas profusamente decoradas y atiborrada de papeles, le recibió un hombre de mirada inexpresiva, embutido en un jubón de terciopelo granate.

—Bienvenido a mi casa, muchacho.

El saludo fue tan seco que Vasco no se atrevió ni a moverse ni a responder. —Ven, acércate. Tú debes de ser Vasco, supongo.

—Sí, señor; Vasco Núñez de Balboa, para servir a Dios y a vuesa merced.

Observó la cicatriz que cruzaba su rostro y el largo bigote que de vez en cuando don Pedro se retorcía con los dedos. El hombre se acercó al muchacho con la mano tras el lóbulo de la oreja.

—Veo que vienes bien recomendado, y eres de familia noble. Cuando me hables, debes hacerlo siempre de frente y en tono alto, para que pueda oírte. Un arcabuzazo en el sitio de Mérida me dejó casi sordo. Gajes del oficio de armas.

Don Pedro Portocarrero, octavo señor de Moguer, era fuerte, de buen porte, aparentaba unos cuarenta años y lucía una piel todavía sin arrugas; su cara mofletuda le recordó a los bollos que él desayunaba. Reparó en sus cejas, que destacaban mucho en la cara de bollo, así como en sus abultados labios, que el muchacho asoció con los de su abuelo, que en gloria estuviese. Ya se le estaba ocurriendo inventar un chascarrillo sobre su nuevo amo: le imaginaba degustando unos manjares con la gorguera que se le subía y se le bajaba como queriendo alcanzarlos. El muchacho no pudo contener la risa pero don Pedro no se percató, ocupado como estaba en coger una carpeta de un estante y sacar de ella un papel que le entregó a Vasco.

—Estas son las normas. Memorízalas. Si desobedeces, te tirarás limpiando las caballerizas todo el tiempo que yo decida. Así que tú verás. Y ahora —dijo mientras le acompañaba a la puerta—, un criado te indicará tus aposentos.

Ya en su dormitorio, mucho más espacioso que el que compartía con su hermano en Xerez, después de acomodar su hatillo, Vasco clavó el documento en una de las paredes para leerlo cada día hasta aprendérselo de memoria. El papel decía que su deber como paje era dormir cerca de los aposentos de su señor y ayudarle cada día a vestirse y desvestirse, así como tenerle a punto todas sus pertenencias; debía servirle en la mesa, acompañarlo alumbrándole el camino y asistirlo en las esperas de las antesalas; en las campañas, llevar la espada y la lanza y tenerlas listas cuando las necesitara.

Por la tarde, don Pedro le presentó a su mujer y sus hijos y continuó instruyéndole. Le prometió que más tarde, después de cumplir los dieciséis, se convertiría en su escudero.

—¿Serán muy diferentes entonces mis tareas?

—No tanto. Deberás limpiar la armadura y mis armas, para que no se oxiden. Vendrás conmigo a las batallas y me asistirás en todas mis necesidades: traer armas y caballos de reemplazo, curar mis heridas, retirarme del campo de batalla si resulto golpeado y, llegado el caso, encargarte de que reciba un entierro digno.

—No digáis eso ni en broma, por Dios, don Pedro. Seguro que el apóstol Santiago os protege y moriréis en vuestra cama, de viejo.

—Y tú que lo conozcas, Vasco —dijo con una sonrisa ante la ocurrencia del muchacho—. Pero antes tendrás que demostrar que vales como paje.

Vasco puso todo su empeño en formarse. A veces se veía tentado de armar una de las suyas con los criados, pero tenía demasiado respeto por don Pedro, que le trataba muy bien y no merecía pagarle con una trastada. Cuando su señor no lo necesitaba, subía al castillo y dedicaba parte de la mañana a aprender los conocimientos generales básicos y a entrenarse en el manejo de las armas.

—Vasco —le decía su entrenador—. Señalad la espada bastarda.

—Esa es, señor —respondía seleccionándola de entre un grupo de armas.

—¿Cuándo la utilizaríais?

—Para derribar a un caballero, por ejemplo. Tiene la potencia necesaria para tumbarlo pero también la movilidad que se requiere para las luchas cuerpo a cuerpo.

—Es correcto. ¿Para qué sirve la alabarda?

—La alabarda hace las veces de hacha y de lanza, puede atravesar limpiamente el cuerpo de un adversario y derribar a los caballeros de sus monturas.

—Bien, muy bien. ¿Y se usa en...?

—Para combates a corta y media distancia, creo.

—Correcto. Veamos, ¿cómo se llama esta arma? —El entrenador le mostraba una maza con pinchos.

—Es el lucero del alba. Se emplea para combates a media distancia. Puede destrozar el cráneo del adversario si se le golpea con precisión.

—Ahora mostrad el manejo de la ballesta.

Vasco cogió el arma y se dispuso a disparar la flecha.

—La ballesta es un arma eficaz a largas distancias —recitó el muchacho—. La flecha que dispara es capaz de atravesar la armadura de un enemigo. Su único defecto es que se tarda mucho en recargar.

Además, el chico fortalecía su cuerpo mediante ejercicios y juegos, y su mente con lecturas variadas y el estudio de música, canto y baile. También necesitaba templar su carácter antes de pasar a ocupar puestos de mayor responsabilidad. Los profesores dieron a don Pedro excelentes informes sobre él.

Portocarrero le había enseñado el arte de la esgrima y Vasco había resultado ser un avispado discípulo.

—Esquiva esta estocada, sujeta con fuerza la espada del contrario, gírate raudo, retrocede, ataca, busca su pecho. Que en la guerra todo vale y lo más importante es salvar la propia vida.

Así fue adquiriendo experiencia y aprendió mil tretas —a veces no muy correctas— para desembarazarse del enemigo y acabar con él.

Habían pasado cuatro años en los que Vasco apenas había tenido noticias de su familia. Se había habituado a su nueva vida y se sentía como uno más en la casa de Moguer. Apreciaba a don Pedro y le tenía como a un padre. Recordó que al llegar había pensado que era un ogro pero resultó ser un hombre bondadoso y justo con él.

La familia Portocarrero solía pasar temporadas en su palacio de Sevilla y Vasco los acompañaba. En las interminables noches de invierno, don Pedro se sentaba al calor de la lumbre rodeado de sus numerosos hijos y de su fiel paje. Aprovechaba estas veladas para contar, una y otra vez, los cinco años que había pasado guerreando contra el moro. Exceptuando a los tres mayores, que pensaban dedicarse a la carrera militar, los demás le escuchaban con desgana. No obstante, don Pedro les repetía el largo asedio a la ciudad de Málaga, las batallas y situaciones de peligro a las que estuvo expuesto y su eficaz intervención en la toma de importantes plazas.

El relato de las guerras no solo amodorraba a los hijos menores sino que además hacía rabiar a su esposa. Ella lo escuchaba durante horas tragándose la rabia, hasta que por fin explotaba y le echaba en cara que estuviera deseando irse a batallar, que nunca paraba en casa, que en los últimos años apenas se veían y que los hijos pequeños casi no conocían a su padre. Pero el señor de Moguer aguantaba los reproches por el afán de que sus hijos le vieran como a un héroe.

Meses después, los preparativos que alteraban la casa de los de Moguer eran indicio de que se avecinaba una nueva salida de don Pedro. Vasco soñaba con ese momento: batirse en el campo de batalla contra un centenar de moros. Y ahora se sentía orgulloso de participar en el final de la conquista, ya como escudero, a pesar de no haber cumplido aún los diecisiete. Su temperamento temerario le impedía ver el peligro. Para él sería todo un acontecimiento y aprovecharía para aplicar lo que había aprendido.

29

Capítulo 3

La guerra de Granada

Vasco deseaba conocer las razones por las que debía arriesgar el pellejo. Don Pedro fue bien claro: es la guerra contra el moro. Desde que en el 711 entraron en la península Ibérica y se hicieron dueños de casi toda la Hispania visigoda, los castellanos habían luchado por echarlos de sus territorios. Solo quedaba en su poder el reino de Granada, y los reyes Isabel I de Castilla y Fernando II de Aragón —primo de don Pedro— se habían propuesto ampliar las fronteras, anexionar Portugal a España mediante el matrimonio de sus hijos y terminar la conquista expulsando a los moros de Granada. Ahora, aprovechando que sus gobernantes —el rey Boabdil y su tío El Zagal— atravesaban un período de rivalidad interna, era el momento propicio.

Para la primavera de 1491, los reyes Isabel y Fernando habían ganado las principales plazas moras, incluidas Alhama y Málaga. Faltaba el golpe final: la toma de la ciudad de Granada. Y ya habían comenzado los preparativos.

Los largos años de lucha habían dejado vacías las arcas del reino, y el señor de Moguer, como todos los nobles, debería acudir en ayuda de sus soberanos. Consiguió reunir un pequeño ejército de doscientos campesinos de su señorío y treinta hombres a caballo.

La expedición se puso en marcha. Además del aporte humano, llevaban una carreta con las armas y otra con mantenimientos, más un rebaño de cabras, terneros y guarros. En una carreta iban los baúles con la ropa y pertrechos del señor de Moguer, al cuidado de su paje, Vasco Núñez.

Cruzaron Huelva, Sevilla y Córdoba hasta encontrarse con el resto de la hueste en el campamento de Santa Fe, a pocas leguas de Granada.

Don Pedro entró en la tienda real a cumplimentar a su primo el rey y a la reina, seguido de Vasco. Los guardias que custodiaban la puerta descorrieron las lonas para permitir el paso del señor de Moguer, no así de Vasco, ante el que cruzaron las lanzas. Vasco tuvo tiempo de echar un vistazo al interior. Nunca pensó que dentro de una tienda se encontraran pesadas alfombras y preciosos muebles. Al fondo vislumbró a los reyes. Una vez acabada la audiencia, sintió un hormigueo al verlos salir de la tienda. Le parecía imposible que él fuera a conocer a los soberanos. Cuando los tuvo cerca, les hizo una reverencia, luego levantó la mirada y quedó sorprendido por su juventud; tenía la idea de que serían viejos, tal como los representaban las ilustraciones de los libros. Él le pareció apuesto y ella, una virgen de piel blanca y ojos azules, con los cabellos rubios y ondulados. Se la veía fuerte y decidida. Ahora conocía por quiénes iba a arriesgar su vida.

31

Llegó el gran día para Vasco. Cerca del campamento, asistió a su señor con la armadura. Sujetó con correas y hebillas desde los quijotes para las piernas hasta los brazales, fue colocándole las diferentes piezas articuladas y le ayudó a subir al caballo. Debía de ser incómodo ir embutido en aquel traje de hierro y soportar, por lo menos, treinta kilos de peso.

Don Pedro le había regalado a Vasco una cota de malla que al muchacho le pareció todo un lujo. Se colocó el yelmo —que le quedaba algo grande— y las botas de cuero, calzó las espuelas y protegió al corcel con la barda. Montado sobre él, ahora se creía invencible. Vasco deseaba enfrentarse a caballeros para obtener un merecido prestigio si mataba o capturaba a un enemigo noble.

—Cuidad de no caeros —le advirtió don Pedro—. Estaríais indefenso en el suelo.

La pequeña hueste de don Pedro se unió al resto, llegado de distintos lugares del reino. Traspasada una loma, divisaron una gran vega que acababa en una empinada cuesta; en lo alto relucía la Alhambra con sus torres y sus palacios. Los estandartes moros ondeaban en las almenas.

—¡Cómo me gustaría arrancar esos trapos y colocar nuestras insignias en su lugar!

—Sois muy impulsivo, Vasco —le amonestó don Pedro—. En el campo de batalla tendréis ocasión de demostrar vuestro valor. No creáis que va a ser fácil. Los moros son numerosos y luchan como fieras.

—Pues el que se cruce con mi espada no quedará vivo. ¡Por Santiago!

Don Pedro rio con ganas la osadía de su joven escudero. Luego se encaminaron ambos hacia la cima del cerro donde estaban los reyes, en las mismas puertas de Granada. Desde allí dirigían los movimientos de las tropas y transmitían sus órdenes a los generales: comenzaba la batalla.

Los sarracenos esperaron a los cristianos fuera de la ciudad, en una gran explanada. Avanzaron despacio ocupando ya media llanura; saludaron a los cristianos con una lluvia de flechas, mientras una hueste compacta descendió desde la ciudad mora y copó toda la falda de la colina, como un enjambre de langostas sobre un campo de trigo. Solo se distinguían turbantes negros y blancos que se movían a pie y a caballo.

Los capitanes cristianos ordenaron el lanzamiento de flechas a los arqueros y ballesteros, que dispararon protegidos por altos escudos apoyados en el suelo.

En la primera descarga de saetas, Vasco, a caballo y desde la loma, fue testigo de las bajas que causaron en el enemigo. Los sarracenos lanzaron una nueva ráfaga que se estrelló en los escudos. Inmediatamente se retiraron los arqueros y ocupó su puesto un segundo grupo. Gracias a las defensas, no hubo ninguna baja. Después de varias oleadas de flechas, un cuerno anunció la retirada enemiga. Los tambores y cornetas retumbaron en todo el valle.

La caballería, organizada en tres grupos, se lanzó al combate rodeando por tres flancos al enemigo, mientras que en el frente, los moros de a pie se precipitaron hacia los cristianos.

—¡Ahora, Vasco! Llegó la hora —ordenó don Pedro—. ¡Al ataque!

Con los caballos al galope, las huestes cristianas entablaron batalla, sabiendo que el enemigo los triplicaba en número.

Vasco sintió un puntazo en el brazo izquierdo, una flecha le había pasado rozando. Pero el brazal le había librado de una herida lamentable. A unos pasos de él, dos fieras cimitarras intentaban golpear la cabeza del señor de Moguer. Las empuñaban con rabia dos enormes jinetes vestidos de blanco. Se habían abalanzado sobre él y lo acometían como lobos hambrientos. Vasco trató de socorrerlo pero un gigantón se interpuso con la intención de traspasarlo con su cimitarra. Intentó desembarazarse de él. Recordó los consejos de su señor para luchar con cabeza y actuar con rapidez, atacar siempre, sin dar tregua al enemigo. Lo esquivó por tres veces y, en un descuido, hundió su acero en el vientre del infiel. En ese momento volvió a buscar a don Pedro: un moro lo había tirado al suelo y el otro se disponía a rematarlo. Vasco, al verlo en tan penoso trance, tiró de las bridas a su caballo y corrió como un diablo a socorrerlo, espada en mano. Paró las embestidas del acero enemigo, contraatacó con furia golpeando con la hoja y, haciendo saltar chispas, aguantó el ataque de las dos cimitarras, se giró y, en pocos segundos, consiguió rebanar la cabeza de uno de ellos, que cayó rodando a sus pies. El otro había desarmado al señor de Moguer al derribarlo del caballo, tirando lejos su espada, y lo tenía a su merced, indefenso en el suelo. Cuando el sarraceno levantó la espada sobre el de Moguer, Vasco le golpeó con la suya y le tumbó, pero el moro se enderezó presto y le asestó a Vasco un mandoble en la cabeza que casi le hizo perder el sentido. Cuando el del turbante se lanzó a la carrera hacia él, Vasco se apartó y el otro besó el suelo. Apenas tuvo tiempo de apreciar cómo la espada de Vasco le arrugaba el corazón. Las picas y espadas brillaban con el sol, y su restallido al chocar contra las armas moras producía una música palpitante que a Vasco le incitaba a continuar batiéndose sin descanso.

—No pudisteis ser más oportuno. Me habéis salvado. Gracias, Vasco.

33

—Era mi deber, señor.

Un olor a heces y sangre envenenaba el aire. Vasco sintió una arcada y se tapó la nariz con la mano. Levantó del suelo a su señor y caminaron entre los cadáveres, que tenían la mirada perdida, las bocas abiertas y las carnes desgarradas. El campo de batalla era un caos.

Vasco se palpó la mandíbula; sentía un intenso dolor y la boca húmeda. Lanzó un escupitajo de sangre. El moro debió de darle un gran golpe. Se le iba hinchando la cara por momentos.

Don Pedro se detuvo y le examinó por encima.

—Eso no es nada, muchacho. Demos gracias a Dios por manteneros con vida.

Sin embargo, la batalla no había terminado; un poco más lejos, ambos bandos se batían cuerpo a cuerpo. Hubo momentos en que el ejército castellano acorraló a los infieles y parecía próxima la victoria, pero llegaron refuerzos moros de Granada que atacaron por varios flancos y los cristianos, abatidos y al límite de su resistencia, intentaban no sucumbir pero su ánimo decayó, y los capitanes temían que cedieran los soldados y se rindieran ante la inexpugnable Granada.

—¡Mirad! —gritó de pronto un soldado señalando una loma—: es la reina Isabel.

La llegada de la reina de Castilla al campo de batalla infló la moral de la tropa. Su sola presencia les infundió fortaleza. Los soldados se volvieron como fieras contra el enemigo, lograron que retrocediera y se encerrara tras las murallas.

Los capitanes, entre los que se encontraba don Pedro, recibieron orden de asaltar la Alhambra. Defendida por miles de moros, la fortaleza parecía infranqueable. Los cañones reales no cesaban de lanzar balas de piedra y de hierro a los muros, intentando abrir algún hueco por donde colarse. Como respuesta, los sarracenos arrojaban grandes bolas de granito.

Don Pedro llamó a Vasco: unos cañoneros habían sucumbido y él debía ocupar su puesto y disparar una lombarda. Gracias a las clases recibidas, estaba en condiciones de lograr el objetivo. Encendió la mecha y disparó. Cuando se disipó la nube de polvo y humo que colgaba del aire, lanzó una nueva descarga y consiguieron abrir un hueco en la muralla, aunque demasiado pequeño para permitir el asalto de la tropa. Mientras continuaban disparando, decenas de cristianos corrían y tendían escalas a cientos, con tanta destreza que la mayoría se clavó en las almenas y, como una cabellera, adornaban casi todos los flancos de la muralla. Rápidamente comenzaron a trepar por ellas. Pero los arqueros moros aparecieron en lo alto sin dejar de apuntar sus flechas contra ellos, y fueron reforzados por otro grupo que embrocó unos enormes odres sobre los asaltantes. Estos caían como muñecos de trapo, con los cuerpos escaldados, pereciendo entre gritos de dolor. Pero al instante, otros castellanos, sin importarles el aceite hirviendo ni las flechas, retomaron el ascenso por las cuerdas. Vasco pidió permiso a don Pedro para intentar subir.

—Aprecio vuestro valor, aunque preferiría que continuarais a mi lado.

El paje, dócil, continuó con don Pedro, a caballo, junto con un grupo de nobles; se aproximaron a la fortaleza musulmana y vieron cómo un cristiano intentaba escalar la muralla por una escalera de palo. Consiguió llegar arriba después de esquivar las flechas y un odre de aceite que pasó a dos pies de su cuerpo. Le salieron al encuentro varios soldados moros pero él desenvainó la espada y se defendió agarrado con la otra mano a una almena.

Vasco no se lo pensó. Pidió de nuevo permiso a su señor, que asintió con un gesto, y acudió en ayuda de aquel valiente. Trepó por la muralla con agilidad y logró saltar dentro. Se defendió, esquivó el golpe de un moro, lo acorraló contra una pared y le clavó la espada en el vientre. Aún quedaban dos sarracenos: uno luchaba con el soldado y el otro atacó a Vasco, pero él se volvió de un salto, le asestó un tajo en la cara y de un golpe seco en el brazo le desarmó. Antes de que pudiera huir, su espada, clavada en el cuello, hizo brotar una fuente de sangre. Enseguida se fue hacia el moro que continuaba hostigando al cristiano agarrado a la almena con una sola mano. Vasco le dio un golpe en la cabeza con la espada y lo derribó, lo levantó por los aires y lo arrojó al vacío. Luego agarró al valiente, ya al límite de sus fuerzas. Vasco lo izó con bastante esfuerzo pues el otro era también muy corpulento. Dedujo, por el traje, que no era un simple soldado.

—Gracias, amigo —le dijo con un jadeo mientras se incorporaba—. Soy Gonzalo Fernández de Córdoba.

—Por nada, señor. El soldado Vasco Núñez de Balboa, a sus órdenes.

Aquella parte de la muralla se hallaba ya libre de enemigos.

El capitán Gonzalo le propuso llegar hasta el foso y accionar el puente levadizo para permitir la entrada de los suyos a la fortaleza. Cuando bajaban por una estrecha escalera de caracol, dos bereberes les cortaron el paso. Vasco y Gonzalo, jóvenes y fuertes, esquivaron el ataque y, al cabo de un buen rato de cruzar las espadas, el moro dejó su cuerpo al descubierto, descuido que aprovechó el jerezano para meterle la suya en el pecho, hasta la empuñadura. Gonzalo acababa de herir en el brazo a su enemigo y, sin tregua, le cortó el cuello.

La lucha parecía no tener fin, pues de continuo aparecían otros enemigos por la escalera para defender ese espacio de muralla. Por fortuna, estaban peor preparados y les bastó un suspiro para rematarlos. Continuaron bajando por la angosta escalera y en un recodo se toparon con cinco moros que subían armados con hachas y cimitarras, profiriendo insultos ininteligibles. Otra vez chocaron los aceros; Gonzalo, maestro en el arte de la esgrima, se desembarazó de dos contrarios sin dificultad; Vasco aprovechó una embestida en falso de su atacante, inclinado hacia adelante, y le dio un puntapié que le hizo rodar por la escalera y perder su espada. Si no llega a ser por el aviso de Vasco, un moro habría dejado manco a Gonzalo, mientras atacaba sin tregua al otro. La espada de Vasco le sacó un ojo al sarraceno, que lanzó su último gemido. Un segundo después, su cabeza caía al suelo, mientras el hierro de Gonzalo despanzurraba al último enemigo.

Al salir de la torre, ambos jóvenes lograron subir el puente levadizo no sin dificultad. La caballería y la infantería cristiana se lanzaron en masa hacia el interior de la fortaleza arrasando cuanto encontraban a su paso.

En medio del fragor, don Pedro localizó a Vasco.

—Sé que te gustará hacerlo a ti —le dijo al tiempo que le entregaba los pendones de Castilla y Aragón.

Vasco subió por la misma escalera de caracol que había bajado luchando momentos antes. Esta vez salvaba los escalones de piedra de dos en dos. Llegó hasta una alta torre, arrancó los pendones moros y los tiró al patio de la plaza. Un ensordecedor «¡Viva!» se escuchó en todo el recinto, y su eco se expandió por las vegas de Granada. Vasco colocó las banderas de los reinos cristianos que, desde entonces, coronarían la Alhambra. Luego se asomó por una angosta abertura, movió los brazos en señal de saludo y comenzó el descenso con la misma velocidad que la subida.

Ya en el patio de armas, don Pedro le felicitó por su valentía.

—Ese capitán al que has ayudado es un hombre valiente y pertenece a la nobleza de Córdoba. Como tú, él también fue paje, del príncipe Alfonso, hermano de la reina Isabel, y, muerto aquel, pasó a formar parte del séquito real. Ha adquirido fama de valiente y buen estratega. Y hay quien dice que siempre ha estado enamorado secretamente de la reina.

Vasco se sintió orgulloso de su hazaña. Departió en varias ocasiones con Gonzalo Fernández y bebieron juntos para festejar la victoria. Aunque el capitán le sacaba unos años, fueron entablando una buena amistad. Tal vez no solo por el episodio heroico compartido sino por el hecho de haber sido ambos pajes en el pasado. Vasco admiraba a ese generoso oficial al que había visto combatir con fiereza tanto a pie como a caballo, y el otro le debía la vida.

La familia real mora, junto con un centenar de notables, se resguardaba en un torreón inexpugnable de la Alhambra con puertas de hierro y altísimas ventanas. Su rendición era cuestión de días. Los castellanos ya ocupaban casi todo el palacio nazarí y esperaban pacientemente a que el enemigo cayera como la fruta madura del árbol. Los sarracenos, faltos de comida y sabedores de la superioridad del ejército cristiano, comprendieron que habían sido derrotados. Un caballero portando una bandera blanca salió hacia el campamento cristiano. Boabdil se rendía. El campo de batalla era un clamor de alegría, gritos y vivas a la Virgen y a Santiago. Y Vasco gritaba como el que más, daba saltos y hacía piruetas, convencido de que el peligro y los sufrimientos habían merecido la pena.

Isabel de Castilla nombró a Gonzalo Fernández de Córdoba capitán de cien lanzas de las Guardias Reales, en recompensa por haber organizado con éxito varios ataques al reino de Granada. Había conseguido inculcar disciplina férrea en los soldados y contribuyó a la consecución de la victoria. También Isabel y Fernando le encargaron que se entrevistara con Boabdil, del que era amigo, para negociar la rendición de Granada. Las capitulaciones fueron duras; sin embargo, Boabdil las aceptó. Debía abandonar la Península, pero se le perdonaba la vida, a él y a su familia.

A primeros de enero de 1492, Vasco esperaba expectante, siempre junto a su señor y un grupo de nobles, soldados y campesinos que habían tomado parte en la guerra, la aparición de los soberanos. Vasco golpeaba el suelo con las botas para evitar que se le congelaran los pies, se frotaba las manos para entrar en calor y, al hablar, un vaho tibio salía de su boca. Habían comenzado a caer unos copos de nieve sobre Granada pero nadie se movía de su sitio, querían ser testigos de una página gloriosa de la historia de Castilla. Desde una colina, Vasco contempló las figuras del rey y la reina a lomos de briosos caballos pura sangre, primorosamente adornados. Los monarcas se abrigaban bajo sendas capas bordadas, recubiertas con pieles de armiño. Sobre sus cabezas, dos magníficas coronas de oro y piedras preciosas. Avanzaban despacio entre sus súbditos; los escoltas apartaban a la gente para abrirles paso. Don Pedro y Vasco los siguieron hasta el lugar donde los esperaba el rey Boabdil con su derrotada hueste.

Allí presenciaron, tiritando de frío, cómo Boabdil se inclinaba apesadumbrado ante Isabel y Fernando y les entregaba las llaves de la ciudad. Después, el rey moro y su madre Aixa, seguidos de su séquito, emprendían el camino de la humillación y el destierro dejando para siempre Granada, incorporada ya a la corona de Castilla.

—¡Castellanos! —dijo la reina con voz vehemente, subida en su caballo—, hoy es un día grande para la cristiandad. Hemos vencido el último bastión de la Conquista. Ahora podemos decir que mi esposo y yo somos soberanos de las Españas.

Toda la hueste prorrumpió en vivas hacia Sus Majestades y, sobre todo, gritó el nombre de su querida Isabel. Vasco observó que el rey Fernando miraba con indignación a los hombres que aclamaban más a su mujer que a él.

Luego acompañaron a los reyes a la Alhambra donde, en el patio de armas, se levantó un altar y se rezó un tedeum.

Esa misma tarde, mientras don Pedro descansaba, Vasco recorría la Alhambra, impresionado por la belleza de sus patios, edificaciones y jardines. Por orden del rey, los soldados echaban abajo las puertas de un puntapié, rebuscaban en el interior de las casas y sacaban a cuantos ancianos, mujeres y niños encontraban. Los encerraron en jaulas de madera, así como a todo infiel que hallaron dentro de la fortaleza. Luego levantaron un patíbulo en medio de la plaza y, ante los ojos de todos, el rey ordenó ejecutar a judíos y renegados. Los que proclamaron su conversión al cristianismo quedaron sometidos a la servidumbre o a la esclavitud. La reina no quiso presenciar el espectáculo y se quedó dentro del palacio. Vasco pensó que no le gustaría pasarse la vida guerreando.

Durante dos meses, las fiestas y los banquetes se sucedieron a diario. El pueblo estaba gozoso y no se cansaba de celebrar el final de la Conquista.

39

Los soberanos reunieron a todos sus caballeros en el salón del trono y procedieron a la concesión de honores y reparto de títulos, esclavos y tierras entre los nobles y municipios que habían sufragado la guerra, como recompensa al triunfo. Los reyes otorgaron a don Pedro Portocarrero nuevas tierras y títulos. A la soldadesca le correspondió el botín alcanzado en el saqueo de ciudades y castillos, venta de armas y armaduras de los muertos. Vasco recibió su parte. Y se sintió rico. Luego asistió al rescate de prisioneros de rango —los nobles moros debían pagar un fuerte rescate de treinta doblas de oro—, que era otra fuente de ingresos para la Corona.

Gonzalo Fernández de Córdoba le mostró orgulloso a Vasco la recompensa obtenida: una encomienda de la Orden de Santiago y el señorío de Orjiva, amén de diversas rentas sobre la producción de seda. Y le invitó a acompañarlo en otras campañas.

—Tienes un gran valor —le dijo—. Si te decides, serás bien recibido.

Y

A principios de verano, después de un banquete de despedida que ofrecieron los reyes, don Pedro y Vasco regresaron a Sevilla. Don Pedro decidió retirarse a Moguer. Se habían ganado un buen descanso y él se sentía enfermo. Había transcurrido un año desde que el señor de Moguer y Vasco Núñez salieran para Granada. Durante el viaje, Vasco le notó cansado y como si hubiera envejecido una década. Tenía el cuerpo curtido en mil combates y el rostro cosido de cicatrices, que denotaban su valentía en el campo de batalla. Don Pedro no volvió a salir a guerrear. Se sentía orgulloso de su escudero por su arrojo y le estaba agradecido por haberle salvado la vida. Vasco se había convertido en un hombretón mucho más alto y fuerte que el muchacho que había salido de Moguer. Y con la experiencia del soldado que ya ha combatido en la guerra.

Cuando sus obligaciones se lo permitían, Vasco solía pasear por la plaza de Palos, curioseando por los puestos del mercado que montaban cada lunes. Luego se dirigía hasta el puerto y contemplaba las embarcaciones que entraban y salían. Soñaba con realizar un largo viaje, como ese hacia las Indias del que tanto se hablaba, y así conocer nuevas tierras. En Moguer empezaba a ahogarse.

Capítulo 4

Cristóbal Colón

$\mathcal{H}$abían pasado cuatro meses desde que Vasco Núñez de Balboa y don Pedro Portocarrero regresaran de la guerra de Granada. Durante ese verano de 1492, Vasco había escrito varias cartas a su padre contándole sus andanzas, y no pasaba un día sin que fantaseara sobre un viaje a tierras lejanas, o al menos irse a Italia con el Gran Capitán. Era muy joven y aspiraba a participar en excitantes aventuras en las que demostrar su valor, y realizar grandes hazañas en vez de amarrarse a una existencia baladí como escudero en Moguer. No obstante, continuaba atendiendo a don Pedro de forma escrupulosa. Quizá para premiar esta fidelidad, el señor de Moguer le encomendaba cada vez tareas de más peso.

Vasco Núñez se había llegado hasta los astilleros de Palos a entregar una misiva de su señor a un armador que le adeudaba una buena suma de dinero. El hombre le respondió que la semana siguiente cobraría una mercancía y saldaría su deuda con el de Moguer. Vasco, con tan buenas noticias, se encaminó para curiosear por los puestos callejeros. La mañana estaba fresca, pero el sol luchaba con fuerza por imponerse a las nubes. Era lunes y el mercado que se celebraba semanalmente en los alrededores del puerto de Palos intensificaba el ritmo y la alegría de sus habitantes hasta la hora del ángelus. Los vendedores exponían sus productos en cestos de mimbre y juncia, colocados en el suelo; las tenderas (la mayoría eran mujeres en la zona de la verdura) estaban sentadas en tajos de corcho, junto a una balanza con platillos de hojalata, alardeando de la frescura de sus cebollas, lechugas, habas, espárragos y demás productos que recolectaban en sus huertas. En otros puestos se ofrecían pescados, carne, aperos de labranza, animales vivos, cuerdas, cestería... Vasco lo remiraba todo pero no compraba nada. En casa de su señor tenía todas las necesidades cubiertas y nada se le antojaba.

Volvió la cabeza y se fijó en un hombre alto y de complexión fuerte, vestido de negro y con unos libros bajo el brazo. Cubría sus cabellos canosos y lisos con un gran sombrero también negro. Tenía la cara alargada, una gran nariz y ojos claros, inquisidores. Iba acompañado de un muchacho rubio, algo más joven que el de Jerez. Entraron en escena dos individuos de mala calaña que se aproximaron al de negro. Mientras uno provocaba un tropezón con él, el otro le arrebató la bolsa. Los malhechores salieron corriendo llevándose por delante a quien se interponía en su carrera. Le sorprendió la inusitada potencia de la voz del niño.

—¡Padre, padre!, ¡ladrones, que os roban!

El hombre se echó mano al costado, comprobó la ausencia de la bolsa y salió tras ellos pero no logró alcanzarlos. Vasco los vio pasar por su lado y, sin dudarlo, los persiguió por las callejuelas, sorteando toda clase de obstáculos. El que iba delante se escabulló entre el tumulto. A Vasco le interesaba atrapar al que llevaba la bolsa. Y lo consiguió. Con pasos largos terminó por darle alcance, le tiró de la camisa y le puso la punta de la espada en el cuello.

—O sueltas la bolsa que acabas de robar o te ensarto como a una morcilla.

El ladrón, un pícaro andrajoso de unos cuarenta años que aún jadeaba por el esfuerzo de la carrera, se sintió tan aturdido ante aquel muchacho alto, fuerte y armado que sacó la bolsa y se la entregó. Vasco le dio un puntapié en las posaderas.

—Si os vuelvo a ver por aquí, no viviréis para contarlo.

Aunque Vasco supiera que no cumpliría su amenaza, estaba convencido de que el poder de sus palabras le haría desistir. El de negro se acercó con su hijo.

—Os agradezco vuestro gesto y valentía —le dijo con acento extranjero—, aunque apenas iban a encontrar unos maravedís. —Abrió la bolsa y le mostró su contenido.

—Por nada, señor. Vasco Núñez de Balboa, a vuestra disposición —dijo al tiempo que le hacía una reverencia—. ¿Con quién tengo la gracia?

—Cristóbal Colón, genovés. Y este es mi hijo Diego.

El muchacho rubio, de unos doce o trece años, movió la mano en un amago de saludo y se fue a jugar con unos palos en mitad de la calle. Vasco se fijó en sus ropajes remendados y raídos y dedujo la penosa situación por la que parecía estar pasando aquel caballero de porte noble y altivo.

En ese momento, un pregonero del Concejo hizo sonar su corneta convocando al pueblo de Palos a las puertas de la iglesia de san Jorge.

El gentío desalojó el mercado y el puerto y se aglomeró junto a la iglesia. Colón llamó a su hijo y ambos se dirigieron hacia allí, seguidos de Vasco. El oficial mandó callar al personal y dio lectura a un decreto de los reyes Isabel y Fernando: obligaban a los habitantes de Palos a contribuir con hombres y medios al proyecto de Cristóbal Colón, como penalización por deservicio, tras haber violado el tratado con Portugal respecto a la expedición por las costas de África. Por ello, deberían armar dos carabelas a sus expensas y apuntarse los hombres para la travesía.

La muchedumbre comenzó a murmurar, airada. Vasco se dirigió a Colón en voz baja.

—Me parece que debemos largarnos de aquí. Los ánimos están alterados. Y no conviene que se fijen en vos. Os invito a unos tragos de buen vino, si os place, señor. Vayamos a la posada.

Por el camino, a Cristóbal se le cayeron al suelo los libros que llevaba. Antes de que Diego los recogiera, Vasco ya los tenía en la mano. Leyó sus títulos: *Il Milione*, de Marco Polo; *Imago Mundi*, de Petrus Alliacus, y la *Historia rerum ubique gestarum*, de Eneas Silvius Piccolomini.

—Veo que amáis la lectura. En eso coincidimos.

—Llevo siempre conmigo estos tres libros —dijo Colón—, que son como el catecismo: un compendio de los saberes geo-

43

gráficos con aportaciones de Ptolomeo, Aristóteles, Plinio y otros. Y son muy necesarios para mi empresa.

Vasco vio que los tenía llenos de anotaciones.

No lejos de allí, arrimaron unos asientos hechos de troncos de árboles a una de las toscas mesas vacías colocadas delante de la taberna. Las otras cuatro o cinco estaban ocupadas por campesinos, marineros y mercaderes que inundaban con sus voces el ambiente. Eligieron la del rincón para poder hablar en privado.

Vasco pidió a la tabernera una jarra de buen vino y un plato de sardinas asadas. Al olor del pescado, Diego, el hijo de Colón, dejó de jugar y puso los brazos sobre la mesa clavando los ojos en el plato humeante. El padre miró a Vasco, que asintió, y colocó dos sardinas en un pedazo de pan moreno para su hijo, que se las arrebató al instante, las engulló y se volvió a jugar. Vasco comprendió que los Colón padecían bastante hambre. Pidió a la tabernera otro plato de sardinas y uno de rabo de toro, que duró en el plato menos que un padrenuestro. Cuando iban por la segunda jarra, Colón, tan comedido hasta entonces, empezó a soltar la lengua. Vasco estaba pasando un buen rato y pidió una tercera jarra de vino. Llenaba continuamente el vaso del otro mientras él apenas mojaba los labios.

—¡Vive Dios que este vino está de vicio! —dijo un exultante Colón—. A fe mía que me encuentro más animado que nunca para realizar mi empresa. Me iría ahora mismo al fin del mundo.

—No os entiendo, señor. ¿A qué empresa os referís?

—Mi buen amigo —le dijo Colón y le pasó el brazo por el hombro a Balboa, sin soltar el vaso en la otra mano—, pronto, muy pronto, llevaré a cabo el proyecto más grande que jamás se haya visto.

—No me cabe duda. —Vasco le llevaba la corriente—. Y de seguro que por eso os encontráis por estas tierras.

—Cierto, cierto —dijo esbozando una sonrisa irónica—. Por fin, hace unos días, sus excelsas Majestades han firmado las capitulaciones, en Santa Fe. Pardiez que me han costado trabajo y humillaciones, pero ya me lo cobraré.

—¿Qué capitulaciones? No entiendo nada.

—Permitidme que me explique —dijo con la lengua medio enredada—. Desde hace meses vengo todos los días desde La Rábida, donde me alojo, a este puerto. —Colón se le acercó y le dijo al oído—: Debo revisar las carabelas que llevaremos, reclutar hombres, ya habéis oído al pregonero, ultimar todos los preparativos...

Vasco notaba a Cristóbal Colón a gusto, contento con el vino y el estómago lleno. Y él estaba encantado de ser el depositario de sus disparatados planes, tal vez porque se acercaban tanto a sus propios sueños.

—Comenzaré por el principio, tal como queréis. No penséis que este proyecto ha surgido de la noche a la mañana, llevo invertidos en él muchos años de mi vida.

»De antemano os diré que la navegación no tiene secretos para mí; he recorrido todo el Levante y el Poniente, he viajado por el Tirreno y el Mediterráneo y he llegado hasta Inglaterra, Thule, Islandia... Casi me salieron los dientes en la mar, siendo muy joven me embarqué como grumete. Por eso no he tenido tiempo de entrenarme en latines.

—Pero parecéis una persona instruida.

—Todo lo he aprendido por mí mismo, por el afán de saber.

—Eso es loable, sin duda.

—Desde los quince años navegué entre corsarios y mercantes. En uno de esos viajes, nuestra nave naufragó cerca del cabo San Vicente. Caímos a la mar y yo creí llegada mi hora. Afortunadamente vi un barril que flotaba en las aguas y me aferré a él; las olas me arrojaron a las costas portuguesas. Me instalé con la colonia genovesa de Lisboa. Esa ciudad albergaba a muchos sabios en geografía y ciencias náuticas de todo el mundo. Y eso me gustaba.

»Dos años más tarde conocí a una dama linajuda, Felipa Muñiz, de rasgos corrientes y mirada limpia. No puedo decir que estuviera enamorado, la verdad, pero la joven no me desagradaba y ese matrimonio me convenía. Su padre, Bartolomé Perestrello, un prestigioso navegante, había descubierto la isla de Porto Santo, cerca de Madeira, y tenían allí varias posesiones. Por desgracia, el hombre falleció antes de nuestra boda. Después del enlace nos fuimos a vivir a Porto Santo. En un co-

45

fre que perteneció a mi suegro encontré muchos papeles con apuntes, documentos, cartas de marear, noticias de viajes, y me dieron idea de las hazañas que podría acometer. Reconozco que soy un soñador y me apasionaba el hecho de realizar una hazaña grandiosa e ignota.

Vasco se identificó aún más con aquel hombre que tenía sus mismas ansias de aventuras. Y procuraba que nunca tuviera el vaso vacío.

—Desde allí hice varios viajes a Madeira, las Azores y Guinea, comerciando con oro y marfil para los genoveses. En un viaje a las Canarias comprobé que, al sur de estas islas, soplaban unos vientos propicios que impulsaron mi nave como si fuese una pluma. Entonces estudié la influencia de vientos y corrientes. Y allí tuve las primeras noticias sobre tierras extrañas que existían al oeste. Que bien pueden ser las Indias con sus riquezas y sus especias.[1]

Echó otro trago largo de vino, se limpió con el dorso de la mano y vigiló a su hijo, que continuaba jugando un poco más allá.

—En Porto Santo realicé importantes observaciones sobre vientos y mareas. La mar arrastraba extrañas esculturas en madera y empujaba plantas y flores a Madeira y a ninguna otra parte. Me gustaría ser el primero en acometer un proyecto que me ronda: descubrir una nueva ruta para llegar a las Indias navegando hacia el oeste. Hay muchos otros indicios que serían largos de contar, pero que me reafirman en mi teoría de que es posible encontrar esas tierras. Es cuestión de arriesgarse y comprobarlo. Os advierto que todo esto solo lo saben un fraile de La Rábida y mi hermano. Y vos tampoco lo habríais escuchado si el vino no hubiera desatado mi lengua. Os agradecería que guardarais el secreto.

—No tengáis cuidado. Nunca fui un chivato. Vuestro secreto está a salvo.

---

1. Las Indias o el Nuevo Mundo: así llamaban a las tierras descubiertas por Cristóbal Colón. Más tarde, se acuñó el nombre de América por ser Américo Vespuccio, al servicio de España, quien convenció a la Corona, en 1507, de que se trataba de un nuevo continente.

Vasco llenó de nuevo el vaso de Colón, que lo bebió de un trago. La mañana estaba calurosa y el vino fresco.

—Pero ese proyecto costaría muchos dineros —continuó el jerezano.

—Efectivamente, habría que convencer a un poderoso para que lo patrocinara. Y cuando maduré mi plan, pensé ofrecérselo al rey de Portugal.

»Los lusos estaban muy interesados en diversas exploraciones, como la desembocadura del Congo y la costa más al sur; intentaban encontrar un paso meridional que permitiese enlazar con el Índico y llegar a la deseada Tierra de las Especias.

—¿Vivisteis mucho tiempo en Portugal?

—Nueve años. En ese tiempo fui agente de comercio, me enrolé en frecuentes viajes por mar y gané en conocimientos marinos. Así que había concebido mi proyecto en Porto Santo pero allí pensé en una ruta distinta para encontrar las maravillas que describió Marco Polo en el Oriente: atravesar la Mar Atlántica por el oeste.

—¿Y le contasteis esto al rey de Portugal?

—En efecto, escribí a Juan II, hombre muy interesado en los descubrimientos, y me invitó a ir a Lisboa. Ya en la corte, accedí a palacio sin ningún impedimento hasta el salón del trono. El rey, rodeado de sus más doctos asesores, sabios y geógrafos, me pidió que les expusiera mi plan. Algo nervioso al principio, desplegué en una gran mesa los pliegos y mapas que llevaba. Les señalé las rutas y justifiqué mis suposiciones. Yo les proponía una expedición por la Mar Océana,[2] navegando hacia el oeste hasta llegar a Cipango y el Extremo Oriente, por una vía más corta y directa que la conocida hasta entonces por el sur de África. Les dije que estaba seguro de encontrar las Indias y llegar al País de las Especias.

—¿Qué os contestaron?

—Lógicamente, no lo hicieron enseguida; Juan II encargó el estudio de mi proyecto a una junta de expertos que en un prin-

47

2. El océano Atlántico era conocido como Mar del Norte y Mar Océana; y el Pacífico, como Mar del Sur, hasta que Magallanes lo bautizó con su actual nombre.

cipio lo desestimaron por inviable. Razonaron que mis pretensiones económicas y políticas les parecían excesivas y que era una mera fantasía sin base científica. ¿A qué distancia estarían esas tierras? ¿Cuán ancho y profundo sería la Mar Océana? ¿Cuánto mide la Tierra? ¿Es cierto que es esférica?

—Muchas preguntas de difícil solución...

—Sí, los sabios lusos trataron de acorralarme. Amigo Vasco, en esos momentos comprendí que necesitaba mayor preparación y conocimientos. Solo tenía claro que, navegando en línea recta por occidente, llegaría a Cipango y Catay.

»Durante ese tiempo de espera me documenté en geometría, geografía y astrología, y pedí audiencia de nuevo al rey de Portugal. El monarca demoraba su decisión y, mientras tanto, yo me ganaba la vida dibujando mapas de navegación y vendiéndolos.

»Por mis amistades me enteré de que un sabio de Florencia, un tal Toscanelli, había expuesto al Juan II que sería posible llegar a las Indias atravesando la Mar Océana. Toscanelli le explicó en una carta los conocimientos actualizados sobre la forma esférica de la Tierra, el cálculo de sus dimensiones y los grados de distancia que separaban las Canarias de Asia. Es decir, sus suposiciones, puesto que nadie ha hecho ese viaje aún —añadió levantando un dedo—, porque me está esperando a mí. Los lusos temían que fuera mucha la distancia y no hubiera suficiente reserva de agua y alimentos para la travesía.

—¿Entrasteis en contacto con ese Toscanelli?

—Sí, logré cartearme con él, me hizo llegar una copia de su mapa y le consulté mis dudas; él me comentó sus opiniones, basadas en los viajes de Marco Polo. Sus conocimientos sobre el camino occidental a las Indias y otras noticias sustanciosas me fueron de gran utilidad porque Toscanelli me explicaba los fundamentos científicos para poder viajar a las Indias a través del Mar Tenebroso. Me consta que él anhelaba realizar este proyecto; por eso diseñó el mapa, que también envió a su amigo, un canónigo portugués.

»De todas maneras, Juan II no me había cerrado las puertas a posteriores negociaciones; luego supe, por gente de mi confianza, que les concedía mucha credibilidad a mis planteamientos. Tal es así que el muy taimado envió en secreto una carabela a Cabo Verde para comprobar mi teoría, y me enteré de que preparó dos viajes con marinos avezados, con el encargo de navegar hacia el oeste en busca de islas o tierra firme. Deseaba llevarse él la gloria sin contar conmigo.

—¿Cómo terminó esa expedición?

—Toparon con fuertes borrascas y fue un rotundo fracaso. Volvieron con el rabo entre piernas, como dicen acá. Me sentía decepcionado y resentido por la traición de Juan II; me pareció el suyo un comportamiento mezquino, indigno de un rey. Tomé odio a Lisboa y, como estaba viudo y nada me unía a ese país, abandoné Portugal con mi hijo y me embarqué para Castilla, con el fin de ofrecer el proyecto a los Reyes Católicos.

»Dejé a mi hijo Diego, aún de corta edad, en Huelva al cuidado de una cuñada. No sé si os he dicho que enviudé al año de nacer mi retoño. Pero siempre que puedo lo llevo conmigo. Yo continué hasta el convento franciscano de La Rábida; allí me dieron albergue. Sabía que algunos frailes eran expertos en astronomía y cosmografía y deseaba conocerlos.

—¿Os acogieron bien?

—Estos frailes se entusiasmaron con mi proyecto. Uno de ellos me escuchó en confesión. Era la única manera de que creyera en mí y, a su vez, de que mi secreto estuviera a salvo. Me facilitaron recomendaciones para que me recibieran los reyes Isabel y Fernando en su corte de Córdoba.

Diego, el hijo de Colón, se acercó a nuestra mesa.

—Padre, tengo más hambre.

—Deja de molestar. No es propio de ti. —Y se volvió hacia Vasco—. Este rapaz nunca se ve harto, parece que tuviera la lombriz solitaria.

—Ahora mismo lo solucionamos —dijo Vasco y llamó a la tabernera para hacer otro pedido.

Cuando la mujer depositó sobre la mesa un plato de torreznos recién fritos, el muchacho cogió dos trozos de pan y embutió en ellos varias tajadas antes de irse a jugar. Colón tampoco le hizo ascos al tocino. Y Vasco se encargó de que los vasos estuvieran llenos. No quería que decayera la labia del orador. El relato de Colón estaba despertando su imaginación y vivos deseos de vivir aventuras por esas tierras, quizás inexistentes, a través de mares inexplorados.

49

—Ibais por cuando llegasteis a Córdoba —dijo Vasco.

—¡Ah, sí! —contestó Colón—. Mi primer encuentro con los reyes de España tuvo lugar hace trece años. Yo tenía veintiocho, más o menos como la reina Isabel, y mi pelo no peinaba canas, como ahora. Me desplacé cuatro veces hasta el monasterio de Guadalupe para entrevistarme con la reina y pedí la ayuda de la virgen morenita.

»Viajé hasta Córdoba y traté de convencerles de lo realizable de mi proyecto. El rey se mostró más reacio que la reina, que desde el primer momento creyó en mí.

—Yo también conocí a la reina Isabel, cuando la rendición de Granada —dijo Vasco— y os puedo asegurar que me cautivó. Se la ve amable y cercana a sus súbditos. Y el pueblo la quiere.

—En efecto, era una joven y hermosa mujer. Cuando me sonrió y vi en sus preciosos ojos verdiazules la inmensidad de la mar que yo quería atravesar, quedé prendado de ella, en el buen sentido, se entiende. Era de constitución fuerte y, por su hablar, me pareció una mujer decidida. En nuestras conversaciones comprobé que era muy culta y, además, se mostró interesada por los mapas que le mostré y por mis proyectos.

—Después de haber oído antes el decreto real, a fe que lograsteis convencerla.

—Le dije a la reina: «Os serviré en bandeja todas las tierras descubiertas, el imperio de las Españas no tendrá límites, vuestros enemigos os temerán y respetarán. Además, las especias y piedras preciosas os harán enormemente poderosos. Amén de la conversión al catolicismo de los infieles que encontremos».

»Creo que logré impresionarla. Le describí países raros y navíos cargados de oro y especias. Dicen que suelo decir a cada uno aquello que desea oír.

—¿Y cuál fue su respuesta?

—«Vuestra empresa —me dijo la reina— me parece atrayente, pero por ahora, irrealizable. Estamos metidos en la guerra de Granada y eso es mucho más necesario. Vuestra idea tendrá que aplazarse.»

»Con el fin de informarse, los reyes convocaron un consejo de sabios en Salamanca, que desaconsejaron el proyecto. La reina se compadeció de mi apurada situación, me otorgó una pensión y me pidió que permaneciera en Córdoba. Y allí...

Balboa pensó que Colón se había cansado de contar y él deseaba conocer el final de la historia.

—Otro trago, don Cristóbal —dijo mientras le llenaba el vaso hasta el borde—. Íbamos por Córdoba...

—Aguardad a que dé el sorbo, amigo, que el gaznate debe estar húmedo.

Colón se quedó un rato pensativo, echó otra mirada a su hijo, y luego volvió a centrarse en Vasco.

—Como los reyes no se decidían, mandé a mi hermano a hablar del proyecto en las cortes de Francia e Inglaterra. Teníamos que probar suerte por si algún monarca lo aceptaba. Pero en aquellos reinos también nos lo denegaron. Solo me quedaba esperar el fin de la guerra de Granada.

»Cuando me enteré de que estaba próxima la rendición del moro, viajé hasta Santa Fe. Y fui testigo de la entrega de las llaves de la ciudad, por Boabdil.

—¡Por Santiago! —dijo Vasco—. Yo también estuve allí. Fue un momento memorable.

—Con sinceridad, Vasco, a mí me importaba un ardite esa guerra; lo que me interesaba era que, por fin, los reyes no tendrían excusa para no estudiar mi proyecto. Y eso levantaba mi ánimo.

—¿Y conseguisteis por fin los permisos para embarcaros hacia esas lejanas tierras?

—Hace solo unos días. Poco después de acabarse la guerra de Granada, volví a insistir ante los soberanos. La reina Isabel logró convencer a su esposo para que financiaran el viaje. La junta de letrados informó al rey de que mis pretensiones eran excesivas, pero yo no cedí, defendí mis demandas y justifiqué mis exigencias con las ricas y extensas tierras que pondría a los pies de Castilla y Aragón.

—¿Cedieron ante vuestros argumentos?

—Ni mucho menos. En vista de que no llegábamos a un acuerdo, me monté en la mula que me habían prestado y abandoné el campamento de Santa Fe con intención de volverme a Córdoba. Enterada la reina, envió un emisario que me dio alcance cuando ya llevaba cabalgada cerca de una le-

51

gua. Isabel I estaba al corriente de la conversación mantenida con los letrados. Me dijo con mucha decisión: «Sois terco como yo y defendéis aquello en lo que creéis. El rey y yo aceptamos vuestras condiciones». Ahí el corazón me dio un vuelco. Y no podía disimular mi alborozo cuando me emplazó a firmar las capitulaciones allí mismo, en Santa Fe, una vez redactados los documentos.

—¿En qué consisten esas capitulaciones?

—Se me nombra gran almirante de la Mar Océana, visorrey de las Indias y gobernador general de todas las islas y de todas las tierras que descubra. Y muchos otros privilegios, largos de enumerar, con carácter hereditario para mis sucesores. Además, la décima parte de todas las riquezas que se descubriesen y la misma proporción de los beneficios del comercio en los límites del almirantazgo.

—Con todas estas mercedes, debéis de estar contento.

—Y lo estoy. Claro que todo esto, amigo Vasco, está condicionado al éxito de la empresa. Ultimo los preparativos para partir. Cada día me dirijo al muelle para ver cuándo estarán listas las embarcaciones.

—Veo que no hay marcha atrás —dijo Vasco Núñez.

—No la hay —respondió Colón—. Estoy decidido a llegar más allá del Mar Tenebroso, donde espero hallar tierras pobladas, encontrar las especias y hacerme inmensamente rico; que el que tiene la bolsa llena tiene poder. Y abriré nuevas rutas hacia el Oriente.

—Todo el mundo teme al Mar Tenebroso, con sus aguas profundas y oscuras; dicen que existen peces enormes, vientos terribles y tempestades frecuentes, con olas tan altas como montañas que hacen peligrosa la navegación. Hasta los marineros más avezados temen adentrarse en él.

—Yo no. —Colón apoyó la mano en su brazo—. Venid conmigo a las Indias, Vasco. Necesito a mi lado gente ilustrada y honesta, como vos.

A Vasco algo se le removió en su interior. Su primer impulso fue decirle que sí, que se embarcaría con él. Pero enseguida pensó en su señor de Moguer, al que tanto debía.

—Me gustaría, pero en estos momentos no puede ser. Mi señor don Pedro está enfermo y me necesita. Quizás algún día.

Sin venir a cuento, Colón se le quedó mirando las manos.

—¿Cuál es la fecha de vuestro nacimiento?

—Siempre he oído decir a mi padre que nací en primavera, un dieciséis del mes de abril.

—Y la hora, ¿sabéis la hora? Es importante.

—Bueno, mi padre ha relatado en varias ocasiones que rondando la medianoche.

Colón sacó unos naipes con unas figuras extrañas y unas cartas astrales. Las consultó. Comenzó a hacer cálculos y dibujos en la mesa de madera con un lápiz. Vasco miraba absorto preguntándose qué significaría todo aquello. Cuando Colón le pidió que eligiera unas cartas, Vasco levantó varias y el otro tomó anotaciones en un cuaderno.

—Por haber nacido bajo el signo de Aries, los astros os han conferido un temperamento apasionado. Sois muy arrojado, os gusta arriesgar, obráis con valentía y decisión. Por ello, sois impulsivo...

—No sabéis cuánto —le interrumpió Vasco, y asintió con la cabeza.

—... poseéis una gran energía —continuó Colón como si no le hubiera escuchado, tan concentrado estaba—; sois mandón, temerario, sincero y seguro. Buenas cualidades para un guerrero.

Vasco hizo un mohín y arrugó la nariz.

—Permitidme vuestra mano izquierda —le dijo, cuando ya la tenía entre las suyas.

—¿Para qué?

Le leyó las rayas de la mano y lanzó su profecía:

—Tendréis grandes triunfos y honores por vuestras hazañas. Pero...

—Pero ¿qué? Seguid, ¡por los clavos de Cristo!

Colón se resistía a expresarle tan malas nuevas, pero los ojos suplicantes de Vasco hablaban por sí solos.

—Veo la muerte... Veo un joven muriendo, a manos de un superior... Pero puede que no seáis vos, o puede que yo esté equivocado, o...

Vasco cerró los ojos abatido. Tenía fe en los poderes de su nuevo amigo. Sintió un escalofrío que le zarandeó, pero intentó aparentar serenidad.

53

—¿Y qué más? ¿Sabéis cuándo? ¿Dónde?

—No puedo deciros más. ¿Acaso creéis que soy Dios?

Vasco quedó impresionado por el augurio y guardó silencio. Querría preguntarle mil cosas pero percibía que nada más iba a sacarle. Colón había guardado todos sus papeles y cartas en una taleguilla de tela que llevaba bajo el sayo negro.

Las campanas de la iglesia tocaron a vísperas. Debía regresar a Moguer. Vasco apuró el vaso de vino y se levantó.

Colón llamó a su hijo Diego, que seguía jugando con un palo en la calle. Era hora de ponerse en marcha hacia el convento de La Rábida, que los frailes cenaban pronto y se acostaban temprano.

—Se nos ha pasado el día conversando —dijo Vasco—. Confieso que ha sido una conversación agradable. Pero es hora de partir. Aún me quedan casi dos leguas de camino.

Antes de subir al caballo Vasco quiso asegurarse de volverle a ver.

—¿Venís por aquí a menudo?

—Sí. Cuando no tengo que ir a Sevilla, paso el día por el puerto, vigilando la revisión de las embarcaciones y los aparejos, para que todo esté a punto.

—Con Dios, entonces —dijo Vasco, y dirigió su montura a la carrera hasta Moguer.

Desde aquel día del mes de abril en que se conocieran de manera fortuita, Vasco acudía con asiduidad a Palos, bien para hacer mandados de su señor, bien por encontrarse con aquel navegante al que admiraba y adquirir nuevos conocimientos de su boca. Nunca más volvieron a mencionar las predicciones de las cartas.

Encuentro tras encuentro, hasta el mes de agosto, en que partió Cristóbal Colón, fueron forjando una firme amistad.

En el mes de julio, los preparativos para la partida de Colón estaban casi listos. Vasco sabía que su amigo no andaba sobrado de caudales y, antes de que se embarcara, le entregó una bolsa con cien reales.

—Aceptádmela, amigo. Sé que ahora lo necesitáis.

—Gracias, Vasco. Sabed que he tenido que pedir un préstamo para costearme este viaje. Algún día os devolveré el favor.

Capítulo 5

El regreso de Colón

*U*na mañana de marzo, siete meses después de que Colón zarpara, Vasco oyó desde su cuarto a un pregonero: se acercaban unas carabelas. ¡Cristóbal Colón regresaba! Algo se removió en su interior. Se vistió con rapidez para personarse en el puerto. ¿Habrían encontrado tierra, personas, seres extraños como los que vio Marco Polo? Rememoró la calurosa mañana en que Colón había partido con las tres carabelas cargadas de sueños de gloria y con la sarta de delincuentes a bordo que la Corona le había facilitado por tripulación. Ese no era un viaje como los demás, sino extraordinario: la primera vez que hombre alguno se embarcaba en tamaña aventura, sin saber si llegarían a las Indias, ni los peligros que enfrentarían, ni si habría regreso.

En esos siete meses no hubo noticias de Colón y su extraño viaje. Balboa se había preguntado varias veces qué habría sido de su amigo y le pesaba no haberse decidido a embarcar con él. Y quizás ahora regresaban cubiertos de oro.

Avisó a don Pedro. Nadie en la casa quería perderse el acontecimiento. Salieron todos hacia el puerto. Cuatro porteadores transportaban al señor de Moguer en una silla de mano; detrás iban su mujer y sus hijas en un carro; los últimos, a caballo, los hijos mayores y Vasco.

Por los alrededores del puerto se concentraban caballos enjaezados y gentes de toda condición. Todo Palos, Moguer y Huelva estaban allí. Las calles y casas habían sido engalanadas con banderolas, los balcones y ventanas con colgaduras. Una orquesta tocaba sin cesar. El griterío era ensordecedor. Cuando llegaron los de Moguer, acababan de atracar las carabelas. Los hombres de la expedición iban bajando a tierra, y desde el muelle se dirigían hacia la iglesia.

Vasco desmontó, le dijo algo al oído a su señor y se metió entre la gente arremolinada en los muelles. Un alguacil, que trataba de poner un poco de orden, les pidió que dejaran libre la calzada. Se apartaron y formaron un ancho pasillo para no perder detalle. Entre aquellos hombres abatidos, medio desnudos, con las ropas hechas pedazos y las barbas desaliñadas, Vasco distinguió al almirante Cristóbal Colon. Junto a él iban los hermanos Pinzón, aclamados a su paso.

El público enmudeció un instante antes de lanzar las más disparatadas exclamaciones al ver detrás a unos hombres muy raros, con la frente y los pómulos muy salientes, labios gruesos, anillos de oro en las narices, collares en el pecho, un tocado de plumas en la cabeza y… ¡desnudos! Solo llevaban tapadas sus vergüenzas con una tira de algodón. «¡Dios mío, cómo pueden andar en cueros!», exclamaban algunos. Vasco no sabía qué pensar: ¿sería que en aquellas tierras todos andan desnudos? ¿O Colón los habría hecho desnudarse como castigo o humillación? No eran blancos ni negros: tenían el color del cobre. «¡Por Santiago, —pensó Vasco—, ¡pero adónde habrá ido a parar mi amigo Colón!» Cerraba la procesión otro grupo de expedicionarios cargados con unos cestos cuyo contenido hacía trabajar la imaginación de la multitud.

Se impuso el grito de un pregonero:

—¡Todos a la iglesia del monasterio de Santa Clara!

—¡Vamos al voto colombino, vamos al voto colombino! —decían algunos expedicionarios.

—¿Qué grita esa gente? —preguntó Vasco.

—¿No lo sabéis? —se extrañó un vecino—. Es una promesa que hicieron a bordo porque una fuerte tempestad estuvo a punto de hacer zozobrar *La Niña*. Me lo ha contado uno de los tripulantes, amigo mío, nada más bajar.

—¿Una promesa?

—Creo que deberán pasar una noche en vela y rezar en acción de gracias.

Vasco intentó acercarse a Colón para saludarlo, pero la muchedumbre se lo impedía. Pensó que le sería más fácil si se colaba en la iglesia con ellos.

La comitiva atravesó la cancela y se colocó a ambos lados del altar mayor. Vasco entró detrás del último hombre de Colón, pero no le dejaron avanzar hasta el crucero. Tuvo que conformarse con situarse junto al señor de Moguer y su familia, a quienes reservaron reclinatorios en las primeras filas del ala izquierda. Las puertas permanecieron abiertas y aún quedaban muchas personas en la explanada de la iglesia. La muchedumbre susurraba y no prestaba atención al sermón sino a los héroes de la mar. El fraile de La Rábida que oficiaba la misa hizo un resumen de lo que seguramente le habría contado Colón: que habían llegado a las Indias por el oeste y habían encontrado muchas gentes como esos «indios» —así los llamaban—. Además de oro, animales y productos desconocidos. Entre el público se escuchaban muchas exclamaciones de admiración. Al acabar la misa, se rezó un tedeum y juntos cantaron una salve a la Virgen.

Tras el oficio de acción de gracias, Vasco pidió permiso a su señor para quedarse en Palos toda la noche. Algunos curiosos, amigos y familiares de los héroes, permanecieron en la iglesia acompañándolos. Luego se cerraron las puertas y los tripulantes se postraron ante el altar, encendieron un cirio y estuvieron en vigilia, cumpliendo el voto, y una representación del pueblo, con ellos.

Amaneció y los frailes pidieron a los feligreses que se marcharan a sus casas. Vasco abandonó el templo pero no se fue. Paseaba nervioso delante de la puerta esperando a que saliera Colón. Tenía las piernas entumecidas y grandes ojeras, a pesar de que, durante la noche, entre rezo y rezo había echado alguna cabezada.

Ardía en ganas por saludarlo y hablar con él. «Quizá —pensaba—, «ya no se acuerda de mí, de nuestras charlas y, a lo mejor, como ahora ya es famoso...»

Vio salir a los hermanos Pinzón y, tras ellos, la figura inconfundible de su amigo, rodeado por un grupo de curiosos que apenas le dejaban caminar.

Vasco intentó abrirse paso pero el rebujo de cuerpos era com-

57

pacto y Colón empezaba a alejarse. Entonces, por encima del bullicio, hizo retumbar una de las amenazas a las que era aficionado.

—¡Por mi madre! —gritó y agitó la espada en alto—, que si ese es Cristóbal Colón, ¡le cortaré la cabeza ahora que vale su peso en oro!

Colón se paró en seco pero no se dio la vuelta, y la gente, presagiando una pelea, al instante se abrió en un círculo que dejó dentro solo a Vasco, Colón y sus dos acompañantes. Los Pinzón echaron mano a la cintura, pero Colón los detuvo con un gesto. Aún de espaldas, respondió con desgana:

—Ya otros han asegurado lo mismo, pero como observáis, mi cabeza sigue en su sitio... ¿Qué tal si, en vez de rebanarme el pescuezo, me lo regáis con ese buen vino que solíamos tomarnos, amigo Vasco?

Y se giró lentamente con una sonrisa. Vasco soltó una carcajada, devolvió la espada al cinto y fue hacia su amigo. Las caras tensas del gentío se distendieron y el murmullo explotó con más fuerza.

—Disculpad, señores —les dijo Vasco a los hermanos Pinzón—, si os he desconcertado con mi representación, solo pretendía acercarme a ustedes.

—¡Rediez!, que nos habíais asustado —dijo uno de los Pinzón.

—De nuevo os pido disculpas, pero no veía otro modo...

—¡Balboa! —exclamó Colón dándole un abrazo, y con una amplia sonrisa, tan impropia en él—. ¡Cuánto me alegro de encontrarnos de nuevo!

—¡Por Satanás que sois la releche! ¡Lo habéis conseguido!

—He cumplido mi sueño, Vasco. Las encontré...

En ese momento los frailes de La Rábida le hicieron un comentario y se lo llevaron.

—Os lo merecéis —le dijo Vasco alzando la voz, mientras se alejaba—. Por vuestro tesón y por creer que era posible. El mundo os admirará.

Pero el genovés ya no podía oírle.

Vasco pasó la mañana durmiendo en Moguer y, por la tarde, poco después del almuerzo, regresó a Palos y buscó a

Colón; lo encontró en la taberna, departiendo con un grupo de caballeros. Ahora que era famoso, todos se desvivían con él y lo adulaban. Cuando Vasco entró, Colón se levantó y lo llamó aparte.

—Seguidme. Deseo mostraros algo.

Salieron de la taberna en dirección al muelle. Por el camino, Vasco se fijó en el atuendo de su amigo: los mismos ropajes negros y raídos de siempre. Pero su rostro mostraba una expresión más alegre.

Colón le hizo subir a *La Niña* y le abrió la puerta de su cámara, un cubil de unos doce pies de largo por catorce de ancho. Una mezcla de olores extraños le atufó. Estaba atiborrada de cajas de madera hasta el techo, jaulas de palos y extraños objetos sobre una cama estrecha en una esquina, más una mesa en el centro. Mostró a Vasco unas carátulas y adornos de oro que traía de las Indias, plantas y flores, vasijas y armas desconocidas, así como unos animales muy raros.

—Tomad —dijo, y le entregó una jaula de palos con un pájaro de pico grueso y plumas en color azul, amarillo, verde y negro—, es un guacamayo.

Vasco se quedó asombrado.

—Gracias por acordaros de mí —dijo sonriendo, sin dejar de mirar al animal—. La verdad es que es un rato raro.

—Pues aún no lo habéis visto todo. Fijaos.

Colón se acercó a una jaula, colocada a la altura de su pecho, y saludó a uno de aquellos pájaros. El ave repitió:

—*Hola, muchacho; hola, muchacho.*

Vasco dio un respingo, tropezó y cayó sobre la cama. Se levantó receloso y miró fijamente al guacamayo.

—Tranquilizaos, amigo —le dijo Colón—. ¿Os encontráis bien?

—¿Es el pájaro el que ha hablado?

—Comprendo que os parezca imposible, pero estos animales pueden aprender a hablar. Este repite muchas palabras.

—¡Parece magia! —exclamó Vasco—. Pero ¿cómo va a hablar un pájaro? Esto es obra del demonio. ¿Y son tan listos como un hombre? ¿Y qué piensan? ¿Y adivinan el futuro? ¿Y…?

—Parad, parad, amigo. Puede que esto os parezca mágico

59

pero es una realidad. Aunque no piensan ni razonan lo que dicen, solo imitan la voz humana.

—Pero ¿solo habla el vuestro?

—Si tenéis paciencia, ese también aprenderá.

—¿De veras?

—Os lo prometo, pero deberéis ser constante y enseñarle vos.

El guacamayo siguió parloteando: «*Colón, Colón, malditos marineros*».

Vasco miró y remiró al dichoso pájaro. Pensaba en lo que iba a disfrutar cuando se lo enseñara a don Pedro y a sus hijos. Colón desenrollaba unos mapas que había sobre la mesa. Los miró con detenimiento y señaló un punto.

—Aquí, Vasco, aquí fue donde tomamos tierra.

Vasco se agachó para mirar el mapa en silencio.

—Sí —continuó Colón—, Guahananí la llamaban los naturales. Yo le puse San Salvador. —Colón hizo una pausa y disfrutó con la expectación de Vasco—. Al llegar nos quedamos sorprendidos cuando nos rodearon criaturas desnudas, ¡hombres y mujeres desnudos, amigo! Eran gentes pacíficas, ingenuas.

—¿Y cómo es ese Nuevo Mundo?

El Almirante tenía la mirada ausente, seguramente a miles de leguas de Palos, navegando en otros mares, descubriendo intrincadas selvas.

—Muy diferente, Vasco. Me gustaría que algún día lo conocierais. —Cogió otro mapa y señaló con el dedo. Vasco no perdía detalle—. Este es el camino que he recorrido y estas las tierras descubiertas. A todas les he puesto nombres. Allí todo está por hacer. —Colón echó un vistazo por la cámara y pensó en voz alta—: Tengo que meter todo esto en cajones, creo que cabrá en dos carros…

—¿Qué decís?

—Pensaba en el viaje. Ahora debo volver a La Rábida. Y mañana partiré para Barcelona a informar a los reyes Isabel y Fernando y llevarles las maravillas que he traído de allá. Y para recibir las mercedes que me prometieron. A partir de ahora no sé qué ocurrirá. Lo que sí tengo claro es que mi vida no será la misma. —La cara se le iluminó de alegría.

—Mantenedme al tanto de los acontecimientos. Os lo ruego.

—Sin duda. Nos veremos a mi vuelta.

—Y, si volvéis a embarcaros para las Indias, acordaos de escribirme alguna vez, al menos. Sabéis dónde estoy.

—Lo procuraré, amigo.

Vasco salió de la carabela dichoso, con el pájaro en la jaula, y en el camino hasta Moguer sus pensamientos flotaban por lejanas tierras: se veía montado a caballo, entre animales que hablaban y rodeado de gentes con piel de cobre. Estaba seguro de que nunca olvidaría ese día.

Capítulo 6

La decisión

*D*urante los cinco años siguientes, Vasco no consiguió olvidarse de sus sueños de ultramar. Aunque sabía que era su obligación servir a su señor, ya viejo, y que no podía abandonarlo sin que eso supusiera una afrenta, no descartaba embarcarse en un futuro. Durante ese tiempo, Vasco residió largas temporadas en la casa de su señor en Sevilla. Con paciencia había conseguido que el guacamayo repitiera «*Vasco*», «*¡Por Santiago!*» y «*¡Hola, muchacho!*» haciendo las delicias de los niños que se acercaban para oírlo.

Cuando el administrador cayó enfermo de gravedad, don Pedro le pidió que se hiciera cargo de la hacienda provisionalmente. Vasco hubo de pedir consejo a expertos contables pero consiguió llevar las cuentas al día.

Don Pedro estaba muy orgulloso de él: era un valor seguro como escudero y como espadachín y administrador. Le ofreció el puesto pero Vasco declinó la oferta. Desde hacía tiempo sus ojos estaban puestos allende los mares. No esperaba más que la ocasión propicia.

De vez en cuando llegaban a Moguer y a Palos noticias de Cristóbal Colón, que ya había emprendido tres viajes a las Indias. Una mañana, después de un tiempo sin saber nada de su amigo, un marinero recién llegado de Sevilla en la carabela *El Correo* le entregó una carta. Emocionado, se sentó en el patio de los de Moguer a leer el pliego:

Cristianísimo amigo Vasco:

Tal como me encarecisteis antes de mi partida, aquí me tenéis escribiendo para manteneros al tanto de este viaje.

A pesar de que tengo la salud quebrantada y los achaques me invaden, no he perdido el gusto por navegar y descubrir las maravillas que Dios, Nuestro Señor, ha creado.

No os podéis imaginar, Vasco, las tierras que he descubierto; no tengo palabras para describirlas, tanto que creo que he llegado al mismísimo Paraíso Terrenal. No recuerdo haber visto en otros lugares plantas tan raras, ni árboles tan grandes ni verdes. Esto es más bello que el mejor jardín de Castilla. Cuando piso este suelo, mis pies parecen flotar; cuando respiro este aire, me embriaga una sensación placentera. El clima es delicioso. ¡Ah! y, si chupo o mastico las hierbas que aquí abundan, me transportan y me hacen ensoñar; todo aquí es mágico: los colores de las flores, las frutas, la vegetación pródiga. Es un cuadro pintado por Dios. Quién sabe si, igual que dispuso que yo fuera el primero en descubrir estas tierras, me haya hecho merced de premiarme con la entrada en el Paraíso.

Y no solo eso. Pateando este territorio por la costa, del lado de las montañas, dimos con una enorme cueva en una roca, con una explanada y, al fondo, un pasadizo. Encendimos unas teas y recorrimos un trecho. Comprobé que las paredes brillaban. ¡Estaban embutidas de oro! La emoción me embargó pero fingí ignorarlo, para evitar la codicia de mis hombres. Más adelante el pasadizo se estrechaba, solo había cabida para uno o dos hombres en fila, y parecía no tener fin. Había que bajar a mayor profundidad. Allí le cogieron miedo y no se atrevieron a seguir más adelante. Muy a mi pesar, tuve que desistir. Pero te juro que sospecho haber ido a dar con las minas del rey Salomón. Ya sé el lugar y las exploraré en otra ocasión. Los indios de estas tierras tienen muchos adornos de oro y piedras valiosas y me han indicado que las extraen de aquel lugar.

Pero las ricas provincias chinas que busco no acaban de aparecer. A ver si vos venís y podéis ayudarme a encontrarlas.

Lo que sí he descubierto son nuevas islas. Hemos desembarcado en ellas para explorarlas. Están pobladas por gente amistosa y unas prometen ser ricas en oro, otras en cobre y alguna en tortugas y perlas. Observé que los indios se adornaban con ellas, y son tan valiosas como el oro.

63

Llevo muestras de todo cuanto digo. Estas tierras encierran muchas riquezas, amigo, y estoy seguro de que harán de Castilla el reino más rico y poderoso del orbe, como le prometí a la reina Isabel. Esto cambiará el orden entre las potencias europeas y encenderá la envidia de otras, lo presiento. Y, en el fondo, me siento un traidor a mi patria por no haberle dado a Génova esta gloria.

Creo ser el primer cristiano que ha puesto pie en Tierra Firme,[3] por la península de Paria. En estas costas hemos visto viviendas indígenas muy extrañas, «añú» las llaman. Imagínate que las levantan en medio de un lago o del mar, a varios metros de la costa, sobre palos de madera que sobresalen del agua. Y a ellas solo pueden acceder en barcas y trepando por unas escaleras de palo.

Es emocionante poder bautizar cada isla, cada golfo o cada estrecho con nombres que me invento, y doy gracias al Altísimo por concederme tanto honor. Creo que hay mucho por descubrir aquí, amigo; esto es inmenso.

Pero la felicidad no es completa, Vasco. Como os digo me encuentro enfermo, cansado y mi vista se resiente. Aun así, no desfallezco pues —os lo confío a vos— presiento que lo que he descubierto es un nuevo continente. Por eso os ruego que lo mantengáis en el más absoluto secreto.

Este país es grandioso, Vasco, y espero que algún día podáis verlo por vos mismo.

Fecha en La Española, a 2 de octubre año 1498

EL ALMIRANTE

S.

S. A. S.

X. M. Y.

XPO FERENS

3. La llamada Tierra Firme era el territorio continental (por contraposición a las islas) al sur de las Antillas; comprendía el norte de Sudamérica, los territorios de las actuales Venezuela y Colombia. Fue descubierta por Colón en su tercer viaje a las Indias y conquistada por Rodrigo de Bastidas, que generalizó el nombre a partir de 1502.

Meses después, Cristóbal Colón estaba de regreso de su tercer viaje a las Indias. Le había citado en el puerto de Palos, ya que estaba de paso para La Rábida. Vasco le encontró muy viejo y cansado, aunque no había perdido la ilusión de siempre. Se dieron un afectuoso abrazo. Luego le acompañó hasta un mesón y Colón le narró, durante tres horas, las maravillas de aquel viaje que ya le adelantara en su carta.

—Sí, amigo, creo que he llegado a la provincia de Mangui, en la China. Aunque, si os soy sincero, aún no he encontrado los palacios de los mandarines. Sí he descubierto las ricas tierras de Paria y, como os decía en mi carta, creo que he estado en el mismísimo Paraíso Terrenal.

En ese momento, Vasco tomó la decisión de embarcarse para las Indias. No ambicionaba el oro, pero deseaba conocer los paraísos de que le hablaba su amigo, las sumisas indias, vivir valerosas aventuras y conquistar nuevas tierras.

Colón sacó de su pecho una bolsa de cuero y se la entregó. Vasco la abrió y sus ojos se agrandaron al contemplar un puñado de perlas de gran tamaño.

—Es un regalo para vos. Con una sola de estas perlas podréis vivir un tiempo en aquellas tierras, si decidís enrolaros. Y venid a visitarme a La Rábida, que os contaré todo cuanto deseéis saber sobre las Indias.

65

Vasco Núñez llegó a la mansión de los de Moguer pensando cómo darle la noticia a don Pedro, sin ofender a quien lo había formado y tratado igual que un hijo. Como sucedía últimamente, su señor lo recibió en su habitación, cada vez pasaba más tiempo en cama. Unos años antes, don Pedro le había parecido fuerte y flexible como un álamo. Ahora al árbol lo habían vencido los vientos.

Con voz cansada aunque amable, su señor le pidió que tomase asiento junto a la cabecera.

—Veo en esos ojos que no traes buenas nuevas —la voz le nacía del mismo manantial de amor del que había nacido siempre—. Si es así, ve pronto al grano para que duela menos.

—Sabed, señor —dijo Vasco—, que el descubridor don Cristóbal Colón acaba de regresar de su tercer viaje al Nuevo Mundo.

—Ah, conque ha vuelto el famoso navegante. Pero... prosigue, por favor.

—El caso es que se está preparando una expedición a través de la Mar Océana, y el Almirante me ha contado cosas prodigiosas de las Indias. Me gustaría conocer esas nuevas tierras, señor, aunque...

La débil mano de don Pedro se agitó en el aire, como una mariposa, para pedir silencio.

—Si es tu deseo, no voy a retenerte; es más, te animo a que lo hagas. Es hora de que te busques un porvenir. Te lo vengo diciendo. Y puede que en las Indias lo encuentres.

—Me da mucha pena dejaros, don Pedro.

—Me has servido bien estos diez años. Yo ya estoy viejo, sin ganas de batallar. Ya sabes, la maldita gota y estos dolores que no me dejan en paz.

—Pronto os pondréis bien, señor. Y saldremos a pasear a caballo y...

—No nos engañemos, Vasco. Sé que no me queda mucho tiempo. Y tú no eres hombre de estar de escudero toda la vida. Mereces algo más.

—Cuando Colón me invitó a ir en su primer viaje, le dije que no. Me lo volvió a pedir hace dos años, y tampoco pude dejaros. Y mientras me necesitéis no os abandonaré. Os debo todo cuanto soy. Además, seguro que os mejoráis y nos enrolamos en los Tercios que luchan por el reino de Nápoles.

—Ojalá, Vasco, ojalá. Pero no creo que sea posible.

Era como si se desangrara a cada palabra, y Vasco decidió que lo mejor sería pedir permiso para retirarse. Antes de cerrar la puerta, lo miró nuevamente. Don Pedro se esforzó por sonreírle y a Vasco le pareció que, al menos por un momento, el viejo álamo reverdecía.

Dos años después, la salud de don Pedro Portocarrero estaba muy quebrantada. Y en los últimos meses había empeorado de tal manera que los médicos creían próximo su fin. Advirtieron a la familia que se prepararan para lo peor.

El señor de Moguer llamó una mañana a Vasco. El escudero descorrió las adamascadas cortinas y abrió los postigos para dejar pasar, por las vidrieras, el pálido sol de la mañana. Se sentó junto a la cabecera y don Pedro le tomó la mano. Vasco le notó la respiración agitada: de su pecho salían pitos y silbidos, como una olla cociendo. No le quedaba más que un hilo de voz.

—Quiero que lleves la cota de malla, una de mis espadas y el caballo que elijas. Lo dejo por escrito. Además, estos cien castellanos —añadió mientras sacaba una bolsa de cuero de debajo de la almohada que le entregó— son el premio por tus servicios.

—No sé qué decir, señor. Sois muy generoso. Nunca olvidaré vuestras enseñanzas y consejos. Siempre he recibido un trato justo de vos.

—Y yo nunca tuve mejor escudero. Estamos en paz, pues.

Una semana más tarde don Pedro Portocarrero, octavo señor de Moguer y sexto señor de Villanueva del Fresno, había dejado de existir. La familia decidió enterrarlo en Moguer, junto a sus antepasados. Se difundió la noticia y el pueblo se vio atestado de nobles, curas, obispos y cardenales, más los familiares llegados desde distintas ciudades de Castilla para asistir a su funeral.

Colocaron el ataúd en el salón más grande de la casona, sobre una mesa cubierta con un mantón negro bordado y con flecos. La señora de Moguer descansaba en un sillón, y a su lado, sus dieciséis hijos, todos sentados en fila, silenciosos, quietos, también vestidos de luto, incluidos los más pequeños, de seis y cuatro años. Entre letanía y letanía, echaba una mirada de reproche a las parleras mujeres y a los acalorados caballeros, a quienes, al parecer, lo que menos les importaba era su pobre marido y el dolor de ella.

Vasco cruzó la estancia y aspiró un olor intenso, mezcla de cirios y flores. Se acercó al féretro: tenía abierta la tapa y dejaba al descubierto el cuerpo rígido de don Pedro. Vasco musitó una oración y le tocó las manos. Lo quería casi tanto como a su padre. No estaba desfigurado, parecía que dormía. Tenía un pañuelo blanco, doblado, sujetándole la barbilla y atado en la cabeza. Vestía con el traje de gala de un noble caballero: gorguera almidonada, jubón de brocado con mangas abullonadas, calzón con acuchillados, medias bermejas y zapatos de pico de pato con hebillas. Alrededor del pecho le habían colocado una banda de seda verde, y varias medallas, ganadas en tantas guerras. El casco con plumas descansaba a sus pies.

Las honras fúnebres durarían tres días. Pero al segundo día, uno de los hijos pequeños de don Pedro, en el momento de entrar en el salón y acercarse al ataúd para dar el último adiós a su padre, se le quedó mirando.

—¡Padre se mueve! —gritó.

Todos los presentes en la sala mortuoria corrieron hacia la caja.

Un físico le tomó el pulso, estiró de un párpado para abrirle el ojo, apoyó su cabeza en el pecho de don Pedro y se dirigió a la viuda.

—Os informo de que el señor ha vuelto a la vida.

Algunas mujeres huyeron asustadas.

El físico explicó que debía de tratarse de una muerte aparente, debida a un estado cataléptico, con apariencia de desenlace.

Pronto se corrió la voz de que el señor de Moguer había resucitado y que había sido un milagro.

Los criados sacaron a don Pedro de la caja, con cuidado y un gran temor reflejado en sus ojos, lo subieron a su alcoba y lo acomodaron en el lecho. No hablaba, pero miró a su mujer y esbozó una mueca que quiso ser una sonrisa. La señora de Moguer ordenó a los doctores que no se separaran de la cabecera del enfermo en toda la noche mientras le practicaban sangrías. Ella se retiró con sus hijos.

A la mañana siguiente, a don Pedro le había vuelto el color al rostro y pidió unas sopas de ajo como desayuno.

Don Pedro fue mejorando con el transcurso de los días y, poco a poco, comenzó a hablar. Pronto abandonó la cama y dio cortos paseos.

Así convivió con sus achaques y su dolorosa gota durante días, semanas y meses, y no murió —esta vez definitivamente— hasta pasados diecinueve años.

Capítulo 7

Bastidas

Con don Pedro ya devuelto a la vida y aún convaleciente, Vasco comunicó a la señora de Moguer su decisión de embarcar hacia el Nuevo Mundo a la primera oportunidad. En aquellos tiempos era difícil conseguir licencia. Desde que Colón descubriera Paria y las islas de las perlas en su tercer viaje, se había desatado la fiebre de las Indias y todo el mundo quería embarcarse. Pensaban que en poco tiempo volverían ricos de aquellas tierras. La Corona tuvo que reducir las licencias de embarque. Se las denegaban, especialmente, a delincuentes, judíos, moriscos, gitanos y moros.

Vasco escribió a su padre para que moviera influencias, pero el hombre no obtuvo respuesta: era un hidalgo pobre, sin relevancia social. Entonces recurrió a don Pedro, y el señor de Moguer le consiguió el permiso para embarcar en la expedición de Bastidas, que saldría desde Cádiz.

El día de la partida, en cuanto amaneció, Vasco saltó de la cama, se aseó con prisas y se vistió con sus mejores ropas. Desayunó, embaló su ajuar y lo metió en un arca, junto con la cota de malla y el casco, la cargó en el caballo y se despidió de los señores de Moguer. Don Pedro le pidió que fuera siempre honesto, prudente y justo, y aprovechara el fuego de la juventud para llevar a cabo sus empresas. Los doce años al servicio de don Pedro Portocarrero y la experiencia en el campo de batalla le habían hecho madurar y convertirse en un joven bien preparado y de nobles sentimientos. Atrás habían quedado sus travesuras infantiles en Xerez de los Caballeros. Cádiz le esperaba para, desde allí, zarpar hacia las Indias.

Ocho años atrás, nadie podía asegurar que hacia occidente, más allá de donde acababa la tierra conocida, existieran otros mundos, otras gentes tan diferentes. Y su amigo Colón lo había demostrado. Vasco imaginaba que también él, algún día, mandaría un navío y surcaría los mares del Nuevo Mundo.

Dejó a un lado sus pensamientos al adentrarse por las callejuelas de Cádiz. No era frecuente toparse con un mozo tan guapo y bien plantado. Vasco sabía que llamaba la atención por sus hechuras y bellas facciones. Era alto y gallardo, de espaldas anchas y ojos claros como las aguas de una laguna. Su pelo rojizo había mudado a rubio, como su barba. Cerca del puerto preguntó a unas muchachas dónde habría un mesón. Se expresaba con vehemencia y elocuencia. Su voz clara y bien timbrada dejaba un regusto agradable a quien la escuchaba. Les echó unos requiebros a las mozas, que los aceptaron complacidas, con risas y miradas pícaras.

Hizo noche en un mesón cerca del puerto y, a la mañana siguiente, se presentó con la licencia de embarque. Los muelles le parecieron un hormiguero con viajeros cargados de bultos, cofres, alforjas y serones. Un cielo plomizo amenazaba lluvia. Entre el trasiego un pensamiento fugaz cruzó por su mente: la profecía de Colón. Acaso fuera el suyo un viaje sin retorno.

En el muelle estaban atracados dos barcos. Vasco debía embarcar con Rodrigo de Bastidas, capitán de la expedición, a bordo de la nao *Santa María de Gracia*, de ochenta toneles. En la otra, la carabela *San Antón*, más pequeña, iba al mando Juan de la Cosa.

Un escribano fue leyendo sus nombres en alta voz. Cuando los cincuenta expedicionarios hubieron embarcado, las dos carabelas levaron anclas. Vasco notó un cosquilleo en el estómago con los primeros vaivenes del mar. Se acercó a Bastidas. Era un hombre moreno, más bien grueso y bien vestido; reparó en que era poco agraciado y que tenía una cicatriz curva en la mejilla izquierda.

Como le llegaba a Vasco por la barbilla, este no tuvo problemas para leer por encima del hombro lo que Bastidas acababa de anotar en su cuaderno: «Hoy, 18 de marzo de 1501...».

Vasco se presentó y le preguntó sobre la duración del viaje, pero Bastidas le respondió lacónicamente, cerró el cuadernillo y se metió en su cámara.

Hizo una mueca ante el desdén del capitán y dio un paseo por cubierta para conocer el barco. Enseguida comenzó a hablar con unos y otros. Para la mayoría aquella era su primera aventura marina. Solo unos pocos ya eran veteranos en esa travesía, pero ninguno había llegado tan lejos como pretendía el capitán Bastidas.

Se apoyó en la amura y miró el horizonte. Al instante sintió a su lado la presencia de un hombre bajo y rechoncho, casi calvo a pesar de no parecer viejo. Se presentó como Andrés Hurtado, un soldado extremeño con experiencia porque, según dijo, ya había hecho antes este viaje con Colón, Bastidas y De la Cosa. Hurtado miraba de soslayo. Con los ojos bizcos y la nariz chata, a Vasco le recordó a un búho. Un búho que sonreía a cada momento.

—Los mandamases van a lo suyo —dijo, y le golpeteó el brazo con el dorso de la mano, gesto que molestó sobremanera a Vasco—, y uno va más solo que la una. Vos también vais solo y sin conocer a nadie aquí, por lo que veo.

—¿Y qué te importa? —le replicó Vasco.

—Que se os ve fino y caballero. Y si queréis, yo os serviré, a cambio de nada.

—No necesito que nadie me sirva. Me valgo yo solo. Pero dime, ¿qué aficiones tienes? —preguntó Vasco sonriendo.

—Me gustan las mozas y el vino; soy amigo de chanzas y chismes y me tomo la vida con humor. Aquí donde me veis tan poca cosa, soy valiente como el que más y no me dejo mojar la oreja. No me gustan las pendencias, pero el que me provoca me encuentra.

—Eso está bien.

Cortaron la conversación al escuchar la voz de Bastidas convocando a todos en cubierta. Se subió a unos cajones de madera y les dio la bienvenida.

—Esta travesía nos llevará unas seis semanas. Para vuestra tranquilidad os diré que esta derrota no es nueva para mí.

71

Acompañé a Colón en su segundo viaje, hace ya ocho años. Y antes de nada, es hora de presentarnos. Soy Rodrigo Galván de las Bastidas, escribano de Sevilla y capitán de esta expedición.

—Bastidas se sacó unos papeles de la pechera—. Deberéis acatar una serie de normas a bordo.

—A ver qué normas son esas —dijo un hombrecillo con una voz aflautada—. Desembuchad, capitán.

—Cada mañana asistiréis a misa, y por la tarde, al rosario. Acudiréis a cubierta cada vez que oigáis la campana. Está prohibido blasfemar y entablar peleas a bordo. También os digo que ningún expedicionario podrá cobrar el sueldo de catorce maravedís diarios, porque no tengo con qué pagaros, se os advirtió al apuntaros, pero a cambio, tendréis una participación en los beneficios que, sin duda, obtendremos.

—De acuerdo, señor —dijo Vasco—, con esa condición nos embarcamos.

—Y ahora —dijo mientras daba unos pasos alrededor del corro que habían formado— podéis bajar a la bodega a dejar vuestras pertenencias.

72

Cuando Bastidas se retiró a su cámara, Vasco se acercó a Hurtado.

—¿Qué me decís del capitán?

—Me he enterado de que Bastidas ha conseguido capitulaciones con la Corona. Se cuenta que, gracias a sus muchos parientes y amigos armadores, ha conseguido contratos, barcos y oficiales bien preparados, aunque ha tenido que pedir créditos para pertrechos, avituallamiento y minucias para cambiar con los indios. ¡No sabe nada el susodicho! Y como no disponía de bastantes caudales, ha tenido que asociarse, dicen, con dos docenas de personas para juntar los más de trescientos mil maravedís que ha costado esta expedición a Tierra Firme.

—Ya cuesta dinero. Pero dime, ¿sabes adónde vamos, exactamente?

—Según he escuchado a Bastidas antes de embarcar, a lo que salga, sin una meta determinada. Iremos para adelante a partir del cabo de la Vela, en Coquibacoa; este es un viaje comercial, vamos a explorar y a comerciar con los indígenas y a conseguir riquezas.

—¿Y no tenía Colón la exclusiva de los descubrimientos?

—En principio, sí. Los reyes Isabel y Fernando le habían concedido todo el dominio de las Indias, pero dicen que el rey teme que se vuelva demasiado poderoso. Por eso se autoriza a cualquier marino a hacerse a la mar (por su cuenta y riesgo, claro), y conquistar nuevos reinos para Castilla.

—Entiendo; lo que pretende la Corona es restarle poder a Colón, quizá temiendo que se independice y se convierta en rey...

—¡Éeeequili! —dijo Hurtado dando una palmada y asintiendo con la cabeza—. Por ahí pueden ir los tiros. Lo cierto es que están concediendo muchas licencias para explorar aquellos anchos reinos.

—¿Y dices que este no es tu primer viaje?

—Acompañé a Cristóbal Colón en su segundo viaje, con Bastidas y De la Cosa —repitió con orgullo—, y estuve varios meses por el Nuevo Mundo. Esta ruta no es nueva para mí. Mi cojera me recuerda la flecha india que me atravesó la pierna. ¡Malditos indios! Ahora espero volver con salud y fortuna.

—Hideputas castellanos, dirán ellos, que vamos a ocupar sus tierras; las cosas como son.

Subieron al castillo de popa y Vasco quedó sorprendido al descubrir a varias mujeres conversando entre ellas.

—Vos también os deshacéis por las hembras —le dijo Hurtado, que acompañó las palabras con un codazo cariñoso—, nos alegran la pajarita.

—No sabía que irían mujeres a bordo. ¡Y claro que me encantan las hembras!

—Ya fueron las primeras en uno de los últimos viajes de Colón. Algunas no han vuelto, ¡ja, ja, ja!

Para Vasco, el hecho de que viajaran mujeres fue una sorpresa agradable. Que uno era hombre, ¡qué demonios! De momento, habría que conocer el género, por si había algo que mereciera la pena. Se les acercó y entabló algunos comentarios baladíes con ellas. Contó diez mujeres en total, pero luego de su primer reconocimiento descartó a casi todas: cuatro iban con sus maridos, y otras cuatro no le atraían nada. Las únicas que valían la pena eran una sevillana que se llamaba María Eusebia Fresneda y que, aunque viuda, no estaba mal del todo; y la dama más joven, encorsetada, la más guapa del grupo, una tal doña Mencía de Guadalimar y Bembibre.

Los expedicionarios dieron en llamar a la viuda la Marigalante, por el nombre de la carabela de Colón, y le pedían que les
remendara los calzones o les cortara el pelo. Ella los miraba con
sus ojos pequeños y chispeantes y siempre estaba dispuesta a
ayudarlos. Tendría unos treinta años. El pelo trigueño enmarcaba un rostro cuadrado que acababa en una potente mandíbula, rasgo que acreditaba un carácter firme. Tal vez por eso las
mujeres buscaban su ayuda o consejo, y ella las protegía de los
moscones que querían propasarse. Marigalante no se cortaba al
decirle a Vasco —y lo hizo en más de una ocasión— que no le
importaría remediar su soledad, que con eso no hacía daño a
nadie, porque su marido sabe Dios las mujeres a las que habría
consolado antes de pasar a mejor vida. Vasco sabía que ella cae-
ría rendida en cuanto él se lo propusiera pero, mientras durara
la travesía, no deseaba disgustar al capitán con su conducta.

La favorita de Vasco era doña Mencía de Guadalimar y Bembibre, la dama engolada, de dieciocho años, cordobesa. Sus rasgos
correctos en un rostro diminuto contrastaban con la ancha cara
de la viuda. Tenía la piel fina y más blanca que la nieve. Una gorguera almidonada le mantenía rígido el cuello, lo que la hacía
parecer más altiva. Vasco pensó que no le importaría despojarla
de tan opresivas prendas…, si ella se dejaba. Doña Mencía se había casado por poderes con el sobrino del alcaide de La Española,
al que no conocía. Siempre andaba alrededor de Marigalante,
pues se ponía colorada cuando los hombres le decían cualquier
atrocidad. En esos trances, bajaba la cabeza y era incapaz de res-
ponderles; buscaba la protección de la viuda, que la cuidaba como
a una hija. Solo gustaba de sentarse junto al joven Vasco Núñez,
que era amable y nunca violento con las damas. Se quedaba em-
bobada escuchándolo hablar. Y él esperaba disfrutar con las ocu-
rrencias de la damita. Y con su favor, si llegaba el caso.

—Se ve que no está acostumbrada a hacer nada —le dijo un
grumete a Vasco. Veremos a ver si aguanta la travesía.

Desde el principio le había parecido una mujer muy particular. El mismo día del embarque, mientras todos estaban tumbados en cubierta descansando, doña Mencía se puso en pie, levantó un dedo y dijo:

—Tengo una necesidad.

—¿Qué tipo de necesidad? —preguntó el maestre.

—Pues que me estoy meando.

Las carcajadas retumbaron en todo el barco. Y la mujer se puso colorada como una amapola.

—Esta criatura las va a pasar malamente —dijo Hurtado—, es una remilgada. Pero mejor me callo, que en boca cerrada no entran moscas, ¡ja, ja, ja!

Un grumete llevó a la dama a un extremo de la proa. Había que subir unos escalones, sujetarse a dos maromas y poner medio cuerpo fuera, sobre una tabla que hacía de retrete. La dama miró horrorizada, pero podía más la necesidad y procedió tal y como le había indicado el grumete.

Divertidos, Vasco y Hurtado siguieron a hurtadillas a la mujer y al grumete. La dama sacaba el culo por la borda mientras le ordenaba al grumete que mirase hacia otro lado. Vasco se mordía los labios para no reírse.

La tenue luz de una lámpara de terracota, en la que ardía una mecha empapada en aceite, proyectaba las sombras alargadas de los moradores de la bodega.

—¿Qué es esto? —dijo Marigalante—. ¿Aquí vamos a dormir?

—Son hamacas —le contestó Hurtado.

—¿Hamacas? ¿Qué es una hamaca?

—Es un invento indio. Para que no os caigáis, ¡ja,ja, ja!

—¿Tenemos que dormir junto a los animales? —preguntó la damisela, en apoyo de Marigalante—. ¡Qué asco!

—Pues haberos quedado en casa, hermosas —les respondió Hurtado—. Parece que es lo que hay.

Cada uno buscó acomodo cerca de alguien conocido. La mañana del embarque, Vasco se había sorprendido al ver cómo bajaban a los animales hasta la bodega. Los habían metido por la escotilla, colgados con lonas. La hamaca de Vasco estaba cerca de los caballos, entablillados entre tres palos gruesos —uno a cada lado de su cuerpo y otro de frente— y una lona ancha pasada por la barriga y sujetos al techo. «Una forma ingeniosa de evitar que se deslicen a causa del traqueteo», pensó Vasco. Los cochinos, ovejas y cabras estaban separados por una valla de madera, y las gallinas y perdices, en jaulas de palos.

En el barco, especialmente en la bodega, olía a sudor, a orín y excremento de animales, y ese hedor por el hacinamiento y

75

la falta de higiene se hacía irrespirable. Pero a todo llega a acostumbrarse el ser humano.

Vasco subió un momento a cubierta para tragar un poco de aire puro antes de disponerse a dormir. Cuando regresó, Ximénez había quitado las alforjas que Vasco tenía sobre su hamaca y las estaba tirando al suelo con rabia. Vasco se fue a él hecho un basilisco.

—Ese sitio era mío. ¡Fuera de aquí, o...!

—¿O qué? Aquí no había nadie y ahora es mío. Hay sitio de sobra.

Hurtado salió al quite:

—No caigáis en la trampa. Es lo que quiere, que vos empecéis la pelea para que os castiguen con una tanda de latigazos.

Vasco se contuvo una vez más queriendo aniquilarlo con la mirada. Le habría plantado cara si no fuera porque en ese momento el capitán y el maestre, con un farol en la mano, bajaban a comprobar que todos estuvieran instalados para dormir.

—Ya tendré ocasión de desquitarme, matón —le dijo entre dientes para que solo él lo escuchara.

76

Cada cual se subió a su hamaca y se tapó con una manta para mitigar el frío del mes de marzo. Las hamacas eran trozos de lona cosida por los dos extremos a un palo; a su vez, de este palo salían tiras que se unían a una argolla enganchada en el techo. Vasco era el único que se desvestía. Los demás observaban desde sus hamacas cómo el jerezano se despojaba del jubón y los calzones, los colocaba cuidadosamente sobre su arca, se cubría la cabeza con un gorro blanco puntiagudo y se enfundaba en un camisón blanco para dormir.

Antes de que le venciera el sueño, Vasco se quedó escuchando el crujido del mástil, el rechinar de la madera y el batir de las velas compitiendo con el rugido de las olas, sin un respiro, hasta que esa repetición le rindió. Desde esa noche, casi siempre soñaba lo mismo: navegaba por unos mares de aguas transparentes, comerciaba con indios y se rodeaba de bellas nativas.

Como todas las mujeres parecían preferir el modo gentil y seductor de Vasco al estilo ordinario de la mayoría de los hombres de a bordo, pronto el predilecto se ganó algunos enemigos.

A la mañana siguiente se recreaba mirando a una mujer alta y gorda que no cumplía ya los treinta, con unas greñas rizadas escapándose por debajo de un pañuelo de lunares. Llevaba la punta del delantal remangada a la cintura y calzaba unas desgastadas alpargatas de esparto. La mujer se contoneaba delante del jerezano y él sonreía divertido.

—¡Eh, tú, gallito! —le increpó un hidalgo con la voz ronca y la cara llena de cicatrices.

—¿Es a mí? —preguntó Vasco sin inmutarse.

—Sí, a ti; ¿no has oído lo que ha dicho el capitán?

—Ha dicho muchas cosas —dijo Vasco con guasa.

—No te hagas el gracioso. Dijo que no alborotáramos a las mujeres.

—Yo no me he metido con ninguna. Además, nunca oí que dijera nada de eso.

—Nosotros —dijo el de las cicatrices con sorna, señalando a otros tres que estaban con él— hemos visto lo contario. Has sido un grosero y si llegara a oídos del capitán…

—¿Qué dices, malnacido? —le increpó Vasco y lo agarró por la pechera.

—Cuidad vuestros modales, gallito, si no queréis probar mi acero.

—Veríamos quién saldría peor parado, ¡bocazas!

En ese momento, Bastidas salió de su cámara, situada bajo la cubierta de popa. Los cuatro hombres se dieron la vuelta y se alejaron a toda prisa.

Vasco se preguntó por qué el hidalgo toledano había sido tan impertinente con él. Venía notando que el tal Álvaro Ximénez le gastaba algunas bromas verbales y le menospreciaba, pero, siguiendo los consejos de don Pedro Portocarrero, fingía no darse cuenta.

Dos días después, caminaba Vasco por cubierta, cuando una intencionada zancadilla le hizo besar las tablas del suelo. La saliva le supo salada y al escupir salió roja. No muy lejos, Álvaro Ximénez lo miraba con una sonrisa malsana. Vasco se levantó exaltado, dispuesto a echar mano a su espada. El otro se había dado media vuelta y se paseaba con sus amigos, como si tal cosa.

Antes de que Vasco pudiera desenvainar, Hurtado le sujetó el brazo.

—No malgastéis el tiempo con ese, ni merece la pena.

—Él me ha provocado, y lo va a pagar caro, ¡vive Dios!

—Esperad —le dijo para detenerlo—. Sabéis que están prohibidas las peleas en la nave. No podríais demostrar que empezó él; en cambio, vos recibiríais el castigo.

—Tenéis razón —dijo Vasco envainando su espada—, pero ¿quién es ese hijo de perra?

—Le conozco bien —le explicó Hurtado mientras se lo llevaba hacia el castillo de popa—. Es un hidalgo toledano que no tiene dónde caerse muerto. Pero en otros tiempos fue un valiente caballero que luchó contra el moro y recibió honores y riquezas.

—¿Y cómo llegó a esto?

—Cuentan que una cimitarra le destrozó la cara. Desde entonces, arrastra ese lastre como una vergüenza y su carácter se ha avinagrado. Además, está lleno de deudas; por eso se ha alistado en esta expedición, en busca de oro con que llenar su bolsa.

—¿Y por eso se pasa el tiempo fastidiando a los demás?

—Tiene la sangre envenenada por la envidia. Teme no ser del agrado de las mujeres, que huyen al ver de cerca su cara llena de costurones.

—Ahora os agradezco que hayáis impedido mi lucha con él. Ya bastante tiene con lo que lleva a cuestas.

Seis días después, Vasco se disponía a comer y buscó unos fardos para acomodarse. Llevaba la escudilla con la sopa en una mano y un vaso de vino en la otra. Ximénez, acompañado como siempre de sus tres secuaces, se hizo el encontradizo con Vasco, le empujó con el hombro y le vertió la escudilla. La sopa humeante se derramó sobre el pecho de Vasco. Se miró la camisa empapada y retiró con el dedo los trozos de pan adheridos a ella. La sangre se le agolpó en la cabeza. Como un rayo agarró del brazo a Ximénez, que ya le había vuelto la espalda, le tiró a la cara el poco vino que le quedaba y le golpeó en una mejilla con todas sus fuerzas. El sonido de la bofetada se escuchó por toda la cubierta. Notó en la palma de la mano la aspereza de las cicatrices. Fue tal la vehemencia que Ximénez no pudo repeler el ataque. Los tres que lo acompañaban trataron de sujetarlo pero Vasco se giró dando puñetazos a unos y otros hasta desembarazarse de ellos. Hurtado se plantó junto a Vasco, dispuesto a la lucha si era menester. Ximénez echó mano a la espada. Vasco iba a hacer lo mismo; hacía tiempo que deseaba batirse en duelo con aquel provocador, pero Hurtado avisó:

—¡Cuidado, el maestre está bajando por la escalera de popa!

Ambos disimularon y cada cual se fue por un lado distinto de la cubierta echando sapos por la boca.

Hurtado estaba contento y orgulloso de haber encontrado un amigo tan valiente. Se proponía pegarse a él en las Indias y seguirlo adonde fuera.

—Menos mal que no os habéis batido con ese sujeto. Os habríais ganado diez latigazos, por lo menos.

—Me andaba buscando las vueltas y me ha encontrado. Ese no sabe quién soy yo. Lo que me desespera es que, cada vez que estoy por destriparlo, algo o alguien se atraviesa.

Las dos naos hicieron una primera escala en las islas Afortunadas. En La Gomera, según había dicho el maestre, aprovecharían para carenar las naves y cargar la bodega de pescado, carne, agua, fruta seca y leña.

La *San Antón* llegó un rato después que la *Santa María de Gracia*. El primero en bajar de la *San Antón* fue Juan de la Cosa, que llevaba la cabeza cubierta con un gorro y un zurrón en la mano. Al verlo descender por la improvisada rampa, Bastidas pidió a los hombres de su carabela que repararan en él.

—Ahí llega mi socio y piloto mayor en esta empresa, don Juan de la Cosa, el más insigne y avezado navegante vizcaíno. Es uno de los más expertos marinos del mundo, si no el mejor. Piensa bien las cosas antes de actuar y es sensato. Ha ido con el almirante Colón en sus dos primeros viajes al Nuevo Mundo. Y yo también estuve allí. Es un gran maestro.

Vasco sintió deseos de conocer a aquel hombre delgado y más bien feo, con barba rala y bigotes finos y negros. Tenía un porte elegante. «¿Qué esconderá en ese zurrón?», se preguntó Vasco, picado por la curiosidad.

Capítulo 8

Juan de la Cosa

Antes de desembarcar los expedicionarios, Bastidas distribuyó las tareas que deberían realizar mientras permanecieran en La Gomera. Luego se encaminaron hacia el mesón, cerca del puerto. El caserón disponía de cinco cuartos en el primer piso, una taberna en la planta baja y, a unos metros, un cobertizo de adobe con techo de hojas de palma, mucho más barato que las habitaciones del primer piso. Excepto los dos capitanes, el maestre, Ximénez y Vasco Núñez, que ocuparon los cuartos, el resto se acomodó en el barracón común.

Vasco descubrió que el misterioso zurrón contenía un atado de pergaminos del que De la Cosa no se separaba nunca. Bastidas notó que Vasco no dejaba de mirarlos.

—Son su tesoro. Los mejores mapas que jamás se han hecho del Nuevo Mundo.

—No exageréis, Bastidas, ejem —carraspeó Juan de la Cosa con una especie de tos, y levantando una ceja, gesto habitual en él.

—No exagero. Sabed que hasta los reyes Isabel y Fernando le encargaron un mapamundi. Además de experto navegante, es un afamado cartógrafo.

De la Cosa se despidió tocándose la punta del sombrero y con una inclinación de cabeza para subir a su aposento con su fardo de cartas de marear.

—Es un poco raro este capitán —valoró Bastidas—. Habla

poco, es muy responsable y estudioso. Le gusta estar solo, siempre dibujando. Aunque es vizcaíno, hace años que vive en Puerto de Santa María. Y conoce bien las regiones de las Indias, tiene buena vista para los negocios y es sagaz y valiente. Con él vamos sobre seguro.

—Es un alivio oír esto —dijo Vasco.

Los dos primeros días de estancia en la isla, De la Cosa no abandonó su cuarto sino para comer, y en cuanto terminaba, se recluía de nuevo.

Vasco sentía curiosidad por conocer las cartas de marear y trabar amistad con aquel hombre. Con su desenfado habitual, se le acercó durante un almuerzo, le obsequió con una jarra del mejor vino y entablaron conversación.

Ambos se sintieron a gusto charlando sobre viajes y aficiones. Vasco se mostró interesado por las cartas de navegación, y no viendo en él a un enemigo, Juan de la Cosa le invitó a subir a su habitación, tras el almuerzo.

En medio del cuarto había una gran mesa repleta de pergaminos y mapas.

Vasco nunca había estado tan cerca de nada parecido. Sus ojos brincaban de un documento a otro sin desentrañar los arcanos de la cartografía, pero convencido de que ese arte podría serle útil en sus futuros viajes.

De la Cosa, en tono muy pausado, le explicó que ya los chinos trazaban los mapas en seda, y los griegos y árabes eruditos dibujaron mapas del mundo; que también los egipcios, en tiempos remotos, manejaban tablas grabadas con los límites de continentes y mares; y los babilonios, miles de años antes de Cristo, tallaron mapas en tablas de arcilla. Que eran sabios cosmógrafos, astrónomos y matemáticos los griegos; que los romanos pensaban que la Tierra era plana…

—Y vos, ¿qué creéis? —interrumpió Vasco, atosigado con tanta erudición.

De la Cosa se quedó pensativo. De nuevo le salió la carraspera que a Vasco le hizo sonreír.

—Ahora sabemos, ejem, que la Tierra es redonda, y yo así lo creo.

—Colón me habló de que un sabio italiano se equivocó al calcular el tamaño…

81

—Creo, ejem —dijo tras levantar la cabeza del manojo de mapas y mirándole fijamente—, que él también erró en algo importante: vamos hacia un nuevo mundo, nada que ver con Asia ni con las Indias. Estoy seguro. En eso discrepo de Colón —su voz sonaba ahora más segura—, como disiento de muchas de sus opiniones...

Vasco no supo qué responder.

—Un discípulo de Eratóstenes cometió un gran error —dijo mientras se rascaba la cabeza, cogía un piojo entre los dedos y lo aplastaba contra la mesa—: redujo la superficie de la Tierra en 509 leguas. De ahí que Colón pensara que la llegada a oriente, navegando por occidente, estaba a la vuelta de la esquina.

De la Cosa permaneció un instante en silencio, y Vasco temió que De la Cosa se hubiera cansado de contarle los secretos de los mapas.

—¿Eran fiables los mapas antiguos? —le preguntó Vasco. No quería atosigarle ni podía fingir indiferencia.

—Lo eran, en parte. Los míos, ejem, gracias al descubrimiento de la brújula y del telescopio, son mucho más precisos. Y reconozco que el invento de la imprenta y el cuadrante me ayudan a reproducir los datos con más exactitud.

—Pero eso debe de ser muy difícil.

—No para los cartógrafos. Hay que tener en cuenta el sistema de coordenadas para señalar la posición, los meridianos y paralelos.

—Y ser buenos dibujantes...

—Eso se sobreentiende, Vasco, ejem.

—Soy un profano en la materia.

De la Cosa se quedó de nuevo pensativo. A Vasco le crispaba su mesura pero, por no alborotarlo, se armó de paciencia y se le quedó mirando fijamente. De la Cosa enrolló los mapas, los anudó con una cuerda y los metió en su zurrón.

—¿Queréis aprender a hacer mapas? No tengo hijos y es una pena que mis conocimientos se pierdan...

—Me encantaría —respondió feliz Vasco—. Sería un honor.

—Pues os enseñaré, como Colón me enseñó a mí. Lo primero, debéis documentaros durante la travesía; tendréis tiempo de estudiar en el barco. Podéis hacerlo en mi cámara, allí estaréis tranquilo.

—Y supongo que además de estudiar...

—Necesitaréis saber medir distancias y superficies, manejar las coordenadas y llevar cuenta de la distancia que media, por ejemplo, entre un cabo y un golfo, o con la junta de un río con la mar.

—Parece complicado.

—Es fácil, medís con el reloj de arena el tiempo transcurrido y lo multiplicáis por la velocidad a la que navegamos. El resultado es la distancia que media entre los dos puntos de referencia.

Al día siguiente, cuando Vasco entró en el cuarto, Juan de la Cosa apenas le hizo caso. Andaba afanado con un matraz y una redoma, elaborando tinta para los dibujos. Según le fue explicando, mezclaba polvo de carbón en suspensión con un agregado de goma natural para impedir que la mezcla se corriera con el agua. Luego dispuso sobre la mesa una tela muy fina y procedió a dibujar a tinta sobre ella.

Vasco no perdía detalle. Había estudiado el mundo griego y tratados de geografía y geometría durante sus años en Moguer, y ahora sabía que esos conocimientos le vendrían bien para el futuro.

Una mañana, De la Cosa desenrolló con sumo cuidado uno de sus mapas, como si mostrara el más grande tesoro.

—Este es el que llaman mi famoso mapamundi. —La ceja se le subió hasta el nacimiento del cabello—. Fue un encargo de los Reyes Católicos, y en él he plasmado todas las tierras descubiertas hasta ahora. Ved mi obra. —El semblante se le tornó ufano y sus manos se posaron en el mapa como una mariposa en la flor—. Es un portulano, tened mucho cuidado al cogerlo. El original lo dibujé sobre dos trozos de piel de ternera empalmados que uní en forma de rectángulo. El largo mide más de una braza; se lo entregué a los reyes, pero hice esta copia. Es de idénticas medidas, pintado sobre dos hojas de pergamino.

—Tendréis que explicármelo...

De la Cosa se deleitó ante el mapamundi, sin prisas, como un pintor ante su cuadro. Vasco frenaba su impaciencia, no debía exigirle más de lo que él quisiera enseñarle.

83

—Aquí está, detallada, la costa del Mar del Norte. —Se ajustó los anteojos para apreciar los detalles que su vista cansada se negaba ya a reconocer y señalaba con el dedo cada lugar según los nombraba—: Estas son las Antillas, la línea del Ecuador, y este, el Trópico de Cáncer. Están detallados los descubrimientos realizados hasta hoy por españoles y portugueses.

—¿Y este quién es?

—Es san Cristobalón portando a Cristo. Observad que el dibujo del santo cubre la región desconocida, donde se busca un paso hacia Catay.

—Y aquí está vuestra firma...

—Sí, y la fecha de 1500.

De La Cosa sugirió que las tierras descubiertas en el norte y el sur de las Indias podían estar unidas formando un solo continente, aunque con la efigie superior hizo un truco para permitir la posibilidad de que existiera un paso marítimo entre ambas en el istmo, cosa que Colón creía.

—Mirad, Cuba aparece como lo que es: una isla, en contra de la opinión de Colón. Estas, las Antillas, completas, y en Tierra Firme, adonde iremos, la costa desde el cabo de la Vela hasta el cabo de San Agustín. —Nueva pausa del cartógrafo y nueva impaciencia del aprendiz. Parecía que De la Cosa se evadía de lo que estaban hablando—. Este es el contorno de las costas de África; allí, la región de Europa y el Mediterráneo; esa es parte de Asia.

—Y esto ¿qué es?

—Es decoración: estampas mitológicas, ciudades, rosas de los vientos, personajes de la Biblia, algunos reyes...

Vasco memorizaba cuanto le explicaba De la Cosa, asumía la representación de las tierras, valles, casas, montes o ríos, y trataba de fijar en su mente cada detalle.

Cada vez pasaban más tiempo juntos. Cuando no revisaban mapas, discutían sobre las teorías de los sabios griegos, la forma y el tamaño de la Tierra, los pueblos descubiertos, los barcos, las distancias entre continentes, los instrumentos de medir. Vasco fue aprendiendo el uso del astrolabio, del cuadrante, de la brújula..., y su utilidad en la navegación.

Antes de abandonar el mesón para proseguir viaje, De la Cosa le ofreció un último consejo.

—Y no olvidéis la estrella Polar. —Señaló un punto en el mapa—. Si alguna vez dirigís un barco, os será de gran utilidad para orientaros.

Cuando desembarcaron en La Gomera, Bastidas había explicado al grupo que, el tercer día, era tradición organizar un concurso de lances a espada. Todo el que tuviera una podría inscribirse. Se hacían apuestas en la taberna y el ganador recibía una bolsa con parte de las ganancias, más una banda. Tenían dos días para entrenar.

Vasco fue de los primeros en apuntarse. En total lo hicieron dieciséis hombres.

En un gran llano, no lejos de la costa, comenzaron los combates. La única norma que debían acatar era no producir una herida de muerte al adversario.

Los contendientes, capitanes experimentados en su mayoría, manejaban el acero con destreza y alguno bordaba exquisitos lances que hacían las delicias de los espectadores.

A mediodía había seis hombres eliminados, y por la tarde, otros ocho fueron derrotados. Solo quedaron Ximénez, el hidalgo provocador, y Vasco Núñez. Como pronto oscurecería, se acordó que el combate final tendría lugar al día siguiente por la mañana.

Por la noche, en la taberna, Bastidas animó el cotarro.

—Hagan sus apuestas, señores, si quieren ganar buenos caudales.

Las posturas se inclinaban largamente a favor de Ximénez, un capitán más conocido que aquel joven extremeño apellidado Balboa, del que nadie había oído hablar.

Al día siguiente, el sol se levantó rápidamente por entre un monte plateado, como si tuviera prisa por presenciar la lucha de los dos últimos contendientes. La gente se arremolinó formando un círculo y gritaba mientras aguardaba. Cuando Vasco apareció en mangas de camisa, las mujeres soltaron exclamaciones de admiración. En la parte opuesta, Álvaro Ximénez se plantó altivo y desafiante. Por un momento, Vasco se imaginó que se hallaba en el circo romano, como un gladiador en la arena, admirado por aquellos patri-

85

cios y siervos que se enardecían con el olor a sangre y gritaban: «¡A muerte!».

Las voces de los compañeros vociferando para que empe-
zara el combate le devolvieron a la realidad. Bastidas dio la orden. Muchos jaleaban a Ximénez para que acabara con el prin-
cipiante. Era tan alto como Vasco pero bastante más grueso.

Los dos adversarios desenvainaron sus espadas dispuestos a
dar buena muestra de su arte y bravura. Después de unos lances de tanteo, Ximénez intentó una traidora estocada que Balboa paró con contundencia. Estrecharon los aceros una y otra
vez. Vasco gozaba de fuerza, cabeza fría y buen pulso. Esqui-
vaba las entradas de Ximénez y se giraba raudo haciendo que su
oponente errara el golpe. Sin embargo, en un descuido, Ximénez le asestó un espadazo en el brazo izquierdo. Vasco sintió un
escozor y un hilo rojo de sangre tibia se abrió paso sobre su camisa. Ximénez, envalentonado, acometió de nuevo pero no cogió desprevenido a Vasco, que era más joven y ágil. En un ataque de Ximénez, consiguió parar un golpe, se agachó para
esquivarlo, giró veloz como una centella y le tocó el vientre con
la espada. De haber sido un combate verdadero, Vasco hubiera
podido despanzurrarlo. Al verse vencido, Ximénez dobló las rodillas y cayó a tierra escondiendo el rostro entre las manos.

La voz grave de Bastidas retumbó en toda la explanada:

—¡Basta! ¡Ganador, Vasco Núñez de Balboa!

Se oyeron los vítores del público que coreaba: «¡Balboa!,
¡Balboa!».

Vasco quedó sorprendido porque Ximénez le tendió la
mano.

—Os ruego aceptéis mis disculpas.

—¿Por qué?

—Por mi comportamiento en el barco. Reconozco que sois
un valiente.

—Os confieso —le dijo Vasco apretándole la mano— que
habéis sido un rival muy difícil. Y que también sois muy
bravo.

Aunque en un primer momento Vasco no estuvo seguro de
las intenciones de Ximénez, este le había apretado la mano con
firmeza, mirándole a los ojos; eso le bastó para comprender
que la disculpa era sincera.

Las mujeres corrieron a felicitar a Vasco. Estaba sofocado, sudoroso, pero atractivo. Marigalante, al ver la herida, rasgó un trozo de su refajo y lo enrolló en el brazo de Vasco. Él se lo agradeció con una sonrisa. Ximénez, cabizbajo, se retiró hacia su aposento en la taberna, seguido de sus incondicionales.

Bastidas también alabó a Vasco.

—No sabía que fuerais tan magnífico esgrimidor. ¡Qué digo!, que sois el mejor espada de esta expedición, y lo tendré en cuenta. Decidme, ¿dónde aprendisteis?

—En Moguer, con don Pedro Portocarrero, y luego, en la guerra de Granada y con don Gonzalo Fernández de Córdoba, al que admiro y llaman el Gran Capitán.

—Ahora me explico. El aprendiz hace honor a tan buenos maestros.

Desde entonces, Vasco pasó de ser un cualquiera a ser admirado por su arte con la espada. A la admiración de las mujeres sumó el respeto de los hombres y desde ese momento comenzaron a llamarle Balboa.

87

El gentío pasó a la taberna a cobrar sus apuestas y Balboa recibió su premio. Los pocos que habían apostado por él, especialmente las mujeres, contaban gozosos los caudales de su bolsa. También Hurtado contaba alborozado las monedas que le habían correspondido. Tenía para emborracharse cada día hasta que zarparan. Y así lo haría.

—¡Mesonero! —gritó Balboa—. Que corra el vino para todos. Esta ronda la pago yo.

Cuando De la Cosa bajaba para unirse a la celebración, Ximénez, solitario, se retiraba a su cuarto. Balboa lo llamó y le alargó un jarro de vino.

—Bebamos, amigo. No ha sido más que un juego. Y reconozco que he tenido suerte, habéis estado a punto de vencerme.

—A vuestra salud —dijo Ximénez intentando sonreír—. Me debéis la revancha.

Desde el día del combate, cada vez que Balboa y Ximénez coincidían en la taberna o por la playa, conversaban con afabilidad. Balboa recordó la apreciación de Hurtado.

—Teníais razón —le reconoció—. Parece un hombre resentido, pero para nada mala persona. Y espero contar con su amistad en las Indias.

Como las islas Canarias eran la última escala antes de emprender la travesía por el Mar Tenebroso, los hombres sentían necesidad de desfogarse con alguna mujer; algunos pensaban que, quizá, fuera la última vez. En otros tiempos, los pescadores del lugar ofrecían a sus hijas y hasta a sus mujeres por unas monedas, pero ahora que los viajes se habían incrementado, alguien había llevado a unas rameras sevillanas de la mancebía y las había instalado en La Gomera. El burdel dependía del mesonero del puerto; así, todo el negocio estaba en sus manos.

La noche antes de partir, Balboa buscó a Ximénez.

—Venid conmigo.

—¿Adónde?

—No preguntéis, seguidme.

Balboa lo llevó al burdel. Ximénez, consciente del rechazo que provocaba en cualquier mujer, se mostró reacio a entrar.

—Dejadme a mí —dijo Balboa—. Yo os aseguro que hoy palparéis los más abultados pechos antes del ayuno carnal que nos impondrá el viaje.

La mesonera, gorda y grasienta, con algunas mellas en la boca, le mostró a Balboa la mejor de sus sonrisas; incluso le dijo que ella misma se hallaría dispuesta a complacerle. Él pagó por dos servicios y entraron. Eligió a dos hermosas muchachas de entre las diez o quince que allí había. A la tenue luz de las lámparas de aceite, tomaron unas copas y conversaron alegres.

—Aquí donde lo veis —dijo Balboa mientras le daba a Ximénez unas palmaditas en la espalda—, el amigo es una fiera en el campo de batalla; tanto que él solo acabó con un batallón de moros.

—¡Oh! —exclamó una de las muchachas—. ¿Y no os hicieron daño?

Antes de que Ximénez respondiera, Balboa se adelantó:

—A este no hay quién lo venza. Es un Hércules, os lo digo yo. —Vio que había conseguido despertar la atención de las mujeres—. Pero eso no es nada. Que os cuente cómo se hizo esos costurones en la cara, es toda una odisea.

—Contad, contad —pidieron a la vez las dos mujeres, vivamente interesadas.

Balboa, divertido, improvisaba sobre la marcha.

—Esas marcas que veis no son producto de una simple caída de un árbol, ¡pardiez que no!, sino de una encarnizada lucha con tres tiburones.

—¿Con tres tiburones?

—Con tres. Después de más de seis horas de lucha, logró matar uno, luego hirió otro, pero el tercero le dejó su marca en la cara. Claro que el tiburón lo pagó con su vida. —Hizo una pausa para beber un trago, y continuó—: Pero además, nuestro amigo no solo es famoso por su valentía sino por otra cosa...

—¿Por qué? —preguntaron las putas al unísono.

—Por lo que esconde. Pero eso tendrá la suerte de comprobarlo aquella de vosotras que él elija, ¡ja, ja, ja!

A Ximénez se le agolpó la sangre en la cara e intentó decir algo, pero Balboa le guiñó un ojo, seguro de que para cuando advirtieran el engaño ya sería muy tarde.

Las dos mujeres rodearon a Ximénez mostrando sus encantos y pidiendo cada una ser la elegida. Balboa había conseguido que desviaran la atención de los costurones. Una de ellas le tomó de la mano y se metieron en un rincón del burdel, echaron una cortina y, en la oscuridad, donde solo se captaban las siluetas, Ximénez gozó de los favores de la mujer, y su piel cuarteada quedó impregnada de sus caricias.

89

Al cabo de una semana, una vez listas las dos carabelas y aprovisionados de víveres, abandonaron las Canarias, el último eslabón que los unía a su país.

Balboa, desde cubierta, contempló la Mar Océana en calma y escuchó a Bastidas que los vientos alisios empujarían la nao a gran velocidad. Un cura rezaba el rosario cada tarde y pedía al cielo que los librara de borrascas, de monstruos horrendos y de peces como lagartos gigantes que, según contaban algunos marineros, engullían a los hombres en medio de la mar.

Un mañana, después de misa en la cubierta del barco, Ximénez le entregó algo a Balboa.

—¿Qué es esto? —quiso saber el jerezano.

—Un mapa del Darién.

—¿Y qué es el Darién?

—Una de las regiones más ricas de Tierra Firme. Lo compré en Sevilla, antes de meterme en aquella partida que me dejó sin un real; pensaba que podría serme de utilidad para este viaje. Ahora quiero que lo tengáis vos.

—Gracias. Eres un buen amigo. No sé dónde se halla ese Darién pero lo exploraremos juntos.[4]

Cuando llevaban recorridas más de doscientas millas, el cielo se nubló de repente y comenzó un aguacero acompañado de un potente viento que hostigaba el velamen emitiendo un ruido infernal.

—Ya estáis habituados al mareo del barco —dijo el maestre—, y a la comida a bordo. También es frecuente en estos viajes sufrir los vientos y las tormentas. Y se acerca una buena.

El mayor peligro en el mar era la tempestad. En esos casos, había que replegar las velas y dejarse llevar hasta que amainara.

Ahora todos temían que aquellas elevadas olas reventaran el casco de la carabela o que la engulleran en una embestida, sin dejar rastro. La lluvia arreciaba como si fuera un diluvio. Los expedicionarios se agarraban fuertemente a las maromas, otros resbalaban y caían al suelo de cubierta. El frío les helaba los huesos. En el cielo no se veía ni una estrella. Las tinieblas más profundas rodeaban la embarcación. Los animales se revolvían asustados en la bodega. Las mujeres bajaron a refugiarse allí. Doña Mencía sacó un rosario y comenzaron a rezar. Aunque los truenos impedían oír sus voces, la dama recitaba la oración para las tormentas:

Santa Bárbara bendita,
que en el cielo estás escrita
con papel y agua bendita,

4. El Darién era una extensa provincia emplazada en el noroeste de la actual Colombia. Junto con los cacicazgos que aparecen en el libro, más Veragua, Nombre de Dios y Castilla del Oro, conformaba la actual Panamá.

en el ara de la cruz,
tres veces amén Jesús:
amén Jesús, amén Jesús y amén Jesús.

A cada trueno la repetía y no dejó de hacerlo mientras duró la tormenta. Luego, extenuada y muerta de miedo, se acurrucó en la hamaca y se tapó con la manta sin dejar de rezar.

La actividad no paró en cubierta durante toda la noche. Los marineros obedecían las órdenes del maestre, amarraban bien las velas y se movían de un lado a otro con agilidad. Bastidas pidió a los viajeros que echaran una mano a la tripulación. Los marineros y grumetes no daban abasto y estaban agotados. Balboa se despojó del jubón, se quitó el cinto, dejó la espada y trepó a lo alto para ayudar a arriar velas; pero cuando se disponía a descender, quizá por su inexperiencia, quedó enganchado entre el palo de mesana y el velamen. Sus gritos se confundían con el estruendo de la naturaleza. Solo Álvaro Ximénez, que se hallaba cerca, vio sus aspavientos. Balboa, empapado, trataba inútilmente de librarse de las garras que lo aprisionaban al palo. Pedía a gritos un cuchillo para rasgar sus ropas y poder desengancharse. Ximénez se colocó un capote y un sombrero de uno de los marineros y trepó para llevarle el puñal. El viento y la lluvia le impedían llegar todo lo rápido que hubiera querido. Cuando por fin llegó a lo alto, le tendió el cuchillo. Mientras Balboa intentaba liberarse, un trueno los ensordeció, a la par que un rayo impactaba en el pecho de Álvaro Ximénez. Su cuerpo, brillando como una bengala, voló por los aires hasta perderse en las aguas revueltas. El choque de su cadáver contra las tormentosas aguas se solapó con el estampido de otro furioso trueno.

Balboa salió despedido pero cayó en cubierta, sobre unas maromas. Enseguida varios marineros corrieron a por él y lo metieron bajo la cubierta de popa. Lo desnudaron. El rayo le había producido algunas quemaduras. El físico le aplicó cataplasmas de cebolla con otras hierbas, ante los ayes de dolor del jerezano. Marigalante no se separó de su cabecera y pasó la noche colocándole paños de agua fría y cambiándole los vendajes, según le indicara el físico.

Balboa sintió desazón por la pérdida de Ximénez, que había

91

demostrado ser de nobles sentimientos y había arriesgado su vida por él.

Pasaron la noche a oscuras por temor a que se provocara un incendio, solo el fanal alumbraba la carabela. Nadie probó bocado.

Poco a poco fue volviendo la calma, el viento amainó, cesó la lluvia, y las olas, tan tumultuosas horas antes, se sosegaron y mecieron suavemente la nao.

Al amanecer, vieron a la *San Antón* delante y se alegraron de que también sus compañeros estuvieran a salvo.

Un grumete tocó la campana y todos se reunieron en cubierta ante Bastidas.

—Demos gracias a Dios, Nuestro Señor, por habernos librado del peligro.

—Recemos —dijo un fraile— porque pronto toquemos tierra.

Se arrodilló, sacó un rosario y fue pasando las cuentas por los dedos con fervor. Muchos de los pasajeros le imitaron.

Sus plegarias tuvieron el efecto de un conjuro y poco después se obró el milagro. Un marinero subido en lo alto del mástil gritó: «¡Tierra a la vista! ¡Por estribor!».

Capítulo 9

Tierra Firme

*L*a primera vez que puso pie en tierra Balboa se quedó inmóvil, como clavado en la arena. Ante él tenía a un grupo de indios gritando tan fuerte que se le resentían los tímpanos. A la imagen insólita de esos seres con piel de cobre, desnudos, armados con lanzas, había que añadir la algarabía que formaban las loras cortejándose y los monos que, excitados por el griterío de los indios, atronaban la selva, presente unos pasos más allá.

El primer impulso de Balboa fue echar a correr hacia el bote; se debatía entre huir, plantarles cara o tratar de dialogar con ellos. Como responsable del grupo le correspondía tomar la decisión; pero si pensaba solo en él y trataba de salvarse, sería un acto de cobardía abandonar a los otros cinco. Aquello no iba a ser tan fácil como creía al desembarcar.

Hacía un par de horas que habían divisado tierra. Los marineros habían soltado las áncoras hasta el fondo, a un cuarto de milla de la costa, en unas aguas verdes y limpias; habían recogido velas mientras los expedicionarios se abrazaban alborozados. En un instante se olvidaron de las fatigas, las náuseas, la comida agusanada, la incomodidad y los hedores de la bodega, las chinches, las ratas, la tormenta.

Bastidas había pedido voluntarios para explorar los alrededores en una expedición de reconocimiento, y solo se había ofrecido Balboa. Entonces el capitán echó a suerte los otros cinco que integrarían la partida. Tomó cinco garbanzos y los marcó con una cruz, los echó dentro de una bolsa y los mezcló con otros tantos garbanzos como hombres había bajo su mando. Los cinco desafortunados a los que les tocaron los garbanzos marcados mascullaban insultos y maldiciones, temerosos ante los posibles bichos raros, animales salvajes o alguna tribu de caníbales.

Y allí estaba Balboa ahora ante un pelotón de indios que iniciaron una danza al son de sus tambores y golpeando el suelo con lanzas de madera; tres de ellos se habían adelantado unos pasos y saltaban al ritmo de la música, pausada a veces, y frenética otras; enarbolando las lanzas, se agachaban, miraban hacia los españoles y se integraban en el grupo. Luego salieron otros dos entonando un canto y danzando con otro ritmo.

—Esto quizá sea un ritual guerrero —dijo Balboa, inquieto, en tono bajo.

—¿Y eso qué significa? —preguntó Hurtado mirándole asustado.

—Que así que acabe la danza estaremos todos muertos.

—¡No bromees! Yo me voy para el barco ya mismo.

Balboa le agarró por la camisa con determinación.

—De aquí no se mueve nadie o me lo cargo yo, ¿entendido? Todos con la espada y las armas preparadas pero sin moverse hasta que dé la orden.

Los naturales eran unos treinta, y ellos, solo seis. Entonces se adelantó un indio con una máscara de animal, el cuerpo cubierto con una piel de venado y adornos en la frente y la cabeza. Parecía el hechicero. Balboa soltó el arcabuz, dejó la espada en la arena y, aparentemente desarmado, pero enfundado en su armadura, se dirigió hacia él. Tenía el miedo en el cuerpo pero fingía serenidad. El sol lustraba su casco con destellos que refulgían.

Al verlo avanzar tan resuelto, los indios quedaron mudos y retrocedieron unos pasos.

—¿Atacamos ahora, Balboa? —preguntó uno de los cinco.

—Ni se os ocurra. Si es posible, intentaré atraerlos por las buenas.

Llevaba en la mano un cascabel que hacía tintinear. Para sorpresa de todos, los indios perdieron el recelo y se acercaron confiados, atraídos por aquel sonido. Rodearon a Balboa, que se lo ofreció al que parecía el hechicero. El indio miró con asombro el cascabel y lo cogió, agitándolo sin dejar de tocarlo.

Balboa y sus compañeros observaron los adornos de oro que pendían de sus narices y orejas y colgados al cuello por una cuerda. Pero ellos no llevaban objetos para cambiar. Por señas, apiñando los dedos de una mano y moviéndolos hacia su boca, les indicó que tenían hambre. Los indios señalaron el poblado y se encaminaron hacia allá seguidos de los seis españoles. Balboa miraba a sus compañeros, medrosos de que, quizá, se tratara de caníbales.

—Si nos vemos en peligro —les dijo—, moriremos matando.

Siempre detrás de los indios, atravesaron un espeso bosque de árboles gigantescos con lianas, serpientes, guarros salvajes, monos y aves desconocidas que saludaban a la mañana volando entre las copas, mientras unas garzas, asustadas a su paso, huían con estrépito. A esas horas primeras de la mañana, en la selva se respiraba un perfume suave y agradable.

Los indios caminaban por un estrecho sendero libre de maleza para avanzar sin necesidad de abrirse paso a machetazos. La distancia hasta el poblado era larga. Subieron una cuesta; la espesura de la selva dejaba paso a un claro del bosque en una suave meseta con montañas verdes al fondo. El sol abrumaba y el sudor empapaba sus ropas bajo los petos de metal.

La aldea se componía de unos cuantos bohíos diseminados cerca de la orilla de un río; eran de barro y estaban cubiertos con palos, hierbas y hojas de palma. Los hombres, mujeres y niños, desnudos, se quedaron inmóviles, mirando atónitos aquellas seis figuras vestidas con trajes de hierro de la cabeza a los pies. «Seguro que estas gentes jamás vieron cosa semejante; les pareceremos seres caídos del cielo, apariciones de espíritus guerreros, quizá sus antepasados que vuelven de esta guisa —pensó Balboa, —pero ¡mira que ellos no son también raros!»

Los españoles se vieron rodeados por los indígenas, que eran de bellas facciones y bien formados, y llevaban la cara y el cuerpo pintados con figuras de animales en negro, azul, amarillo y rojo. Los más viejos se cubrían con un taparrabos. Todos los hombres del poblado lucían pelo corto, con flequillo, y no tenían cejas ni vello en el cuerpo. Por suerte, no mostraban ac-

95

titud combativa; solo daban vueltas a su alrededor y los señalaban entre risas. Algunas muchachas los tocaban con timidez y algún niño chillaba asustado.

El hechicero enseñó, orgulloso, el cascabel, y la gente se agolpó a mirarlo. El cacique de la aldea llevaba en la cabeza un tocado de plumas de varios colores y un collar de hueso al cuello. Se dirigió a Balboa y pidió por señas otro cascabel. Balboa recordó que llevaba otro en su bolsa. Lo extrajo y se lo colocó en la mano. Al gobernante se le iluminó la cara; lo cogió sonriendo y no paraba de tocarlo. Les hizo reverencias, a las que los seis españoles correspondieron, y los invitó a entrar en un bohío. En el interior, en cestos de fibra vegetal había abundante comida. Tenían fuego encendido; a pesar de un agujero en el techo la choza se hallaba llena de una humareda asfixiante que los hacía toser.

Como allí dentro no se podía respirar, salieron para comer al aire libre. Los obsequiaron con guisos de aves, pescado seco, carne salada y frutos desconocidos, de piel suave, dulces y jugosos; acompañaron la comida con una bebida dentro de una calabaza, algo dulzona, pero buena a falta de otra cosa.

Balboa tenía mucha sed y la bebida india le gustó. Después de más de ocho largos tragos, empezó a reírse y a decir que se sentía como en la gloria, que los indios eran su familia y que quería casarse con una india. Luego entonó una jota de su tierra y se puso a bailar intentando que la india elegida lo acompañara. Los nativos le hicieron un corro, batían palmas y se reían con él.

Los hombres continuaron la fiesta. Mientras, unas cuantas mujeres de mediana edad se situaron un poco más allá y se sentaron en el suelo, delante de una choza. Colocaron entre sus piernas a un niño cada una y, ante la sorpresa de los demás españoles, pasaron repetidamente una especie de peinas, hechas unas de pedernal y otras de hueso, para raer las cejas de sus hijos; los chiquillos gruñían, pero ellas se reían y continuaban rapando con ritmo, sin hacerles caso. Uno de los más pequeños lloraba y se rebelaba ante aquella tortura. La mujer lo acariciaba, paraba un momento y le daba golpecitos en la cara hasta que el niño se calmaba. Luego cogía de nuevo la peina y continuaba rapando a la criatura. Cuando terminaban de pelarles las cejas, les repasaban la cabeza. El pelo negro iba cayendo en montones, alfombrando la tierra. A los adolescentes les lijaban también el vello del sexo y el de los sobacos. Una de las mujeres, al acabar de pelar a su niño, llamó a un indio adulto y procedió a quitarle los pelos del pecho y siguió sin descanso hasta acabar su cometido. La mujer llamó a Balboa con la mano y le señaló que se sentara junto a ella. Sus compañeros le animaron a que lo hiciera. Como aún estaba contento, no dudó en someterse a aquel ritual.

—No sé para qué soy bueno, señora mía, ¡hip! —dijo con la voz trastabillada, y le hizo una reverencia a la india—, pero aquí me tenéis, ja, ja, ja.

La india sonreía señalando la peina rapadora.

—Venga, valiente —gritaban sus compañeros—, que no se diga.

Se acercó tambaleante, empujado por dos de ellos, se despojó del casco, lo colocó en el suelo y se tumbó sobre las piernas de una gruesa india mientras canturreaba una canción de su tierra. La mujer procedió a pasarle la peina sobre una de las cejas. Los españoles sonreían maliciosamente pensando en lo espantajo que iría a quedar. La mujer continuó rapándole las cejas. Balboa gruñía pero al rato se quedó dormido en el regazo femenino dejando oír unos acompasados ronquidos. Los demás se fueron también a sestear.

Por unas horas, todo estuvo en calma. De pronto sonaron unos extraños instrumentos de viento y, al instante, empezaron a salir de los bohíos mujeres con niños en brazos, hombres que llevaban a ancianos cargados a las espaldas, otros empuñando lanzas y hachas de piedra, todos corriendo de un sitio a otro. Balboa, muy serio, con el pelo enmarañado, preguntó por señas a qué venían aquellos gritos y voces asustadas. Las mujeres soltaron las peinas, cogieron de la mano a sus hijos y siguieron a los demás indios hacia unas montañas que se veían al fondo. Indudablemente huían de algo, y ese algo les infundía pavor.

De uno de los bohíos salió llorando un niño de unos dos años. El gobernante indio, que dirigía la fuga, lo cargó al cuadril; moviendo la mano, les indicaba que lo siguieran ya que no entendían su desgarrador discurso, y echó a correr como una flecha monte arriba. Los seis españoles, ya sobrios, corrieron tras él, aun sin saber el motivo de aquella carrera. A mitad del

97

monte, el indio les indicó que se escondieran tras unos matorrales y se llevó un dedo a los labios para indicar que guardaran silencio. Nadie respiraba siquiera.

Instantes después se oyó una algarabía e irrumpió en el poblado un grupo de unos cien indios, con los brazos muy largos y las espaldas muy anchas. Parecían monos, por los andares; llevaban todo el cuerpo pintarrajeado y plumas en la cabeza. Sin dejar de chillar entraron en los bohíos y, al comprobar que la aldea estaba desierta, arramplaron con la comida que pudieron. Ya regresaban corriendo hacia las canoas que habían dejado en la orilla del mar cuando uno de ellos divisó, junto a un bohío, a un niño lisiado, escuálido, de unos cinco años, que se apoyaba en un palo largo intentando huir hacia el monte. Avanzaron hacia él y lo rodearon en medio de voces aterradoras, como de fieras hambrientas. Uno lo ensartó con su lanza, lo arrojó por el aire para que lo detuviera otra lanza, y así se lo fueron pasando, como en un juego, mientras destrozaban el cuerpo del malogrado niño. Luego lo despedazaron con un hacha, lo abrieron en canal, tiraron al suelo las tripas mientras unos le sorbían la sangre y otros se comían los miembros crudos y esparcían sus huesos por el suelo. Por fin se dirigieron hacia la costa, embarcaron en las canoas y desaparecieron.

Balboa y los suyos tenían la piel de gallina ante aquella atrocidad. Al cabo de más de una hora, cuando comprobaron que había pasado el peligro, el gobernante del poblado les gritó algo y fueron bajando hacia sus casas. Los españoles comprendieron que los caníbales se habrían llevado al que hubiera caído en sus garras.

Balboa y sus compañeros estaban asombrados pues los indios, después del asalto, volvieron enseguida a la normalidad de su vida cotidiana. Pronto volvieron a escucharse las risas, como si nada hubiera sucedido, y los españoles se contagiaron de esa alegría.

Los compañeros de Balboa se fijaron entonces en que no tenía cejas. Su aspecto había cambiado tanto que no pararon de echar risotadas. Le dieron un espejo y cuando se vio dio un respingo.

—¡Demonios! La ladina india, si me ha dejado como un ecce homo.

—Bueno —le dijo Hurtado—, consolaos, que eso crece. Vaya careto que tenéis ahora.

—Encima con chufla. Que te ensarto como a una morcilla…

La tarde iba cayendo y debían regresar. Como despedida, los españoles se desprendieron de los colgantes que llevaban al cuello y los indios les dieron sus adornos de oro y una pequeña calabaza llena de perlas. Balboa entendió que no tenían más que ofrecerles. Además, les entregaron unos cestos con comida que habían podido esconder de los caníbales. Balboa y los nativos se hicieron mutuas reverencias y se encaminaron hacia el bote.

Por el camino escucharon mil murmullos que procedían de la espesura. El aroma de las flores a media tarde, el olor de los árboles y plantas de la misma tierra, era diferente al de la mañana, más intenso, y los colores presentaban otros matices.

Era difícil avanzar por la espesura, entre retorcidos troncos de árboles inmensos que tapaban la luz del sol. De cuando en cuando, aparecían enormes serpientes que se confundían con las ramas. A ratos, la vegetación clareaba y, a ratos, la selva aparecía más espesa y las hierbas lo cubrían todo. Entre los árboles se divisaban multitud de pájaros de colores, monos saltarines y otros animales que huían asustados.

Los seis compañeros metieron el oro y los cestos de comida en el esquife y remaron aprisa por temor a que los caníbales aparecieran.

Ya en la carabela, Balboa desgranó atropelladamente su primer encuentro con los indios y la visita de los cariboc, e informó a Bastidas y a Juan de la Cosa que los del poblado eran amistosos, llevaban objetos de oro y tenían en sus bohíos unas calabazas donde guardaban perlas que sacaban del mar, cerca de una isla. Por último, les enseñó los presentes que como muestra de amistad les habían dado.

Estaba oscureciendo. Por seguridad, decidieron pasar la noche en los barcos.

Al día siguiente, el capitán Rodrigo de Bastidas ordenó subir a las barcas y navegar hacia la costa. Llevaban cofres con cascabeles, esquilas, telas, cuentas de vidrio, bonetes rojos, es-

99

pejos, encajes, platos, panderos y mil menudencias para canjear por oro y perlas. Al bajar de los esquifes les ordenó que no usaran la violencia, ni se les ocurriera ofender a los indios ni raptar a mujeres ni saquear los poblados que encontraran. A Balboa se le grabaron estas advertencias de Bastidas y se propuso tenerlas en cuenta en su trato con aquellas gentes tan cándidas.

Bastidas se sinceró con él: aparte de explorar y conquistar tierras, le interesaba obtener un buen rescate que le compensara del coste de esa expedición, lo suficiente para poder pagar a sus proveedores y conseguir buenas ganancias. La mayoría soñaba con volver rico a España o establecerse en esas tierras convertidos en poderosos hacendados.

Como Balboa les había informado de que en el poblado que visitaron apenas tenían oro, Bastidas decidió encaminarse hacia el este. Encontraron un primer pueblo de indios pacíficos; cambiaron puñales, cascabeles y espejos por un poco de oro. Después del trueque, Bastidas preguntó a los indígenas dónde había más, y ellos, hablando en una lengua ininteligible, señalaron al sur. Se adelantó un indio que conocía algunas palabras castellanas. Bastidas lo reconoció por haber estado conviviendo con ellos hacía pocos años, en un anterior viaje. Le convencieron con muchos regalos y se fue con ellos. Les sería de utilidad como guía en su trato con los nativos.

Así recorrieron un vasto territorio de lo que Bastidas bautizó como Tierra Firme, en contraposición a las islas. En cada sitio se repetía la misma escena: los indígenas los recibían contentos, se mostraban hospitalarios y los atendían como si fueran dioses, se despojaban de sus adornos y se los entregaban a los españoles, junto con todo el oro que guardaban en sus cabañas. Para ellos no tenía valor. Los españoles se asombraban del trueque de unas simples cuentas de colores por excelentes perlas; un cuchillo equivalía a los adornos de oro de su nariz y orejas, y si les mostraban cascabeles y espejos, buscaban cuanto tenían del «metal amarillo» que tanto alegraba a los hombres blancos. Habían conseguido rescatar más de seis mil pesos de oro, lo que era un buen botín como comienzo.

Siempre caminando hacia el sureste llegaron a la orilla de un río. Los indios lo llamaban Huacacayo. Encontraron unas diez embarcaciones vacías, formadas por troncos de árboles huecos, que se balanceaban en la orilla. De la Cosa dijo que los indios las llamaban canoas. Estaban decoradas con pinturas en vivos colores. Pensaban que serían de los indios del poblado más cercano y se dijeron que no les importaría que las tomaran prestadas.

—Surcaremos el río hacia la izquierda —dijo Bastidas— y continuaremos su curso a ver qué encontramos.

—Yo pienso —dijo Balboa— que deberíamos tirar a la derecha, hacia el sur.

—Estoy de acuerdo con Vasco Balboa, ejem —carraspeó Juan de la Cosa—. Creo haber entendido a esos indios que el oro estaba más al sur. Y hacia la izquierda vamos al norte.

Bastidas no quiso dar su brazo a torcer. Para eso era el capitán de la expedición y quien tomaba las decisiones. Eligieron las siete mejores canoas y montaron cinco en cada una.

Navegaron unas doce leguas aguas abajo, según eligió Bastidas —entonces ignoraba que eso significaba ir hacia el desagüe del río en la Mar Océana—, en lugar de internarse hacia tierras del interior. Remaban por el medio del río, entre árboles que nacían en las orillas, de distintas tonalidades de verde, abriéndose paso entre los manglares, sorteando algún rápido que los hubiera puesto en peligro de zozobrar y esquivando algunos troncos flotantes, soportando la ausencia de viento y un calor pegajoso en aquella hora del día, que producía gotas abundantes de sudor y empapaba la cara y el pecho de los remeros; unas garzas, asustadas, que pescaban en las orillas, emprendieron el vuelo.

De pronto, se vieron impulsados por el furor de remolinos que formaba la corriente del río al juntarse con la mar. Fue un choque brutal, que removió sus huesos y sacudió las canoas haciéndolas girar en todas direcciones; la corriente los empujaba mar adentro y arrancó a dos hombres de sus asientos lanzándolos como hojas de papel contra los violentos torbellinos. Algunos alargaron los remos para que se agarraran pero la corriente impetuosa los engulló ante la vista de sus atribulados compañeros, que nada pudieron hacer. Bastante tenían con sujetarse dentro de las canoas y resistir. Olas furiosas de más de dos metros se estrellaban contra ellos sin tregua y los empapaban. Lo de menos era su cuerpo chorreando, la vista nublada por el agua o los giros de peonza, sin poder enderezar el

101

rumbo. En sus mentes solo estaba impresa la palabra «resistir», a pesar de que, en esos instantes, creían que se les saldrían los hígados por la boca. Los remolinos eran cada vez más intensos y amenazaban con engullirlos sin remedio en cada giro. No obstante, continuaron remando con todas sus fuerzas para intentar salir de aquella trampa de agua. El ruido de las aguas ahogaba sus gritos y jaculatorias a las vírgenes y santos. Bastidas y De la Cosa ordenaron por señas que continuaran bogando mar adentro. Hicieron un último esfuerzo moviendo los remos de forma apremiante.

De la Cosa señaló al noreste. Enfiló su canoa hacia esa dirección y los demás le siguieron. Al fin, después de horas que les perecieron eternas, sin dejar de luchar contra el mar embravecido que parecía medir sus fuerzas con aquel río intruso, siguieron remando con brío, sacando fuerzas de donde ya no había, y consiguieron acceder a mar abierto. Agotados, soltaron los remos y descansaron, dejándose mecer por las olas, para reponer fuerzas y permitir que el sol secara sus ropas.

—Loado sea Dios y la Virgen y los santos —dijo uno de los religiosos que iba en la canoa de Balboa—. Ellos nos han salvado.

—Anda que sí —dijo Hurtado—, que a no ser por el golpe de remos y nuestro tesón iban a venir los santos a sacarnos de allí.

—¡No seas impío, soldado! —gritó el clérigo encolerizado levantando los puños— o arderás en el infierno.

—¿Más infierno que el que hemos pasado, padre?

—Haya paz —medió Bastidas—. Y tú, Hurtado, no seas irreverente.

Remaban manteniendo las canoas en paralelo. De la Cosa se dirigió a Bastidas:

—¿Os dais cuenta de que acabáis de descubrir la desembocadura de un gran río?

—Cierto es, amigo —respondió Bastidas con los ojos chispeantes de orgullo—. Propongo bautizarlo como Río Grande de la Magdalena porque hoy es el día de santa Magdalena.

Balboa levantó la vista de los remos y divisó tierra no muy lejos.

Capítulo 10

Caribes

*E*ra una isla la tierra que había divisado Balboa y se dirigieron hacia ella. Hizo una seña con el brazo y los demás compañeros los siguieron en sus embarcaciones, sin dejar de bogar, a pesar de encontrarse al límite de sus fuerzas por tantas horas luchando contra la corriente, en mar abierto. Soltaron los remos, saltaron de las canoas y pusieron los pies en una playa desierta.

En las orillas se veían piraguas y enormes canoas muy bien decoradas, en las que podían caber hasta cincuenta hombres, y balsas con mástiles rudimentarios y velas de algodón.

Con aquella luz del atardecer, los hombres de Bastidas se movían cansados, entorpeciendo el descanso de los pájaros, que escaparon bulliciosos ante la inesperada irrupción.

Bajaron los cofres con el botín hasta la orilla y se tumbaron en la arena, bañados por las olas que iban y venían incansables. Apenas podían moverse y tenían hambre.

Cuando repusieron fuerzas, acabaron de sacar lo poco que quedaba en las canoas y se dedicaron a explorar los alrededores de la isla. A veces se escuchaban extraños gritos provenientes del interior.

Se pusieron en marcha, acompañados de dos guías indios que, cuando visitaron su poblado, se habían empeñado en acompañarlos y habían aprendido varias palabras en castellano. Balboa siempre se ofrecía para ir el primero, por delante del resto de la expedición. Al poco rato levantó el brazo y retrocedió hasta el grupo.

—¡Atención! ¡Venid a ver lo que he descubierto!

Por indicación de Bastidas siguieron a Balboa y se dirigieron hacia una aldea que se divisaba en un lugar elevado, cerca de un río, y en la parte oriental de la isla, con muy difícil acceso para un ataque enemigo desde la costa. En completo silencio, se apostaron tras unos matorrales, cerca de los bohíos. A unos metros de allí, aparecían desparramados huesos y cráneos humanos, tripas ensangrentadas y algún miembro con la carne podrida, todo lleno de moscas verdes. El hedor era nauseabundo. Perros pequeños —como los que habían visto en otros poblados— y aves disfrutaban con el festín, mientras unos niños correteaban por la aldea y jugaban con las tripas, levantándolas con unos palos. Algunas indias llevaban haces de leña y recipientes de barro en la cabeza.

—Son caníbales —dijo el capitán.

—¡Por Belcebú! —exclamó Hurtado—. A ver si vamos a servir de comida de esos salvajes.

Bastidas hizo una seña y avanzaron un poco más, procurando no hacer ruido. Agachados tras los ramajes presenciaron, atónitos, a dos indios robustos que arrastraban —en dirección opuesta a donde ellos se encontraban— a una india, uno de cada brazo, seguida de un niño de unos tres años con las manos atadas a la cintura de la mujer. La india no paraba de gritar. Los llevaron hasta un claro de la selva, a unos treinta pasos de donde ellos permanecían escondidos; desde su nueva posición escucharon con más nitidez sonidos de tambores, flautas y caracolas, mezclados con chillidos de dolor. Varias indias merodeaban cerca de los suyos, llevando ramas y troncos secos. Unos veinte caribes jóvenes se afanaban en juntarlos formando una pirámide, y les daban patadas a los pequeños que se acercaban. Los salvajes, completamente desnudos, tenían la cara y el cuerpo pintarrajeados con círculos rojos, y alrededor de los ojos, círculos negros. Lucían adornos de huesecillos, objetos de madera y de conchas en las orejas, en el tabique nasal y en el labio; se tapaban con un cubreviente, con brazaletes y tobilleras de algodón. Algunos llevaban amuletos en el pecho y pendientes de calabazas muy pequeñas por las que sobresalían garras de pájaro y pedazos minúsculos de piel de jaguar.

Mientras, otros sacaban un puñado de yesca del tronco de un árbol y, en cuclillas, se dispusieron a encender fuego frotando un palo aguzado sobre un trozo de madera. Después de varios intentos, brotó un hilillo de humo. Arrimaron unas hojas secas y soplaron con suavidad hasta conseguir una débil llama azul. Con cuidado fueron añadiendo más hojas secas, ramas finas y unas raíces que ardían como si fuera estopa. Por fin lograron encender una gran hoguera. Mientras, otros ataban unos palos verdes, con los que terminaron fabricando una gran parrilla, que nombraron como «barbacoa». Cuando la fogata estuvo lista, colocaron la barbacoa encima de la lumbre y la cubrieron con grandes hojas verdes.

Sobre una gran piedra se encontraba tumbado un indio joven y lustroso, atado de pies y manos. Era una de las víctimas de los caníbales, de las que apresaban y engordaban para luego comérselas. Bailaban a su alrededor mientras le hacían muecas, y se reían al amenazarlo con palos y mazas. Si el prisionero gritaba, le pinchaban las carnes hasta hacer brotar la sangre. Cuando se aburrieron de hostigarlo, lo remataron de un tremendo garrotazo en la cabeza.

Tres o cuatro caníbales, provistos de hachas de piedra y unos finos cuchillos como de huesos o de conchas, se encargaron de seccionar el cadáver.

Los caníbales intentaron descabezarlo, pero las hachas cortaban poco y acabaron machacando la cabeza a golpes, turnándose para asestarle cada hachazo; las continuas subidas y bajadas de las armas, en contacto con la carne, hacían brotar chorros de sangre que salpicaban sus caras de rojo, pero continuaban el trabajo lamiendo de su rostro la que podían alcanzar. Uno hundió hábilmente el cuchillo de hueso y fue rajándolo desde la garganta, hasta partirlo en dos. Otro le separaba los miembros, en medio de los lamentos de la mujer que habían conducido a rastras y que, por la desesperación con que gritaba, sería familiar del que estaban descuartizando. Esta india era algo diferente a las de la isla: tenía mayor estatura, y sus rasgos eran más dulcificados; llevaba a la cintura una banda ancha de algodón hasta medio muslo y collares de concha al cuello. La tenían atada a un tronco y, junto a ella, sujeto con las mismas cuerdas, el niño, que miraba con los ojos desorbitados lo que hacían aquellos nativos.

Un caribe puso la cabeza recién cortada entre sus piernas y tomó del suelo un palo seco, grueso como un pulgar, con la punta astillada. Luego lo enterró en la cara del muchacho, justo debajo de una de las pupilas, y le escarbó la cuenca del ojo hasta hacérselo saltar. Repitió la operación para arrancarle el otro ojo y, cuando iba a tragárselo, llegó un segundo caribe y empezaron a forcejear. El que tenía los ojos en la mano se los metió en la boca y comenzó a masticar a dos carrillos. El otro agarró la cabeza del muerto por los pelos y le arrancó la lengua de un mordisco.

Luego se la tiró a los niños para que jugaran con ella. La chocaban contra el suelo, la echaban a rodar y se la lanzaban unos a otros, llenándose de sangre. Cuando se cansaron, la colocaron en la parrilla. Dos mujeres caníbales se lanzaron a por ella, la cogieron casi en el aire, y con detenimiento fueron arrancándole todos los dientes, que guardaron en una pequeña calabaza vacía.

Al tiempo que lo despedazaban, los caribes hablaban entre ellos, o reían estruendosamente mientras unos colocaban brasas debajo de la barbacoa. A continuación, fueron poniendo a asar los trozos del cuerpo de la víctima ante la mirada glotona de viejos, mujeres y niños que rodearon la fogata, al tiempo que los más pequeños brincaban alrededor de las llamas. Dos indias muy viejas rociaban la carne con un brebaje aromático, quizá como adobo.

Luego colocaron los miembros y el resto de trozos en el lecho de hojas sobre la barbacoa. Los hombres de Bastidas, escondidos entre el follaje, con la respiración contenida, asistían absortos a aquel espectáculo. Hasta sus oídos llegaba el ronco chisporrotear del fuego al derretirse la grasa humana. Los caníbales, ansiosos, no apartaban la vista de la carne que se iba dorando y desprendía un olor que se expandía en el aire hasta las narices de los españoles. Al rato, los salvajes cortaron trozos más pequeños y, apiñados alrededor de la parrilla, fueron pasándoselos a cuantos estaban alrededor. Luego unos cuantos se apartaron del grupo para devorar con deleite su ración. Sus bocas chorreaban grasa y sangre. Chupaban el hueso y lo tiraban al suelo. Varios de los españoles, incluido Balboa, no pudieron contener el vómito.

Al acabar el banquete, los caníbales apagaron el fuego y se encaminaron hacia el río, donde se lavaron durante largo rato.

Las dos indias que un rato antes habían arrancado los dientes a la víctima se apartaron de ellos unos pasos y, sentadas en unas peñas, los fueron agujereando con un punzón y procedieron a confeccionar collares pasando una cuerda fina entre cada diente. Cuando terminaron, se los colgaron al cuello.

Los españoles estaban tan hechizados que no advirtieron la caterva de caribes que los había ido rodeando. Cuando se dieron cuenta era demasiado tarde: más de doscientos salvajes armados con arcos y flechas, hachas de pedernal y mazas, se acercaban con miradas de fiera, a punto de lanzarse sobre su presa. Algunos españoles se quedaron inmóviles; otros, temblaban.

Balboa y Bastidas, en un intento por evitar la lucha, aparentaron serenidad y les mostraron los objetos que llevaban, pero los caribes no querían comerciar. Los tiraron de un manotazo, esgrimieron los arcos, las hachas y mazas y les gritaban amenazadores, a pesar de que Bastidas trataba, inútilmente, de calmarlos.

Al ver que cargaban los arcos, Bastidas dio la orden de atacar. Los castellanos, más por el pánico de caer en manos de aquellos caníbales que por valor, se abalanzaron a la desesperada dando golpes a diestro y siniestro. Los que luchaban con las espadas se apartaron dejando paso a los arcabuceros y mosqueteros, que dispararon a discreción, causando innumerables bajas.

En un primer momento, los caribes se asustaron por las armas de fuego e intentaron huir, pero, incomprensiblemente, al rato se lanzaron hacia ellas, en lugar de hacia los hombres que las disparaban. Los ballesteros descargaban sus flechas para dar tiempo a los arcabuceros a cargar las armas, y una nueva descarga explotó contra cuerpos enemigos. Entonces, un segundo grupo de salvajes atacó furioso con sus hachas y lanzas, pero los ballesteros estaban listos para intervenir y diezmarlos.

A los indios no parecían hacerles mella las bajas. Cuando los españoles creían haberlos exterminado, apareció un puñado de indios de refuerzo y arrojaron una tanda de dardos que causaron algunos heridos, Bastidas entre ellos. Un puntazo se le clavó en una pierna. Permaneció inmóvil durante unos instantes para luego desplomarse, dejando caer su espada. Aquejado por aquel sufrimiento, se llevó la mano a la flecha. No era una herida cualquiera, le quemaba y la pierna empezaba a hinchársele. Comprendió que lo habían herido con una flecha envenenada.

—¡Indio hijo de la gran bellaca! —gritó entre espasmos de dolor—. Rápido, que venga el barbero.

Entre cuatro lo cogieron y lo alejaron del blanco de los indios. El barbero, que era un experto cirujano, le examinó la herida.

—Habrá que actuar rápido —dijo De la Cosa— y cortarle la pierna para que el veneno no siga avanzando.

—¿Por una simple herida de flecha pedís que le corten la pierna? —dijo Balboa que había acudido a su lado.

—No es una herida cualquiera. Esta flecha lleva curare. ¡Cortadle la pierna antes de que el veneno avance!

—Ni se os ocurra —ordenó Bastidas al cirujano—. No quiero ser un tullido lo que me quede de vida. ¿Alguien sabe qué se puede hacer? —gritó desesperado.

Se adelantó un guía indio. Les dijo que, si chupaban la herida, extraerían todo el veneno. Y que también surtía efecto si la rociaban con aceite hirviendo.

El barbero sevillano, que lo mismo sacaba una muela que sajaba un bubón o cercenaba un miembro, sabía más de huesos que de medicina, pero había adquirido práctica en los campos de batalla. Le dio a morder un palo a Bastidas, y de un tirón le arrancó la flecha. El capitán dio un grito y se retorció de dolor. El barbero, con su afilado cuchillo, y siguiendo las indicaciones del indio, le abrió un poco la carne y comenzó a chupar para extraerle el veneno. Mientras, el indio guía preparó un emplasto de hierbas y se lo colocó sobre la herida.

Los caníbales continuaban batallando pero, al cabo de dos horas de lucha, la superioridad de las armas españolas terminó por abatirlos. Cuando se vieron diezmados, corrieron hacia los montes, perseguidos por los españoles, que hicieron prisioneros a más de un centenar. Otros huyeron en desbandada hacia las canoas, donde los esperaban las mujeres, embarcaron y desaparecieron.

Una vez pasado el peligro, Balboa se acordó de la india maniatada junto al niño y se dirigió hacia el claro del bosque con tres soldados. Sacó su cuchillo y cortó las ligaduras. La mujer y su hijo gritaban asustados creyendo que acabarían con ellos. Balboa trató de calmarlos y decirles por señas que estaban a salvo. Cuando se vieron libres, la india besó los pies a Balboa, abrazó a su hijo llorando y, cogidos de la mano, le siguieron.

Bastidas comenzaba a tener fiebre. Juan de la Cosa ordenó que algunos hombres tomaran una canoa y fueran a avisar a las dos carabelas, que los habían ido siguiendo desde que desembocaron en el mar y permanecían ancladas a pocas leguas.

Mientras esperaban la llegada de las naos, los hombres de Bastidas registraron todos los bohíos del poblado; las chozas se agrupaban en torno a una pequeña plaza. Los bohíos eran redondeados, de unos trece pies de contorno, hechos con postes de madera atados en el extremo superior y arqueados para darles forma oval. Las paredes interiores estaban forradas con paja y hojas de palma, con varias hamacas de algodón tejido, que colgaban aferradas sobre dos postes. En el piso de tierra se veían algunos huesos humanos. También había unas tablas de madera tallada y numerosas vasijas de barro. Las destaparon y dentro encontraron diferentes objetos de oro y plata, piedras de colores y perlas de un grueso como garbanzos de Castilla.

A pesar de que Bastidas había ordenado que fueran cautos, se lanzaron a la rapiña. Habían vencido y estaban deseosos de recoger su recompensa. Balboa observaba a los soldados entrar en los bohíos y salir con cestos y sacos. Entre todos cargaron con muchos objetos de oro y madera tallada, mucho pescado, mariscos y cangrejos, varios barriles de chicha, cientos de tortugas y una arroba de sal. También encontraron batatas, yuca, maíz y fríjoles, papayas, guayabas y abundantes hojas de tabaco enrolladas. Los guías indios les dijeron que solían usarlo para el trueque.

En medio de la plaza fueron amontonando el botín. Luego se procedió al recuento. Bastidas ordenó traer de la carabela la precisa balanza que empleaban para pesar el oro y la plata.

109

Cuando terminaron, anotó que habían obtenido otros seis mil pesos de oro.

—Este oro es guanín —dijo De la Cosa, que lo conocía de sus anteriores viajes con Colón.

—¿Qué es guanín? —preguntó Balboa.

—Es un oro de baja ley. No es puro como el nuestro. Los indios lo mezclan con cobre.

Después de separar el quinto real, se procedería al reparto. La expedición de Bastidas podía sentirse satisfecha. Apenas habían puesto pie en Tierra Firme y los negocios no podían irles mejor a aquellos hombres que, incitados por la miseria, el hambre o las ansias de aventura, habían dejado su país y su familia en busca de gloria y fortuna en un nuevo mundo tan lejano.

Los soldados estaban satisfechos, los sufrimientos pasados bien habían valido la pena. Sin embargo, se hallaban muy fatigados. Antes de embarcar, se tiraron exhaustos en la playa, rodeada por tierra de palmeras y cocoteros; en ese momento, Balboa se quedó mirando la arena y cogió un puñado. Su color contrastaba con el azul de las aguas.

—¿Habéis reparado que tiene el grano rosa?

—Esto parece magia —dijo Balboa—. Una playa rosa.

—No es magia —explicó Juan de la Cosa—. Ese color se debe a los asientos rosas, por desmoronamiento del coral.

Bastidas se animó, aun maltrecho por la herida y la fiebre.

—Propongo que esta isla se llame de las Arenas Rosas.

El escribano de la expedición tomó nota de la orden del capitán.

Después de descansar, los hombres de Bastidas metieron el botín en las canoas, amarraron a los prisioneros y los transportaron hasta sus naos.

Capítulo 11

El Darién

*L*os hombres festejaron a bordo el triunfo sobre los caribes. Por la noche bailaron con las mujeres y se bebieron un tonel de vino para saludar el éxito de su empresa en aquella isla.

Pero la búsqueda de oro que costeara el viaje debía continuar, y al día siguiente, cuando entre los tripulantes aún no terminaban de retirarse los efectos del alcohol, Bastidas los reunió para anunciar nuevas órdenes. En adelante, la expedición se dividiría en dos grupos: uno, capitaneado por De la Cosa, se internaría hacia el noroeste; el otro, con Balboa a la cabeza, hacia el sureste. Bastidas, muy a su pesar, se quedaría a bordo; la herida de flecha se le había infectado.

Esa misma tarde los hombres arriaron unos esquifes y remaron hasta la playa. Una vez en tierra, Balboa y su grupo se encaminaron hacia el lado opuesto a De la Cosa. No habían andado mucho trecho cuando Balboa se detuvo a consultar el rudimentario mapa que le había regalado Ximénez. Rápidamente pudo determinar su situación: había seguido con rigor las enseñanzas de De la Cosa, y ahora no solo podía leer un mapa de un golpe de vista, sino que, además, era muy diestro diseñándolos.

Con una mezcla de sorpresa y entusiasmo vio que las tierras que pisaban eran nada menos que el Darién. Se lamentó de que Ximénez no estuviera allí para explorarlo juntos. Balboa sacó sus papeles y fue dibujando la situación de la costa, los codos que se formaban entre la tierra y el mar, de aguas azules y brillantes; señaló en el papel un puerto natural —que no aparecía en el mapa— y las hermosas bahías, que albergaban playas de arena fina y aguas tan claras que permitían contemplar las rocas del fondo. Era el lugar más bello que había visto desde que pusiera pie en el Nuevo Mundo. No le importaría vivir allí, donde siempre era primavera, a pesar de que en Castilla estaban en invierno, con campos sembrados de maíz y otras plantas desconocidas para él.

Después de varias leguas de caminata mandó hacer un descanso a su gente. Miró a su alrededor: a pocos metros de la playa empezaba una selva con árboles de hojas más grandes que su espalda. Tenía que estirar el cuello para alcanzar a ver sus copas, lo menos de doscientos pies de altas y tan espesas que apenas dejaban colarse la luz del sol. Aquellos paisajes le recordaron otros que había visto en algunos cuadros en casa de don Pedro Portocarrero. Aún no sabía que, precisamente en esas tierras del Darién, protagonizaría, años más tarde, uno de los episodios más dramáticos de la historia de las Indias.

Balboa pateó el territorio siguiendo las indicaciones del mapa. Si quien lo trazó no erraba, detrás de aquel monte que recorría debía de haber un poblado. En efecto, a media legua de allí divisó unos bohíos. Parecía una población importante, a juzgar por la cantidad de chozas. Reconoció el lugar en el mapa. Giró la vista a la derecha y vio un pequeño río y cuatro canoas grandes junto a la orilla. De cada una de ellas bajaron más de veinte indios, con el cuerpo pintado de negro y blanco y las piernas zambas. Le recordaron a los caribes de la isla de las Arenas Rosas porque caminaban como monos. Una mueca le enmarcó el rostro y el gesto no pasó desapercibido para Hurtado, que se había hecho inseparable de él.

El grupo de españoles no se movió de su atalaya. Al rato vieron salir del poblado a los caribes, que llevaban a tirones a un grupo de muchachas jóvenes y algunas niñas. Se extrañaron de que no saliera ningún indio a defenderlas. «Quizás estén cazando —pensó Balboa—, y estos malnacidos han aprovechado para robarles a sus hembras.» Recordó a la mujer prisionera en la isla y tuvo un impulso.

—¿Qué hacemos, nos quedamos quietos, sin intervenir, o nos lanzamos a defender a esas pobres muchachas?

—A mí —respondió un soldado— no me importaría darles un escarmiento a esos salvajes.

—Vamos a divertirnos un rato y darles para el pelo —confirmó Hurtado.

—Calculo que son más de ochenta —señaló Balboa—, y nosotros solo dieciocho; hay que obrar con cabeza. Los rodearemos y, cuando yo dé la orden, disparad primero al aire. No quiero bajas, solo salvar a las mujeres, y, si conseguimos hacer algunos prisioneros, mejor que mejor.

Tocaron los cuernos y, por un momento, los invasores frenaron su carrera mirando en su dirección. Los caribes avanzaban más despacio debido a la resistencia que les oponían las muchachas. Los españoles avanzaron por entre la floresta formando dos semicírculos. Cuando estuvieron a pocos metros de los indígenas, Balboa hizo la señal convenida y dispararon unos arcabuzazos al aire, mientras los ballesteros preparaban sus saetas. Al oír el estruendo de las armas y ante la sorpresa del ataque, los salvajes se quedaron inmóviles. Salvo unos cuantos, que soltaron a las muchachas y huyeron a toda prisa hacia las canoas, el resto quedó cercado por los españoles. Balboa, a gritos y mediante señas, los mandó echarse a tierra. Los caribes obedecieron. Con rapidez les ataron las manos a la espalda con sogas y les unieron los pies por parejas, para dificultar la huida. Mientras, uno de los caribes más robustos corría como el viento con una niña al cuadril. Ya se disponía a saltar a una canoa para seguir a sus compañeros cuando Balboa echó a correr como un gamo, espada en mano, hasta llegar justo en el momento en que soltaba dentro de la embarcación a la pequeña.

—¡Suelta a la niña, bellaco!

De un salto, Balboa trepó a la canoa y, sin darle tiempo a que le lanzara su hacha, le hundió la espada en el costado como si la enfundara en el cuerpo del salvaje. El indio no atinó a defenderse, pegó un gruñido y su hacha voló por los aires hasta caer al río. El caníbal le dirigió una mirada de desprecio. Un borbotón de sangre manchó las carnes de la niña, que dio un respingo, asustada. Balboa no sintió lástima al matarlo. «Estos seres reprobables que comen carne humana tienen poco de personas y carecen de alma», se justificó. Soltó la espada, lo embrocó en el borde de la canoa y lo tiró al agua. Unos enlodados caimanes que parecían sestear en la orilla acudieron prestos.

Balboa sacó a la niña, de unos cinco o seis años, y le habló tratando de tranquilizarla, señalando que iban hacia el poblado. Aunque no le entendiera, la calidez y el tono de su voz le infundieron tranquilidad. Mientras caminaba con ella en brazos, la cría le pasó la mano por el hombro, acarició la armadura y le sonrió.

Cuando se reunieron con los soldados, las demás muchachas raptadas rodearon a la niña y la palparon por todo el cuerpo, quizá para cerciorarse de que no había sufrido daño. Balboa contó catorce muchachas muy jóvenes y cuatro niñas. Todas los miraban con ojos suplicantes. Decidió devolverlas a su poblado. Ellas caminaban delante, mirando de tanto en tanto a los españoles, embutidos en sus petos de metal que brillaban al sol. El miedo las hacía seguir caminando y no articular palabra. Solo la más pequeña, considerándolo su salvador, se cogió de su mano, más confiada.

En un claro de la selva apareció una aldea con unas treinta casas de palos y techos de hojas de palma; había chozas más ostentosas, hechas de adobe y paja. Todas las viviendas se distribuían alrededor de una gran plaza de tierra, en medio de la cual se levantaba un ídolo de piedra del tamaño de tres hombres. Los indios del poblado se alegraron al ver a sus hijas con vida. Balboa había aprendido de Bastidas, durante esos meses, el modo de comportarse con los nativos: un trato humanitario, sin violencia, intentando ser amable y atraerlos más por la persuasión y el halago que por la fuerza. En un primer momento los naturales se sorprendieron ante sus petos y dieron un respingo al reconocer a los caníbales que llevaban prisioneros.

—Cuida de estos bellacos, rubia —dijo Hurtado, en broma, a una bella morena de senos como artesas, al tiempo que le acariciaba el mentón. Para hacerse entender, Hurtado se llevó el dedo índice bajo el ojo señalando a los prisioneros.

La india asintió y fue a por un grueso palo.

La muchedumbre del poblado se arremolinó alrededor de los recién llegados. Mientras tenía lugar el recibimiento, las mujeres se encargaban de vigilar a los cincuenta prisioneros

114

caníbales y les daban golpes con palos sobre las espaldas cuando hacían intención de levantarse.

El cacique, al que su gente llamaba Chima, agradeció a Balboa, por medio del intérprete, el rescate de su hija y le ofreció su hospitalidad. Se adornaba con muchas plumas y collares de oro. A causa de su cara pintarrajeada, como si fuera una máscara, los españoles le rebautizaron como Careta.

Balboa le pidió al intérprete que intercediera para explicar que tenían hambre y, al instante, los acomodaron en medio de la plaza sobre asientos de sogas y madera. Se acercaron unas muchachas de piel suave y bien proporcionadas que desprendían un aroma atrayente. Se adornaban la cabeza, la cintura y los tobillos con flores de suave fragancia, y llevaban el cabello reluciente y recogido en una coleta con una cinta de cáñamo. Les obsequiaron carne de guarro salvaje, unos frutos de sabor dulzón, que los indios llamaban «papas», y frutos raros. Balboa llegó a pensar que aquellos manjares tan exquisitos, aquellos paisajes, bien podrían corresponder al Paraíso Terrenal del que le hablara su amigo Colón.

Delante de un bohío, varias mujeres mayores machacaban flores en unos morteros de piedra y embadurnaban a las jóvenes con su aroma.

Después del festín, Balboa entendió que era hora de comenzar el rescate encomendado por Bastidas. Pidió a Hurtado una gorra de paje escarlata de las que llevaban en el cofre. El cacique Chima, o Careta, la miraba codicioso. Balboa se la puso con gran ceremonia, como si fuera una corona, y con ademanes corteses intentó decirle que era atributo de gente importante. El cacique no quería quitársela y entonces le propuso cambiarla por «metal solar», como ellos conocían el oro. El cacique mandó traer un cesto lleno de oro trabajado, con formas de luna y de animales, y dijo que no tenía más. Balboa negó con la cabeza y le quitó la gorra simulando que se marchaba. Entonces Careta gritó unas palabras y con un gesto le indicó que esperara. Unos criados subieron hacia una casa en la colina y al rato regresaron con otro cesto. El cacique lo elevó en el aire, se giró con él a un lado y a otro, como en una ceremonia, y lo depositó en el suelo. Le mostró unas perlas gruesas, de un brillo excepcional, y le puso en la mano un puñado de ellas. Balboa

115

calculó que le habría dado, al menos, dos docenas. Inmediatamente volvió a ponerle la gorra. Ante el ventajoso trueque, los españoles le ofrecieron variados objetos: telas, cuchillos, platos y cuentas de colores. Careta estaba tan contento con su gorra roja que se paseó con ella por el poblado y no hizo caso al resto de los objetos.

Los españoles continuaron el trueque con los indios que vivían en las casas más grandes. Obtuvieron más adornos de oro labrado, maíz, harina de mandioca y madera tintórea, a cambio de peines, cascabeles y cuchillos.

A continuación, Balboa sacó un espejito de su zurrón y se lo regaló a la niña a la que había salvado de las garras del caribe. La pequeña vio su imagen y sonrió. Los suyos la llamaban Yansi. Balboa pronunció ese nombre y Yansi se volvió. Con el espejo en la mano corrió a enseñárselo a otra niña —quizá su hermana—, que al ver su cara reflejada se asustó y lo tiró al suelo. Cuando Yansi lo vio hecho pedazos rompió a llorar. Balboa sacó otro espejo con un pequeño mango y se lo entregó. La niña brincaba de contenta.

El sol estaba muy bajo, había que partir. Los soldados hubieran preferido quedarse; coqueteaban con las indias, que aceptaban de buen grado sus zalamerías. Pero la orden de Bastidas había sido tajante. Al ver que se despedían, Yansi le expresó por señas a Balboa que quería ir con él.

Balboa se agachó y la tomó por los hombros.

—Algún día Balboa volverá. Lo prometo.

Yansi pronunció por primera vez su nombre, que ya había oído decir a otros. No dejaba de repetir: «Balboa, Balboa, Yansi, Balboa».

Él se quitó la medalla que colgaba de su cuello y se la colocó a la niña.

—Algún día volveré a estos lugares y me estableceré aquí.

Balboa había quedado impactado por la fertilidad de aquella tierra, sus llamativos paisajes y la hospitalidad de sus gentes.

—¿No podemos quedarnos? —preguntó Hurtado abrazado a una india.

—Ahora debemos continuar. Ya tendremos tiempo de asentarnos cuando hayamos recorrido todo el litoral y descubierto lo que nos depare el destino.

—¡Por los clavos de Cristo! —gritó Hurtado—, ¿cuándo será eso? Llevamos meses navegando, explorando tierras, y cuando más a gusto estamos, ¡hala!, a seguir adelante.

«Aún no ha llegado la hora de descansar —les había dicho Bastidas—. Nos queda mucho por descubrir. Pero ya vendrá ese día. Entonces todos seremos ricos, gracias al inmenso rescate que hayamos obtenido. Y el que quiera quedarse en estas tierras, se quedará, y el que quiera volverse a España que se vuelva. Seréis libres para decidir.»

Antes de la puesta del sol, partieron de allí con un buen botín en oro y perlas, plantas medicinales y alimentos.

117

Capítulo 12

De la costa a Jamaica

*D*e vuelta al reencuentro con Bastidas, Balboa iba pensativo, asombrado de su comportamiento: nunca hasta ahora había asumido responsabilidades; siempre había estado al servicio del señor de Moguer, dispuesto a cumplir sus órdenes. Ya se había ganado el respeto de sus hombres el día en que venció en el concurso de lances de espadas en La Gomera. Y ahora, con el salvamento de las muchachas indias y el rescate conseguido, se estaba convirtiendo en un adalid. Sin embargo, no le atraía el objetivo de Bastidas, explorar nuevas tierras solo para obtener riquezas materiales. Él ansiaba realizar un descubrimiento, algo grandioso que no hubieran hecho los demás.

Bastidas estaba malhumorado a causa de las fiebres, que no acababan de desaparecer. No había podido acompañar a Balboa y De la Cosa. A este último tampoco le había ido mal con el rescate. Bastidas mostró satisfacción por las ganancias obtenidas. Además, llevaban buen número de esclavos capturados entre los caribes, a pesar de que una real orden prohibía hacer esclavos y obligar a los indios a trabajar las tierras para los blancos. Pero si los cautivos eran caníbales, las autoridades hacían la vista gorda.

La expedición de Bastidas había seguido navegando cerca de la costa, que parecía no tener fin, siempre de oriente a occidente. Habían recorrido durante nueve meses las tierras descubiertas por Colón, donde luego habían llegado otros navegantes con cierto renombre como Ojeda, Vespucio y el mismo De la Cosa en anteriores viajes, y ahora continuaban avanzando por donde no había transitado aún ningún español. Durante todo ese tiempo, Balboa se habituó al clima tórrido, al trato con los indios, a su lengua y a vencer la naturaleza hostil de la selva. De la Cosa observaba el rumbo y anotaba las distintas posiciones; luego, al final de cada jornada, dibujaba cada bahía, cabo, río o lago descubiertos. A partir de ahora, todo era desconocido para ellos.

Llegaron hasta un fondeadero, con peligrosos arrecifes en su entrada. Bastidas había decidido tomarse un respiro y descansar allí. Su idea era acondicionar la pequeña bahía como puerto y construir algunas casas para tomarla como referencia de asentamiento. Aunque a algunos no les gustaba arrimar el hombro, todos colaboraron. Tuvieron que mover tierras y hacer mortero. Los esclavos caribes cortaron árboles y acarrearon piedras. Les desataron las manos, pero no los pies, de modo que cada uno seguía unido a otro indio. Las diez mujeres de a bordo buscaron raíces y frutos para las comidas, y llevaban agua a los trabajadores. Cuando al cabo de tres semanas la construcción estuvo lista, Bastidas lo bautizó como Puerto El Escribano, en honor a su oficio. Descansaron unas semanas y prosiguieron la travesía costa arriba. Como no encontraron un lugar apropiado para desembarcar, volvieron a El Escribano. Pero una desgracia vino a enturbiar sus planes. Bastidas se reunió con De la Cosa y el maestre, en presencia de Balboa.

—He venido observando —les comunicó el capitán muy serio— que los barcos no avanzan como debieran. Algo ocurre.

—Habría que comprobarlo revisando los cascos —dijo el maestre.

Pidieron voluntarios. Hurtado, Balboa y otros dos hombres dieron un paso al frente. Se quitaron las ropas y el calzado y se quedaron en calzones. Las mujeres se volvieron para otro lado. Los cuatro se sumergieron en las transparentes aguas. Al rato, emergieron con cara de preocupación.

—Los cascos están perforados por la broma —anunció Hurtado ya en cubierta.

—Siento deciros que las dos naos están para el arrastre

119

—consideró Balboa—. Pienso que, en estas circunstancias, es peligroso continuar.

—¿Es para tanto? —Bastidas prefería agarrarse a un clavo ardiendo.

—Si no me creéis, bajad vos mismo a comprobarlo. Nunca había visto un casco más roído y agujereado por los gusanos. Son como lapas hambrientas, qué digo, como sanguijuelas. Hacemos aguas por todas partes.

—¡Válgame Dios! —Bastidas levantó los brazos al cielo—. Ya veía yo que algo sucedía.

—¿Qué broma es esa? —preguntó doña Mencía.

—La broma —dijo De la Cosa dirigiéndose a todos los viajeros y carraspeando más serio que de costumbre— es un gusano que ataca los cascos de los barcos por estas latitudes. Ha carcomido las cuadernas de las dos naos.

—Esto es una contrariedad y nos hace cambiar de planes —confirmó Bastidas.

—¿Qué queréis decir? —preguntó Balboa.

—Que en estas condiciones, sin barcos, no podemos continuar. Hay que poner rumbo a La Española, a ver si los navíos aguantan, y alquilar alguna carabela que nos lleve de regreso a España.

Todos los navíos que volvían a España lo hacían desde el puerto de Santo Domingo, capital de La Española, como base principal.[5]

—Sugiero —dijo De la Cosa— que sigamos hasta Jamaica.

—¿Por qué a Jamaica? —preguntó Bastidas.

—Sé que allí existen unos árboles que producen cierta resina que puede usarse como brea para calafatear. Y está más cerca de aquí que La Española.

Pusieron rumbo al nordeste. Barloventeaban de noche por temor a los bancos próximos a la costa, y de día avanzaban des-

---

5. La Española, habitada por los taínos y descubierta por Cristóbal Colón, fue una de las primeras islas del continente en ser colonizada, debido a sus atractivos. Su territorio se corresponde hoy con los países de República Dominicana y Haití, donde estaba Xaraguá, las tierras de Anacaona y Santiago de la Sabana, la granja de Balboa.

pacio, por el mal estado de las naos. Las pocas millas que los separaban de la isla se les hicieron eternas. Hombres y mujeres se afanaban en achicar usando las bombas y baldes, para evitar que el agua inundara la *San Antón*.

Por fin, después de una travesía lenta y apurada, pudieron desembarcar en la isla de Jamaica; tenía excelentes puertos naturales y un buen fondeadero en la bahía de Santa Gloria, donde estuviera por primera vez Colón en 1492, según explicó Juan de la Cosa, que le acompañó en aquel viaje del descubrimiento. Pero Jamaica no estaba aún conquistada. Se sabía que existía, que los españoles habían tomado posesión de ella para el reino de Castilla, pero se ignoraba casi todo. Eran tantas las tierras del Nuevo Mundo que, a diez años del descubrimiento, hacían falta muchos conquistadores para explorar y conquistarlas. De ahí que los reyes Isabel y Fernando autorizaran a nuevos exploradores particulares —entre ellos Bastidas— para viajar a las Indias.

Desembarcaron en una playa de arenas blancas y aguas turquesas y claras, rodeada de palmeras y, al fondo, muchas montañas. Había árboles por doquier que exhalaban un fuerte aroma. Los expedicionarios de Bastidas se internaron por un bosque y con sus cuchillos practicaron unas incisiones en las cortezas de los troncos; vieron que supuraban una sustancia oleosa y espesa; la extrajeron en unos calderos de cobre, encendieron fuego y comprobaron que, al hervirla, parecía alquitrán. La usaron para calafatear las dos embarcaciones, embadurnando bien los cascos y tapando las grietas con estopa. Luego las reforzaron con pernos de madera, sustituyeron las tablas inservibles, carenaron y repararon palos y velas.

Los pocos habitantes que vieron eran amistosos y confiados. Se arremolinaron, curiosos, alrededor de los navíos, olían, palpaban y tocaban los barcos, las ropas de los españoles, las espadas. Les regalaron unas baratijas y se internaron en la selva brincando de contentos. Desde entonces, algunos acudían cada día, se sentaban junto a los españoles y contemplaban sus movimientos hablando entre ellos y riendo. De la Cosa les había dicho que eran indios arawaks, más esbeltos que los indios caribes, aunque seguían siendo de talla baja en comparación con los españoles, y llevaban el pelo recogido en una especie de

121

trenzas. Los arawaks los proveyeron de alimento durante su estancia en Jamaica. Cada día acudían con cestos que contenían cocos, maíz, pescado y frutos. Abundaban árboles cuajados de frutos, así como venados y conejos.

—Ya va para un mes que arribamos a esta isla —dijo Bastidas—. Los navíos están reparados y debemos continuar hacia La Española. ¿A qué distancia está de Jamaica?

—A cien millas —respondió Juan de la Cosa, enfrascado en el dibujo de sus mapas.

Cuando faltaban pocas leguas para llegar a La Española, el maestre anunció la aparición de nuevas grietas en las naves.

—Habrá que tomar tierra rápidamente —dijo Bastidas—. Estamos en peligro.

Para colmo, se desencadenó una tormenta que duró dos días con sus dos noches. Las olas saltaban la cubierta y caían furiosas sobre los marineros. La *San Antón* chocó contra una roca y se abrió por la mitad. La misma suerte sufrió la *Santa María de Gracia*, que se estrelló contra unos arrecifes coralinos. En esas circunstancias, había que soltar lastre y salvar lo que se pudiera.

El viento los había empujado hasta el cabo de la Canonjía, en la provincia de Xaraguá, en la costa occidental de La Española. Tras el naufragio, De la Cosa y Bastidas decidieron recuperar los objetos de valor que habían sobrevivido a la tormenta. Mandaron sacar los botes y subir a ellos el valioso cargamento de mercancías, herramientas, bastimentos, armas, oro, perlas y maderas preciosas. Ante la inminencia del naufragio, habían liberado a los indios esclavos de los grillos y cadenas para no condenarlos a una muerte cierta. En cuanto pusieron pie en tierra, la mayoría huyó hacia las montañas y nunca más volvieron a saber de ellos.

Necesitaban remos. Los hicieron con madera de sabinas, árboles que abundaban en aquellos parajes. Transformaron las camisas y refajos en velas, y con los palmitos fabricaron cuerdas y jarcias. Todo esto les demoró casi otro mes. Bastidas intentó avisar al gobernador Bobadilla de su presencia, ya que estaban en su territorio, pero le fue imposible. Con el mal tiempo era una locura exponer a sus hombres a que fueran en un bote hasta Santo Domingo, en la costa opuesta de la isla.

Había que esperar a tener listos botes y remos, y que mejorara el tiempo.

Cuando pareció que amainaban el viento y la lluvia, emprendieron camino hacia el este, a Santo Domingo; remaron con energía todo el día hasta llegar frente a una playa donde pasaron la noche. Al día siguiente los reunió Bastidas.

—Nos encaminaremos hacia Santo Domingo, por tierra. Solo nos separan unas sesenta leguas.

—¿Es importante Santo Domingo?

—Mucho —le respondió a Balboa—. En ese puerto la gente embarca para España y allí llega la flota procedente de Sevilla o Cádiz. Y es donde reside el gobernador de todas las Indias.

—Estoy deseando llegar —dijo Marigalante— y establecerme de una vez.

—Propongo —indicó Bastidas— que nos dividamos en tres grupos: nos será más fácil llegar a la capital, ya que juntos avanzaremos con más lentitud y tantos soldados llamaríamos más la atención. Iremos por tres rutas distintas, así habrá más posibilidades de que alguno llegue con bien. Yo iré por el valle del Nido, De la Cosa por el Ozama y el maestre por el Azúa.

Balboa y Hurtado decidieron ir en el grupo de Juan de la Cosa.

Debían caminar con la carga a las espaldas, pues ya no contaban con los indios, así que solo podían llevar lo necesario: además de parte del botín, algunos alimentos y un arcabuz, dos ballestas y cinco picas cada grupo. Pensaron que sería peligroso que el resto de las armas cayera en manos de los indios, por lo que Balboa propuso enterrarlas.

Con el paso de los días, el hambre empezó a apretar e intentaron hacer trueque con los nativos de las tribus por donde pasaban: unos peines, cascabeles o cintas, a cambio de pan de casabe, fruta y chicha para beber. Cuando se acabaron las baratijas, el comercio se complicó porque a los indios no les interesaban el oro ni las perlas que les ofrecían. Solo cuando encontraban algún colono o mercader español lograban hacer el trueque y obtener alimentos.

En un poblado amistoso contrataron unos guías para que los llevaran hasta la capital. El largo camino no fue nada fácil. Tuvieron que atravesar lodazales debido a las frecuentes llu-

123

vias, en los que se hundían hasta la cintura, subir por escarpadas pendientes y sortear montañas, cada uno con la carga a las espaldas. Procuraban descansar en las horas de más sol por miedo a las calenturas. Además, debían comprobar cada sitio donde se sentaban o dormían y envolverse en mantas para pernoctar, a fin de evitar picaduras de arañas y serpientes.

Caminaban a paso lento, casi en silencio, porque habían agotado las ganas de hablar, con las ropas hechas jirones. El aire olía a humedad, a resina y a fragancia de flores, entre cantos de pájaros y zumbidos de abejas. Balboa no dudaba en cargar a su espalda a alguna mujer que no podía caminar más, hasta que esta recuperaba las fuerzas. Cuando Balboa y su grupo llegaron a Santo Domingo, después de más de un año desde que zarparan de Cádiz, iban casi desnudos y rotos.

A la entrada de la ciudad, una multitud los miraba curiosa, detrás de la empalizada. La guardia del gobernador Francisco de Bobadilla les dio el alto.

—Daos presos en nombre del gobernador.

—¿Por qué? —preguntó De la Cosa—. ¿De qué se nos acusa?

—¿No sois parte de la expedición de Bastidas?

—Sí, ¿y qué?

—Que no tenéis permiso. Y lleváis esclavos indios, cosa que está prohibida.

Balboa pensó que aquello era un atropello y echó mano a la espada.

—No desenvaines, amigo —dijo De la Cosa—. ¿Cómo íbamos a hacer frente a tanto guardia armado si apenas somos una docena? Hoy nos detienen, pero mañana se aclarará todo este asunto y nos soltarán.

Les pusieron grillos a todos y los encerraron en un calabozo.

Capítulo 13

Ovando

*L*os quince que formaban el grupo de Juan de la Cosa, incluido Balboa, fueron conducidos a las afueras de la ciudad. A las tres mujeres las llevaron a presencia del gobernador. El calabozo era un cubil improvisado, con las paredes hechas de troncos y ramas y el tejado de palma. Cuando De la Cosa insistió en saber la causa de aquel atropello, el alguacil les dijo secamente que el gobernador Bobadilla les abriría un proceso por entrada ilegal y apresamiento de indios. Balboa no aceptaba los delitos que les imputaban, siendo las autoridades también españolas, y con la desgracia añadida de haber naufragado en sus costas.

Los guardianes les ataron a la muñeca una pulsera de cuero con un número de identificación. Ya no tenían nombre, solo eran un número. A continuación los despojaron de todo el oro y perlas que traían en las bolsas que colgaban al cuello, en una costumbre aprendida de los indios. Ese tesoro era un bien que podrían cambiar por comida, o que les hubiera sacado de algún apuro. Los carceleros se quedaron con once bolsas.

—¡Voto a Cristo! —exclamó Hurtado ya dentro—. Me han quitado todo lo que tenía de valor.

—Bueno, a mí no —dijo Balboa encogiéndose de hombros y esbozando una sonrisa.

—¿Cómo que a vos no? —preguntó De la Cosa.

—Cuando llegamos y vi que os arrancaban las bolsas del cuello, me saqué el cordón con el saquito y me lo colgué del hombro bajo la sobaquera. He salvado mis perlas y un poco de oro. Debajo del brazo pasó desapercibida, a pesar de que se me veía medio pecho, por los jirones de la camisa.

—Pero qué astuto es este jerezano —le dijo Hurtado con unas palmadas en el hombro—. Además de valiente sabe más que los ratones colorados.

Balboa miró en derredor. Aquel era el lugar más sórdido en que jamás había estado. La celda era una pocilga que no mediría más de veinte palmos de lado. Estaba atiborrada de gente y casi a oscuras, solo una estrecha claraboya en el alto techo dejaba penetrar algún rayo de luz. Poco a poco fue acostumbrándose a aquella semipenumbra.

—Y aquí, ¿dónde se mea? —dijo Hurtado.

Le señalaron una cuba de madera, en un rincón. Servía para recoger los excrementos.

—¡Voy a hacer aguas menores! —advirtió otra voz.

Los recién llegados vieron cómo el grupo comenzaba a girar, y a la vez, ellos también se movieron hasta que la persona que necesita orinar alcanzó la cuba. Hurtado lo siguió para aliviarse.

De vez en cuando se alzaba otra voz:

—¡Aguas mayores! Rápido, que no me aguanto.

El grupo comenzaba nuevamente a girar. Los olores y ruidos eran compartidos por todos. Uno de los que estaban junto a los recién llegados, observó que Balboa se tapaba la nariz.

—No te preocupes, amigo. Cuando lleves dos días aquí, ya ni notarás el hedor.

—¿Y esta peste cuándo la retiran? —preguntó Balboa.

—Por la mañana, sobre las ocho, cuando llegan los guardianes. La abren una sola vez al día, y no la abrirán una segunda ni aunque gritéis que os estáis muriendo.

Balboa y los de su grupo habían llegado alrededor del mediodía. Estaban bien comidos y no les supuso gran sacrificio no probar bocado. Cuando llegó la tarde, Balboa sintió los pies dormidos. Comenzó a patear el suelo, para desentumecerse, pero apenas tenía espacio, y los demás protestaron porque chocaba con ellos y los molestaba. Al rato, una voz gritó: «¡Paseo!»; y el grupo comenzó de nuevo a girar con pasos rápidos, acompasados. Los de De la Cosa andaban despistados, pero pronto aprendieron las reglas de la marcha: había que seguir al de delante, que a la vez, seguía a otro, hasta el primero, que había dado la orden. No había espacio para moverse ni acostarse, los presos tenían que permanecer siempre de pie. Al llegar la noche, se colocaban espalda contra espalda para dormir; la proximidad con los demás cuerpos no permitía que se cayeran.

Al día siguiente, poco después de amanecer, se oyeron ruidos de llaves. El resplandor de la mañana los cegó. Cuatro ásperos carceleros soltaron en el suelo unas potas con el rancho. Los presos tenían que ingeniárselas para colocarse en círculos concéntricos e ir pasando con una escudilla de madera que les habían dado al entrar, y que llevaban siempre colgada del cuello. Dos soldados iban echando un poco de aquella bazofia, mientras otros dos apuntaban con sus armas. Debían beberse el caldo primero y comer con los dedos, pues carecían de utensilios. Como la comida era escasa, lamían la escudilla hasta sacarle brillo, y así quedaba limpia para la toma del día siguiente.

Antes de cerrarse la puerta, a Hurtado se le ocurrió decir en voz alta:

—Ese bobo de Bobadilla, ¡ja, ja, ja!, nos tiene como sardinas prensadillas. Pero no sabe con quién se juega los cuartos.

Uno de los guardianes le dio un estacazo en la espalda que lo hincó de rodillas junto a la puerta. Le asestó una patada en el trasero y cayó de bruces.

—El que píe —dijo el soldado mirando a cada uno de los otros— corre la misma suerte, o mucho peor, ¡escoria! —Y echó de nuevo los cerrojos.

La semioscuridad volvió a enseñorearse del lugar.

Muchos de los que allí llevaban tiempo encarcelados estaban enfermos: unos tosían, otros tiritaban de fiebre y alguno presentaba manchas en la cara, quizá por malvivir en condiciones tan adversas. Al anochecer, uno apareció muerto. Debía de estar ya muy enfermo porque el día anterior apenas podía moverse. Hurtado creyó que había estado reposando sobre sus espaldas, pero al tocarlo, sintió que estaba frío y no se movía.

—Aquí hay uno fiambre. Está tieso como la mojama.

Aunque aporrearon la puerta gritando que había un cadáver, permaneció pegado a Hurtado hasta el siguiente día. La puerta solo se abrió a la hora de la comida. El gobernador había nombrado guardianes a antiguos presos, la mayoría malhechores y gentes sin escrúpulos, que disfrutaban insultando y maltratando a los presos, ahora que se habían invertido los papeles.

Ese día se mantuvo la puerta abierta mucho más tiempo, custodiada por soldados, hasta que llegaron dos indios que, además de la asquerosa cuba, sacaron al muerto agarrado por brazos y pies.

Los que llevaban más tiempo allí conocían a los carceleros. Uno de los presos, de aspecto noble, le dio sus botas de cuero a un guardián. A cambio le pedía que le dejara salir y le contara las novedades del exterior. Balboa aprovechó y se dirigió a uno de ellos, con cara de oso.

—Tengo algo que puede interesarte.

—¿Qué es? —El guardián lo miró de arriba abajo.

—Esta belleza —dijo Balboa, que sostenía sobre la palma una perla del tamaño de un garbanzo— será tuya si me traes comida y me das cierta información.

—Hecho —dijo el guardia mientras intentaba arrancarle la perla de la mano.

Balboa fue más rápido y cerró el puño.

—Cuando cumplas tu parte —dijo tajante.

Tardó menos de un cuarto de hora en volver con un trozo de tocino, un guiso de carne y pan de casabe.

—¡Rubio! —dijo a grandes voces metiendo la cabeza en la celda—. Aquí tienes la comida.

Balboa trató de llegar hasta la puerta apartando a sus compañeros.

—Has cumplido la primera parte —dijo cogiendo los alimentos—. Ahora, dame la información, y la perla es tuya.

—¿Qué quieres saber?

—Cuándo saldremos de aquí…

—Dame un día. Por la mañana tendré la información. Ahora, venga esa perla.

Balboa le tiró la perla que el carcelero cogió en el aire y se la guardó. Luego repartió la comida que había conseguido entre los que estaban enfermos o más débiles.

Al día siguiente, al abrirse la puerta, Balboa estaba junto a ella. Y a su lado, De la Cosa, Hurtado y los de su grupo. El carcelero se dirigió a él y le dijo, mientras los otros guardianes repartían la comida, lo poco que había podido averiguar: en breve, los pondrían en libertad.

Después de darle la información, el carcelero mostró una curiosidad.

—Y ahora dime: ¿dónde guardabas la perla?

—En la boca —respondió Balboa sonriendo.

En ese momento los cuatro guardianes se abalanzaron sobre él, le abrieron la boca y le desnudaron. Pero nada encontraron.

Cuando se cerró la puerta, todos guardaron silencio. Hurtado le pasó sigilosamente la bolsa con el tesoro, que había mantenido apretada bajo su brazo.

Balboa había estado cavilando largo rato —tiempo es lo que les sobraba—. Esperó a que se fueran los guardianes y, una vez lamidas las escudillas y caliente el estómago, levantó la voz.

—Compañeros de fatigas, he ideado un plan para poder descansar un poco. Sabemos que nadie nos molesta desde las ocho de la mañana hasta la misma hora del día siguiente. Tenemos veinticuatro horas para nosotros.

—¿Adónde queréis llegar? —preguntó una voz.

—Propongo que nos quitemos las camisas y las atemos, las que no estén hechas jirones como la mía, claro. Cada cuatro camisas formarán una hamaca. Colocaremos hamacas en las cuatro esquinas de la celda y nos turnaremos para descansar.

—¿Cómo las colgaremos? —preguntó De la Cosa.

—Lo tengo todo controlado —respondió Balboa—. Sacaremos unas tiras de bejuco de los que sujetan la choza; una de cada lado, para que no sufra el armazón. Las cortaremos con los dientes. Y las ataremos a los dos extremos de lo que será cada hamaca.

—¿Y cómo se sujetan? —preguntó Hurtado.

—Las pasaremos alrededor de los palos que sostienen las ramas, y las anudaremos. Así tendremos cuatro hamacas. Pero como somos muchos, si colocamos una más arriba y otra más abajo, por ejemplo, a dos pies del suelo y la otra a vara y media, contaremos con ocho improvisadas camas. He visto que alguno de vosotros viste túnicas. Nos servirán para reforzarlas.

—Si ocho duermen en esas hamacas —expuso uno de los que vestían con túnica—, ¿qué harán los demás?

129

—¿Quiénes serán los elegidos? —preguntó otro.

—Ya os he dicho —respondió Balboa— que antes de proponeros este plan he pensado todos los detalles. Vamos a ir diciendo un número. Empiezo yo y seguirá el que esté a mi derecha. De este modo sabremos, en primer lugar, cuántos somos. Uno.

Tocó con el codo al de su derecha que dijo «Dos». Así fueron numerándose hasta llegar a cincuenta y seis. Balboa hizo sus cálculos.

—Podremos descansar tumbados en una hamaca casi tres horas cada uno.

—Si somos cincuenta y seis —dijo De la Cosa rápidamente—, disponemos de ocho camas, y contamos con veinticuatro horas, sobran tres horas...

—Esas tres horas las necesitamos para desatar las hamacas y las camisas, esconder los bejucos y vestirnos por la mañana, y para desvestirnos y preparar las camas, antes de que anochezca.

—Pero qué listo sois —dijo Hurtado.

—¡Ah! Y mientras los ocho de turno descansan colgados, los demás, al ser ocho menos, podrán tumbarse en el suelo. Si no todos, la mayoría. A diez por fila y en dos filas, dormirán veinte. Sobrará más de un paso. Los treinta que quedan estarán de pie, o sentados hasta que les llegue el turno de descanso. Y podremos hacer algo de ejercicio, mover los brazos, correr en círculos.

A todos les pareció de perlas el plan de Balboa. Ese mismo día lo pusieron en práctica.

Los siguientes días se les hicieron más llevaderos. Al estar menos apretujados, tenían ganas de contar historias sobre sus vidas y chascarrillos, especialmente Hurtado, que les hizo pasar muchos momentos agradables.

Uno de los presos, muy delgado, dijo ser cirujano y confesó, abatido, que no tenía esperanzas de salir de allí en años, «y si salgo, quizá sea con los pies por delante».

—¿Y eso por qué? —le preguntó Balboa.

—Por los cargos que me imputan. Tuve la mala suerte de atender a un hijo del gobernador, gravemente enfermo. Fui incapaz de salvarlo. Bobadilla es un desalmado que se aprovecha del cargo para enriquecerse y encarcela a sus enemigos o a quienes piensa que pueden serlo. Desde entonces, he perdido la cuenta de los años que hace que no veo la luz del sol.

Y

Cada mañana, cuando se abría la puerta, Balboa aprovechaba la claridad y anotaba el día de la semana en un librito que él mismo se había confeccionado con restos de papeles que encontró en el barco, mientras los presos contenían la respiración; deseaban, más que la comida, que un escribano pronunciara su número: eso significaba la libertad.

Balboa escribió: «Hoy es día lunes», al tiempo que un escribano gritó el número de un preso. Pero nadie respondió. Los prisioneros se miraron unos a otros. Volvió a repetirlo aún más alto, y la respuesta fue el silencio. «Ese pobre la palmó anoche —dijo muy quedo el cirujano, que estaba cerca de Balboa—. Aquí lo tengo a mi lado, más frío y duro que una piedra.»

Entonces Balboa tuvo otra idea.

—¡Aquí está, señor! Es que está ronco y no le sale la voz.

Mientras hablaba, quitó la pulsera al muerto y se la colocó al delgado cirujano después de despojarlo de la suya y colocársela al difunto. Luego agarró al galeno de un brazo y lo llevó casi en volandas hasta la puerta.

El oficial comprobó el número del preso.

—Eres libre. Aquí tienes tus papeles.

El cirujano volvió la cabeza y guiñó un ojo a su redentor. Luego apresuró el paso y desapareció de su vista calle abajo. Una vez cerrada la puerta, antes de colocar las hamacas, los presos comenzaron a aplaudir mientras repetían el nombre de Balboa.

—Nos has dado una idea —dijo un clérigo jorobado—. Desde hoy suplantaremos la personalidad de los muertos, comenzando por los que tienen más larga condena. Antes no nos habíamos atrevido.

El quinto día de encierro, miércoles, a las ocho de la mañana, la voz del escribano leyó los nombres de Juan de la Cosa, Vasco Núñez de Balboa y del resto de su grupo.

Uno a uno fueron saliendo. Una vez traspasada la puerta, el escribano leyó en voz alta:

—De orden del gobernador don Francisco de Bobadilla, a todos los hombres de Bastidas se les han perdonado los cargos de que los acusaban.

Y entregó el documento a De la Cosa.

131

—Estáis en libertad sin cargo alguno. Y el gobernador os pide disculpas si no habéis recibido un trato honroso. Sois libres.

Balboa y sus compañeros se miraron asombrados. Estaban impresionados por lo que entonces creían generosidad del gobernador. Pero no lograron que les devolvieran el botín requisado.

Los presos que quedaban dentro expresaban en sus caras una mezcla de tristeza, resignación y alegría al comprobar que, al menos ellos, habían conseguido la libertad.

Al salir de la cárcel, De la Cosa les dijo a los de su grupo que cada cual era libre de ir adonde quisiera; nada los unía ya: podían buscar a Bastidas, embarcarse para España o buscarse la vida en la isla. Balboa se encontró sin saber qué hacer; Hurtado se empeñó en acompañarlo y él le recomendó que no le siguiera; no disponía de nada y, en aquellas circunstancias, les sería más fácil defenderse solos que acompañados. Deambuló durante horas por las calles y pensó en cómo arreglárselas. Recordó que Colón le había contado cómo los frailes de La Rábida le habían acogido a él y a su hijo Diego cuando necesitaron auxilio. Así que se encaminó a una casa donde vivían cuatro frailes dominicos, confiando en que serían hospitalarios. Los frailes habían llegado con Colón en su segundo viaje a aquella isla que el Almirante llamó La Española porque le recordaba algunas regiones de su patria. Los indios la llamaban Haití y Quisqueya.

Presumió de ser pariente del obispo Fonseca, y les pintó tan negra su situación que los frailes lo invitaron a compartir su humilde casa y sus víveres. Balboa les amenizaba las comidas con su conversación sobre las aventuras de su viaje y procuraba ayudarlos en los trabajos cotidianos como arreglar el tejado o levantar alguna pared de la cerca. Les había descrito su odisea desde que saliera de España y les confesó que no tenía claro qué quería hacer con su vida. Los dominicos disfrutaban de la compañía de Balboa y apreciaban su colaboración, tanto que le suplicaron que se quedara a vivir con ellos.

Un día, en la puerta de la taberna, alguien voceó que estaba llegando al puerto la expedición que traía al nuevo gobernador, Ovando. La gente se echó a la calle a curiosear. Las flotas desde España recorrían las mil trescientas leguas desde Sevilla a

Santo Domingo solo dos veces al año, en primavera y en otoño, y su llegada a La Española era todo un acontecimiento. El puerto, las calles y las posadas se llenaban de gentes; acudían rameras, bribones y también comerciantes de diferentes lugares en busca de mercancías de España. Balboa embrocó el vaso y se bebió el ron de un sorbo. Cogió el sombrero y salió hacia el muelle con un canuto en la mano. Se había aficionado a aspirar aquello que los indios llamaban tabaco.

Los habitantes de la isla acudieron a recibir al nuevo gobernador; echaban vivas mientras unos músicos tocaban himnos en su honor con flautas, trompetas y tambores. El puerto era un estallido de gritos y suponía un recreo para la vista contemplar a la flota fondeando, las banderolas y estandartes de los barcos al viento mientras las campanas de la iglesia repicaban y los cañones los recibían con salvas. En los navíos ondeaban las banderas de Castilla y Aragón, adornados con paveses y engalanados con gallardetes y escudos.

Era una fresca mañana de abril de 1502. Pronto aparecieron en el horizonte las siluetas blancas de las velas. Un oficial voceó que llegaba fray Nicolás de Ovando con una flota compuesta por cuarenta y dos navíos y dos mil quinientas personas, la mitad extremeños, como Balboa.

Por el puerto comentaban que el nuevo gobernador era de Brozas, de una familia noble, y caballero de la orden de Alcántara. De uno de los barcos descendió un hombre de mediana talla, con ropas de seda, brocados y terciopelo, algo que contrastaba con la austeridad de los habitantes de la colonia; la gorguera almidonada, barba tirando a roja, poblada, en un rostro alargado, con muchas insignias, collares de oro y piedras preciosas en el pecho, la espada al cinto y un gran sombrero de plumas. La gente se quedó con la boca abierta mirándolo. Aparentaba cuarenta y tantos años. La música comenzó a tocar una pieza militar. El gobernador Ovando se dirigió hacia una tribuna de madera, preparada para la ocasión, que se alzaba a seis pies del suelo. Abajo, a su alrededor, se colocaron varios soldados dándole escolta. Ovando sacó un pergamino de debajo de sus ropas y comenzó a leer un discurso, mientras sus soldados miraban distraídos a los nativos, los bohíos y todo aquel paisaje tan curioso para ellos. La gente guardó silencio.

De pronto, Balboa percibió un movimiento extraño de la multitud y divisó, a su derecha, al hombre que lo provocaba, que pretendía abrirse camino a empujones. Eso causó el enfado de algunos. Otros rezongaron, incluso le dieron un puñetazo al pasar por su lado. Cuando pasó a un palmo de Balboa, este pudo distinguir que era un indio desgreñado, con el torso desnudo, y que en la mano derecha portaba un cuchillo. Sin pensárselo, le siguió. El indio acabó de abrirse paso hasta la primera fila y emprendió una carrera para salvar los dos o tres pasos que separaban la tribuna de la multitud. Con el rostro desencajado y profiriendo gritos en su idioma subió como un relámpago los escalones del estrado.

Antes de que los soldados reaccionaran, se colocó de espaldas al gobernador y le puso en el cuello un puñal de hueso largo y afilado. Gritó en español que no dieran un paso más, o el gobernador moriría. A cambio de su vida, quería la libertad de todos los indios que trabajaban en las minas. Mientras el indio hablaba, Balboa salió por la parte posterior del estrado con la espada desenvainada, la colocó en el borde de las tablas, tomó impulso y, de un salto, subió y colocó su arma en la espalda del indio. Los soldados se echaron a reír al escuchar las pretensiones del indio y avanzaron hacia él. El salvaje le asestó al gobernador una cuchillada somera en la cabeza, por debajo de la oreja derecha, rozándole la mejilla. Esto le derribó sobre el suelo de la tribuna. El indio se agachó para rematarlo pero, en ese instante, la mano poderosa de Balboa le detuvo el brazo y se lo retorció hasta hacerle soltar el puñal. Luego le tiró de la cabellera hacia atrás hasta que el indio soltó al gobernador. La espada de Balboa apuntaba a su cuello. Acto seguido empotró toda la hoja en el vientre del indio, que cayó muerto a los pies de Ovando. Balboa sacó su espada ensangrentada y la limpió en uno de los postes del estrado. Tres escoltas, que habían llegado segundos después, rodearon a Ovando y lo bajaron de allí.

Mientras le vendaban la herida y le ayudaban a montar en un caballo, varios guardias clavaron sus lanzas decenas de veces en el cuerpo del indio y lo arrojaron al suelo para que fuera pisoteado por la comitiva. Se escuchó que podía haber sido pagado por los partidarios de Bobadilla. El nuevo gobernador, con el rostro ensangrentado, se limpió el sudor y la sangre con un

134

pañuelo bordado. Trataba de reponerse del susto y solo se preocupaba de que su ropa no se hubiera salpicado de la sangre de aquel asesino. Varios soldados, también a caballo, lo escoltaron hasta su residencia, en la plaza de la ciudad. Los curas, los nobles y el gentío iban detrás entonando canciones al son de la banda de música.

Ovando, desde su caballo, lanzó unos maravedís a la muchedumbre. Los colonos se agacharon raudos a recoger las monedas y se disputaban su posesión.

Bastidas pidió audiencia al nuevo gobernador para solucionar su estancia y la de su grupo en la isla. Mientras esperaban que los recibiera, Balboa escuchó decir a un soldado que Ovando había llegado decidido a poner orden en la colonia y administrar justicia para acabar con el caos social, político y militar imperante.

Cuando les tocó el turno, el gobernador le pareció más cejijunto y con la mirada más triste. Llevaba un parche cubriendo la herida de la cara. Balboa apretó los puños con rabia hasta hacerse sangre, al ver cómo De la Cosa y Bastidas eran acusados de haber incumplido la capitulación, que estipulaba no pisar La Española y regresar al puerto de Cádiz. Bastidas no pudo defenderse. Alegó que los papeles oficiales con las capitulaciones que le concedieran los reyes se habían perdido en el naufragio. Juan de la Cosa lo confirmó alegando que había realizado varios viajes a esas tierras y siempre habían velado por los intereses reales, y le rogó que les permitiera embarcarse para España y les devolvieran los trescientos marcos de oro que llevaban al entrar en la isla, requisados por orden de Bobadilla.

El nuevo gobernador se mostró riguroso. Hasta que vio a Balboa entre el grupo. Le reconoció como su salvador y le preguntó su nombre. Le estaba agradecido y deseaba recompensarle.

Balboa desplegó sus dotes de orador y le persuadió de sus buenas intenciones y de que siempre habían obrado con rectitud. Nicolás de Ovando determinó retirar los cargos y dejar en libertad a todos excepto a los dos responsables de la expedición: Bastidas y De la Cosa, a los que mandó de regreso a España para que allí los juzgaran. Zarparían en la flota de vuelta que

135

saldría del puerto de Santo Domingo poco después, junto con Bobadilla, al que Ovando declaró culpable por abuso de autoridad, aunque no se pudo demostrar que hubiera tenido algo que ver con el malogrado atentado.

La angustia se apoderó de Balboa cuando vio zarpar a Bastidas, De la Cosa y otros compañeros rumbo a España. En un impulso, corrió hacia la rampa de embarque con intención de subirse al barco. Pero algo en su interior le decía que debía permanecer en el Nuevo Mundo. Asumió que, si volvía ahora a su tierra, sin fama ni oro, pensarían que era un fracasado. Recordó las palabras que un día le dijo don Pedro Portocarrero: «Si deseas ardientemente un sueño, debes perseguirlo hasta atraparlo». Algunos compañeros le animaron a subirse a bordo. Pero en el último instante desistió de esa idea y, sin volver la vista atrás, se alejó del puerto.

Ahora estaba completamente solo, como nunca hasta entonces, solo entre indios y a miles de leguas de su casa. Pero era animoso y enseguida pensó que también se quedó solo en Moguer y salió adelante. Miró en derredor los bellos paisajes de la isla, tan verdes, aspiró sus aromas, pasó la mano por el hombro de Hurtado, el único amigo que se quedó junto a él.

—A descansar; a primeras horas de la mañana tengo que ir a ver qué me cuenta el señor gobernador.

Ovando lo recibió con amabilidad, le constaba su destrezao con la espada y estaba decidido a que no se repitieran incidentes como el del indio en el puerto, a castigar con templanza y moderación, y a poner orden en la colonia. Y necesitaría su ayuda para aplastar varios focos de sublevación de los indígenas en algunas provincias. Se proponía reprimir la rebelión sin piedad pues pensaba que esas tierras estaban manga por hombro y había que imponer disciplina.

Para premiar su gesto, nombró a Balboa capitán de una expedición que saldría hacia la provincia de Higüey. Se pondría a las órdenes de Ponce de León, que ejercía el mando supremo.

Salió del palacio del gobernador brincando de alegría. Había pasado de ser un simple escudero en Moguer a capitán en las Indias.

Capítulo 14

La Española

*B*alboa se vio por primera vez al mando de una expedición militar, integrada por cuatrocientos soldados. A él competía tomar decisiones y conseguir su objetivo: la sumisión de los nativos rebeldes. Desconocía aquellas tierras, pero sabía luchar con valentía y, si fuera necesario, moriría por Castilla. Del éxito de esa empresa dependía su futuro en las Indias y la confianza del gobernador Ovando.

Sin embargo, en lo más profundo sentía la exterminación del pueblo indio. Al fin y al cabo, ellos no eran los intrusos; los españoles habían invadido sus territorios. Pero si el gobernador, los Reyes Católicos de España y el Papa de Roma bendecían aquel atropello, él no iba a ser más papista que el Papa. En Balboa no anidaba el afán de esclavizar ni martirizar a los naturales, sino de hacerlos entrar en razón, que los caciques acataran el dominio español y que todos pudieran vivir en paz.

Después de casi un año por tierras de La Española, ya conocía la lengua taína y podía entenderse con los nativos en su idioma. Utilizó sus dotes de orador y diplomático para tratar de negociar con ellos. A aquellas tribus que los aceptaron les garantizó que podrían vivir libremente en sus bohíos según sus costumbres y modos de vida, a cambio de un tributo a los reyes de España. Solo en casos de rebeldía necesitó emplear las armas.

En una ocasión llegó con un regimiento a un poblado

donde vivía el cacique principal de aquella provincia. Escogió a un grupo de seis soldados, incluido Hurtado, y se presentó ante él a parlamentar. Siguiendo su táctica, Balboa trataría de que acatara la dominación española por medios pacíficos mostrando una actitud de respeto y ofreciéndoles garantías de seguridad.

Unos indios le indicaron una gran tienda de ramas y palmas, donde lo esperaba el cacique. Levantó la lona que hacía de puerta y penetró en el interior, seguido de sus seis hombres. Lo vio sentado al fondo, con las piernas dobladas sobre una alfombra de piel curtida y rodeado de gente importante, a juzgar por su indumentaria, todos sentados en semicírculos a ambos lados de él. Lucían vistosos tocados de plumas, collares de oro y huesos, y un brazalete de algodón en los brazos. Los protegían unos guerreros con grandes lanzas de madera, colocados cerca de la entrada.

Recibieron a los españoles con gesto adusto. Balboa les habló pausadamente en tono conciliador, pero los nativos, alzando los brazos y la voz, agitando las lanzas, los apremiaron a marcharse de sus tierras. El que parecía un chamán colocó en el centro de la tienda un objeto de barro cocido parecido a un brasero, con un sahumerio de resina. Se quitó el adorno de plumas, encendió el sahumerio, se arrodilló, inclinó la cabeza hasta el suelo y alzó los brazos mientras profería una retahíla de palabras incomprensibles. Un humo intenso y con olor a incienso se extendió por la estancia. El sacerdote les indicó que debían marcharse antes de que el fuego del brasero se apagara, o empezarían el ataque.

Balboa y su grupo salieron precipitadamente. Apenas se habían reunido con su destacamento, asentado a una legua del poblado, cuando un aluvión de flechas rasgó el aire, denso ya por el calor tropical. Un español exhaló un quejido y cayó junto a Balboa con una flecha clavada en el pecho. Balboa se agachó a socorrerlo pero comprobó que había muerto. Echó a correr para ponerse a salvo con los suyos. Los cerca de dos mil indios que aparecieron en el horizonte profiriendo gritos amenazadores produjeron más bajas entre los españoles. El desconcierto hizo mella en la tropa. Se movían nerviosos y se oyeron voces que animaban a la huida. Balboa los arengó:

138

—Españoles, ¿qué hemos venido a hacer aquí? ¿Defender nuestro honor y vencer al enemigo o huir como damiselas asustadas? Estos bellacos nos han atacado por sorpresa, pero hay que resistir y plantarles cara. Recordad lo que os he enseñado. Colocaos cada uno en vuestro puesto y obedeced mis órdenes. Solo es válida la victoria o la muerte. No lo olvidéis.

Balboa atravesó sus filas a lomos de su alazán, con la espada en alto, desafiante. Su voz retumbó en el campo de batalla.

—Os conmino a luchar y resistir, porque si a alguno se le ocurre abandonar, os juro que yo mismo lo atravesaré con mi espada. Ahora, más que nunca, debéis demostrar vuestra valentía y ofrecer la vida por los reyes de Castilla. Pero como los enemigos son más de dos mil, nos exterminarían si les hacemos frente; por eso he pensado una estrategia para que, si sale como espero, podamos alzarnos con la victoria.

Un viva por Balboa salió unánime de las gargantas de su tropa. Los gritos de los nativos, seguidos de cánticos y tambores, les hicieron mirar hacia una loma. En lo alto divisaron la silueta del cacique, con un penacho de plumas en la cabeza y una lanza en la mano. Cesaron los cánticos y, a una orden de su cacique, los naturales se deslizaron montaña abajo como una marabunta.

—¡Soltad los perros, ahora! —vociferó Balboa.

Los soldados soltaron las correas que sujetaban a los perros, que, al verse libres, corrieron como gacelas hacia el enemigo; eran perros alanos, unos bermejos y otros manchados como los jaguares, con las orejas cortadas, tiesas, los ojos fieros de color amarillo, inyectados en sangre; eran de tamaño mediano, aunque a los indios deberían parecerles enormes en comparación con los suyos, de talla pequeña y que no ladraban. Los tenían de adorno o para engordarlos y comérselos, como hacían en Santo Domingo. Los mataindios tenían hambre atrasada y no tardaron en dar cuenta de gran cantidad de indios. Así como los lobos cuando entran en un redil matan todas las ovejas, aunque solo se coman algunas, tampoco los perros respetaron a un indio vivo; abrieron sus enormes bocas mostrando unas lenguas colgantes y dientes afilados como cuchillos. Luego se lanzaban sobre los cuerpos desnudos de los nativos con tal fuerza que los tumbaban del impacto y entonces se tiraban a morderles en la yugular. La sangre los excitaba de tal modo que propinaban unas dentelladas fuertes en las junturas de los miembros de aquellos infelices. Así desgajaban brazos y piernas, y dejaban el suelo tapizado de restos sanguinolentos y huesos al aire. Este espectáculo causó tal pavor en los indios que muchos de ellos emprendieron una veloz carrera gritando como si huyeran del demonio.

Después de la escabechina, Balboa ordenó disparar a los ballesteros. La ballesta, aunque más imprecisa que el arcabuz, era más poderosa y requería menos destreza. Una vez descargados los dardos, los ballesteros retrocedieron y dieron paso a los arcabuceros. Mientras, los españoles tuvieron que resguardarse bajo las corazas de la lluvia de flechas de los indios, que continuaron atacando sin importarles el número de bajas.

En un momento determinado los naturales retrocedieron, corrieron hacia unos árboles y se escondieron en la espesura, parapetados tras unos enormes troncos. Los soldados echaron vítores creyendo que habían huido. Balboa advirtió:

—Que nadie se confíe, puede tratarse de un ardid.

En efecto, un grupo de españoles se internó entre los árboles para cerciorarse de su huida y los naturales, cuando los tuvieron cerca, los asaetearon mientras otros los atacaban con lanzas.

Balboa gritó a sus hombres:

—¡Salid inmediatamente de esa ratonera! ¡Es una orden!

Los llevó a terreno descubierto y los colocó en dos filas, protegidos por las corazas. Los indios los siguieron. Pero las armas de fuego dispararon sin tregua y los exterminaron por completo.

Un soldado cayó muerto a los pies de Balboa, que, con decisión, cogió el arcabuz, pidió a un indio de los suyos que le proveyera de la bola de plomo y de pólvora —que llevaba en un frasco— y la introdujo en el cañón del arcabuz, ayudado por una baqueta de hierro.

Tenía ante él al cacique, a unos veinticinco pasos. En ese momento su pensamiento le martilleó con la idea que en ocasiones de peligro se colaba en su cabeza. Recordaba las palabras premonitorias de su amigo Colón, allá en Palos: ¿Y si fuera ese cacique el que acabara con su vida? Trataría de eliminarlo sin contemplaciones. Debía esperar a que estuviera a tres o cuatro pasos, de frente, y apuntarle al corazón. Sabía que a esa distancia el disparo era letal. Apoyó el mocho en el hombro, colocó en la serpentina la cuerda de cáñamo rebozada de pólvora, que hacía de mecha encendida, accionó el gatillo, prendió la pólvora y disparó la bala. Sintió el retroceso del arcabuz. El cacique quedó por unos momentos inmóvil de pie, como si no le hubiera alcanzado. Pero Balboa vio en su cara un gesto de dolor; luego el cacique hizo una mueca, soltó un gemido apagado y de sus labios salió un borbotón de sangre. Se desplomó de bruces contra el suelo. En el campo se oyó el clamor de los indios al ver caer a su señor. Si un arcabuz era capaz de perforar armaduras, los cuerpos desnudos de los indios quedaban destrozados por el plomo. Balboa respiró más tranquilo; de momento, había esquivado la premonición.

Una caterva de indígenas acudió rauda a recuperar el cadáver de su cacique y lo sacaron del campo de batalla sin importarles poner en juego su vida.

Se retiraron los arcabuceros. Poco a poco el silbido de los dardos siniestros fue disminuyendo y Balboa dio la orden de comenzar la lucha cuerpo a cuerpo; los soldados cayeron como zorra en gallinero y, espada en mano, atacaron las carnes desnudas de los indios que sucumbían bajo sus filos.

Una piedra lanzada con fuerza arrancó dos dientes a Hurtado, que luchaba junto a Balboa. Bramó de dolor, escupió las dos piezas, se las guardó en un bolsillo y arrojó la sangre que le llenaba la boca; apenas podía hablar, pero siguió luchando en su puesto, cubriendo las espaldas a su jefe. Nadie se enteró hasta que acabó la refriega. Un soldado con sonrisa burlona le preguntó:

—Rediez, Hurtado, ¿cuándo te has quedado melluco?

—Una maldita piedra de un maldito indio me los ha arrancado de cuajo.

Balboa vio que aún estaba sangrando y se acercó a él.

—Eres un valiente, Hurtado, y estoy orgulloso de ti. Con gentes como tú tendremos asegurada la victoria. Y ahora ve a enjuagarte esa boca y descansa un poco, que te lo tienes merecido.

Los indios habían abandonado la lucha y huido a las mon-

141

tañas. El campo quedó poblado de cadáveres. El rumor de la batalla fue apagándose.

Muerto el cacique, el chamán indio envió una embajada solicitando la paz, que Balboa aceptó. Mandó al cirujano atender a los heridos; mientras, ellos se dirigieron hacia el poblado. Estaba desierto. Solo se oía el gorjeo de los pájaros. Según la costumbre india, las mujeres, viejos y niños habían huido antes de la batalla. Después de recoger cuanto alimento encontraron en los bohíos, más cuatro mil castellanos de oro y otros objetos de valor, prendieron fuego al poblado, a sus campos y a poblados cercanos. Los varios cientos de indios que habían quedado vivos no opusieron resistencia y fueron hechos prisioneros. Balboa se los envió maniatados a Ovando, en Santo Domingo, pero ordenó a los oficiales que no los humillaran.

Estaba satisfecho de la victoria y de que hubieran sufrido pocas bajas.

—¡Qué escabechina! —dijo Balboa mirando los cadáveres amontonados en la tierra, muchos mutilados, con las tripas abiertas—. ¿Era necesaria tanta crueldad?

—Son ellos o nosotros —dijo Hurtado con una mano en la boca—. Las guerras son así.

—Gane quien gane, las guerras nunca son buenas.

Los tambores enviaron sus mensajes por distintos poblados. Días después, Balboa recibió emisarios de muchas tribus que acataron su autoridad, les trajeron presentes y se avinieron a deponer su actitud de rebeldía.

Una vez pacificada la región de Higüey, Balboa regresó a Santo Domingo.

No llevaba una semana de descanso cuando el gobernador le mandó llamar de nuevo. Ovando le ordenó proseguir la campaña de pacificación y sofocar a los sublevados que quedaban en diferentes lugares de la isla, en las regiones de Marién y Xaraguá.

Balboa entendía que la vida del soldado era guerrear, y lo aceptó. Se debatía entre sus ansias de triunfo y la quemazón que le producía el sometimiento de la población india al yugo español. Tenía sentimientos de simpatía hacia esos seres sencillos y generosos que no hacían sino defenderse de los invasores. Pero pudo más el deber de obediencia hacia su superior, a pesar de reconocer que la ambición de Ovando no tenía límites. La tarea de pacificación de La Española, impuesta por el gobernador, le llevó más de diez meses. Recorrió desde la punta de Higüey, al este, hasta el cabo del Tiburón, al oeste; luego subió a la costa norte, donde Colón había construido el Fuerte Navidad y La Isabela, y atravesó la isla de norte a sur, hasta cabo de Lobos. Por donde pasaba iba tomando apuntes de los nombres indígenas de los poblados, de sus jefes, y dibujaba en un mapa las montañas, lagos, ríos y fuentes que encontraba. Pronto la isla no guardó secretos para él.

Le llegaron noticias de que en Marién varios caciques se habían unido para sacudirse el yugo español. Balboa y los suyos se lanzaron a repeler el ataque sin darles tiempo a defenderse. En poco más de un mes, la mayoría de los caciques rebeldes cayeron prisioneros o se rindieron sin condiciones.

143

Capítulo 15

Anacaona

*E*l norte y centro de La Española estaban pacificados. Balboa decidió que había llegado el momento de dirigirse hacia Xaraguá, al suroeste, y hacer una visita a su reina. Xaraguá era el único reino taíno que quedaba sin sucumbir a los españoles. Si no se rendían, correrían la misma suerte que los poblados rebeldes.

Balboa, al frente de la tropa, se dirigió hacia Xaraguá, distante unas veinte leguas. Dos guías indios iban indicando la ruta. La selva lo invadía todo y era difícil avanzar pues no había senderos. Ordenó a un grupo que despejara el camino con los machetes y las espadas. Los caballos cabalgaban despacio, jadeantes; los de a pie y los indios porteadores iban con la lengua fuera. Balboa echó el alto. Descabalgaron los caballeros, se despojaron de su peto acorazado y se echaron boca arriba sobre la hierba, a la sombra de unos árboles frondosos. Los indios soltaron la carga y se metieron en un riachuelo a refrescarse. Después de unas horas de reposo, la expedición se puso en marcha.

Tras recorrer varias leguas, un nativo les dijo que ya se encontraban en tierras de Xaraguá. Según cabalgaban hacia la casa de la cacica, Balboa contó unas treinta viviendas de madera, circulares y más grandes que las de otras aldeas. Era un bello poblado con espaciosas plazas cercadas de arboledas sombrías para mitigar el calor de esta provincia, acrecentado por los minerales de azufre sobre los que se asentaba, según le contaran los nativos. Se asomó al interior de algunas y muchos ojos le miraron asustados; dedujo que en cada una vivían varias familias con sus respectivos hijos, hasta sumar decenas de personas en tan reducido espacio. Avanzaron entre los bohíos que se agrupaban alrededor del batey o plaza. Más tarde comprobaría que en ella tenían lugar las celebraciones religiosas a sus cemís o dioses, los juegos de pelota, las fiestas y cualquier acontecimiento extraordinario.

Había un edificio grande, separado del resto. Movido por la curiosidad, abrió la puerta e inspeccionó su interior. En él guardaban numerosas estatuas de sus dioses, algunas en madera tallada, otras de piedra, y todas adornadas con objetos de oro y piedras de colores. Lo custodiaba un chamán vestido con pieles de animales y una careta horrorosa: parecía un demonio irritado y pintarrajeado. Cuando descubrió al extranjero, levantó un cayado que llevaba en la mano derecha y alzó los brazos gritando con sonidos guturales. Balboa salió corriendo y se unió a su grupo.

En la plaza sobresalía la casa de Anacaona, la más grande del poblado. A diferencia de las demás, era de adobe, con el techo de palma, y estaba custodiada por guerreros a la entrada y apostados alrededor.

145

Salió a la puerta un indio con una diadema de plumas y muchos collares de hueso. Le hizo señas para que entrara. Balboa, seguido de un pequeño grupo de los suyos, le siguió. Le hormigueaba todo el cuerpo pensando que esa región estaba gobernada por una mujer, a la que iba a conocer enseguida. Cruzaron a través de un umbrío pasillo, con habitaciones a uno y otro lado. Balboa abrió la puerta de una de ellas. Servía como depósito de alimentos, completamente llena de granos en diferentes cestos de fibra, carnes secas, tortas de pan y vasijas con bebidas. Tal abundancia le agradó, el avituallamiento de su gente era el objetivo primordial en una expedición, además del botín.

Entraron en una gran sala rectangular en la que cientos de bailarinas muy jóvenes, con cinturones de flores en la cintura y guirnaldas en el pelo, los recibieron y deleitaron con sus danzas. Se movían suavemente al son de unas extrañas trompetas. Al acabar la danza, se dirigieron hacia ellos y, presionando sobre sus hombros, los sentaron en poyos de piedra. De unos ganchos de madera pendían collares de láminas de oro, otros de huesos de pescado, guirnaldas, cinturones, máscaras, todos labrados y tallados a cincel y entretejidos con hilos de algodón. También máscaras de cabezas de animales, de oro con pedrería.

—Es guanín —dijo Hurtado malicioso, señalando el género—, no es oro puro.

—Pero son hermosos —dijo Balboa—. No importa la calidad del oro.

Aguardó expectante hasta escuchar el chirriar de una enorme puerta a sus espaldas y el descorrer de un cerrojo. Se volvió. La escasa luz de la estancia provenía de unas claraboyas en el techo. Cuatro guerreros portaban en andas a la reina. Cuando pasó por su lado le satisfizo ver el rostro agraciado de la cacica. La bajaron al suelo y Anacaona subió cinco peldaños de piedra, despacio, majestuosa, para sentarse en su trono de oro, tallado con figuras mitad humanas, mitad animales, en el fondo de la sala. A su alrededor, guerreros con la cabeza adornada con plumas blancas y verdes, con un círculo grande en la frente y con largas lanzas en las manos, escoltaban a su reina.

Sonaron unas trompetas de palo, labradas con formas de pájaros, y redoblaron los tambores para anunciar a los visitantes. Las bailarinas se retiraron. Balboa se acercó y vio ante él a una mujer bellísima. Ella lo miró con sus ojos rasgados y largas pestañas, y de su boca carnosa de formas perfectas salió una sonrisa. Balboa sintió un vuelco en su interior. Volvió a mirarla detenidamente. Se adornaba con una gran joya de oro al cuello, parecida a una flor de lis, recamada de piedras de colores. Sobre su cabello negro y brillante, una diadema de oro y piedras granates y verdes y una banda de piedras menudas alrededor de la frente. No llevaba el pelo tan largo como las demás mujeres, sino una melena lacia que caía sobre los hombros, y un corto flequillo sobre la frente. De las orejas colgaban dos grandes aretes planos, también de oro y con piedras de colores, que producían un ruido cada vez que ella giraba la cabeza. Un ancho cinto de algodón con cuentas rojas y verdes, menudas, adornaba su cuerpo desnudo. Era alta para ser mujer, tal vez de la misma estatura que Hurtado, pensó Balboa. Sintió deseos de abarcar aquella cintura tan estrecha, que parecía que se iba a quebrar, aquella silueta bien torneada, con unos pechos generosos.

—Fíjate, Hurtado —le dijo en voz baja sin apartar la mi-

146

rada de aquella figura tan fascinante—. Tiene los párpados pintados con una sombra color humo. ¿Con qué se la dará? Nunca he visto ojos tan grandes y rasgados. Estoy fascinado.

—Yo tampoco he visto unos labios tan colorados, que parece que haya bebido sangre.

—Es hermosa, no hay duda. Yo pensé que iba a encontrarme con una bruja vieja y esta no llega a los treinta. Me agrada y mucho.

Balboa pensó que era la mujer más sugerente que había visto en su vida.

Permaneció unos momentos sentada en el trono, miró en derredor y, cuando Balboa y su grupo se inclinaron ante ella, los recibió de pie, recitando, con voz muy dulce, unos «areitos» compuestos por ella misma. Aunque no los entendían, resultaban agradables al oído.

Como más tarde pudo comprobar Balboa, Anacaona no solo era bella, sino inteligente y culta, aficionada a componer obras de teatro, baladas y poesía oral, y recitarlas con ritmo. Su pueblo las aprendía de memoria y las iban repitiendo de tribu en tribu.

—Os deseo feliz estancia en mis tierras —dijo Anacaona con voz melodiosa— y os ruego que aceptéis estos presentes de mi pueblo.

Al tiempo que hablaba, unas esclavas desnudas iban depositando delante del trono cestos con oro, plata y maderas aromáticas.

—Es un honor conoceros, señora —le dijo Balboa en lengua taína—. Ante vos, el capitán Vasco Núñez de Balboa. En nombre de los reyes de España, tomo Xaraguá como reino vasallo de Castilla, al que, desde ahora, rendiréis tributo.

—Estoy dispuesta a aceptar el dominio español a cambio de tener libertad para gobernar mi territorio según nuestras leyes. Solo deseo la paz entre mi pueblo y los españoles, ya se ha derramado demasiada sangre.

Su semblante se tornó triste con las últimas palabras. Luego calló. Balboa le ofreció peines, espejos y telas adamascadas, que Anacaona y sus damas miraban con admiración.

Balboa le prometió que sus leyes, sus costumbres, su territorio y sus gentes serían respetados.

Cuando acabó la recepción de bienvenida, la cacica le invitó a dar un paseo para conocer los alrededores. Balboa caminaba a su lado y, cuando le hablaba, se quedaba extasiado en sus profundos ojos violetas. Los paisajes que contemplaba le parecieron aún más bellos y extraños que los de otros lugares de la isla.

Balboa notaba que él tampoco le era indiferente a ella. Admiraba no solo su inteligencia y belleza, sino también su capacidad para gobernar toda aquella región y que supiera imponerse a muchos otros caciques menores.

Al quedar a solas, Anacaona acarició con admiración el torso, la espalda y los brazos de Balboa.

—Me gustas, guerrero extraño. Admiro tu color claro, tan distinto al color canela de los míos; tu piel clara y suave me reclama como la flor a la mariposa. Y te admiro porque eres alto, guapo y hablas bien. Serías un buen esposo —dijo sin rubor.

Él sonrió halagado. Pensó que no estaría mal convertirse en cacique. Pero pronto desechó esa idea. Disfrutaba con Anacaona, se sentía a gusto con ella pero no deseaba ese modo de vida; no renunciaría ni a su mando ni a su mundo.

Para agasajar a sus huéspedes y sellar la alianza de paz, Anacaona organizó al día siguiente una fiesta con gran fausto.

Balboa y Hurtado acudieron con el resto de españoles a la plaza, que iba poblándose de gentes llegadas desde diferentes lugares de la región de Xaraguá. Aprovecharían la ocasión para festejar el rito de iniciación de los muchachos a la vida adulta. Los caciques menores presentaron sus respetos a Anacaona en un reconocimiento de su superioridad militar y le entregaron, como tributo, el sobrante de sus cosechas. Los de Xaraguá colocaron en la plaza unas tablas largas apoyadas en palos a modo de mesas. Los asientos eran troncos de árboles. Balboa se sentó junto a la cacica, en una mesa más corta, con los sacerdotes y mandos del ejército. La charla versó sobre ardides en las batallas, la historia de Xaraguá y las hazañas de sus antepasados, mientras indios jóvenes les servían en unas calabazas un vino que extraían del maíz, que también emborrachaba. La ceremonia estaba dedicada a Yocahu, dios de la agricultura, cuyo ídolo situaron en el centro de la plaza. Los nativos le rodearon y proclamaron en voz alta que era inmortal y habitaba en el cielo. Cuatro soldados españoles miraban con codicia el ídolo de madera, con rostro de persona y patas de perro, adornado profusamente con incrustaciones de oro, conchas, hueso y piedras de colores, que le colgaban de boca, ojos y orejas.

—Con esas piedras y el oro del ídolo nos haríamos ricos —dijo uno de los cuatro soldados, joven y mal encarado.

—Te matarán si lo intentas —le dijo Hurtado—. No te lo aconsejo.

—Hablas ya como si fueras el cabo de Balboa. Ven con nosotros. Los cuatro estamos de acuerdo. Será fácil hacernos con esas riquezas.

—Estáis locos. No podréis robarlo.

—Podemos aprovechar cuando todos estén borrachos. O mientras duerman.

—Vais a meteros en un buen lío. Conmigo no contéis.

Balboa llegó junto al grupo a tiempo de oír parte de la conversación.

—¿Qué tramáis, rufianes? Al que se le ocurra quitarle algo al ídolo lo descuartizo. ¡Fuera de aquí!

149

Los cuatro se dieron media vuelta murmurando contra el capitán.

—No os preocupéis, capitán —dijo Hurtado—. Yo vigilaré.

En ese momento, el behique, o sacerdote de la tribu, situado en medio de la plaza, dijo en tono solemne:

—La Flor de Oro, Anacaona, hermana del gran cacique Boecchio, hablará con el cemí y pedirá por nosotros.

Anacaona avanzó majestuosa hacia el ídolo y colocó a sus pies un cesto con oro y piedras de colores. Se arrodilló, extendió los brazos y recitó lo que parecían plegarias. Eran palabras ininteligibles para los españoles, diferentes a la lengua taína. «Quizás un lenguaje especial para la ceremonia», pensó Balboa. La cacica subió unos peldaños por detrás de la estatua. Encima de la cabeza del ídolo había una tabla muy bien labrada, como un plato grande, con polvos de cohoba; Anacaona se metió por los orificios de la nariz una caña de dos brazos con la que sorbió aquel polvo. Entonces, como si estuviera ebria, comenzó a hacer extraños movimientos, dando vueltas y callada. La gente observaba y guardaba silencio. Y Balboa, sin apartar los ojos de ella, comentó con Hurtado que aquello debía de ser una sustancia alucinógena que extraían de un árbol grande y que, al aspirarla, habría entrado en trance y se ponía en contacto con su dios.

Luego la reina se sentó en un *duohu* —una especie de banqueta baja y labrada—, alzó la cara al cielo y pronunció una oración a su dios, a la que sus súbditos respondían con grandes gritos similares al amén cristiano. El behique le preguntó qué había visto y ella les contó su visión.

—El cemí me ha dicho que se acercan tiempos adversos, que han de morir muchos de los nuestros. También me ha certificado buenas cosechas y días de felicidad.

Anacaona volvió a su trono mientras sus súbditos la coreaban con cantos, palmas y golpeando contra el suelo grandes palos tallados. Balboa se apartó para dejar paso a los dirigentes de las diferentes tribus y a los nobles, que avanzaban despacio hacia el cemí, junto al que también oraron. Se habían metido en la garganta una paleta que les ayudó a vomitar. «Deberán de tener vacío el estómago para que la cohoba les haga más efecto», pensó Balboa. Luego se sentaron en círculos alrededor de Anacaona, con los pies doblados debajo de las piernas, y cabizbajos.

La reina, con un gesto de la mano, invitó a Balboa y los suyos a sentarse en el suelo, cerca de ellos. A una palmada del sacerdote de la tribu, la fiesta continuó con el inicio de los areitos. Anacaona salió al centro de la plaza y, con el sentimiento y dramatismo de una actriz en escena, declamó un texto que ella misma había inventado y que, luego, dos indias jóvenes y dos indios continuaron recitando. Entonces una veintena de muchachas adolescentes se retiraron unos pasos y volvieron con unos cestos llenos de manjares, oro, piedras de colores, conchas y plata. Al ritmo de música de flautas, avanzaron hacia el altar y los dejaron a los pies del ídolo. Más tarde, unos nativos de diversas tribus, a juzgar por sus atuendos, hicieron más ofrendas al cemí y le iban consultando sobre diferentes temas, que Balboa entendía a medias. Con una especie de pipa en forma de «Y», comenzaron a aspirar por la nariz el polvo del tabaco. Balboa comentó con Hurtado que sus habitantes le parecían más altos que los nativos de Santo Domingo, y su tez trigueña más clara que los de otras regiones de la isla.

Después salieron los muchachos que accedían a ser considerados adultos desde ese momento. Patearon repetidamente el suelo, cantaron y bailaron diferentes danzas. Cuando Anacaona tiró de un velo que llevaba sujeto a la cintura y levantó el brazo moviendo el pañuelo en el aire, estallaron en gritos de júbilo por haber obtenido el permiso de su reina. Anacaona fue imponiendo su mano sobre la cabeza y la frente de cada joven, ungiéndolos con unas cenizas que les dejaban marcas grises en aquellos cabellos tan negros. En ese momento salieron los sacerdotes con unos punzones de hueso muy finos y les fueron horadando la nariz. Los muchachos aguantaron sin rechistar, a pesar de las muecas de dolor.

El sacerdote entregó a cada muchacho azagayas, dardos para la caza, una macana y su propia hacha con el puño labrado y repujada de plata, símbolo de su entrada en la vida adulta. Les colgaron un amuleto al cuello y adornaron sus pechos con los collares que las bailarinas llevaban puestos. Entonces todos los iniciados se acercaron al ídolo y le ofrecieron unas tortas de casabe que los sacerdotes partieron en trozos pequeños y los repartieron entre los presentes. A Balboa le recordó el sacramento de la comunión entre los cristianos.

Antes de finalizar la ceremonia, las muchachas entraron en un bohío y salieron con pequeños odres y canastos; sirvieron bebidas fermentadas, pan de casabe y dulces hechos con tortas de yuca y miel.

Los hombres de Balboa participaron del banquete complacidos. Por efecto de la chicha, salieron al centro a danzar con las nativas —aunque algunos lo hacían sin ritmo y con movimientos desgarbados—, pero las muchachas se entregaron a los soldados con naturalidad, sin dejar de reír.

Poco a poco la gente fue desperdigándose, los soldados se metieron en el bosque de la mano de las nativas, y Anacaona cogió por el hombro a Balboa y lo llevó a pasear por los alrededores, seguida de sus escoltas armados. Le cogió de la mano y se metieron dentro de una choza en medio del jardín. Balboa comprobó lo ardiente que resultó la cacica, que lo amó sin tregua y con la mayor naturalidad.

Horas después, a la tarde, Balboa y Anacaona volvieron a la plaza. En su presencia, los muchachos practicaron el típico batey o juego de pelota hasta el oscurecer. Cuando acabaron los

151

juegos, los servidores retiraron mesas y asientos, y cada cual se metió en su bohío.

La cacica pidió a Balboa que la siguiera y le llevó a sus aposentos. No era una habitación muy grande y tenía pocos muebles: una mesa hecha de troncos de madera con canastos de frutas, un cestito con fetiches formados por piedrecitas y conchas, una cama sobre un lecho de ramas que levantaba un palmo del suelo, cubierta con telas de algodón, una especie de cofre grande de madera, y un ídolo, también de algodón, colgado en la pared. Le invitó a que lo abriera y comprobó que contenía un cráneo.

—Es de mi antepasado, el gran cacique padre de mi padre. Me bendice y me da suerte.

Balboa lo soltó con cierta repugnancia. Ella le miró extrañada y él disimuló con una forzada sonrisa. Anacaona se quitó los adornos de la cabeza y, vestida solo con un collar de piedras de colores y unos pendientes largos, le empujó suavemente hasta el lecho. Luego, despacio, se acercó con movimientos sensuales y le mordisqueó la oreja y la nariz. Se echó sobre él y le besó en el cuello. Le quitó la ropa como siguiendo un ritual. Se quedó contemplando el cuerpo masculino. Lo olisqueó. Él también la olió, quizá para imitarla, pensó que sería su costumbre, y toda ella emanaba un perfume suave, a flores. Subida sobre él, se cimbreaba como un junco y cabalgaba como una potra salvaje.

Luego se quedó quieta, acurrucada a su lado, enredando sus dedos entre los cabellos rubios de Balboa. Pasados unos instantes se incorporó y le acarició la cara y la poblada barba.

—Tengo que irme —le dijo.

Y sin más, salió de la estancia. Él salió del lecho y vio que Anacaona entraba en una habitación cercana a la suya.

Intrigado, se atusó los cabellos con un pequeño peine, se colocó el jubón y la camisa y, a medio abotonarse, abrió la puerta. Era una habitación amplia y casi vacía, en la que solo en las paredes se veían colgadas unas armas largas de madera, mazas, arcos y flechas. Balboa pensó que era el lugar de reunión porque Anacaona estaba sentada en el suelo, en medio de varios indios coronados con diademas de plumas y collares de oro, hueso y conchas. Seguramente eran caciques menores de tribus cercanas. Balboa hizo ademán de salir por temor a molestar, pero ella le hizo un gesto con la mano y le invitó a sentarse. Los indios se

giraron para mirarla y murmuraron entre sí. Estaban deba-
tiendo sobre la conveniencia de acatar la dominación española,
a cambio de la paz y de la protección de los hombres blancos,
que les ayudarían con sus armas contra el enemigo. Balboa la
observó despachar con firmeza, defender sus argumentos y
convencerlos, porque, al final, chocaron los brazos, se inclinaron
ante ella, saludaron a Balboa y salieron. Más tarde refrendarían
su obediencia a la corona española en presencia del escribano.

Cuando se quedaron solos, Balboa le señaló la estatua de un
indio en terracota, que presidía la estancia. A su alrededor había varios cestos y bandejas con ofrendas.

—Era mi esposo —dijo Anacaona triste—, el gran Caonabo.

—Háblame de él. Quiero conocer su historia de tu boca.

—Mi amado esposo Caonabo —hablaba con voz tan dulce
y con tal sentido del ritmo que, más que hablar, era como si re-
citara— era el cacique de Maguana, o el rey, como los españoles decís, el indio más valiente y el más noble de los guerreros.
Se sublevó contra Colón porque los españoles explotaban a los
taínos haciéndolos trabajar en las minas, violaban a nuestras
mujeres y asesinaban sin piedad. Se defendió, y es cierto que
atacó sus fortalezas, mató a muchos blancos, sí, y hubiera vencido de no ser por la traición.

—¿Qué traición?

—Hubo un capitán, un tal Ojeda, que llegó un día al campamento con un grupo numeroso de soldados y un intérprete
indio. Se fingió amigo de los nativos. Los españoles son taimados y mienten.

—No todos, Anacaona, no todos somos iguales.

—Ojeda engañó a Caonabo —dijo con los ojos violetas clavados en la estatua del cacique—. Le dijo que venía en son de
paz y a poner fin al derramamiento de sangre.

Anacaona calló y bajó la mirada. Sus ojos delataban la tristeza del recuerdo.

—¿Y no sellaron la paz? —preguntó Balboa.

—Fue un engaño. Ojeda se ganó su confianza, le creíamos
un amigo. Un día que estaban bañándose en el río, Ojeda le entregó una joya, como ofrenda de paz de sus reyes de España.
Eran unos aros de metal brillante, de cobre, dijo, recubiertos de
guanín. Caonabo agradeció ese gesto de amistad. Se los colocó

153

a mi esposo en las muñecas y ya no pudo abrirlos. Estaba amarrado, prisionero de ellos.

—En verdad fue una vil treta.

—Nosotros no obramos así. Si somos amigos, lo somos. Sin traición.

—¿Y luego...?

—Lo metieron en prisión y querían asesinarlo, pero Colón se lo impidió. Dijo que un caudillo tan valiente y popular como Caonabo no merecía morir. Lo llevó con él a España para que decidieran sus reyes. Pero en el camino la casa flotante naufragó. Caonabo estaba cargado de hierros, en lo más profundo del navío, y pereció ahogado. Todo esto me lo ha contado un indio que lo acompañaba y logró escapar. —Anacaona cerró los ojos y permaneció en silencio por unos instantes. Luego continuó con el semblante serio—: De esto hace ya siete años.

—Yo no te traicionaré. Tienes mi palabra.

—Te creo. —Anacaona le acarició una mejilla—. Ya te amo y no me defendería de ti. Preferiría que tu hierro se clavara en mi corazón.

Durante unas semanas, Balboa y sus hombres permanecieron en el poblado de Anacaona. Balboa sentía una felicidad al tenerla cerca que nunca hasta entonces había sentido. Mandó a sus hombres a explorar los alrededores; mientras tanto, él se dedicó a empaparse de la lengua taína, de sus costumbres y modos de vida. Los nativos y Anacaona se desvivían por agasajarlo, y él no se separaba de ella.

El día de la partida se acercaba. Xaraguá y Maguana estaban sometidas y Balboa no podía demorar más el regreso a Santo Domingo. Se dirigió hacia el campamento de sus hombres con el semblante serio. Sabía que su relación con Anacaona no tenía futuro, las leyes castellanas prohibían los matrimonios entre indios y españoles bajo penas severas. Y también sabía que, probablemente, no volverían a verse.

Fue a su encuentro y se internaron por un jardín a la espalda de su casa.

—Rezo a mi cemí porque volvamos a encontrarnos —dijo mientras lo abrazaba con fuerza.

—Yo recordaré siempre este momento.

Balboa miró en derredor. Quería retener aquellos paisajes, la casa de Anacaona, las facciones de aquella mujer que tenía entre sus brazos. Luego caminaron muy juntos hasta el poblado, él la llevaba cogida por la cintura y ella le pasó el brazo por el hombro. Antes de llegar a los primeros bohíos, le dio el último beso. Un beso largo, pero amargo, con sabor a despedida.

Al día siguiente, Balboa tenía listo el regreso de la expedición. Los de a pie, con los perros, los arcabuceros, los ballesteros y los hombres de a caballo fueron desfilando hacia las afueras del poblado. Anacaona apareció más bella que nunca, adornada la frente con una cinta ancha con piedras brillantes, de la que salía un mechón de plumas de colores. Se adornaba con varios collares y un brazalete de guanín en el brazo derecho. Y llevaba una enagua de algodón de colores, hasta las rodillas. Estaba majestuosa, seria. Horas antes, la había amado por última vez. Balboa se inclinó ante ella y Anacaona asintió con un leve movimiento de cabeza. Se miró en los alargados ojos violetas de la india taína y le acarició el pelo tan suave.

Los soldados se despidieron de las indias, que les pusieron al cuello una guirnalda de flores. Balboa sintió una opresión en el estómago. Montó en su caballo y salió al trote. De haber vuelto la vista atrás, habría contemplado unas lágrimas deslizándose por las mejillas de Anacaona. Apenas había partido y ya echaba de menos el calor de su cuerpo, su piel palpitante, el aroma a flores, sus caricias suaves, sus besos. Cuando llevaba cabalgado un corto trecho, tiró de las bridas de su corcel y se paró en seco. Aún distinguió la figura inconfundible de Anacaona recortada entre los bohíos y, detrás, todo el pueblo que había salido a despedirlos. Espoleó el caballo y se alejó envuelto en la bruma.

—Me voy triste por separarme de ti, pero contento porque ahora habrá paz entre tu pueblo y el mío —le había dicho él momentos antes.

—¿Volverás? —había preguntado ella.

—Volveré —había respondido él con un abrazo—; no sé cuándo, pero volveré.

155

Capítulo 16

Santo Domingo

*B*alboa se encontraba desorientado en la isla La Española. Había regresado triunfante de la pacificación de Higüey, Marién y Xaraguá, y su nombre empezaba a sonar en la capital Santo Domingo. Nicolás de Ovando le presionó para que se quedara a vivir allí con la promesa de dictar algunas leyes para que los pocos más de trescientos hombres censados —la mayoría solteros— echaran raíces, se convirtieran en colonos, agricultores, artesanos, ganaderos, comerciantes, y se asentaran con sus familias en lugar de pensar en conseguir riquezas y zarpar de regreso a España.

Pero la naturaleza jugaba en su contra. En la estación de las lluvias, la ciudad que construyera Bartolomé Colón en el 98, en la margen oriental del río Ozama, y que había sido la capital de las Indias, se despertó con el sonido de la campana de la iglesia que tocaba a rebato. Los vecinos sabían que, cuando sonaba así, el peligro era inmediato.

El viento azotaba los árboles con fieros bofetones, a unos aplastaba sus copas contra el suelo y a otros los arrancaba de cuajo, y el aire era un tumulto de polvo, basura y ramas quebradas. El cielo se encapotó tornándose de un gris plomizo y unos nubarrones comenzaron a descargar agua con furia. Estaban en medio de un violento huracán.

La gente salió de sus casas y grandes y pequeños corrieron desorientados en busca de refugio. Balboa y Hurtado corrieron a refugiarse dentro de la iglesia de los dominicos, como muchos otros habitantes de la ciudad. Pronto la pequeña iglesia estaba a rebosar de gente. Entre varios hombres empujaron la puerta que el viento, cada vez más fuerte, les impedía cerrar, hasta que lograron atrancarla con mucho esfuerzo. Desde un ventanuco Balboa contempló los tejados de palma que se desprendían de las viviendas como si fueran pelusas y volaban por los aires, al tiempo que las paredes de ramas y de madera se desmoronaban. Algunos gritaban que había llegado el fin del mundo. Los frailes, con los refugiados, se arrodillaron ante el pequeño altar y rezaron el rosario en voz alta, pidiendo perdón por sus pecados y clemencia para sus hijos.

Un campesino sacó de sus alforjas tocino, queso, chorizos, cebollas y pan de casabe, que había rescatado de su vivienda. Lo racionaron y repartieron entre todos; a los dos días habían dado cuenta de las viandas. Persiguieron a las ratas y pequeños bichos que encontraron, y lograron capturar algunas aves que se habían refugiado en el campanario. Tuvieron que comérselas crudas, y beber el agua de lluvia que recogían en vasijas.

Balboa estaba abriendo en canal una oronda rata cuando se fijó en los ocho pequeños indios que se encontraban sin sus padres en el refugio. El mayor no pasaría de los cuatro años. Los había encontrado en la calle, sin familia, cuando empezó el huracán. Estaban alrededor de dos madres que amamantaban a sus hijitos. Intentó apartarlos de ellas, pero los críos no se movieron. Sus ojos estaban fijos en los senos de las mujeres y en la leche que se vertía de la boca de los recién nacidos. Cuando acabaron de amamantarlos, las dos madres indias alargaron la mano y acercaron a sus pechos las bocas infantiles. Desde aquel día, a falta de comida, se encargaron de alimentar con su leche a los ocho pequeños.

Cada día Hurtado les contaba historias y anécdotas graciosas, la mayoría inventadas; así logró que, por momentos, los refugiados olvidaran la tragedia. Con su desenvoltura habitual, les explicó que la primera ciudad española en el Nuevo Mundo fue La Isabela, fundada por Cristóbal Colón a comienzos de 1494 en la costa norte de la isla. Las calles y construcciones se edificaron según anotaciones que había plasmado el propio Colón en su diario y que desarrolló De la Cosa; y el propio Hurtado y más de un millar de hombres colaboraron en su construcción. Pero el lugar era insano y frecuentes huracanes castigaron la ciudad, así que a los pocos años tuvieron que abandonarla. Entonces dieron con este lugar al sureste de la isla. Aunque tampoco resultó el adecuado pues no estaba libre de huracanes ni de inundaciones.

Las persistentes tormentas duraron varios días, y los refugiados, subidos en las escaleras y la torre del campanario, presenciaron la gran inundación de la ciudad.

Por fin cesaron las tronadas y aflojaron las lluvias. Balboa impidió a Hurtado salir de inmediato pues, aunque el viento había amainado, la furia de las aguas desbordadas por las calles empujaba con rabia a animales y enseres a un viaje sin retorno y arrastraba a algunas personas que no lograban agarrarse. Al día siguiente, les dijo que ya podían salir.

La inundación dejó las calles encenagadas y llenas de montones de escombros. Comprobaron, desolados, que todo había quedado destruido: las cuarenta y cinco casas de madera estaban inservibles, los bohíos de los indios eran un recuerdo, y el hospital, los almacenes, la ermita de adobe y paja y el convento donde vivió con los dominicos habían sido borrados del mapa. Además de la iglesia donde se habían refugiado, solo habían quedado en pie la fortaleza de piedra, que hacía de cuartel y cárcel, y el palacio del gobernador. Mucha gente había sucumbido ante la fuerza de los elementos.

Todas las personas útiles, con las palas disponibles, intentaron limpiar las pocas calles de la ciudad. Balboa trabajó sin descanso ayudando a desescombrar y a construirse un techo, un mero sombrajo para guarecerse del sol hasta que levantaran las casas de nuevo.

Una semana después, mientras los hombres arreglaban unos tejados, Hurtado le dio con el codo.

—Tenemos visita —dijo a Balboa—. Mirad quién viene por allí.

—Se conoce que quiere comprobar por sí mismo los destrozos del desastre.

El gobernador Ovando recorría las calles subido en una si-

158

lla de mano, llevado por cuatro hombres uniformados y seguido de un gran séquito.

Muchos españoles, famélicos y con las ropas desgarradas, y algunos indios le tendieron la mano pidiendo limosna, gritando que tenían hambre, pero fray Nicolás de Ovando dio orden a los porteadores de no detenerse. Como los gritos arreciaban, sacó de la bolsa unos maravedís y los tiró a ambos lados de la calle. La gente se lanzó al barro como aves de rapiña.

—La chusma nunca se ve harta —masculló, y ordenó a sus hombres que se alejaran de allí.

Días después, Balboa, como capitán de la tropa, fue invitado a palacio, donde Ovando reunió al Consejo, formado por las personas más influyentes.

—Lo que más apremia —dijo el gobernador— es recomponer Santo Domingo.

Después de exponer diferentes pareceres, acordaron hacer caso a Balboa, que propuso levantar la ciudad en la otra orilla del río, en la parte occidental. Estarían a mejor resguardo.

159

—Pero en tanto se alza la ciudad —añadió Balboa— habrá que pensar en ayudar al pueblo. Las reservas de oro deberían servir para calmar el hambre. Los campos están yermos, los frutos se han podrido. Hay que comprar mantenimientos que vienen en los barcos. Pero muchos hombres no poseen nada.

Alguna tímida voz estuvo de acuerdo con la propuesta de Balboa. Ovando le dedicó una mirada furibunda y una sonrisa fingida.

—Vamos a tener que reparar toda la ciudad y hacer grandes pagos. La gente, que se busque la vida, como hacen los animales.

Balboa se dio media vuelta y abandonó la reunión.

Era necesario empezar de nuevo. Desde la plaza, Balboa escuchó un bando en el que el gobernador pedía ayuda para levantar la capital a todos los que quisieran establecerse en ella. A cambio de su trabajo, se les recompensaría con una casa, tierras y privilegios. Los españoles se ilusionaron con el proyecto: entre todos alzarían su ciudad.

Antes del desastre vivían en Santo Domingo unos setenta

vecinos, más otras cuarenta personas que quedaron de la expedición de Bastidas. Muchos exploradores que estaban de paso cogieron sus pertenencias y se marcharon; no iban a deslomarse en un trabajo que no les reportaría beneficio, puesto que no vivían allí.

Balboa pensó que él era un aventurero y que debería embarcarse en una expedición en busca de nuevos descubrimientos. Se acordó de Bastidas y de De la Cosa, quizás enrolados en nuevos viajes, y por un instante concibió que su sitio estaba en la mar. Pero entendió que debía colaborar con aquella gente. Sus sueños podrían esperar.

Se colocó en una larga fila para apuntarse a los trabajos de construcción y Hurtado le siguió. En lo que antes era la plaza, sentado a una mesa hecha con cajones, un escribano viejo, bien vestido, con barba canosa y rala y cargado de espaldas, iba apuntando los nombres de los colaboradores, indicando la cualidad de cada uno. Cuando le tocó el turno al capitán, dio sus datos con voz segura: «Vasco Núñez de Balboa, veintisiete años, hidalgo, de Xerez de los Caballeros. Soy fuerte y sé dibujar planos.»

Los albañiles, carpinteros, herreros, tejeros, capataces y picapedreros tenían claro su cometido. Los demás se pusieron a las órdenes de los especialistas. Unos cortaron árboles y aserraron madera que transformaban en vigas y tablones; otros construyeron hornos para fabricar tejas, fraguas para trabajar el hierro, mortero. Los indios taínos, junto con los picapedreros, extraían piedras para los edificios importantes, y los carreros, profiriendo imprecaciones contra las mulas, las llevaban hasta el sitio convenido. Un clima de optimismo reinaba en la colonia. La gente trabajó con ilusión, entonando canciones y comprobando cómo poco a poco iban levantándose las casas.

Una mañana, un fuerte estruendo retumbó en toda la ciudad. Después de unos minutos de desconcierto, Balboa corrió hacia el lugar de donde provenía. Comprobó que muchas de las edificaciones que habían levantado con tanta ilusión y esfuerzo se habían derrumbado. Los primeros momentos fueron de confusión. La gente corría despavorida en medio de una nube de polvo que lo envolvía todo. Pronto se escucharon unos lamentos bajo las construcciones derruidas. Con gran esfuerzo, lograron sacar con vida a cuatro trabajadores. Peor suerte corrieron los sepultados bajo vigas y moles de piedra. Al despejar los escombros hallaron seis cuerpos reventados.

El temor se apoderó de muchos. No sabían construir edificios con seguridad, buenos cimientos y capaces de aguantar el peso del tejado. Algunos, desengañados después de tanto trabajar, abandonaron la capital y se fueron hacia el interior; otros huyeron en pequeñas barcas hacia otras islas o a Tierra Firme. Ante estos infortunios, Ovando mandó traer de Europa maestros de la construcción y buenos albañiles. Hubo que esperar la llegada de la flota al puerto para continuar los trabajos.

Pocos meses después, se reanudaron las obras. Balboa dirigía a un grupo de obreros y les daba instrucciones siguiendo el dibujo de los especialistas: un trazado octogonal con varias calles adoquinadas, anchas y rectas, cruzadas por otras perpendiculares, con casas de adobe o madera y tejados con ripias de tabla y cubiertos con tejas. Día a día veían alzarse nuevas edificaciones en el centro de la ciudad, donde se levantaban en piedra los edificios más importantes: la casa-palacio del gobernador, las viviendas de los nobles, la iglesia, el hospital, el mercado, almacenes para mantenimientos y armas. Y se reconstruyó la fortaleza para los militares, con la cárcel anexa, en el acantilado. Era un edificio robusto, de dos plantas, con una torre y almenas. En las afueras, muchos indios obraron las suyas con palos, paja y ramas. Se levantó un convento para los pocos frailes dominicos que había en la isla, y una ermita.

Muchas viviendas se cercaron con tapias con argamasa fuerte, a pocos metros de la orilla. Las canoas y balsas navegaban por el río Ozama. Los navíos llegaban desde el puerto a través de su corriente, a pocos pasos de las casas; algunos navegantes compararon la ciudad con una nueva Venecia. El problema era que las tierras de ambas márgenes quedaban separadas.

—¿Por qué no se construye un puente? —le sugirió Balboa a Ovando, que estaba supervisando las obras—. Haría crecer la ciudad al estar mejor comunicada.

—Eso sería muy costoso —dijo el gobernador—, se necesitaría mucha mano de obra. Y con la ayuda de estos flojos indios

161

no tenemos ni para empezar. Pero me gusta la idea. Veré qué puede hacerse.

Ovando solucionó el problema de la mano de obra trayendo de la costa africana un contingente de esclavos negros, jóvenes y musculosos que ayudaron en la construcción de la ciudad. Desde junio de 1501 estaba autorizada la introducción de negros en las Indias, y los esclavos africanos eran más fuertes que los nativos. Además, la población indígena en La Española se había mermado por las frecuentes sublevaciones y enfermedades como la viruela o el sarampión, para las que los nativos carecían de inmunidad, y se necesitaba mano de obra.

—Y ahora, amigo mío —dijo Ovando a Balboa—, con estos esclavos podremos construir el puente de madera para cruzar el Ozama, tal como sugeristeis, arreglar los caminos principales y levantar una fortaleza para guardar los tesoros que he de enviar a España.

Al cabo de unos meses estuvo construida la nueva ciudad de Santo Domingo. Balboa se vio dueño de una casa en la calle principal. Tenía las dependencias en la planta baja más un doblado con el techo de ripia, como granero. Además contaba con un huerto y un corral, todo cercado por una alta tapia de adobe.

El día de la ceremonia oficial, en agosto de 1503, las campanas de la iglesia repicaron durante toda la mañana. Desde su casa vio salir una procesión que recorrió todas las calles del pueblo; la encabezaba un monago con un estandarte, a continuación un sacristán portaba una cruz de madera y otro iba echando incienso. Los secundaban unos frailes dominicos vestidos con sus mejores galas; llevaban detrás varios monagos indios, unos hacían sonar una campanilla y otros levantaban los ropajes a los frailes para que no se embarraran; los guardias uniformados daban escolta al gobernador, y tras él, los nobles y cargos principales de la ciudad; por último, indios y españoles los acompañaban respondiendo a los rezos de los clérigos. Balboa se sumó a ella y asistió a las misas, discursos, bailes y banquetes en la plaza durante tres días de fiesta, donde corrió el pan de casabe y la chicha. Comenzaba una nueva vida para los habitantes de Santo Domingo, entre el mar Caribe y la ría de Ozama.

162

Y

Vasco Núñez de Balboa se inscribió para la adjudicación de tierras y de esclavos negros, gracias a que Ovando había conseguido que los reyes aprobaran el sistema de la Encomienda. Así Balboa, como encomendero, recibiría la ayuda de un cacique con un grupo de naborías para que trabajasen sus tierras. Los naborías o sirvientes, la clase más baja entre los taínos, quedarían todo el año a su servicio; a cambio de su trabajo él debía comprometerse a darles un salario anual de medio peso y a instruirlos en la doctrina de Cristo, además de protegerlos, cuidarlos y contribuir a la Corona con el quinto real.

Solicitó las tierras cerca de Salvatierra de la Sabana, una villa situada en la costa suroeste de la isla. Conocía aquella región y la fertilidad de sus campos, no lejos de los dominios de Anacaona. Ovando se las concedió. Le entregó una carta firmada en nombre de los reyes. En ella se le hacía entrega de varios cientos de fanegas de terreno. Contrató a las cuatro familias que vinieron con ellos en el barco, más algunas extremeñas. Obtuvo también cincuenta nativos y un centenar de esclavos negros.

163

Capítulo 17

La granja de Balboa

*B*alboa se estableció en un amplio valle rodeado de un frondoso paisaje, cerca de un pequeño río. Alegraban el ambiente los sonidos de los loros, colibríes, cucos y cacatúas. Abundaban las orquídeas y plantas raras, muchas especies de mariposas y cantidad de monos saltando en los árboles. Por doquier había manantiales, cascadas y riachuelos. A Balboa le gustó esa naturaleza generosa de grandes bosques y bellas playas. Aprendió a reconocer los árboles que predominaban en su plantación, como el mamey, uno de los más hermosos, de un verdor espectacular y grandes hojas, que daba la fruta más rica de La Española.

Estrenaba su nueva vida de colono. Le ilusionaba explotar esa circunstancia como hombre libre, al servicio de sí mismo, con una incipiente hacienda. Después de recorrer los mares y batallar con los indios, deseaba un poco de calma y la nueva andadura, tan diferente, le atraía.

Tenía que planificarlo todo, construir caminos a golpe de machete, ganarle terreno a la selva, que amenazaba con enseñorearse de todo. Balboa decidió construirse una gran mansión en un alto, cerca de una pequeña bahía rodeada de palmerales, cocoteros y plantas de orquídeas espectaculares, a un paso de la selva, desde donde se oteaba el mar; además levantaron otras edificaciones para el servicio, cobertizos para el ganado, un almacén para las semillas y las cosechas. Proyectaba una empalizada para protegerse del ataque de los temibles caribes.

Los indios se construyeron sus propios bohíos circulares en un claro de la selva, al modo tradicional. Trazaron una circunferencia en la tierra, colocaron un poste de madera en el centro y otros alrededor; luego tejieron las paredes con hierbas y ramas y colocaron encima el techo de palmas y hojas. En cambio, los esclavos negros que le adjudicó Ovando se construyeron dos barracones de manera descuidada; la mayoría trabajaba en las plantaciones, y otros realizaban las tareas de la casa. Balboa, fumando tabaco, observó a los taínos afanarse por construir sus viviendas; incluso a ratos les echó una mano. Se aficionó a fumar cada vez con más asiduidad y pensó que, si esa costumbre iba haciéndose habitual entre los españoles de la isla, podría llegar a ser un buen negocio. Alrededor de los bohíos, formando parte del paisaje, convivían muchos perros de pequeño tamaño. Les servían de alimento a los nativos. A Balboa aquellos animales no le parecían perros, porque no sabían ni ladrar.

Dispuestos a innovar, los españoles decidieron sembrar grandes extensiones de tabaco, y Balboa los imitó. Los campos produjeron buenas cosechas y mandó a Castilla barcos y barcos cargados con él. La moda de fumar hacía furor en Europa. Había observado que la tierra era generosa y producía buenas cosechas de maíz, yuca, mandioca y fríjoles cada tres meses. Intentó introducir la vid, el trigo y la cebada, pero estos cultivos no se adaptaron al clima. Claro que los fracasos no hacían mella en él.

Se sintió satisfecho con lo que había conseguido en poco menos de un año: el negocio prosperaba. Los indios metían las mercancías en sacos y barriles y los llevaban a vender en los mercados de Santo Domingo y otras ciudades; también repartían por los establecimientos, mesones y casas de potentados.

Como disponía de abundante tierra, Balboa se propuso poner en marcha una granja. Sabía, por oídas, que no era prudente colocar todos los huevos en la misma cesta. A pesar de que ya había en la isla animales domesticados, traídos por Colón en su segundo viaje, eran insuficientes. Balboa mandó trasladar de Extremadura cochinos rojos y negros, ovejas merinas, gallinas y vacas lecheras que podían alimentar por disponer de buenas aguas y pastos. En pocos años, la granja de Balboa adquirió fama de excelente plantación y vendía sus productos no

165

solo al gobierno de Santo Domingo sino a España a través de los barcos que zarpaban en primavera y en otoño.

Desde un principio, Balboa trató a los naturales con consideración. En su granja no se los castigaba, podían descansar un rato los domingos para oír misa, tenían un trozo de tierra para sembrar y algún animal, lo suficiente para alimentar a su familia. Como los indios no estaban acostumbrados a trabajar tanto, procuró que los capataces no les exigieran demasiado. Muy diferente de las granjas de alrededor, donde muchos morían desfallecidos.

Una tarde, al final de la jornada, Balboa se tumbó junto a la casa en una hamaca, protegiéndose con una gasa de los abundantes mosquitos. Una bandada de loras buscaba con afán un albergue donde pasar la noche entre el follaje de los árboles, que tomaron por asalto sin dejar de batir las alas. La luz imprecisa se apagó entre las nubes de poniente, y las tinieblas, acompañadas por un sinfín de cantos de pájaros, amenazaron con envolverlo todo en un anillo rojizo. Boca arriba, balanceándose en la hamaca, en medio de la selva, contempló las estrellas. Pareciera que podía alcanzarlas con la mano. Y se preguntó si en ellas vivirían personas como él. Veía la luna sonriente, y el cielo lleno de pequeños puntos brillantes amarillos, rojizos, azules, temblorosos unos y quietos otros. Puso la cabeza bajo las manos, aspiró el aire fresco y embriagador de aromas, y reparó en las formas de los árboles y montes al fondo y en el vuelo de algún pájaro rezagado. Se había acostumbrado a los gritos de los animales en la noche y al zumbido del viento entre los palmerales.

A medianoche se metió en la casa. Permaneció tumbado en la cama, melancólico, recordando esa misma luna en los campos de Granada, junto al señor de Moguer, y realizó un repaso de su vida. Hacía catorce años que había salido de su aldea —Xerez de los Caballeros— para ir a Moguer al servicio de Portocarrero. El tiempo a su lado fue muy provechoso. Cuando recordó su infancia y los desencuentros con su madrastra, sintió desazón y rabia. Pensó en su padre, don Nuño, del que nada sabía desde hacía años, ni siquiera si seguía vivo. En cuanto sacara un rato, ahora que tenía residencia fija, le escribiría una larga carta que la flota llevaría a España. Pensó en Cristóbal

Colón, su amigo de Palos, que quizás estuviera por esas tierras en otro de sus viajes. Tendría que preguntar para tener noticias suyas. Y los meses que pasó embarcado con Bastidas y De la Cosa, recorriendo Tierra Firme, expuestos a mil peligros con los naturales y los naufragios, la cárcel, las batallas con los taínos... y Anacaona. Le pareció que había vivido un siglo, y solo tenía veintiocho años. Mudó su mente al presente, a la empresa que le esperaba en esas tierras donde empezaba a medrar y a hacer grandes cosas. Poco a poco el sueño le invadió y siguió soñando con los recuerdos del pasado.

Balboa acudió un día a visitar la hacienda de su antiguo capitán Ponce de León, a muchas leguas de allí. Se quedó mirando al perro *Becerrillo*, que adquirió gran fama en la lucha contra los indios gracias a su fiereza. Todos lo respetaban. Balboa siempre había deseado poseer uno. Recordó que en Xerez de los Caballeros tenían varios perros en casa. Él apreciaba a uno especialmente, un cachorrillo que le seguía a todas partes. Una mañana apareció colgado. Balboa pensó que había sido cosa de su madrastra y por eso la odió un poco más.

«¿Tú quieres uno así? Pues yo te lo regalaré. Te daré un hijo de mi perro, al que cuido como a mi vida», le había dicho Ponce a Balboa cuando se quedó embobado mirando a *Becerrillo*.

La primera vez que vio al cachorro, Hurtado dijo:

—Tiene cara de león.

—Es cierto —dijo Balboa—. Y como es pequeño, lo llamaremos *Leoncico*.

Leoncico, el hijo de *Becerrillo*, era un perro alano, de presa, de unos dos meses. Balboa empezó a encariñarse con él. Pocos días después Hurtado lo llevaba protegido entre sus fuertes brazos para tirarlo a la selva, y el cachorro lo miraba con ojos apaleados. Balboa se fijó en la mirada lastimosa del cachorro que parecía pedir indulgencia.

—¿Qué ha pasado? ¿Adónde lo llevas?

—Se ha enganchado con una cadena en el cobertizo —dijo el capataz— y se ha desgarrado la pata. Se quedará cojitranco, eso si no se muere de la infección.

167

Balboa lo cogió en brazos, lo acarició y vio una mirada triste en el único ojo que tenía abierto, pues las legañas le cerraban el otro. Al cogerlo, el animal emitió unos lastimeros gruñidos. Efectivamente, su pata izquierda estaba destrozada; la carne desprendida dejaba al descubierto el hueso. Se ocupó personalmente de alimentarlo y cuidarlo, le lavó la herida y le preparó un lecho dentro de un viejo serón, a los pies de su cama. Un indio le preparó emplastos de hierbas y cebolla que le colocó en la pata; se la entablilló y la vendó con trapos limpios de algodón.

Tardó más de un mes en sanar, pero los cuidados de Balboa lo hicieron posible; la infección había remitido y la carne de alrededor se fue cerrando. Por fin la pata sanó completamente y el perrillo fue creciendo en tamaño y en inteligencia.

Leoncico era un cachorro barrigón y destemplado, de pelo pardusco, más bien tirando a feo. Un mes después de su accidente correteaba por toda la hacienda, siempre tras su amo, a veces rompiendo algún cacharro con la cola. Recorría la casa mordisqueando las hamacas y alfombras que encontraba a su alcance, hasta que la india del servicio le daba algún hueso para que se entretuviera con él y dejara de hacer estragos. Le gustaba subirse a la hamaca con su amo y dormir acurrucado a sus pies. No permitía que nadie extraño se acercara a la casa a no ser que su amo le advirtiera de que podía pasar. Balboa lo entrenó para atacar a los enemigos.

Meses después era robusto y vigoroso, de tamaño mediano, con las orejas cortas y tiesas, cabeza grande, pelo corto, hocico ancho y manchas negras alrededor de los ojos; con frecuencia iba con la lengua colgando y dejando un rastro de baba. *Leoncico* era un buen guardián, agresivo y fiero. No solía ladrar por ladrar, cuando lo hacía era segundos antes de atacar a su presa. Y su ataque era mortal.

Los trabajadores de la plantación dudaban de que fuera un perro. Decían que poseía una inteligencia sobrenatural. Los indios aseguraban que era el engendro de un espíritu maligno y que era inmortal, y salían huyendo nada más verlo. Pero *Leoncico* distinguía entre un indio bueno y uno malo. A los forasteros les infundía pavor y los españoles decían que se trataba del demonio encarnado en la piel del perro. Bastaba con verlo rondar por la granja o la plantación y la gente desaparecía. Solo los niños lo consideraban su amigo y jugaban con él, y nunca se vio un perro más fiel y considerado. Jamás atacó a ningún niño indio.

Leoncico acompañaba a Balboa a cualquier reunión o espectáculo. Su presencia era silenciosa, pasaba casi desapercibida, pero si su amo estaba en peligro, se volvía una fiera y atacaba sin piedad a los enemigos. Su cuerpo estaba cubierto de cicatrices por las continuas peleas. Y Balboa le quería como a su mejor amigo.

Como si el sueño de las siete vacas gordas y las siete vacas flacas de la Biblia se hubiera hecho realidad, pasados los primeros años de bonanza de la plantación, una serie de acontecimientos vendrían a perturbar la placentera paz de la granja y cambiarían la vida de Balboa, que tuvo que enfrentarse a tiempos aciagos.

La primera desgracia sucedió un día en que salió a pescar muy temprano.

Hurtado llegó hasta él con el semblante descompuesto: los indios no se habían presentado a trabajar. Ya días antes habían faltado varios, pero ahora debía saberlo el amo. Balboa guardó los aparejos de pescar, apesadumbrado, secándose el sudor con el revés de la camisa. Hasta entonces, los taínos nunca habían causado ningún problema en la plantación. Eran cumplidores porque se los trataba con respeto, tenían asegurado el sustento, además de cobrar un sueldo que, aunque miserable, para ellos era más que suficiente.

Balboa galopó hasta el poblado indio, a media legua de allí. Le extrañó el silencio reinante según se acercaba. Descabalgó y abrió la pequeña puerta de apenas tres codos de alto; entró en la primera cabaña, ocupada por unas veinte personas. Sobre varias hamacas, seis hombres yacían inmóviles. Tenían los ojos abiertos, fijos en un punto de la nada, y la boca entreabierta. Al acercarse notó un hedor que emanaba de sus cuerpos inertes. Dedujo que llevaban muertos muchas horas por la rigidez de sus miembros y su palidez de cera. Se tapó la nariz con la mano y siguió revisando.

Otros, tirados en el suelo de la choza, con los ojos entrecerrados, se rascaban sin cesar. De una hamaca salió un quejido débil. En la cara del enfermo se dibujó una mueca de dolor. Tenía la cara y el cuerpo cuajado de vejigas redondeadas y la respiración fatigosa. Algunas mujeres presentaban unas manchas rojas en la cara. Tenían fiebre y algunos vomitaban. «Es la viruela» se dijo. Había visto a unos criados de don Pedro, en Moguer, padecer los mismos síntomas. Se tapó la cara con un trapo y salió de la cabaña.

Envió a por un médico a la capital pero cuando llegó, al cabo de una semana, «la gran lepra», como la llamaban, estaba muy extendida en la granja, y ya habían muerto la mitad. El físico les dijo que no tenía que ver con la lepra sino que era viruela. Separaron en algunos bohíos a los infectados de los que aún no se habían contagiado. Balboa mandó que quemaran a los muertos.

El físico confirmó lo que Balboa ya sabía: no había remedio para ese mal, desconocido para los nativos, y contra el que no estaban fortalecidos. Afortunadamente, Balboa comprobó, al cabo de unas semanas, que a algunos indios jóvenes se les formaban unas costras en la piel pero, días después, se secaban y caían. Les dejaban marcas en la cara, pero habían vencido a la enfermedad.

Balboa recordó que, hacía poco tiempo, había contratado en el puerto a diez labradores, procedentes de un navío que había partido de España, y que algunos de ellos tenían fiebre y ronchas en la piel, pero no le dieron importancia. Sin duda estos labradores habían contagiado a los naturales.

El brote de viruela y la muerte de tantos indios motivaron que Balboa montara en su caballo y se dirigiera a la capital. Había escrito al gobernador demandando más mano de obra. Obtuvo de Ovando una remesa de setenta y cinco indios procedentes de las minas de oro del río Haina.

—Seguro que en mi granja se sienten más a gusto —le dijo a Hurtado—. No les faltará comida y el trabajo es mucho más llevadero.

Las diligencias para obtener mano de obra hicieron que pasara varios días en Santo Domingo, la ciudad que había ayudado a levantar con sus propias manos. Un matrimonio indio le cuidaba la casa y la tenía siempre dispuesta para cuando él llegara. En esa ocasión, después de descansar un rato de las fatigas del viaje, se dirigió a pie hacia el puerto.

La taberna del puerto era la más concurrida de la ciudad. Balboa pasaba muchas horas en ella para entrevistarse con comerciantes o con viejos compañeros y conversar sobre sus haciendas, apagando la sed con el vino bautizado que el tabernero les servía.

Un día, entre el humo del tabaco, Balboa creyó ver, al fondo, una silueta conocida.

—Reconozco un moño de andaluza a cien leguas a la redonda —dijo a la mujer casi al oído.

Marigalante se volvió al escuchar aquella voz. Cuando la tuvo delante, la viuda puso cara de asombro y lo estrujó entre sus brazos.

—Sigues siendo tan guapo y tan buen mozo, Vasco. ¡Qué alegría volver a verte!

La sevillana le miró con ojillos chispeantes, le llevó una jarra de vino y se sentó con él a la mesa, felices de encontrarse. Y con su gracia habitual, le puso al tanto de sus andanzas desde que llegaran a Santo Domingo con la expedición de Bastidas, dos años ha. Estaba sirviendo en aquel mesón desde hacía unas semanas.

Le contó su azarosa vida como sirvienta en tabernas de varias ciudades, la última, la villa de Yaguana, a más de ochenta leguas de Santo Domingo. Informó a Balboa de la suerte que habían corrido las demás mujeres que vinieron con ellos en el barco. Siempre fue confidente de todos, y comprensiva. Él le confesó que la vida de la granja le aburría. Y no esperaba acabar sus días en aquel lugar perdido de la mano de Dios. Hacía tiempo que andaba rumiando la idea de volver a embarcarse, surcar los mares, conquistar nuevas tierras, dar sentido a su vida con alguna hazaña grandiosa. Ese seguía siendo su gran sueño.

De regreso a su hacienda, iba pensando en su conversación con Marigalante. Sabía que ella sentía algo especial, pero él siempre la consideró solo una buena amiga, y jamás le había

171

hecho concebir esperanzas. En cambio, aún se le removía algo en su interior cuando recordaba a Anacaona. Fue un amor imposible, pero intenso. Aún la amaba, a pesar de haber transcurrido un año desde que se vieran por última vez, antes de establecerse en Salvatierra de la Sabana.

Una tarde, uno de los frailes que visitaba la hacienda semanalmente para adoctrinar a los niños indios de la plantación le contó el triste final de Anacaona, que él mismo había presenciado. Alejado en su granja, Balboa no había tenido noticias de la estratagema perpetrada por Ovando para reprimir violentamente una segunda sublevación en Higüey y someter a los indios occidentales, sin respetar el pacto de paz entre Balboa y los indios.

Balboa no podía creerlo; quería comprobarlo por él mismo, por lo que se dirigió hasta Xaraguá. Cerca del poblado le salió al encuentro el behique, escondido en una cueva, por temor a caer en manos de los soldados españoles. Allí mismo le contó lo sucedido

—Anacaona gobernaba, como bien sabéis, con autoridad y justicia en Xaraguá. Pero a Ovando le molestaba que fuera la única que se mantenía fuera del dominio de los españoles, y pretextó que ella, como cacica principal, incitaba a la sublevación a varios caciques. Maquinó un plan para someter nuestra región.

—¿Y qué plan tan diabólico fue ese —preguntó Balboa— para que la inteligente reina cayera en la trampa?

—Ovando invitó a Anacaona y a los ochenta caciques de la zona a un banquete con el pretexto de celebrar el aniversario de su toma de posesión como gobernador. Les pidió que hicieran una demostración del juego de batey. Nadie sospechaba lo más mínimo. A una señal de Ovando, y cuando más confiados estaban, los trescientos soldados más setenta jinetes empezaron la matanza. Apresaron a los caciques, los quemaron vivos y luego prendieron fuego a los bohíos. A muchos indios los llevaron como esclavos. Al darse cuenta del engaño, varios indios advirtieron a Anacaona y, entre la confusión del momento, la sacaron de allí antes de que asesinaran a todos los demás caciques.

En ese momento, los ojos del behique se llenaron de lágrimas al recordar la masacre.

—Entonces, ¿Anacaona consiguió salvarse?

172

—No, por desgracia.

El corazón de Balboa dio un vuelco y tuvo que sentarse en una peña. Cerró los ojos y permaneció con la mano en la frente durante unos minutos, roto de dolor. Luego hizo una seña al hechicero para que continuara el relato.

—Con ella escaparon su hija Higüemota y otra princesa. Pero Ovando, al darse cuenta de que faltaba Anacaona, ordenó su búsqueda. Muchos soldados rebuscaron debajo de las piedras, hasta que la capturaron.

—¡Hideputas! —exclamó Balboa irritado—. ¿Y qué le hicieron?

—Algo horroroso. La encarcelaron por un tiempo. Luego sufrió los más terribles tormentos. Fue violada, ultrajada y, por último, la colgaron de un árbol dejando su cuerpo expuesto muchos días, para que sirviera de escarmiento a los indígenas, decían. No nos permitían aproximarnos a ella.

Al enterarse del espantoso final de la bella reina, Balboa lloró de rabia y nostalgia. Se le hizo un nudo en el estómago y sintió una opresión en el pecho.

A la tarde, la cueva se pobló de gente. Era el lugar de reunión de los indios que quedaban libres. Una india, nodriza de Anacaona, se encargaba de llevarle alimentos al behique. Le preparó a Balboa una mezcla con hierbas que le hizo efecto de inmediato y le calmó los nervios. Se recostó en una hamaca mientras unas negras, tapadas solo con una franja de algodón a la cintura, le abanicaban despacio tratando de remover el aire fresco con unos paipáis de hojas de palma, en esas horas de la siesta. Poco a poco fue recobrando la tranquilidad.

Balboa volvió a la granja en silencio. Aquel día se encerró en su cuarto y no quiso ver a nadie. Pasó tres días sin salir de sus aposentos sin comer, solo bebiendo vino.

Hurtado le llamó repetidas veces. Le hizo ver que de él dependían muchas personas y, al fin, Balboa comprendió que de nada servía lamentarse.

La selva, mágica y fascinante, escondía numerosos peligros que Balboa iba descubriendo con la ayuda de los experimentados nativos. Una mañana salió a caballo a reconocer sus exten-

173

sas tierras. Descabalgó, ató las bridas a la rama de un árbol, se quitó la ropa y se dio un chapuzón en el río para refrescarse. Le gustaba nadar y sosegarse entre aquellos maravillosos parajes. Un criado acudió llamándolo a voces. Le avisó de que cinco empleados no podían trabajar, se quejaban de fuertes dolores en los pies. Salió precipitadamente del agua, se vistió y se encaminó hacia los barracones donde vivían los empleados.

A unos metros de la entrada se escuchaban los alaridos. Cuando se acercó, seguido de Hurtado y otros criados, los cinco hombres que gritaban lo miraron con ojos de espanto y uno de ellos pidió socorro. Se agarraban las piernas y se retorcían de dolor. Al examinarlos comprobó que tres de ellos tenían una bolsa blanca bajo el cuero de los pies, del tamaño de un garbanzo. Balboa pinchó una y estaba llena de liendres blancas. Examinaron los pies de los otros hombres y las liendres se habían vuelto negras y les tenían roídos los dedos; de ahí los chillidos de dolor. Intentaron sacárselas pero la bolsa se rompió y se esparcieron más, formando nuevas bolsas de liendres.

174 El resultado fue que muchos españoles y negros perdieron algunos dedos, otros un pie y alguno halló la muerte pasados unos días. En cambio a los indios no los atacaban. Balboa dedujo que su inmunidad pudiera deberse a la limpieza escrupulosa, ya que tanto niños como adultos se bañaban en el río varias veces al día. También eran muy pulcros con la limpieza de los alimentos, que comían crudos o cocinados, pero siempre después de lavarlos muy bien. Y al andar descalzos, no se les metían las niguas por las alpargatas o borceguíes, como a los blancos y negros, que, además, no se lavaban nunca. Costó bastante esfuerzo desembarazarse de las horribles niguas.

Balboa preguntó a los indios si conocían aquellos bichos tan agresivos. Uno de ellos le dijo a su amo que aún le faltaba por conocer muchos secretos de aquellas tierras. Y le pidió que lo siguiera. Le enseñó algunos árboles como el manzanillo, de frutos verdes con rayas. Balboa cogió uno pero el indio se lo quitó de las manos: no era comestible, los caribes lo utilizaban para sacar el veneno con que untaban sus flechas. Luego le mostró también hierbas venenosas y plantas carnívoras, y un árbol en el que, si te recostabas bajo su copa, contraías unas extrañas fiebres. Y, finalmente, le habló de las niguas.

Señaló un árbol con abundantes burbujas del tamaño de una avellana. Rompió una de ellas, brotó un líquido viscoso y salió una pulga que desapareció al instante. «Si se mete bajo la piel estáis perdido; pone muchísimos huevos que van pudriendo la carne hasta el hueso. Y conduce a una muerte segura», le había dicho el indio. Balboa lo entendió todo, miró aquel árbol, espoleó el caballo y se alejó del lugar a toda prisa.

Por si la falta de mano de obra india no fuera suficiente desgracia, otros aires nuevos y aciagos se asentaron en la plantación. Muchos nativos habían huido de las minas de oro cerca del río Haina, cansados del trato inhumano que recibían y de ver morir a los suyos; en cuanto tuvieron ocasión escaparon a los montes. El encomendero decidió vender a los que quedaban con la excusa de que eran gente belicosa y descontenta. Cuando Balboa pidió mano de obra a Ovando, le envió a estos indios que estaban sin amo, a cambio de sesenta ducados.

El cabecilla indígena de esta partida, procedente de Higüey, mostraba un furibundo rencor contra todos los españoles. Su corazón rezumaba odio. Él y los suyos sentían rechazo hacia los que les obligaban a modificar ss modo de vida. De nada valió que los taínos trataran de convencerlos de que Balboa era buen amo, se preocupaba por ellos y no los maltrataba ni los hacía trabajar hasta la extenuación, como ocurría con otros encomenderos. El cabecilla consiguió que los esclavos negros se unieran a su causa y tramó una sublevación.

Una noche, Balboa, a causa de los problemas que le planteaba la granja últimamente, era incapaz de conciliar el sueño. Cerró los ojos tratando de no pensar en nada. En el silencio de la noche escuchó unos débiles pasos, cada vez más próximos. Sus sentidos se pusieron alerta y aguzó el oído. El corazón le latía con fuerza. Con la luna llena distinguió dos formas que se acercaban a su cama. Balboa contuvo la respiración y palpó el puñal que guardaba siempre bajo la almohada. Abrió los ojos de par en par al tiempo que una mano silenciosa descorría el mosquitero. Las dos figuras armadas levantaron el brazo para asestarle una puñalada. En ese instante Balboa silbó y *Leoncico*, que dormía a sus pies, dio unos ladridos, se abalanzó sobre

175

ellos y los cosió a dentelladas, sin parar. Primero le arrebató un trozo de carne de la pantorrilla a uno, y sacó un jirón de carne del muslo al otro. Cuando los tuvo en el suelo se candó de la yugular y en cuestión de segundos se fueron apagando los alaridos de los dos infames.

Hurtado, que dormía en la habitación aledaña, al oír los gritos entró sin llamar, con una tea encendida que había cogido del pasillo. Tropezó con el primer cuerpo y pisó un charco de sangre granate y espesa, que se esparcía por las tablas del suelo de la estancia. Balboa, en pie, comprobó que el esclavo negro y la india que pretendían asesinarlo yacían en el suelo acosados por *Leoncico*, que acabó con ellos en cuestión de minutos.

Balboa acarició a su perro. No había hecho falta ni que él se defendiera, todo el mérito era del animal. Se vistió y convocó a todos los trabajadores delante de la casa. Ante ellos, en el suelo, estaban los cadáveres del negro y de la india. Con voz enérgica y amenazante les dijo que él no retenía a nadie y que, si no estaban a gusto, eran libres de marcharse. Pero que si alguno se rebelaba o le traicionaba, él mismo le cortaría el cuello con su espada. Todos bajaron la cabeza y acto seguido se fueron a dormir.

Desde el día en que *Leoncico* destrozó a la pareja de traidores, la gente, especialmente indios y negros, le tenían pavor. Se acercaba a ellos, los olisqueaba y los dejaba pasar o los atacaba. Tenía un instinto especial para distinguir a los enemigos.

A partir de entonces, aunque ninguno se destacó abiertamente, sucedieron una serie de hechos que a Balboa le hicieron sospechar: un día los animales se escaparon y huyeron al monte; otro, hubo un incendio en un almacén y se quemó la cosecha. Decidió deshacerse de los setenta y tres indios revoltosos que quedaban y venderlos a otro encomendero. Solo el medio centenar de naturales y algunos esclavos negros permanecieron fieles.

Debido a la falta de mano de obra, la producción de la plantación y de la granja se resentía. Por otro lado, apareció una plaga de hormigas negras que producían más dolor que las avispas al morder y eran tan voraces que acabaron con las cosechas. Tuvieron que prender fuego a los campos para acabar con la plaga.

La decepción anidó en el ánimo de Balboa. Las cosas no estaban saliendo como él planeaba. «¿Será verdad —pensó— que las desgracias nunca vienen solas? ¿Tendré que sacrificar mi vida en estas tierras y llevar una existencia aburrida hasta mi muerte?».

De nuevo el hambre de aventuras se metió en su pensamiento como una nigua bajo la piel, carcomiendo su voluntad y el deseo de enseñorearse de los mares, sin importar el destino. Con esta comezón montó en su caballo y se encaminó a la capital para emborracharse y evadirse de la realidad, una realidad que ya no le satisfacía.

Semanas después, Hurtado regresaba de llevar un cargamento de yuca a Santo Domingo. Bajó de la carreta haciendo aspavientos.

—No vais a creer, amo, la nueva que os traigo: el Almirante está aquí.

—A ver, cuenta, cuenta. ¿Qué quieres decir con eso de que el Almirante está aquí?

—Es cierto, jefe. El almirante don Cristóbal Colón está en Santo Domingo, yo mismo lo he visto.

Balboa ordenó a una sirvienta india que le preparase unas ropas para emprender un viaje de varios días. Mandó ensillar su caballo y, seguido de Hurtado, se dirigieron a la capital.

177

Capítulo 18

Encuentro con el Almirante

*L*legaron a las afueras de Santo Domingo por la tarde, empapados de agua. Recorrieron las calles principales, adoquinadas, bastante concurridas a esa hora y, al llegar a la taberna, ataron las caballerías a las argollas de la pared. Ya dentro, sacudieron los ponchos y se acercaron a una chimenea a secar sus ropas. Marigalante se les acercó en cuanto los vio entrar.

—Cuánto bueno por aquí —dijo mirando a Vasco con picardía y dedicándole una sonrisa—. Aunque está el día chungo, acaba de entrar el sol en la casa.

—Sigues como siempre de zalamera y amable.

Marigalante recogía su mata de pelo negro y rizado en un moño y de sus orejas pendían dos zarcillos de guanín. Una blusa blanca, escotada, que dejaba entrever unos pechos generosos, sujetos con un corpiño negro sobre una saya parda, completaban su vestuario.

La taberna estaba muy concurrida: había nobles, soldados, labriegos y mercaderes, bebiendo o jugando a los naipes o los dados. Balboa echó un vistazo a la clientela y saludó a algunos amigos y conocidos. Olía a fritanga, a vino y a humanidad. Y una humareda procedente del humo del tabaco, que fumaban muchos, inundaba el ambiente.

En una mesa retirada, al fondo de la taberna, Balboa reconoció a Colón. Se colocó ante él con una jarra de vino en la mano.

—¿Aceptáis tomar un vaso con un amigo?

Cristóbal Colón levantó la vista de la mesa y su cara reflejó asombro y alegría al mismo tiempo.

—¡No puede ser! ¿Vasco Núñez?

—Así es, Almirante, aunque aquí todos me conocen como Balboa.

—A mis brazos, amigo.

Después de un abrazo sincero, le presentó a su hermano Bartolomé —gobernador de La Española hasta que lo destituyó Bobadilla— y a su hijo Hernando, un mozalbete de unos trece o catorce años, calculó Balboa, de pelo oscuro y tez moruna, con el belfo superior oscurecido por un incipiente bigote; le invitó a sentarse con ellos.

—Me han pasado tantas cosas —dijo Balboa animado— que no sé por dónde empezar.

—¿Qué tal si lo hacéis por el principio?

Balboa arrimó un asiento y se sentó junto a Colón. Hernando se distraía con la lectura de un viejo manuscrito, ajeno a lo que ocurría a su alrededor, y Bartolomé charlaba con Hurtado, años ha que no se veían, y, a ratos, prestaba atención a la conversación.

Entre jarra y jarra, Balboa le resumió las andanzas de su viaje por Tierra Firme junto a Bastidas y De la Cosa, el naufragio, los caníbales, la cárcel, la expedición contra los taínos por orden de Ovando y su experiencia como granjero.

En los primeros minutos las palabras se atropellaban, uno interrumpía al otro y reían al no ponerse de acuerdo. Habían transcurrido doce años desde la última vez que se vieron en Palos. Balboa reparó en el deteriorado aspecto que presentaba el Almirante: las arrugas poblaban su rostro y el cabello se había vuelto encanecido y ralo. Le costaba levantarse y caminar. Ahora le parecía más delgado y menos alto que en Palos, quizá porque sus muchos achaques le hacían encorvarse. Sus ojos estaban hundidos. «Ya no veo bien y estoy tullido de dolores», le dijo. El vigoroso Colón de Palos había dado paso a un hombre cansado, agobiado, que parecía un anciano no solo por los años sino, quizá, por los desengaños y pesadumbres vividos, por los padecimientos que causan tormentos en el alma: la ingratitud, la envidia, la incomprensión.

—Hace un año —dijo Balboa— oí decir a unos soldados que os encontrabais en Santo Domingo. Pero no me lo creí.

—Sí y no. Veréis, va para dos años que zarpé de Sevilla, en esta ocasión con cuatro navíos y ciento treinta y nueve hombres, en este mi cuarto viaje. Después de más de dos meses, a pesar de que teníamos prohibido desembarcar en La Española, anclé cerca de Santo Domingo porque una de las embarcaciones estaba inservible y había que sustituirla. Le pedí permiso al gobernador…

—Y os lo denegó —interrumpió Balboa.

—Alegó que obedecía instrucciones de los reyes. No dio refugio a mis carabelas ni escuchó mis advertencias.

—¡Qué mala leche tiene el paisano!

—No lo sabéis bien —dijo, y movió la cabeza con resignación.

—Y entonces, ¿qué hicisteis?

Colón no respondió de inmediato a Balboa. Quedó unos minutos en silencio, quizá rememorando aquellos días.

—Se lo advertí, pero el cabezota de Ovando no quiso escucharme. Se burló de mí.

—¿De qué habláis? ¿De qué le advertisteis?

—Por mis conocimientos, yo noté signos evidentes de que se avecinaba una gran tormenta y, por lo mismo, le rogué que me dejara resguardarme en el río Ozama. Le aconsejé que no permitiera que zarpara la flota para España, que corría gran peligro porque el huracán estaba próximo. Dijo que si acaso era yo adivino, pensó que sería una treta para desembarcar en Santo Domingo. De la consecuencia ya os enteraríais: toda la flota sucumbió, excepto el barco que llevaba a Bastidas y en el que, milagrosamente, iba el agente que yo había enviado para cobrar lo que me adeudaba Bobadilla.

—¡Loado sea Dios! Menos mal. Eso ya es suerte.

—Pero murieron el cacique Guarionex, Roldán, mi enemigo, y Bobadilla.

—No digo que me alegre, pero no siento mucho lo del anterior gobernador. Que nos las hizo pasar canutas en la cárcel. Y a vos también, ¿no?

—No me lo recordéis. Bobadilla, en mi anterior viaje, me tuvo en prisión con una argolla en el cuello y grillos de hierro en los pies, como si yo fuera un perro rabioso, o el peor de los malhechores.

—La gente es ingrata cuando uno no está arriba. Pero volvamos a cuando Ovando os denegó atracar en el puerto por la tormenta.

—Tuvimos que soportar el huracán fuera del refugio del puerto, en la desembocadura del río Haina. Allí aguardamos hasta que pasó. Por fortuna, solo mi nave resistió anclada. Vi con tristeza cómo las aguas arrastraban a las otras tres, ya con las amarras rotas, pero también esta vez, milagrosamente —en los ojos del Almirante brilló un destello de satisfacción al recordarlo— logramos reunir las cuatro, días después, en el Puerto Viejo de Azúa, en la costa de La Española. Habíamos convenido que, en caso de que nos separáramos, recalaríamos allí.

—En cambio, por aquí se escuchó que la flota había perdido más de veinte barcos y medio millar de almas. Y todo por no haceros caso. —Balboa movió la cabeza y se quedó pensativo. Llenaron los vasos de vino y se bebió el suyo de un trago.

A medida que desgranaba sus experiencias, Balboa apreció una chispa de tristeza en su mirada. Colón se levantó renqueando y fue al mostrador a por un vaso de leche para aliviar su estómago. Volvió junto a su amigo algo más aliviado.

—Así que os embarcasteis con Bastidas…

Balboa estaba deseando contarle cada detalle.

—Nuestro cometido era explorar nuevas tierras y conseguir riquezas mediante el rescate con los nativos. Recorrimos la Tierra Firme y descubrimos el golfo de Urabá, el río Magdalena, el Darién, el istmo, Portobelo…

—Alto ahí, jovencito —dijo muy alterado Colón—, no os atribuyáis descubrimientos que no os pertenecen. Antes que Bastidas yo estuve allí. Yo recorrí Tierra Firme y el Darién, y Portobelo lo descubrí yo —recalcó el pronombre con fuerza.

—No lo sabía, pero puede que tengáis razón.

—La tengo, sin duda, ¡vive Dios!, y no consiento que…

Colón se puso rojo de ira y Balboa temía que le diera un desmayo. Trató de calmarlo.

—Entonces, convendréis conmigo en que se trata de un nuevo continente, inmenso…

—Bueno, pero pueden ser las Indias y, más allá, estarán Catay y Cipango.

Balboa no quiso contradecirle. Estaba contento de encontrarse en el Nuevo Mundo con aquel hombre tan importante al que admiraba y quería. Durante horas, solo existió para escuchar de boca del Almirante su odisea.

—No podía imaginar que llevarais dos años recorriendo las costas del Nuevo Mundo. Y yo, ignorante. ¿Cómo resultó este viaje?

—Un desastre, hijo. El propósito era encontrar un estrecho para cruzar con mis naves y llegar a las Indias. Los reyes Isabel y Fernando sabían que si había alguien capaz de encontrar el paso entre los dos océanos, del que ya hablara Ptolomeo, ese era yo. Y, aunque viejo y achacoso, tuve que embarcarme por cuarta vez para complacer a los reyes.

Colón quiso resumir sus descubrimientos: le contó que zarpó muy al oeste, bordeó el litoral y fue bajando hacia el sudeste por el Caribe; descubrió toda una costa desconocida y maravillosa que llamó Honduras, siguió por las costas de la tribu de los nicaraguas, y otras costas ricas y apacibles, y continuó rumbo sudeste, hasta el puerto de El Retrete, el mismo que Bastidas llamó del Escribano. Le habló de fuertes temporales durante dos meses, que les tuvieron de noche al pairo y fondeando donde podían; de las maravillas de Portobelo, muy cerca de El Retrete, como el lugar más hermoso que había visto nunca.

Balboa escuchaba atento y preocupado, porque se fatigaba al hablar, pero Colón continuó desmenuzando su historia.

—Después de las tormentas, logré doblar el cabo que llamé Gracias a Dios. Paramos en Río Grande para aprovisionarnos. Los indios de un pequeño poblado nos llenaron de regalos. Después de diez días levamos anclas y continuamos por la costa hacia el sudeste, pero ni rastro del anhelado estrecho. Pregunté repetidas veces a los nativos y ellos me señalaron el estrecho entre Bocas del Toro y la laguna de Chiriquí. Comprobé que solo era una laguna, no un mar. Sus habitantes me aseguraron que esa zona era un istmo y que la alta cordillera separaba los dos grandes mares.

Por unos momentos, Balboa imaginó que quizá la gloria de

encontrar ese otro mar le estuviera destinada a él y puso atención en memorizar cada dato.

—Pero no creí a los indígenas que aseguraron que a través del río Chagres podía llegar al otro mar que nos aproximaría a Asia y que estaba a menos de nueve jornadas. Nos habían dado noticias falsas demasiadas veces así que, convencido de que nunca encontraría el ansiado estrecho, de la dificultad que entrañaba esa empresa, con varias jornadas de marcha a través de selvas y montañas muy difíciles de atravesar, y ante la protesta de mis hombres de buscar oro para contentar a los reyes, desistí y continué explorando la costa.

—¿Y adónde llegasteis?

—Los fuertes vientos nos llevaron a unas tierras que los indios llaman Veragua. Hicimos caso a los nativos, retrocedimos al oeste, a pesar del mal tiempo y de que solo teníamos bizcocho agusanado para comer. Los ojos nos hacían chiribitas por los extraordinarios yacimientos que encontramos. Como se acercaba la Navidad, decidí pasar allí esas fiestas del año pasado, y fundar una colonia, un fuerte con unas cuantas cabañas, la verdad, que bautizamos como Santa María de Belén, por la fecha. Era un lugar agreste, rodeado de una tupida jungla que rodea la desembocadura del río. Desde allí se dominaba toda la costa hasta muchas leguas. El Día de Epifanía fondeamos junto a un río que llamé Belén.

—¿Se mostraban igual de amistosos los naturales de esas zonas?

—Ni mucho menos. Los indios se habían vuelto hostiles y se negaron a proporcionarnos alimentos. Hice prisionero a su cacique, Quibián, y a sus hijos y nietos. Luego decidí zarpar del río Belén con tres naves, pues la cuarta tuve que abandonarla por inservible. Dejé al cargo de la colonia a mi hermano Bartolomé con una guarnición de veinte hombres, y nosotros continuamos hacia el sur. Pero el cacique logró escapar y nos declaró la guerra. Más de cuatrocientos indios atacaron el fuerte, por lo que toda la tripulación tuvimos que regresar para ayudar a los nuestros. Nos hostigaron de día y de noche, con flechas y macanas, durante nueve días, lo que nos causó más de una docena de bajas. Di la orden de abandonar el fuerte. En abril zarpamos de la barra del río Belén rumbo a Santo Domingo, a pesar

183

de tenerlo prohibido por los reyes. Pero igual que os pasó a vosotros, era demasiada distancia.

—¿Qué decisión tomasteis?

—Perdimos la segunda carabela por la broma, en Portobelo, y me dirigí al norte de Jamaica. Diez días después de salir de Belén, las dos naves quedaron varadas en Santa Gloria. No podíamos saber entonces que en Jamaica tendríamos que permanecer todo un año. Era el día de San Juan, lo recuerdo bien, y le pedí ayuda al santo.

—No me habléis de la broma —dijo Balboa—. Ese molusco carcomió nuestros barcos y por poco no lo contamos. También arrumbamos a Jamaica, por ser más corta la distancia, y allí también nosotros reparamos nuestros navíos.

—Yo decidí escribir una carta a los reyes. Con ella envié a mi criado Diego Méndez a La Española, remando en una canoa india. Pero Ovando no dio importancia a nuestras penurias y se negó a proporcionarme medios para regresar. Retuvo a Diego Méndez más de siete meses.

—¡Qué ingrato! Haceros eso a vos.

—Después de que Méndez partiera, muchos hombres se amotinaron por falta de alimentos. No aceptaron la negociación y llegamos a las armas; los rebeldes sufrieron algunas bajas, otros huyeron y el resto permaneció fiel a mi persona.

—Y mientras, los demás a reparar los barcos y a esperar allí…

—Los barcos estaban inservibles. Obteníamos mantenimientos mediante trueque con los indios. Muchos de mis hombres, amontonados en las cubiertas y toldillas, protegiéndose del sol con hojas de palma, yacían desnutridos y con fiebres. También se me amotinaron, intentaron navegar hasta La Española en canoas, pero su intento fracasó. Los indios disfrutaban observando nuestras disputas y estaban hartos de tantas cuentas, espejos, gorros y cascabeles, por lo que decidieron que no nos darían más alimentos.

—Vaya papeleta —dijo Balboa—. ¿Y cómo resolvisteis el problema?

—La situación llegó a ser desesperante. Yo me encontraba aquejado por las fiebres tercianas y casi ciego, aunque no se lo dije a nadie, por el daño de la sal marina. Pero no podía desfallecer. Debía salvar a la expedición.

—Menudo panorama.

—Me duele recordarlo —dijo Colón con tristeza, aunque enseguida le brillaron los ojos—. Sin embargo, se me ocurrió un ardid para atraer a los indígenas.

—Contadle lo del eclipse —le pidió su hermano Bartolomé, que había permanecido en silencio.

Balboa y Hurtado se quedaron quietos mirando fijos a los labios del Almirante.

—Eso fue muchos meses después de llegar, cuando ya la situación se tornó desesperada. Supe sacar partido de las tablas astronómicas de Abraham Zacuto, para predecir un eclipse de luna el veintinueve de febrero, en este año bisiesto. Si todo salía bien, conseguiríamos que los indios nos proporcionaran comida.

—No entiendo. Explicadme.

—Yo había leído en el almanaque perpetuo de Zacuto que en el plazo de tres días, el veintinueve, se produciría un eclipse total de luna. Sabía que la diferencia en tiempo de España con las islas era de cinco horas y media, por lo que podía calcular fácilmente cuándo empezaría allí el eclipse. No tuve más que simular una representación. Reuní a los caciques y les dije, en tono solemne, que nosotros estábamos allí por mandato de Dios y que nuestro Dios era muy poderoso y estaba enfadado con ellos. Aquella misma noche les haría señales en el cielo para mostrarles su enojo privándoles de la luz de la luna. En la tarde, cientos de indios de rostro impasible se reunieron delante de nuestros barcos. A la hora que yo había calculado salió la luna oscurecida parcialmente. El pánico se extendió entre los indígenas según progresaba el eclipse.

—¿Qué hicieron los indios?

Aterrorizados, creyendo que la luna los abandonaba, se postraron ante mí y me rogaron que la hiciera volver. Les dije que lo haría si, a cambio, ellos volvían a suministrarnos alimentos. Desde aquel día no nos faltó comida.

»Un mes después del eclipse, vimos aparecer en Santa Gloria un galeón que enviaba Ovando, con ocho meses de retraso. Quería conocer nuestra situación y nos trajeron algunos alimentos, pero no pensaban rescatarnos. Su capitán tenía órdenes de no dejarnos subir a ninguno a bordo, bajo pena de muerte.

185

—Eso ya es el colmo de la desvergüenza, ¡vive Dios! ¿Cómo puede haber gente tan retorcida?

—Pues os cuento la verdad, amigo. Al menos aplacamos el hambre y se calmaron los ánimos. Y tres meses después, el 29 de junio de este año del Señor de 1504, vimos aparecer un barco que había conseguido comprar Diego Méndez. La alegría fue inmensa cuando atracó en Santa Gloria y supimos que mi fiel criado llegaba con el navío cargado de alimentos: pan de cazabe, carne, fruta y vino. En esta embarcación, después de un viaje lento, con el viento y las corrientes en contra, regresamos a La Española a mediados de agosto. Y aquí llevamos ya unas semanas...

—¿Qué pensáis hacer a partir de ahora?

—Estoy realizando diligencias. En cuanto obtenga los permisos fletaré otra carabela y partiré de estas tierras, adonde puede que nunca más regrese.

Balboa notó que tenía los ojos mojados. El relato de su amigo le removió en lo más hondo. Colón no lo percibió y siguió desgranando su letanía.

—Este cuarto viaje ha sido, sin duda, el más azaroso y el más difícil. Reconozco que no se han podido cumplir las metas, entre otras cosas por las adversidades y por mi quebrantada salud: estas fiebres cuartanas, y una galopante diartrosis que me obliga a permanecer postrado cada vez más rato y que ya he cumplido cincuenta. Tantos años me frenan la ilusión y merman mis sentidos; os confieso que estoy perdiendo la vista.

—No os hagáis mala sangre —Balboa le puso la mano en el hombro—. Habéis sido el más valiente marino y vuestra hazaña no hay quien la iguale.

—Os juro, amigo, que he servido a Sus Altezas con más diligencia y amor que los que pudiera haber empleado en ganar el Paraíso; y si en algo fallé fue porque era imposible o estaba más allá de mis conocimientos y poder. Dios Nuestro Señor, en tales casos, no pide a los hombres más que buena voluntad. Y yo siempre la he tenido.

Pidieron al mesonero un guiso de carne con patatas, regado con abundante vino, pues se acercaba la hora de la cena. Una amondongada posadera, con el ceño fruncido y con más bigotes que un soldado, les sirvió mientras ellos continuaban conversando.

Balboa sintió compasión de aquel hombre que había dedicado su vida a viajar a través del océano para ofrecer a los reyes un imperio allende los mares. Los platos estaban vacíos. A una señal de Balboa, Marigalante puso sobre la mesa unas presas de carne frita de guarro, pescados y chorizos españoles. Mientras daban cuenta de las viandas, Balboa recordó la llegada del Almirante tras su primer viaje, cuando descubrió las Indias, el desfile por el puerto, el recibimiento grandioso. Y ahora estaba poco menos que condenado y era digno de lástima. Hubo un momento en el que incluso creyó ver húmedos los ojos de su amigo. Hacía tiempo que las velas y las antorchas iluminaban la taberna.

—¿Dónde os albergáis? —preguntó Balboa.

—Aquí, en la posada. Cuando llegamos, Ovando nos recibió con hostilidad. Liberó a uno de mis hombres, que había sido cabecilla de la rebelión. Eso me molestó y no quise aceptar su invitación para hospedarnos en su residencia. Me ha humillado y desautorizado ante los míos. No iba a rebajarme y aceptar. Por eso vine aquí.

—De ninguna manera voy a consentirlo. Vendréis a mi casa. ¿Sabéis que tengo una casa en Santo Domingo? No lo cuestionéis. Así tendremos más tiempo para conversar.

Cristóbal y Bartolomé aceptaron encantados. Hernando recogió sus libros y los siguió.

187

Capítulo 19

Tiempos difíciles

*L*os días pasados junto a Colón enfrentaron a Balboa a un nuevo dilema: regresaba a España con Colón o seguía en las Indias. Después de mucho cavilar decidió lo segundo. Era joven y aún no había cumplido sus sueños.

El verano llegaba a su fin. Una mañana de septiembre de 1504, don Cristóbal Colón, junto con su hijo Hernando, su hermano Bartolomé y unos pocos hombres leales, abandonó La Española en una carabela alquilada. El resto de la tripulación que le había acompañado en su cuarto viaje prefirió quedarse en Santo Domingo, que crecía sin cesar y se iba poblando de aventureros con ansias de hacer fortuna. Balboa, Hurtado y Marigalante los despidieron en el puerto. El hombre que había descubierto para Europa un nuevo continente zarpaba en silencio, sin honores, surcando la Mar Océana por última vez.

Hasta Santo Domingo llegaron noticias de que el rey don Fernando el Católico había nombrado gobernador de las Indias a don Diego Colón, el hijo mayor del Almirante, y que este estaba a punto de embarcar para La Española. Balboa se alegró sobremanera de poder contar con un amigo para ver si se le arreglaban sus asuntos, pero tardaba demasiado en llegar y él debía tomar una resolución que le diera un nuevo rumbo a su vida.

Los primeros años, mientras preparaba las tierras vírgenes, organizaba la plantación y la granja, levantaba su casa y aprendía lo concerniente a la producción agrícola y al comercio, Balboa estuvo entretenido. Pero cuando todo estuvo en orden y a una siembra seguía otra siembra, a una cosecha otra cosecha, la tierra dejó de tener interés. Él era hombre de acción, no estaba hecho para llevar una vida regalada de terrateniente.

Después de cinco años como granjero, a Balboa comenzaron a irle mal las cosas: además de las rebeliones de algunos indios y esclavos negros, y las epidemias que sufrían, se le pudrieron las cosechas de plátanos, tunas y melones por falta de salida, y sus principales clientes dejaron de pagarle alegando decenas de excusas. El negocio, antes tan pujante, comenzó a arrojar pérdidas. Luego vinieron las malas cosechas, la falta de semillas, que se pagaban a precio de oro, las lentas comunicaciones para dar salida a la producción. Se vio en la ruina. Para llevar el mismo ritmo de vida pidió prestado a amigos importantes; luego recurrió a prestamistas, con un interés abusivo. Se endeudó cada vez más. Los acreedores se multiplicaban.

189

Comenzó por una partida de naipes en la posada. Apenas recordaba el valor de las cartas, pero aprendió pronto. Un tahúr italiano que tenía fama de jugar con cartas marcadas —algo que Balboa no sabría hasta bastante tiempo después— se encargó de enseñarle. El hombrecillo llevaba al cuello gruesos collares de oro, varios anillos en los dedos, ropa refinada y cara. Al principio Balboa ganó algunas manos y eso le animó a seguir. Se distraía con el juego y con la bebida y logró olvidarse de la realidad. Él, que siempre había sido confiado, se dejó llevar por el pesimismo, cada vez con mayor frecuencia. Frecuentaba las tabernas de la ciudad. De una vez a la semana pasó a tres días y, más tarde, a visitarlas diariamente. Se aficionó a los juegos de naipes y se envició de tal manera que podía pasar tres días sin aparecer por la plantación. Quería ganar para saldar sus deudas, poder embarcarse, hacer descubrimientos y entablar amistad con los pueblos que habitaran esas tierras. Pero la suerte no le sonreía.

En lo sucesivo, fue perder la bolsa noche sí y noche también. Balboa se preguntaba cómo podría tener tan mal naipe.

Hasta que un día destapó el engaño. Se sentaron en una mesa alejada de la puerta de la posada, en un rincón del fondo. Sus adversarios eran el tahúr italiano, un hidalgo de Salamanca, dos mercaderes de ganado y él. Balboa llevaba la bolsa llena de monedas. Desde el comienzo, fue perdiendo una partida tras otra, a pesar de tener buena jugada. En cambio, los mercaderes y el tahúr iban amontonando reales y pesos. Y mientras, las jarras de vino no daban abasto para regar el gaznate de los jugadores.

· En una de las partidas, Balboa miró de reojo a sus adversarios y los sorprendió intercambiando miradas y gestos sospechosos. La jugada de Balboa era jugosa y apostó hasta el último real. El hidalgo se retiró y quedó solo con uno de los mercaderes y el tahúr. Al presentar las cartas, la jugada de Balboa superaba a la del mercader. Ya se veía vencedor. Pero entonces el tahúr, con los ojos como puntas de alfiler y la mirada maliciosa, abrió la desdentada boca, hizo un extraño movimiento con las manos y estampó sobre la mesa la máxima jugada. Balboa reparó en que una de las cartas era mucho más nueva que las demás, ennegrecidas de tan sobadas y llenas de lamparones de cera. Cuando el taimado tahúr se disponía a rebañar con sus manos todos los caudales amontonados en el centro de la mesa, Balboa se levantó iracundo y le sujetó un brazo.

190

—¡Cachen tus muertos! ¡Alto ahí! ¡Fulero! ¿Tengo acaso cara de bobo?

—¿Qué decís? —preguntó el hombrecillo nervioso.

—Que habéis hecho trampa. Así de claro.

—Tiene mal perder el buen mozo —dijo uno de los mercaderes, grande, gordo y mofletudo, con los brazos en jarras, desafiante.

—¿Mal perder? ¿Creéis que no he visto cómo os hacíais de señas? ¿Y esa carta? —dijo señalando una de las que había sacado el tahúr en su última partida.

—¿Qué pasa aquí? —preguntó el fornido posadero, armado con un palo del grosor de un brazo—. ¡En mi casa no admito alborotos!

—Estos —dijo Balboa alzando la voz—, que son unos tramposos. Contemos las cartas.

El posadero, haciendo de intermediario, procedió al recuento de los naipes y, efectivamente, sobraba uno.

—Recoge todos estos dineros —ordenó Balboa a Hurtado, que había acudido a su lado al escuchar la discusión—. Guárdalos en la bolsa. Son nuestros.

—Eso habrá que verlo —dijo uno de los mercaderes echando mano a su espada.

—Ahora mismo —respondió Balboa echando mano a la suya.

—¡Eh, eh! —dijo el posadero metiéndose en medio—. En mi taberna ni hablar. Largaos a la calle y mataros allí si os place.

Balboa salió con la espada desenvainada seguido de Hurtado, el tahúr, los dos mercaderes y todos los parroquianos detrás. El espectáculo prometía.

—No saben estos con quiénes se juegan los cuartos —dijo Hurtado por lo bajo al hidalgo salmantino que había jugado con ellos—. Vais a ver lo que es luchar.

Los dos mercaderes, grandes como un armario ropero, espada en mano, esperaban a Balboa deseosos de enfilarlo. El jerezano, a pesar del vino que había engullido durante la noche, notó cómo le hervía la sangre, se fue a ellos con brío, en un abrir y cerrar de ojos desarmó al primero, dio una voltereta y clavó su estoque en el hombro del segundo. Antes de que el recién desarmado le asestara una estocada con el arma recuperada, le desarmó en un verbo y le apuntó con su espada en el cuello.

—¿Y ahora qué, tramposos? ¿Creíais que no me había dado cuenta que los tres estabais confabulados para desplumar a incautos como yo? Largaos de aquí si queréis ver amanecer el día.

Bajó la espada y le dio un puntapié en el trasero. El mercader echó a correr calle abajo como zorra por rastrojo.

—Y a vos —dijo poniendo la espada en el pecho del tahúr—, si vuelvo a veros por alguna taberna de esta ciudad, os coso a navajazos. ¡Fuera antes de que me arrepienta!

Antes de que el hombrecillo echara a correr, le dio un tirón al collar de oro del cuello y se lo entregó al hidalgo.

—Tomad, para compensaros de las pérdidas que estos canallas os han robado con malas artes.

—Aquí no ha pasado nada —dijo el tabernero conciliador—. Pasad adentro y os invitaré a un trago de buen vino.

Al día siguiente, una orden del gobernador, voceada por los alguaciles y pinchada en la iglesia, muros y posadas, crispó a Balboa: Ovando quería acabar con los asentamientos de colonos españoles en sus haciendas, desperdigadas por la isla, para concentrarlos en las ciudades que iban fundándose. Y amenazó con enviar a España al que no la cumpliera. Balboa estaba a gusto en su hacienda y no quería que nadie le obligara a vivir fuera de ella. Este conato de desobediencia, unido a la crítica que le hizo sobre el trato inhumano a los taínos, en nombre de la Iglesia, agravado con el asesinato de Anacaona, indispuso a Ovando contra él.

Balboa había perdido su favor. Lo comprobó poco después cuando solicitó el permiso para embarcar y se lo denegó. El gobernador adujo que, como deudor que era, no podía salir de la isla. Una ley lo prohibía.

Se fue malhumorado a la taberna, donde le esperaba Hurtado, dispuesto a emborracharse.

—Si te embarcas, estoy dispuesta a dejarlo todo aquí y seguirte —le dijo Marigalante—. Yo iré adonde tú vayas.

—Me iría ahora mismo. He intentado inscribirme en la expedición que prepara el notario Fernández de Enciso, pero me lo han denegado. Y si lo intento de nuevo, me apresarán.

—Confiad en mí —le dijo Hurtado por lo bajo—, se me está ocurriendo una manera de que salgáis de La Española…

Capítulo 20

Enciso

*D*e la granja de Balboa salieron dos carretas atiborradas de víveres. Hurtado, al frente de ellas, chasqueaba el látigo obligando a las bestias a trotar más deprisa. Urgía llegar a la ciudad antes de que entrara la noche.

Con la velocidad, una rueda saltó por encima de una piedra, se inclinó y a punto estuvo de volcar y lanzar a Hurtado a la cuneta. Algunos barriles cayeron al suelo con estrépito y un saco con harina de mandioca se reventó esparciendo su contenido por el camino enlodado. Hurtado soltó unos cuantos sacrilegios a los santos para, instantes después, rezarle a la Virgen con todo fervor que no le hubiera pasado nada a la carga. Ayudado por el indio que guiaba la otra carreta, arregló el desaguisado y continuó el camino sin contratiempos. Metió las carretas en el corral de la casa de Balboa y se echó a dormir unas pocas horas. Antes de que amaneciera debía levantarse y realizar una importante maniobra secreta, preparar la carga y dirigirse al puerto para que la embarcaran. Era un encargo de provisiones que le había hecho a su amo un notario llamado Enciso.

Al alba, los alrededores del puerto de Santo Domingo presentaban un bullicio inusual cada vez que zarpaba alguna expedición. Hurtado, como capataz de Balboa, estaba pendiente de sus mercancías e incluso ayudaba en las tareas de estiba.

—Subid con cuidado esos barriles, que no se parta alguna duela...

Balboa era uno de los proveedores de Martín Fernández de Enciso, el dueño de los dos barcos. Enciso, un tipo alto, de unos cuarenta años, de complexión delgada y aspecto hosco, supervisaba personalmente la carga de sus bodegas. La mar estaba revuelta y los barcos se mecían como a punto de resquebrajarse.

Enciso le había encargado cincuenta libras de tocino, siete haldas de arroz, diez toneles de harina de maíz y otras tantas de mandioca, cuarenta de longanizas, tres barriles de chicha, cien libras de carne seca y diez sacos de pan de casabe. Le había ordenado que la carga con las provisiones estuviera en el puerto al amanecer del 13 de septiembre, porque ese día de 1510 zarparía su expedición. El valor de los productos que llevó Hurtado ascendía a ciento cincuenta castellanos, pero aún no le había pagado. Cuando se los reclamó, Enciso se limitó a sacar de su bolsillo un pañuelo blanco con puntillas y sonarse su enorme nariz con gran estrépito.

—De eso ya hablaremos. Además, he permitido que tú vengas gratis en esta expedición.

Hurtado lo miró molesto sin decir palabra y en cuanto Enciso se dio la vuelta le sacó la lengua.

En esta ocasión se trataba del navío *Concepción*, cuyo armador era el bachiller Enciso como lugarteniente de Alonso de Ojeda. Su destino era San Sebastián, en la provincia de Urabá, en Tierra Firme, a trescientas leguas de La Española. Enciso había amasado una gran fortuna como abogado en Santo Domingo, pues la gente pleiteaba en el Nuevo Mundo por cualquier menudencia. Su socio Ojeda le había imbuido la afición por la aventura, y quizá por eso decidió dejar el mundo de las leyes y embarcarse para auxiliarle. Enciso sabía mucho de leyes, pero no tenía ni idea de dirigir una expedición. Compró una nao y un bergantín que llenó de provisiones, y consiguió reclutar un puñado de hombres y algunas mujeres, entre ellos Hurtado y Marigalante. Llevaba, además de alimentos para los hombres de Ojeda, aperos de labranza, semillas de cereales traídos de España, ropa, armas y armaduras, y las tradicionales baratijas para el rescate con los indios: cascabeles, espejos, cuentas de colores, navajas, platos, vasos…, más gran cantidad de cerdos, caballos, mulas, amén de un centenar de perros alanos.

Según un edicto del gobernador Ovando, estaba terminantemente prohibido enrolarse a los deudores y a los que tuvieran alguna causa pendiente con la justicia. A tal fin, una carabela oficial armada vigilaba las costas para que no se infiltrara ningún polizón a bordo. Si avistaban alguno, lo arrestaban y lo llevaban a mazmorras.

En presencia de los guardacostas, Enciso y el maestre procedieron al recuento de los viajeros: ciento veinte soldados, treinta colonos y tres mujeres que pensaban montar un negocio en Tierra Firme, como Marigalante. Para asegurarse de que no hubiera ningún intruso a bordo, los corchetes revisaron todos los rincones, hasta la sentina. Hurtado había ordenado que colocaran las cubas junto al mástil, bien sujetas, y a su alrededor, cestos de palmas con el pan de casabe. Luego se dirigió a Enciso y le demandó el pago de la mercancía, en nombre de su amo. De nuevo Enciso se lo negó enérgico, alegando que Balboa le debía más a él.

—¿No dicen que a los deudores se los persigue y no pueden salir de Santo Domingo? Pues ahora vos sois deudor.

—¿Qué dices, mentecato? —le replicó a Hurtado rojo de ira—. ¿Cómo osas decirme eso? ¿No sabes que podría encarcelarte?

Habían acudido unos soldados que rodearon a Enciso. Hurtado comprendió que, como criado, llevaba las de perder, así que le pidió disculpas y desapareció.

Marigalante, derecha como un junco y mostrando sus redondeces, no se separaba de Hurtado, siempre hablando entre dientes alrededor de las mercancías, cuidando de que llegaran en buenas condiciones y no sufrieran daño. Enterada de que solo iban tres mujeres y las otras eran feas, o gordas y casadas, Marigalante trató de ser amable con Enciso y se ofreció para servirle. Sabía por experiencia que los pobres debían llevarse bien con los poderosos. Y ella era una mujer práctica, y viuda, y tenía que buscarse la vida.

Cerca del mediodía, una humareda alarmó a la tripulación. Las llamas subían violentas y amenazaban con alcanzar una de las velas. El fuego procedía del fogón mal apagado. Sonó la campana a rebato. Los hombres lanzaron al mar los baldes de madera sujetos con cuerdas, para llenarlos de agua, y en cues-

195

tión de minutos el fuego estuvo apagado. Hurtado se dedicó a tirar cubos de agua alrededor de sus barriles.

Cuando llevaban unas millas alejados del puerto, los guardacostas se alejaron hacia Santo Domingo, que desde allí parecía un minúsculo punto en el horizonte. Entonces Hurtado suspiró hondo.

—El peligro ha pasado —dijo a Marigalante, que en todo este tiempo había estado yendo y viniendo inquieta por cubierta.

—Entonces, ¿ha llegado la hora?

—Sí. Navegamos por mar abierta camino de Tierra Firme.

Hurtado se dirigió a uno de los barriles y dio varios golpes sobre la tapa con los nudillos de la mano. Era un repiqueteo rítmico. Instantes después, la tapadera del barril más grande saltó por los aires y fue a caer a los pies de Enciso, que dio un respingo hacia atrás para evitarla.

—¡Por los clavos de Cristo! —dijo con cara de espanto—. ¿Qué ha sido eso?

—¡Un llovido! —exclamó un grumete desde lo alto del mástil.

Todos los tripulantes se arremolinaron alrededor del tonel. Instantes después emergieron del fondo del barril unos bigotes en una cara de perro desgreñado: era *Leoncico*. Lo primero que hizo fue levantar la pata y mear en el barril. El animal dio un salto y se dirigió a Hurtado dando ladridos y moviendo la cola, a modo de saludo.

A continuación asomaron por el borde del tonel unos pelos rubios seguidos de un sonriente Balboa en calzón y camisa, con los ojos entornados porque le cegaba la luz. Se agarró al borde del barril, tomó impulso y, de un salto, puso los pies en cubierta. Se tocó brazos, piernas y espaldas en un afán por desentumecer los huesos por tantas horas dentro del tonel. Luego, con mesura, hundió medio cuerpo en la cuba y sacó su espada, que se colgó al cinto, volvió a meter medio cuerpo en el barril para sacar el peto de acero y el morrión que yacían en el fondo, luego el hatillo, y un orinal de barro con orines. Hurtado dio unos pasos adelante, se lo arrebató de las manos y tiró el contenido por la borda. *Leoncico* brincaba alrededor de su amo y movía la cola feliz de verse libre.

A Martín Fernández de Enciso se le nubló la vista y creyó que iba a caer redondo. Como salido del fondo del mar, había aparecido un hombre con un perro, y rabiaba porque los demás lo observaran entre risas y exclamaciones.

—¿Quién sois vos, malandrín? ¿Qué hacéis aquí?

Balboa sacó también del fondo del tonel su sombrero ancho, con plumas, lo desarrugó, hizo una reverencia a los pies de Enciso y, con su modulada y rotunda voz, se presentó:

—Vasco Núñez de Balboa, hidalgo extremeño. He tenido el honor de servir a nuestros reyes en la conquista de Granada, con el Gran Capitán, y al gobernador Ovando en la pacificación de La Española; tengo experiencia en navegar. Y ahora a vuestro servicio, señor.

—Sois el mismo que hace dos semanas pretendíais inscribiros como parte de mi expedición...

—El mismo, señor —respondió Balboa—, y vuestro proveedor para esta expedición, a pesar de que no nos conociéramos.

Enciso paseaba por cubierta con los brazos tras la espalda, a pequeños pasos, incapaz de detenerse. Finalmente se puso frente a Balboa con los puños apretados, pero no osó atacarle por reconocer su inferioridad física.

—Sabíais de sobra que el gobernador os denegaría el permiso, y yo también. Estáis lleno de deudas y, por lo mismo, os estaba prohibido embarcar. ¡Esto es pena de muerte!

Balboa, lejos de ponerse nervioso, empleó su fina ironía.

—Por eso he venido oculto, señor. Es mi intención serviros fielmente...

—¡Eso es tenerlos bien puestos, demonios! —gritó uno de los expedicionarios.

—¡Apresadlo! —ordenó Enciso a unos guardias—. Y ponedle los grillos en los pies.

—Señor —intercedió Hurtado, plantado delante de Enciso—, mi amo es el capitán más valiente que existe en las Indias, el mejor espadachín del mundo y buen cristiano, solo que tiene algunas deudas porque ciertos clientes, como vos, no le pagan. Y no digamos nada de su perro: está entrenado para cazar indios y vale por varios hombres juntos. Perdonadle y aceptad su ofrecimiento.

197

—¡Calla, mentecato! No puedo consentir que se quebrante la ley. —Y dirigiéndose a Balboa le dijo con el dedo amenazante—: Os bajaréis en la primera isla en que toquemos tierra. Allí os abandonaremos a vuestra suerte.

—Pero eso es condenarlo a una muerte segura. —Hurtado se postró ante Enciso—. La isla puede estar deshabitada y no tener ni agua. ¡Clemencia, señor!

—Quítate de mi vista si no quieres correr la misma suerte que él. —Y le soltó una patada a Hurtado.

Leoncico comenzó a ladrar. Su dueño lo acarició y le pidió calma, y el perro se echó a sus pies pero enseñaba los dientes a Enciso, presto a destrozarlo a la primera señal de su amo.

—Señor Enciso —volvió a decir despacio Balboa—, os seré de más utilidad vivo. Conozco la Tierra Firme por haber estado allí con Bastidas y De la Cosa. Y mi espada os ayudará a vencer los peligros. Y tened en cuenta, señor, que Dios me reserva para grandes hechos.

—¡Bajadlo a la sentina! O mejor, vosotros tres —dijo a unos hombretones arremangados, mientras se dirigía furioso a su camarote—, tiradlo al agua, ahora.

—A sus órdenes, capitán —respondió uno de ellos, que, junto con los otros dos, se adelantaron y agarraron a Balboa por los brazos.

Este, al ver que Enciso se había metido en su cámara, se revolvió, agarró al primero y lo lanzó por los aires contra unos fardos; dio un puñetazo al segundo, que escupió algunas piezas de la boca, y se enfrentó al tercero, que le tenía agarrado por el cuello. Se inclinó hacia adelante y el hombre cayó como un fardo. Entonces Balboa echó mano a su espada y comprobó la atenta mirada de *Leoncico,* al que había ordenado que no atacara. Se bastaba él solo.

—¿Alguien quiere batirse conmigo?

Marigalante se miró en los ojos azules de Vasco, le palpó los bíceps y susurró orgullosa:

—Estás fuerte, capitán. Y te admiro.

Los demás viajeros rompieron a aplaudir, enardecidos por la valentía del jerezano. Los tres hombres le pidieron disculpas. Hasta los marineros se unieron al grupo y se sentaron sobre unos fardos deseosos de conocer más detalles. Balboa les habló de Tierra Firme, de sus riquezas y de sus mapas, y quedaron encantados con él. Uno de ellos, joven y peludo, que le había servido en Higüey como guía, se dirigió al aposento de Enciso.

—¡Señor! Hablo en nombre de todos. Dejad que el capitán Balboa se quede con nosotros. Algunos le conocemos y hemos servido a sus órdenes.

Instantes después se abrió la puerta de la cámara. La figura de Balboa sobresalía majestuosa ante el insignificante capitán. Enciso, viendo que la mayoría de la tripulación vitoreaba a Balboa como a un héroe, reculó a regañadientes.

—Está bien. Puesto que así me lo pedís, os permito seguir con nosotros y que os establezcáis como colono en Tierra Firme, pero no como capitán, sino como un simple soldado. Y habréis de jurarme lealtad ante notario y servirme un año.

Un lamento de desaprobación salió de las gargantas de los presentes.

—Acepto las condiciones —dijo Balboa, que sabía que no le quedaba otra.

Enciso le echó una mirada de rencor perpetuo y se dio media vuelta. Ya pasado el peligro, un grupo de ocho o diez pasajeros se sentó alrededor de Balboa. El guía peludo le preguntó:

—¿Qué? ¿Y cómo se iba en el barril?

—Malamente —respondió Balboa con una sonrisa—. Tenía que ir encogido, con *Leoncico* en las rodillas. A veces se ponía nervioso si oía ladrar a otros perros, pero yo le acariciaba y él comprendía que debía guardar silencio.

—¿Tan listo es el perro?

—Más que tú y que yo —sonrió Hurtado, que acababa de unirse al grupo—. Este perro tiene conocimiento; ya lo comprobaréis, ya.

—Pero seguid, señor; seguid contando.

—Lo peor fue cuando me bajaron de la carreta, dimos vueltas y más vueltas mientras nos subían al barco. Luego, el barullo de las maniobras al zarpar cambió a un ruido uniforme producido por las olas, que ya eran un gozo porque, cuanto más nos alejábamos, más segura se me antojaba la libertad.

—¿Y comer? —preguntó otro hombre.

—Llevaba pan de casabe, tocino y queso. Y una cantimplora. No hemos pasado hambre, ¿verdad, *Leoncico*? —Acari-

199

ció a su perro, que le lamió la mano como respuesta—. Más tarde, con el ritmo monocorde de los remos, me quedé dormido. Aunque más doblado que un ocho.

Los hombres soltaron una carcajada.

—¿Y cómo… —preguntó un hombre gordo y colorado—, quiero decir que cómo hacíais cuando os apretaba una necesidad?

—Llevaba un orinal para mear y, aunque era harto difícil, procuraba no mojarme los calzones.

—¡Ja, ja, ja! —rieron estruendosamente todos.

—Y para las aguas mayores —dijo Hurtado—, al llegar la noche, cuando todos estabais roncando, yo me acerqué al tonel, señalado con unas muescas, para reconocerlo, y di unos golpes con los nudillos. Era la señal convenida.

—Entonces —continuó Balboa— salimos *Leoncico* y yo, fuimos hacia la proa y aliviamos el cuerpo. Dimos unos paseos para desentumecer las piernas, que llevábamos más de doce horas en el tonel. Hasta echamos un sueño sobre las tablas de cubierta, ¡qué placer dormir estirado!, pero a duermevela, por si el bueno de Hurtado avisaba del menor peligro, y al barril de nuevo. Hasta esta mañana.

—Yo creí que erais una aparición cuando os vi salir del tonel.

—¡Ah! —Balboa señaló a su amiga sevillana—. Y la Marigalante también hizo su papel porque entretuvo con sus encantos a Enciso mientras embarcaban las mercancías, y estuvo junto al barril, dándome cháchara a escondidas.

Hurtado también quería apuntarse su migaja de protagonismo.

—Desde anteayer estoy que no duermo, maniobrando en el corral hasta meter al amo en el barril; antes había clavado la tapa y lo subí rodando en el barco, con temor de que se abriera, o él se hiciera daño, o que lo descubrieran antes de zarpar. Hasta hoy no se me ha arrimado la ropa al cuerpo.

Balboa aún desgranó más detalles de la aventura del barril y se ganó la voluntad del grupo y su admiración, por su temeridad y salero.

200

Capítulo 21

Pizarro

*L*a travesía transcurría sin contratiempos, rumbo al oeste, por la costa de Tierra Firme. Casi habían recorrido ya las trescientas leguas que separaban La Española de San Sebastián. Anclaron en la bahía de Cartagena para descansar unos días y reparar uno de los bergantines.

Enciso quería explorar el país y comprobar si era cierto que podía cogerse el oro con redes y si a los muertos los enterraban con muchas riquezas, tal como le habían contado.

Los españoles avanzaron hacia un poblado indio cercano a la playa; estaba cercado por una empalizada de madera en forma de círculo y rodeada de unos árboles con espinas en los que aparecían colgadas muchas calaveras. Hurtado dio un respingo al verlas.

—¿Adónde vamos, Balboa? Eso me da no sé qué. Sería mejor que nos volviéramos.

—Deduzco que son amistosos. Aunque debemos estar alerta.

—¿En qué os basáis? —le preguntó Enciso.

—En que si hubieran querido atacarnos ya lo habrían hecho. Pero tampoco nosotros debemos molestarlos.

Balboa había observado que varios indios los acechaban. Tenía el instinto adiestrado para detectar la presencia de indígenas y no le pasaba desapercibido un penacho de plumas moviéndose entre la espesura, o unas sombras fugaces por entre las montañas.

Entraron en el poblado caminando despacio, en apariencia tranquilos, ante la mirada expectante de los nativos. Los bohíos tenían techos de paja que llegaban casi hasta el suelo. A sus puertas estaban sentadas unas indias y varios niños pequeños jugando.

Cuando preguntaron por el cacique los llevaron a una choza algo aislada, de la que salió Sinú, el jefe. Sin hacerles caso, caminó erguido hasta el medio de la plaza, con un largo palo labrado con adherencias de oro, a manera de báculo, seguido de su séquito y de cientos de guerreros fuertemente armados.

—Es arrogante este cacique —dijo Balboa—, pero me gusta; tiene temple.

Siguiendo las órdenes del rey don Fernando, Enciso, en medio de la plaza, sacó un pergamino y ordenó al escribano Valderrábago que les leyera a los indios el requerimiento redactado por la Corona, que los indios sometidos debían acatar. Los nativos, de pie, escucharon atentamente mientras el guía, el mismo que acompañó a Balboa en Higüey, les iba traduciendo.

—De parte del muy católico rey don Fernando y de la reina Juana, su hija, reina de Castilla y León, de…

—Vamos, abreviad, Valderrábago —dijo Enciso impaciente—, estos salvajes no se enteran de la mitad.

Pero Valderrábago continuó dando lectura a un requerimiento plagado de superioridades y amenazas si los indígenas no se rendían a ellas. Cuando el escribano acabó de leer, el cacique Sinú tomó la palabra.

—En lo que dices de que no hay sino un Dios, y que este gobierna el cielo y la tierra, y que es señor de todo, me parece que así debe de ser; pero en lo que dices de que el Papa es señor de todo el universo en lugar de Dios, y que él ha hecho merced de esta tierra al rey de Castilla, digo que el Papa debía de estar borracho cuando entregó América al rey de España.

—¿Por qué? —le preguntó Enciso, extrañado de la osadía del cacique.

—Pues porque da lo que no es suyo, y el Rey que pide y

toma tal merced debe de ser algún loco, pues pide lo que es de otros, y es muy atrevido, puesto que amenaza a quienes no conoce. Y os digo también que mataremos a los que se atrevan a atacarnos.

Las carcajadas de muchos españoles, por la respuesta del cacique, retumbaron en todo el poblado.

—¿Qué se habrá creído este salvaje? —vociferó Enciso—. No les tengo miedo, ahora mismo podríamos declararles la guerra y apoderarnos de su oro.

Balboa le dijo que sería más sensato embarcarse y no exponerse por nada. Quizá eso les conduciría a la muerte y su expedición nunca llegaría en socorro de Ojeda, que era su misión. Le entregó unas piezas de las que llevaban, pero el cacique les imponía tanto que ninguno se atrevió a pedirle nada de oro. Tampoco él les dio nada. Se despidieron de Sinú, salieron hacia el puerto y Enciso, a su pesar, reconoció que Balboa tenía razón y podían peligrar sus vidas, y a regañadientes, dio la orden de zarpar.

203

Pasaron la noche al pairo en el navío, pues era más seguro que en tierra. Al alba, un marinero gritó desde lo alto del palo mayor:

—¡Barco a la deriva cerca de la bahía!

Enciso salió de su cámara con el pelo revuelto y la almilla a medio poner. Detrás de él, una soñolienta Marigalante. El capitán miró a lo lejos. Efectivamente, frente a la bahía de Cachibocoa, vislumbró un barco desvencijado y, al parecer, a la deriva.

—¡Es el bergantín de Ojeda! —gritó Enciso—. Mirad a ver qué diantres ha ocurrido. Pero andad con cuidado, no vaya a ser que lo haya secuestrado algún pirata y nos llevemos una sorpresa.

Anclaron en el puerto que Bastidas había descubierto al pasar con su expedición, años antes, y que, más tarde, Juan de la Cosa había dado en llamar Cartagena, porque le recordaba esa ciudad española. Bajaron unos botes y al rato se presentaron ante Enciso un puñado de hombres desaliñados y hambrientos. El que parecía su cabo, un hombre alto y flaco, con barba poblada y tremendas ojeras, se arrodilló ante Enciso.

—Gracias, señor, por acorrernos.

—Decidme —pidió Enciso con tono despectivo, tapándose la nariz por el hedor que desprendía el náufrago—. ¿Quiénes sois y adónde os dirigís?

—Soy Francisco Pizarro, de Trujillo, teniente de Ojeda en San Sebastián. —Sacó unos documentos de una bolsa que acreditaban su identidad—. Y estos treinta y cuatro hombres que me acompañan son los supervivientes de los trescientos que componían la expedición.

—Y los demás, ¿dónde están? —preguntó Enciso entre impaciente y desconfiado.

—Muertos a manos de los indios, o por hambre o enfermedad.

—¿Y quién me dice a mí que no os habéis amotinado contra Ojeda? Prendedlos —dijo a sus guardias.

—¿Y quién sois vos, señor? —preguntó Pizarro, altivo, tras incorporarse.

—Soy el bachiller Martín Fernández de Enciso, nombrado alcalde mayor por Ojeda, y su socio.

—Ojeda se fue en vuestra busca —dijo Pizarro, hosco—. Le hemos esperado los cincuenta días convenidos con él. En este tiempo no hemos recibido socorro ni noticia alguna suya, por lo que, azuzados por el hambre, decidimos zarpar para La Española. Pero éramos sesenta personas, demasiadas para dos pequeños y desvencijados bergantines; por eso acordamos no embarcar hasta que las enfermedades, hambre y flechas envenenadas de los indios redujeran el número de hombres. Matamos la última yegua que nos quedaba, la salamos y así hemos ido tirando.

—Habláis de dos bergantines, pero solo veo uno —dijo el desconfiado Enciso.

—Por desgracia, se desencadenó una espantosa borrasca y el otro barco se fue a pique con toda su tripulación. Juro por Dios que os digo la verdad. Pero dadme un poco de agua, por caridad; estamos secos.

Enciso hizo una seña a los grumetes, que llevaron un barril de agua. Los hombres, ansiosos, se quitaban el cuenco unos a otros no más habían dado el primer sorbo.

—¿Y quién me dice que no estáis cometiendo perjurio y

204

sois unos desertores? No me fío. Regresaréis a Urabá. Es una orden.

—No, por caridad —rogaron Pizarro y sus hombres—. Dejadnos ir a La Española, o con vosotros. Os serviremos fielmente. Pero a aquel infierno de nuevo no, señor. Podéis quedaros con todo nuestro oro.

Enciso vaciló: aquellos hombres experimentados le vendrían bien para llegar a Urabá, pero, por otra parte, serían muchos más para repartirse el oro que encontraran. Tampoco podía consentir que fueran a Santo Domingo y le hablaran mal de él al gobernador. Al final, decidió admitirlos en su expedición.

Balboa se acercó a su paisano Pizarro y le recordó que le había conocido nada más llegar, cuando arribó al puerto de Santo Domingo en el barco con el gobernador Ovando y los dos habían intercambiado unas palabras. Ambos eran soldados extremeños y habían luchado junto al Gran Capitán. Charlaron largo rato. Balboa le prometió que, cuando fuera el jefe de la expedición, le nombraría capitán.

Enciso se empeñó en dirigirse a la colonia de San Sebastián para esperar allí a su socio Ojeda. Parte de la tripulación opinaba que deberían regresar a La Española, pero él insistió.

—El fuerte de San Sebastián ya no existe —afirmó Pizarro—. Los indios lo incendiaron en cuanto zarpamos. Y son muy hostiles.

Balboa no deseaba regresar a la Española por temor a ser apresado por sus deudas. Tenía que convencerlos.

—Pienso que no es buena idea regresar a La Española como unos derrotados. Tampoco creo que debamos ir a San Sebastián si, como dice Pizarro, es mala tierra, no hay comida y sí indios flecheros.

—Entonces —preguntó Enciso, que, para sus adentros, reconocía no tener ni idea de cómo solucionar un problema que no fuera de leyes—, ¿qué proponéis?

—Os aseguro que yo conozco bien estas costas porque ya estuve aquí con Bastidas, hace unos años. Recorrí un valle que me agradó sobremanera, buena tierra, con un clima agradable, a la derecha de un gran río y junto a un poblado donde los indios son amistosos con los españoles y no usan flechas envenenadas.

El grupo comenzó a murmurar que deberían hacer caso a Balboa.

—¿Y dónde se halla ese sitio? —preguntó Enciso.

—En la orilla occidental del golfo de Darién, cerca del istmo. Dibujé un mapa del sitio la primera vez que estuve allí.

—Como justicia mayor —acentuó Enciso— digo que pondremos rumbo a San Sebastián. Allí esperaremos a Ojeda.

Los expedicionarios protestaron enojados. Se fiaban más de Balboa y preferían seguir sus indicaciones, pero debían obedecer a Enciso, al que cada vez le tenían menos simpatías por su prepotencia.

Si esto hubiera ocurrido unos años antes, Balboa le habría aplastado la cabeza a Enciso de un porrazo. Y esos harapientos que gritaban a favor de volver a La Española habrían probado la punta de su espada. Pero ahora recapacitaba, con el ánimo más templado.

Cuando vislumbraron las colinas de Urabá, a la entrada del golfo, al virar en punta de Caribana, la embarcación donde iban Enciso y Balboa encalló en unos arrecifes. Las mareas y el viento la destruyeron. La nave era la más grande de las dos y transportaba todas las provisiones: armamento, aperos de labranza y animales. Comenzó a hacer agua y la tripulación se vio obligada a abandonarla rápidamente. Enciso paseaba nervioso sin saber qué hacer y el desconcierto era general. Balboa, viendo el panorama y la inutilidad del capitán, pensó que debía tomar la iniciativa.

—Enciso —dijo resuelto—, hay que actuar deprisa. Sé cómo manejar la situación, si me dais vuestro permiso.

—Lo tenéis, Balboa —dijo pensativo—. Proceded como mejor convenga.

Balboa tocó la campana para convocar a los hombres.

—Escuchadme. Hay que salvar cuanto podamos antes de que el barco se hunda, que no tardará mucho. Luego todo nos hará falta. Deberéis seguir mis órdenes.

Se dirigió a una cuadrilla numerosa de hombres, en cubierta.

—Cargad los botes. Un grupo meterá en dos de ellos las provisiones; en otro bote, las armas y aperos; y en los restantes, los animales. Bajad los guarros, yeguas y caballos que podáis. Después, remad hasta la orilla.

—¿Y las personas? —preguntó Enciso, asustado, sentado sobre su voluminoso baúl.

—A nado —respondió Balboa—. La orilla está cerca. Y no olvidéis vuestras espadas.

Muchos hombres se tiraron al agua casi desnudos. Enciso ordenó que subieran su baúl a uno de los botes, se arremangó y llegó a la costa calado como una sopa. Ya en la orilla, Balboa presenció cómo Enciso sacaba del agua unos papeles completamente estropeados y los tiraba. Balboa sospechó que serían los documentos con su nombramiento como teniente de Ojeda, pero nada dijo. Algunos animales cayeron al agua. Hurtado y varios hombres se tiraron, desesperados, a rescatarlos.

Los hombres de Enciso subieron a bordo del bergantín hasta desembarcar en el poblado de San Sebastián que fundara Alonso de Ojeda, en la parte oriental del golfo. Se encontraban exhaustos, ateridos, con las ropas mojadas y con el temor de no saber con qué iban a encontrarse. Ya en la orilla sintieron un zumbido extraño que los desconcertó. Nada más bajar, tuvieron que protegerse de los indios que atacaban sin tregua. Pizarro dijo que utilizaban flechas envenenadas.

Balboa mandó disparar los arcabuces y lograron hacerlos huir. La desolación fue grande cuando al llegar al poblado comprobaron que estaba completamente destruido, como les había dicho Pizarro. Los indios habían reducido a cenizas la fortaleza y las treinta cabañas que constituían el emplazamiento. Mientras contemplaban aquel desastre, comenzó a caer una persistente lluvia que los dejó empapados. Corrieron a resguardarse entre unas rocas cercanas a la playa. Luego improvisaron un techo de palmas y de grandes hojas. Los indios urabaes, por la parte de las montañas, los mantenían a raya y no les permitían salir a pescar o cazar. En pocos días acabaron con los animales que llevaban. La harina de los barriles se estropeó con la humedad. Solo les quedaba un poco de queso y bizcocho mojado.

Pronto el hambre hizo su aparición. Mientras unos distraían a los indios con los disparos de arcabuz y las ballestas, Balboa propuso que un grupo de seis hombres, incluido él, se internara en la selva en busca de comida. Los numerosos pecarís y monos salieron huyendo al escuchar a los intrusos. Tuvieron que contentarse con recoger unos sacos de cocos y gruesas raíces que Marigalante y las otras mujeres cocinaron.

—¿Y ahora qué haremos, señor? —preguntó Hurtado.

—No lo sé —dijo Enciso abatido, con la cabeza entre las manos—. Quisiera escuchar vuestras opiniones.

La gente amenazó con amotinarse, incluso con linchar al capitán.

—Necesitamos alguien que sepa guiarnos y tomar decisiones —decían, y todas las miradas se posaban en Balboa.

Comenzaron a golpear con las escudillas y con palos, y a palmear coreando:

—¡Balboa, Balboa, Balboa!

—¡Vayamos al Darién, como dijo Balboa! —gritó uno del grupo, alto y desgarbado.

—¡Al Darién, al Darién, al Darién! —gritaban enfervorecidos.

—Sea. He invertido mucho dinero en esta expedición para volver ahora fracasado. Vayamos pues a fundar la ciudad en el sitio que nos propone Núñez de Balboa. Esta tarde zarpamos en el bergantín, excepto setenta y cinco hombres que quedarán en San Sebastián.

Enciso hizo un aparte con Hurtado.

—Con lo bien que yo vivía en Santo Domingo como abogado, quién me mandaría a mí meterme a navegante y aventurero sin tener ni idea.

—Zapatero, a tus zapatos, dice el refrán…

Los hombres se embarcaron en el navío que les quedaba, ilusionados de que fuese Balboa quien los condujera hacia aquella nueva «tierra de promisión», y felices de dejar atrás el acoso de los indios y la miseria del lugar.

Balboa dirigía la orientación de la nave y las maniobras. Apoyado en la borda vislumbró a Francisco Pizarro y se dirigió hacia él.

—Decíais que con Ojeda venía mi buen amigo Juan de la Cosa. Contadme qué fue de él. Pero empezad la historia desde el principio. Tiempo aquí es lo que nos sobra.

Pizarro no era hombre de discurso fluido, pero si se encontraba a gusto, como era el caso, se dejaba llevar por los sentimientos.

—Como ya sabéis, las tierras de Urabá las descubrió Colón cuando bordeó estas costas nueve años antes de que llegaran Bastidas y Juan de la Cosa.

—Y yo —afirmó Balboa con orgullo—, que iba con ellos en aquel mi primer viaje por estas tierras.

Pizarro le explicó que el rey don Fernando trató de organizar la parte del continente de Tierra Firme y para ello había creado dos gobernaciones, por cuatro años. La línea de demarcación era el golfo de Urabá: la de Nueva Andalucía, al este, desde el golfo de Urabá hasta el cabo de la Vela, que correspondió a Alonso de Ojeda, con quien él iba, y la de Poniente, desde Veragua hasta el cabo de Gracia de Dios, a cargo de Diego Nicuesa.

Pizarro le dio noticia de sus amigos Bastidas y De la Cosa, de los que no sabía nada desde que zarparon a España, hacía ya varios años. Al llegar a Castilla, los reyes, conocedores de sus hazañas, los declararon inocentes de todos los cargos de los que los había acusado Bobadilla. Bastidas recuperó una parte de sus bienes y el rey le otorgó una pensión vitalicia que, como siempre, no saldría de las arcas del Estado —los reyes no ponían nunca ni un real— sino que se tomaría de los productos que dieran a la corona las tierras descubiertas por él.

—¿Y mi amigo Juan de la Cosa? ¿Qué sabéis de él?

—Oí decir que la reina doña Isabel le nombró alguacil mayor de Urabá por los servicios prestados en el viaje con Bastidas, y oficial, con un sueldo en la Casa de Contratación que acababa de crearse en Sevilla. Volvió a embarcarse y se trajo con él a su familia a La Española; luego se enroló junto con Alonso de Ojeda, como teniente de gobernador. Y él, con su buen juicio, encontró la solución a la disputa entre los dos nuevos gobernadores: como Ojeda y Nicuesa no se ponían de acuerdo sobre el lugar exacto del límite de sus gobernaciones, les propuso que ese lugar fuera el golfo de Urabá y el río Grande del Darién o Atrato, como la frontera entre Veragua y Nueva Andalucía.

Pizarro calló unos momentos, pensativo, quizás evocando aquellos tiempos.

—Fue en Turbaco, una aldea de unos cien bohíos a doce leguas de San Sebastián. De la Cosa había aconsejado a Ojeda

209

que no desembarcaran en la bahía de Calamar ya que los indios de la zona usaban flechas envenenadas. Propuso que nos dirigiéramos a las orillas del golfo de Urabá, donde vivían indios menos belicosos, pero Ojeda no le escuchó. Al desembarcar nos vimos envueltos en una enconada lucha con los nativos. Guarecidos tras una fortificación de madera, nos atacaron y el combate duró horas hasta que Juan de la Cosa encendió unas teas, se acercó valiente a la empalizada y las lanzó contra los bohíos. Los indios que se salvaron huyeron de la aldea y nosotros festejamos la victoria tomándonos varios azumbres de vino. Estábamos exhaustos y alegres, por la bebida. Nos confiamos. Ojeda quedó en Turbaco con Juan de la Cosa y setenta hombres y a los demás nos ordenó regresar a la colonia. Mientras los nuestros, desarmados, buscaban los tesoros entre lo que quedaba de la aldea, se vieron sorprendidos por un nuevo ataque. Sus flechas se clavaron en los cuerpos de nuestros soldados sin que apenas se hubieran dado cuenta. Juan de la Cosa salvó la vida de Ojeda y cubrió su retirada cuando un grupo de indios se echó sobre él y lo derribó. Un compañero, el único que escapó junto con Ojeda, nos lo relató. Murieron muchos soldados y al resto los llevaron prisioneros. Cuando todo acabó, nos acercamos con sigilo. No había rastro de los indios. Pero la escena que presenciamos nos dejó helados: atado a un árbol estaba el valiente Juan de la Cosa con el cuerpo cuajado de flechas, como un erizo. El veneno había hecho efecto y su cuerpo aparecía ennegrecido y deforme.

Balboa se sintió angustiado. Su mente revivió, como un relámpago, los momentos que había vivido junto a él desde que le conoció en Las Canarias.

—¡Pobre De la Cosa! Qué triste final para un gran hombre. Le recuerdo afanoso, dibujando sus mapas. ¿Sabíais que él me enseñó a dibujarlos? Lamento mucho su muerte.

—En verdad dedicó su vida a los descubrimientos. Era uno de los mejores pilotos.

—Y Ojeda vengaría su muerte…

—Esa es otra. Ojeda había desaparecido. Lo buscamos, sin éxito.

—No me hace gracia el tal Ojeda —gruñó Balboa—. Él fue quien prendió al cacique Caonabo con engaños, en La Española. Y fue muy sanguinario con los taínos. Lo supe de primera mano por su reina, Anacaona.

—Puede ser. Pero en estas tierras, o matas o te matan. Y hay que reconocer que Ojeda es un gran soldado, hecho para la guerra. Y todo lo que tiene de bajo, porque es un retaco, igualito que Nicuesa, lo tiene de valiente.

—¿Y no volvisteis a saber de él?

—Por fortuna, sí. Cuando los indios atacaron, se refugió en un manglar. Pensamos que habría muerto. Afortunadamente, Nicuesa se acercó a la costa de camino hacia Veragua y lo encontró días después. Cuando dio con él estaba hambriento y malherido. En su escudo tenía clavadas multitud de flechas. Ojeda respondió con ferocidad y se propuso vengarse de los indios. De manera que, dos semanas después, con el apoyo de Nicuesa y una hueste de cuatrocientos soldados, muchos a caballo, causaron la muerte de cientos de nativos. Luego navegaron hasta el golfo de Urabá. Juntos saquearon los poblados indios y consiguieron un botín de catorce mil pesos de oro, que repartieron a medias. Nicuesa regresó hacia la costa para hacerse cargo de su gobernación mientras Ojeda continuaba hasta Urabá. Pasamos Punta Caribana, y en el interior de un golfo fundó la colonia que llamó San Sebastián, en recuerdo a la muerte de De la Cosa, que murió como ese santo. Construimos treinta casas. Pronto ondearon en lo alto de una torre los estandartes de Castilla y Aragón. Fue la primera fundación española en Tierra Firme. Pero no eligió bien el sitio: la tierra era pobre, no daba nada para comer, llovía mucho y estábamos indefensos ante el ataque de los naturales.

—¿Cuántos quedabais?

—Ciento cuarenta y ocho hombres. Esperábamos la inminente llegada de Enciso con más gente y alimentos. Pero los días pasaban y no había asomo de los barcos de Enciso. Tuvimos que reducir la ración de comida. Muchos morían delirando por las fiebres y el hambre. Y había que soportar la ofensiva india.

»En uno de esos ataques, una flecha envenenada atravesó el muslo de Ojeda. Él sabía lo que eso significaba. Pero era valiente y, tras muchos años como soldado por estas tierras, conocía el remedio. Entre varios lo llevamos hasta el fuerte.

211

Tumbado en un camastro, traspasado de dolor, pidió al cirujano que le aplicara en la herida un hierro al rojo vivo para atajar el veneno. El cirujano se negaba a hacerlo alegando que eso significaría la muerte, pero Ojeda le amenazó con matarlo. El veneno hacía poco a poco su efecto y Ojeda rabiaba de dolor. Era tal el suplicio que le producía que se mordía de rabia. Tuvimos que atarle las manos. El valiente Ojeda aguantó sin gritar cuando el hierro le quemó las carnes. Luego le aplicaron una cataplasma con maíz tostado, ceniza y unas hierbas, más sebo. Y salvó la vida.

»Poco después llegó un barco a la ensenada. Su capitán, Bernardino de Talavera, era un pirata del Caribe que andaba por la zona buscando alguna presa. Era amigo de Ojeda y acudió a socorrerlo. Nos surtió de harina de casabe y tocino. No nos importó la procedencia de los alimentos, los tomamos y en paz. Ojeda estaba mejorado de la herida en la pierna. Pidió que lo llevara a La Española para regresar aquí con bastimentos. Lo demás, ya lo sabéis. Acordamos esperarle cincuenta días más y, si no llegaba en ese tiempo, nos haríamos a la mar con el único navío que quedaba. Todo antes que morir de hambre en ese lugar. A mí me nombraron teniente y, como tal, a principios de agosto ordené abandonar la colonia de San Sebastián.

—Y fue cuando os avistamos barloventeando cerca de Cartagena...

—Así es. Aunque Enciso no me creyó. Menos mal que, por fin, salimos de esta ratonera. Estoy deseando llegar al Darién.

Y ambos hombres se quedaron ensimismados, imaginando sus sueños mientras contemplaban la quietud del atardecer.

Capítulo 22

Cémaco

Cuando atracaron en la bahía, al otro lado del golfo de Urabá, y bajaron en los esquifes, los hombres de la expedición de Enciso temían encontrarse con indios flecheros como los de San Sebastián, y que el lugar no fuera tan apropiado como se lo había pintado Balboa. Al pisar tierra, sin embargo, no dieron crédito a lo que se les ofrecía a la vista y al oído. Según iban caminando, escuchaban una música cadenciosa, como una canción leve y monocorde, producida por las olas al romper suavemente sobre las playas. Siguiendo el ejemplo de Balboa, se despojaron de la armadura y se metieron en las aguas, de un tono azul verdoso. Marigalante se quitó con entusiasmo el ajustador y la saya verde y se metió en el agua apenas con el fustán y la camisilla de batista. Las otras dos mujeres que acompañaban a sus maridos la miraban escandalizadas y solo osaron meter tímidamente los pies hasta los tobillos.

213

Descansaron unas horas secándose sobre la arena gris, fina, entre montones de conchas y algas. Luego los hombres decidieron explorar el interior del territorio. Por doquier hallaron árboles con frutos sabrosos, cocoteros y palmerales, de manera que pudieron saciar su hambre. Al otro lado se distinguían bosques de manglares, y numerosas montañas al fondo. Continuaron caminando más adentro y vislumbraron un amplio valle regado por un río de aguas claras. En sus orillas, unos indios desnudos se dedicaban a lavar las arenas para sacar oro. Se sorprendieron al verlos, pero no huyeron, quizá porque nunca habían sido atacados por el hombre blanco.

Juanillo, el español que llevaba Enciso para hacer de intérprete, era un sevillano ocurrente y atrevido: si no sabía traducir algo, lo inventaba; conocía muchas lenguas y dirigió unas palabras amistosas a los indios después de llevarse una mano al pecho y extenderla luego hacia los españoles. Les explicó que venían de lejanas tierras, y que no les harían daño; los nativos se acercaron al grupo y les hicieron reverencias como si se tratara de dioses, y algunos, sorprendidos, se atrevieron a palpar sus barbas y sus ropas. Los españoles, sonrientes, se dejaban tocar. Señalaron el oro y los indios les mostraron el que habían sacado del río; tenían varios montones sobre unos cestos de fibras. Enciso sacó de su bolsa un cascabel y se lo ofreció a uno de los indios; a este no le importó darle a cambio uno de los cestos lleno del metal amarillo. El notario quedó encantado con el trueque y decidió apoderarse de todo el oro; mandó traer un cofre con los objetos que llevaban para los rescates. Lo abrió y, ante la mirada curiosa de los nativos, colocó sobre una peña espejos, peines, cintas y cuentas de colores. Por señas les reclamó todos los cestos con oro y les dio las baratijas con un gesto magnánimo. Los indios les contaron que su señor y el de toda aquella comarca era el gran Cémaco, un cacique muy poderoso. El intérprete les preguntó si había mucho oro y asintieron moviendo la cabeza con vehemencia y sonriendo, dejando entrever unas dentaduras en mal estado. Luego se retiraron brincando, haciendo sonar el cascabel.

Los españoles estaban alborozados: el entorno era impresionante, la tierra se adivinaba fértil, los indios eran amistosos y además el río contenía oro. Un poco más lejos se divisaba una empalizada y sobresalían las siluetas de las chozas del poblado, de las que brotaba humo, lo que significaba víveres. No podían pedir más. El sitio elegido por Balboa había sido un acierto. De nuevo le aclamaron en masa y le dieron las gracias, cosa que desagradó a Enciso. Con el semblante hosco, esbozó una mueca y se dio media vuelta.

Pero las cosas no iban a serles tan fáciles. Como un rumor casi inadvertido al principio, en el aire cálido de la tarde tropical se expandieron unos redobles de tambor y sonidos de caracoles. Las montañas, antes desnudas, aparecieron pobladas de indios de semblantes inescrutables, armados con lanzas, arcos, flechas y cerbatanas. Sobresalía entre ellos la silueta de quien debía de ser el cacique Cémaco. Llevaba en la cabeza un gran casco de plumas de colores y una placa grande y brillante en el pecho. Por sus gestos amenazantes al bajar por la ladera, parecían resueltos a echar a los intrusos.

Inmediatamente, los españoles se colocaron las armaduras, se parapetaron tras los escudos y cada cual agarró sus armas.

—Es natural que se pongan en guardia —dijo Balboa mientras desenvainaba su espada—. Hemos invadido su territorio y no desean verse despojados de lo que es suyo: tierras, ganados, familia… Y pensarán, quizá, que podemos esclavizarlos, como habrán oído contar a los de otros poblados. Por eso no debe extrañarnos que estén dispuestos a defenderse hasta expulsarnos o morir.

—Pues de aquí no nos moverán —dijo Enciso—, estas tierras serán nuestras. Ya hemos pasado suficiente hambre y miseria. Debemos ganarlas.

215

Balboa y Enciso se encomendaron a una virgen sevillana que decían era muy milagrosa, santa María de la Antigua. Se arrodillaron y con la cabeza baja y las manos juntas rezaron todos con fe, haciendo votos de ir de romeros a Sevilla si les concedía la victoria. Luego, en un acto de valentía, Enciso empuñó la espada y animó a los suyos a luchar a muerte contra Cémaco.

—Un momento —Balboa alzó una mano—. Si queremos alcanzar la victoria hay que utilizar algunas mañas.

—Explicaos —le indicó Enciso.

Los hombres los rodearon atentos a la conversación.

—Partimos de que ellos son unos quinientos —expuso Balboa—, tres veces más que nosotros. Por eso debemos ser astutos y usar la inteligencia. Lo primero, intentar negociar la paz; si podemos evitar la lucha, mejor que mejor. Lo segundo, llevar en vanguardia a los cien perros que traemos: aterrorizan a los indios y acaban con muchos de ellos. Y por último, debemos intentar capturar al cacique, o darle muerte. En cuanto se vean sin jefe, se rendirán.

Del grupo de españoles se adelantaron Hurtado y Pizarro, se quitaron las camisas blancas y las ataron a un palo por las mangas, aunque Pizarro dijo que dudaba de que los indios supieran que eso significaba ir en son de paz. A una orden de Enciso, los dos hombres más Juanillo, el intérprete, se dirigieron al encuentro del cacique. Juanillo planteó a Cémaco la propuesta de paz.

—Lo único que deseo —respondió el cacique iracundo, y escupió repetidamente al suelo— es que os larguéis de mis tierras y os vayáis por la mar en la casa flotante.

Juanillo, muy pálido, tradujo sus palabras y Balboa, sus pensamientos en voz alta.

—O este cacique es un insensato, o es un mal bicho, que también los hay. Los indios que encontramos en el río eran amistosos, como lo son en muchos poblados, pero Cémaco debe de ser un demonio. Tendremos que convencerlo con las armas.

Enciso dio orden de atacar. Vasco Núñez de Balboa se lanzó el primero, espada en mano, seguido de su fiel *Leoncico* y la jauría de perros. El choque fue bestial. Los de Cémaco se defendían con lanzas terminadas en huesos de pescado, azagayas, catanas, hachas de piedra y arcos y flechas que, aunque sin veneno, causaron algunas bajas entre los españoles. Los perros, excitados por el olor de la sangre, se tiraron rabiosos al cuello de los naturales. *Leoncico* se lanzó a las espaldas de un indio y lo tumbó. Ya en el suelo, mordió sus carnes hasta desgarrarlas, sin engullirlas, y despedazó su cuerpo con avaricia, en medio de los gruñidos y babas de los demás canes. En cuanto acababa con un indio, como una saeta se lanzaba a otro y a otro, con una velocidad pasmosa. Él solo mató aquel día a más de treinta nativos. Balboa lo dejó de centinela de los indios prisioneros mientras acababa la batalla. Dos de ellos intentaron huir; *Leoncico* los persiguió por la selva siguiendo su rastro hasta que los encontró, se abalanzó a sus espaldas y los hizo caer. Uno de ellos se resistió y le plantó cara. Entonces *Leoncico* se tiró a la yugular, desmembró sus brazos y piernas, y acabó con su vida en unos instantes. El otro se quedó quieto, sin oponer resistencia. El perro le obligó con gruñidos a volver al campamento.

216

Los hombres de Cémaco, al ver el estropicio que habían causado aquellos endemoniados perros, y los efectos de las armas de fuego y las ballestas, soltaron sus armas y huyeron hacia las montañas y bosques sin apenas luchar. Cuando Balboa vio que Cémaco intentaba huir, se lanzó con su caballo en su persecución, seguido de *Leoncico*. Aunque iba a pie, el cacique se desplazaba a gran velocidad. Corrió por espacio de una hora a través de intrincados parajes, y en un tropiezo estuvo a punto de lanzar al suelo a Balboa. Enciso y los demás esperaban impacientes el resultado de la persecución. Tiempo después, Balboa apareció erguido en su cabalgadura tirando con una soga de Cémaco, al que había atado de pies y manos; hacía que caminara tras él, cojeando y dando traspiés. La culpa de la cojera la tenía *Leoncico*: Balboa le había ordenado tumbarlo pero no matarlo y, en cuanto le dieron alcance, el perro saltó sobre él, se candó de la pantorrilla de Cémaco y le clavó los colmillos con fiereza. El cacique cayó al suelo y Balboa lo apresó.

Luego recogieron a los heridos y los transportaron en parihuelas hasta el poblado. Constaba de más de cincuenta chozas y estaba desierto. Solo alguna iguana y unos perros mudos se paseaban por sus calles. Balboa comentó que lo habitual entre los indios era enviar lejos a sus mujeres con los hijos en caso de peligro.

Los españoles penetraron en las cabañas cónicas, hechas con palmas y cañas, y se regocijaron del inmenso botín que encontraron. Recogieron muchas piezas de oro de buena calidad, telas de algodón, collares, zarcillos, placas y máscaras de oro, hamacas, diversos utensilios de barro y cantidad de tortugas y pavos dentro de unos corrales. Encontraron almacenes llenos de alimentos: mucho maíz, caza en abundancia, pescado en salazón, frutos y vasijas con chicha.

Celebraron la victoria como siempre solían hacer, con una misa solemne que ofició el padre Vera en la plaza, en la que todos comulgaron; luego dedicaron el resto del día a beber vino y chicha y a cantar. Algunos bailaron al son de una flauta y un tamboril y Marigalante salió a bailar unas bulerías. Al oscurecer pusieron varios centinelas, y el resto se metió en los bohíos para descansar.

A la mañana siguiente, juntaron todo el oro en medio de la

217

plaza, hicieron otros lotes con las joyas, utensilios, telas y animales, y procedieron al minucioso recuento del botín, que superaba los doce mil castellanos, más de cinco veces lo que le había costado la expedición a Enciso. El capitán se frotó las manos y sus ojos brillaron con codicia. Al proceder al reparto, Hurtado propuso que a *Leoncico* le correspondiera la paga de un ballestero, equivalente a parte y media en oro, y esclavos. Los demás hombres estuvieron de acuerdo. En esta ocasión le concedieron quinientos castellanos. El escribano terminó de echar las cuentas y cada uno supo, al cabo, cuánto iba a cobrar. Se dirigieron contentos al capitán a reclamar su oro. Sin embargo, Enciso los despidió con un gesto de la mano.

—No estáis autorizados a comerciar con el oro. El reparto de lo incautado a Cémaco, más lo sacado del río por los indios, no podemos hacerlo en ausencia de Ojeda. Y, mientras que no aparezca, yo seré el único tesorero ya que tres partes serán para mí, por ser el jefe.

La gente salió a buscar a Balboa, que andaba reconociendo los alrededores. Lo encontraron a media legua del poblado. Regresaba con un grupo de indios prisioneros. Quitándose la palabra unos a otros y furiosos, sus seguidores le contaron las pretensiones de Enciso.

—Siempre el botín de guerra se ha repartido entre todos —dijo Pizarro con gesto torvo—. No vamos a consentir que Enciso se quede con lo que nos corresponde.

—Quiere quedarse con el oro para huir con él. —Hurtado apretaba los puños.

Pidieron a Balboa que hiciera entrar en razón a Enciso, pues algunos estaban dispuestos a lincharlo.

Cuando Balboa entró en el poblado, vio en medio de la plaza a varios soldados que tenían maniatado a Enciso y lo amenazaban con sus espadas. Uno de ellos se dirigió a Balboa. Tenía el semblante lleno de frío desprecio.

—Está incumpliendo las reglas. No quiere repartir el botín. Merece que lo matemos.

Balboa sabía que la orden de Enciso era una injusticia, pero no podía consentir un motín. Adoptó el papel de capitán a pesar de no serlo.

—¡Soltadlo! Porque él sea un hombre injusto no podéis

convertiros en asesinos. Tampoco somos salvajes. Ya le haremos entrar en razón.

Los amotinados bajaron las espadas y uno de los afines a Enciso le desató. Este esparció una mirada llena de odio y, sin decir una palabra, se metió en una de las chozas.

Balboa ordenó que recogieran todo el botín en otro bohío y pusieran un candado. Entre los prisioneros que había hecho Balboa en los territorios cercanos venían también varias indias jóvenes. A falta de españolas, las mujeres eran apreciadas, ya que además de mitigar su soledad, ayudarían en las tareas domésticas. Balboa se fijó en una nativa esbelta y bella. Le pareció fuerte y atractiva, con rasgos prominentes y cejas pobladas enmarcando sus ojos negros. Llevaba una melena corta, con flequillo sobre la frente. La eligió para sí.

—¿Cómo te llamas?

—Fulvia. Y no soy tu esclava. Soy una espave —dijo orgullosa mientras levantaba la cabeza—; mi hermano es el cacique de un pequeño territorio, que a su vez es vasallo de Cémaco.

—No serás mi esclava. Solo me servirás.

Ella lo miró. Le gustó el hombre blanco que parecía ser el señor de su tribu. Desde aquel día, se encargó de atender a Balboa y se entregaba a él cuantas veces la requería.

219

Cémaco permaneció prisionero en una cabaña custodiado por dos soldados. Intentó corromperlos con dos cestos llenos de oro si lo dejaban en libertad. Los soldados se lo contaron a Enciso y a Balboa.

—Pienso —dijo Enciso— que si ha intentado comprarlos con eso, es porque debe de tener mucho más.

—¿Y qué pensáis hacer? —preguntó Balboa.

—Ordenaré al intérprete que le pregunte por las minas.

Cémaco les dijo que se encontraban en los ríos a más de cinco leguas de allí. Los centinelas así se lo comunicaron al capitán.

—¿Qué pensáis de la información de Cémaco? —preguntó Enciso a Balboa.

—Sé de muchos caciques que mienten para alejar a los españoles. Puede que Cémaco crea que somos codiciosos, trate de ganar tiempo y no haya explicado el lugar exacto de las minas.

—Es fácil averiguar si miente.

—¿Cómo lo sabréis?

—Sometiéndole a tormentos. Así cantará la verdad.

Mandó que le metieran astillas entre las uñas. El dolor era tan insoportable que perdió el sentido. Como seguía sin hablar, al día siguiente le tiraron de las carnes del pecho con unas tenazas. Cémaco apretaba la boca y aguantaba sin quejarse; solo alguna vez, cuando no podía más, emitía algún bramido, como un toro lanceado en la plaza, y los miraba con ojos aterradores. Al ver que seguía sin informar dónde se encontraba el oro, le clavaron púas en los pies, y esta vez, el toro bravo que en él había se desbordó y emitió unos quejidos lastimosos. Sin embargo, a pesar de todos los suplicios a que le sometieron, Cémaco aguantó firme.

220   Una mañana temprano, al pasar Balboa por el bohío donde se encontraba prisionero Cémaco, vio la puerta abierta de par en par. Echó mano a su espada y entró. No había rastro del cacique. Dio una vuelta alrededor y contempló, por detrás de la choza, los cuerpos sin cabeza de los dos centinelas. Solo se escuchaba un zumbido de insectos volando alrededor de la sangre de sus cuellos.

—¡Cémaco ha huido! —gritó.

Los españoles acudieron rápidamente.

—¿Alguien ha oído o visto algo?

—Anoche yo no podía dormir —dijo Hurtado—; me pareció escuchar unos silbidos, como de pájaros, y al poco rato escuché un quejido. Iba a levantarme pero todo volvió a quedar en silencio. Tenía mucho sueño y me dormí.

—¿Qué pensáis de todo esto? —preguntó Enciso a Balboa.

—Está claro, sus hombres han venido a rescatarlo. Y lo habrán hecho de madrugada. Los indios se mueven silenciosos, como sombras. Estoy seguro de que los sonidos que escuchó Hurtado no eran de pájaros sino una señal para avisar a Cémaco. Tendremos que estar alerta.

Desde que se escapara el cacique, Balboa andaba alicaído,

sin hablar con nadie. Dos días después, Hurtado se atrevió a preguntarle el motivo de su actitud. Después de mucho insistir Balboa le contó su pesadumbre por la profecía que sobre su muerte pronosticó Colón. Había dado en pensar si podría ser Cémaco el que acabara con su vida.

—No deis crédito a sus palabras —dijo Hurtado utilizando un tono jocoso—. Estuve con Colón cuando descubrimos las Indias, en el primer viaje, y tiene fama de visionario.

—Me hizo una carta astral, miró los signos del zodiaco, me leyó la mano…

—¿Y qué? ¿Por eso vais a saberlo?

—Pero acertó con lo del eclipse, en Jamaica…

—También dicen que adivinó que venía un huracán. Pueden ser casualidades, pero vaya, que yo no me lo creo, ¡ea! Además, Cémaco no es vuestro superior, luego no puede ser él.

—Tienes razón. No debo preocuparme. ¡Vamos a echar un trago!

221

Capítulo 23

Santa María de la Antigua del Darién

*B*alboa había vivido aquella travesía rumbo al Darién con esperanza y, a la vez, con cierto temor por si el lugar adonde había guiado a los expedicionarios para establecerse y echar raíces en Tierra Firme fuera solo una ilusión, muy lejos del paraje que le había cautivado hacía ya nueve años. Entonces iba como simple soldado en la expedición de Bastidas, y ahora lo hacía en la de Enciso. Algún día organizaría sus propias expediciones y sería el capitán de ellas. Ese era su sueño. La realidad se centraba en encontrar el Darién, ese paraíso que tanto les habían ensalzado.

Nada más llegar, habían tenido que enfrentarse con los indios de Cémaco, del que nada habían vuelto a saber. Conseguida la victoria, Enciso tomó posesión de aquella tierra en nombre del rey de España. Balboa propuso establecer una colonia, no como el provisional fuerte de San Sebastián, sino una ciudad estable que sería la primera en Tierra Firme. Mientras se construyera, seguirían viviendo en las chozas del poblado de Cémaco. Durante varios días, Balboa había explorado el territorio buscando el emplazamiento idóneo.

Marigalante estaba decidida a montar un negocio en la colonia. Hasta que no tuviera construida su casa, utilizaría la choza que le habían adjudicado. Dos criados indios y dos indias le enseñaron a hacer la chicha con maíz fermentado. Los hombres se habituaron a acudir allí en sus ratos de ocio, que eran muchos. Claro que ella tenía proyectos más ambiciosos: cuando estuviera levantada la ciudad, tendría una taberna como las de Sevilla y un mesón para albergar a los forasteros que los visitaran.

Enciso encargó a Balboa todo lo referente a la construcción de la nueva ciudad; ya tenía experiencia por haber colaborado en la construcción de Santo Domingo. Mientras Balboa dirigía los trabajos, él se encargaría de escribir leyes y decretos para gobernar la colonia.

Cuando hubo decidido el enclave idóneo, Balboa pidió a Hurtado y a Pizarro que concentraran a todos los habitantes del poblado en aquel claro del bosque. En un animado discurso, Balboa explicó la necesidad de tener una ciudad bella y segura. La levantarían allí mismo, en la orilla izquierda del río Darién, o Atrato —como también se lo conocía—, y según los planos que él mismo había dibujado.

—Tenemos que organizarnos —dijo Balboa— y debéis acatar mis órdenes. Entre todos construiremos las dependencias comunes: un almacén para los víveres y otro para el tesoro, una iglesia, una fortaleza con la cárcel, por indicación de Enciso, y un edificio para el Cabildo que formarán las personas elegidas entre todos para gobernar la colonia. Los que no tengan experiencia se incorporarán a un equipo de herreros, carpinteros, albañiles, tejeros, alfareros, picapedreros... Y las tres mujeres y los servidores indios nos ayudarán. Aquí, en este llano en que nos encontramos, irá la plaza cuadrada. Todos estos edificios comunes se construirán en ella; serán de piedra, así como las casas de los capitanes. Tendrá seis salidas y en cada una irán las calles donde os haréis vuestras casas. Lo echaremos a suerte y os la haréis donde os toque.

Cuando Balboa acabó de hablar, Marigalante se le acercó.

—Vasco. —Era la única que seguía llamándole por su nombre, nunca le decía Balboa—. Yo también quiero mi casa en la plaza para poner la taberna y una posada.

—Está bien, alargaremos un poco la plaza, será rectangular en vez de cuadrada. Tendrás un trozo de terreno en la esquina de abajo.

—Gracias, eres un buen amigo —le dijo mientras le abrazaba y le plantaba un sonoro beso en la mejilla.

223

El escribano apuntó el trabajo asignado a cada uno. Balboa contaba los pasos que ocuparía cada edificio y lo señalaba con pintura blanca. Iba de un lado a otro vigilando las tareas. Vio que un grupo de españoles y de indios hacían los adobes de diferentes tamaños y grosores y se llevó las manos a la cabeza.

—Amigos, de esa manera no habrá forma de levantar una pared.

Mandó a unos indios que cortaran madera y a los carpinteros que hicieran moldes con tablas, de una pulgada de ancho por dos de largo, todas exactamente iguales. Mientras, los carros y las carretas transportaban tierra roja que abundaba en aquellos parajes, la mezclaban con agua y paja y rellenaban los moldes de tablas. Luego los secaban al sol.

—Una vez construidos los edificios comunes, cada cual se construirá su casa.

—Yo soy un soldado y un hidalgo aventurero —interrumpió un capitán paliducho y enjuto, con pocos pelos— y no he venido al Nuevo Mundo a hacer casas. Además, no tengo ni idea.

—También hay remedio para eso —dijo Balboa, que tenía respuesta para todo—. Tenéis oro y podéis pagar a los artesanos y artistas que os la hagan.

—Pero el oro lo guarda Enciso y no lo suelta —vocearon.

—Vayamos a pedírselo —gritó uno alto y fuerte, de entre el gentío—. Y si se niega, lo ejecutamos.

Como una turba desatada, la muchedumbre se dirigió al poblado. Enciso ocupaba el bohío que perteneciera a Cémaco. A la puerta, montando guardia, una veintena de amigos y paisanos le protegían con sus espadas. Balboa había corrido tras ellos para evitar el desastre. Mientras exigían a los de la puerta que les entregaran a Enciso, Balboa se abrió paso y se colocó al frente.

—¿Qué pretendéis, provocar una guerra civil?

—Queremos que nos dé el oro que nos ha robado. Es nuestro, no suyo.

—Dejad que yo hable con él.

En ese momento Enciso salió a la puerta, protegido detrás de dos escoltas. Tenía la mirada desafiante y llena de rencor.

—Ya os dije que custodiaría el oro hasta que llegue Ojeda —dijo con voz temblorosa.

—Será mejor que hablemos —le dijo Balboa—. No sé cuánto tiempo podré detenerlos.

Entraron en el bohío y conversaron durante un buen rato. La gente esperaba fuera, impaciente.

—Necesitan el oro para comprar los materiales y hacerse sus casas. ¡Y hay más de doce mil castellanos de oro en las arcas!

—Sabéis que hay que apartar el quinto real para el rey, y yo me quedaré con tres partes.

—Eso no es justo, pero allá vos. Si no queréis que os maten, repartid el oro. Dadles, al menos, cuarenta pesos de oro.

—Eso equivaldría a casi ocho mil castellanos. Imposible. Decidles que les daré veinte castellanos a cada uno. Tienen de sobra para hacerse una casa.

Por esta vez, consiguió salvar la situación. Pero los ánimos cada día estaban más caldeados en contra de Enciso.

Los españoles trabajaron sin descanso durante varios meses. Contaron, además, con la ayuda de los centenares de indios esclavos, que lo mismo picaban y transportaban piedras, que cortaban maderas o allanaban calles. Los herreros construyeron una fragua y golpeaban el hierro para hacer clavos, púas, tachuelas, así como las puertas y balcones para los edificios públicos. Los albañiles enseñaban a quienes no sabían. Y Hurtado y Pizarro materializaban las órdenes de Balboa y revisaban los trabajos. Muchos encargaron a los profesionales que les hicieran su casa.

Balboa colaboró en la construcción de la suya. La levantó de dos plantas, con un gran balcón corrido en la fachada que daba a la plaza, salones y varias alcobas. En la parte trasera iban las cuadras y un extenso corral con un gran portalón. Encargó a los picapedreros el material para levantar todas las paredes. Sabía que, en caso de huracanes, se mantendría en pie. Para techarla encargó tejas en vez de ponerle ramas. Y colocó buenos marcos y postigos en las ventanas. Cuando estuvo terminada, se trasladó a vivir en ella con varios indios e indias a su servicio. Entre ellos, Fulvia, que confirmó su carácter rebelde, no aceptaba imposiciones y pronto se hizo con el gobierno de la

225

casa. Por indicación de Balboa, se cubría de cintura a las rodillas con una tira ancha de algodón. Se sintió atraído por ella, que le demostró amor y ternura desde el principio. Le servía la comida, arreglaba su cuarto y calentaba su cama siempre que él la requería.

La mayoría construyó las casas con las paredes de adobe, otros de madera, mientras Hurtado acarreó troncos y ramas para una improvisada choza. Pensó que se tardaba menos y ya tendría tiempo de edificar otra mejor más adelante.

Desde la ciudad se trazaron dos caminos: uno de legua y media hasta el puerto y el otro, que recorría las cuatro leguas hasta la desembocadura del río Atrato. Balboa trazó dos mapas del lugar: en uno dibujó el plano de las calles y señaló los principales edificios; y en otro, la costa, el golfo, los poblados cercanos, el río y la ciudad con los dos caminos. Estaba casi enfrente de San Sebastián, pero al otro lado del golfo de Urabá, del que distaba unas siete leguas.

226

Había que buscarle un nombre a la colonia. Al cabo de unos días, Núñez de Balboa sugirió que se llamara Santa María de la Antigua del Darién, en honor a la virgen a la que se encomendaron.

De vez en cuando, los colonos descansaban de la construcción durante varios días y Balboa, al mando de varios hombres —entre ellos Hurtado y Pizarro, sus más fieles colaboradores—, hacía incursiones a tierras del interior. Era necesario buscar alimentos ya que aún no tenían tierras preparadas para sembrar. Visitó un poblado cercano y pudo comprobar que los nativos de Tierra Firme apenas se diferenciaban de los taínos de La Española: también eran lampiños, con el pelo lacio y negro, pómulos y frente salientes, ojos rasgados y cuerpos musculosos. Los naturales de estas tierras del interior se asombraron tanto de su presencia que, al verlos entrar en su poblado, se quedaron quietos, soltaron lo que tenían en las manos y no osaban pestañear. Alguno corrió a esconderse, mientras que otros se tiraron al suelo en señal de veneración.

Balboa, con su voz modulada, comenzó a hablarles para infundir calma. Se defendía bastante bien en la lengua indígena y contaba con el apoyo de un intérprete indio. Además de sacar de sus alforjas cuentas de colores, cascabeles y navajas que los indios se llevaban a la nariz para olerlos, Balboa cortó ramas con sus hachas de acero, les mostró su imagen en el espejo y les puso algunas camisas, provocando las carcajadas de los nativos. Dispararon las ballestas y arcabuces causando la desbandada hacia sus chozas. El intérprete les explicó que eran para defenderse de los enemigos, y ellos no lo eran. Luego les dieron a probar el vino español y quedaron conformes con su sabor, tanto que abusaron de él y al rato comenzaron a verse sus efectos: no paraban de reír y de hablar. Balboa consiguió sellar su amistad con los nativos y acordaron un trato: los indígenas les proporcionarían comida en abundancia a los habitantes de Santa María, hasta que consiguieran las primeras cosechas. A cambio, ellos les protegerían de sus enemigos con sus armas, perros y caballos. Los dejó llenos de regalos y les invitó a visitar su ciudad.

Balboa, para mostrar el botín a sus paisanos, mandó colocar en la plaza de Santa María unas mesas con las grandes piezas de tela de algodón, regalo de los nativos, y el oro por valor de dos mil castellanos Lo repartió entre todos los habitantes, como se había hecho siempre, apartando el quinto real para el Rey. Enciso, esta vez, optó por no oponerse a la mayoría. Aunque, cuanto más crecía el prestigio de Balboa entre los suyos, más aumentaba el resentimiento de Enciso hacia él.

227

Santa María nació como una pequeña aldea —aunque la llamaran ciudad— distinta a todas las demás, quizá por la mezcla de edificaciones de madera, piedra y chozas que convivían en su núcleo. Estaba rodeada de una selva lujuriante y espesa, y cercada en el otro extremo por una encrespada cordillera boscosa, con malas comunicaciones con otras colonias españolas.

Enciso mandó recado a los que quedaron en San Sebastián para que fueran a establecerse en Santa María. Los setenta y cinco hombres bordearon el golfo y a los pocos días llegaron al

Darién. Estaban hambrientos, sucios y vestidos con harapos. Al contemplar la diferencia de paisaje, comentaron emocionados que creían encontrarse en el Paraíso.

Cuando La Antigua —como también solían llamarla— estuvo terminada, fray Andrés de Vera la bendijo. Fue una ceremonia solemne en medio de la plaza, oficiada por los cuatro sacerdotes y en presencia de todos los vecinos y de los indios amigos. Los frailes se vistieron para la ocasión con sus mejores ornamentos litúrgicos, se hicieron acompañar de un monaguillo y un sacristán de entre los indígenas, que sostenían el hisopo y el incienso, y les llevaban las casullas levantadas. Fray Andrés, mientras cantaba en latín, iba echando incienso a un lado y a otro del recorrido de la procesión alrededor de la plaza y por las pocas calles construidas. Los fieles los seguían entonando cánticos, también en latín, que sabían de memoria, a pesar de que muchos desconocían su significado.

Al anochecer cada uno se escabulló hacia su hogar, cerró la puerta y quien más quien menos comenzó a tejer sus fantasías de futuros sueños en aquella tierra.

228

Una mañana, Santa María de la Antigua se levantó agitada. La gente corría de acá para allá y hablaba en voz alta formando corrillos. Balboa miró por el ventanal de su casa, se ajustó los calzones, se atusó la melena con los dedos y salió a la calle.

—Han encontrado a tres náufragos en la bahía —le dijo un vecino, que siguió a paso ligero hacia la costa para comprobarlo.

Balboa se lo comunicó a Enciso y acudieron juntos al puerto para interrogarlos. Rodeados de un gran gentío encontraron a tres hombres medio desnudos que parecían salvajes. Vestían como indios, pero hablaban español. Uno de ellos, que dijo llamarse Juan Alonso, era el que llevaba la voz cantante. Los otros dos, gordos como capones, asentían a todo lo que contaba su compañero.

Explicaron que habían desertado de la expedición de Nicuesa, muchos meses antes. Habían vivido entre los indios caretas, acogidos como si fueran nativos, aprendieron su lengua y sus costumbres, y se emparejaron con mujeres indias. El llamado Juan Alonso, joven, no muy alto y bien parecido, dijo que se ganó la confianza del cacique y que había conseguido ser capitán del ejército indio. Balboa y Enciso les hicieron mil preguntas sobre los naturales de aquellas regiones. Les confirmaron que esas tierras de Veragua poseían numerosas riquezas y que aquellos indios no usaban flechas envenenadas, cosa que les agradó sobremanera, pues conservaban intacto el temor del episodio trágico con De la Cosa y Ojeda. Aunque los tres desertores se encontraban a gusto entre los indios, en cuanto vieron un barco español decidieron regresar a la civilización. Como habían aprendido la lengua de Cueva, una de las regiones más importantes, Balboa les dijo que eran bienvenidos a Santa María.

Una vez terminadas las principales obras de la ciudad, Martín Fernández de Enciso reunió a los hombres más importantes —hidalgos arruinados, capitanes con ansias de triunfos y nobles rebeldes y arrogantes— para informarles de que pretendía hacerse cargo del gobierno y administración de la colonia alegando que había sido nombrado por Ojeda. Convocó a todos los vecinos y se presentó ya como alcalde mayor para regir los destinos de Santa María. Y amenazó con denunciarlos al gobernador general de La Española y al propio rey si osaban desobedecer su autoridad. Pilló así a los vecinos tan desprevenidos que fueron incapaces de reaccionar, quizá por temor de que aquello fuera legal.

Lo primero que hizo Enciso fue promulgar un edicto castigando con pena de muerte el tráfico particular de oro, lo que provocó muchos resentimientos porque el oro y las riquezas abundaban.

—A partir de ahora, ni una pieza de oro conseguida de los indios, o sacadas de los ríos, podrá quedar en posesión de un hombre; todo pasará a las arcas oficiales que yo administraré.

Muchos alzaron la voz, no estaban de acuerdo con el edicto. Enciso se encastillaba en sus defectos: era autoritario con sus inferiores, no sabía manejar la tropa y se negaba a repartir la riqueza.

La mayoría era partidaria de que los gobernara Vasco Núñez de Balboa. El jerezano caviló junto a Pizarro la forma de quitarse de en medio a Enciso.

—¿Hasta dónde llega la jurisdicción de Alonso de Ojeda?
—Desde el Golfo de Urabá al Darién en su parte derecha.
—Entonces, como Santa María está en la orilla izquierda, pertenece a la gobernación de Nicuesa y, por tanto, Enciso no tiene aquí autoridad.

Los partidarios de Balboa, aferrados a esta conclusión, reunieron al personal y conminaron a su líder a dirigirse al autoproclamado alcalde mayor.

—Un grupo numeroso de personas hemos acordado crear un municipio para gobernar la colonia. Se nombrarán dos alcaldes, como es costumbre, y otros puestos de responsabilidad.

—Pero el puesto de alcalde —replicó Enciso acalorado—, en tanto no aparezca Ojeda, me corresponde a mí.

—¡Alto ahí! —dijo Balboa también acalorado—. Más despacio, amigo. Esta ciudad se halla en los territorios de Veragua, que pertenecen a la gobernación de Nicuesa, y por lo tanto vos, como hombre versado en leyes, debéis saberlo bien. No tenéis jurisdicción en la colonia si no salís elegido; no tenéis ningún derecho de proclamaros alcalde de Santa María.

—Celebremos elecciones —dijo un marinero vizcaíno—. Los ciento ochenta hombres de La Antigua tenemos el mismo derecho a decidir quién nos gobernará.

Días después se convocó una junta de todos los colonos; para entonces había partidarios de tres bandos: de Enciso, de Balboa y de un tal Martín Samudio, un valiente soldado vizcaíno, alto y fuerte, más bien feo, que era admirado y querido por muchos, y había jugado bien sus cartas, pues abundaban los vascos en la colonia y le apoyaban.

Esta junta decidió deponer a Enciso por usurpador. Los colonos de Santa María de la Antigua votaron en asamblea para elegir la corporación municipal o Cabildo. Salieron elegidos Balboa, como alcalde mayor por el Estado Noble, y un tal Palazuelo, por el Estado Llano. Este último renunció y fue sustituido por Martín Samudio. A Balboa le correspondía gobernar y administrar justicia a los nobles, y a Samudio los litigios que afectasen al pueblo llano. Nombraron tesorero al médico de Ojeda, un hombre imparcial y sensato, y alguacil mayor a Hurtado, además de designar cuatro regidores. En la práctica, Balboa era la máxima autoridad.

Como deferencia y arreglo diplomático, a Enciso le ofrecieron un puesto, pero este lo rechazó desdeñoso. Su aversión hacia Balboa aumentaba cada día. No podía enfrentarse a él, mucho mejor espadachín y estratega, pero no cejó de meter cizaña contra Balboa entre los de su bando. En la choza de Marigalante era raro el día en que no hubiera alguna pendencia entre los partidarios de Enciso, Nicuesa, Balboa o Samudio. Claro que Marigalante los echaba a la calle a escobazos.

Balboa estaba pletórico. Los hombres de la expedición le respetaban y admiraban. Y comprobó que no estaba errado. Por primera vez, sentía que materializaba sus sueños de explorar y colonizar ricas tierras. Y su satisfacción provenía de que había encontrado un estilo propio, a base de atraerse a los nativos y de establecer vínculos de amistad con ellos. A ser posible, sin violencia. Trataría de seguir en esa línea.

Capítulo 24

La boda

*B*alboa sabía por experiencia que la tropa no debía permanecer demasiado tiempo ociosa. Él había sido cocinero antes que fraile y sabía que la pereza traía consigo pendencias, disputas, envidias y rivalidades. Sus hombres llevaban tiempo quejándose de aquella vida ociosa que más parecía la de colono que la de aventurero. Y ellos se habían embarcado en Santo Domingo para conquistar tierras y conseguir riquezas. Era hora de ponerlos en actividad.

Deberían empezar con la exploración del territorio y su conquista. Las provisiones se agotaban, así que Balboa extendió los mapas que él mismo había cartografiado. Por el este limitaban con el mar, y al oeste les cerraban el paso escarpadas cordilleras. Desechó encaminarse al sur, donde encontrarían muchas ciénagas y belicosos pobladores. La primera incursión sería hacia el norte, a las ricas tierras del cacique Careta, al que conociera, hacía años, en la expedición de Bastidas. Esperaba atraerlo pacíficamente y que les proporcionara comida para la colonia. Había oído decir que muchos naborías trabajaban sus campos y obtenían grandes cosechas de maíz y yuca. Los separaban de Santa María veinticinco leguas por tierra y solo siete por mar, desde el Darién.

Además, indios de un poblado cercano que llegaron a Santa María para intercambiar baratijas por oro les contaron que había abundancia de este metal en tierras de Cueva.

Convocó al Cabildo, expuso sus planes y, una vez más, su elocuencia no dejó lugar a dudas: consiguió la aprobación general. El único problema era que, para encaminarse a las tierras del norte, tendrían que atravesar el territorio del poderoso Cémaco.

Envió por delante a un grupo de seis hombres al mando de Francisco Pizarro. Confiaba plenamente en este extremeño aguerrido y sobrio. Desde que llegara a La Antigua había demostrado sus dotes de soldado valiente y entrenado en la lucha, siempre se ofrecía para los trabajos más arriesgados y nunca retrocedía en la batalla. Y Pizarro le estaba muy agradecido.

Enterado el cacique Cémaco de que los hombres blancos atravesaban sus tierras, les tendió una emboscada en cuanto cruzaron el río Darién. Decenas de indios cayeron sobre ellos desde los árboles del tupido bosque que en ese momento atravesaban. Pizarro les ordenó desenvainar las espadas y se defendieron con bravura.

Uno de sus hombres sufrió heridas de lanza en ambas piernas y no podía continuar. Se encontraban a mucha distancia de Santa María y resultaba engorroso cargar con él, por lo que Pizarro lo dejó al borde de un camino. Y, como nada podían hacer tan pocos hombres contra el ejército de Cémaco, se dieron la vuelta. Cuando llegaron a la colonia, Balboa le reprendió con dureza.

—A un compañero no se le abandona nunca mientras esté vivo. ¡Volved inmediatamente a por él!

Pizarro cumplió la orden sin rechistar. La obediencia a un superior era la principal obligación de un soldado. Pero se mordió los labios de rabia. Era una humillación que le reprendiera en presencia de los demás soldados. Algo interno se rompió entre ellos, y afloró en el trujillano un resquemor, mezcla de impotencia y envidia, que ya no le abandonaría.

En la primavera, Balboa dejó al otro alcalde, Samudio, al cargo de Santa María y salió con una expedición de ciento treinta hombres hacia tierras de Coiba o Cueva, que por ambos nombres la conocían. Lo haría bordeando la costa; el trayecto

233

era mucho más corto que por tierra y así evitaría cruzar las tierras de Cémaco.

Llevaban con ellos a Juan Alonso, uno de los tres náufragos que habían recogido. Iba casi desnudo y pintado con bija roja, como los de la tribu cueva. Tras desembarcar, Juan Alonso caminaba en vanguardia señalándoles el camino. Atravesaron una montaña en busca de la aldea principal donde vivía Chima, al que ellos llamaban Careta. El poblado se hallaba en la cima de la cordillera, cerca del mar Caribe. Balboa esperaba que se acordara de aquella vez en que salvó a una de sus hijas de las garras de los caníbales, y que le reconociera.

Tampoco, como en aquella ocasión, había hombres en el poblado. Las mujeres les dijeron que Chima, su cacique, había salido con dos mil guerreros hacia las montañas a guerrear contra otro cacique, Ponca. Aún no había aprendido Balboa que los indios exageraban bastante, y que donde decían dos mil, venían a ser unos quinientos.

Los de Balboa tomaron posesión de la aldea en nombre de Castilla y colocaron en lo alto de un poste los pendones de Castilla y Aragón.

Cuando regresaron los caretas, se sobresaltaron al ver en su aldea al ejército de hombres blancos vestidos de hierro y armados. A modo de saludo lanzaron unos arcabuzazos al aire y unos indios corrieron mientras otros se echaron a tierra, asustados. Balboa se adelantó y saludó al cacique. En principio, Careta se mostró distante y sus hombres no abandonaban las armas. Balboa, por mediación de Juan Alonso, se mostró en son de paz y le recordó el episodio de años atrás. Careta lo miró con más detenimiento y, finalmente, pareció reconocerlo. Pero para ellos —como le explicó Juan Alonso— el reconocimiento de una acción se demuestra en el instante en que ocurre, no de por vida, y Chima ya lo había olvidado. Balboa le llevaba numerosos presentes y le pidió a cambio víveres. Careta puso cara de inocente y se explicó que por estar manteniendo una guerra con un cacique próximo llamado Ponca no habían podido sembrar. Para ellos, la comida era más importante que el oro.

Balboa era paciente, pero no creyó una excusa tan burda referente a la siembra. Mandó a Hurtado con varios hombres a

234

revisar los campos, mientras otros miraban en los almacenes. Según Hurtado, vieron inmensos maizales llenos de mazorcas maduras y extensos campos de batatas y yuca. En el bohío que hacía de almacén, encontraron grandes cantidades de carne y pescado secos, odres con bebidas, cestos llenos de simientes y grandes sacos con yuca y granos de maíz y fríjoles.

—Me has mentido —dijo Balboa, y le echó las manos al cuello para asustarlo— y no soporto que traten de engañarme como si fuera un imbécil. Y si me has mentido en esto, seguro que también tienes escondido oro en abundancia.

Confinó al cacique y a su familia en su choza y ordenó rigurosa vigilancia. Mandó saquear el poblado y volvió, al cabo de unas horas, para interrogarlo. Pero el cacique, con una tranquilidad pasmosa, solo repetía que eran pobres y que no tenían oro.

—Eres muy ladino. Sé que de nuevo me mientes. Como te niegas a confesar de dónde sacáis el oro, te llevaré prisionero, y a toda tu familia, a Santa María, en calidad de rehenes.

—Señor —dijo Juan Alonso con emoción—, mis compañeros y yo hemos sido muy bien tratados por Careta, y su pueblo nos acogió como si fuésemos de los suyos. Sed benevolente con él.

—Lo intentaré por las buenas —gruñó Balboa— pero si no llegamos a un acuerdo, los llevaré prisioneros hasta que recapacite y se avenga a razones.

Careta escuchó la propuesta de Balboa: como vasallo de Castilla, debía contribuir con un tributo en víveres y oro. Juan Alonso advirtió al cacique de lo que les pasaría si no atendía a sus peticiones. Y le mintió diciéndole que, no lejos de allí, acampaba otro ejército mucho más numeroso. El intérprete iba de Careta a Balboa y de Balboa a Careta, llevando y trayendo las frases de cada uno. Tradujo de mil maneras lo que le dictaba Balboa, y le hizo ver los beneficios de esa alianza: que el capitán blanco le ayudaría contra todos sus enemigos, y con las armas de fuego, le haría invencible y, además, dijo que Balboa tenía el poder divino. Careta, como hombre práctico y con experiencia, pensó que era preferible pactar, no encolerizarse, y tener al hombre blanco como aliado, dada su superioridad.

Entablaron negociaciones y el escribano redactó el acuerdo. Balboa estampó su rúbrica y dio al cacique una pluma de ave que Careta olió, giró y remiró; tocó la tinta, se manchó los dedos y emborronó el papel. Le mostraron una cruz que él debería reproducir en lugar de su nombre. Careta mojó de nuevo la pluma, pero, en vez de trazar la cruz, dibujó esquemáticamente un animal y una luna.

—No sé qué carajo significará esto —dijo Balboa sonriendo—, pero supongo que servirá.

Careta se comprometía a suministrarles un tributo en oro y alimentos regularmente hasta la próxima cosecha, y sus criados o naborías limpiarían las tierras del Darién y sembrarían sus campos, además de servirles de guías cuando los necesitaran. A cambio, Balboa le consideraba un vasallo aliado y le ayudaría a vencer a su enemigo. Ambos quedaron satisfechos.

Este acuerdo incluía también la entrega de mujeres. Para los nativos, que no ambicionaban el oro, tenían más valor los alimentos y las hembras, pues eran una fuente de reproducción para el crecimiento de su pueblo. Y pensaban que, si se mezclaban con sangre nueva, mejoraría la raza. Por eso los caribes raptaban a las mujeres de otras tribus. Y ahora querían un trueque en esta materia. Balboa alegó que acababan de asentarse en el Darién, que solo contaban con las dos esposas de los agricultores, y los maridos no querían prestarlas. La única que estaba libre era Marigalante. Y tendría que hablar con ella. Careta al principio no entendía cómo los blancos no tenían muchas mujeres, como ellos. Preguntó dónde las guardaban. Balboa, por medio del intérprete, intentó explicárselo, le dijo que ellos habían venido en navíos por el mar, desde muy lejos, y ellas se habían quedado allí, a muchas lunas de distancia. Parece que lo comprendió. Para que el pacto siguiera adelante, Balboa envió a un hidalgo con una misiva para Marigalante.

236

Por el bien de la colonia, es necesario que estés dispuesta a sacrificarte. Ven a vivir un tiempo a Cueva con los nativos: eres la única mujer disponible y me exigen un trueque; por lo visto esto es normal por estas tierras en las que no valen ni las leyes ni el orden establecido en España, donde, a veces, lo blanco es negro, lo malo es bueno y lo bueno es malo; es otro mundo que, en ciertas ocasiones, nos hace actuar como seres sanguinarios, o como putas, pero los nativos lo ven como algo natural, y así debe ser para nosotros.

Ya que era él quien se lo pedía y en agradecimiento por sus favores, Marigalante respondió que estaba dispuesta a sacrificarse y permanecer un tiempo en Cueva con los nativos, siempre que se comprometiera a llevarla de vuelta a Santa María en un tiempo.

Cuando a los pocos días llegó Marigalante en una canoa, Careta se sintió complacido con tan espléndida mujer blanca. Entregó tres docenas de nativas de su tribu y, por último, le daría también a Balboa una de sus hijas en matrimonio, para sellar la alianza. Las mandó llamar y acudieron seis muchachas hermosas, la mayor tendría unos veinte años, y las dos más pequeñas eran apenas unas niñas. Balboa no reconoció a Yansi. Vio a una niña que corrió a su lado sonriéndole con un encanto irresistible, le tiró de la armadura, clavó en él sus grandes ojos negros como noche tormentosa y dijo: «¡Balboa!». Entonces él la recordó y la eligió. «Es hermosa —pensó—, pero es solo una niña que se mueve con gracia al andar.»

Mientras se organizaban los preparativos para la unión de Balboa con Yansi, a los españoles los trataban a cuerpo de rey: comían y bebían cuanto querían y podían desfogarse con las indias. Para ellas resultaba muy agradable y curioso encamarse con un hombre blanco.

Balboa visitó a Yansi, que estaba jugando a la puerta de su bohío con unas amigas, modelando una muñeca de arcilla. Al verlo, le tomó de la mano, le acarició y le dejó embadurnado. Le mostró el mismo espejo que él le había regalado hacía años, y vio su cara manchada de barro. Balboa se echó a reír por la espontaneidad de la niña. Cuando la conoció, yendo al cuadril de un caníbal, y la rescató, tendría unos cuatro o cinco años. Ahora estaba cambiada. Calculó que tendría unos doce o trece. Lo miró de frente y Balboa apreció, una vez más, el bello rostro de aquella chiquilla. Sus rasgados ojos y sus labios carnosos y bien perfilados destacaban en un rostro color canela.

Unos días antes de la boda, comenzaron a llegar invitados.

237

Los caciques de otras tribus iban en parihuelas y los criados llevaban en cestos sus ropas y adornos para la ceremonia, y regalos para los novios. Los hombres principales se tapaban sus vergüenzas con un canuto de oro, otros llevaba caracoles, y las mujeres espaves usaban una enagua de algodón tejida en vivos colores, desde la cintura hasta las rodillas.

Cuando todos estuvieron sentados en la plaza, Careta, como padre de la novia, y Hurtado, en representación de don Nuño, el padre de Balboa, tenían que salir al centro a bailar una vigorosa danza al son de tambores, hasta que quedaran exhaustos; era la tradición para iniciar la ceremonia. Al cabo de media hora la dieron por concluida. Hurtado se limpió el sudor que le chorreaba por la cara y el cuerpo y se dirigió al novio.

—Considero cumplido mi papel de padre. No puedo con mi alma.

A continuación, Balboa y Yansi tenían que avanzar por separado hacia sus padres; Balboa iba vestido como un caballero, con jubón de terciopelo granate y mangas abullonadas, calzones cortos, acuchillados, zapatos con hebilla y un gran sombrero con plumas. Yansi llevaba una enagua corta de algodón bordada en vivos colores, collares de perlas y una diadema de piedras y plumas cortas en la frente. Se arrodillaron ante Careta y Hurtado, y cada uno presentó su hijo al otro. En ese momento entró corriendo, desde un extremo de la plaza, un joven guerrero, con pinturas en la cara y un arco y una flecha en las manos. Se colocó delante de Balboa y comenzó a hablar acalorado en su lengua cueva, agitando los brazos con furia y señalando repetidamente a Yansi, que le atendía con los ojos redondos por el miedo, mirando a su padre y al español alternativamente.

Balboa hizo una señal a Juan Alonso y este acudió apresurado para traducir.

—Dice que es Teko, hijo del cacique Crome. Y no va a consentir que os llevéis a Yansi porque desde hace años sus padres habían concertado que fuera para él. Aunque Careta tiene dos hijos varones, son muy pequeños y pueden morir, y su favorita es Yansi. Por eso, él espera llegar a ser, a su muerte, el cacique de Cueva. Y por eso os reta a luchar con él.

La gente enmudeció, y observaba expectante. El discurso de Teko desconcertó a Balboa, que trató de hallar una salida airosa.

—Dile que lucharé con él. Que escoja un arma, yo lo haré con mi espada —dijo al tiempo que la desenvainaba y salía al medio de la plaza.

Todos se hicieron a un lado, temerosos del desenlace. Teko se quitó una cinta ancha de fibra que llevaba atada a la muñeca y se la colocó en la frente para sujetarse los cabellos. Dejó el arco en el suelo y sacó un hacha de hueso que llevaba a la cintura. Los dos hombres se colocaron uno frente al otro, a dos pasos de distancia. El indio movía los pies acompasadamente, profirió unas palabras y levantó el hacha para asestar un golpe a Balboa. Este lo esquivó dando un salto hacia atrás y paró con la espada un segundo ataque. El guerrero parecía enloquecido y atacaba con rapidez. El hacha se estrelló contra el filo de la espada una y otra vez, resonando en el aire el choque con el metal, hasta que Balboa consiguió golpear el mango del hacha y le desarmó. Los indios que presenciaban el combate habían comenzado cantando el nombre de Teko, pero ahora guardaban silencio. Teko, impotente sin su arma, se quedó quieto mirando fijamente a los ojos a su rival. Balboa le acercó la punta de la espada al pecho.

—¡Lárgate! ¡Vete!, no deseo matarte.

Bajó la espada y se lo repitió por señas. Teko recogió el hacha y el arco, echó una mirada a Yansi y se fue corriendo, tal como había venido.

Careta mandó que continuara la ceremonia, como si tal cosa.

Yansi, que se había retirado junto a las mujeres, se dirigió de nuevo hasta la mesa de los hombres, con semblante serio. Balboa dudó sobre sus preferencias y llamó al intérprete.

—Pregúntale si desea unirse a mí. Yo no la obligo, pero quiero saberlo.

Como respuesta, Yansi se acercó más a Balboa, le miró a los ojos sonriendo, le tomó las manos y se las apretó.

—La espave dice que os prefiere a vos.

Los novios se cogieron de la mano y el tequina entonó un cántico al que contestó toda la tribu. Unas muchachas, con ces-

239

tillos al costado, echaron pétalos de flores y granos de maíz a los novios. Ya casados, presidieron el banquete, que se prolongó durante horas. Yansi, en medio de la plaza, interpretó una danza muy sensual, al son de flautas y tambores. Balboa la miraba embelesado por la gracia de sus movimientos.

Pero no era el único. Andrés Garabito, un capitán fornido, de mediana estatura, cabeza grande y ojos taimados, no le quitaba los ojos de encima. Con la imprudencia de la mucha chicha bebida hizo un comentario a su vecino de mesa.

—Esta muchacha me pone como un toro. Y eso que se ve que aún es muy chica, pero veremos en cuanto pasen uno o dos años por ella. Chica y todo la montaba ahora mismo.

Balboa, que le escuchó, se levantó y le agarró por la pechera.

—¡Calla, bellaco, o te parto la boca! No eres más que un asqueroso y rijoso muerto de hambre. Y no está hecha la miel para la boca del asno. Si vuelves a decir algo de ella, te acribillo. Avisado quedas.

Garabito se recompuso la ropa y salió por pies.

240

Poco después prorrumpieron en la plaza los muchachos del poblado dando gritos y saltos, con un hacha cada uno en la mano. Al principio los españoles se asustaron, temiendo un ataque sorpresa. Juan Alonso les explicó que, según la costumbre, iban a talar los árboles de una parcela de tierra en la que la nueva pareja se haría la casa. La gente se levantó de las mesas y los siguieron para presenciar ese trabajo. Al terminar, los mozos indios se quitaron los adornos y se tiraron al río a nadar.

Los españoles quisieron colaborar con algunas costumbres hispanas. Mientras unos tocaban la dulzaina y las castañuelas, Marigalante y otro sevillano salieron a bailar. Bajo los efectos de la chicha, los indios imitaron en medio de la plaza los movimientos de la sevillana, ante el jolgorio general. Después, un grupo de españoles cantó y bailó unas jotas, mientras indios y cristianos aplaudían.

Concluida la ceremonia, Careta se acercó a Balboa y le dijo que no tuviera en cuenta la visita de Teko. Que ya reclamaría él a su padre. Teniendo a los españoles de su parte, no le importaba el enfado del cacique. Además, Balboa había salido vencedor y él se sentía orgulloso de tenerlo como aliado y pariente.

Durante los tres días que duraron los festejos, indios y españoles salían por la mañana a la caza de venados, jabalíes y faisanes, y más tarde, en la plaza, hacían exhibiciones de fuerza y torneos; por la tarde se repetían las danzas tribales, seguidas de los bailes sevillanos y las jotas. Balboa estaba satisfecho de ver ese intercambio de culturas y de pensar que no estaba equivocado cuando creyó que era posible otro tipo de conquista, sin derramamiento de sangre.

Tres días después de la boda entre Balboa y Yansi, todo estaba dispuesto para embarcar de nuevo hasta Santa María de la Antigua. Durante este tiempo, la niña había seguido viviendo en casa de sus padres, y Balboa, enfrascado en los preparativos de la partida y en conversaciones con Careta, apenas había tenido tiempo de verla.

Uno de los frailes franciscanos que los acompañaba, fray Andrés de Vera, se ofreció a quedarse entre aquellos infieles para instruirlos en la doctrina de Cristo. Adujo que era necesario bautizarlos. Balboa accedió.

El día de la partida, Balboa se despidió de Marigalante. Le pidió que observara, que fuera sus ojos y sus oídos, y le mantuviera informado de cuanto pasara en la tribu.

Marigalante estaba encantada de vivir allí una temporada y encamarse con los «cuevos». Aún se consideraba joven y sería interesante esa experiencia en Cueva. «La vida —pensaba la sevillana— puede brindarnos sucesos inesperados y hay que saber aprovecharlos. Ya tendré tiempo de vivir y aburrirme en Santa María.» Además, en el fondo, se sentía importante porque había aceptado el sacrificio por el bien de los suyos. Y, desde luego, ella no se consideraba una puta.

Un indio ayudó a Yansi a montar en el caballo de su esposo. Balboa le tendió la mano y ella, de un ágil salto, se colocó tras él. Le pasó los brazos por la cintura para sujetarse. Balboa la miró y se sonrieron. Yansi se despidió de los suyos y el intérprete tradujo sus palabras: que marchaba contenta porque se iba a vivir con la tribu de Balboa y era la primera vez que mon-

241

taba en uno de esos animales llamados «caballo». Y que no le importaba dejar atrás a su familia, sus amigos y cuanto había sido su vida hasta ahora. Estaba deseando llegar al poblado de su marido, donde esperaba conocer cosas interesantes, y, aunque nunca había salido de Cueva, no tenía miedo.

El mundo entero por descubrir se le antojaba muy extenso y bello. La acompañaban tres sirvientas indias, que se ocuparían de atenderla como correspondía a una espave o princesa. Llevaban con ellas la dote de la niña: varios canastos repletos de algodón, adornos de oro, ídolos y juguetes.

Cuando montó en la carabela, Yansi recorrió impresionada los recovecos de aquella casa flotante, tan rara y tan grande. Se asomó por la borda, trepó por una escala hacia un mástil para contemplar desde allí la inmensidad del mar, como nunca lo había visto, bajó hasta las bodegas, tocando y oliéndolo todo a cada paso, sin temor a nada porque estaba cerca de Balboa, al que consideraba su protector y su amigo. A Balboa le complacía comprobar que era una mujer decidida, y la energía que demostraba a pesar de ser todavía una niña. Durante el viaje, Yansi le contó historias y leyendas de su país, y de Careta, y le habló de que una vez, un viajero llegó a tierras del cacique Comagre, desde otro mar enorme que estaba al sur, y les contó que existían numerosos países ricos en oro. Balboa pensó que los relatos de Yansi eran solo eso, leyendas.

La nave ancló en Darién sin contratiempos. Montaron en los esquifes y, al llegar a la orilla, Balboa la ayudó a bajar. Una multitud formaba dos filas a ambas orillas del camino, esperando conocer a la pequeña esposa de su alcalde. La comitiva desfiló entre la gente, que tenía los ojos clavados en la pequeña india. Yansi iba desnuda, con una flor en el pelo y una tira estrecha de algodón a la cintura. Sus pechos apenas eran dos botones, como una fruta verde a punto de madurar en un cuerpo menudo, sin vello, con la piel más brillante que la de las mujeres blancas. Caminaba erguida junto a Balboa y sonreía a todo el mundo. Estaba asombrada del recibimiento.

Los españoles ya no se asombraban de ver una india en cueros. Desde hacía tiempo un gran número de hombres convivían con nativas; incluso alguno había sido padre; hasta Hurtado andaba enamoriscado de una muchacha un poco arisca que vivía con él. Y fray Andrés de Vera había conseguido casar a algunas de esas parejas en secreto, a pesar de que en muchos lugares estaba prohibido. Los primeros mestizos comenzaban a aparecer en la ciudad de Santa María de la Antigua del Darién.

Los de Santa María vitorearon a Balboa y lo recibieron como a un héroe entre murmullos de admiración. Sabían que había conseguido alianzas con un cacique importante, Careta, del que se rumoreaba que atesoraba con celo grandes riquezas. Se había corrido la voz de que Balboa había conseguido gran cantidad de oro y de comida.

Balboa, que ya había mandado recado al Cabildo notificando que la expedición había sido un éxito, mantuvo una reunión de urgencia en el puerto con Samudio, Enciso y todo el Cabildo, y les informó con detalle del pacto con Careta. Todos quedaron satisfechos porque eso significaba tener la manutención asegurada, ayuda india para empezar a cultivar las tierras, más grandes cantidades de oro. El prestigio de Balboa continuó en auge a la vez que la ira de los partidarios de Enciso también subía como la espuma, y socavaban su prestigio desde la sombra sin perder ocasión para difundir infundios sobre él.

243

Balboa y Yansi se encaminaron hacia su hogar, en Santa María. Ella miró con asombro los arcos de la entrada. Balboa tomó por la cintura a la niña y la bajó del caballo. La metió en brazos en casa. A ella le pareció enorme en comparación con sus bohíos. Abrió con curiosidad las puertas de cada estancia, tocó cada mueble y se extasió al ver que detrás de la casa había un corral con animales y un huerto sembrado de muchas plantas y árboles como guayabos, mameyes y otros desconocidos para ella, y cacharros de barro con orquídeas y rosales en flor, que desprendían un agradable aroma.

Ninguno de los dos se había apercibido de que una bella mujer india, de nariz aguileña, observaba recelosa todos sus movimientos desde un apartado rincón. Las sirvientas indias que venían con Yansi colocaron su ropa y juguetes en su habi-

tación. En unos estantes pusieron las numerosas muñecas de
de palo, otras de algodón, de madera o de barro. Con las al-
mendras secas y tostadas del cacao, las esclavas le prepararon
una infusión oscura que llamaban «chocolate». Balboa lo
probó y lo notó fuerte y amargo. Para quitarle el amargor se le
ocurrió echarle un poco de leche y azúcar. La niña se lo tomó
con gusto y luego se fue a jugar con las muñecas.

Después de cenar, Balboa le dio las buenas noches a su esposa, salió de su aposento e hizo un gesto a Fulvia, que se deslizó hasta su cuarto. Fulvia había andado cabizbaja y mohína
todo el tiempo que Balboa pasó en Cueva. Cuando supo que regresaba con una esposa, su temor se acentuó. Pero cuando vio
que se trataba de una niña, se bañó, se frotó con flores oloro-
sas, dispuesta para visitar a Balboa en su alcoba.

Capítulo 25

Caciques

$\mathcal{A}$l cabo de varios meses organizando la vida en Santa María de la Antigua, Balboa decidió que había llegado el momento de partir para Cueva a cumplir el compromiso de ayuda adquirido con Careta, en su lucha contra Ponca. Informó al Cabildo, dejó a Samudio al frente de la alcaldía y partió al mando de ochenta hombres, con armas de fuego, caballos y un buen número de perros alanos. Igual que hicieran la vez anterior, emprenderían el viaje por mar, para acortar distancias. Como hombres de confianza llevaba a Hurtado, Botello y a Pizarro.

Cuando los caretas[6] los vieron llegar se alegraron sobremanera; llevaban demasiado tiempo en luchas con el cacique Ponca. Era un vecino difícil que con frecuencia los atacaba por sorpresa y les robaba parte de sus cosechas.

Careta había puesto al corriente a Balboa sobre este cacique miserable que extendía sus dominios al oeste de sus tierras. También le confesó que se veía impotente para vencer él solo a Ponca. Por eso agradeció la ayuda de Vasco Núñez de Balboa. Cuando ambos gobernantes departían sobre la estrategia a seguir, en casa de Careta, se presentó fray Andrés de Vera. Tras el

245

6. Los españoles llamaban a cada región o cacicazgo con el mismo nombre que el de su señor. Por ejemplo, Ponca es tanto el nombre del cacique como el de su territorio.

saludo, informó a Balboa de que durante esos meses que había permanecido entre ellos, los «cuevos» se habían mostrado dóciles en el aprendizaje de la doctrina de Cristo.

—Es necesario que, antes de emprender la batalla, la tribu reciba el bautismo —concluyó el religioso.

Balboa valoraba el importante papel de la Iglesia en la conquista. Además, la reina Juana imponía la conversión de los infieles a la fe católica. Y él también era buen creyente.

—No tengo inconveniente —le dijo a fray Andrés—. Podéis proceder con los preparativos.

El fraile negoció con Careta la ceremonia, de la que se encargaría él como representante de la Iglesia, y la organización de la fiesta, que correspondería al cacique.

El día elegido, al son de tambores y caracolas, hombres y mujeres indios fueron saliendo de los bohíos para asistir al bautismo. Las mujeres iban cubiertas con una enagua y los hombres con una tira ancha de algodón. Las espaves, o mujeres nobles, la llevaban más larga que las demás y bordada en vivos colores. El fraile los esperaba en la plaza ante un improvisado altar de madera y una gran cruz adornada con flores. A ambos lados se colocaron los ochenta españoles; cada uno apadrinaría a uno o varios nativos eligiendo para ellos el nombre de sus padres, abuelos o amigos, incluso, en algunos casos, el suyo propio, como hizo Andrés Hurtado. El cacique Careta encabezaba la comitiva, vestido con ornamentos de algodón en cintura, muñecas y tobillos, y collares y colgantes de oro labrado. En la cabeza, un tocado de grandes plumas de ave de diferentes colores. Balboa fue el padrino de Careta. En el momento de convertirse a la fe de Cristo, fray Andrés le preguntó a Balboa por el nombre elegido.

—Se llamará don Fernando, en honor de nuestro rey de España.

El rey indígena se arrodilló y Balboa le puso la mano en el hombro; el clérigo introdujo una concha grande en un tonel lleno de agua y derramó el agua bendita sobre su cabeza.

—Don Fernando, yo te bautizo, en el nombre del Padre y del Hijo y del Espíritu Santo.

El gentío, aleccionado por el fraile, respondió con un contundente «amén».

246

Yansi salió dispuesta a recibir el bautismo. Algunos habían propuesto que se llamara doña Isabel, por la reina de Castilla, pero Balboa ya había decidido su nombre.

—Se llamará Ana-Yansi.

—¿Y eso por qué? —preguntó Hurtado, que hacía de padrino.

—Por santa Ana, la madre de la Virgen María, y porque así se llamaba mi madre, a la que apenas conocí. La llamaremos Anayansi, no tendrá que renunciar a sus raíces indias y fusionará un nombre español con otro indígena.

—Tus palabras son sabias —se admiró el recientemente bautizado como don Fernando—, y nos place el respeto y la consideración que tenéis por todo lo nuestro.

Anayansi miró a Balboa en el momento de recibir el bautismo y le hizo un gesto cariñoso con la nariz. Su marido la tomó de la mano y dejaron sitio al siguiente. La ceremonia se prolongó durante horas, hasta que no quedó un solo indio sin bautizar en el poblado. A continuación festejaron con danzas, cánticos y demostraciones de fuerza, simulando combates indios y cristianos, y dieron cuenta de un banquete con carnes, mariscos, frutas y bebidas. Al día siguiente se dirigirían a tierras de Ponca.

Antes de que la tenue luz del sol apuntara un nuevo día, el redoble de tambores resonó en todo el poblado. Un grupo de indígenas apareció portando unas antorchas mientras los músicos tocaban las caracolas, maracas y flautas. Los soldados de la tribu Cueva salieron con sus armas dispuestos al combate. Los españoles se presentaron rápidamente con sus armaduras y espadas, arcabuces, ballestas, lanzas y perros.

De la casa del cacique salieron los miembros del Consejo y don Fernando-Careta dio la orden de comenzar la fiesta de declaración de guerra. Balboa estaba a su lado. Saludaron a sus guerreros, que los aclamaron levantando las armas. Celebraron el ritual hasta que apareció la luz del alba; luego se retiraron a descansar por unas horas y formaron en filas, ya listos para el combate.

Al frente de la expedición se colocaron los dos señores: don Fernando-Careta y Balboa. Detrás, Hurtado y Pizarro comandaban la tropa. Anayansi se quedaba en Cueva al cuidado de su madre y hermanas.

247

Los separaban pocas leguas de la provincia de Ponca pero el camino era casi inaccesible y peligroso. Luego de tres interminables jornadas entre riscos escarpados, llegaron al poblado principal de Ponca. En un cerro se levantaban unos setenta bohíos. Desde lo alto se divisaba la cercanía de un gran río. Se asentaron en la falda de la sierra, a cincuenta pasos del poblado. Balboa envió a dos hombres de don Fernando-Careta y dos de los suyos a explorar. El resto estaba en constante vigilancia por temor a una emboscada. Los avanzados informaron de que el poblado estaba desierto.

—Seguramente —dijo Balboa—, avisados por sus espías, habrán huido a la selva o a los montes.

Balboa envió emisarios a buscar a Ponca para parlamentar con él. Le pedía que bajara y que no temiera ningún daño. Pero el cacique no apareció. Los españoles saquearon el poblado. Después de recoger un puñado de oro, perlas, mucho algodón tejido y alimentos, le prendieron fuego. Volvieron a Cueva y celebraron el triunfo con fiestas, comida y bebida. Don Fernando estaba encantado de haber vencido a su enemigo sin haber tenido que luchar.

248

Después de asolar el poblado de Ponca, Balboa recorrió los territorios de muchas otras tribus. Conocedoras del poder de los hombres de hierro, sus caciques se avinieron a concertar tratados de amistad y convertirse en sus vasallos. Balboa tomó posesión de esos territorios para la Corona española. Las tribus que, excepcionalmente, osaron oponerse, probaron el poder de sus armas de fuego y el ataque de los perros, además de ver arrasados sus poblados. La fama de Balboa crecía cada día.

Anayansi le había enseñado a amar a los cobrizos, como los llamaba Balboa.

—Tenemos una cultura adaptada a nuestro mundo, como tú al tuyo —le había recalcado—. El tequina nos habla de los dioses, de los espíritus y de las costumbres tribales. Desde pequeños aprendemos dónde se encuentra cada trocha, río, acantilado, vereda, dónde están los peligros. Aprendemos a sobrevivir y a usar contravenenos, a curar enfermedades, a embalsamar a los muertos. Convivimos con el paisaje y cogemos de la tierra lo necesario para sobrevivir. No ambicionamos riquezas y creemos en la amistad y la palabra dada. Y somos libres. Pero vosotros habéis venido a someternos y privarnos de libertad.

A Balboa le parecieron muy sabias las palabras de Anayansi. Por amor a ella y por convicción propia, había puesto todo su empeño en mantener buenas relaciones con los caciques. Recordaba una y otra vez las palabras de Bastidas sobre el trato a los indígenas y las estaba llevando a la práctica. Se reunía con sus jefes, asistía a los banquetes que le ofrecían y les hacían demostraciones de su fuerza y poder, prohibiendo a los soldados que los humillaran o hicieran alguna afrenta. Entre las tribus indias de todos los alrededores empezó a tejerse la leyenda sobre un gran Tibá o señor blanco. Balboa sentía que lo reverenciaban como a un dios, y los caciques se sometían voluntariamente a su autoridad. Claro que no vacilaba en castigar enérgicamente a los revoltosos. No era ningún santo y, además, no había otro medio de hacerlos entrar en razón si no se avenían por las buenas.

Don Fernando-Careta estaba orgulloso de su amistad con Balboa y de haber emparentado con él. Le habló de otro cacique, el más poderoso de los de la zona, llamado Comagre; era dueño de una gran provincia en una tierra muy fértil, en el interior del istmo, y disponía de un ejército de tres mil soldados. Balboa decidió visitarlo. Envió emisarios para avisar de que el gran Tibá deseaba conocerle. Comagre debía de tener cierta desconfianza porque tardó varios días en responder.

—Es orgulloso —le había informado don Fernando-Careta— y se preguntará por qué debe temerte si cuenta con muchos más guerreros que tú. Pero ya le dije a Juan Alonso que le hablara del poder de vuestras armas, los prodigios que obran con el fuego, y de los raros animales, o lo que sean, que poseéis, que parecen mágicos y se desdoblan en dos, esos que llamáis caballos, que corren más que el hombre, y los perros, más temibles que el más agresivo ejército, que destrozan a muchos hombres en un instante. Eso le hará entrar en razón.

Unos días después, Comagre envió una delegación con presentes de oro y la invitación para visitar su reino. Sus espías le habrían puesto ya al corriente del poder del hombre blanco.

Balboa y don Fernando-Careta tuvieron que recorrer cuarenta leguas por caminos inaccesibles, superar una alta montaña y llegar a una meseta donde se asentaba el poblado. Durante el camino, un pensamiento asaltó a Balboa.

—¿Y si fuera Comagre el que acabara con su vida?

—¿Todavía pensáis en eso de la profecía? —le preguntó Hurtado con una mirada de reojo—. Mira que os ha dado fuerte. No os obsesionéis con esas bobadas.

—¿Crees que son boberías? Yo no. Hasta he pensado en don Fernando-Careta...

—Vamos a ver, capitán —le dijo Hurtado en tono cariñoso—. Aún no habéis hecho méritos para ser famoso, ¡ja, ja, ja!; solo habéis avasallado unas cuantas tribus. No temáis nada. Además, ¿es Comagre vuestro jefe? Pues entonces, ese indio no os hará daño. Si ofrecen su amistad, estas gentes no rompen su palabra.

—Puede que tengas razón. No obstante, estaré ojo avizor.

Entraron en el poblado y se vieron custodiados por dos filas de fornidos guerreros que los llevaron hasta su rey. Los naturales no habían visto nunca caballos. Cuando los hombres descabalgaron, creyeron que se desdoblaban en dos: una parte andaba a cuatro patas y emitía un sonido raro, y la otra andaba como ellos. Se quedaron paralizados. Comagre los recibió sentado en un trono de piedra, abanicado por unas indias que movían unos paipáis de plumas de colores para espantarle el calor y los bichos. Les presentó a sus siete hijos, altos y fuertes, que estaban a su alrededor, de pie, con sus numerosas esposas, y a los nobles, sacerdotes y guerreros, colocados a ambos lados.

Comagre era de complexión recia y más bien achaparrado, de facciones anchas y marcadas; miraba a Balboa con ojos de águila, rodeados de un halo blanco. Tenía entre sus manos un palo de oro. «Quizá —pensó Balboa— sea su cetro.» Todos los de su tribu se tapaban con faldas cortas de plumas de colores y Comagre se cubría, además, con un manto de algodón, abrochado por delante con un gran cierre de oro. Las mujeres eran más bajas y fuertes que las de la tribu de Anayansi, y más feas también. Hombres y mujeres iban adornados con mucho oro, primorosamente trabajado, en las orejas, nariz, brazos, tobillos y cuello, de donde pendían unas planchas del dorado metal. Los nativos miraban curiosos a esos extraños seres de hierro blancos y barbudos.

El cacique les dio la bienvenida y dijo que deseaba sellar una amistad duradera con los hombres blancos. Luego, mediante intérpretes, Comagre, Balboa y don Fernando-Careta ofrecieron sendos discursos, con la traducción de Juan Alonso. Ante el ritual que les ofrecieron, Balboa seguía sobre aviso, por temor a un ataque imprevisto.

—Listas las armas para disparar en cuanto de una orden —dijo discretamente a sus soldados, mientras él no dejaba de acariciar la empuñadura de su espada.

Vigilaba cuanto se movía: los bohíos de madera, mejor hechos que los de otras tribus; incluso a los esclavos, a quienes les faltaba un colmillo. «Será para identificarlos», pensó, recordando que en Sevilla llevaban la cara marcada.

Cuando acabó la danza, Comagre levantó el cetro y se hizo el silencio. Dio una orden y retumbaron los tambores, caracolas y otros raros instrumentos musicales. A esos sones, se levantó del trono y avanzó hacia Balboa.

—Es hora de que visitéis mi casa.

Se hizo seguir de sus hijos. Don Fernando-Careta, Balboa, Hurtado, Botello y Pizarro los siguieron en silencio, los músculos alertas. Los demás esperaron en la plaza.

Balboa quedó impresionado ante el magnífico palacio. Ocupaba un gran espacio; estaba construido sobre gruesos troncos, las paredes cubiertas con finas maderas macizas. Las salas eran amplias y los techos labrados con dibujos de plantas y animales. Un alto muro de piedra protegía todo el recinto.

Salieron a un patio donde estaban las cocinas, con numerosos cacharros colgados en las paredes y varias indias guisando en lumbres bajas, sobre piedras, removiendo calderos y potas.

—Huele bien —comentó Balboa a los suyos—. No sé qué demonios será eso, pero huele bien.

Unos venados y otros animales se asaban en barbacoas y dejaban en el aire aromas de hierbas desconocidas. Visitaron el almacén con montones de carne ahumada, animales recién sacrificados, sacos con semillas, y con diferentes granos de maíz, muchas batatas, pan de mandioca, panales de miel, tinajas de

251

barro con chicha y licor de frutas. De todos les dio Comagre a probar y no les disgustaron a los españoles.

Atravesaron una galería y los introdujo en una sala rectangular que les impresionó enormemente. Colgadas de las paredes estaban las momias de sus antepasados.

—Aquí veneramos hasta veinte generaciones de caciques —dijo Comagre, ufano.

Fue nombrándolos uno por uno y contando su historia y sus méritos. Mientras, Balboa y los suyos comprobaron que las momias estaban envueltas en tiras de algodón y adornadas con mucho oro, plumas, perlas, conchas, huesos y piedras de colores.

—¿Y cómo no se pudren? —preguntó Hurtado.

—Porque cuando mueren —les explicó don Fernando-Careta— los ponen sobre un fuego para que el calor seque los fluidos y la grasa. Cuando no queda más que el pellejo, los untan con unos emplastos y aceite, para que se conserven.

—¿Y por qué hay algunos huecos entre ellos? —preguntó Pizarro.

Juan Alonso tradujo la explicación de Comagre:

—Algunos caciques murieron en campos de batalla y no pudimos recoger sus cuerpos. Por eso se respeta su sitio vacío.

Cuando acabaron la visita salieron de nuevo a la plaza, donde tenían colocadas largas mesas para el banquete con que los obsequiaron. Balboa observó que no había cucharas para la sopa y se quedó a la espera de ver qué hacían los naturales. Antes de comer, los comagres se quitaron los adornos de las narices y labios. Todos comían con las manos, no usaban cuchillo. Así que los españoles los imitaron torpemente, provocando las risas de los indios. Después de cada bocado, se lavaban en unas calabazas grandes colocadas al lado de cada comensal con agua.

Después del banquete, que duró horas, los hijos se encargaron de organizar los bailes y demostraciones de juegos y combates simulados. Los españoles, para no ser menos, salieron y dispararon con la ballesta para partir un fruto en dos. Pizarro apuntó con su arcabuz a un cántaro lleno de chicha y disparó. Muchos indios se taparon los oídos ante aquel sonido contundente. Algunos hijos de Comagre se acercaron, con gestos de admiración, a comprobar el daño causado. Disparó de nuevo y dejó seca una gallina.

Entonces salió Balboa con su caballo blanco profusamente enjaezado para dar vueltas a la plaza al trote y al galope; el animal se puso de manos, movía la cabeza y las patas como en una danza, andaba de costado y provocó el pasmo de los salvajes.

Comagre los alojó en unas estupendas habitaciones, con varios indios e indias para que los atendieran. Los españoles estaban entusiasmados, y las indias contentas de yacer con los hombres blancos.

La visita se prolongó durante unos días. Mientras los caciques y Balboa conversaban sobre sus respectivos países, los lugartenientes de Balboa tenían órdenes de recorrer los alrededores y recabar información.

La víspera de la partida Comagre los obsequió con numerosos esclavos y gran cantidad de oro labrado con formas de tigres, caimanes, ranas, águilas y búhos. Era el pago del tributo al gran Tibá blanco.

—Esto vale lo menos cinco mil castellanos —dijo Balboa a los suyos—. Ha sido muy generoso el amigo.

253

Los soldados pidieron que comenzara la partición del botín, según la costumbre. Balboa accedió. Lo amontonaron en la plaza y procedieron a fundirlo en pequeños lingotes, para un mejor reparto, siempre bajo la supervisión del veedor real. Sacaron la balanza y lo pesaron. El veedor apartó la quinta parte para la Corona y el resto se distribuyó como estaba estipulado según fueran caballeros, soldados de a pie o capitanes. Pero algunos, no conformes con lo que les había correspondido, protestaron y se enzarzaron en peleas cuerpo a cuerpo; luego echaron mano a las espadas. Pronto la plaza se convirtió en un campo de batalla. Los indios miraban atónitos y escuchaban, por primera vez, el chirrido del hierro al golpear la espada del contrario.

Balboa les gritó que pararan, pero porfiaban tanto que no le oían. Entonces Panquiaco, el hijo mayor de Comagre, un hombre tan grande como Balboa y con fama de sabio, rojo de ira, se subió en una mole de piedra y tocó un cuerno con tal fuerza que los combatientes enmudecieron. Con voz feroz y tono enérgico embrocó la balanza con el oro y comenzó a gritarles. Juan Alonso les traducía sus palabras según las pronunciaba.

—¿Por qué, hombres blancos, habéis destruido las piezas que tan primorosamente habíamos labrado? ¿Para convertirlas en unos palos? ¿Por ese metal lucháis hermano contra hermano? ¿Por eso dejáis vuestra tierra y vuestra familia, pasáis penalidades y peligros, por algo que no sirve ni para fabricar armas? No lo entiendo. Pero si eso es lo único que os mueve, yo puedo indicaros un país en el que sus ríos arrastran gruesas pepitas de oro y sus caciques son muy poderosos y dueños de muchas perlas y oro; las calles de sus ciudades son de piedra, y las casas, los muebles y utensilios son de oro. Y tienen navíos de vela, como los vuestros. Se llama el Birú.[7] Y está al sur de Tupanamá —dijo mientras señalaba con el brazo—, al otro lado de las montañas, junto al otro mar.

Balboa y Pizarro se miraron: ¿otro mar? Se les encendió el relámpago en la curiosidad. Balboa recordó que Anayansi también le había hablado de otro mar y él no le había creído. Y Colón le había informado de la búsqueda de un estrecho entre dos mares y le había contado que podría llegarse a él en solo nueve jornadas de marcha desde la laguna Chiriquí. Ahora lo veía claro: tenía que ser el primero en conseguir la conquista de ese país y el descubrimiento del otro mar.

—¿Y sabéis exactamente dónde se halla? —preguntó Balboa.

—¿Queda muy lejos de aquí? —inquirió Pizarro.

—A unos nueve soles —respondió Panquiaco—, al otro lado de los montes.

—¿Cómo lo sabéis?

—Porque vive entre nosotros un anciano que estuvo con ellos muchos años prisionero.

—¿Y podrías indicarnos el camino?

—Sí, pero no es nada fácil. Hay que atravesar escarpadas montañas y vadear pantanos, ríos y lagunas hasta dar con ese mar. Además, por esos lugares habitan tribus muy belicosas; algunas son nuestras enemigas.

—¿Quién podría indicarnos el camino si me decidiera a ir?

—Yo mismo me ofrezco para guiaros —dijo Panquiaco con

---

7. El Birú es lo que más tarde se conocería como Pirú o Perú, que sería conquistado por el también extremeño Francisco Pizarro.

LA PASIÓN DE BALBOA

orgullo—. Es la mejor prenda de que no os miento. Y os prestaré un grupo de hombres de mi tribu. La empresa no será fácil; necesitaréis muchos hombres para vencer a poderosas tribus que toparemos por el camino, como las de Pocorosa y Tubanamá. Con vuestra ayuda podremos derrotarlos. Y así nos consideraremos pagados.

Balboa pasó la noche inquieto sin poder dormir. Pensaba en los sueños de Colón, en los países de Oriente, en la gran hazaña que esperaba realizar.

Antes de despedirse al día siguiente, Balboa mandó llamar al antiguo prisionero y oyó de sus labios el relato de aquellos reinos. Añadió cuantiosa información que le dieron Comagre y los viejos del lugar.

Fray Andrés de Vera dijo que había que bautizar a la tribu, si algunos de ellos iban a entrar en batalla acompañando a Panquiaco. Insistió tanto que Balboa los convenció. Celebraron una ceremonia parecida a la de Cueva. Aceptaron la fe de Cristo sin entender una palabra, pero el fraile quedó conforme de haber rescatado las almas de aquellos infieles. Balboa fue el padrino de Comagre, al que bautizaron como don Carlos, por el príncipe heredero, nieto de la reina Isabel. A Panquiaco le pusieron don Felipe, por el Hermoso.

Y se pusieron en marcha hacia Cueva. Balboa recogió a Anayansi y, con el rescate conseguido, se embarcaron para Santa María. Tenía que comunicar sus proyectos al rey don Fernando y pedir el envío de, al menos, mil hombres.

En cuanto los habitantes de Santa María de la Antigua se enteraron de que regresaba la expedición de Balboa, fueron a recibirlos al puerto. Aclamaron y aplaudieron a rabiar a su héroe; con él en la ciudad se sentían más arropados y seguros. Balboa, con su verbo habitual, les enumeró las tierras que habían conquistado sin derramamiento de sangre, los nuevos caciques vasallos de la Corona y las riquezas que traían, regalo de aquellos. Y que repartirían entre todos. Por los alrededores del puerto solo se oían vítores a Balboa.

Capítulo 26

Marigalante

*L*a ciudad recibía mensualmente el aprovisionamiento de víveres desde Cueva. Tal como Vasco le pidió a Marigalante, esta le hacía llegar una extensa carta con los indios. Él disfrutaba con esa correspondencia y, cada mes, estaba deseando que llegara la carta de su buena amiga. Como ella no sabía leer ni escribir, se lo dictaba a Juan Alonso, que se había quedado allí haciendo de puente entre indios y blancos.

...Sobre lo que me preguntas de las armas de que disponen, me he fijado bien en todas ellas, y te diré cómo son. Las macanas son de una madera tan dura como el hierro, las sacan de las palmeras negras y tienen dos filos; usan lanzas con la punta de hueso o de concha, para el combate y la caza, y varas arrojadizas que llaman «estólicas», y también venablos lisos de madera y de caña. Como no conocen el hierro, las herramientas son de piedra, madera, hueso o concha. Y las guardan en un bohío que hace las veces de almacén, cerca de la casa del cacique Careta.

Lo que me ha llamado la atención es que no usan ni cerbatanas ni arcos. No les gusta guerrear, y si lo hacen, es para defenderse de los ataques de sus enemigos, pero no los provocan ellos.

Sobre lo que te interesa saber: pues sí, hay muchas minas de oro por estas tierras, y parece bueno, de muchos aquilates. Y el oro está en los ríos, y en los cerros y en llanos y vegas, y en cualquier sitio. Yo vi con mis propios ojos al indio que duerme conmigo sacar dos granos de oro que pesaban siete libras, para que te hagas una idea. Claro que los nativos lo mezclan con cobre —que abunda muchísimo— y lo convierten en guanín, pero a ellos les da igual. Y son unos artistas obrando joyas. A mí me han regalado unas cuantas muy bien labradas.

La tierra es muy rica. Cultivan muchas clases de maíz, algodón, frutas y legumbres, y sacan muchas cosechas cada poco. Producen cerveza de maíz y se emborrachan con la chicha que ya conoces.

El otro día presencié cómo le cortaron la mano a uno porque había robado grano en el almacén. Me enteré de que, si es poca cosa, les mutilan un dedo, y si es un robo más gordo, un brazo. Y le obligan a llevar encima el trozo cortado. El indio en cuestión se pasea por la aldea con la mano cortada, colgada de una cuerda alrededor del cuello hasta que se le rompa o se caiga. Pero tú no vayas a imponer esa costumbre en Santa María, ¿eh?

Me dices que me entere de en qué creen: en el más allá, en el Sol y la Luna, en la diosa Tuira, que les concede lo bueno, y en el dios creador Chipirapa. Pero acuden obedientes a la doctrina del padre Andrés que bautiza a todo el que nace, aunque ellos no lo entiendan.

Ya he aprendido a decir algunas palabras en el idioma cueva: «mujer» se dice «ira» y al hombre le dicen «chui». Y los entiendo a ellos cuando me hablan.

La semana pasada asistí a un entierro de un cacique en una aldea cercana. El título lo hereda el hijo mayor. Lo que vi fue terrible y me puso los pelos de punta: enterraron con él, vivas, a todas las esposas y a sus sirvientes. Algunos gritaban y se resistían, pero unos soldados los sometieron. Es la tradición. Dicen que para que sigan sirviendo a su señor allá donde esté. Menos mal que en Cueva no existe esa costumbre.

Los ricos y poderosos tienen más de una esposa, tantas como puedan mantener. Y ellas lo aceptan tan tranquilas, no riñen ni tienen celos. A buena hora yo aceptaba eso.

Claro que tú estás ahora casado y también tienes a Fulvia, en eso los hombres no sois muy diferentes…

Además de los papeles para Vasco, Marigalante les mandó una misiva a las mujeres de los colonos de Santa María, y esperaba su respuesta para poder enterarse de los cotilleos de la colonia.

… Los caretas son muy bellos, más altos que los indios de La Española, con un cuerpo bien hecho, flexibles como juncos y tiesos, con hermosas facciones de macho y un color de piel como arena dorada. En cambio, las mujeres son menudas, mucho más bajas que yo, tienen los ojos grandes y el cabello largo y muy cuidado, al que le dedican horas y horas…

Diréis que escribo necedades, pero os cuento que se me rompió mi peine, que para mí fue una tragedia, y ahora me peino como las nativas: con peine de madera de macagua. Ellas quieren que les enseñe a hacerse un moño como el mío y, a cambio, me dan ungüentos perfumados para que me los ponga en la cara; son para tener la piel lisa y sin manchas. ¡Ah! Y también se afeitan, no os creáis, como cualquier mujer; son coquetas y se quitan los pelos con unas pinzas, o se frotan las piernas con unos polvos ásperos.

Aprended de estas mujeres porque las casadas que ya han amamantado, para que no se las caigan las tetas —cosa que las avergüenza—, se ponen sostenes de oro bien trabajado. ¡Ah! Y las más muchachas toman hierbas para no quedarse preñadas, y otras para abortar. Me dicen que la juventud es para gozar de la vida. Y que ya tendrán tiempo de cuidar hijos cuando sean más viejas.

Una mañana iba de paseo por el bosque y vi a una mujer pariendo. Me acerqué a ayudarla pues estaba sola, pero rehusó; buscó un lugar algo apartado y allí alumbró a su hijo; luego regresó al poblado como si tal cosa y siguió haciendo su vida normal. Con la de pamplinas que usamos nosotras. Solo si el parto viene mal, acuden a la partera y a los curanderos.

Me ha llamado la atención lo que hacen con los muy enfermos: los ponen sobre una hamaca en la selva, les dejan agua y comida para el viaje al otro mundo. Si se salvan y regresan, se alegran, pero si mueren, al cabo de un tiempo vuelven y los desecan, les sacan la grasa mediante el fuego y los guardan en sus casas, colgados, sobre todo a los hombres destacados.

Ya sé elaborar las pinturas que usan. Ayudé a las mujeres a prepararlas. Con ellas los hombres se pintan el cuerpo cuando salen a guerrear. En esas ocasiones, llevan la cara pintada de negro con jauja, que es como una especie de tinta que extraen de un árbol, y con bija colorada, que es mala de quitar. Y he aprendido a tejer y hacer los tintes para las prendas de algodón.

Crían en corrales guacos y guanajos, que son aves, y domestican animales como conejillos, «jutia» los nombran, y otros parecidos al guarro, que llaman «pecarís».

Tienen husos y ruecas y lanzaderas para hilar y estampan las telas con rodillos.

Las damas importantes usan la nagua. Les llega desde la cintura a los tobillos y la hacen de algodón tejido en colores vivos. Otras mujeres las llevan solo hasta el muslo y las muchachas van desnudas. Me llevo bien con las espaves, que así llaman a las mujeres o hijas de los nobles.

Lo malo es que tengo que dormir en hamaca, como cuando veníamos en el barco, pero a todo se acostumbra una. Claro que estoy deseando llegar a Santa María de la Antigua y dormir en mi lecho sobre un jergón de mazorcas. Ya falta poco para que esté entre vosotras y os cuente más historias sustanciosas sobre estas gentes...

Mientras Marigalante había permanecido en Cueva, se había hecho construir en Santa María una casa con un arco y un gran corral, como tenían la mayoría, en la esquina inferior de la plaza, justo donde empezaba la calle principal. Por detrás, tenía enfrente un bosque de palmeras y jacarandas y flores raras que invadían los alrededores con su aroma. Los bajos eran de troncos de madera y el resto de adobe, con el techo de palmas. Hizo construir también cuatro alcobas y un pajar. Tenía intención de abrir posada y taberna. La Antigua iba aumentando poco a poco en población y eran muchos los forasteros que la visitaban.

Cuando volvió de su estancia con los «cuevos», su casa de la ciudad estaba lista. Con el oro que había ahorrado encargó muebles a los mercaderes de España y Santo Domingo. Procuraba guisar en otra garita, separada de la taberna por un pequeño patio, para evitar impregnarla con el olor de la fritanga y los humos de los fogones y, además, preservar el edificio principal de los frecuentes incendios que se originaban en la cocina. La completaba una espaciosa despensa y el resto estaba dedicado a la taberna. Tenía dos puertas: Marigalante

259

era conocedora de lo importante que podía ser la trasera en ciertas ocasiones...

Se fue haciendo con varias mesas de madera de calidad, muy abundante en el lugar, taburetes y bancos, perchas en las paredes y un gran mostrador. De Sevilla se había llevado el ajuar necesario de platos, ollas y garrafas. Las jarras las encargó a unos indios amigos que trabajaban un barro fino, lo secaban al sol y lo cocían en hornos al aire libre. Le hicieron dos tamaños: uno pequeño con un asa, para beber los clientes, y otras jarras más grandes para servir el vino, los refrescos y la chicha. También mandó que le hicieran unas cazuelas para los guisos, y platos para servir en las mesas, además de palmatorias de barro para los cuartos de huéspedes y otras en forma de teas, que ella misma diseñó, para colgar en las paredes. Los indios trabajaban primorosamente y las decoraban con vistosos colores.

Para la inauguración de la posada y taberna colgó en la puerta un gran letrero de madera: TABERNA LA MARIGALANTE.

Balboa, Anayansi y toda Santa María estaban allí. Marigalante apareció radiante con las mangas de la blusa remangadas, saya de grana y ajustador negro, todo nuevo, comprado a un mercader recién llegado de España. Le gustaba llevar varios anillos de oro o de guanín. El moño en lo alto de la coronilla enmarcaba aún más su potente mandíbula. Y sus redondeces —no excesivas— la hacían apetecible; a pesar de haber cumplido los cuarenta se mantenía joven. No era lo que se dice una belleza, pero sí agradable de mirar. Aunque su pelo trigueño empezaba a mezclarse con algunas canas, las oscurecía coquetamente con henna y carbón, y los potingues diarios con aceite le proporcionaban un cutis liso y sin arrugas. Ella los miró a todos con sus ojos pequeños y penetrantes, les dio la bienvenida con una amplia sonrisa, los mandó guardar silencio y dijo que la casa invitaba al primer trago.

Pasado un año, el negocio prosperaba gracias a los buenos oficios y a la eficacia de Marigalante, que para entonces había aumentado el número de indios a su servicio. Les daba comida y un pequeño sueldo, a cambio la ayudaban en las faenas diarias. Los cinco esclavos negros que le tocaron en la repartición se encargaban de los trabajos más duros: pescaban y cazaban para ella algún venado, iguanas, tortugas y, a veces, un pecarí o, con suerte, un armadillo. Con esas carnes preparaba sabrosos platos para los clientes. Los indios le elaboraban chicha y vino de palma, aunque no sabían hacer el pan de casabe, y ella, que lo había aprendido en Santo Domingo, tuvo que enseñarles. En Cueva aprendió a cocer y macerar el maíz para elaborar chicha. Los españoles se habituaron a beberla cuando escaseaba el vino español.

Era la única taberna de La Antigua y estaba siempre atestada de soldados ociosos, marineros y expedicionarios que llegaban al puerto, más los colonos y artesanos del lugar. Por las noches se escuchaba el rasgueo de una guitarra y las canciones y bailes de los espontáneos. Marigalante intercambiaba con los indios fruslerías por toneles de chicha. Además, encargaba muchas arrobas de vino español en barriles a los mercaderes que llegaban de su patria. Marigalante no paraba de trabajar en todo el día, se decía que tenía la fuerza de un hombre en aquellos brazos musculosos y enormes manos.

A pesar de ser generosa y atenta, tenía un carácter tan enérgico que, cuando decía «Basta», hasta el más bravucón se avenía a razones. Solía llevar un palo en la mano y si ordenaba «¡A la calle a pelear!», obedecía hasta el más gallito, si no quería salir deslomado.

261

En ocasiones, acompañaba a los esclavos a cazar cocuyos o luciérnagas, porque los libraban de los mosquitos. Y por las noches no había quien parara con sus picaduras. Metían los cocuyos en la casa y encendían un tizón; entonces los mosquitos acudían al resplandor de la luz y los cocuyos los apresaban.

Los parroquianos no acudían a su taberna solo para tomar unos tragos o jugar unas partidas, sino que era sede para tratos de negocios entre españoles o con mercaderes ricos. Cuando Enciso y sus seguidores se presentaban, Marigalante se ofrecía ella misma para servirlos y, mientras limpiaba la mesa y servía el vino con mesura, se enteraba de lo que tramaban en contra de Vasco.

Pero a menudo Marigalante se lamentaba de no saber leer ni escribir y, por tanto, las trampas de la taberna debía retenerlas en la cabeza, y si alguna se le olvidaba, no la cobraba. Por eso estaba decidida a aprender. Lo había comentado con Vasco una tarde. Él llegó harto de pelear, más que con los naturales, con los suyos, y estaba cansado de tanta infamia y traición como mascaba a su alrededor. Marigalante le expuso lo que le martilleaba hacía tiempo.

—Sería muy bueno para mí, lo sé —hablaba consigo misma.

—¿Qué es lo que sabes?

—Que no sé leer y escribir. Sería bueno para mi negocio.

—Tienes razón. Se me acaba de ocurrir una idea.

—¿Cuál? No me asustes, Vasco.

—Sé quién puede enseñarte. Ven mañana tarde a mi casa.

Capítulo 27

La pasión de Balboa

*E*l tiempo pasa para todo el mundo y Anayansi no iba a ser una excepción. Crecía, no solo en estatura sino también en picardía y conocimientos. En sus ratos libres, Balboa le enseñaba el castellano y ella a él su habla kuna. Se divertían emitiendo expresiones amorosas atrevidas. Balboa entendía que Anayansi debía habituarse a las costumbres españolas y pensó que lo mejor sería poner a su disposición un ama o un preceptor. Escribió a un amigo en Santo Domingo y le respondió que tenía la persona adecuada. Se trataba de una joven mestiza —tenía solo diecisiete años— de padre hidalgo y muy culta. Balboa pensó que podría tratarse de la hija que su amigo había tenido con una india, pero no dijo nada.

Un mes después, la mestiza llegó en barco desde Santo Domingo. María era amable y tímida, y hermosa, con un pelo rojizo que brillaba con la luz del sol. Para ganarse la confianza de Anayansi procuró que se sintiera a gusto con ella: le enseñó juegos tradicionales españoles, que las dos practicaban entre risas, y también a hablar con corrección, a comportarse en la mesa, a vestirse, a recibir invitados, a saludar, en fin, a comportarse como una dama. Si la reprendía, lo hacía con dulzura, y cuando Anayansi conseguía alguna meta, la abrazaba como a una hermana. Cuando María cantaba, Anayansi miraba su garganta, que vibraba como un pájaro, y sonreía dejando ver sus dientes blancos y pequeños. Más tarde practicaron música, canto, bordado. Aprendió a hacer cuentas con las cuatro reglas, practicando con piedrecitas. María trató de que Anayansi aprendiera a leer y escribir, así como Marigalante, que asistía a sus clases tres días a la semana. A la tabernera se le atragantaban las letras y, al principio, era incapaz de distinguir una ele de una te, pero a ella no la ganaba nadie a testaruda. Practicó día y noche en la posada durante el tiempo que tenía libre, y consiguió ponerse al nivel de Anayansi.

Pasados unos meses, ambas leían de corrido lo que escribía María en una piedra lisa de pizarra. La escritura iba más lenta, pero, además de escribir su nombre, eran capaces de copiar varias palabras, incluso algún párrafo sencillo. Y Marigalante se hizo con un cuaderno, hecho de hojas de un árbol que llamaban «maho», en el que practicaba con sus robustas manos los apuntes sobre los pedidos de su taberna; la suma y la resta ya no tenían secretos para ella.

Cuando Balboa estaba ausente de la ciudad, Anayansi pasaba muchos ratos en la taberna. Le gustaba que Marigalante le hablara de su España y le contara historias de Sevilla y de otros lugares, como la tierra de donde procedía Balboa. A veces la ayudaba en la cocina. Pero ya no andaba desnuda. Por amor a Balboa, se cubría el pecho con tiras de algodón y con nagua de cintura para abajo. Él le había dicho que no quería que otros la miraran.

En una de esas visitas a la taberna, Marigalante la dejó al cuidado de los fogones.

—No dejes de remover el guiso de jutía, que no se pegue —le dijo a Anayansi—. Yo tengo que atender a un mercader. No me tardo.

Anayansi cogió la paleta de madera y removía el guiso a cada momento. De repente, unos brazos la rodearon por la cintura. Pensó que sería Balboa y se giró. Vio junto a ella a Andrés Garabito, que la abrazó con fuerza y comenzó a besarla en el cuello.

—Qué ganas tenía de estrecharte entre mis brazos, palomita. Que estás tierna como un pichón.

Garabito babeaba de gusto y aprovechó que estaba sola para acosarla.

Anayansi trató de desembarazarse de él mientras le daba con la paleta en la frente. La salsa les salpicó a ambos en la cara produciéndoles alguna quemadura.

—¡No, no! —chillaba Anayansi mientras Garabito seguía manoseándola.

Marigalante, que tenía un fino oído, se presentó en la cocina en un santiamén. Al verlos, agarró la melena de Garabito con las dos manos, tan fuerte que el hombre se inclinó hacia atrás, soltó a su presa, tropezó y cayó al suelo boca arriba. Marigalante le puso la alpargata sobre el pescuezo.

—¡Canalla! ¡Sinvergüenza! Aprovecharte así de una niña. Te denunciaré a Samudio y a Hurtado.

—No, por Dios, Eusebia, digo, Marigalante, no me denuncies. Ha sido un pronto. Pero te juro que no volverá a repetirse.

Marigalante levantó el pie de su cuello y Garabito se incorporó.

—No se lo digas a Balboa cuando regrese, te lo suplico. Te juro que no volveré a tocarla.

—Más te vale, sanguijuela apestosa. Y ahora, ¡largo de mi taberna! Si te vuelvo a ver cerca de ella, yo misma te estrangulo.

—¿Ves por qué te dice Vasco que no andes desnuda? —le dijo la tabernera a Anayansi sentándola en un taburete y dándole una infusión de hierbas para calmarla.

Como Anayansi no tenía a nadie de su familia cerca, Marigalante era su confidente y amiga, sobre todo cuando Balboa se iba a explorar las tierras del interior, algo que ocurría muy a menudo. Le contó un día a su amiga que algo en ella había cambiado porque, al principio, quería a Balboa como a un hermano, luego como a un amigo y, poco a poco, fue sintiendo unos estremecimientos cuando él se acercaba y le acariciaba el pelo, y si tardaba en llegar, no se tranquilizaba hasta que iba a buscarlo y lo traía a casa. Trataba de no ser una carga para él y hacerle la vida agradable, le contaba lo ocurrido en el día y le cantaba canciones de su tribu si le veía triste.

—Eso se llama «amor». Y no eres la única que está enamorada de Vasco…

Anayansi no comprendió las palabras de la tabernera, ni le pidió explicaciones.

Meses después, Anayansi entró llorando en casa de Marigalante.

—Tengo mucho miedo —le dijo asustada—. Creo que estoy muy enferma.

—¿Por qué, corazón mío? ¿Qué te pasa?

—Sangre —le dijo asustada—. Tengo sangre. ¿Voy a morir?

Marigalante le levantó las sayas, la examinó y sonrió aliviada. Le dio unos paños de algodón, más una tira que le ató a la cintura.

—Tú no estás enferma, muchacha. Esta sangre significa que ya eres mujer. Y puedes engendrar. A tu edad muchas mujeres indias ya son madres. ¿Lo entiendes?

—Sí —dijo Anayansi bajando la cabeza—. Ya soy mujer.

Le hubiera gustado tener con ella ahora a su madre —tan lejos en la tribu—, para compartir ese momento. Pensaba que su vida cambiaría a partir de entonces. Balboa podría desearla y podrían tener hijos.

Balboa ya había reparado en que sus formas de mujer se definían y estaba más atractiva. Y su sexo respondió varias veces con contundencia a esa apreciación. Pero había esperado pacientemente, no pasó por su cabeza violentarla mientras fuera una niña. Para eso tenía a Fulvia.

Tiempo después, Balboa había realizado una incursión de varios días al sur, para encontrar comida. Las bocas en la ciudad iban aumentando y en él recaía la responsabilidad de su supervivencia. Llevó con él a diez hombres, entre ellos sus amigos Hurtado, Botello, Muñoz, Argüello y Pizarro, y al cabo de doce días regresaron con algunos animales y varios sacos de maíz. Estaba deseando llegar al hogar y comentar el viaje con Anayansi. Con ella podía hablar sin tapujos de sus éxitos, fracasos, temores y dudas. Nadie le comprendía como ella.

La puesta de sol había dejado unos nubarrones rojos, como intestinos de vaca desollada. Se extrañó de que su esposa no estuviera a la puerta esperándolo, como siempre que llegaba de alguna incursión. Marigalante salió a saludarlo.

—¿Qué pasa? ¿Le ha ocurrido algo a Anayansi? Habla, te lo ruego.

266

—Tranquilo, Vasco. Siéntate y espera. Ahora sale.

Instantes después apareció Anayansi vestida como una elegante dama. La india lucía un traje de tafetán verde, largo hasta los pies, con un escote que dejaba al descubierto parte de los pechos. Llevaba el pelo recogido en un complicado moño. Y calzaba sus pies con unos botines. Balboa se quedó tan asombrado por el cambio como si hubiera visto a un indio volar. Era una criatura sumamente hermosa y apetecible. Le tomó una mano y se la besó.

Marigalante la había ayudado a vestirse con un traje prestado por María, la mestiza, y la había peinado.

—Y ahora —dijo Marigalante— os dejo solos. No creo que me necesitéis.

Anayansi se sentó en el porche junto a Balboa, que no dejaba de mirarla extasiado.

—Lo peor de todo son los zapatos. Mis pies no soportan este suplicio.

Balboa le quitó los botines y le masajeó los pies. Ella le preguntó por la expedición y él le contó lo sucedido con todo detalle.

—Os he preparado una cena especial —dijo Anayansi sonriente mientras le servía suculentos platos.

—¿Y eso por qué? ¿Qué celebramos?

—Hoy hace dieciocho lunas que estamos juntos.

—¿Tanto? La verdad es que se me ha pasado en un soplo. No te he prestado mucha atención. Pero me he habituado a ti. Y eres muy linda.

Anayansi permaneció callada el resto de la cena. Al terminar, aún le tenía otra sorpresa.

—Hoy quiero bailar para ti.

—Hace mucho tiempo que no bailas.

—Siéntate —le dijo mientras le empujaba por los hombros hacia un banco.

Entraron unos músicos indios y comenzaron a tocar una movida danza. Anayansi salió de la estancia y volvió con una corona de flores sobre la frente, varios collares adornando el pecho desnudo, y en la cintura, una franja bordada de algodón. Se cimbreaba al son de la danza, movía los senos pequeños y erguidos y le miraba con ojos inocentes y, a la vez, arrebatado-

267

res. Luego la música cambió a una melodía más lenta. Anayansi se giraba una y otra vez con movimientos sensuales. Balboa apreció que era una mujer espléndida, de carnes torneadas y prietas. Sus ojos brillaban como luciérnagas.

Bailó con sensualidad, sabiéndose bella y deseada. En un primer impulso, Balboa deseó abalanzarse sobre ella y poseerla. Pero se quedó sentado. «Debo proceder con cautela y no violentarla», se dijo.

Anayansi le miró con ojos anhelantes y temerosos al mismo tiempo. Se podía escuchar su respiración jadeante y el temblor de sus labios. Le admiraba como a un dios.

Al acabar el baile desapareció y, al rato, entró de nuevo con el traje de dama.

Balboa no quería ver el sexo con ella como una necesidad que podía satisfacer con Fulvia o con cualquier otra, sino como algo sublime. Deseaba besarla, abrazarla, tocarla, fundirse con ella, transportarse por unos instantes hacia otras esferas donde nada ni nadie importara, solo ellos dos. Adivinaba su cuerpo —que conocía de memoria—, a través del vestido que lo cubría ahora. Se acercó a ella lentamente, tiró de la cinta del corpiño y se lo quitó. Le desató la falda, que cayó al suelo como una hoja en otoño. Ella se quitó la nagua y la camisa. Para sorpresa de Balboa, aquel no era el mismo cuerpo que paseó por la ciudad el día de su llegada; no era la niña que conocía sino una espléndida mujer, menuda, pero de caderas generosas.

—Hoy no quiero dormir sola. Soy tu mujer —dijo con mirada arrobadora.

La estrechó entre sus brazos y sintió un gozo infinito. Buscó sus labios, que se le ofrecieron como guayabas maduras. Tenía una imperiosa necesidad de poseerla.

Fulvia los vio alejarse cogidos de la mano. Cerró los ojos y se limpió unas lágrimas candentes.

Balboa y Anayansi se tumbaron en el lecho de mazorcas de maíz. A él le parecía más cómodo que la hamaca. Yacieron juntos por primera vez. No sabía cómo reaccionaría cuando él le abriera los muslos, cuando la acariciara. Pero él tenía experiencia con las mujeres. La trataría suavemente, sin prisas, y dejaría que la naturaleza obrara por su cuenta. La besó y ella correspondió con dulzura. La abrazó y ella se apretó contra su pecho como un perrillo. Anayansi se dejaba llevar mansamente, sin oponer resistencia.

Balboa le pasó los dedos por los senos, que reaccionaron como la flor que se abre al rocío. Su madre la había aleccionado: con el hombre hay que mostrarse osada, obrar como dicte la naturaleza.

Sus manos acariciaron la cara de Balboa, se enredaron en sus cabellos. Le besó las mejillas y él cerró los ojos, dejándola hacer. Sus labios se deslizaron sobre su piel como si fueran alas de mariposas. Le lamía y olía su piel como si fuera un animalillo. Con el dedo garabateaba en su espalda un «Te quiero». Se amaron con una mezcla de ardor y ternura y se olvidaron del mundo.

—¡No me dejes nunca, Balboa! Te amo.

—No podría dejarte. Me has embrujado para siempre, mi princesa india —le susurró—. Para siempre.

Al día siguiente, cuando el sol estaba ya en lo alto, Hurtado llamó a la puerta del dormitorio.

—Balboa, ¿estáis bien? Contestad, por Dios.

—Más que bien, amigo, más que bien. Tráenos algo de comer y no molestes.

269

Desde entonces, cada día sus cuerpos se fundían con una pasión salvaje, cada día Anayansi mostraba más amor. Y le dijo al oído que jamás se separaría de él, lo seguiría a todas partes y trataría de hacerlo feliz. Balboa aceptaba complacido las muestras de amor de su compañera, le confesó que jamás había sentido tanto amor por una mujer y que jamás renunciaría a ella.

Con el tiempo, y gracias a los consejos de la mestiza María, Anayansi aprendió a ser una buena anfitriona. A veces cocinaba para Balboa y sus amigos que, como Hurtado, Valderrábago o Botello, acudían como moscas al olor de sus pucheros. Anayansi se sentaba con ellos y en la sobremesa, mientras escanciaban un buen vino español, se divertían con los chistes de Hurtado y la ironía del escribano Valderrábago. En cuanto se marchaban, Anayansi apagaba todas las velas y antorchas y se metía con Balboa en la alcoba, se acurrucaba entre sus brazos y juntos escuchaban el rumor del viento. Luego inventaban caricias, y la pasión se desataba como fiera salvaje.

Anayansi venía notando que María era demasiado solícita con Balboa. Trataba de agradarle y le sonreía a cada rato. Una noche a la hora de la cena, María se puso un vestido muy escotado que mostraba los senos generosamente. Y vio que los ojos masculinos no se apartaban del escote. Al despedirse, notó en María una mirada de invitación hacia sus aposentos. Y sabía que Balboa no tardaría en frecuentarla. Pero Anayansi no estaba dispuesta a compartir más a su hombre.

Aprovechó que Balboa había salido de viaje otra vez para decirle a su preceptora, con amabilidad, que ya había aprendido cuanto necesitaba, y que ella añoraría a su madre y a su tierra y no era justo que la retuvieran por más tiempo. Se lo expuso con tanta energía que María no pudo rechistar. Unos criados cargaron su equipaje; Anayansi la acompañó al puerto, pagó el precio del pasaje a un mercader, le dio un gran abrazo y no quedó tranquila hasta que la vio saludando desde la borda. Entonces respiró hondo. Le había tomado aprecio y le estaba agradecida, pero tenía que cuidar su amor. De regreso a casa pasó por la taberna de Marigalante.

—Desde hoy tendrás que aprender por tu cuenta —le dijo con una sonrisa maliciosa—, practicaremos las dos juntas y Balboa será nuestro maestro.

—¿Y María?

—Rumbo a Santo Domingo. Está mejor lejos que cerca. Que, como dice un refrán español, muerto el perro, se acabó la rabia.

—Pero qué lista nos ha salido esta india kuna —dijo apretándole la mejilla con la mano.

Ajeno a estas maniobras femeninas, Balboa repasaba sus proyectos antes de dormirse, pensaba en su nueva expedición y analizaba cada acción realizada. Estaba convencido de que la lucha y la conquista eran el timón de su vida, y hasta ahora, esa había sido su pasión, le infundía placer salir al campo de batalla a darlo todo. Pero otra pasión se había apoderado de él: su amor por Anayansi. Y ambas pasiones, la lucha y el amor, podrían conjugarse unidas, aunque lo que sentía por la india era tan fuerte que lo dejaría todo por seguirla. Y, si tuviera que elegir, se quedaría con ella.

Capítulo 28

Colmenares

*U*na tarde soleada, Balboa, con un puñado de hombres, regresó a Santa María de una incursión a las tierras del sur, las más extensas y desconocidas. Aunque se había demorado poco tiempo, el viaje había sido fructífero: tornaba con comida suficiente, algo que la ciudad agradecería mucho al estar debilitada por la escasez de alimentos, pues con la cosecha de maíz aún sin madurar, y sin el avituallamiento de Cueva, quien más y quien menos pasaba necesidades. Asimismo Balboa y su grupo habían conseguido abundantes piezas de algodón, que tan bien les vendría a los de La Antigua para vestirse decorosamente.

Al entrar en la aldea, encargó a Hurtado y a Pizarro que guardaran el botín en los almacenes hasta que se convocara a todo el pueblo en la plaza y se procediera al reparto, como se hacía siempre. Balboa se encaminó hacia la taberna, seguido de *Leoncico*, que no se separaba de él. El rumor de voces y risas se escuchaban mucho antes de llegar. De un vistazo comprobó que todas las mesas estaban ocupadas. Se dirigió hacia el mostrador.

En cuanto lo vio, a Marigalante le faltó tiempo para abrazarlo y ponerle al corriente de todos los chismes de la colonia mientras le servía un vino.

Balboa se extrañó sobremanera al enterarse de que Anayansi hubiera embarcado a la mestiza María para Santo Domingo, por celos, según le dijera Marigalante. En el fondo se enorgullecía de la resolución de Anayansi. También le sorprendió gratamente el buen aspecto de algunos paisanos, y lo bien vestidos que estaban, con ropas nuevas, no con harapos como cuando los dejó.

Balboa, con el vaso en la mano, se sentó con sus amigos Hernán Muñoz y Botello, quienes le contaron que el cambio se debía a dos navíos llegados al puerto hacía dos semanas, al mando de un tal Rodrigo de Colmenares. Gracias a él habían podido comprar ropas y alimentos, pues oro era lo que les sobraba. Balboa preguntó a Samudio, que acababa de entrar en la taberna, por el tal Colmenares.

—¿Veis aquel barco en la bahía? —le dijo Samudio señalando hacia el mar—. Pues no hace mucho desembarcó una expedición al mando de Rodrigo de Colmenares.

—¿Pero quién es ese Colmenares del que me hablan?

—El lugarteniente de Diego de Nicuesa, actual gobernador de Veragua.

En verdad, la llegada de Colmenares había sido como un baño de aceite en una quemadura: los españoles no acababan de habituarse a las comidas de Tierra Firme, a base de yuca y batatas; pasaban hambre y añoraban el queso, el tocino y el vino español. Por eso, cuando Colmenares les ofreció carne y pescado seco, pan, chorizos, morcillas, ropas, armas, utensilios variados…, se volvieron locos de felicidad. Con gusto cambiaron el oro por los productos de la madre patria.

Anayansi se presentó a ver a su amor en cuanto un soldado la avisó de su regreso. Llegó jadeando, por la carrera. Balboa se la quedó mirando, incapaz de creer lo que veía: delante de él le sonreía una bella dama, bien vestida y peinada, que parecía una europea. La levantó por los aires y le dio unas vueltas, feliz de tenerla a su lado. Anayansi le soltó varios besos apremiantes, apasionados, en los labios, como solía hacer. Luego, mientras Balboa departía con Samudio sobre asuntos de la colonia, Anayansi se dirigió a la cocina y cambió unas palabras con Marigalante, que debía de estar muy apurada pues se movía de los fogones al mostrador sin parar, llevando carne guisada y pajarillos fritos para saciar el apetito de los clientes. Se ofreció a echarle una mano pero la tabernera le dijo que mejor

272

volviera con su hombre, pues desearían estar juntos después de tanto tiempo de ausencia. Anayansi regresó al lado de Balboa, que no cesaba de conversar con los del Cabildo sobre asuntos que ella no entendía. Se sentó a su lado y guardó silencio. Estaba orgullosa de su marido y contenta de que le quisieran los demás. Escuchaba cuanto hablaban, aunque parte del discurso se le escapara.

Balboa pidió a Anayansi que se marchara a casa acompañada de *Leoncico,* mientras él Samudio y Hurtado iban a reunirse con el tesorero y los regidores en el edificio destinado al Cabildo. Los asuntos de gobierno no podían esperar. Tras departir entre ellos convocaron asamblea, a la que acudieron todos los hombres de la ciudad: capitanes, soldados, nobles, artesanos, labriegos... y Colmenares.

Entraron en la gran sala destinada a las reuniones generales, presidida por una pintura de los reyes de España, don Fernando y doña Juana, y, a los lados, los pendones de Castilla y León. Dos ventanucos en cada pared dejaban entrar suficiente luz en la estancia. Samudio, Balboa, el tesorero, Hurtado y los tres regidores se sentaron a la larga mesa de madera maciza, delante de la pared principal, sobre una tarima. *Leoncico* acababa de entrar, dio una vuelta y se tumbó a los pies de su amo. La gente se sentó en toscos taburetes hechos con troncos de árboles. Ofrecieron una silla a Colmenares, a un lado de la mesa. Enciso se encontraba entre los asistentes, rodeado de su desafiante camarilla.

Balboa tenía ante él a un hombre de unos treinta años, más bien alto y patizambo, muy moreno y peludo, con espesa barba y pobladas cejas. Samudio le había contado que era muy caballeroso, instruido y astuto. Se quitó el sombrero y, con una inclinación de cabeza, saludó.

—Rodrigo de Colmenares, ayudante de Nicuesa, para serviros.

—Sed bienvenido y contadme qué hacéis aquí —dijo Balboa.

—Como ya saben Samudio y los demás, salí de Santo Domingo rumbo a Veragua con unos navíos cargados de víveres, hombres y armas, en ayuda de Nicuesa, que está desaparecido. Pero el encuentro desafortunado con unos indios,

273

cerca de Urabá, hizo que perdiera más de la mitad de los hombres; salí huyendo y busqué refugio en Santa María de la Antigua, donde fui bien recibido y vendí parte de mis mercancías.

Al oír el nombre de Nicuesa, Balboa recordó que las primeras noticias sobre él las había obtenido de boca de Pizarro, cuando este le relató que el rey había dividido Tierra Firme en dos gobernaciones: la oriental para Ojeda y la occidental para Nicuesa.

—La mercancía y los alimentos —dijo Samudio interrumpiendo los pensamientos de Balboa— nos han venido como agua del cielo, bien es verdad que nos lo habéis vendido a precio de estraperlo.

—Vamos, que no os ha salido mal el viaje —dijo Balboa.

—Uno tiene que vivir —alegó Colmenares encogiéndose de hombros—, ya sabéis.

—Pero lo que nos perturba —dijo Samudio muy serio— es la propuesta de Colmenares.

—A ver, contadme —dijo Balboa preocupado—. ¿De qué se trata?

—Me he enterado de la contienda que mantenéis con Enciso sobre el mando de esta ciudad y que él se cree con derechos para ser el alcalde mayor como lugarteniente de Ojeda. Pero este territorio no pertenece a la gobernación de Ojeda sino a la de Nicuesa. Yo les he propuesto que, ya que habéis levantado la ciudad en territorio perteneciente a la jurisdicción de Nicuesa, se la ofrezcáis de buena fe al gobernador, y él no tomará represalias contra vosotros por estar asentados ilegalmente en sus tierras.

Cuando fundaron Santa María en la orilla occidental del río Darién, Balboa y Enciso sabían que esa parte no pertenecía a la jurisdicción de Ojeda. Desde el principio hubo problemas con los límites de ambas gobernaciones. Según el contrato con la Corona, correspondía a Ojeda, pero Nicuesa protestó y, al final, ambos aceptaron la solución dada por Juan de la Cosa: el límite sería el río Darién, la parte oriental para Ojeda, y la occidental para Nicuesa. Los partidarios de Enciso presentes en la sala empezaron a soltar improperios y silbidos, inquietos por lo que pudiera pasar. Los de Samudio les respondieron con amenazas, al tiempo que los seguidores de Balboa —que eran la mayoría— los tachaban de ilegales y envidiosos. Balboa golpeó sobre la mesa con la mano, fuertemente, y mandó guardar silencio. Estaba claro que seguía habiendo tres bandos pues, además de Enciso, Samudio tenía muchos partidarios, paisanos suyos. Balboa no quería que gobernara Nicuesa, que no había hecho nada allí. No era justo que un extraño recogiera los frutos de sus esfuerzos de tanto tiempo, pero tampoco quería perder el mando y entregárselo a Enciso. Con Samudio podría negociar. Cada cual levantó la voz para exponer su opinión y aquello se convirtió en una jaula de grillos.

Colmenares, hábil en el manejo de situaciones y con don de gentes, con buenos modales les pidió calma y alegó que, puesto que había tres opiniones dispares, la mejor solución sería ofrecérsela a Nicuesa como representante legal.

—Si a vos os parece —le dijo a Balboa.

La mayoría de los asistentes, quizá queriendo zanjar las disputas por el poder entre Balboa, Samudio y Enciso, acató esa opción. Ni Balboa ni Enciso estaban de acuerdo, pero no les quedó más remedio que suscribirla: Darién se uniría a Veragua.

Balboa, como alcalde de Santa María, pidió a Colmenares que les explicara con más detalles quién era el tal Diego de Nicuesa. Al menos, que todos supieran a quién iban a entregar el gobierno del Darién.

Colmenares hizo una semblanza solemne de su superior. Según él, Nicuesa era un hidalgo rico, noble y generoso, educado y sagaz, buen negociante, aunque sin experiencia en navegación y conquista. Y lo mismo que Ojeda, bien relacionado en la corte. Compensaba su baja estatura con el manejo de la espada y la lanza como el más experto, y tocaba la vihuela, cantaba romances y montaba a caballo como el mejor jinete.

—Resumiendo, un gran personaje —dijo Colmenares mirando a los hombres de la sala.

Añadió que había tenido enfrentamientos con Ojeda por los límites de sus gobernaciones y por el control de Jamaica, pero, cuando lo vio en apuros cerca de Cartagena, no dudó en ayudarlo en su lucha contra los indios. Había invertido cinco millones y medio de maravedís en esta expedición y fletado siete barcos para tomar posesión de las ricas tierras de Veragua, descubiertas por Cristóbal Colón en su cuarto viaje.

—No le faltan virtudes al tal Nicuesa —dijo Balboa mirando a Enciso—. Quizá no fuera descabellado entregarle el gobierno de la colonia si con ello se zanjan las disputas por el poder.

Todos estuvieron de acuerdo en ceder y, al mismo tiempo, evitar denuncias por haberse asentado en tierras que no les pertenecían. Colmenares comunicaría a Nicuesa su decisión.

Acordaron que dos hombres, Diego de Albites y Diego del Corral, en representación de Santa María, acompañaran a Colmenares para ofrecer a Nicuesa la gobernación del Darién.

Pasó mucho tiempo sin que en Santa María tuvieran noticias de Colmenares. Había partido al encuentro de Nicuesa con sus dos barcos, hacía ya varios meses. Por fin, un día arribó al puerto un esquife con Albites y Del Corral, acompañados de otros dos hombres famélicos que parecían dos muertos andantes. Inmediatamente los alguaciles avisaron a las autoridades y se reunieron todos en la casa del Cabildo.

—¿Qué pasó? ¿Encontrasteis a Nicuesa? —preguntó Samudio impaciente.

—Sí —respondió Del Corral—, lo encontramos. Pero...

—Desembuchad, pronto —dijo Balboa.

—Veníamos hacia el Darién con Nicuesa —dijo atropelladamente Albites—, pero, con el pretexto de preparar su recibimiento, nos hemos adelantado en un bote para contaros las intenciones del gobernador. Estos dos hombres han estado con él y os informarán.

—¿Queréis decir de una vez qué diantres ha ocurrido? —vociferó Samudio.

—Cuando llegamos a Nombre de Dios —dijo Del Corral—, con Colmenares y los dos barcos, encontramos a unos náufragos enfermos, hambrientos y desnudos: eran Nicuesa y setenta de sus hombres. Se regocijaron mucho al vernos. Nicuesa rompió a llorar y a darnos las gracias, pero al rato mudó su humor. Y viene hacia aquí, por desgracia.

—¿Cómo por desgracia?

—Al principio —dijo Del Corral, un bachiller engreído y de buena cuna— todo fue júbilo, pero en cuanto Colmenares le contó que le ofrecíamos la gobernación del Darién, y lo fértil y rico que era, oro que obtuvimos de Cémaco, y lo bien que funciona nuestra colonia, además del botín que hemos obtenido en las expediciones de Balboa, su actitud cambió. Comenzó a amenazar con castigarnos a todos en cuanto asumiera el mando.

—¡No puedo creerlo! —exclamó Balboa.

—Aquí traemos a dos testigos que pueden contaros toda la historia —dijo Albites.

—Hablad —les ordenó Balboa—. Pero, para poder juzgar los hechos, empezad por el principio.

La sala del Cabildo fue llenándose de gente, curiosa por el relato de aquellos hombres, a los que colocaron junto a la mesa, al fondo, de cara al público.

—Nuestra expedición —empezó uno de los dos famélicos, casi sin voz— salió de Santo Domingo una mañana de otoño del 1509. Los que íbamos con Nicuesa nos considerábamos afortunados pues nuestra flota, compuesta por siete barcos, setecientos hombres y cuatrocientos esclavos, era mucho más importante que la modesta de Ojeda, con solo una carabela, dos bergantines y trescientos hombres.

—Eso ya lo sabía por Francisco Pizarro —dijo Balboa—. Sigue.

—Creo que Nicuesa —dijo el otro— nunca debió haber salido de Santo Domingo. Se lo advirtieron las estrellas pero él no hizo caso.

—A ver, ¿qué es eso de que se lo advirtieron las estrellas? —preguntó Balboa con la mosca tras la oreja.

—Dicen que un astrólogo, en La Española, le había predicho que no se embarcara cierto día ni bajo cierto signo, porque en breve perecería. Pero Nicuesa no le hizo caso. En el momento de embarcar, después de la medianoche, Nicuesa miró al cielo y vio una espada de fuego en medio de las estrellas. Entonces recordó la predicción. «Quizá solo fuera un cometa con la forma de una espada», parece que dijo. De nuevo se acercó un fraile y nos suplicó que no embarcáramos, que el cometa auguraba desgracias. «No creo en supercherías de astrólogos

—dijo Nicuesa—, ni en los temores de frailes porque más confianza tengo en Dios que en el poder de las estrellas.»

El hombre calló un momento, se mojó los labios y luego pidió un poco de agua, que le trajeron de inmediato en un vaso de barro.

—Continúa —dijo Samudio—, no te pares.

—Aunque Ojeda y Nicuesa se habían peleado a causa de sus gobernaciones, nuestro capitán no tuvo reparos en ayudarle cuando, llegados a Cartagena, lo encontró medio muerto en un manglar y, con nuestra ayuda, vencimos a los indios de Turbaco, cogimos el botín y arrasamos el poblado. Luego continuamos nuestro viaje hacia Veragua. Y si lo permitís, yo estoy muy cansado, mi compañero seguirá con el relato.

Capítulo 29

Nicuesa

El más famélico de los dos hombres llegados a Santa María, testigo presencial de los hechos, se dispuso a contarles la historia del gobernador Nicuesa, ante la atenta mirada de todos los presentes en la sala del Cabildo.

—Nicuesa embarcó en Cartagena en una carabela con setenta de nosotros para ir reconociendo la costa, mientras dos barcos, al mando de Lope de Olano, nos seguirían de cerca, y el resto, los más grandes, navegarían por alta mar. Así que continuamos por la orilla hasta que nos embistió una tormenta espantosa. No hallamos un puerto seguro para pasar la noche, tuvimos que seguir embarcados por temor a chocar con rocas o embarrancar en algún bajío. El viento huracanado arrancó una de las velas. Las olas, de hasta quince varas de altura, inundaron la cubierta. La tripulación se aferraba a los cables para evitar caer a la mar. El timonel no podía dominar la embarcación. Pensábamos que sería nuestra última noche. Al venir el día comprobamos, desolados, que estábamos solos: ni rastro de la flota. Los vientos nos habían desviado de nuestra ruta. Estábamos desorientados y, creyendo que nos habíamos alejado de las costas de Veragua, Nicuesa decidió bajar hacia el sur con el fin de encontrarnos con las otras embarcaciones que, de haberse salvado, estarían allí.

»Nos metimos con la carabela por un río caudaloso. Rumbeábamos asustados pues la corriente nos arrastraba pero, de repente, bajaron las aguas que habían crecido por las lluvias y la carabela quedó encallada y a pique de abrirse el casco. Nicuesa no sabía qué decidir en aquellas circunstancias. Nos arrodillamos en cubierta pidiendo ayuda a Dios y a la Virgen. Entonces un marinero agarró una cuerda y se tiró al agua. Nos asomamos por la borda para ver qué iba a hacer aquel suicida. Nuestro compañero trató de unir el barco con algún punto de la costa, pero la corriente lo empujó río abajo; no pudimos hacer nada por él. Se lanzó otro valiente con una soga y, con mucho esfuerzo, alcanzó la orilla y consiguió atar el otro extremo a un enorme árbol.

»Nicuesa dio orden de bajar a tierra. Con mucha fatiga nos deslizamos uno a uno desde el barco agarrados al cabo para que la corriente no nos arrastrara. Ya en la orilla, logramos atrapar una lancha que había llegado hasta allí, antes de presenciar cómo la carabela se deshacía en pedazos instantes después. No pudimos salvar alimentos, ropa ni armas. Nos encontrábamos en una costa desconocida, casi desnudos. Además, a la mayoría se nos estropearon las alpargatas al pasar del barco a la orilla y andábamos descalzos. A Nicuesa se le veía angustiado y masculló que quizás Olano, que ya traicionó a Colón, hubiera huido con los barcos. Propuso que fuéramos a Veragua a pie, hacia occidente, donde habrían arribado los barcos, caso de que se hubiera salvado alguno. Nos pusimos en marcha. El bosque era tan enmarañado que no podía caminarse por él, y menos sin hachas ni espadas; por eso decidimos ir por la orilla del mar. A poca distancia iban cuatro hombres remando en el bote. Subíamos a él para atravesar las bocas de algunos ríos y las bahías.

»Al cabo de unos días, nuestros pies descalzos sangraban. Teníamos que vadear pantanos, trepar por escarpadas rocas, atravesar bosques de espinos, sin nada que comer. Nos alimentábamos de algún marisco que encontrábamos en la playa. No sabíamos pescar ni teníamos con qué. Tampoco podíamos cazar sin armas. Y no nos atrevíamos a internarnos en las selvas por temor a los salvajes. Habíamos comprobado que nos acechaban muchos ojos, con arcos y flechas, dispuestos a dispararnos en cualquier momento. Por eso, continuábamos la marcha ignorándolos. Nicuesa se exponía como el primero, a pesar de vérsele apesadumbrado, y nos daba ánimos con que pronto encon-

280

traríamos comida y un barco que nos recogiera, que Dios no nos abandonaría. La mayoría protestábamos por tantas penalidades pero Nicuesa lo aceptaba todo sin una queja y, de vez en cuando, nos contaba historias graciosas para animarnos. Pasaban los días sin encontrar ningún navío.

—Vaya panorama el vuestro —dijo Balboa.

En la sala del Cabildo no se escuchaba ni el vuelo de un mosquito. Los habitantes de Santa María, que abarrotaban la sala, guardaban silencio escuchando la historia de la expedición de Nicuesa.

—Pues ahí no acaban nuestras desgracias. Creyendo que atravesábamos un río para llegar a la otra orilla, fuimos en la lancha a lo que resultó ser una isla desierta. Decidimos pasar allí la noche y, al despertar por la mañana, comprobamos que el bote y los cuatro remeros habían desaparecido. No volvimos a saber de ellos; no supimos si los habían arrastrado las olas mientras dormían, si habían muerto o si habían desertado. Nos encontrábamos en un lugar inhóspito, rodeados de pantanos, teniendo que alimentarnos de hierbas y raíces, bebiendo en charcos estancados, y pensando que los nuestros nos creerían muertos y no nos buscarían ya. La sed nos abrasaba la garganta, tanto que nos bebíamos nuestro propio orín, que era preferible al agua del mar.

»Nicuesa propuso que construyéramos una balsa para volver a tierra firme. La isla disponía de abundante madera, pero, sin herramientas, nos quedamos sin uñas y nos sangraban los dedos en la construcción de la embarcación, que atamos con bejucos. El capitán trabajaba como el que más. Pero ninguno sabía fabricarla ni manejarla y se nos escapó, llevada por las olas. Cada día que pasaba nos aproximaba más a la muerte en aquella isla yerma y desierta, muchos sufríamos fiebre y no teníamos agua ni comida ni sombra para cobijarnos. Algunos se arrastraban porque ya no podían ni andar de pie. Cada día amanecía con algún cadáver de un compañero y no teníamos ni fuerzas para enterrarlo. Todos deseábamos la muerte para que acabaran nuestros sufrimientos.

Las caras de los habitantes de La Antigua mostraban tristeza imaginando los padecimientos de aquellas gentes.

—El gobernador barajaba mil conjeturas sobre el destino

281

del bote y sus ocupantes. Y empezó a maldecir a Lope de Olano por no haber venido a buscarnos, dondequiera que estuviese. Juraba que se vengaría de él cuando lo encontrara. A partir de ese día, fue como si a Nicuesa se le hubiera hecho mala sangre; se volvió un hombre duro y amargado. Por suerte, una mañana temprano alguien gritó: «¡Vela a la vistaaaa! ¡Se acerca un barcoooo!». Nos pusimos en pie y corrimos hasta la orilla. Aquellas palabras habían obrado el milagro de quitarnos el cansancio y la fiebre y devolvernos las energías.

—¿Quiénes eran?

—Creímos reconocer una de las dos naves de Olano, que se acercaba a la isla, y echaron un bote que llegó hasta la orilla. ¡Era nuestro bote y los cuatro remeros desaparecidos!

»Se arrodillaron ante Nicuesa y uno de ellos dijo: «Capitán, escuchad. No somos desertores. Salimos de noche a buscar alguno de los barcos para intentar poner remedio a nuestros males. Sospechábamos que debían de estar en algún puerto pero más arriba, no al sur. Pero sabíamos que si os lo decíamos no lo permitiríais, por eso nos fuimos sin permiso. Perdonadnos, señor. Pero ved que teníamos razón. Después de remar muchos días ¡hemos dado con Lope de Olano!». Nicuesa parecía ausente. Sin inmutarse preguntó: «¿Dónde encontrasteis a Olano?». Ellos contestaron que en el río Belén, donde ya estuvo con Colón. «Ese malandrín llevó el barco a Jamaica en socorro de Colón», opinó Nicuesa. «Pero luego le traicionó, se pasó al bando de Roldán. No me extrañaría que también me traicionara.»

»Eso fue lo que comentó el capitán —prosiguió el hombre que contaba la historia—. Lo cierto es que los del bote llevaban agua, dátiles y cocos que devoramos al instante. Como no nos veíamos hartos, Nicuesa nos arrebató las provisiones temiendo que nos hicieran daño. Más tarde fueron llegando más botes a la isla. Nos abrazamos a los compañeros entre lloros y risas, felices de haber superado tanto infortunio.

—¿Adónde os dirigisteis entonces? —quiso saber Balboa.

—En cuanto repusimos fuerzas pusimos rumbo al río Belén, pensando que habían terminado nuestras desgracias. Todos estábamos alegres excepto Nicuesa, que no articulaba palabra, estaba taciturno y con los ojos rojos, inyectados en ira.

Albites le interrumpió cuando vio que perdía fuerzas e invitó al otro hombre a proseguir la epopeya.

—Sigue tú, que ibas en el barco con Olano y viviste esa otra historia.

—La verdad fue que al día siguiente de la tormenta, cuando os perdisteis de nosotros, Olano eligió a treinta hombres, entre los que me encontraba yo, y con la carabela más grande fuimos a explorar la costa. Faltando Nicuesa, el cabo era él, nos dijo. Llegamos a una isla que llamó Santa Catalina de Alejandría. Construimos unas toscas cabañas cerca de la playa, pero una tempestad las inundó por las crecidas del río. Algunos de los nuestros se ahogaron cuando se encontraban buscando oro. Olano las pasó estrechas, se salvó porque era buen nadador y pudo llegar a la orilla. Se acabaron las provisiones y comenzaron el hambre y las enfermedades. Le pedimos que nos fuéramos de la costa. Allí construimos un barco con los restos de los otros, destruidos por la broma. Dijo que era para ir a La Española pero algunos opinaban que pensaba explorar por su cuenta.

—Cuando nosotros llegamos con el bote —dijo el hombre de Nicuesa— estaban construyendo el barco. Al decirle que Nicuesa vivía, a Olano le faltó tiempo para ir a buscarlo. Nosotros en el bote le guiamos hasta la isla desierta donde los habíamos dejado.

»Al desembarcar y encontrarse en presencia de Olano, vimos cómo Nicuesa se dirigía a su lugarteniente con paso firme y la mirada desafiante. Lo primero que hizo fue acusarle de traidor y malnacido. Olano negó la traición, alegó que nos había dado por desaparecidos y que nos había buscado durante tres semanas. «Mentís, bellaco», le dijo Nicuesa, y le agarró por el cuello, «queríais erigiros en cabecilla de la expedición para usurpar mi puesto de gobernador. Os separasteis a propósito. Ya traicionasteis a Colón, con Roldán. Y ahora a mí. Sois un miserable.» Olano volvió a negarlo; contó que la noche que nos perdieron buscó refugio al sotavento de una isla. Y que, al no vernos por la mañana, continuó hasta el río Chagres, el que Colón llamó de los Lagartos, y allí encontró a los demás buques de nuestra flota, carcomidos por la broma. Por eso bajaron todo el cargamento a tierra y se asentaron allí. Nos dieron por muertos, pero

283

cuando vieron a los del bote, no dudaron en venir a socorrernos.

»Pero Nicuesa no atendió a razones. Ordenó prender a Olano, acusado de deserción, de haber arruinado la empresa y de la muerte de sus hombres. Le aseguró que al día siguiente sería ejecutado. Olano juró que era inocente y nos pidió a todos que intercediéramos por él. Pero Nicuesa nos amenazó y nosotros no osamos ni abrir la boca, por temor a su ira.

»Los capitanes le pidieron que no añadiera más horrores, bastante habíamos sufrido todos. Al fin, como vio que nadie le apoyaba, conseguimos que cambiara la pena de muerte por la cárcel. Gritó que lo mandaría con grillos a España para que allí le juzgaran.

—¡Bellaco! —resopló Samudio dando un puñetazo en la mesa—. ¡Hacerle eso a mi paisano!

—Nicuesa ya no era el mismo —dijo el soldado que embarcó con él—. Alguien comentó que, a causa de tanto padecimiento, se había vuelto loco. En cuanto tomó el mando, comenzó a dar órdenes absurdas. Nos dividió en grupos y nos mandó a forrajear a los campos. Teníamos que enfrentarnos a indios belicosos que luchaban para defender su territorio, como hicieron hasta echar de sus tierras a Colón y sus hombres cuando quisieron establecerse allí. Cuando conseguíamos provisiones, teníamos que traerlas a cuestas hasta el campamento, atravesando bosques y pantanos, extenuados por el calor y el peso. Nos castigaba con latigazos si volvíamos con las manos vacías. Y no podíamos desertar, ¿adónde iríamos?

»Un grupo nos pusimos de acuerdo y le pedimos a Nicuesa irnos de allí en el barco que quedaba medio útil, antes de morir todos de hambre. Pero él respondió fuera de sí: «Yo, Diego de Nicuesa, he sido nombrado gobernador de Castilla del Oro[8] por el rey de España, y debo conquistar y colonizar estas extensas tierras, a pesar del hambre, enfermedades y acoso de indios flecheros. Debemos crear asientos, fundar ciudades, sembrar las tierras y buscar el oro que atesoran. Por eso no abandonaremos».

284

8. La Castilla del Oro es el nombre que se dio a la actual Panamá. Comprendía, además, parte de lo que hoy son Colombia y Costa Rica.

»La gente se le sublevó. Los hombres de Olano decían que era una venganza contra ellos. Era tal nuestra debilidad que muchos compañeros murieron. Nos comimos todos los perros que teníamos. Solo quedaba uno sarnoso y flaco, propiedad de un soldado. Un noble le ofreció veinte castellanos de oro y el soldado, más pobre que las ratas, prefirió el dinero. El noble despellejó al perro y tiró la cabeza, que estaba agusanada. Unos compañeros la cogieron de la tierra, hicieron un caldo y lo vendían a un castellano la escudilla. Y un hidalgo sacó de su bolsa colgada al cuello seis castellanos y compró dos sapos guisados a unos compañeros que los habían cazado, después de estar buscando comida todo el día.

—¡Santo Dios! —exclamó Enciso—. Eso sí son padecimientos.

—Me cuesta creer —dijo Balboa— que nadie vendiera su escasa comida, si, en aquella situación, los alimentos eran más valiosos que el dinero.

—Más tarde supimos —aclaró el hombre famélico— que algunos, muy habilidosos, se internaban en la selva evitando a los indios, y cazaban alguna serpiente, sapos o ranas. Y negociaban con ellos sin que se enterara Nicuesa. Pero antes de venderlos, seguro que habían llenado su buche y estaban hartos.

—El hambre llegó a taladrarnos de tal manera que, un día, varios compañeros encontraron el cadáver de un indio en estado de putrefacción y se lo comieron. Enseguida comenzaron con fuertes dolores, vómitos y fiebres, y a los pocos días murieron todos. Ante tanta desgracia, Nicuesa, desesperanzado, viendo que las cosas iban de mal en peor y que los indios nos tenían cercados, desistió de asentarse en aquellas tierras como gobernador y mandó que embarcáramos en la carabela de Olano.

»Zarpamos hacia el este, con los ánimos por los suelos, pero con la esperanza de que nuestra suerte cambiaría; no podía irnos peor. A las pocas leguas llegamos a un puerto descubierto por Colón, al que había llamado Portobelo. Era una hermosa ensenada con árboles frutales y fuentes de agua clara. Decidimos bajar a tierra por alimentos y agua. Pero los naturales nos atacaron sin descanso, así que corrimos hacia el barco y continuamos navegando hasta Puerto Bastimento, donde Nicuesa decidió que nos asentáramos.

285

»Y bautizamos a ese puerto como Nombre de Dios. Nicuesa saltó a tierra y tomó posesión de aquellas tierras en nombre de nuestros reyes. A un grupo le ordenó que comenzara a construir una fortaleza para defendernos de los indios. En la carabela había herramientas y pertrechos. A todo el que estaba útil le obligó a trabajar, aun estando sin fuerzas y muertos de hambre. A otros nos mandó a buscar comida. Nos comíamos cualquier bicho que encontrábamos y, si hallábamos maíz y alimentos en algún bohío desocupado, nos llenábamos nosotros primero; incluso nos guardábamos parte entre los calzones. Nos encontrábamos en unas circunstancias deplorables, pero era impensable desertar y quedarnos en un lugar desconocido, sin medios ni armas, teniendo del lado de la selva a los indios belicosos y, del de la costa, a Nicuesa y el mar.

—¿Cuántos hombres quedabais vivos para entonces?

—Cuando zarpamos para Darién, de los setecientos hombres que salimos de Santo Domingo solo quedábamos cien.

Albites se levantó.

286 —Entonces fue cuando llegamos nosotros con Colmenares, después de buscar en cada puerto y bahía hasta que al fin vimos el bergantín. Nos recibieron con mucha alegría. Nos sorprendió el estado de delgadez y miseria en que se encontraban. Colmenares bajó las provisiones y no se veían hartos de comer y beber. Luego le habló a Nicuesa de la rica región del Darién, con una ciudad y campos fértiles y oro, que le servía en bandeja la gobernación.

—Albites y yo —dijo Del Corral— le pedimos, en vuestro nombre, que se dignara ser nuestro gobernador.

—A partir de ahí —intervino Albites— no vimos en Nicuesa el hombre abnegado y caballeroso que dicen había sido al principio, se mostró altivo y voluble: tan pronto estallaba en carcajadas y se mostraba afable, como era el ser más colérico y vengativo. Nos preguntó por el oro. Y, al decirle que nos lo repartíamos entre nosotros, se puso como un loco: «¿Con qué autoridad pensáis que sois los amos del oro? Ese oro me pertenece; es de la Corona, no vuestro. Me apoderaré de él y de tierras y esclavos, por haberlo conseguido ilegalmente, y volveré a ser rico. Juro que en cuanto llegue os lo haré pagar caro a todos». No fuimos capaces de articular palabra.

—¡Será fullero, el condenado! —farfulló Balboa.

—Para colmo —dijo Albites—, Olano nos mandó recado desde la cárcel. Por el ventanuco de su celda nos advirtió que nos guardáramos de ese loco. «Ved lo que ha hecho conmigo que lo dejé todo y vine a socorrerlo», nos dijo. «Le salvé de morir de hambre en aquella isla desierta y así me lo paga. Y lo mismo hará con los habitantes de Darién.»

»Del Corral y yo nos miramos. Nicuesa había ordenado que toda la ciudad de Santa María saliera a recibirlo y le rindiera honores como merecía. Le dijimos que era mejor que nos adelantáramos para organizar los preparativos. Montamos en un bote y hemos corrido a comunicaros lo que nos espera.

—¿Y ese personaje va a gobernarnos? —dijo Samudio—. ¡Buena la hemos armado!

—¡Ah! —agregó Albites—. Ha dispuesto que el pueblo le reciba con arcos de triunfo. Y que después os mandará a todos al calabozo.

—De ninguna manera podemos consentir que nos gobierne un loco —dijo Balboa—. Le recibiremos como se merece.

—Se ve que este hombre está perturbado —dijo Samudio—. Nos quitará nuestro oro y nos esclavizará.

—Debemos hacer algo —propuso Enciso—, y rápido.

Balboa volvió a asumir el mando.

—No desesperéis. Para todo hay remedio. Nosotros llamamos a Nicuesa. Pues no le recibamos y en paz. Se me ocurre un plan.

El padre Andrés de Vera llevó un crucifijo de la iglesia, lo colocó sobre la mesa, en un cojín, y todas las autoridades, los dos alcaldes, el alguacil mayor, los regidores, el tesorero y el veedor, además de los nobles, capitanes y gente destacada como Enciso, fueron prestando juramento de que no admitirían a Diego de Nicuesa como gobernador.

A primeras horas de la tarde del día siguiente Nicuesa llegó al puerto. Todos los habitantes de Santa María le esperaban para lo que él creía era una cortés bienvenida y para rendirle honores como su nuevo gobernador.

287

Capítulo 30

Sin Nicuesa ni Enciso

*H*urtado mandó pregonar un bando por toda Santa María: aquella tarde los vecinos de Santa María deberían concentrarse en el muelle para recibir a Nicuesa. Les pedían que llevaran cualquier arma que tuvieran, palas, azadones y rastrillos. En las horas precedentes, la colonia parecía un hormiguero en plena actividad. La gente iba y venía y nadie quería perderse el acontecimiento.

A la hora convenida, el pueblo en masa estaba apostado en los alrededores del puerto. Cuando vieron aproximarse el barco del gobernador, los centinelas tocaron las trompetas: era la señal de aviso.

Nicuesa saludó desde el navío, seguramente orgulloso de que tanta gente fuera a recibirlo. Cuando se acercó sonriente en un bote, al intentar poner pie en tierra, toda la población de Santa María de la Antigua empezó a increparle y a blandir sus armas.

Enciso, rodeado de sus partidarios, asistía como simple espectador.

Hurtado, como alguacil mayor, fue el encargado de decirle a Nicuesa, a voz en grito, que por orden del Cabildo y los alcaldes de la ciudad, se le prohibía desembarcar y se le ordenaba que abandonara aquellas playas. Sin embargo, de los hombres que le acompañaban, el que quisiera podía quedarse en la ciudad y sería bien acogido. Nicuesa se tornó pálido. Seguramente no entendía que aquellos mismos que le habían llamado ahora le pidieran que se marchara.

—Dejadme saltar a tierra para conocer los motivos —dijo con cara de extrañeza.

No más acabó de pronunciar esas palabras, un grupo de hombres corrió hasta el bote y lo bajaron a la fuerza arrastrándolo, cogido por los brazos. Algunas voces gritaron que lo mataran allí mismo.

La muchedumbre, enardecida, comenzó a tirarle mangos, papayas y tomates, que se estrellaron sobre su vestimenta, y otros chorreaban su zumo por la cabeza.

Viendo que la cosa se ponía fea y que intentaban prenderlo, Nicuesa se zafó y echó a correr como una liebre. Aunque intentaron atraparlo, dejó atrás a todos y se internó en un bosque cercano.

Los habitantes de La Antigua se volvieron a sus casas agitados, furiosos. Ya emprenderían su búsqueda por la mañana. Al día siguiente, Balboa, contrario a la violencia sin justificación, se compadeció de aquel noble caballero y se ofreció para hacer de intermediario. Fue a buscarlo al bosque para hablar con él. Le llamó a voces y le aseguró que era Núñez de Balboa y que iba solo. Al rato volvió con los suyos llevando una nota escrita por Nicuesa. Balboa la leyó en voz alta en medio de la plaza. En ella rogaba a las autoridades que, si no le querían como gobernador, al menos le dejaran vivir allí, como un simple soldado. Todo era preferible a volver a las calamidades pasadas.

El Cabildo se reunió, consultó con el pueblo y la negativa fue determinante. Balboa se internó de nuevo en el bosque para informarle y llevarle un poco de comida. Nicuesa no se dio por vencido y escribió otra nota pidiendo que le dejaran reposar en La Antigua unos días, como el ser más humilde, porque venía quebrantado de tantos padecimientos; incluso prefería la cárcel en Santa María a volver a Nombre de Dios; eso sería condenarlo a una muerte cierta.

Pasadas unas horas, Balboa le mandó una nota con un indio para que regresara al pueblo, garantizándole su seguridad. Cuando llegó de nuevo a la plaza para conocer la sentencia, Benítez, un soldado borracho seguidor de Samudio, se dirigió al

289

gobernador con un hacha en la mano, le gritó que no necesitaban un perro tiñoso como él y se mofó de su lastimosa apariencia. Balboa, como alcalde de la ciudad, mandó que le prendieran y le dieran diez latigazos en la plaza.

Los seguidores de Samudio protestaron por aquel castigo
tan severo pero Balboa dijo que no iba a consentir que se cues-
tionaran sus órdenes. Samudio y él tenían un pacto mediante el
cual ninguno cuestionaría las órdenes del otro, y Balboa era de
la opinión de que las masas siempre debían estar controladas.

La gente gritaba que no querían a Nicuesa, ni siquiera
como vecino, y que se fuera por donde había venido, así que
Balboa, viendo que se caldeaban los ánimos y para evitar que lo
lincharan, pidió a Nicuesa que se metiera en el barco hasta que
deliberaran y adoptaran una decisión.

—No salgáis si no queréis morir.

Nicuesa pasó la noche en el barco. Al día siguiente, a media
mañana, volvió a presentarse en la plaza. La casa del Cabildo
abrió sus puertas y de ella salió la comitiva formada por el alguacil mayor, el tesorero, los regidores y los dos alcaldes, Samudio y Balboa. Avanzaron despacio entre la gente que se
agolpaba en la plaza para no perderse el desenlace. Nicuesa esperaba rodeado de varios de los suyos. Se mascaba el silencio.

—Señores —dijo Nicuesa con la mayor humildad, casi aga-
chando la cabeza—, ¿qué habéis decidido?

Por toda respuesta, Samudio y un grupo de los suyos
montaron a Nicuesa en una embarcación en malas condiciones, con aprovisionamiento para pocos días y le obligaron a
zarpar. Lo acompañaban diecisiete hombres que le eran fieles.
El resto de su expedición decidió quedarse a vivir en Santa
María. Desde la borda, alzó el puño y juró que pensaba enrumbarse hacia Santo Domingo con intención de presentar
quejas contra ellos.

Balboa no hizo nada para impedirlo. En el fondo le tranquilizaba verse libre de Nicuesa sin derramamiento de sangre. Enciso también se sintió aliviado sin la presencia del gobernador
de Veragua.

Cuando el barco se alejaba, Balboa tuvo tiempo de charlar
con Anayansi.

—Siento compasión por Nicuesa. En poco tiempo ha pasado

de tener dinero, poder y prestigio a sufrir naufragios, hambre y penalidades. Una víctima más, como Ojeda, como tantos otros aventureros. No puedo dejar de sentir pena por ellos.

Pero el gobernador de Veragua nunca llegó a ningún destino. Corrieron por la ciudad las más peregrinas versiones: que si se ahogó en el camino, que si se lo merendaron los peces, que si se lo comieron los indios cuando saltó a tierra a buscar agua y comida...

Al día siguiente, después de recorrer sus campos y vigilar las cosechas, Balboa tomó a Anayansi por la cintura y se encaminaron hacia la taberna de Marigalante; deseaba tomar unos tragos de vino. *Leoncico* merodeaba cerca de ellos, como un guardaespaldas.

Nada más entrar, Marigalante les hizo una seña con la cabeza.

—Tengo que hablar contigo —le dijo a Balboa—. Entrad y esperadme en la sala. Enseguida estoy con vosotros.

Dejó a un criado atendiendo el mostrador y se metió en la casa recogiéndose el mandil. Una cortina de algodón con bordados separaba la taberna de las dependencias privadas de Marigalante, que consistían en una sala y una alcoba. Al volver con ellos se atusó las greñas y habló en voz baja.

—Me tienes dicho que sea tus ojos y tus oídos, ¿no?

—Sí, ¿por qué?

—Sentaos los dos y escuchad lo que se maquina a tus espaldas. Esta mañana, Enciso y su grupo charlaban sobre los nuevos nombramientos, ahora que se habían librado de Nicuesa. Él daba por hecho que sería el nuevo gobernador, y así se hacía llamar.

—¡Será bellaco! —exclamó Balboa—. Eso que ni se lo sueñe.

—Pero aún hay más. Sosiégate. Ayer, antes de embarcar al gobernador, los de Samudio estuvieron aquí. Yo fui a servirles los vinos y perdía tiempo en llenar los vasos para escuchar la conversación. Discutían sobre la suerte del tal Nicuesa y le oí decir a uno que ellos le votarían para gobernador. Y Samudio, feliz y contento, les prometió repartir los principales cargos

291

entre sus seguidores. ¡Ah!, también estaba con ellos un foras-
tero, uno al que llamaron Olano. Samudio le llamaba «paisano» y le prometió hacerle teniente de las tropas.

—¡Ajajá! —murmuró Balboa—. Has hecho un gran trabajo. Ahora que conozco sus intenciones, tendré que mover
algunos hilos. Las malas hierbas hay que arrancarlas de raíz.
Tú —le dijo a Anayansi— vete para casa con *Leoncico*, que
está anocheciendo. Yo voy a hablar con Hurtado, que acaba de
entrar.

Balboa salió de las habitaciones privadas de Marigalante
hasta el patio de la taberna y puso a su amigo al corriente de
los planes de sus rivales. Juntos barajaron mil estrategias y al
fin Balboa lo vio claro.

—Se me acaba de ocurrir un plan redondo para desembara-
zarnos de estos dos. Alejado Nicuesa, sin estos quedaré como el
dirigente absoluto. Mañana hablaré con Samudio.

Anayansi, antes de irse a casa, se sentó con Balboa y Hurtado y, dando muestras de sensatez, a pesar de su juventud, le
hizo ver que, antes de actuar, se lo pensara tres veces, que no
obrara en caliente, que todo sale mejor si es meditado.

—Tienes razón, mujer. Como siempre. Habrá que buscar
una buena excusa.

Se quedó pensativo unos instantes y de pronto dio un chas-
quido con los dedos.

—¡Ya está, Hurtado! Cuando llegamos al Darién, donde
actuaba como alcalde mayor, Enciso cometió muchos atrope-
llos; te acordarás de que se le acusó de quedarse con el oro de
los rescates y los correspondientes al botín de guerra contra los
indios, y se ganó la animadversión de todos, excepto de un pequeño grupo de seguidores. Por ahí podríamos atacarle.

Pidieron otro vaso de vino y Balboa mandó llamar a uno de
los colonos extremeños amigo suyo. Le explicaron el plan y le
aleccionaron bien. Luego salieron a la puerta de la posada, se
apostaron tras una esquina y esperaron a que saliera Enciso.

El colono se hizo el encontradizo. Se chocó con él y se le
cayó una bolsa. Enciso le preguntó por el contenido. El colono
le dijo que había encontrado oro no lejos de allí, en una mina,
y que le pertenecía. Enciso se la arrebató con violencia diciendo que solo a él le correspondía y que le dijera el empla-

zamiento de la mina. En ese momento, Balboa y Hurtado salieron de su escondite, seguidos de un grupo de partidarios del capitán que estaban en la posada. Preguntaron qué ocurría y, cuando el colono relató lo ocurrido, acusaron a Enciso de proceder ilícitamente, y Hurtado, como alguacil mayor que era, mandó a un regidor que lo prendiese y lo llevaran preso al calabozo.

Días después, en presencia de todas las autoridades y del veedor real, comenzó el juicio contra Enciso. La gente del pueblo abarrotaba la sala del Cabildo. Pronto comenzó a exhalarse un corrompido olor a suciedad, pues los minúsculos ventanucos eran insuficientes para ventilar el lugar. Detrás de una tosca mesa de madera maciza, llena de papeles y con los pendones de Castilla y León al fondo, se sentaron Balboa, Samudio, Hurtado, Valdivia y el veedor. *Leoncico* se enroscó a los pies de su amo.

El gentío formaba gran algarabía y Balboa mandó al regidor Valdivia que tocara la corneta. La sala enmudeció y Balboa habló con tono solemne.

—Martín Fernández de Enciso, se os acusa de erigiros en gobernante de esta tierra y obrar contra la ley.

—Soy el alcalde mayor, nombrado por el gobernador Ojeda, y su lugarteniente —respondió Enciso altivo, dando grandes voces.

—Mostradnos las credenciales que así lo prueban.

Balboa sabía que la documentación se le había estropeado al echarse al agua cuando naufragaron en Punta Caribana.

—No tengo esa documentación —respondió Enciso nervioso, balanceando su cuerpo de un lado a otro—. Se mojó y quedó deshecha viniendo de San Sebastián.

—Luego no podéis demostrar vuestro cargo con documentos. Por otra parte, no tenéis derecho a decir que sois alcalde mayor porque esta tierra no pertenece a la gobernación de Ojeda.

Enciso, como brillante hombre de leyes, trató de convencer al personal con un abultado discurso, recordando que él había organizado la expedición para ir en socorro de Ojeda, que él había sido el capitán de la misma y le correspondía ser la máxima autoridad. Pero la elocuencia de Balboa rebatió sus argumentos uno a uno. Y le dijo que, en ocasiones de peligro, había delegado en él, porque no sabía mandar y que, de no ser por él, no habrían llegado hasta allí.

El pueblo gritaba: «¡Balboa, Balboa!». A sus treinta y cinco años había demostrado tener sobradas dotes para gobernar el Darién. Preferían que los gobernara un militar como Balboa antes que un abogado avaricioso como Enciso.

Balboa consultó por lo bajo con Samudio, que asintió, y luego se levantó.

—Martín Fernández de Enciso, este tribunal os acusa de abuso de autoridad, de robo de oro a un colono, de ser incapaz de dirigir a vuestros hombres cuando erais lugarteniente de Ojeda, de quedaros con el oro de los rescates y de querer apropiaros del gobierno de La Antigua.

—¡Todo eso es mentira! —gritó Enciso fuera de sí—. Lo pagaréis caro.

294 Y volviéndose al público hizo un guiño, y unos ocho o diez hombres, amigos y partidarios suyos, se levantaron, echaron mano a la espada y armaron un gran alboroto.

Balboa no se arredró. Miró a Enciso y a Hurtado, desenvainaron sus espadas y se colocaron delante de la mesa. *Leoncico* se puso también en guardia gruñendo y enseñando los dientes, dispuesto a atacar a la menor señal de su amo. En La Antigua todo el mundo temía a la espada de Balboa, decían que nunca nadie le había vencido. Además, *Leoncico* provocaba el pánico en cualquiera. Los partidarios de Enciso envainaron las espadas y guardaron silencio. Balboa y los suyos hicieron lo mismo y los ánimos se calmaron.

Balboa hizo como que no había escuchado las últimas palabras de Enciso.

—En consideración a los ruegos de algunos de vuestros partidarios, se os sacará de prisión, a condición de que abandonéis Santa María y os embarquéis rumbo a España para que os juzguen. Se os confiscarán vuestros bienes y abandonaréis esta ciudad en cuanto esté lista la carabela que partirá para Santo Domingo; de allí seguiréis viaje a España.

A Enciso comenzó a mudársele la cara a verde, empezó a

temblar y estalló en un ataque de ira, golpeó con los puños a los guardias que le escoltaban y, gritando imprecaciones contra Balboa, como un poseso, se acercó a la mesa y se agarró a su cuello por detrás. En ese instante, *Leoncico* se abalanzó sobre él y le tumbó.

—¡No, *Leoncico*! —gritó Balboa desconcertado por la sorpresa—. ¡Quieto!

La rápida intervención de Balboa evitó que el perro le destrozara. Pero dio orden de reducirlo por la fuerza. Se necesitaron diez hombres para maniatarlo y devolverlo al calabozo. Allí permanecería hasta que partiera la carabela. Sus hombres, viendo que estaban en minoría, abandonaron la sala con miradas de odio contra Balboa, pero sin articular palabra.

Cuando se disolvió la reunión y la sala quedó casi vacía, Colmenares y Hurtado le advirtieron a Balboa de que cuando Enciso llegara a España ofrecería una versión muy diferente y le difamaría ante las autoridades. Balboa sabía que Enciso contaba con amigos poderosos en la corte. El rey creería sus calumnias y podría tomar represalias. Pero por ahora lo quería lejos de allí.

295

El juicio contra Enciso se había prolongado por espacio de cuatro horas. Era más del mediodía y Balboa no había probado bocado.

Anayansi lo esperaba con la mesa puesta y, en cuanto lo vio entrar, mandó a una sirvienta que calentara el guiso en la lumbre. Lo vio taciturno, quizá pensando si había tomado la decisión más acertada. Ella sabía que, en esos casos, era mejor no molestarlo hasta que él se decidiera a hablar. Sabía tranquilizarlo con palabras dulces y sacar lo bueno que había en él ensalzando sus acciones justas y valientes.

Balboa comía en silencio, dando vueltas a sus preocupaciones. Con Nicuesa y Enciso lejos, se sentía aliviado. En más de una ocasión le había dado por pensar que cualquiera de ellos podría ser el que atentara contra su vida. Ya solo quedaba Samudio en la lucha por el poder. Pero le consideraba buena persona, y así se lo demostró cuando llegó la oportunidad.

Como siempre, buscó la opinión de Anayansi. Cuando

acabó de comerse la carne de venado que le había servido, regada con buen vino español, le preguntó qué debería hacer.

—¿Y si mandaras a Samudio a España?

—¿A Samudio? —preguntó extrañado.

—Sí. Mi padre siempre dice que uno debe alejarse de todo aquel que pueda hacernos sombra. Por otra parte, Enciso os calumniará en la corte y necesitaréis a alguien que interceda por vos. Ese alguien bien pudiera ser Samudio...

—Lo había pensado. Pero a este hay que saber entrarle.

Al día siguiente tuvo ocasión de poner en práctica los consejos de Anayansi. En la taberna, entre trago y trago, después de despachar sobre los asuntos diarios de la colonia, le comentó a Samudio lo provechoso de haber gobernado juntos, de lo bien que se llevaban y de cómo le tenía en gran estima y consideración. Le dijo que había pensado embarcar para España a defender su causa ante el rey y el Consejo de Indias, pero los paisanos le habían rogado que se quedara, por temor a que las tribus indias se sublevaran estando él lejos, y no le parecía correcto abandonar La Antigua ahora que había solicitado a Diego Colón que le nombrara gobernador provisional del Darién y había tanto por hacer.

—Y como vos sois como mi hermano del alma —le dijo para dorarle la oreja—, ¿por qué mejor no vais vos, investido de todos los poderes, y defendéis mi posición? Vos, mejor que nadie, sabéis cómo he sometido a más de treinta tribus indígenas, sin derramamiento de sangre; les habláis de los motivos por los que no admitimos a Nicuesa ni a Enciso, y de mis grandes proyectos de ir en busca de otro mar hasta ahora desconocido. Y os prometo que cuando tenga la confirmación de la gobernación por el rey y esté libre de todos los cargos, os nombraré teniente de gobernación y alcalde mayor de la ciudad.

Samudio apreciaba a Balboa; sabía que era muy superior a él en el manejo de las armas, linaje, cultura y don de gentes. Además, don Diego Colón era amigo de Balboa, mientras él solo era un valiente guerrero que no sabía leer ni escribir. La oferta de Balboa le pareció un buen premio. Y aceptó. Para él ya era atractivo volver a España como un descubridor, poder entrevistarse con el rey y defender la causa de su amigo, Núñez de Balboa.

El trabajo en el puerto para poner su mejor barco a punto fue frenético. Pocos días después, la carabela estaba revisada, limpia, calafateada y llena de víveres para la travesía. Balboa se encontraba en el puerto con Hurtado, para despedirlos. Samudio iba para España como procurador de Balboa, con cartas para el rey. Era muy importante que en el Consejo de Indias y en la corte supieran la verdad de su puño y letra, a ser posible antes de que Enciso vertiera sus calumnias, ya que, en el mismo barco viajaría detenido Enciso, con grillos en pies y manos y custodiado constantemente. No se anduvo con rodeos y antes de zarpar, el preso aún se dirigió a Balboa con los ojos desorbitados.

—¡Juro que me vengaré de vos! En la corte sabrán de vuestros desmanes y abuso de autoridad, y no cejaré hasta que os vea en la horca.

—Veremos a ver quién puede más —respondió Balboa sin estar muy convencido de ser el ganador.

Además de Samudio, el regidor Valdivia también iría con ellos hasta Santo Domingo —parada obligada antes de partir los buques hacia España— para solicitar a don Diego Colón barcos con armas, perros, víveres y mil hombres que Balboa necesitaba para llevar a cabo la expedición que proyectaba para descubrir un nuevo mar, y la posibilidad de encontrar una nueva ruta comercial al país de las especias, amén de grandes riquezas que, sin duda, encontrarían.

Confiaba plenamente en Samudio y en Valdivia, que llevaba también mil quinientos pesos de oro del quinto real y otra cantidad similar que Balboa regalaba al tesorero real de La Española, Pasamonte, hombre muy poderoso y amigo del rey, para que intercediera en su favor.

Samudio partió pronto con los documentos para el rey, Valdivia con un cargamento de oro, y Enciso con un equipaje de odio contra Balboa y el juramento de vengarse de él.

297

Capítulo 31

Balboa, dueño del Darién

Con Nicuesa, Enciso y Samudio lejos, Balboa se vio libre de cuantos osaban disputarle el poder, y dueño absoluto del Darién. Y el temor de ser asesinado por alguno de ellos también se evaporó. Se propuso gobernar con magnanimidad, aunque con la dureza necesaria para mantener la paz y evitar que nadie se tomara la justicia por su mano. Dictó de inmediato una serie de disposiciones para el buen funcionamiento de la colonia. Se preocupó de que La Antigua fuera una ciudad segura; prohibió la violación, el robo y las pendencias con armas —a las que tan habituados eran los partidarios de Enciso que allí quedaban—. Y se admitía el rescate con los indios de manera pacífica, que podrían tener como criados, no como esclavos, aunque sí se permitían esclavos negros.

Meses después, Hurtado golpeó la puerta de Balboa una mañana bien temprano. En cuanto le abrió el criado indio, entró directamente en el dormitorio.

—¿Cómo te atreves a entrar aquí sin mi permiso?

—No hay tiempo para permisos. Vestíos. —Y le tiró la camisa y los calzones a la cama ante el asombro de Anayansi, que, completamente desnuda, se tapó con una pieza de algodón—. El barco con Valdivia acaba de llegar a la costa.

El rostro de Balboa se iluminó. La arribada de un barco siempre era una buena nueva porque significaba mantenimientos, enseres y noticias de la civilización. Mientras se vestía, Anayansi ordenó que tuvieran listo un caballo para el amo; luego fue a la cocina y le llevó un poco de carne asada, huevos cocidos, media cebolla cruda y aguardiente. Balboa comió de pie, dio unos sorbos, le hizo un guiño y salieron los dos hombres a galope.

Atravesaron la ciudad y la legua y media que los separaba del puerto. Llegaron a tiempo de ver la carabela anclada en el muelle y unos botes que iban llegando a tierra. Valdivia traía con él unas decenas de voluntarios que deseaban servir a Balboa, perros, algunas armas y mantenimientos. Los voluntarios bajaron a tierra y se pusieron a disposición del alcalde, eran jóvenes y fuertes; unos indios sacaron de los botes las mercancías, y Valdivia le dio un efusivo abrazo a su amigo.

—Misión cumplida, señor gobernador.

—¿Qué decís? ¿Os burláis?

—Nada más lejos. Aquí traigo —dijo mientras sacaba unos papeles de debajo de su casaca— vuestro nombramiento como capitán general de la colonia y gobernador provisional del Darién y Veragua, en espera de que el rey lo ratifique.

Balboa, henchido de dicha, se abrazó a Valdivia. Hurtado, feliz, se unió al parabién. El ya gobernador pensó en su amigo Diego Colón y las lágrimas pugnaban por aparecer en su rostro. Pero se contuvo. Le conoció en Palos, cuando le rescató a su padre la bolsa que le habían robado, y ahora le devolvía el favor. Ya sabía Balboa que Diego había sustituido a Ovando como virrey y gobernador general de las Indias, pero no llegaron a verse en La Española por su precipitada huida en barco, dentro de un barril.

Los éxitos de Balboa con los caciques y la preparación de otros descubrimientos habían logrado que el rey le otorgara el título de capitán del Darién, y el gobierno provisional de la región de Veragua. Y su amigo Colón había colaborado escribiendo a su favor.

Vasco Núñez de Balboa tomó posesión de su cargo como gobernador provisional en un acto solemne en el Cabildo, con Anayansi a su lado. Con su majestuosa voz, hizo un resumen de su vida desde la llegada a Tierra Firme, con Bastidas, en 1501, y resumió sus peripecias en La Española, además de la fundación de Santa María de la Antigua del Darién y los logros

299

conseguidos con los caciques. Ya investido con plenos poderes, nombró a Hurtado alcalde mayor de la ciudad, a Olano alguacil mayor, y regidores a Albites y Del Corral. Aunque este último le parecía un tanto esquivo, alguien que nunca miraba de frente, de quien no podía saberse lo que estaba pensando. Hurtado también le decía que no era trigo limpio, a pesar de que Balboa se había portado siempre bien con él.

Al terminar la ceremonia, invitó a todo el pueblo a una fiesta en la plaza, amenizada con chicha y vino, juegos y bailes. Ese día, todo era felicidad en la colonia. Balboa se sentía pletórico de haber alcanzado parte de su sueño: el reconocimiento de sus méritos por la Corona. Pero no olvidaba que era algo provisional, y que cuando llegara Enciso a la corte arremetería contra él y lo acusaría de mil crímenes.

En la noche, Balboa despertó sobresaltado, presa de una pesadilla tenebrosa. Al incorporarse en la cama también despertó a Anayansi, que dormía plácidamente a su lado. El corazón parecía un tambor retumbando en su pecho y el sudor se le escurría por la cara. Anayansi se lo enjugó con un paño; le cobijó entre sus brazos con dulzura, como si fuera un niño chico. Le besó en la frente y, mientras le atusaba los cabellos rubios que tanto amaba, le preguntó por la causa de ese brusco despertar.

—Ha sido horrible, Anayansi.

—Cuenta, ¿qué has vivido en sueños?

—Mi propia muerte. Todos os habíais vuelto contra mí.

—¿Yo también? —susurró.

—También. Unos personajes extraños, que no he visto en mi vida, con grandes tocados en la cabeza y zapatos puntiagudos, me juzgaron y condenaron a muerte. Me acusaban de los crímenes más viles y yo había perdido la voz para defenderme. Intentaba hablar para decir que todo era mentira, pero el sonido no salía de mi garganta. Hurtado me condujo a la horca y no me reconocía como amigo. Tú me despreciaste y te fuiste mientras me decías que me odiabas. Y todo el pueblo coreaba mi muerte. El verdugo, que era Hurtado, me puso la soga al cuello. De nuevo quise gritar que era inocente, pero seguía mudo. Entonces desperté.

—Sí que ha sido un mal sueño, amor. Pero no fue más que eso, una pesadilla horrible, porque sabes que ni tú has hecho nada malo, ni Hurtado ni yo, ni tu pueblo te traicionaremos nunca.

—Tengo miedo de cerrar los ojos, de dormir y pensar.

Anayansi, solícita, se levantó en medio de la noche y le hizo una cocción de hierbas. Volvió al rato y le alargó el cuenco.

—Tómatelo todo y verás cómo el dios del sueño desciende sobre ti.

Al instante los ojos le pesaban como plomo y, cuando despertó, una raja de sol se colaba por la ventana entreabierta de la alcoba.

Desde entonces, con frecuencia Balboa era presa de extraños desasosiegos. Ahora que había conseguido triunfar, la idea de la muerte se apoderaba de él. En las noches se repetía la alucinación, variando el lugar, las personas y el peligro que le cercaba como una trampa y le llevaba a morir, a veces descuartizado, apuñalado, colgado boca abajo o mordido por hormigas carnívoras. Hablaba en sueños y despertaba bruscamente, con los ojos desencajados.

Anayansi le calmaba con palabras dulces y platicaban un rato hasta que se sosegaba; solo cuando llegaba la madrugaba conseguía dormirse, con la bebida que le preparaba Anayansi. De día pensaba que cualquier superior podía ser el que acabaría con él, según la predicción de Cristóbal Colón. Tenía que andar con pies de plomo: los seguidores de Enciso trataban de conspirar contra él en La Antigua, y el rey estaba molesto por las vejaciones a Nicuesa y Enciso. Sin embargo, en Santa María era querido y respetado por la mayoría. Allí tenía su familia, a Anayansi, amigos incondicionales como Marigalante, Hurtado, Valdivia, Pizarro, Muñoz y tantos otros, y mantenía buenas relaciones con numerosas tribus indias. «Ahora tengo la oportunidad de gobernar sobre el Darién y acometer empresas gloriosas», se decía para apartar tan negros pensamientos.

Balboa era conocedor de lo que podían significar para él las denuncias que Enciso habría de presentar ante el rey y el Consejo de Indias. Y sabía que lo único que podría redimirlo sería conseguir un éxito espectacular que hiciera olvidar esos episodios y lo encumbraran como a un héroe.

301

Y

El tiempo comenzó a cambiar. Ese mismo año de 1511 una tormenta tropical cayó sobre Santa María, inundó calles y casas y arrasó las cosechas. Parecía que se repetía la historia. Como Santo Domingo, años atrás, también gran parte de Santa María debía ser reconstruida. Ahora, como entonces, sus habitantes tuvieron que apartar el lodo, rehabilitar las viviendas que quedaron útiles y reconstruir las afectadas.

Cuando el tiempo asentó, comenzaron de nuevo con la siembra de maíz, yuca, legumbres, fríjoles, plátano, batata, cebolla y achote, ají, plantas medicinales, y probaron con trigo y cebada, traídos de Castilla. Las cosechas los salvarían de la hambruna. Santa María iba creciendo y lo que aportaban los indios como tributo no era suficiente, pues también ellos habían sufrido las inundaciones. Balboa pidió a Valdivia que embarcara de nuevo en busca de ayuda a La Española.

302

Los pocos matrimonios agricultores que llegaron con ellos se dedicaron a la tierra y el ganado, otros hombres a extraer oro, algunos a comerciar con los indios. Los carpinteros, herreros y albañiles se prepararon sus almacenes y no les faltaba trabajo.

El hambre y las necesidades trajeron aparejadas la envidia y el descontento. Los no partidarios de Balboa, principalmente los amigos de Samudio, Enciso y Nicuesa, sentían envidia del encumbramiento de Hurtado por ser su amigo. Todos ellos, junto con Colmenares, empezaron a conspirar y poner en entredicho su mandato. Pero Balboa sabía tratarlos con una mezcla de disciplina y diplomacia para mantener el orden en la ciudad.

Meses después, Balboa se sentía satisfecho. La Antigua se iba convirtiendo en una ciudad próspera: los colonizadores poseían casas, esclavos, campos para cultivar, ganado; recogían buenas cosechas, estaban gobernados por un gobernador justo y generoso y los indios vecinos no les daban quebraderos de cabeza. Las arcas de la ciudad guardaban varios miles de pesos. En La Antigua fueron creciendo el número de calles y levantaron una gran iglesia y un hospital. Los españoles aprendieron a utilizar la fibra de algunos árboles para tejer sogas, a manipular y usar sus cortezas como papel para escribir y fabricar naipes. Santa María de la Antigua contaba con seiscientos habitantes, pues a los primeros fundadores había que sumar los hombres de Nicuesa, los de Ojeda, más los que desembarcaban de diferentes lugares atraídos por los negocios florecientes. Darién era un referente en Santo Domingo y la base de asentamientos en Tierra Firme.

En esos años Balboa había conseguido que los españoles pudieran moverse por un amplio territorio donde los indios eran amistosos. Y, a falta de mujeres blancas, proliferaba el amancebamiento con indias. Los frailes se quejaban de que vivían en pecado y predicaban que se casaran con ellas, a pesar de que antes estuvieran prohibidos los desposorios con nativas. Algunos lo hicieron. De todos modos, si no se casaban, reconocían a sus hijos y se preocupaban de su educación y su porvenir.

Los grandes caciques indios como don Fernando-Careta, Ponca y don Carlos-Comagre, respetaban a Balboa y le rendían vasallaje. Y pronto acometería la más ambiciosa empresa de descubrimiento.

303

Creía contar con el apoyo incondicional de Hurtado, Valdivia, Colmenares, Albites, y de Olano y Pizarro, soldados fuertes y decididos. Poseía poder y riquezas. Y su pasión por Anayansi crecía cada día. Tenía su amor, y él también estaba loco por ella.

Sin embargo, aún no había conseguido aquello que anhelaba, algo que ningún hombre hubiera logrado. Y pensaba que ese día tenía que llegar. «La gloria —se dijo— pertenecerá siempre a los que tienen visiones, a los que persiguen un sueño y dedican su vida a que ese sueño se cumpla.»

En sus noches de insomnio Balboa pensaba que, a estas alturas, ya no sabía si era conquistador o conquistado, dominador o dominado, nativo o extranjero. Desde hacía once años vivía en otro mundo tan lejano al suyo, y tan extraño, primitivo y diferente. Y sin embargo, se sentía a gusto y a menudo se posicionaba del lado de los nativos, quizá por influencia de Anayansi, aunque entonces él no supiera que eso iba a costarle caro. Él ya pertenecía a este Mundo Nuevo y esta era su tierra. De hecho, nunca sintió el impulso de volver a España.

«¿Por qué queremos dominarlos? ¿Por qué hemos de creernos superiores a ellos? ¿Por qué menospreciamos su cultura y sus costumbres?», se preguntaba Balboa, aunque no encontraba respuestas.

La orfandad de madre le indujo a la rebeldía. En su infancia, la falta de afecto le había empujado a herir a los demás. No le bastaba haber obtenido una educación y un modo de vida acomodado en Moguer, al servicio de don Pedro Portocarrero. A él le debía todo lo que era. Recordó que el encuentro con Colón le produjo hambre de aventuras, de ampliar horizontes, de conocer nuevos mundos. Había descubierto otra manera muy diferente de vivir: diferentes lenguas, diferentes creencias, diferentes formas de organización. Y este mundo le había atrapado. Él entendía a los suyos, los españoles eran portadores de las creencias de los hombres de ese siglo XVI. No se habían despegado de las concepciones de la Edad Media, aún en esos tiempos consideraban que podían conquistar reinos, someter pueblos por el poder de las armas, imponer su criterio. Hasta el Papa lo avalaba con sus bulas. Pero a Balboa le asaltaba la duda de si estaría haciendo lo correcto. Y se preguntaba quién era él para tratar de cambiar el orden existente y mudar las leyes. ¿No era él amo de esclavos, de indios que servían casi por nada? ¿No se sentía orgulloso de lo que había conseguido, a cambio de centenares y centenares de nativos muertos porque se sublevaron para defender lo suyo? Se preguntaba dónde estaba la verdad. Con estas disquisiciones que a veces le atormentaban, se sumió en un profundo sueño arrullado por los mil sonidos de la espesura. Cuando abrió los ojos, el sol estaba ya alto. Salió de la cama y Fulvia, la doncella india, le sirvió el desayuno.

304

Capítulo 32

Dabaibe

*B*alboa se encaminaba todos los días hasta el puerto esperando ver aparecer la nave con Valdivia de regreso. Tenía puestas sus ilusiones en la respuesta del gobernador de La Española y en el rey; confiaba en que comprenderían su empresa y le prestarían ayuda para emprender la ambiciosa expedición del descubrimiento de un nuevo mar. El regalo del oro que lo acompañaba sería también un aspecto positivo a su favor. «Además —pensaba mientras daba vueltas nervioso en la orilla—, Valdivia es una persona eficaz y sabrá jugar bien mis cartas.»

Sin embargo, después de horas de espera, cada día volvía a casa desesperado; su amigo se demoraba en exceso. Y el hambre arañaba las entrañas de los habitantes de La Antigua, que habían aumentado considerablemente. Para buscar alimentos y que los guerreros no estuvieran ociosos y continuamente metidos en pendencias, decidió organizar una expedición al interior de aquel país desconocido, deseoso de obtener algún éxito que lo congraciara con la Corona. Deseaba llegar hasta el gran río del que hablaban los nativos y explorar las tierras al sur del Darién y, de paso, conocer Dabaibe, aunque no daba mucho crédito a la leyenda. Esta provincia distaba unas cuarenta leguas de La Antigua y, según contaban los nativos, encerraba muchos tesoros y templos llenos de oro y gemas.

También Anayansi, en uno de sus habituales paseos por la playa, le había hablado de la leyenda de Dabaibe.

—En todas las tribus indias se cuenta que hace miles de lunas hubo una mujer muy poderosa llamada Dabaibe, madre del dios Sol y de la diosa Luna, que reinaba en las montañas y castigaba con el rayo a los que la ofendían, o premiaba con la fertilidad a los que la honraban. A su muerte, le construyeron un magnífico templo y las gentes y los caciques de todos los lugares iban en peregrinación a ofrecerle regalos y ofrendas para obtener sus favores. Precisamente por esas ofrendas el templo rebosaba de oro y gemas en techos, paredes y suelos.

—He oído decir que toda la provincia es rica en minas de oro.

—Aunque así sea, es muy difícil llegar hasta allí.

—No temo el riesgo —dijo desdeñoso Balboa—. En cuanto acabe de organizarlo todo, saldremos para Dabaibe.

—Quiero ir contigo —dijo Anayansi, y se colocó frente a él con los brazos atrás.

—De ninguna manera, ¿no dices que el camino es difícil? Prefiero que me esperes en casa, será cosa de pocos días.

Anayansi no insistió. Conocía el carácter obstinado de Balboa y sabía cuándo debía armarse de paciencia.

En el mes de marzo Balboa preparó la expedición cuidando todos los detalles y zarpó con ciento setenta hombres en un bergantín y en varias canoas, en dirección al este.

El día de la partida, Anayansi acudió a despedirlo. Cuando el bergantín solo era un punto en medio del mar, Balboa miró a la orilla y vio a Anayansi, que seguía al barco corriendo por la arena, como si quisiera alcanzarlo. Ella siguió andando, envuelta en sus pensamientos, hasta que se dio cuenta de que la nave había desaparecido finalmente en el horizonte. Se dirigió a su casa, triste, vacía por la falta de su amado, y se encerró en la recámara, como hacía cada vez que Balboa se ausentaba. Allí le asaltaban los recuerdos de su familia en Cueva, donde había vivido su infancia: recordaba los juegos con sus hermanas y hermanos, y comparaba los momentos vividos en su tribu con su nueva vida en La Antigua. A menudo sentía nostalgia por el mundo que había dejado atrás, de costumbres tan diferentes, pero aquí también era feliz, vivía con muchas más comodidades en una casa más grande.

Abrió la pequeña ventana de par en par y aspiró el olor a tierra mojada. Había empezado a llover y se oían truenos a lo lejos. Pensó en Balboa, expuesto a la lluvia, sin cobijo, y a mil peligros, tan lejos de ella. Unos loros volaron raudos a guarecerse en sus nidos. Anayansi hubiera deseado en ese momento ser un pájaro para volar junto a su amor. Se dirigió a la hornacina donde tenía una pequeña figura de madera de uno de sus ídolos, le ofreció maíz y yuca y le rezó una oración para que le devolviera con vida a Balboa. Luego se recostó en el lecho y se durmió.

Mientras tanto, Balboa recorría el golfo de Urabá más allá de lo que nunca había hecho hasta entonces. A primera vista presentaba bellas playas pero, al internarse en la jungla, el camino resultó muy dificultoso. Aparecieron zonas pantanosas, intransitables. Los indios que encabezaban la expedición fueron los primeros en cruzar y se hundieron hasta las ingles.

Balboa había comenzado a sentir un fuerte dolor de cabeza, pero se sobrepuso y les advirtió a los suyos:

—Esperad. Antes de cruzar, deberíais desnudaros. Hacedme caso.

Esta orden los desconcertó. Un grupo, que confiaba ciegamente en él, y el propio Balboa se quitaron las ropas y se quedaron en cueros, pero sin descalzarse. A continuación les dijo que se cubrieran con las armaduras y llevaran sus ropas sobre una tabla a la cabeza. De esta guisa y con tan pesada indumentaria, los soldados fueron metiéndose en aquel lodazal blando y fétido, andando a paso lento, para no tropezar y caer; los indios amigos iban descalzos y casi desnudos. Algunos soldados, incluido Olano, no quisieron desnudarse.

—Debe de ser una broma, mirad; mirad esos tontos con sus vergüenzas al aire, ¡ja, ja, ja!

—Allá vosotros —dijo Balboa, casi sin ver por el dolor que soportaba, con náuseas, y sin ganas de hablar—. Yo os he avisado.

Olano y su grupo atravesaron el pantano descalzos y sin armadura, castigados por el insoportable calor y por la humedad.

Aquellos lugares que atravesaban, según decían los indios, emanaban unos humores que provocaban fiebres altas. Estaban en lo cierto: varios hombres comenzaron a tener escalofríos y a sufrir convulsiones. Balboa, aun con el ataque de jaqueca, les dio ánimos diciéndoles que ya casi lo habían conseguido, que debían continuar y salir cuanto antes de aquellas ciénagas.

Nada más salir, Hurtado cayó sin sentido del caballo que portaba los víveres y dio contra una piedra. Balboa, que caminaba a su lado, lo levantó rápidamente del suelo. El jubón y sus manos se mancharon con la sangre que manaba en abundancia de la cabeza de Hurtado. Sin pensárselo, Balboa rasgó su camisa y con un trozo de tela trató de sujetarle la sangría. Mandó descansar un tiempo mientras el cirujano de la expedición trataba de coserle la herida a Hurtado y de curar como podía a los que eran presa de las fiebres y los espasmos. Algunos gritaban como poseídos y sus voces retumbaban entre la espesura.

—Hemos molestado a los espíritus que habitan en los pantanos, por eso se vengan de nosotros —dijo un indio con voz recelosa.

—Pues si veo al que me ha tumbado del caballo lo ensarto con mi espada —dijo Hurtado, mientras aguantaba el cosido del médico.

El cirujano, que no daba abasto para atender a tanto enfermo, le limpió la herida con agua mezclada con hierbas, a modo de desinfectante, y procedió a cosérsela.

Cuando todos habían salido de las ciénagas, Balboa se fijó en los que habían cruzado sin la armadura. Llevaban unas repugnantes sanguijuelas pegadas a sus carnes, por todo el cuerpo. Algunos empezaron a gritar, asustados de hallarse invadidos por unos bichos viscosos y rojos adheridos a su cuerpo; otros intentaron arrancárselas y tiraron de ellas asqueados, pero la cabeza, henchida de sangre, se les incrustó en las carnes. El cirujano les propuso un remedio.

—Tomad, untad las cabezas con aceite, veréis cómo se desprenden solas.

308

Los indios buscaron un trozo de piedra y se las rasparon hasta que consiguieron librarse de ellas. Algunos españoles los imitaron y, al cabo de un buen rato, tenían la piel limpia de sanguijuelas pero completamente enrojecida. Y encima tuvieron que aguantar la burla de los que, entre risotadas, les recriminaron no haber hecho caso a Balboa.

—No diréis que no os avisé —dijo este—. Lo sabía de la otra vez que pasamos por aquí. Eso os servirá para que siempre acatéis mis órdenes sin rechistar.

Cerró los ojos y se tumbó. El dolor era insoportable. Entonces el cirujano se acercó a la orilla, cogió unas cuantas sanguijuelas en un bote y le colocó a Balboa dos a cada lado, tras las orejas, cerca del cuello. Sus hombres asistían asombrados a esa práctica. Transcurrido un rato en el que Balboa descansaba sin decir nada, sus hombres vieron cómo el médico procedía a untar las sanguijuelas con aceite. Estaban gordas como cebones, hinchadas de sangre.

—Esto es un milagro —dijo Balboa incorporándose—. El dolor de cabeza ha remitido.

—Estas sanguijuelas os han hecho una sangría y os han sacado la sangre mala.

—Sea como fuere, yo me encuentro mucho mejor, así que, en marcha.

309

El clima no los acompañó: los primeros días llovió hasta que pensaron que el agua los pudriría en vida, y cuando el cielo por fin se despejó, el sol los castigó con verdaderos latigazos de fuego.

Si los días asfixiantes resultaban un verdadero suplicio, no lo eran menos las noches, en las que sufrían el tormento de las picaduras de mosquitos.

—Esta humedad va a oxidarnos los petos y hasta las espadas —dijo Balboa en son de burla—. Pero ya queda menos para llegar.

—Sabemos que queréis animarnos —respondió Hurtado— pero no os preocupéis: ni calor, humedad, tormentas, bichos, pantanos, hambre ni fiebres, nada nos hará desistir de la búsqueda del tesoro de Dabaibe.

El viaje pondría a prueba su resistencia. Por el día debían atravesar selvas a golpe de machete, aguantar el acoso de tábanos que les dejaba la piel plagada de habones; serpientes venenosas caían a veces de los árboles y algunos soldados corrían despavoridos. Las fieras aullaban a su alrededor, pero *Leoncico* las espantaba y perseguía hasta que se esfumaban en la espesura.

Finalmente, Balboa instaló su campamento en una isleta y allí planearon descansar varios días. En cuanto oscureció se tumbaron al raso, arropados con mantas para protegerse de las picaduras de los mosquitos. Aún no habían tenido tiempo de conciliar el sueño cuando escucharon unos chillidos estridentes. Balboa se destapó la cabeza y escuchó atento. La noche estaba oscura y no se distinguía nada entre las sombras. Un grito se escapó de la garganta de Garabito:

—¡Socorro! Alguien o algo me ha mordido —gritó despavorido y se levantó.

Inmediatamente unos echaron mano a las espadas y otros encendieron teas. El cuello de Garabito tenía dos dentelladas pequeñas enrojecidas por la sangre. Escucharon un batir de alas, levantaron la vista y vieron multitud de murciélagos enormes revolotear en el aire. Los espantaron con el fuego de las antorchas.

—Tengo entendido que los murciélagos pegan la rabia —advirtió Hurtado—. Tuve un perro que salió rabioso y…

—No me asustes, Hurtado —dijo Garabito despavorido—. ¿Y si ese bicho me contagia la rabia?

—Recemos para que eso no ocurra —dijo el cirujano, que le colocó un emplasto sobre la mordedura.

La marcha del día siguiente fue igual de fatigosa, pero Olano partió en dos la gran serpiente que le cayó de un árbol y esa tarde la asaron para comérsela durante la cena.

Por la noche, en cuanto se tumbaron a dormir sobre un montículo, volvieron a escuchar el alarido angustioso de Garabito. Otra vez había recibido el mordisco de un enorme murciélago. Y de nuevo se lo desinfectó el cirujano y le colocó otra cataplasma.

A la noche siguiente, mosqueados porque siempre le tocara a Garabito, Balboa tuvo una idea.

—Vamos a probar a cambiarlo de sitio. Métete entre un grupo de soldados, los que están colocados en el otro extremo. Así, si muerden a alguno, no te tocará a ti.

Los hombres procuraron mantenerse despiertos. Cuando el campamento quedó en silencio y se escuchaban resoplos y ronquidos, de nuevo volvió el animal a chupar la sangre de Garabito, que se despertó gritando. Los hombres se desembarazaron de las mantas y se pusieron en pie.

—Esos bichos te han elegido a ti —dijo Hurtado entre risotadas.

Garabito empezó a santiguarse y a pedir confesión. Y las risas de Hurtado cada vez eran más contagiosas.

Balboa puso un poco de orden y los mandó callar.

—La verdad —dijo el cirujano—, no me explico qué está sucediendo. Tiene fijación con él.

Alguno decía que serían los espíritus de los que hablaban los indios, que venían a vengarse por haber invadido sus dominios, y temían echarse de nuevo a dormir.

—Nada de espíritus —trató de tranquilizarlos Balboa—. Pienso que, por alguna razón, el murciélago ha elegido a Garabito y averigua su presencia allá donde estuviere.

Garabito se encontraba cada día más pálido y débil. Tomaba un preparado que le servía un indio medio curandero y, al cabo de dos semanas, se encontraba restablecido. Un día se atrevió a preguntarle por qué el murciélago siempre lo elegía a él. «Quizá sea —le dijo el curandero— porque les atrae tu olor y lo distingue entre todos los demás.»

Los españoles continuaron la marcha sin hallar consuelo a su hambre, hasta que Hurtado y Olano, que iban un poco adelantados, dieron el aviso.

—¡Por fin! Esto es el maná de la Biblia. ¡Venid! —gritaban a dúo.

Cuando Balboa y el resto de la expedición llegaron hasta ellos, ya estaban hartándose alegremente de un fruto alargado y negruzco. Aquella zona estaba cuajada de árboles de más de quince metros de altura, bellos, de hojas frondosas y con grandes flores amarillas. Colgaban de ellos unos racimos de aquella especie de legumbres gigantes. Se abalanzaron sobre los frutos con avaricia. Tenían una pulpa suave y dulzona.

311

—¿A qué sabe? —le preguntó Pizarro a uno de los soldados, un poco reacio.

—Está muy sabroso. Y con el hambre que tengo, me sabe a gloria.

—¿Alguien puede decir qué son estas cosas? —preguntó Balboa.

Un indio les dijo que era cañafístula, que curaba muchas enfermedades, pero que no se debía abusar de ella. El grupo comenzó una recogida frenética de aquellos frutos. Algunos llenaron sus alforjas y sacos, mientras otros, hambrientos, daban cuenta de uno tras otro, sin parar, hasta hartarse.

—Esto está de vicio, capitán. Tomad uno.

—Cuidado, nos han advertido que no se puede abusar —advirtió Balboa, que era prudente ante lo desconocido. Tomó el fruto que le ofrecía Hurtado y se lo comió—. Está rico, sin duda. Pero esperaré a mañana para comer más. Por si las moscas.

Su advertencia cayó en saco roto. Pocas horas después, comenzaron a escucharse quejidos en el campamento. Balboa encontró un panorama desolador: muchos, con las manos en el pecho, eran víctimas de fuertes náuseas; otros vomitaban un fluido amarillento verdoso; la mayoría se quejaba de fuertes dolores en el vientre y se revolcaba en el suelo. Hurtado y Olano padecían cólicos, se sujetaban el vientre con las manos doblándose sobre sí mismos y agarrándose la barriga como si se les fuera a salir. Al rato salieron corriendo a hacer de cuerpo entre los árboles. Luego, se metieron en un arroyo cercano y se sentaron en la orilla. Pasadas unas horas, excepto Balboa, Pizarro —que era un hombre sobrio en todo— y los indios, la expedición estaba en el arroyo con las vergüenzas al aire, todos agachados para lavar los calzones que habían manchado sin remedio y emitiendo ruidos desagradables. Ante aquel espectáculo, los dos capitanes soltaron unas estrepitosas carcajadas.

—No os riais, capitán —dijo Hurtado con el semblante descompuesto—, que se me salen los hígados por la boca. Menudo cólico me ha dado. ¡Mal haya cañafístula! Lo rica y lo dañina que es.

Salían uno tras otro del agua y corrían a agacharse tras un

árbol o entre unas matas. Todo el día estuvieron yendo y viniendo. Acabaron quebrantados y no murieron de milagro. Los naturales que iban con ellos les prepararon un brebaje con hierbas que los alivió. Nunca olvidarían las cualidades purgativas de la cañafístula. Pero no todo fue negativo: a algunos, que días antes tosían constantemente, se les quitó el catarro. El físico tomó nota y se propuso investigar si, tal y como decían los indios, aquel fruto tenía propiedades curativas.

Después de diez días de vagar sin rumbo fijo, llegaron a un poblado abandonado de unos doce bohíos, en lo más oculto de la selva.

—Descansaremos aquí el resto del día —dijo Balboa—. Hay que reponer fuerzas.

Saciada el hambre con unas piezas que cazaron los perros y unos pájaros que mataron con el arcabuz, los españoles se metieron en un río cercano, se despojaron del barro y la mugre que llevaban y disfrutaron del placer del baño durante horas.

—Capitán —dijo Colmenares—, ¿qué hacemos con este monte que tenemos delante?

—Habrá que atravesarlo. No queda otra.

313

Comenzaron la ascensión con la amenaza de tormenta y el inicio de la cotidiana lluvia. Bordearon la montaña por senderos estrechos y resbaladizos. Tras caminar en silencio toda la jornada, pendientes del camino, sin mirar abajo por temor a despeñarse en un descuido, decidieron pasar la noche en un descampado. Tenían los pies reventados y a algunos les sangraban. Con la humedad, fueron incapaces de encender fuego, de manera que se colocaron muy juntos para darse calor. Algunos murmuraban, irritados por tantas calamidades y la poca comida, pero Balboa les pedía paciencia, que todo lo bueno requería esfuerzo. Ver a su capitán entero y sin desfallecer les daba ánimos para conformarse y seguir.

Al poco rato, Hurtado sintió que le hacían cosquillas por las piernas. Algo se deslizaba por su cuerpo.

—¡Socorro! ¡Una sierpe!

—¡Esto está infestado de culebras! —exclamó Balboa deshaciéndose de un par de ellas.

Inmediatamente cundió el pánico. Los hombres se pusieron en pie gritando. Encendieron una antorcha y vieron gran número de serpientes de más de dos varas. Huyeron a esconderse entre la espesura.

Un indio atrapó una de ellas, que ondulaba en la mano intentando zafarse.

—Estas culebras son inofensivas. Han acudido al calor de las mantas.

Algunos hombretones, tan valientes en el campo de batalla, rehilaban al hablar, muertos del susto ante el contacto con aquellos bichos tan viscosos. El resto de la noche lo pasaron en vela. La impaciencia y el desánimo habían hecho presa entre la hueste. Muñoz se erigió en portavoz del grupo.

—La gente está desalentada, Balboa. Llevamos muchas jornadas caminando y desean saber a ciencia cierta si tenéis claro qué es lo que buscamos.

—¡El tesoro de Dabaibe buscamos! —gritó—. ¿Es que no había quedado claro? ¿Tengo acaso yo la culpa de que se halle tan lejos y el camino nos ponga tantos impedimentos? Nunca dije que fuera fácil. De todas maneras, si alguno desea volverse, puede hacerlo.

Ninguno contestó. Sabían que retroceder hasta el Darién sin su capitán significaba la muerte. A la mañana siguiente, con unas ojeras hasta las rodillas, atravesaron otra región húmeda y agreste. Al cabo de nueve leguas, el 24 de junio, día de San Juan, llegaron a la boca de un gran río. Balboa lo bautizó como Río Grande de San Juan. Un guía indio le dijo que ellos lo conocían como Atrato. Y lo señaló en el mapa de Balboa.

Este mandó a Colmenares con sesenta hombres a explorar un brazo del río mientras él con el resto se dirigió a otro ramal.

A veinticinco leguas del golfo se encontraba Abraibe. Al aproximarse al poblado, a orillas de un río, lo encontraron desierto, sin rastro de pobladores ni de provisiones. Y así en los dos siguientes. Parecía que los indios huían para evitar su presencia. Pero debían salir muy deprisa porque algunos abandonaban armas, redes, joyas y piezas grandes de oro. Los de Balboa rescataron hasta siete mil pesos de oro, que compensaron, en parte, las fatigas del camino.

Cerca de un río que bautizaron como Sucio, por lo turbio de sus aguas, un indio les informó de que Dabaibe estaba a dos soles de marcha por su cauce, y que su cacique disponía de una legión de obreros trabajando en la fundición de oro, que abundaba en sus aguas. La hueste se animó al escuchar que su destino estaba cerca, y que Dabaibe existía, pues algunos habían dudado de ello. Los guías habían informado a Balboa que Cémaco se refugiaba allí. Pensó que, desfallecidos como iban, no era el momento para enfrentarse a Cémaco y su numerosa y armada hueste. Decidió no llegar a Dabaibe y continuar hacia el sur. Sus soldados no cuestionaron esta orden pues sabían, por experiencia, que su capitán siempre elegía lo mejor para todos.

Avanzaron por otro ramal a la orilla izquierda del Atrato. Encontraron un gran poblado con varios cientos de casas. Uno de los guías indios les informó que se encontraban en tierras de Abanumaque, temido por su bravura. En efecto, enseguida vieron al cacique a la cabeza de sus guerreros. Cuando lanzó el grito de guerra, cientos de indios cayeron sobre los españoles.

Balboa se enfrentó al cacique, que bufaba furioso con un hacha de piedra en una mano y una macana en la otra. Balboa se quedó quieto, estudiando las maniobras del potente enemigo que tenía ante él. Jamás había visto un indio tan fuerte y grande. Le embistió con la espada y Abanumaque se agachó y trató de golpearlo con el hacha. Pero los pies de Balboa bailaban con una endiablada agilidad que siempre desconcertaba a sus oponentes. Entonces tres indios le atacaron al mismo tiempo. Se giró raudo, dio un tajo certero a uno en el costado, que cayó herido de muerte. Al segundo indio le clavó la espada en el pecho, la sacó llena de sangre y cuando el que quedaba iba a ensartarlo con su lanza, Balboa dio un quiebro y el otro cayó de bruces. Lo remató en el suelo. Sabía que en la guerra, si quieres seguir respirando, no puedes dejar vivo al enemigo que ataca.

Entonces fue Abanumaque quien se lanzó sobre él golpeándole con un arma de hueso impulsado por una fuerza sobrehumana. Balboa se defendió con la rodela mientras ordenaba a los arcabuceros abrir fuego. En unos instantes, causaron numerosas bajas. Abanumaque asió una macana y, como no podía con Balboa, le saltó un ojo a un soldado que estaba junto a él. Este, rabioso por el dolor, en lugar de huir, se acercó al cacique y con su espada le cortó un brazo de cuajo. Abanumaque

315

se quedó clavado en el suelo, balanceándose, con un chorro de sangre brotando a borbotones cerca del hombro, mirando el miembro mutilado. Jadeante y con gestos de dolor, señaló al agresor. Seis guerreros abanumaques corrieron tras el soldado tuerto y lo acribillaron a lanzadas. Luego el cacique se dirigió a Balboa gruñendo como una fiera herida, pero antes de llegar hasta él se desplomó sin sentido. Entre varios indios se lo llevaron rápidamente a rastras, en medio del rugido de las balas de arcabuz.

Los españoles soltaron a los perros, que destrozaron a decenas de indios. Algunos huyeron despavoridos, pero la mayoría siguió defendiéndose. La expedición desistió de entrar en el poblado. Enterraron a sus muertos, recogieron a los heridos y se retiraron a una pequeña aldea abandonada.

Días después, Balboa dio orden de continuar hacia el sur por territorios pantanosos, con el aire poblado de bichos pequeños que les picaban de noche y de día. Por fin llegaron a la aldea del cacique Abibaibe. Quizá por lo pantanoso del terreno, se asombraron al ver las casas construidas encima de árboles enormes, de troncos tan gruesos que no los abarcaban ni siete hombres con los brazos extendidos. En la copa, los indios habían fabricado una especie de parrillas gigantes, con cañas gruesas y el piso de madera, apoyadas sobre las ramas y bien amarradas a los troncos. Este tipo de viviendas se extendía sobre una gran superficie. Otras casas estaban suspendidas sobre cuatro gruesas estacas, a unos seis pies del suelo. Arriba estaban las habitaciones y abajo, los animales y muchas vasijas con bebidas estimulantes, casi enterradas. Cerca de la orilla se veían muchas canoas y piraguas atadas a los árboles.

Cuando se aproximaron, vieron que los indios accedían a sus viviendas mediante unas escalas de bejuco; unas mujeres con niños a las espaldas escalaban como monos, huyendo de los españoles. Hurtado trepó tras una mujer pero, en cuanto ella se metió en su vivienda, cerraron la puerta y recogieron las escalas. Mientras los españoles observaban ese sistema de defensa, una cascada de piedras cayó sobre ellos. Gracias a los escudos y los cascos, aguantaron el chaparrón y no hubo ningún herido.

Balboa se enfadó. Comenzó a insultar al diablo y pidió al

316

cacique Abibaibe, por medio de Juan Alonso, que bajara a hablar con ellos.

—Dejadme en paz —dijo cuando abrió su puerta con los brazos elevados, muy enfadado—. Yo no molesto a nadie.

—Diles que, si no bajan, les prenderemos fuego con sus mujeres e hijos dentro.

Unos soldados comenzaron a cortar las estacas con las hachas que silbaban en el aire. Al ver cómo saltaban las astillas y se tambaleaba el andamiaje de su vivienda, el cacique se avino a bajar con dos de sus hijos. Echaron la escala y descendieron hasta donde estaba Balboa. El cacique miraba receloso las hachas, que tenían tanto poder, y preguntó abiertamente qué querían de él. Sabía por otros caciques que los blancos buscaban oro y, de entrada, les dijo que no tenían. Balboa mandó a varios de sus hombres a buscar en la vivienda y encontraron algunas piezas de oro, así como yuca, cocos y maíz en el almacén; se apropiaron de varias tinajas de chicha en la parte baja, a ras de tierra. Balboa no se dio por vencido y le comunicó, por medio del intérprete, que sabía que el país era rico en minas de oro y querían conocer dónde estaban y dónde guardaban el oro. Le prometió que, si colaboraba, serían amigos y los dejarían en paz; de lo contrario, atacarían con sus armas de fuego y destruirían todas sus viviendas. Mandó a los arcabuceros que hicieran una demostración disparando a una vasija que partieron en pedazos. Pero el cacique no cambió de actitud ni cuando sintió la punta de la espada en el cuello.

—Aquí no tenemos oro, a nosotros no nos interesa, pero sé dónde hay mucho. En aquellas montañas. Puedo ir y traéroslo.

Acordaron que en tres días estaría de vuelta con el oro. Y como garantía, Balboa cogió como rehenes a sus mujeres y a sus hijos. Abibaibe partió con seis de sus criados montaña arriba. Los indios acogieron a la expedición en sus casas sobre los árboles, les dieron abundantes manjares, y entre unos y otros reinaba un clima de cordialidad. Los nativos hacían su vida normal: los hombres cazaban y pescaban mientras las mujeres aseaban sus chozas y tejían sus telas de algodón y, en las tardes, competían en juegos y bailes.

Pasaron ocho días y Abibaibe no apareció. Cansados de esperar al cacique y dando el viaje por infructuoso, Balboa decidió volver a Santa María con los rehenes, más los prisioneros que habían cogido y el escaso botín. Ya se ocuparía de Dabaibe más adelante.

—Te quedarás aquí con treinta hombres —ordenó a Hurtado—, esperando la llegada de Abibaibe. Explorad los alrededores y espiad a los indios, a ver qué planean.

Debían desandar lo andado para reunirse con Colmenares y el resto de la expedición. Llegados a la vacía población de Abanumaque, cerca de Río Negro, Balboa dio orden de poner rumbo a La Antigua con algunos víveres, varios esclavos y algo de oro, de la parte que siempre reservaban para los enfermos y para los que se quedaban guardando la ciudad. Aunque reconoció ante Colmenares que la expedición a Dabaibe había sido un fracaso, habían descubierto parte del curso del río Atrato y dibujado un nuevo mapa con sus numerosos brazos, y los caciques estaban sometidos en las orillas del golfo.

Al llegar a Santa María la gente de la colonia salió a recibirlos con gozo, como siempre que llegaba Balboa de alguna expedición. Anayansi prefirió esperarle a la puerta de casa, vestida para la ocasión y con el pelo recogido en un moño por Marigalante. Recibió a Balboa con un beso, se cobijó entre sus brazos y se encaminaron hacia su recámara.

Capítulo 33

Ocampo

*H*acía casi dos años que Samudio había zarpado para España y, desde entonces, nada habían sabido de él. Balboa, impaciente porque ignoraba lo que se concertaba en la corte, planeó ir en persona a España, pero sus más allegados le hicieron desistir. Sin él los naturales se rebelarían, y la colonia, ahora floreciente, podría desaparecer. Entonces optó por enviar a una persona que creía justa: Juan de Caicedo, tesorero de la Corona. Para estar seguro de que no le traicionaría, dejó en Santa María a su mujer y a sus hijos. Y en previsión de que Caicedo, ya bastante viejo, sufriera algún accidente, lo acompañaría Rodrigo de Colmenares, a pesar de que Hurtado no se fiaba de este.

Zarparon en el único barco que les quedaba, ya que Samudio había partido en la carabela y Valdivia en el otro navío. Tiempo después les llegaron noticias de que Valdivia había naufragado cerca de Cuba y Balboa envió algunos hombres, que solo encontraron los restos del navío cerca de la isla. Nunca más volvieron a saber de él ni del oro que cargaba.

Habían pasado tres meses de la fallida expedición a Dabaibe, cuando dos barcos atracaron en el puerto, al mando de Sebastián de Ocampo, un hombre pequeño —Balboa le sacaba una cuarta—, muy cortés y caballeroso, que cubría su pelo castaño con un gorro; a Balboa le recordó a Juan de la Cosa.

Por fin su amigo, el gobernador Diego Colón, mandó de La Española dos carabelas con víveres que en Santa María recibieron como agua de mayo. Balboa ordenó al escribano que calculara a cuánto tocaba por habitante, y a Hurtado, Pizarro y Argüello les encargó un reparto equitativo.

Balboa invitó a Ocampo a su casa y Anayansi le obsequió con una suculenta cena. El capitán le informó de lo que se contaba en Santo Domingo sobre la traición de Caicedo y Colmenares: al llegar a la corte habían soltado sus infamias contra Balboa, quizá para así reemplazarlo en el mando. Balboa sintió una puñalada en el pecho, le había tratado como a un amigo y dado puestos de responsabilidad. No entendía la traición de Colmenares.

Luego, Ocampo se sacó de un bolsillo de debajo del jubón una carta y se la entregó a su anfitrión. Balboa reconoció la letra y se estremeció de alegría: por fin llegaban noticias de Samudio.

…Tal como imaginábamos, el rey don Fernando y el Consejo de Indias han creído cuantas insidias ha vertido Enciso sobre vos, cuya lista es interminable. Principalmente, os ha tachado de déspota, inmoral, y de que lo despojasteis de sus bienes en un juico injusto y lo echasteis de La Antigua, lo mismo que a Nicuesa, que tratáis mal a los indios y a los habitantes de la colonia, que todos están descontentos con vos y que eso es causa de continuos motines y enfrentamientos, que reprimís con inusitada violencia. Sí, amigo, esas y otras infamias ha vertido sobre vos el rencoroso de Enciso.

Y por aquí se rumorea que la Corona, atendiendo a las quejas del bachiller, tiene intención de nombrar otro gobernador para reemplazaros y pediros cuenta de vuestra actuación en esas tierras.

Pero eso no es todo, mi querido amigo. Habéis de saber que Juan de Caicedo y Rodrigo de Colmenares, no más llegar, viendo que Enciso estaba muy bien relacionado en la corte, se han pasado a su bando. Se lo eché en cara el otro día y abronqué a Colmenares, le dije que si no le daba vergüenza, con la confianza que habíais depositado en él, pero se ve que, lejos de esas tierras, los hombres se mudan al sol que más calienta y huyen del que creen que ha caído en desgracia…

Terminó de leer la carta y se quedó largo rato quieto, con los ojos fijos en un punto del infinito. Ni Anayansi ni Ocampo intentaron molestarle. Balboa estaba cansado de luchar contra las trabas, la incomprensión y el egoísmo de aquellos que por envidia no dejaban de ponerle obstáculos en la corte. Pero si los indios, tempestades, dificultades y peligros de la selva no le habían desalentado, tampoco las calumnias y acusaciones de sus enemigos iban a impedir que él pudiera realizar la gran hazaña con que soñaba. En esos momentos estaba rabioso por el proceder mezquino de sus enemigos en España.

Resolvió que era hora de partir hacia el descubrimiento de ese otro mar del que le hablaran Anayansi y don Felipe-Panquiaco, y de las riquezas que allí se encontraran, sin aguardar a los recursos pedidos a Santo Domingo y al mismo rey. Pondría a prueba, una vez más, su valor y el de sus hombres, osados y con buen temple.

«Si muero en el intento —pensó—, dirán que fui un héroe y seré recordado por cuanto he hecho hasta ahora. Pero si triunfo, me esperan la gloria y el reconocimiento, la Corona olvidará las pequeñas faltas que haya podido cometer y seré confirmado en mis cargos. Claro que puedo perder la vida, pero, si triunfo, habré conseguido un hueco en la historia. Y la fortuna siempre ha estado de mi lado hasta ahora. Según el astrónomo, me guía mi buena estrella.»

Durante el tiempo que Ocampo estuvo en La Antigua, Balboa intimó con él. Le parecía una persona íntegra y decidió nombrarle su procurador en España. Le entregó treinta y siete pesos de oro de las minas para el Rey, un esclavo marcado para que explicara cómo extraían el oro y varias muestras de productos indígenas Y también una carta fechada el 20 de enero de 1513. En ella refería la ineptitud de Ojeda, por no haber repartido a tiempo el botín, y la de Nicuesa, por haber perdido ochocientos hombres a causa de actuaciones temerarias.

Varios capitanes de Santa María escribieron un documento a su favor, para contrarrestar las insidias de Enciso y Colmenares ante la corte. «Balboa —decían— si ve a uno con hambre, sale con la ballesta, caza un pájaro y se lo da; los anima en sus sufrimientos, trabaja por ellos si les faltan las fuerzas, es cauteloso y reparte puntualmente el botín entre todos, sin quedarse con un castellano que no le corresponda.» La mayoría de los doscientos vecinos había sellado el escrito con una cruz junto a su nombre —porque no sabían escribir—, junto con las rúbricas de los más letrados, y el sello del veedor real y de fray Andrés de Vera como testigo.

Poco después, Ocampo salió del Darién hacia España investido de plenos poderes para negociar y con todos los documentos en regla.

Un amanecer, dos criados indios avisaron a Balboa de que varios hombres deseaban hablar con él. A la puerta de su vivienda cuarenta indios fuertes, de mediana edad, le saludaron afables. Se adelantó uno de ellos en representación del grupo.

—Nuestro cacique Cémaco nos envía en señal de buena voluntad. Desea la paz con vos. Somos expertos en el cultivo del maíz y podemos enseñaros las técnicas que utilizamos; a cambio, aprenderemos de vosotros cómo labráis la tierra y qué herramientas utilizáis.

Balboa aceptó la oferta de Cémaco. Desde entonces, indios y blancos trabajaban unidos en los campos.

Cierta mañana, a eso del mediodía, unos hombres avisaron a Balboa de que Hurtado había arribado al puerto. Balboa se extrañó pues le había advertido que se quedara en el asiento, en tierras de Abibaibe. Era domingo y un grupo de hombres —entre ellos Balboa— sentados en la calle, a las puertas de la taberna, vieron aparecer en la plaza a Hurtado con nueve soldados y varias docenas de prisioneros indios. Presentaban un aspecto deplorable: mucho más delgados, rostros macilentos y con las ropas desgarradas. Tiraban, casi sin fuerzas, de una fila de nativos que traían atados por los pies con unas cuerdas.

—No os extrañéis al vernos, amigo; no somos fantasmas —saludó Hurtado ante la extrañeza de Balboa—. Esto es lo que queda de lo que dejasteis en el campamento.

—Contadme, ¿qué os ha ocurrido?

—Pues que los indios del ladino Cémaco acechaban en las orillas, tras el follaje, a una de nuestras canoas, sin que nuestros hombres se apercibieran, y al pasar cerca de ellos los acribillaron a flechazos. Solo dos consiguieron salvarse, sumergiéndose en el agua y agarrados a unos troncos flotantes. Quedábamos pocos y no podía exponer a estos nueve hombres a una muerte segura.

—En esas condiciones, has hecho bien en volver. Y Abibaibe, ¿apareció?

—Quiá, ni rastro de él. Bien que nos la jugó el muy ladino.

—Y bien poco le importan sus mujeres y sus hijos.

—Pero eso no es todo, Balboa. Lo que me decidió sin duda a volver es que unos indios leales me han contado que cinco caciques, con Cémaco a la cabeza, planean unirse para atacar Santa María y acabar con todos nosotros. Tenía que avisaros, capitán.

—Me parece increíble. Pero estaremos sobre aviso. Gracias, amigo.

Capítulo 34

La confesión de Fulvia

*B*alboa no podía quitarse de la cabeza la información que le había hecho llegar Hurtado. Le mandó llamar a casa y conversaron largamente sobre la anunciada traición. Anayansi se encontró indispuesta y se acostó. Fulvia les sirvió la cena y Balboa la encontró excepcionalmente bella, más sugestiva, con adornos en el pelo y el pecho solo cubierto con un collar.

—Esta noche dormirás conmigo —le dijo, y ella le sonrió complacida. Balboa la notó rara, huidiza. No había dicho una palabra en toda la noche—. ¿Qué te ocurre, Fulvia?

—Mi mente se encuentra a muchas lunas de aquí —fue toda su respuesta.

Fulvia se debatía entre la lealtad a los suyos o salvar la vida del hombre que amaba. Quizá para acallar su conciencia, se preguntaba qué habían hecho por ella los de su tribu. Desde que la cogieron prisionera los hombres blancos, ninguno de los suyos se había preocupado de rescatarla. En cambio, estaba agradecida a Balboa porque la arrancó de las garras de aquel gordo y baboso guerrero al que se la habían adjudicado y que la maltrataba. Desde que entró a su servicio se sintió atraído por su cuerpo de perfectas formas, su fina piel y su mirada de fiera. Ella sabía que la deseaba más que a ninguna y procuró hacerle feliz. Todo fue distinto desde que Anayansi se había convertido en mujer. Pero seguía requiriendo a Fulvia. Y a ella no le importaba compartir a su señor. Se sentía apreciada y la trataba bien.

«En definitiva —se dijo, ya acostada junto a Balboa—, tengo claro lo que quiero: seguir viviendo aquí, no volver a mi tribu. Y Hurtado ha oído barruntos.» Se revolvió en la cama, no podía conciliar el sueño.

—¿Qué pasa, Fulvia?, ¿estás desvelada? ¿Te ocurre algo?

Fulvia comenzó a llorar y Balboa la abrazó para tranquilizarla. Ella bajó los ojos a punto de brotarle las lágrimas de nuevo y habló muy bajo.

—Tengo que contaros algo. No puedo callarlo.

—¿Qué es lo que quieres decirme? Habla sin tapujos.

—Amo a mi pueblo, pero más os amo a vos. Sois mi vida y no quiero que os pase nada.

—¿Y por qué había de pasarme algo?

Fulvia se acurrucó junto a su amo.

—Vuestra vida está en peligro. En mucho peligro.

—¿Por qué? —preguntó él, y se incorporó en la cama.

—Porque Abraibe, Abibaibe, Abanumaque y Dabaibe, azuzados por Cémaco, se han unido para caer sobre Santa María y acabar con todos los hombres blancos.

—¿Y tú cómo sabes eso? —Balboa se puso nervioso cuando Fulvia enmudeció y bajó la cabeza—. ¡Habla, no te calles!

—Me lo ha dicho mi hermano. Y es cierto.

—Explícate.

—Hoy ha venido a verme mi hermano, que como sabéis es un cacique menor, vasallo de Cémaco. Me ha dicho que vendrá a sacarme de la ciudad y ponerme a salvo antes del ataque.

—Pero los indios nos temen...

—Ya no. Se envalentonaron porque en una emboscada a Colmenares, Abraibe y Abanumaque mataron a tres de los vuestros, comprobando así que el hombre blanco no era inmortal. Entonces han decidido unirse muchas tribus y sublevarse.

Balboa recordó que siempre se habían preocupado de retirar los cadáveres de los suyos del campo de batalla para que los naturales siguieran creyendo que eran inmortales.

—Cémaco os odia desde que le vencisteis y le echasteis de sus tierras. Se refugió en Dabaibe y, desde entonces, vive solo para vengarse. Él avisó a los caciques para que abandonaran sus tierras antes de que llegarais, para que no hallarais comida. Él

325

atacó la canoa con los hombres de Hurtado, y él encabeza esta sublevación contra vos.

—Pues nos prepararemos y estaremos esperándolos. Se van a enterar.

—Es que aún hay más. —Alentada por los ojos interrogadores de Balboa, Fulvia continuó—: Mi hermano me ha contado la verdad sobre los agricultores que os mandó hace poco Cémaco. No son expertos en el cultivo del maíz, como os han hecho creer, ni están aquí para enseñaros sus técnicas.

—Entonces, ¿para qué han venido? ¿Por qué ese engaño?

—Son guerreros disfrazados, vasallos suyos que planean asesinaros, porque sin el gran Tibá blanco será más fácil acabar con los españoles.

Balboa se indignó por el engaño de Cémaco y quiso desafiar su suerte. Al día siguiente convocó a los falsos agricultores indios. Aparentando no sospechar nada, acudió solo a los cultivos, montado en su yegua blanca, armado hasta los dientes, con su penacho de plumas en el casco, lanza y escudo. Fulvia le aconsejó que llevara con él a otros soldados pero no le hizo caso. Describió varios círculos con su montura alrededor de ellos, majestuoso, y les habló sin descabalgar. Los indios, impresionados por la apariencia del gran Tibá sobre aquel animal, comenzaron a temblar y huyeron sin pensar ni en ponerle una mano encima. Balboa los persiguió con su lanza y dio una orden a *Leoncico,* que regresó empujando con el hocico las piernas de un indio sin dejar de gruñir.

—Si te estás quieto y no te mueves —le dijo Balboa— mi perro no te hará daño, pero si osas escapar, te destrozará y te comerá. Y ahora dime, ¿qué pensabais hacer?

El indio le confirmó el relato de Fulvia. Balboa alabó su sinceridad y le perdonó. Luego se encaminó hacia la iglesia, donde rezó una salve a Santa María de la Antigua del Darién por haberlo salvado, y besó el crucifijo de su padre que llevaba siempre al cuello. Solía decir que era su amuleto.

Balboa convocó al Cabildo y a Pizarro, Olano, Garabito, Muñoz y Hurtado, sus capitanes más valientes. Les informó de las intenciones de Cémaco y el resto del día lo dedicaron a debatir la estrategia a seguir. Pidieron a Fulvia que mandara llamar a su hermano haciéndole creer que huiría con él.

Con las sombras de la noche, como si fuera un indio más de los que vivían en la ciudad, el hermano de Fulvia se deslizó por las calles solitarias hasta la casa de Balboa. Llamó a su hermana desde la tapia que daba al patio. Cuando entró le esperaban varios soldados que lo llevaron a la fortaleza para interrogarlo. Durante horas agotaron varios métodos, desde la persuasión hasta el soborno y la amenaza. Pero el valiente no abrió la boca.

—Dejadme a mí —dijo Garabito—, veremos si canta este pájaro o no.

Garabito mandó que lo echaran boca arriba sobre una tabla y le ataran las manos y los pies a unos postes colocados a izquierda y derecha. Cada vez que se negaba a hablar, tensaban un poco más la cuerda y sus miembros se estiraban produciéndole horribles dolores. Pero el indio no flaqueó.

Probó otro castigo más sutil: le metió astillas bajo las uñas sin importarle los alaridos que lanzaba. No pudo aguantar más, confesó que en la próxima luna llena iban a reunirse cinco mil guerreros en Tichirí. Cuando llegaran todos los caciques con sus ejércitos, caerían por sorpresa sobre La Antigua. Pensaban atacarlos por tierra y por mar y arrasar la colonia para acabar con la presencia española en el Darién.

Balboa y sus capitanes acordaron un plan secreto contra Cémaco. Movilizarían soldados, caballos, perros, prepararían las armas y saldrían la siguiente semana.

Cuando Balboa se disponía a despedirse de Hurtado, pasó a su lado un hombre desaliñado, mal vestido con una túnica que algún día habría sido negra pero que ahora era parda. Era pequeño de estatura y cubría su pelo castaño con un gorro. El hombrecillo se le quedó mirando.

—Las estrellas os son propicias.

Balboa se paró y dirigió su extrañeza a Hurtado.

—¿Y este quién es?

El hombrecillo se inclinó levemente, con las manos entre las mangas de su túnica.

—Soy Micer Codro, astrólogo veneciano, para servir a vuesa merced.

—¿Y qué diablos hacéis en La Antigua?

—Hace dos meses desembarqué en el Darién procedente de

Santo Domingo. Desde entonces vivo en un bohío que he arreglado con ayuda de un criado indio.

—Si sois adivino, ¿podríais leerme las rayas de la mano?

Recordó a su amigo Cristóbal Colón y su profecía. Ahora podría tener ocasión de confirmarla o no.

—Yo no leo las líneas de la mano.

—¿Qué decís de las estrellas?

—En las estrellas está nuestro destino.

—¿Y qué dice mi destino?

—Las estrellas os protegen durante esta luna. Cualquier empresa que abordéis tendrá éxito. Ved aquella estrella, la más brillante. Esa es la vuestra. Mientras esté visible, obtendréis grandes triunfos y seréis admirado. Aprovechad vuestra buena estrella. Pero cuidaos de los que os rodean cuando la estrella no esté visible o se halle en aquel punto —dijo mientras señalaba el cielo—. Podéis estar en peligro.

—¿Qué debo hacer entonces?

—Cuando eso suceda, no creáis las palabras de ninguno, ni hagáis lo que os pidan.

—¿Dicen algo de mi muerte?

—No puedo deciros más.

Levantó la mano en señal de saludo y se fue caminando con pasos cortos y vacilantes. Llevaba la espalda encorvada, a pesar de no parecer muy viejo.

Balboa entró en la taberna de Marigalante, contento por la predicción del astrónomo. Ya pensaría más despacio en la segunda parte. Se sentó con unos amigos y los invitó a un trago de vino. Cuando iba a marcharse entró Hurtado con noticias.

—He estado averiguando sobre ese Micer Codro o como se llame. Es un buen hombre, dicen que se alimenta de hierbas y de lo que la gente le da por adivinarle el futuro. Me han dicho que adivinó la muerte de Colón y de la reina Isabel. Y que contó a unos soldados que Nicuesa y sus hombres habían perecido en el mar. Tiene fama de sabio.

—Pues tendré que hacerle una visita otro día. Y si son ciertas sus palabras, la próxima semana venceremos a los indios.

328

Y

Balboa marchó con noventa hombres armados, cuarenta caballos, veinte perros, dos cañones pequeños, diez culebrinas, treinta arcabuces y cuarenta ballestas. Dejó a Hurtado al mando de la ciudad y le encargó que cuidara en todo momento de Anayansi.

Los españoles pasaron por la aldea de Cémaco. Apresaron a varios de sus subalternos y cogieron muchos prisioneros. No había rastro del cacique.

Llevaban prisionero al hermano de Fulvia, con las manos atadas, pero bien tratado, para que los condujera hasta Tichirí. Parapetados tras una loma, Balboa oteó una gran reunión de tropas en un valle. Envió una avanzadilla. Los naturales, confiados en que nadie sospechaba la inminencia de su ataque, se habían emborrachado y dormían tranquilos y felices. Los españoles pusieron bozales a sus perros para que no ladraran y ataron trapos de algodón bajo los cascos de los caballos. Se deslizaron entre la maleza sin hacer ruido. Solo cuatro indios vigilaban junto a una hoguera. Cayeron sobre ellos por detrás y los redujeron con sus cuchillos en silencio.

Antes de que amaneciera, los dos cañones comenzaron a disparar haciendo saltar por los aires los cuerpos desintegrados de los indios. Los demás despertaron desconcertados. Se vieron rodeados de hombres blancos, de los temibles caballos y perros, y veían cómo los suyos sucumbían ante el empuje enemigo. Los arcabuces y culebrinas daban en el blanco de sus cuerpos, mientras las ballestas, apostadas muy cerca de ellos, clavaban sus saetas con puntería certera. Los capitanes lanzaron a los perros que, con su fiereza habitual, pronto mostraron las fauces ensangrentadas, desmembraron brazos y piernas, explotaron la yugular de algunos y abrieron las tripas de otros. A *Leoncico* le ordenó Balboa que los condujera prisioneros, sin herirlos. Divididos en cuatro grupos, con diez jinetes en cada uno al mando de un capitán, y embutidos en sus armaduras se lanzaron al galope esgrimiendo sus lanzas. Parecían muchos más de los que eran. Los indios, desprotegidos, no tuvieron tiempo de coger sus armas. Solo unos pocos echaron a correr y lograron escapar.

El valiente Abanumaque, a pesar de estar manco, lanzó un grito de guerra. Balboa le vio frente a él amenazándole con

329

un hacha de piedra. Parecía un animal acorralado. Abanumaque comprendió que nada podía hacer contra él, con traje de hierro y palo de fuego en la mano, y, gritando en su idioma, se dirigió a la desesperada, junto con una docena de indios, hacia la boca de los cañones. Pronto las bolas hicieron mella en ellos y cayeron muertos en el acto. Abanumaque logró salvarse y corrió, seguido por los suyos, hacia una colina. Balboa le pidió que se rindiera, y a cambio, le perdonaría la vida. El cacique sabía que si trataba de huir y le cogían, no tendrían piedad de él; y si se rendía, se convertiría en su vasallo. Se rindió. Salió con el único brazo que le quedaba en alto. El resto de su ejército, al ver la actitud de su jefe, también se entregó.

Garabito había capturado a Abraibe, Dabaibe, Abibaibe y a otros cinco caciques menores, con collares de oro unos, y bandas de algodón en el pecho otros. Le pasó a cada uno una soga pendiente de un árbol y los ahorcó allí mismo. Sus guerreros se rindieron.

Balboa ordenó a Garabito que dejara libre al hermano de Fulvia, porque les había hecho un gran favor. Un año más tarde, Pizarro le contaría que, tan pronto Balboa se alejó, Garabito le apuñaló con saña.

Ya estaba el sol por encima de la loma y podía verse el campo lleno de cadáveres amontonados, restos de cuerpos mutilados, entre quejidos y gritos, el ir y venir de los vencedores. En el aire aún quedaba un acre olor a pólvora. Balboa dio orden de apoderarse de toda la comida que tenían guardada en una especie de tiendas.

En el mismo campo de batalla se reunieron los capitanes, mandaron retirar a los heridos y cargaron en las canoas el inmenso botín de provisiones. Hicieron el recuento de prisioneros: más de mil indios, que embarcarían para Santo Domingo.

La entrada en Santa María fue triunfal. Todos acudieron a la plaza para presenciar el espectáculo de tantos indios vencidos y prisioneros. Y los gritos y vivas a Balboa retumbaron en el aire ante el gran contingente de provisiones.

Al descabalgar, Balboa buscó a Anayansi entre la multitud. La distinguió a lo lejos junto a Marigalante y se dirigió hacia ella. En cuanto le vio, Anayansi corrió y se tiró a su cuello. Balboa le acarició el cabello y la besó una y otra vez.

—Mis dioses te han protegido —dijo tomándolo de la mano.

Balboa la montó en su yegua blanca y saludó a sus gentes.

—Ahora necesitamos descansar. Mañana será fiesta desde el amanecer. Que nadie falte.

Anayansi cabalgaba agarrada a su cintura, como el día en que salió de Cueva, y feliz de tener a su hombre de nuevo junto a ella.

Balboa le confesó que no estaba orgulloso de aquella matanza, pero sabía que, si no hubieran exterminado a sus enemigos, las víctimas habrían sido ellos.

—¿Y Cémaco? ¿También ha caído?

—El muy zorro no estaba allí. Ha huido, no se sabe adónde, pero estoy seguro de que tardará mucho tiempo en molestarnos.

Sentía que su pasión por Anayansi no decaía, al contrario. Pero un hombre normal entonces tenía varias mujeres. Una cosa era el amor, y otra, satisfacer el deseo sexual, acrecentado por la bondad de aquel clima tan voluptuoso. De modo que Balboa siguió frecuentando la cama de Fulvia, más solícita y amorosa si cabe desde que le había salvado la vida a él y a toda la colonia.

Cada vez que veía a Balboa dirigirse a los aposentos de Fulvia, Anayansi sentía celos de la sirvienta; se decía que también su padre Careta visitaba a otras mujeres, y su madre callaba. Pero algo en ella se revolvía. Reconocía el favor que Fulvia había hecho a los españoles revelando las intenciones de Cémaco. No era el momento de pedir que la despidiera, ya llegaría la ocasión. Una de las virtudes indias era la paciencia.

Capítulo 35

Camino hacia la gloria

*B*alboa estaba convencido de que nada podía esperar del rey de España. Caicedo y Colmenares le habían acusado ante la corte de ser pendenciero e incapaz de gobernar la colonia. Esta doble traición, unida a las acusaciones de Enciso, habían forjado en don Fernando un concepto negativo de Vasco Núñez de Balboa.

Tampoco podía quedarse de brazos cruzados esperando que llegara la sentencia contra su persona y le enviaran a prisión. Estaba decidido, volvería a emprender una expedición en busca de ese otro mar que aún no estaba en los mapas y que abriría las puertas a la navegación hacia Asia.

Mandó pregonar un bando convocando a todos los hombres útiles en la plaza. Subido en un grueso tronco, junto a los soportales, les dedicó uno de sus habituales discursos. Su imponente figura infundía respeto.

—Soldados del Darién. Os conozco desde hace tiempo. Siempre me habéis acompañado en cuantas expediciones hemos acometido. Estamos a punto de iniciar la más grande gesta que se recuerde, y que os explicaré. Para ello apelo a vuestra intrepidez y valor.

—¿Qué expedición es esa, Balboa? —preguntó extrañado Garabito.

—Algunos ya me habéis oído comentar que tengo noticias fidedignas de que, al otro lado de las montañas, atravesando el istmo, existe otra gran mar que nos comunicará con el país de las especias. De seguro, encontraremos cuantiosos tesoros por aquellas tierras. Es la ocasión de que volváis a España tan podridos de oro que se os salga por las orejas.

—Os seguiremos hasta el infierno —se escuchó una voz ronca y potente al fondo.

—No os oculto que la misión es arriesgada, según me han contado. —Balboa sabía cuándo hacer una pausa, para impacientar al gentío y captar más su atención. Veía sus ojos ansiosos clavados en él—. Tendremos que atravesar una enrevesada montaña y enfrentarnos a tribus hostiles, pero con nuestras armas y vuestra valentía, superaremos todos los obstáculos. Y nos esperan la nombradía y las riquezas sin fin. Esa recompensa bien merece algún que otro sufrimiento.

—¿Y por qué esa premura en partir? —preguntó el fraile Andrés de Vera.

—Por temor a que otros se nos adelanten y nos roben esta gloria que, estoy seguro, está reservada a nosotros. Y no os quepa duda de que esta será una gran hazaña, de las que nos gustan a los aventureros…

—¡Sí, sí, sí! —gritaron algunos, contagiados por el entusiasmo del capitán.

—Los hombres —continuó como si no le hubieran interrumpido— nos negamos a aceptar el destino que otros quieren imponernos, y decidimos cambiarlo aun a riesgo de perder la vida. Estad seguros de que nos espera la grandeza del vencedor.

La muchedumbre prorrumpió en clamores y alabanzas a Balboa. Estaba tan enardecida que si en aquellos momentos Balboa les hubiera pedido que se quitaran la vida, le habrían obedecido.

—Pues quiero que me juréis por Dios, por Nuestra Señora de la Antigua y por vuestra vida, que así será, que ninguno desertará y que me seguiréis hasta el fin del mundo si fuera el caso.

Los hombres comenzaron a gritar que estaban dispuestos a todo por su gobernador. Uno a uno fueron jurando sobre una pequeña Biblia que fray Andrés llevaba siempre encima.

El escribano Valderrábago, flaco y con algunas mellas en la

333

dentadura, admirador de Balboa, se instaló en un soportal de la plaza, delante de un cajón de madera como mesa y un tajo como silla, y fue escribiendo los nombres y señas de los que fueron estampando su firma o una cruz. Cuando signó el último de ellos, Balboa alzó nuevamente la voz.

—¡Ahora, id a preparar vuestras armas, bruñid los escudos, afilad las espadas, revisad cuanto habéis de llevar para el camino y descansad! ¡Saldremos pasado mañana al alba! ¡Españoles, la fama nos espera!

Una ovación fue la respuesta de los hombres de La Antigua. Balboa les recordó que en Santa María podían caminar tranquilos sin temor a los naturales; en muchas leguas a la redonda, los caciques eran amigos y vasallos de España; y más allá del Atrato, aún pasaría mucho tiempo antes de que a los indios hostiles se les ocurriera volver a atacarlos. No obstante, como no podía dejar la colonia sin protección, elegiría a los más fuertes y preparados para que formaran parte de la hueste, pero el reparto del botín incluiría, de forma equitativa, a los más de doscientos vecinos que se quedarían custodiando la ciudad. Así no habría disputas.

334

Antes de emprender viaje, Balboa se pasó toda la noche escribiendo una larga carta al rey don Fernando. Anayansi se levantó varias veces para rogarle que se fuera a dormir, pues por la mañana estaría rendido, pero él no se levantó más que para coger otro trozo de vela de grasa con que alumbrarse y renovar la antorcha de la pared. Mojaba una y otra vez la pluma de pavo en el tintero, y la escurría en el borde con sumo cuidado. Varias veces releyó lo escrito, cogió el papel, lo rasgó y redujo a trocitos que dejó sobre la mesa; rompió cuatro borradores hasta que consiguió plasmar lo que deseaba. Casi amanecía cuando acabó la carta. Anayansi, que no había podido dormir, se acercó a su lado y, por la espalda, le pasó los brazos alrededor del cuello.

Él le leyó un extenso escrito en el que daba cuenta al rey don Fernando de que había encontrado ricas minas de oro en el Darién y de que había abundancia en más de treinta ríos de aquellas tierras de Darién y Veragua. Le hablaba de su política humanitaria con los indígenas, a los que no maltrataba sino que los consideraba sus amigos y vasallos del rey. Al escuchar esto, Anayansi arrugó la nariz. Quizá por su cabeza cruzaron las veces en que los españoles habían sido demasiado severos con los de su raza, matándolos o vendiéndolos como esclavos. Pero Balboa siguió leyendo: le contaba al rey que, según decían los indios, a pocas jornadas podía encontrar el otro gran mar. Y que él quería abordar esa empresa, por lo que solicitaba le enviaran de La Española quinientos baquianos, ya que solo quería llevar hombres experimentados, además de provisiones, armas, carpinteros para construir buques y materiales para levantar un astillero. Por último, le pedía que no le mandara ningún bachiller en leyes ni otro que no fuera de medicina, pues todos eran unos diablos.

Luego enrolló el escrito y lo selló con lacre. Cuando entró en la alcoba, el resplandor del nuevo día aparecía por el horizonte.

No podía esperar la respuesta del rey a su petición, que se demoraría demasiados meses. La víspera de su partida, Balboa desplegó una actividad frenética: escribió instrucciones para los miembros del Cabildo, Olano y Del Corral, que gobernarían la ciudad; se preocupó de que las diez canoas y el bergantín estuvieran a punto, bien calafateado, listas las velas, brújula, astrolabio, sextante, relojes de arena y cuantos aparatos eran necesarios para navegar. Por la tarde revisó personalmente el acomodo de las provisiones en la bodega del barco, la pólvora y municiones, armas y objetos para el trueque con los indios. Los animales embarcarían por la mañana.

Cuando todo estuvo listo pasó por la taberna de Marigalante para echar unos tragos y despedirse de ella. Luego caminó hacia su casa con *Leoncico*, que brincaba a su alrededor.

Al llegar, cogió por la cintura a Anayansi, que estaba de espaldas.

—Voy a echarte de menos, separado de ti tanto tiempo —le dijo mientras le mordisqueaba la oreja.

—¿Y quién te ha dicho que vas a estar separado de mí?

—No pretenderás venir conmigo. Eso es imposible.

—Nada es imposible. No esto, al menos.

—Estás loca. Esto no es cosa de mujeres. No te imaginas lo duro que será el camino, los peligros y penalidades que nos aguardan.

—Que tu destino sea también el mío. Quiero estar a tu lado. ¿Quién calentará tu cama cuando acabes la jornada rendido? ¿Quién te cuidará si enfermas? ¿Quién te reconfortará si la duda o la pena te invaden? Solo yo, Anayansi, que para eso soy tu mujer.

No valieron las razones ni el poder de Balboa. Anayansi, entre arrumacos, argumentos y dulzura, consiguió su propósito.

—Pero no tienes nada preparado, y partimos mañana…

—Mira. —Le cogió de la mano y lo llevó a su recámara—. Ahí está mi equipaje, y mantas por si hace frío, y comida seca, y mudas y…

—Ya veo que contigo es imposible discutir. Sea. Me acompañarás. Pero te dejaré en Cueva con tu familia. Y que no te oiga quejarte en todo el camino, ¿eh?, que te dejo allí para siempre —dijo con una sonrisa—. Advertida quedas.

Anayansi sonrió maliciosa, pero calló. No eran sus planes quedarse en Cueva.

A mediados de agosto, Balboa había enviado una avanzadilla de mil indios transportadores y una veintena de perros adiestrados; irían por tierra hacia la provincia de Cueva. El 1 de septiembre de 1513, Balboa miró por la ventana de su alcoba en cuanto amaneció. El día se presentaba raso y templado. Sin aguardar a que llegara ningún representante de la justicia, acompañado de Anayansi, se reunió en la plaza de Santa María con los ciento noventa hombres que lo acompañarían a la búsqueda de otro mar, hasta entonces desconocido para el mundo occidental.

Todos eran soldados escogidos, bien armados con espadas, arcabuces, lanzas, armaduras, yelmos y escudos. Hasta el más descreído confesó y comulgó antes de emprender la marcha. Entre ellos iban Hurtado, Pizarro, Garabito, Albites, Hernando Muñoz, el notario Valderrábago como escribano y dos frailes. Sus conciudadanos se congregaron en la plaza para verlos partir, entre adioses cariñosos y aplausos.

Y

El bergantín llegó a las costas de Cueva el 3 de septiembre. Divisaron en la ribera —como puntitos negros— a los indios porteadores. También numerosas canoas grandes, pintarrajeadas, y hombres zambos que se dirigían a tierra. Balboa confirmó lo que ya sospechaba: se encontraba de nuevo con los malditos caribes a bordo de sus canoas. Mandó lanzar los cañones y las balas destrozaron unas cuantas. El resto de salvajes desaparecieron en el mar en unos instantes.

Los mil esclavos y naborías que habían salido por tierra a mediados de agosto habían llegado a Cueva un día antes que el bergantín.

La expedición descendió del barco cargada de obsequios para la familia de Anayansi. Sus padres y hermanas la encontraron muy cambiada y la miraban de arriba abajo para cerciorarse de que era su Anayansi. La rodearon sin dejar de tocar sus ropas, los adornos del pelo y las alhajas que lucía en cuello, orejas y manos. Pero luego perdieron el interés y cada cual se marchó a sus quehaceres.

Balboa se admiraba de la forma comedida que tenían los indios de expresar sus sentimientos. No había nostalgias, ni cariño desmedido, ni interés por conocer qué había sido de la vida de su hija mientras no estuvo en la tribu, ni ninguna de esas cosas tan comunes entre los españoles.

Esperaron en Cueva hasta la llegada de las diez canoas, tres días después. A pesar del buen recibimiento, Balboa no quería detenerse mucho tiempo en tierras de don Fernando-Careta porque se acercaba el invierno tropical. Partirían al día siguiente. Dejó allí noventa y seis hombres al cuidado de los barcos y en precaución de cualquier ataque, y emprendieron camino hacia las tierras del cacique Ponca con noventa y dos baquianos como guerreros expertos, dos sacerdotes, varios guías, los indios de Santa María más otros ochocientos que aportó su suegro don Fernando, además de sirvientes y mujeres. Las indias solían acompañarlos en las expediciones y eran muy útiles como asistentas, porteadoras y para consolar la soledad de los soldados.

Balboa ya no pidió a Anayansi que se quedara con su fami-

337

lia en Cueva. Temía que no resistiera las dificultades del camino pero, por otra parte, no quería dejarla por si volvían los caribes. Además, les sería de utilidad como intérprete. Les habían informado de que la mayoría de las tribus hablaban la lengua de Cueva.

Capítulo 36

A través del istmo

*H*abía que atravesar un pequeño puerto para llegar desde Cueva hasta las tierras de Ponca. Esto podría cubrirse, según don Fernando-Careta, en dos jornadas porque sus guías conocían bien la ruta y se orientaban por señales grabadas en árboles y rocas que solo ellos conocían. La expedición se puso en marcha. Caminaban en cabeza los guías caretas.

Balboa los observó atentamente hasta que desentrañó su código secreto: las señales en los árboles siempre comenzaban a su izquierda, en dirección sur, contaban diez pasos y encontraban un corte o dibujo en una roca o árbol, a la derecha. De modo que la siguiente estaría a la izquierda. Y el patrón se repetía una y otra vez.

Detrás de los guías, un grupo de nativos iba abriendo paso a machetazos. Tras ellos, los soldados a pie, con corazas y cascos, llevaban al hombro las banderas y pendones de Castilla y Aragón. Algunos hombres de La Antigua que no vestían armadura sino simples camisas de algodón, calzones cortos de franela y alpargatas de esparto caminaban más ligeros; los indios, que iban descalzos, sufrían en los pies los aguijones de piedras y espinos, mientras que los soldados se protegían los pies con botas de cuero. En medio iban los caballeros y los dos clérigos y, cerrando la comitiva, los más de mil indios porteadores cargando a sus espaldas víveres, mercancías para intercambiar, pipas con agua, barriles de pólvora, balas, arcabuces, picas, ballestas y tres cañones pequeños. Las indias cargaban sobre sus hombros cestos con ropas, alimentos y bebidas para la jornada; y otro grupo se encargaba de los perros. *Leoncico* seguía siempre cerca de su dueño.

Al principio la expedición caminaba alegre, entonando himnos y canciones y rezando letanías dirigidas por fray Andrés de Vera. Hurtado no paraba de contar sartas de chistes groseros, de inventar chascarrillos y declamar romances, lo que contribuía a soportar el pegajoso calor y la humedad, los espesos matorrales y espinos, las picaduras de tábanos, avispas, las oleadas de mosquitos que se metían por todas partes y el chaparrón diario que caía a primeras horas de la tarde. Tenían la mente puesta en la meta, en la gloria y el premio, y las penurias aún se les hacían llevaderas.

—Debemos estar preparados para lo que nos venga —les había dicho Balboa al salir—. No sabemos si nos toparemos con tribus belicosas, con fieras hambrientas, con terrenos como los de la expedición a Dabaibe, si se nos acabarán los alimentos y pasaremos hambre… Pero os recuerdo que me jurasteis que, pase lo que pase, ninguno desertará.

Balboa lograba que las jornadas se pasaran en un soplo. Siempre animoso, se ponía mano a mano con los indios a despejar el camino si era necesario. Francisco Pizarro —al que había nombrado su lugarteniente— le confesó cuánto le admiraba porque para él no había nada imposible.

Cuando se acercaban a las tierras de Ponca, vieron desde un alto una nube de polvo que avanzaba hacia ellos: era un numeroso grupo de indios. Se pusieron en guardia, pero pronto Balboa reconoció a don Felipe-Panquiaco.

—Los comagres no faltan a su palabra —dijo el hijo del cacique a modo de saludo—, a pesar de que tengo problemas.

—¿De qué se trata, amigo? —preguntó Balboa.

—Estamos en guerra con unas tribus vecinas, y mi padre, Comagre, o don Carlos, como le bautizasteis, está muy enfermo.

—Entonces no debéis acompañarnos. Ya habéis demostrado vuestra lealtad. Podéis regresar con los vuestros.

Antes de volver a sus tierras, don Felipe-Panquiaco mantuvo varias conversaciones con Balboa. Le proporcionó sustanciosos detalles sobre el istmo y el otro mar. Le informó de que algunos indios habían tardado seis soles en atravesarlo desde Comagre. Pero no podía asegurarle cuál era el camino más corto, había dos posibles rutas para alcanzar la masa de agua. Balboa escogió la que consideró más segura ya que eludía el paso por aldeas importantes. Aunque también tenía desventajas, pues caminar por tierras poco pobladas suponía más dificultades para encontrar comida. Además, esa opción era más accidentada que la ruta por el río Bayano y le llevaría, según don Felipe-Panquiaco, a la parte más pobre de la costa.

A la vista del poblado ponca, Balboa les recordó a sus hombres:

—No venimos en son de lucha, sino de paso. Si los indios nos atacan, nos defenderemos, pero no es mi intención guerrear.

Cuando entraron en la aldea de Ponca, el cacique había huido a la selva. Anayansi persuadió a Balboa de que fuera benevolente con él, que se habría escondido por miedo. Balboa le envió emisarios.

341

—Decidle al cacique que le ofrezco mi amistad y entregadle estas camisas, brazaletes, cadenas de cobre y hachas; aseguradle que solo vamos de paso y en son de paz. Y que yo le garantizo que ninguno de los suyos sufrirá daño y le pido que venga a reunirse conmigo.

Ponca creyó a Balboa y acudió cinco días después. Sorprendió a Vasco porque era tan alto como él y llevaba la melena más larga que jamás había visto, una cuarta por debajo de la cintura. El español pensó que el cacique tenía tan largo el cabello como cortas las ideas. Ponca era como un niño grande. Los obsequió con un banquete y sonreía a cuanto decía Balboa; al despedirse le confió algunos secretos —por medio de Anayansi como intérprete— y le regaló varias piezas de oro muy trabajado; también le advirtió de que a partir de allí no había camino y le ofreció unos guías para llegar hasta el istmo.

Llevaban en tierras de Ponca una semana, mientras se organizaban para la marcha más difícil. Allí despidieron a los guías de don Fernando-Careta, que se volvieron junto con doce hombres enfermos de fiebres. La expedición continuaría con los guías que Ponca le ofreció, conocedores de aquel territorio. Pondrían rumbo a Quareca, distante poco más de diez leguas. Su cacique, Torecha, era enemigo de Ponca porque los quarecas eran caribes y en varias ocasiones habían raptado a sus mujeres.

La ruta, no hollada por cristianos, era extremadamente dificultosa, con un entramado de raíces que requerían continuos golpes de hacha. Los expedicionarios avanzaban rodeados de ruidos de extraños pájaros, bichos, monos, jaguares y pumas, pero confiados en el conocimiento del terreno de los hombres de Ponca. A veces tenían que caminar por terrenos abruptos donde se hacía imposible ir montados.

—Coged los caballos de las bridas y continuad a pie —ordenaba Balboa entonces—. Corremos el peligro de que la cabalgadura se despeñe a cada paso.

Tuvieron que cruzar ciénagas cuyo hedor era tan nauseabundo que les hacía vomitar; durante el día, era tal el calor y la humedad que hasta se les pudría la ropa. Cada jornada era más agotadora que la anterior. Avanzaban una legua diaria, de sol a sol. Algunos hombres sufrían llagas en los pies, otros contrajeron fiebre y la mayoría tenía hambre. Comenzaron a quejarse a Balboa, quien consultó con los guías.

—Es seguro —le dijeron señalando al sur— que detrás de aquellas montañas que se ven a lo lejos está la mar.

Eso les animó a seguir. Los indios les advertían que se cuidaran de las arañas del tamaño de un puño que surgían entre las rocas, y de las abundantes víboras. Al padre Vera una de esas arañas gigantes le cayó sobre la muñeca y le picó mientras sesteaba. Los ayes del fray retumbaron por toda la espesura.

—Este veneno es mortal —dijo el físico, nervioso.

—Abrid la mordedura con un estilete —pidió Anayansi, que ante el titubeo del físico añadió resuelta—: Lo haré yo misma con mi daga.

Entonces el médico sajó al instante la piel del fraile. Anayansi se hincó de rodillas y le succionó el veneno, escupiéndolo una y otra vez, hasta que consideró que no le quedaba nada de ponzoña dentro. Luego le hizo un emplasto con hierbas que buscó en la selva. El fraile dejó de chillar y a los pocos días la herida había sanado.

Después de cinco días a través de la intrincada selva, se toparon con un río; los naturales, libres de ropa, los utilizaban como caminos, pues les era más fácil vadearlos o nadar en los más profundos que trepar por rocas y atravesar la selva. Pero muchos españoles no sabían nadar y no iban a aprender en aquellas aguas impetuosas y torrenciales. Entonces los indios cortaron troncos, que ataron con bejucos, y construyeron un improvisado puente para pasar personas y animales. Cansados y empapados, todos seguían tenazmente a sus guías para subir el promedio a dos leguas entre el alba y el crepúsculo. Siempre en dirección sudoeste, cruzaron el Chucunaque y las fuentes del Artigati, y llegaron a Quareca en la tarde del 24 de septiembre.

Tras el calor y la oscuridad de la selva, a medida que ascendían por las sierras de Quareca, el aire fresco fue un alivio para todos. Los guías poncas informaron a Balboa:

—Estamos cruzando las tierras de Torecha y debemos estar prevenidos. Es muy belicoso, y los quarecas, como bien os ha advertido Ponca, son caníbales.

Al amanecer apareció el temido Torecha con una hueste de seiscientos soldados armados con arcos y flechas. Balboa mandó abrir fuego con los cañones, y el cacique, en vez de plantar batalla, huyó sin llegar a atacar.

Los españoles continuaron el camino. Anayansi, por indicación de Balboa, había permanecido agazapada tras unos árboles con las mujeres indias, por si entablaban batalla. Cuando todo volvió a la normalidad, cabalgó hacia el pelotón de cabeza y preguntó por Balboa. Hurtado pensó que se había quedado atrás con ella. Esperaron un rato por si estaba rastreando el terreno. Lo llamaron por todos lados pero Balboa había desaparecido.

Un capitán temió que le hubieran disparado una flecha y hubiera quedado atrás muerto o malherido. Desanduvieron el camino. Anayansi cabalgó como loca hasta el lugar donde habían aparecido los caribes, pero no lo halló. El desaliento se apoderó de la expedición. Toda la mañana anduvieron explo-

343

rando los alrededores, soltaron a los perros a husmear, pero ni *Leoncico* regresó con algún rastro de Balboa.

Por la mente de Hurtado pasó el recuerdo de la predicción de Colón. No quería creer que se hubiera materializado. Se abrazó a Anayansi y lloró largo rato por su amo. Ella estaba pálida, tensa, pero no derramó una lágrima. Una india no demostraba sus sentimientos abiertamente, a pesar de que tuviera el corazón agarrotado de dolor. Anayansi no hablaba, no comía, caminaba como una máquina, a solas con sus pensamientos. No quería admitir la posibilidad de no volver a verlo. Estaba resuelta a quitarse la vida si Balboa no aparecía.

Pizarro, como lugarteniente, se hizo cargo de la expedición. Ordenó acampar allí para dar otra batida en cuanto amaneciera. Hurtado propuso que, sin su capitán, no tenía sentido continuar.

—Si no aparece, vivo o muerto —dijo Pizarro—, mañana decidiremos si continuamos avanzando o nos volvemos al Darién.

344

Aunque en su mente no estaba regresar, sino continuar con la expedición. La información sobre los ricos reinos del Birú le obsesionaba hasta el extremo de hacer de ello un objetivo en su vida. Pero era paciente. Prefirió guardar silencio y esperar hasta el día siguiente.

Esa misma mañana, cuando los soldados de Torecha huyeron sin presentar batalla, Balboa había visto el penacho de plumas del cacique entre unos árboles cercanos. No se lo pensó ni dio aviso a nadie, era la ocasión de atraparlo. Montó en su caballo y se lanzó a perseguirlo a través de la selva. Cuando acortó distancias, Torecha se metió por un terreno intransitable para el caballo. Balboa descabalgó y le persiguió a pie. Cuando ya estaba a dos pasos de él, el cacique dio un quiebro, Balboa pisó algo y se vio repentinamente izado en una especie de red.

Aún muy confuso, tras unos instantes de semiinconsciencia, se vio metido en una trampa y colgado boca abajo a tres palmos del suelo, rodeado de los hombres de Torecha. Le azuzaban con sus lanzas y vociferaban. Pensó que había llegado su hora, aquellos salvajes se darían un buen festín a su costa. Pero se marcharon por indicación de uno de ellos. Balboa intentó reconstruir los hechos. Dedujo que los astutos indios tenían preparadas muchas trampas y él había caído en una de ellas; quizás, al pisar un cierre, un lazo escurridizo se ciñera a sus tobillos y, en ese momento, algún indio desde un árbol tirara de él hasta dejarlo colgando boca abajo cerca del suelo. Y, acto seguido, le habrían lanzado una red de cáñamo que lo había dejado aprisionado en medio de una maraña. Intentó doblarse para alcanzar con las manos las ligaduras de los pies y desatarse, pero la espesa red hacía inviable su propósito. Quedó mucho tiempo solo. Creyó que lo dejarían morir allí o que alguna fiera le atacaría y estaba completamente indefenso.

Gritó llamando a Hurtado, Pizarro, Anayansi..., pero su voz se mezclaba con los ruidos cadenciosos de la selva: el sonido monótono de un arroyo, los trinos de los pájaros, el zumbido de los tábanos y el aullar de las fieras, como si quisieran acompañarlo en su soledad. El aire llevaba aroma de mango. Al cabo de unas horas llegaron tres guerreros jóvenes y altos. Tenían la piel embadurnada con alguna grasa que hacía brillar y acentuaba su color cobrizo. Por señas les pidió agua pues, con el calor, ardía de sed. Los hombres le incorporaron un poco la cabeza y le dieron a beber de una calabaza. Casi al instante notó que los ojos le pesaban, le entró un sopor y perdió el sentido.

Despertó al oscurecer. «Esos canallas me han dado a beber alguna pócima para dormir y han pasado horas», calculó. Volvía a estar solo, no escuchaba a ningún ser humano. Entonces empezó a gritar de nuevo los nombres de Hurtado, Anayansi, Pizarro. Los llamó con todas sus fuerzas una y otra vez. No le importaba que le oyeran los de Torecha, pensó que iba a morir igual. Cerró los ojos. Poco después sintió algo húmedo en la cara que lo despertó.

—¡*Leoncico*! —dijo quedo, escaso de fuerzas.

Balboa apenas podía moverse. El perro se empinó sobre las patas traseras, se agarró a la red y comenzó a morderla con rabia. Cuando hubo conseguido hacer un gran boquete, Balboa le pidió que saltara dentro, se apoyara en él y siguiera mordiendo hasta arriba. Por fin, *Leoncico* cortó las cuerdas

345

que le sujetaban los pies y Balboa cayó al suelo. Se abrazó al perro, que no paró de lamerle y de mover la cola saltando a su alrededor.

Balboa echó a correr hacia donde se había separado de los suyos aquella mañana. *Leoncico* lo seguía de cerca. Cuando llegó al campamento era noche cerrada, pero las estrellas y el fuego encendido para ahuyentar a los mosquitos y las fieras le habían guiado.

Al aproximarse a los guardianes, *Leoncico* comenzó a ladrar. Los soldados cogieron los arcabuces.

—No disparéis. Soy yo, Balboa.

—¡Es Balboa! —gritó Hurtado—. ¡Ha vuelto Balboa!

Todos sin excepción se levantaron y acudieron adonde estaban los centinelas.

—¿No sois una aparición, amo? —preguntó Hurtado palpándole.

Anayansi corrió a abrazarlo, sin pronunciar palabra. Él le acarició el pelo y la besó en la frente.

—Estoy bien —repetía Balboa—. Ya estoy aquí.

Ella se separó levemente y lo miró. Él le cogió de la mano y se sentaron rodeados de los demás.

—Estoy muerto de sed, y de hambre.

Una mujer india le llevó una calabaza con agua. Luego le dieron unas tortas de pan de casabe y un poco de carne de puerco. Cuando se repuso, acarició de nuevo a Anayansi.

—Imagino que estaréis deseando conocer qué me ha ocurrido. Escuchad.

Les fue desmenuzando los sucesos del día, cómo había temido que ese fuera el último de su existencia, y que estaba vivo gracias al valiente *Leoncico*. Cuando acabó el relato, fray Andrés dijo que debían dar gracias a Dios y rezaron unas oraciones; luego el clérigo les echó la bendición y se retiraron a dormir.

Anayansi se acurrucó a su lado y no se separó un instante del cuerpo de Balboa.

Al salir el sol, levantaron el campamento y continuaron la marcha por un terreno quebrado. En todo el día no encontraron un arroyo para beber. Varios de los hombres de Balboa caminaban con la armadura embarrada y arrastrando los pies, algunos con heridas, por los espinos; Anayansi iba muy despacio, como si las piernas le pesaran arrobas. Llevaba los pies hinchados de pisar durante horas un terreno tan salvaje. Sin embargo, no pronunciaba palabra. Cuando se sentaron a descansar, Balboa la cogió por el tobillo y le miró la planta del pie: unas ampollas reventadas, sanguinosas, se mezclaban con la tierra, a pesar de que iba calzada con unas alpargatas de esparto. La india lo miraba con una sonrisa tibia, pero que denotaba dolor. Siguieron adelante. Balboa comprendía que Anayansi no podía más. Él la cogió de la mano y casi tenía que tirar de ella, las piernas no la obedecían. La besó en la mejilla, la montó en el caballo y él, a pie, tiró de las bridas a través de las intrincadas revueltas de la selva.

Pronto los indios que iban en vanguardia empezaron a impacientarse, y los perros también.

—Tened listas las armas de fuego —ordenó Balboa— y las espadas preparadas. En cualquier momento pueden atacarnos.

Torecha apareció sobre una loma cortándoles el paso. Gritó que no osaran seguir adelante porque lo pagarían con la muerte.

La expedición se despabiló. Parecía como si de pronto se hubieran recuperado de la fatiga y desentumecido los miembros. Se parapetaron tras los escudos y encendieron las mechas. La hueste de Torecha irrumpió contra los españoles. Retumbaron sus tambores, sonaron las caracolas y enloquecieron el aire con su griterío. Cuando los tuvo más cerca, Balboa mandó disparar las ballestas y arcabuces. Los naturales quedaron sorprendidos al ver cómo aquel trueno y rayo mataba a sus hombres, que ahora yacían en charcos de sangre. El filo de las espadas se imponía a las macanas, las ballestas a los arcos y las balas de arcabuz impactaban en sus cuerpos fulminándolos. Al verlos desconcertados, Balboa intuyó que tenían miedo. Mandó soltar la jauría de perros, que atacaron sin piedad.

—*Leoncico* —ordenó Balboa—, ¡a él!

El perro saltó sobre el cacique antes de que su lanza pudiera alcanzarlo. Le mordió la yugular y casi le arrancó la cabeza; le desmembró los brazos y comenzó a dar cuenta de él, rugiendo

347

como un jaguar. Los indios que quedaron en pie, al ver la horrorosa muerte de su jefe, corrieron en desbandada.

Los hombres de Balboa siguieron a los naturales hasta el poblado; allí, acorralados por los perros y amenazados por los arcabuces, se ofrecieron dócilmente como vasallos y guías. Los españoles procedieron a revisar las chozas. Encontraron algodón, hamacas, oro y variados utensilios de cocina. En algunos bohíos, numerosas mujeres y niños los miraban asustados. Balboa, por medio del intérprete y de Anayansi, les dijo que no les harían daño; descansarían allí y proseguirían el viaje. Anayansi y Balboa se quedaron en la casa de Torecha. El cacique tenía guardados gran cantidad de alimentos y mucho oro en una pequeña habitación.

En ese momento, se oyó la voz de Francisco Pizarro:

—¡Venid todos! Veréis lo que hemos descubierto.

De diferentes bohíos fueron saliendo presurosos y se dirigieron hacia la gran choza alargada desde donde los llamaba su lugarteniente. Allí, en una amplia sala, unos soldados custodiaban a un grupo de personas maniatadas de pies y manos.

—¡Mirad, mirad aquí! —voceaba Pizarro—. Ved esta sala llena de pecadores abominables. —Y se dirigió a Balboa—: Cuando entramos en el bohío vimos lo que, aparentemente, era un grupo de mujeres acicaladas, festejando. Tres viejos músicos indios tocaban con un tambor, una flauta horizontal muy larga y un instrumento pequeño de cuerda. Al ritmo de la música bailaban en la pista varias parejas. Vestían naguas de algodón bordadas en vivos colores; se adornaban con collares, pulseras y zarcillos de perlas en las orejas. Cuando nos fijamos bien comprobamos que no se trataba de mujeres. Y había otro grupo tumbado en esteras, riendo y tomando una bebida extraña en cuencos de oro.

—¡Pero si son machos quarecas! —gritó un soldado—. ¡No son hembras, arremangadles las enaguas!

El padre Vera se llevó las manos a la cabeza.

—Estos indios están endemoniados. ¡Guarros, pervertidos, sodomitas! —dijo a los travestidos—. ¿No sabéis que este es un pecado contra natura que no tiene perdón de Dios? ¡Madre mía!, ¡madre mía! —no paraba de repetir santiguándose una y otra vez.

Los guías locales explicaron que aquellos hombres, los camayoas, vivían entre hombres, hilaban en la rueca y tejían fibras de maho, como las mujeres; uno de ellos era el hermano de Torecha y otras gentes principales del poblado.

—Estos hombres son culpables de sodomía —dijo Balboa, y preguntó a sus capitanes—: ¿Qué creéis que debemos hacer con ellos?

—Lo que prescriben las leyes de Castilla —respondió Garabito—: la muerte lenta para estos viciosos. Pero no debemos mancharnos las manos con estas mujerzuelas. ¿Por qué no se los echamos a los perros?

—Estos bardajes han cometido el más abominable de los pecados —le dijo Pizarro a Balboa—, penado con las leyes españolas con la muerte. ¿Qué ordenáis que hagamos?

—En verdad es el peor de los crímenes. Proceded como queráis. Yo me voy a descansar, que mañana debemos continuar la marcha y aún me duele la cabeza de haber estado ayer todo el día colgado boca abajo.

Los soldados sacaron a los quarecas enaguados fuera del bohío, los apartaron unos pasos, los desnudaron y se los echaron a los perros, que clavaron sus dientes en las carnes desnudas de los camayoas y los despedazaron en un credo mientras los gritos y lamentos de aquellos desgraciados se iban apagando.

Esa noche, con el estómago lleno, el placer de la victoria y convencidos de que habían hecho justicia, los españoles durmieron a pierna suelta.

Al día siguiente revisaron con los guías el camino a seguir. Balboa había ido dibujando sus mapas. Despidió a los guías de Ponca pues, a partir de allí, seguirían con los de Torecha, que se habían ofrecido y conocían bien el territorio. Balboa procuró tratarlos con amabilidad. Eran dóciles y habían demostrado ser valerosos.

Aquel era un buen lugar para dejar a varios hombres que estaban enfermos y no podían seguir adelante. Pidió a Anayansi que también se quedara en Quareca, pues la subida de la cordillera sería muy penosa, solo estaban a una jornada de distancia y, además, debían cubrirles la vuelta. Hurtado, Garabito y Botello la cuidarían. Anayansi no rechistó; aunque no se quejaba, estaba pálida, afiebrada y tenía los pies destrozados, doloridos y llenos de ampollas. Pero no quería ser una carga para Balboa, ni que él se arrepintiera de haberla traído.

—Cuidádmela bien —dijo Balboa—. Respondéis con vuestra vida. Os prometo que en cuanto descubra la mar, mandaré a por vosotros.

Los dejó bien provistos de armas y partió con sesenta y seis hombres, incluido el padre Vera.

Capítulo 37

Descubrimiento de la Mar del Sur

Salieron de Quareca al día siguiente, 24 de septiembre, muy temprano. El aire era fresco a esas horas de la mañana. Debían atravesar una gran cadena montañosa por la parte más reducida del istmo. Los guías quarecas aseguraron a los españoles que tras esa barrera de montañas podía verse el mar.

La expedición prosiguió la marcha hacia el sur hasta las cordilleras del río Chucunaque, pero aún faltaba atravesar una imponente sierra, según le había informado don Felipe-Panquiaco. Luego de comer, beber y descansar, enfrentaron lo más duro de la travesía, sufriendo en los pies el aguijón de piedras afiladas que se les clavaban a los que caminaban descalzos. Según ascendían, el aire se tornaba más fresco.

Encontraron una gruta donde pasar la noche. Encendieron una hoguera para protegerse del frío y se durmieron al calor de la lumbre, arropados con mantas. A medianoche Balboa despertó empapado en sudor y hablando en voz alta; se incorporó sobresaltado notando el palpitar acelerado del corazón. En su visión, Anayansi estaba en peligro, un lobo la tenía cercada y él no podía llegar hasta ella; luego, el lobo se tiraba sobre él y le cosía a dentelladas, cubriéndolo de sangre. El resto de la noche no pudo dormir pensando en ella y en los imprevistos del viaje. Se sentía inquieto, como si un mal presagio lo amenazara.

El día amaneció envuelto en una neblina espesa que, más tarde, el sol se encargaría de disipar. Encendieron una hoguera para verse las caras y tomaron algo de carne, pan de casabe y frutas como desayuno. Emprendieron la ascensión de la empinada sierra, de unos cuatro mil pies de altura. Antes de llegar a una meseta tenían que atravesar un despeñadero.

Balboa mandó a sus hombres que descansaran allí y lo esperaran. Ascendió en solitario por la ladera, quería ser el primero en contemplar aquel mar. La ascensión fue fatigosa y le llevó más de cuatro horas. Avanzó sin vacilar, trepó por las rocas con pie firme pues sabía que un paso en falso podía significar la muerte; cortó los bejucos que entorpecían su paso, mientras bandadas de pájaros huían espantadas. Se aferraba a las rocas agrietadas para ascender; afortunadamente, había gran cantidad de plantas trepadoras. La pendiente le hacía jadear y pararse de vez en cuando a reponer fuerzas. Cuando coronó la cima, se tumbó boca abajo, agotado, sobre una roca. Ya recuperado, se quitó el sombrero con penacho y el sol bruñó sus cabellos rubios. Abrió desmesuradamente los ojos para capturar aquel espectáculo; a sus pies vislumbró un maravilloso mar azul, sereno, que pareció saludarlo, como la mujer que ha esperado largo tiempo a su amante.

352

—He aquí mi mar —dijo en voz alta—. Mi Mar del Sur, porque desde la costa de la Mar del Norte del Darién hemos caminado siempre hacia el sur hasta encontrarla. Así se ha de llamar —dijo mientras le hacía una reverencia y caía de hinojos—. Alabo al Señor que me ha concedido tal merced de ser el primero en contemplaros.

A lo lejos se divisaba un valle frondoso, sabanas muy verdes, ríos caudalosos, pequeños poblados y unas sierras medio ocultas por la bruma. Balboa disfrutó en solitario de aquel paisaje recién descubierto. Respiró hondo. En aquellos momentos le embriagaba una sensación placentera, de plenitud. Era el primer hombre blanco que contemplaba aquel océano. Allí estaba él, el extremeño Vasco Núñez de Balboa, un muchacho pendenciero y pobre, aunque hidalgo, un simple escudero, ante la hazaña más importante de la conquista de las Indias. Elevó una plegaria a Dios y comenzó a sollozar de alegría.

Todos los esfuerzos, todos los sufrimientos, habían merecido la pena. Se sentó sobre una peña para saborear aquel momento, él solo, con temor de que aquella Mar del Sur, como acababa de bautizarla, solo fuera un sueño y se desvaneciera con un pestañeo. Miró al vacío. Aquella masa de aguas azules, tranquilas, seguía allí, desmesurada, y le daba la bienvenida con el rumor de las olas.

Pensó en su padre y sus hermanos, y en lo felices que se sentirían si lo supieran. Besó el crucifijo que llevaba siempre colgado al pecho y que le diera su padre cuando le dejó en Moguer. Se acordó de Cristóbal Colón y su sueño de encontrar un paso para navegar rumbo a Asia. Sin apartar la vista del mar dijo con su poderosa voz: «Mi pueblo no volverá a pasar hambre ni estrecheces»; y vio la ferocidad y violencia con que habían reprimido a algunas tribus para poder sobrevivir; vio la imagen de su amada reflejada en las aguas y pronunció: «Anayansi se sentirá orgullosa de mí»; y la vio a ella y a su familia encerrados en un bohío en su poblado, prisioneros; añadió, orgulloso: «En España reconocerán mis méritos y el rey me concederá mercedes»; y vio en las aguas los rostros de Enciso y Nicuesa; «Los caciques me respetarán como el gran Tibá», se dijo, y vio miles de cuerpos destrozados por los perros. Pensó que había tenido que pagar un alto precio para llegar hasta allí.

Miró al sol que alumbraba desde lo más alto del cielo y pensó en sus compañeros, que le estarían esperando impacientes. Echó un último vistazo a su mar de aguas pacíficas y comenzó a descender hasta un risco desde donde se divisaba el campamento.

A eso del mediodía llamó a grandes voces a los suyos, ondeando el sombrero. Aunque no podían oír lo que decía, comprendieron que se había cumplido su sueño. Les hizo señas de que subieran y, como si fueran cabras montesas, sus compañeros emprendieron el camino ladera arriba.

Cuando sus hombres alcanzaron la cumbre, quedaron fascinados al contemplar aquel mar infinito. Abrazaron y felicitaron a Balboa y todos ensalzaron a su capitán.

—¡Amigos míos, he aquí la mar, mi mar! —no se cansaba de repetir Balboa—. ¡Por fin he descubierto la Mar del Sur! Y vosotros sois testigos de esta hazaña. Nuestros nombres pasarán a la historia.

—Loado sea Dios —dijo el padre Vera con los ojos húmedos—. Recemos una oración en acción de gracias.

Todos se abrazaron llorando como niños. Algunos se arrodillaron rezando y otros se echaron de bruces y besaron aquella tierra.

—Valderrábago —dijo Balboa volviéndose hacia el notario—, tomad nota detallada de lo acaecido en este día.

Sentado en una peña, el escribano sacó un pergamino y escribió con letra clara el hecho del descubrimiento del mar, tal como Balboa se lo dictó, y los nombres de los hombres que acompañaron al gobernador y capitán Vasco Núñez de Balboa: comenzó por el primero, el del capitán Balboa; el segundo, por cortesía, el de Andrés de Vera, clérigo; el tercero, el del lugarteniente Francisco Pizarro, y así hasta completar los sesenta y siete nombres, desde los de hidalgos y nobles al del más humilde soldado. Todos se sentían orgullosos de saber que su nombre quedaría inmortalizado en aquella relación que mandarían al rey.

—Venid, asomaos y contemplad esta maravilla —les animó Balboa—. Esa mar majestuosa será un camino de trasiego de mercancías; permitirá navegar hasta el país de las especias, hasta los reinos del Birú de los que nos habló Panquiaco. Nosotros exploraremos nuevas tierras, descubriremos sus tesoros y comerciaremos con países lejanos.

Pudieron contemplar una playa remota y el batir de las olas sobre las rocas. Les pareció estar viendo el paraíso.

—Hemos cumplido nuestro sueño —dijo Balboa—. Dios y la divina Providencia han permitido que fuéramos nosotros y no otros los que tuviéramos este privilegio, para gloria de Dios y de la Virgen, y podamos ofrecérselo a nuestros reyes de Castilla. Y todos seremos inmensamente ricos. Solo tenéis que mostrarme lealtad siempre —insistió.

—¡Viva nuestro capitán! —gritó Hernán Muñoz—. ¡Viva Balboa, el más grande capitán español!

—¡Salve por Balboa! —dijeron todos, imbuidos de una felicidad indescriptible.

—Démosle gracias a Dios y pidámosle por merced que nos ayude y guíe a conquistar esta tierra que nunca jamás cristiano vio, para predicar en ella el Santo Evangelio.

Mandó a los indios que cortaran dos troncos y levantaran una cruz. Luego recogieron muchas piedras, las amontonaron, a modo de monumento, y sujetaron entre ellas la cruz junto con el pendón de Castilla, para dejar constancia de su descubrimiento. Valderrábago grabó en la cruz la fecha, 25 de septiembre de 1513; el nombre de los reyes, don Fernando y doña Juana, y el de Balboa.

Cada uno buscó un árbol y grabó con un chuchillo su nombre y el del reino de Castilla.

Balboa se hizo un pequeño corte en la muñeca, se untó la mano con su sangre y la estampó en la cruz y grabó debajo: «V. Núñez de Balboa».

Fray Andrés de Vera comenzó a cantar un tedeum y todos se unieron a él con lágrimas en los ojos, ante la extrañeza de los indios, que observaban las ceremonias tan raras que hacían los blancos.

Descansaron durante largo rato. Las conversaciones versaban sobre los más variados temas y la imaginación de muchos se desbordó con aquel hallazgo.

Más tarde, Balboa se puso en pie.

—Caballeros, ha llegado la hora de que bajemos a tomar posesión de esta mar, remojarnos en sus aguas y probarlas, a ver a qué saben.

355

Aunque habían divisado el mar, había que tomar posesión de él, pero era imposible bajar por aquel acantilado, y la costa estaba a varias jornadas de la montaña. Echaron una última mirada al nuevo océano y comenzaron el descenso hacia la orilla sur, henchidos de gozo.

En esa ladera se toparon con una aldea, no muy lejos de la playa, que pertenecía al territorio de Chiape. Sus habitantes, con su cacique al frente, habían huido al verlos aproximarse. Los de Balboa se metieron en los bohíos a pasar la noche y descansar. Encontraron provisiones y oro.

Chiape regresó con su hueste de unos doscientos hombres y les presentó batalla, pero al ver la respuesta de las armas de fuego, los trajes de hierro, los animales veloces de cuatro patas sobre los que montaban y los perros, se asustó. Huyeron hacia las montañas y mandó a un mensajero para concertar la paz. Se avenía a ser su vasallo. Balboa, conciliador, le devolvió a los prisioneros y le entregó unos presentes de baratijas que a Chiape le parecieron maravillosos. Se los envió con los guías quarecas, para que le informaran de lo bien que los había tratado Balboa, por lo que no tenía nada que temer.

Este cacique era amistoso y bonachón; entró crédulo en su poblado, saludó a Balboa, le mostró su hospitalidad ofreciéndole su comida y piezas de oro equivalentes a cuatrocientos castellanos de oro. Se ofreció a acompañarlos hasta el mar. En realidad, la cacica era su hermana, pero en ausencia de esta, Chiape quedaba al mando.

Balboa envió tres partidas de doce hombres a explorar el acceso por tierra más corto y seguro hasta el mar, a través de los ríos. De esta manera, descubría rutas alternativas, y tomaba nota. Él mismo fue con el grupo que había encomendado a Francisco Pizarro. Cuando llegaron, ya los esperaban los primeros que habían desembocado por un río a bordo de varias canoas.

Transcurridos cuatro días del descubrimiento, Balboa, sus hombres y Chiape llegaron a la playa del golfo para tomar posesión de la Mar del Sur, en un lugar llamado Yaviza. Era el 29 de septiembre. Unos bosques espesos acababan en la misma orilla. Después del mediodía la marea estaba baja y la playa, llena de lodo. Balboa calculó que las aguas distarían un cuarto de legua de la costa. Chiape le explicó que las aguas subían y bajaban hasta los dieciocho pies. Les sorprendió, pues en el Darién apenas se sentía crecer ni menguar.

Los españoles, sentados bajo unos árboles, esperaron pacientemente a que subiera la marea para meterse en el mar, y entonces Balboa, con su peto y el casco, la espada desnuda en una mano y el pendón de Castilla en la otra, muy erguido y a grandes pasos, fue introduciéndose en las aguas hasta que le llegaron a las rodillas.

A una indicación suya, los veintiséis españoles que le acompañaban entraron también en el mar y con la mano probaron el agua, que escupieron al comprobar que era salada.

El capitán levantó la voz.

—Vivan los muy altos y poderosos señores reyes de Castilla y de León, y de Aragón, don Fernando y su hija doña Juana, en cuyo nombre y por la corona real de Castilla yo, Vasco Núñez de Balboa, tomo solemne posesión de la Mar del Sur, y aprehendo la posesión real y corporal y actualmente de estas mares y tierras, de todas sus orillas, islas del Sur, puertos y cuanto en él se encontrara, en nombre de Nuestro Señor Jesucristo y de su gloriosa Madre, Nuestra Señora, y de los católicos y serenísimos reyes de Castilla y Aragón, nuestros señores. Y si cualquier príncipe capitán, cristiano o infiel, o de cualquier ley, secta o condición alegase o pretendiese derecho a estas tierras y mares, estoy pronto y preparado para defenderlas y mantenerlas en nombre de los soberanos de Castilla, presentes y futuros, los cuales tienen imperio y dominio sobre estas Indias, islas y tierra firme del Norte y del Sur, sobre todos sus mares, ahora y siempre, mientras el mundo dure, y hasta el día en que sea llamado a juicio todo el género humano.

Preguntó luego desafiante si alguien se oponía a la posesión, pero nadie replicó.

—Españoles, ¿estáis dispuestos a defender con vuestras vidas esta posesión, por los reyes de Castilla?

—¡Sí, lo estamos! —respondieron todos a una.

Algunos cortaron ramas de árboles para llevárselas de recuerdo.

357

Balboa pidió a Valderrábago que diera fe del acto, anotara los nombres de los veintiséis españoles presentes y tomara juramento uno por uno. Y el escribano, tan retórico, les fue preguntando si reconocían el absoluto dominio de Castilla sobre todas las tierras descubiertas y si estaban dispuestos a defenderlas con su espada y a obedecer a su capitán, Vasco Núñez de Balboa.

—Este gran día —añadió al terminar— la Iglesia celebraba la festividad de san Miguel Arcángel. Por eso este golfo se llamará golfo de San Miguel.

Después de tomar posesión de la Mar del Sur, recorrieron a pie la costa y, al caer la tarde, regresaron al poblado de Chiape.

Ahora que ya había descubierto el mar del que le hablaran Panquiaco y Anayansi, Balboa deseaba continuar descubriendo aquellas tierras bañadas por la nueva mar; acariciaba la idea de embarcarse enseguida para explorar los alrededores. Quería ir hacia la isla de las perlas y llegar hasta el reino del Birú, rico en oro, del que también le hablara su amigo, y así se lo hizo saber a Chiape.

Despidió a los guías de Quareca colmándolos de regalos y les entregó una carta para que se la llevaran a Hurtado y Anayansi. A falta de papel, Balboa utilizó unas hojas gruesas de copey. En la misiva les daba cuenta del descubrimiento del nuevo mar océano, de lo feliz que se sentía, y les comunicaba que los esperaban en Chiape. Los indios miraban asombrados los garabatos y les parecía cosa de magia que aquel papel hablara. A su vuelta, días más tarde, Hurtado le contó a Balboa que uno de los guías, al entregársela, le había dicho que la carta era poco comunicadora. Intrigado, le preguntó por qué lo decía y el indio le dijo que por el camino se había puesto a hablar con la carta, y ella no le había respondido. Al escuchar esto Balboa y unos cuantos soldados que le rodeaban se revolcaron de la risa. Luego Hurtado continuó diciendo que cuando leyó la carta en voz alta y comprobaron que la carta le informaba de lo mismo que había dicho Balboa en Chiape, se arrodillaron ante ella adorándola por creer que era mágica.

Capítulo 38

Navegando por la Mar del Sur

*B*alboa estableció el real en Chiape para, desde allí, hacer incursiones por los alrededores. A los dos días de estar descansando, un centinela gritó que se acercaban los compañeros que habían quedado en Quareca. Balboa salió presuroso a recibir a Anayansi. Todos le felicitaron por el éxito del descubrimiento pero él solo tenía ojos para su bella india. La abrazó, le retiró un mechón de pelo de la cara y la besó en los labios. Pero Anayansi no se movió. La miró a la cara y la vio pálida y seria. Por más que le preguntó el motivo no consiguió averiguar nada.

—Será el cansancio del viaje —le dijo Pizarro—, lo que necesita es descansar.

La llevó al bohío donde Chiape le había instalado, le dio un beso en la cara y salió a departir con sus hombres.

—¿Y *Leoncico*? —dijo buscando alrededor—. ¿Dónde está mi *Leoncico*?

Hurtado le dijo con un hilo de voz:

—No voy a andarme con rodeos. Ha sido envenenado.

—¿Quéeeee? Dime que no es verdad —dijo mientras le zarandeaba por el brazo.

—Lo siento, Balboa, pero es cierto. Apareció muerto en el campo, con el vientre hinchado. Dijeron que quizá habría comido un animal emponzoñado.

—No puede ser. ¡Mi fiel *Leoncico*! ¿Y tú qué piensas?

—Que alguno lo envenenó.

—¿Quién osó tamaño crimen? —vociferó—. Si averiguo quién fue, lo mato con mi espada.

Balboa se dejó caer sobre un poyo de piedra, abatido, y así permaneció durante horas. *Leoncico* había sido su compañero durante años, juntos habían superado peligros y calamidades, y le había salvado la vida. Pensaba que jamás tendría otro animal tan valiente, inteligente y fiel. Al rato, convocó en la plaza del poblado a todos los que habían quedado en Quareca. Con gesto adusto fue interrogando uno a uno, indagando cuándo habían visto a *Leoncico* por última vez y qué habían hecho el día en que apareció muerto. Pero no pudo obtener ninguna pista que le condujera al culpable.

Abatido, entró en la choza a ver a Anayansi. Con lo de *Leoncico* no había reparado en que no la había visto en horas. Ella se abrazó a Balboa, con evidente temor. Le dijo que sentía mucho la muerte de *Leoncico* y que entendía su pena. Él, viéndola tan alicaída, le pidió que se desahogara y le contara sus cuitas.

—Ha ocurrido algo en Quareca. Pero no deseo que te enfades. Prométemelo.

—Te lo prometo. ¿Qué más desgracias pueden haber ocurrido?

Anayansi bajó los ojos y le tomó la mano.

—Al día siguiente de estar en Quareca, una tarde muy calurosa, después de comer, me encontraba descansando en una hamaca, a la entrada del bohío. Las dos indias que me asistían dormitaban cerca de mí. Y *Leoncico* estaba enroscado a la sombra de un árbol. Desperté sudorosa y decidí ir a darme un baño sola al río cercano al poblado. Me desnudé y dejé las ropas sobre unos juncos. Lo que no sabía era que alguien me estaba espiando. Cuando salí, mis ropas habían desaparecido. Miré en derredor y allí estaba él.

—Pero ¿quién? ¿Qué desgraciado osó robar tus ropas?

—Fue Garabito.

—¡Malnacido! ¡Ahora mismo lo mato! —dijo Balboa y se levantó con intención de salir a buscarlo.

—Espera —dijo Anayansi sujetándole el brazo—. No pasó nada. De verdad. Gracias a *Leoncico*.

—¿Qué hizo *Leoncico*?

—Garabito me dijo que me amaba y me deseaba, pero en ese momento yo comencé a gritar. *Leoncico* llegó presto y saltó sobre él. Tuve que ordenarle que lo dejara; si no, lo habría destrozado.

—¡Ojalá lo hubiera hecho! Es lo que merece esa rata.

—Aun así, ya le había dado una dentellada en la pierna que por poco lo deja cojo. Pero ya se encargó de castigarlo Hurtado, que acudió en cuanto oyó mis gritos.

—Sigue, ¿qué más pasó?

—Hurtado le atacó, le propinó muchos golpes mientras yo me vestía. Él no se defendió. Le pidió que no te dijera nada, que lo matarías si te enterabas. Hurtado lo mantuvo maniatado los demás días y le advirtió que, si osaba mirarme, él mismo lo mataría. Y que si no lo hacía entonces, era porque se necesitaban todos los brazos.

Balboa se levantó fuera de sí. Anayansi trató de calmarlo pero no pudo impedir que saliera del bohío. Buscó a Garabito; lo levantó en el aire agarrándolo por la pechera, mientras el otro le rogaba que se calmara, que no había pasado nada. Balboa sacó la espada y le puso la punta en el cuello. Garabito, llorando como una doncella, le suplicó que lo perdonara, que sería su esclavo de por vida. Juró que su único pecado era haberse enamorado de Anayansi, pero que no volvería a mirarla había aprendido la lección. Balboa, al verlo llorando como una mujer y rebajándose tanto, pensó que no merecía la pena clavar su espada en el corazón de aquel cobarde, capaz de perder la dignidad con tal de salvar su vida. Ordenó a Muñoz que le propinara diez latigazos. Y le degradó de capitán a soldado raso.

—Has vuelto a nacer hoy, bellaco. Pero no vuelvas a tentar a tu suerte.

Lo que Anayansi no le contó fue que, cuando se agachó para buscar sus ropas, Garabito se abalanzó sobre ella, la tiró al suelo con violencia, le mordió los labios susurrándole que con él gozaría más que con Balboa y otras obscenidades, como que había disfrutado contemplando su cuerpo desnudo saliendo del agua, su sexo, sus senos, y viéndola lavarse las piernas, el vientre. Y le había vuelto loco. Le dijo que iba a poseerla, algo que llevaba deseando desde hacía mucho tiempo. Le puso los brazos en alto, alrededor de la cabeza, y trató de reducirla. Aunque Anayansi se defendió revolviéndose y arañándole la cara cuando él soltó sus manos para desnudarse, la fuerza de Garabito hizo que estuviera a punto de conseguirlo si no hubiera sido por el perro. Aun así, recordaba su lengua lamiéndole la oreja, sus manos manoseando sus senos, el resoplido de su respiración. Pero temió que Balboa no se contuviera y lo matara sin contemplaciones, por eso no le contó toda la verdad.

Durante los días siguientes, Balboa dedicaba el tiempo a recorrer a pie los alrededores y a explorar el río en canoas. Garabito procuraba no colocarse ante su vista.

Chiape estaba encantado con Balboa y los españoles. No se separaba ni un instante de ellos. Para él era algo insólito la visita de aquellos barbudos blancos, con aquellos trajes de hierro, y dueños de objetos que tenían tanto poder que echaban fuego y mataban. Desde que conoció a Balboa se encariñó con él y se ofreció a acompañarlos y pasar juntos los peligros que sabía por experiencia que iban a acaecer.

El 17 de octubre, Balboa, Chiape y sesenta hombres salieron en ocho canoas, navegando rumbo a poniente por el brazo de un ancho río que transcurría a lo largo de un fértil valle y desembocaba en el golfo. A lo lejos, el cacique le señaló una montaña donde se divisaba el poblado de Cuquera. Esperaron a que se hiciera de noche y sacaron de unas calabazas pequeñas varios cocuyos para alumbrarse. Chiape estaba admirado de la sabiduría de los hombres blancos al ver que se alumbraban con una especie de escarabajos con cabezas luminosas que colocaban en sus gorras.

Entraron en el poblado de madrugada. Los naturales dormían y, aunque trataron de tranquilizarlos, huyeron precipitadamente a lo más profundo del monte. Se habían llevado con ellos sus armas, y al día siguiente volvieron en son de guerra pensando que habían sido atacados por indios, pero al ver aquellos seres tan extraños, volvieron a huir asustados y dando gritos. Balboa corrió con su caballo tras ellos y consiguió apresar al cacique y a algunos de los suyos, con ayuda de los perros. Los trató con benevolencia, por medio de un intérprete les ase-

guró que iban en son de paz y les dio algunos regalos. El cacique los aceptó sin reparos, les dijo que los consideraba sus amigos y les ofreció el equivalente a seiscientos cincuenta pesos de
oro. Balboa vio que se adornaba con un collar de perlas. Las señaló, y Cuquera le contó que, no muy lejos de allí, había un lugar con abundancia de perlas.

—Sin embargo —dijo Cuquera—, es peligroso navegar
en este tiempo porque el mar está revuelto. Y durante las últimas lunas del año, las lluvias y tormentas no cesan en estas costas.

—Eso mismo le he dicho yo —afirmó Chiape—, que de octubre a diciembre la mar siempre está encrespada y es preferible esperar tres meses. Pero el amigo quiere seguir adelante. Y
si Balboa no tiene miedo, Chiape tampoco.

Balboa, impaciente, era incapaz de aguardar ese tiempo. Sin
embargo, recapacitó y valoró que, para abordar la conquista del
Birú, debería ir con varios barcos y abundante tripulación,
buenos pertrechos y bastantes hombres y armas. En cuanto
llegara a Santa María empezaría con los preparativos.

Con veinte de sus hombres, más Anayansi, Chiape y varios
indios remeros, Balboa ordenó cruzar en canoas al otro lado del
golfo, a pesar de la tormenta vaticinada por los indios. En
efecto, poco después se levantó un viento fresco que les heló
los huesos, el mar comenzó a picarse y a romper furioso contra
rocas y arrecifes; además, los españoles no sabían manejar bien
las canoas, que eran muy livianas y llevaban demasiado peso.
Balboa contempló a siete de los suyos encaramados en la cresta
de una ola para, seguidamente, hundirse en las profundidades.

Chiape estaba abatido al ver que la canoa donde iba Balboa
había volcado y sus ocupantes habían caído al agua. Los indios,
Anayansi y el propio Balboa se defendían de las olas nadando
y arrastrando a los españoles que no sabían nadar hasta la orilla. Con gran destreza los indígenas ataron unas canoas con
otras, y así pudieron resistir la violencia de las olas hasta refugiarse en un pequeño islote. Desembarcaron, ataron las canoas
a unas palmeras y se tumbaron a descansar y pasar la noche en
un pequeño montículo, exhaustos. Sin embargo, no habían
acabado sus desgracias. Pronto Balboa despertó. Se sentía húmedo. Se levantó raudo y dio la voz de alarma.

363

—¡Arriba, levantaos! ¡Esto está lleno de agua!

—Está subiendo la marea —dijo Chiape empapado hasta la rodilla.

Se subieron a unas rocas pero pronto les alcanzó la marea. El islote resultó ser un arenal bajo. Azuzados por el bramido del mar, caminaron con el agua a la cintura hasta llegar adonde estaban las canoas y treparon a las palmeras. Así estuvieron toda la noche, agarrados unos a otros, muertos de frío, mientras el padre Vera no dejaba de rezar rosarios y todos coreaban la letanía. Así hasta que amaneció, se calmó el viento y bajó la marea.

Con gran desesperación comprobaron que las canoas estaban destrozadas por el choque contra los manglares, sus ropas habían desaparecido y los víveres estaban estropeados. Balboa se puso el primero a arreglar los desperfectos, ayudado por Anayansi, que se comportaba como un hombre, machacando las cortezas, hierbas y telas para calafatear y salvar algunas canoas. Los demás, viendo su ejemplo, dejaron de protestar y entre todos consiguieron rehacer tres canoas. Como eran muchos, tuvieron que pasar a tierra firme en varios viajes. Hasta bien entrada la tarde no pudieron llegar a la orilla, en las extremidades de un golfo. Se tumbaron en la arena cansados y hambrientos. Afortunadamente todos habían salido ilesos. Según Chiape, se encontraban a varias jornadas al norte del golfo de San Miguel.

Al rato barruntaron una algarabía y se vieron atacados por indios con palos y lanzas. Balboa sabía por experiencia lo importantes que eran las armas; por eso recomendaba a los suyos que siempre llevaran alguna encima, además de la espada. Las que dejaron en las canoas las habían perdido.

—¡En guardia! ¡Por Santiago! Ataquemos —ordenó de inmediato.

En cuanto oyeron el estampido de los arcabuces y vieron caer a los suyos en medio de una nube de humo y con un fuerte olor a pólvora, los nativos, que nunca habían estado en contacto con españoles, se echaron al suelo presas del pánico. Varios fueron hechos prisioneros.

Chiape les dijo que el cacique era un poderoso señor llamado Tumaco y que uno de los prisioneros era su hijo. Balboa

364

lo trató con respeto, le regaló una camisa y un collar de piedras de colores y lo devolvió a su padre con los demás prisioneros.

Poco después Tumaco, que se había escondido en lo alto de unas rocas, acudió ante Balboa. Mediante los intérpretes de Chiape le agradeció el trato dado a su hijo, le ofreció unos cestos con seis mil piezas de oro y otros con seis libras de perlas, equivalentes a doscientas cuarenta perlas como garbanzos, y los invitó a ir a su poblado —que era una isla— distante unas tres leguas.

Formado por numerosas casas de madera, estaba rodeado de una tierra fértil, con abundante agua de arroyos transparentes. Entre palmeras, cocoteros y abundantes mameyes y mangos, los españoles pudieron descansar, saciar el hambre y la sed que arrastraban.

Balboa ofreció al cacique espejos, cascabeles y hachas de acero, que causaron el asombro de los isleños. Preguntó a Tumaco por la procedencia de las perlas. Y si tenían oro. El cacique le dijo que, cerca de allí, en Terarequi, tendría cuantas quisiera. Les explicó que hacia el oeste, la costa no tenía fin y, sobre el oro, señaló hacia el sur y le habló de un país que tenía barcos muy grandes, donde las calles, casas y utensilios eran de oro. Y se ayudaban de animales de carga, como ovejas. Dibujó en la arena el camino para llegar hasta allí, y unos animales con grandes orejas levantadas, mitad caballos, mitad camellos o cabras.

—Yo digo que parecen camellos —dijo Hurtado—. A que va a resultar que es el Oriente, el Asia.

—Son llamas —dijo Anayansi—. Dicen que hay muchos de estos animales.

—Esto va a ser el reino del Birú del que nos habló Panquiaco —comentó Balboa con Pizarro.

—Pues tendremos que llegar hasta allí. Y no cabe duda de que será una hazaña gloriosa.

Balboa vio en los ojos de Pizarro la misma chispa expectante que en los suyos meses antes de descubrir la Mar del Sur. Quizás él también acariciara un gran sueño.

Tumaco los obsequió con seiscientas coronas de oro en joyas y doscientas perlas, y a la mañana siguiente pusieron rumbo a Terarequi. Balboa, antes de mover a toda su hueste, envió a Pizarro y a otros seis de sus mejores hombres, acom-

365

pañados de algunos indios de Chiape y de Tumaco, para que se adelantaran a averiguar dónde y cómo se pescaban las perlas. Tumaco les ofreció una canoa enorme, con todos los remos adornados con perlas.

Al cabo de una semana sus hombres volvieron con un saco lleno de ellas, de varios tamaños, alguna como una aceituna, y dijeron que habían llegado hasta la isla del cacique Terarequi y habían visto coger perlas de gran tamaño. Hurtado contó que las sacaban de las profundidades marinas, de unos animales que llamaban «ostras», y les enseñó conchas de nácar y ostras vivas, que se comían una vez sacadas las perlas. Eso le había causado extrañeza. Se las habían dado a probar, pero a él no le gustaron.

Balboa no cejaba en su empeño de embarcarse hacia el archipiélago de las perlas. Tumaco, Chiape y los indios insistieron en que era peligroso ir con la mar gruesa, y le persuadieron de que ponía en riesgo su vida navegando en la estación de las borrascas. Anayansi también le imploró que les hiciera caso, que ya habían tenido un aviso.

Como Tumaco le vio contrariado, para compensarle los llevó hasta Chitirraga, cerca de allí, para ver pescar ostras. Anayansi los acompañó. Desde que ocurrió lo de Garabito, Balboa ya nunca la dejaba atrás. Subieron en varias canoas, todas con los remos adornados de perlas. Al llegar, vieron cómo los indios, acostumbrados a bañarse desde niños, se tiraban al agua, se hundían y salían al rato a la superficie con un puñado de ostras. Las echaban en cestos, volvían a tirarse para salir de nuevo con las conchas. Así una y otra vez. Poco después habían llenado cuatro canastos. Anayansi se tiró al agua y demostró ser una buena buceadora. Llevaba al cuello un saquito que le habían proporcionado los naturales. Balboa se impacientó porque pasaba el tiempo y Anayansi no salía. Iba a tirarse él a buscarla cuando salió a la superficie; llevaba el pequeño saco lleno de ostras. Hurtado comenzó a aplaudirla y Balboa la felicitó por su habilidad. Abrieron las ostras poniéndolas al fuego. Los españoles comprobaron, desilusionados, que no todas contenían perlas, pero muchas sí, y algunas eran gruesas como avellanas. Los indios se dieron un buen festín con su carne. Los españoles las notaron desagradables.

366

Continuaron navegando hacia el norte y, después de pasar el golfo de San Lucas, vieron desde allí la isla Terarequi. Balboa la bautizó como isla Rica. Y al conjunto de islas, archipiélago de las Perlas.

De nuevo tomó posesión de la mar abierta y de cuantas tierras contenía, en nombre de los reyes. Y regresaron a Tumaco. Balboa dibujó un mapa señalando cada poblado conquistado, y la situación de las diferentes islas con sus nombres. En otro viaje, con mejor tiempo, las explorarían.

367

Capítulo 39

El regreso

*E*l 23 de noviembre Balboa decidió que había llegado el momento de volver a Santa María, de la que partió casi tres meses antes. Ahora de regreso, deseaba abrir otra ruta diferente, aunque tuvieran que dar un rodeo. Por eso, en lugar de volver por el golfo de San Miguel se encaminaron más al norte, tierra adentro, siguiendo la segunda ruta que les había mostrado don Felipe-Panquiaco, que los llevaría hasta el río Bayano y Comagre.

Los guiaron un trecho su amigo Chiape y uno de los hijos del cacique Tumaco. Los indios porteadores llevaban los sacos y morrales llenos de un gran botín en oro y perlas. A Garabito le hizo caminar con ellos, como un porteador más. Aunque se sintiera humillado, no emitió ni una queja. Pero de reojo miraba a Balboa con rencor.

Al cabo de unas jornadas, Balboa y los suyos se despidieron de sus amigos. Chiape lloró desconsoladamente. Tanto él como Tumaco les dejaron varios intérpretes y guías para señalarles el camino, por complicados senderos. Por los diferentes poblados que pasaban, entablaban relaciones de amistad, los invitaban a descansar e intercambiaban regalos. Los indios, para contentar a los españoles, se despojaban de las planchas de oro que llevaban colgadas al cuello, de las narigueras y los pendientes de las orejas, patenas, y de los animales de oro que adornaban sus viviendas, lo que suponía varios miles de pesos de oro. Entre los indios iba corriéndose la voz sobre lo magnánimo y poderoso que era el gran Tibá blanco.

El camino fue, si cabe, más difícil que el de ida. Había empezado la estación seca, el calor del trópico era insoportable. Durante jornadas no encontraron caza, y la sed y el hambre eran frecuentes. Fueron días de sufrimientos en los que tuvieron que conformarse con raíces y frutos. A veces se topaban con peligrosas y malolientes ciénagas. En una de ellas, un indio porteador tropezó, chocó con el de delante y ambos cayeron al cenagal. Los gritos de los infelices alertaron a la comitiva. Balboa mandó parar la expedición. Al llegar junto a ellos comprobaron con espanto cómo iban hundiéndose sin remedio, a pesar de sus grandes esfuerzos por alcanzar la orilla. Hurtado se metió a auxiliarlos pero sintió que el suelo se movía a sus pies y que se hundía cada vez más. Como estaba cerca de la orilla, le alargaron la vaina de una espada, a la que se aferró hasta verse a salvo. A los dos indios les tendieron los arcabuces para que se agarraran, pero no conseguían llegar pues distaban un buen trecho de la orilla. Balboa, rápidamente, cortó con su espada una rama larga, del grosor de un brazo, y sujetándola por un extremo, se la acercó. Uno de los dos indios, en un supremo esfuerzo, consiguió aferrarse a ella. Varios hombres tiraron y lo sacaron a la orilla. Pero el otro estaba atrapado, levantó los brazos, gritó hasta que el cieno le tapó la boca y lo engulló instantes después. Los hombres continuaron el camino tristes y silenciosos.

Subieron por una escabrosa cuesta hasta llegar al poblado del cacique Pacra. Al enterarse por sus espías de que se acercaban los españoles, abandonaron el poblado, pero dejaron atrás su oro. Cuando entraron Balboa y sus hombres no daban crédito al hallazgo: su peso equivalía a dos mil castellanos.

Lo que más necesitaban los españoles era descansar y alimentarse. Balboa notaba cierto malestar entre los indios, pero aguantó sin decir nada. A pesar de haber escuchado cosas horribles sobre el cacique Pacra, tomaron los bohíos y se quedaron descansando varios días. Allí esperaron a siete enfermos que habían quedado restableciéndose en Chiape.

Los guías les contaron que Pacra era un monstruo vicioso

369

que tenía atemorizados a los pobladores de muchas tribus cercanas, era un tirano con sus súbditos, los torturaba y se burlaba de ellos. Decían que era un caribe y robaba las mujeres de otros poblados. Comentaban que cada noche se acostaba con varias a la vez, y también practicaba la sodomía, como los de Quareca: elegía los indios machos jóvenes y bellos y los forzaba a yacer con él. Por todo esto le odiaban en muchas leguas alrededor, pero le temían y no osaban rebelarse.

Balboa llevaba unos días con escalofríos, malestar y la frente ardiendo de fiebre. Anayansi le aplicó un remedio con hierbas y le pidió que descansara. Temía que hubiera contraído lo que llamaban la fiebre de los pantanos, que a muchos les costaba la vida. Existía la creencia de que los pantanos exhalaban unos humores perniciosos para el que los respiraba. Permaneció unos días tumbado en un camastro de ramas, pero sacaba fuerzas para ordenar a sus hombres que recorrieran el territorio en busca de más oro.

Se sentía contrariado por estar enfermo y sin fuerzas, él que generalmente gozaba de buena salud. En ese poblado de Pacra, que llamaron de Todos los Santos, Anayansi procuró que repusiera fuerzas e infundía ánimos a Balboa, como hacía él con sus soldados.

Los españoles sabían por experiencia que pronto regresarían Pacra y sus gentes. Tenían apostados numerosos indios amigos que avisaron en cuanto los vieron llegar. Balboa colocó a sus hombres estratégicamente y les tendieron una emboscada en un desfiladero. Con la ayuda de ballestas y arcabuces, dispararon desde arriba por ambos flancos. Cuando intentaron huir, los cercaron por las dos entradas y soltaron a los perros. Balboa ordenó a diez de sus mejores hombres que prendieran al cacique, al que dispararon a las piernas con la ballesta, le tiraron una red y lo llevaron preso al poblado. Fueron necesarios varios hombres para reducirlo y maniatarlo, a pesar de estar herido.

Cuando Balboa tuvo delante a Pacra entendió por qué le temían sus vecinos: era un gigantón contrahecho, de facciones horribles, con la frente abultada, las cejas espesas y juntas y una nariz aplastada. La boca, de grandes labios carnosos, dejaba ver unos dientes negros y mal alineados. Miraba con ojos vidriosos queriendo taladrar con la mirada. Hurtado dijo que parecía un ogro. Interrogaron a este salvaje, preguntándole por las minas de oro, y Pacra dijo con un vozarrón que parecía salido bajo una tumba:

—¡No os lo diré, cochinos barbudos! No sois mis amigos sino que venís a robarnos nuestro oro y nuestra comida.

—Dinos dónde tenéis las minas y te dejaremos libre —le prometió Balboa—. Quiero ser tu amigo.

—No os lo diré nunca, barbudos. Y cuando me vea libre, me llevaré a tu india, y te someteré a mí; yacerás conmigo, bello hombre de cabellos como el sol.

—¡Sois un depravado y arderéis en el infierno! —se escandalizó el padre Vera.

Garabito pidió permiso a Balboa para torturarlo. Le metieron la cabeza en una pila de agua hasta que le faltó la respiración, le desgarraron las carnes con tenazas, le saltaron un ojo con un punzón. A pesar de tantos tormentos, Pacra, aunque bufaba de dolor, no articuló palabra. Al final, se lo echaron a los perros, que lo devoraron en pocos minutos.

El padre Vera dijo una misa para que Dios perdonara a los españoles esas barbaridades que eran costumbre generalizada. Anayansi sufría viendo que los blancos cometían más atrocidades que los indios, y no estaba de acuerdo con que aniquilaran a su pueblo, y así se lo decía a Balboa. Él le respondía que aquello era normal en todos los sitios, y no solo en América —como habían empezado a llamar las tierras descubiertas por Colón—, sino en todos los países de Europa, aunque ella desconocía qué era Europa.

La noticia de la muerte de Pacra se extendió de tribu en tribu. Los tambores se encargaron de divulgarla. Y muchos respiraron tranquilos. En los siguientes días, los españoles recibieron la visita de varios caciques que ofrecieron a Balboa sus tributos y aceptaban ser vasallos de Castilla. La leyenda del Tibá blanco se extendió por todo el istmo. Veneraban a Balboa y le llamaban el Guerrero del Sol.

371

Y

A primeros de diciembre salieron del poblado de Pacra y continuaron hacia el norte. El terreno se hacía cada vez más inaccesible y seco. Durante siete días apenas encontraron qué comer, y la sed les quemaba las gargantas. Hasta que los indios barruntaron agua cerca. Cuando los siguieron, encontraron un afluente del Bayano. Dieron gracias a Dios, se tiraron en la orilla a beber durante largo rato y se metieron vestidos para lavar sus ropas y quitarse los olores que desprendían. Fueron momentos de juegos echándose agua unos a otros y dándose bromas. Luego se tumbaron al sol hasta que se secaron sus ropas.

A media jornada, el 8 de diciembre, llegaron al poblado de Pocorosa. Era un señor muy poderoso, con extensos dominios que se extendían desde el río Bayano al mar Caribe. Sabía, por sus guardianes, de la entrada de los españoles en su provincia. A pesar de no encontrarse bien de salud, Balboa tomó el bebedizo de Anayansi, que lo reanimó para reunirse con el cacique. Cuando se marcharon quedaron como amigos y Pocorosa les pagó su tributo en oro y grandes cantidades de maíz, y quedó como vasallo de la corona española. Allí pasaron los españoles los últimos días de diciembre de 1513 y despidieron el año con un banquete, bailes y cánticos al Niño Dios.

Les habían informado de que cinco leguas más allá había minas de oro, en la provincia de Tubanamá. El día de Año Nuevo de 1514 se encontraban en esas tierras.

Su cacique, llamado Tamanaque, los atacó con centenares de indios bien armados, pero los españoles, con sus armas, su pericia y la ayuda de los perros alanos, obtuvieron la victoria sin apenas luchar. Apresaron a su cacique, que se encontraba con dos de sus favoritas y con ochenta concubinas, y los utilizaron como rehenes a cambio de que su pueblo y señores principales les dijeran dónde estaban las minas, ya que el cacique se negó a hablar. Los indios acarrearon varios miles de castellanos de oro para lograr su libertad. Mientras, los españoles buscaron por los alrededores y encontraron granos de oro del tamaño de lentejas. Aunque solo sacó de Tamanaque la indicación de que buscaran en otras comarcas cercanas, Balboa lo soltó y quedaron como amigos, incluso el padre Vera logró bautizarlo. El cacique entregó a Balboa un hijo suyo como criado para que aprendiera las costumbres y lengua de los españoles.

Balboa aceptaba la cultura india y reconocía sus diferencias. A pesar de que muchas tribus se convirtieron al cristianismo, no se oponía a que siguieran venerando a sus dioses; les permitía que siguieran haciendo sus fiestas, al contrario de otros encomenderos o gobernadores. Para Balboa, los indios no eran pecadores, infieles ni viciosos; sabía que no eran dañinos y, además, estaban en sus tierras y los respetaba. Aunque tuviera que castigarlos severamente si se rebelaban y atacaban.

Desde allí llegaron al poblado de su amigo don Carlos-Comagre, en un fértil valle no lejos de la costa caribeña. A Balboa lo transportaban en una hamaca, pues estaba débil, por las calenturas, y no podía ya cabalgar. Balboa se enteró de que su amigo, el cacique Comagre, había muerto ya anciano y ahora gobernaba su hijo don Felipe-Panquiaco. Este les hizo un gran recibimiento y Balboa, gracias a los cuidados del curandero de la tribu y de Anayansi, acabó de restablecerse. Conversaron sobre los descubrimientos realizados gracias a su información, y don Felipe-Panquiaco los llenó de regalos por el vasallaje y en agradecimiento por haber vencido a su enemigo Tumanamá. Balboa le regaló una camisa nueva de algodón fino, con jaretas y mangas abullonadas. Don Felipe-Panquiaco se la puso y se miró en un espejo que le habían regalado. Se encontró muy favorecido y abrazó a Balboa diciéndole que le quería como a un hermano.

Repuestos de la enfermedad y bien comidos, salieron de Comagre el 5 de enero. Solo faltaban cuarenta leguas hasta Cueva. Atravesaron las tierras de su amigo Ponca, donde solo se detuvieron una noche para descansar, pues Balboa tenía prisa por llegar a Santa María. En el poblado de Ponca dejó a una parte de sus hombres, los que estaban muy débiles. Cuando se repusieran, emprenderían por tierra el camino hasta casa. Solo le acompañaron veinte hombres y doscientos indios.

Y

Llegaron a Cueva el 17 de enero. En el puerto reconocieron su bergantín, que estaba muy bien cuidado y a punto para zarpar. Sus hombres estaban acabando de construir otro barco, con ayuda de los caretas, y se alegraron sobremanera del éxito de la empresa y todos se tiraron tres días de borrachera.

Saludaron a los padres y hermanos de Anayansi, que habían acudido al puerto. Anayansi regaló a los suyos varios collares de perlas que se colgaron al cuello. Descansaron media jornada y Balboa decidió que sus hombres se quedaran a terminar el nuevo barco, y él se fue en el bergantín con Anayansi y veinte hombres, más todo el inmenso tesoro recaudado, y los naborías. Estaba impaciente por llegar a su ciudad.

De regreso al Darién, el guardián, desde lo alto del palo mayor, dio la voz de alarma. Balboa miró en la dirección que indicaba el marinero y vio un extraño barco, diferente en la forma a los habituales, con calaveras en las banderolas.

374

—¿Qué ocurre? —preguntó Anayansi.

—He oído contar a unos mercaderes de Santo Domingo que unos hombres llamados piratas, ingleses y franceses, se dedican a asaltar barcos españoles cargados de oro. Por lo visto son sanguinarios, no dejan a uno vivo, a no ser que les interesen como rehenes o para venderlos como esclavos. Debemos tener cuidado.

Balboa dio órdenes de retroceder y esconder su bergantín en una cala segura que él conocía bien. Por fortuna, no los habían visto. En ese abrigo permanecieron todo el día y la noche. Por la mañana, envió un bote a alta mar. Cuando volvió con la noticia de que no había ni rastro del barco pirata, zarparon rumbo al Darién.

Los ataques de piratas y bucaneros se convertirían en algo habitual en los años siguientes, y muchos galeones españoles que regresaban a España repletos de oro y plata sucumbirían a sus ataques.

Llegaron al Darién el 19 de enero de 1514, después de casi cinco meses. Nada más desembarcar, cuatro mensajeros le dieron la agradable noticia de que, en su ausencia, habían arribado dos carabelas procedentes de Santo Domingo, mandadas por su amigo, el gobernador don Diego Colón, cargadas de víveres, herramientas, utensilios, armas y ciento cincuenta colonizadores. Balboa se alegró y pensó que el regreso de los navíos a Santo Domingo era buena ocasión para notificar al rey sus descubrimientos y enviarle el quinto real.

Balboa bajó el primero del bergantín y montó en una canoa con Anayansi, Hurtado, Pizarro, el padre Vera y trece hombres más. Todos los habitantes de Santa María se concentraron en el puerto, agitando al viento pendones y banderolas. Balboa nunca imaginó que los clérigos que quedaron en la ciudad, vestidos con ropas de gala, fueran a recibirlo bajo palio. Llegaron entonando cánticos litúrgicos, y una orquesta tocaba mientras Balboa y los demás entraban en la playa. De camino a la aldea, los caballos, montados por Balboa, Anayansi, Hurtado, Pizarro y Vera, caminaban al ritmo de la música. Hombres, mujeres y niños los vitoreaban como a héroes. La lluvia diaria de tormenta tropical deslució la ceremonia, aunque la gente no se movió de su sitio y, al rato, volvió a lucir el sol. Los acompañaron hasta la plaza del pueblo en procesión, entonando canciones y vivas a su gobernador Balboa, y a su alcalde, Hurtado. Fue un recibimiento digno de un rey. Anayansi sonreía feliz y orgullosa de su marido. En la plaza habían instalado un tablado de madera. Balboa subió las escaleras de palo, seguido de Anayansi, como su mujer; de Hurtado, como alcalde mayor de la ciudad, y del padre Vera, como la máxima autoridad religiosa.

Balboa pidió silencio con movimientos de brazos y manos, pero la gente continuaba aclamándolo sin cesar. Mandó tocar una corneta y cuando se hizo el silencio en la plaza, comenzó a hablar con su imponente voz.

—Españoles, vecinos y forasteros que os encontráis en Santa María, hoy es un día de gran alegría para la colonia y para Castilla.

La muchedumbre le interrumpió gritando: «¡Balboa, Balboa!». Él sonrió y bajó un poco la voz para que le prestaran más atención.

—Os participo que he descubierto una enorme mar que he bautizado como Mar del Sur.

Sus paisanos prorrumpieron en aplausos calurosos. Balboa hizo una pausa para seguir resumiéndoles los logros de su expedición.

—Esta mar, de aguas pacíficas, nos permitirá navegar por ella para llegar hacia los países del Oriente y reinos que nadan en oro, y nos asegurará el paso para otras expediciones, pues los caciques son amigos nuestros. También hemos conseguido el vasallaje de numerosas tribus que nos han entregado cuantiosos tributos. Os aseguro que no hay en toda la historia de América otra expedición más provechosa que esta. Ahora os mostraré lo que hemos conseguido.

Hizo un gesto con la mano y una fila de indios desplegaron en el suelo de la plaza unas telas de algodón, para exponer el inmenso botín conseguido. A continuación fueron colocando encima de las telas lo ganado en el viaje hacia la Mar del Sur: cuantiosas piezas de algodón, cien mil castellanos de oro, alimentos y miles de perlas y aljófares. Y colocaron en medio de la plaza los ochocientos naborías capturados, que también repartirían para que les ayudaran a trabajar los campos o en sus trabajos artesanales.

En la plaza se sucedieron las exclamaciones de admiración. En su vida habían visto tan cuantioso tesoro.

—Pero lo más importante para mí —dijo Balboa ufano— es que no he perdido ni un solo hombre.

—¡Viva la madre que os parió! —gritó uno entre la multitud.

—Este tesoro, después de apartar el quinto real, como dicta la ley, lo repartiré entre todos, y cuando digo todos, sois todos los habitantes de La Antigua, aunque no nos hayáis acompañado.

Marigalante le miró con devoción y se lo agradeció con un gesto.

—¡Bravo por Balboa! —gritaban brincando de contentos.

—¡Viva nuestro gobernador!

Los meses siguientes fueron los más felices para Balboa, que conciliaba sus dos pasiones: había realizado una hazaña inolvidable para el mundo y tenía el amor de Anayansi, la princesa india que colmaba sus ansias amorosas y vivía para hacerlo dichoso. En ese momento no conocía enemigos, más de treinta caciques eran sus vasallos, ninguna amenaza se cernía sobre él, era venerado por todos.

Pero el mal venía de camino, en forma de barco.

Capítulo 40

Arbolancha

*D*espués del reparto del botín, Balboa se dedicó, con entusiasmo y diligencia, a la organización de la colonia: procuró que se repararan las casas, se limpiaran las calles; incluso intentó poner unas cañerías de arcilla para llevar el agua a una fuente pública con su pilón, en la plaza.

Santa María de la Antigua del Darién tenía ya doscientas casas, unos quinientos habitantes, más de mil quinientos naborías a su servicio, además de la ayuda ocasional de los indios de Cueva para las recolecciones de maíz y yuca. Balboa se había propuesto que la colonia se abasteciera por sí misma y no tuviera que depender de la lejana Europa para su subsistencia. Nunca como entonces vivió Santa María mayor prosperidad. Y su nombre comenzaba a ser reconocido en todas las Indias.

La relación de Balboa con Anayansi estaba consolidada, y ahora él le dedicaba más tiempo, que ocupaba en acompañarla diariamente a bañarse al río, donde la veía nadar como un pez. No comprendía cómo los indios tenían esa afición al agua cuando los españoles con dos baños al año tenían más que suficiente. Se decía que tanta agua no debía de ser buena para el cuerpo.

A menudo daban paseos a caballo cruzando apuestas para ver quién llegaba antes hasta un altozano, visitaban a sus amigos y organizaban pequeñas reuniones en sus casas a las que invitaban a sus más íntimos: Hurtado, Argüello, Botello, Muñoz y Marigalante.

Anayansi había conseguido que Balboa casara a Fulvia con un mercader de Cartagena que se encaprichó de ella nada más verla. Le entregaron una pequeña dote y la acompañaron hasta el puerto. Anayansi dio un suspiro hondo cuando el navío levó anclas y lo vio perderse en la lejanía.

Desde que el mundo es mundo, y según el saber popular, siempre que llueve escampa, a la guerra sigue la paz y lo bueno se acaba pronto. Pasados unos meses de tanta felicidad, una mañana, mientras Balboa arreglaba su huerto, le avisaron de que acababan de arribar dos navíos.

—Son dos carabelas pertenecientes a Pedro de Arbolancha —dijo un regidor del Concejo.

Arbolancha, un joven de buen trato, culto y bien parecido, se presentó ante Balboa en la casa del Cabildo. Expuso que traía un cargamento de provisiones para vender en Santa María de la Antigua del Darién: semillas, camas, armarios, pucheros, ollas, árboles frutales, ungüentos, conservas…, y pagó los aranceles correspondientes.

379

Cuando el alguacil anunció el bando tocando la vieja corneta de metal, la gente salió de sus casas y formaron un corro a su alrededor.

—Con la venia del señor gobernador, se hace saber a todos los vecinos que acaban de llegar dos carabelas al puerto, rebosantes de mercancías. El mercadeo empezará en unas horas.

Los vecinos corrieron a sus casas, abrieron las arcas con llave y se llenaron los bolsillos de oro. Unos a pie y otros en mula, se encaminaron hacia el muelle. Anayansi se pasó por la taberna y, junto con Marigalante, se dirigió también al puerto. El mercader había expuesto las mercancías en la playa, sobre cajones y mantas de algodón, y en la arena los utensilios más grandes. Estaban amontonadas por apartados: comestibles, ropas, muebles, adornos, telas, cintas, navajas. En el mismo lugar, algunos hacían trueque de animales y de otros productos. Los habitantes de La Antigua pasaron varios días yendo de la aldea al puerto para comprar lo que necesitaban o, simplemente, a curiosear por los alrededores, que se mostraban de lo más animado. Arbolancha se fijó en la india y en Marigalante.

—No os paséis tan apriesa, bella dama. Ved qué telas más hermosas, y apreciad estos adornos, que realzarán aún más vuestra belleza.

Las dos mujeres miraron las mercancías con codicia, y las manosearon para apreciar el tacto.

—Hoy prefiero comprar bastimentos y varias cubas de vino —se excusó Marigalante—, pues los parroquianos pregonan que donde esté un buen vino español, se quite la chicha del Nuevo Mundo.

Arbolancha la miró extrañado, quizá por el interés excesivo de una mujer por el vino. Y Marigalante supo que le debía una explicación.

—Sabed que soy la dueña del único mesón de la aldea. Y si necesitáis alojamiento, en mi posada tendréis un buen cuarto limpio y cómodo.

—Sin duda iré a visitaros tan pronto me sea posible —le dijo Arbolancha, y le besó la mano.

380

Al atardecer, unos criados negros al servicio de Arbolancha metieron en los botes lo que no se había vendido y lo subieron a una de las carabelas. Al día siguiente, bien temprano, volverían a exponerlo en la playa y comenzaría de nuevo el mercado.

Como había prometido, después de pagar las tasas correspondientes al Cabildo, Arbolancha se dirigió a la taberna, saludó a Marigalante y después de pactar el precio, entre sonrisas y galanteos, se hospedó en la posada. Ella, finalmente, compró no solo carne y pescado seco, longanizas y toneles de vino, sino un buen acopio de telas para vestidos, perfumes, peinetas, tenazas, azafates, artesas y muebles.

Fuera por la falta de mujeres blancas en La Antigua —solo las dos casadas, esposas de colonos, y la tabernera viuda— o porque se sintió atraído por Marigalante, Arbolancha buscaba asiduamente su compañía y la obsequió con batistas, espejos y collares que ella aceptó secretamente complacida. Entablaron buena amistad y así se enteró, una noche en la que ella le invitó a unos tragos de vino, de que, además de comerciante, era una especie de espía del rey u hombre de confianza enviado al

Darién para indagar sobre el funcionamiento de la colonia y el proceder de Balboa. Además, debía informarles de que pronto llegaría un nuevo gobernador nombrado por la Corona, acompañado de numerosos altos cargos.

Después del fracaso de las gobernaciones de Enciso y Nicuesa, el rey se había propuesto reorganizar Tierra Firme, todavía desconocedor de la gran hazaña realizada por Balboa. Todo cuanto le contaba Arbolancha, ya lo sabía Vasco Núñez de boca de su amiga Marigalante. También le informó de que la carabela que pilotaba Valdivia con el quinto real había naufragado y nunca llegó a La Española.

Comprobó Arbolancha —por el trato diario, los trabajos, las reuniones en la casa del Cabildo o en la taberna— que los habitantes de Santa María profesaban a Balboa un afecto sincero y lo respetaban porque era justo, honrado y con don de gentes. Intimaron con el paso de los días y, cuando se veían en casa de Marigalante, se enfrascaban en conversaciones entretenidas sobre sus andanzas por el mundo y también sobre sus tristezas por la tierra dejada atrás. Balboa le relató la historia de la colonia, el descubrimiento de la Mar del Sur y los problemas e intrigas de Enciso y Colmenares contra él.

—Ha sido muy duro, como podréis comprender —dijo bebiendo de un trago el vino que Marigalante había dispuesto sobre la mesa.

Arbolancha se ofreció a apoyarlo en sus aspiraciones en la corte y estaba dispuesto a pagar las costas de nuevas expediciones a la Mar del Sur, a cambio de participar en los beneficios. Para ello ayudaría con sus barcos y con las ganancias proporcionadas por la venta de las mercancías. Balboa, que necesitaba apoyo económico y embarcaciones, aceptó.

Poco tiempo después, le llegó a Balboa una carta de su amigo Diego Colón desde Santo Domingo, en la que contaba lo que le ocurrió a Sebastián de Ocampo. En su viaje de vuelta desde el Darién hacia La Española le habían detenido en Cuba, y no llegó a Santo Domingo hasta varios meses después, en octubre del 13. Luego emprendió el largo y cansado viaje a España. Aquello menoscabó su salud y enfermó. En junio del año siguiente se sintió muy grave y viajó a Sevilla a casa de unos parientes. Hombre responsable, le preocupaba no poder cumplir la misión que le había encomendado su amigo Balboa. Le contó a su primo sevillano lo importante del encargo que llevaba y le transfirió los poderes para que lo defendiera en la corte. Por desgracia, Ocampo murió al poco tiempo, pero su primo cumplió el encargo para que los documentos de Balboa llegaran hasta el rey. Y Colón terminaba la carta deseándole el favor real.

En vista de las informaciones recibidas, Balboa convocó una reunión en la casa del Cabildo, con los hombres principales de La Antigua, para analizar la situación, que le provocaba cierta preocupación.

—Samudio tiene dificultades para que le escuchen en la corte, Ocampo ha muerto sin llegar a ver al rey, y mi amigo Valdivia ha desaparecido. ¿Quién me avalará ahora? ¿Quién me defenderá contra tantos envidiosos que desean para ellos la gloria que yo he conseguido?

—¿Y qué habéis decidido? —preguntó Hurtado cruzándose de brazos.

—Propongo enviar a España a Pedro de Arbolancha. Yo confío en él, me parece una persona justa y sin doblez. Y creo que me aprecia.

Arbolancha aceptó representar a Balboa ante la corte, y ultimó los preparativos en espera de condiciones favorables de la mar para enrumbarse. Meses después de su llegada a Santa María, una mañana de mediados de marzo de 1514 se despidió de Marigalante. La tabernera le rogó que se interesara por la causa de su amigo Balboa ante la Corona. Llevaba en una carpeta los escritos para el rey, un mapa con los descubrimientos, los inmensos territorios conquistados y el sometimiento de numerosos caciques, ahora vasallos del rey don Fernando, la enumeración de los grandes servicios prestados a la Corona, más la información de las riquezas que atesoraban aquellas tierras que empezaban a llamar Castilla del Oro, y la solicitud de la gobernación de la costa de la Mar del Sur. Además, Balboa pedía el envío de barcos, armas y hombres experimentados de Santo Domingo, habituados al clima, para continuar la conquista de aquellas tierras. También embarcaron un cuantioso cargamento de oro y perlas, mucho algodón y utensilios de oro labrado, como pago del quinto real. Cuando zarpó el barco de

Arbolancha del puerto del Darién, se llevó con él las últimas esperanzas de Balboa.

La vida en La Antigua continuó su marcha. Se recogieron las cosechas, nacieron varios niños mestizos y Balboa tuvo que refrenar numerosas pendencias de soldados para preservar el orden. Pero tenía los pensamientos puestos en la misión encomendada a su amigo, y en la corte de España.

Por fin recibió la tan esperada carta de Pedro de Arbolancha, por medio de un mercader llegado a Santo Domingo y que, de vuelta a España, hizo escala en el Darién y Cartagena para vender sus productos. Se la entregó en la casa del Cabildo, donde Balboa despachaba asuntos de la ciudad con Hurtado en ese momento. La abrió nervioso y procedió a leerla en voz alta.

Mi muy querido amigo Núñez de Balboa:

Después de una travesía sin contratiempos, llegué a la Corte en mayo de 1514 y os puedo asegurar que las noticias del descubrimiento del nuevo mar, más el tesoro que entregué a los teyes de oro y perlas, causaron tanta o más sensación que el descubrimiento del Nuevo Mundo por Colón, cuando regresó de su primer viaje. El rey parecía complacido y, en mi presencia, procedió a revocar la sentencia anterior que, al parecer, había dictado contra vos. En ella se os condenaba como alborotador, mal gobernante y usurpador, debido a las acusaciones vertidas contra vos por Enciso, Caicedo y el traidor de Colmenares. Ha prometido que en breve procederá a concederos mercedes y nombramientos, que os hará llegar próximamente.

Parece ser, por lo que yo he podido escuchar, que, antes de mi llegada, como consecuencia de lo malo que habían vertido contra vos, el rey ya había nombrado un nuevo gobernador para el Darién.

No os aflijáis, amigo; seguro que Su Majestad será justo y hará lo que tenga que hacer.

Vuestro affm° amigo,
PEDRO DE ARBOLANCHA

383

—Esto son buenas nuevas —exclamó Hurtado.

—¿Cómo buenas? ¿No has escuchado que el rey ha nombrado un nuevo gobernador?

—Pero eso fue antes de conocer por Arbolancha que habíais descubierto la Mar del Sur. ¿No habéis leído que os concederá mercedes y nombramientos? Y eso es palabra de rey.

—Que así sea, amigo —se despidió Balboa—, que así sea.

Capítulo 41

Pedrarias

*L*os españoles estaban deslumbrados por las noticias del descubrimiento de la Mar del Sur, y por los informes de Samudio y Caicedo sobre las riquezas de aquellos países, lo que abrió la puerta de la ambición en muchos hombres. Todos querían embarcarse hacia esas tierras. El rey Fernando autorizó la primera flota a gran escala, a la que llamó oficialmente Castilla del Oro, con el fin de establecer una serie de poblaciones y colonias estables, dado el fracaso de las gobernaciones de Ojeda y Nicuesa. Para dirigir esta expedición eligió a Pedro Arias de Ávila, a pesar de no ser santo de su devoción, pero le consideraba capaz y estaba muy vinculado a la corte. La flota zarpó de España en abril de 1514.

Desde que se enteraron en La Antigua de la inminente llegada de un nuevo gobernador, Balboa pidió a los vecinos que adecentaran las calles y casas de la colonia.

Una tarde, Balboa se encontraba ayudando a un vecino a reparar el tejado de su casa usando hojas de las palmeras, que resultaban impermeables. Los fuertes rayos del sol eran insoportables. Se colocó un sombrero de paja, se soltó la camisa de algodón y se quitó las sandalias de cáñamo para estar más fresco. Estaba encaramado sobre una escalera de palo cuando llegaron dos hombres con picas y una banda azul sobre la manga de la chaqueta.

—¿Está por aquí Vasco Núñez de Balboa?

—Soy yo —respondió Balboa—. ¿Quién me busca?

Le miraron extrañados, por ver a un gobernador en lo alto de un tejado trabajando y de aquella guisa.

—Somos dos soldados del nuevo gobernador, Pedrarias. Nos envía a comunicarle que ha llegado al Darién. Ha considerado más prudente pasar esta noche en el barco anclado en el puerto y mañana entrará en Santa María.

Balboa se bajó de la escalera, se limpió el sudor que le chorreaba por la cara con la manga de la camisa y recogió el pliego enrollado. Le quitó la cinta, rompió el lacre y lo leyó despacio.

—Pues decidle que allí estaré para recibirle. Y que no debe tomar ninguna medida de cautela porque será bien recibido.

De inmediato, Balboa mandó pregonar un bando donde pedía a los vecinos que acudieran al puerto a recibir al nuevo gobernador. Todos en La Antigua se preguntaron cómo sería el recién llegado y la expectativa generó gran impaciencia entre los colonos.

El desembarco de Pedro Arias de Ávila, conocido como Pedrarias Dávila, fue recibido de manera entusiasta aquella calmosa mañana de junio de 1514. Un soldado iba pregonando:

—¡Llega el gobernador don Pedro Arias de Ávila!

Hurtado pidió a Balboa:

—Empuñemos las armas contra él y sus acompañantes, como hicimos con Nicuesa.

—Estamos de acuerdo —dijo Botello—. Esas gentes vienen a gobernarlos y a recoger los frutos que tanto sudor nos han costado.

—Vos sois nuestro único gobernador, Balboa —dijo Hernán Muñoz.

—Esta vez —trató de serenarlos Balboa— es voluntad del rey de España, y debemos obedecer.

Los hombres aceptaron de mala gana.

A media mañana, los habitantes de La Antigua contemplaron los veintidós navíos que se enseñoreaban de la ensenada y habían traído tanta gente al Darién. Las miradas de Balboa y de sus paisanos estaban puestas en aquellos esquifes que se aproximaban a la orilla cargados con cañones, falconetes, arcabuces de cobre, armaduras y espadas. Detrás, otras barcas bajaron a tierra a los doscientos colonos con sus esposas y sus hijos que venían a residir a La Antigua, seguidos de la tripulación y unos mil quinientos hombres entre soldados, mercaderes, maestres, oficiales y artesanos, más un físico, un cirujano y un boticario, cada uno con sus utensilios al hombro. Caminaban a pie desde la playa, junto con doscientas mujeres entre damas, hijas y esposas, criadas, ayas y algunas rameras.

Balboa divisó entre ellos al propio Enciso y arrugó la boca. Unos pajes llevaban los estandartes de los reinos de Castilla, León y Aragón; otros portaban los pendones, y los frailes, estandartes de la Virgen y el Sagrado Corazón.

Decenas de negros bajaron de los esquifes unos palanquines en los que montaron los personajes importantes, traídos en andas por dos siervos cada uno. A otras muchas damas y caballeros, para no mojarse los zapatos de raso y brocados de seda, los traían a la sillita de la reina otros dos negros.

Debían de notar el contraste del clima abrasador respecto a España porque las damas principales no dejaban de mover sus abanicos de blonda y nácar y, mientras se acercaban donde los esperaba la junta del Cabildo, miraban sorprendidos los frondosos y verdes árboles, las extrañas plantas con grandes flores, y aspiraban los olores de aquellas tierras tan diferentes a las suyas. Y también observaban a sus quinientos habitantes, curtidos por el sol, mal vestidos, medio salvajes, que contrastaban con el lujo de los visitantes. Abriendo paso entre ellos, apareció la figura del corpulento gobernador Pedrarias, transportado en una silla de manos, con su mujer en otra, lo mismo que sus nueve hijos, más un cuantioso séquito de sirvientes, a pie, y de nobles: galanos caballeros y damas muy atildadas; además del obispo con la mitra, rodeado de curas, todos transportados por negros.

Pedrarias puso pie en tierra renqueando, con una mano sobre los riñones y un rictus de dolor. Balboa pensó que Pedrarias —que les sacaría dos cabezas a los hombres de su alrededor— debía de haber sido en otros tiempos un mozo esbelto y de buen ver, pero ahora tenía delante a un anciano canoso, cargado de espaldas y miope. Se acercaba al ojo un cristal redondo para mirar a su alrededor. Y sintió lástima aunque tomó nota de su aspecto bondadoso.

Balboa comparó su piel curtida por el sol con la tez tan blanca de Pedrarias y sintió vergüenza de su aspecto. Se sintió impresionado por la alta alcurnia del nuevo gobernador, simbolizada en un manto carmesí forrado de marta cibelina. Vestía con media armadura, un rico jubón y calzones de raso, acuchillados, y espada al cinto.

La gente de La Antigua, colocada en dos filas, a ambos lados del camino, cuchicheaba que aquel sería, quizás, el propio rey. A su lado, su esposa, una bella dama mucho más joven que podría ser su hija. Levantaba por delante el elegante traje de damasco con brocados y terciopelo bordado en oro, para no ensuciarlo. Balboa se fijó en el ajustado vestido, bordado con hilos dorados, que dejaba ver parte de sus senos. Llevaba el pelo recogido en una redecilla con lentejuelas y el pecho adornado con varios collares de perlas.

Balboa, como gobernador interino, fue a su encuentro y los saludó con la mayor naturalidad. Se quitó el sombrero de plumas, hizo una reverencia a la dama y se inclinó ante Pedrarias.

—Vasco Núñez de Balboa, alcalde mayor de Santa María de la Antigua, y gobernador interino del Darién, para serviros.

Le dio la bienvenida en nombre de todos los habitantes de Santa María y demostró sus dotes de orador, haciendo un resumen del nacimiento de la colonia, de sus sufrimientos en los comienzos y del estado de prosperidad de que gozaba ahora, explicando, además, el sistema por el que se gobernaban y compartían equitativamente las ganancias. Balboa dejó gratamente impresionados a todos los recién llegados, que asentían complacidos ante sus palabras. Cuando terminó, Pedrarias le entregó las credenciales. Las miró, las besó y las puso sobre su cabeza, como mandaba el ritual.

Cuando le presentó a su mujer como doña Isabel de Bobadilla, la dama le tendió la mano, enfundada en un guante blanco, perfumado. Balboa miró a los ojos a la bella esposa del gobernador, le sonrió y le besó la mano, caballeroso.

—A sus pies, señora. Sois la dama más bella que ha pisado las Indias.

Doña Isabel se sonrojó y le dedicó una disimulada sonrisa;

se cubrió parte de la cara con el abanico de blonda y aguantó, halagada, la mirada de Balboa, sin dejar de sonreírle.

La actitud de su mujer y de Balboa no pasó desapercibida para Pedrarias. Contrastó su maltrecho aspecto con el lozano de Balboa y desde ese mismo momento sintió celos de él. Además, lo había imaginado un personaje bravucón y soberbio, que pondría obstáculos a su gobernación, y tuvo miedo de enfrentarse a él. Pero cuando vio a un hombre sencillo, humilde, con buenos modales y dotado de un imponente físico, le nació un sentimiento maligno hacia aquel al que el pueblo veneraba y que, además, era valiente y nada rencoroso. Tratando de arrancarse esos pensamientos de la cabeza, Pedrarias carraspeó para acallar voces y murmullos entre la muchedumbre:

—Mis muy queridos súbditos —exclamó tal como si lo hubiera dicho un rey—, hoy empieza un nuevo orden en la colonia. El rey me ha investido con los poderes para la gobernación. Me ayudarán el obispo fray Juan de Quevedo y tres oficiales reales. Helos aquí. —Y señaló a cada uno de ellos, que dieron unos pasos al frente según los nombraba.

Pero su discurso quedó opacado por la locuacidad de Balboa.

El primer obispo de La Antigua y de toda Castilla del Oro, el franciscano fray Juan de Quevedo, predicador de Su Majestad, era alto, con las cejas muy pobladas y el pelo largo, algo inusual entre el clero. Vestía una sotana púrpura, una sobrepelliz y una estola con incrustaciones de oro. Los diez curas que lo asistían formaron dos filas y desplegaron el palio para custodiarlo. Balboa y Hurtado se arrodillaron ante él y le besaron la mano. Les dio a besar el enorme anillo y no dejó de impartir bendiciones con la mano derecha, mientras con la izquierda sostenía un báculo de plata. Delante del palio, un monago portaba un gran crucifijo de plata labrada.

El gobernador con su familia, los nobles y el clero cabalgaron la legua y media desde la costa hasta el centro de la ciudad montados en corceles, con las cubiertas de raso bordadas y forradas de tafetán. Balboa iba al lado de doña Isabel, que, de vez en cuando, le dedicaba una sonrisa.

Una orquesta formada por numerosos músicos, con trom-

389

petas y tambores, amenizaba a la comitiva, entre la verde hierba del camino y el brillo de los cañaverales.

Al entrar en Santa María, Pedrarias dijo que se sentía defraudado ante las modestas casas. Imaginaba que sería una gran ciudad. Y que no creía que pudiera albergar las dos mil quinientas personas que habían venido con él. Balboa confirmó la necesidad de edificar nuevas casas para cobijar a los recién llegados y lo acompañaron hasta la casa del Cabildo, que habían acondicionado para acoger al gobernador y su familia. Al día siguiente, en cuanto amaneció, una procesión de criados trasladó muebles, arcas y alimentos desde los navíos hasta la residencia provisional.

Doña Isabel estaba complacida con Balboa: además de ser joven y guapo, capitán, descubridor de la Mar del Sur, era considerado un héroe por la población de La Antigua. En otra circunstancia, Balboa la habría cortejado sin remordimientos, ya que la dama estaba de muy buen ver y se la veía proclive a serle infiel al setentón del marido. Pero él ya no era el cabeza loca de Moguer y le daba lástima Pedrarias. Además, tenía a Anayansi.

«Sin embargo —pensó—, no sería malo tener a esta señora de mi parte, ya que el gobernador parece huraño y envidioso.» Le frenó en su idea el recuerdo de los celos pasados de Anayansi, ausente en ese momento porque se había trasladado a su tierra, Cueva, después de que un emisario indio había llegado la víspera con la noticia de que el cacique Careta había muerto repentinamente. Anayansi se había puesto tensa y pálida, como siempre que algo le laceraba las entrañas. Y la muerte de su padre le dolía. Preparó unas alforjas con algo de comida y ropa y salió para Cueva en una canoa, acompañada de seis criados indios. Balboa iría en cuanto pudiera para cumplimentar a su cuñado y heredero; el nuevo cacique era hermano de Anayansi y solo tenía trece años. A pesar de sentirse molesto por la complicidad entre Balboa y su mujer, Pedrarias se dirigió a Balboa antes de retirarse a descansar y, con gesto bondadoso, le pasó la mano por el hombro.

—Debemos reunirnos mañana para que me informéis de todo lo concerniente a la ciudad. ¡Ah! Y traedme un memorial explicando lo referente a vuestra gobernación, las tribus sometidas y los caciques rebeldes, así como un informe pormenorizado de vuestros descubrimientos, desde el camino hacia la Mar del Sur, hasta la ubicación de las minas de oro.

—Así se hará. Mañana os lo entregaré.

Balboa se vio desbordado para dar cobijo a tanta gente en La Antigua. Alojaron a los nobles en las mejores viviendas, y cada vecino hospedó a cuantos pudo. En casa de Balboa se quedaron el obispo Quevedo y el escribano real Gonzalo Fernández de Oviedo, además de los curas y criados, que se acomodaron en los almacenes.

Desde el primer momento congenió con sus dos huéspedes, a los que cautivó su sencillez y empatía. Balboa supo que Fernández de Oviedo, de carácter afable y unos tres años más joven que él, era de noble cuna, había sido paje de príncipes y tenía experiencia en la corte y en el campo de batalla. Además, contaban con amigos comunes: Diego Colón y Gonzalo Fernández de Córdoba. El obispo Quevedo demostró ser un hombre justo y bondadoso. Balboa se pasó gran parte de la noche escribiendo a la luz de una vela, copiando documentos y mapas, redactando en un memorial todo lo concerniente a Santa María para complacer a Pedrarias.

391

A la mañana siguiente, Balboa acudió al Cabildo acompañado del escribano real Fernández de Oviedo, que debía estar presente en la reunión para levantar acta. El gobernador le recibió en la sala de juntas con su mejor sonrisa, le comentó las últimas órdenes del rey y, con suma afabilidad, le expuso la situación.

—Antes de zarpar, llegaron a la corte vuestros escritos. El rey ha atendido muchas de vuestras peticiones, como no mandar hombres bisoños a las colonias sino con experiencia, os ratifica como capitán, y me ha encarecido que os trate con cortesía y favor. Y prometo cumplir su petición respecto a la consideración que me merecéis. Estoy enterado de vuestras extraordinarias hazañas, sé lo bien que habéis gobernado esta región y os pediré consejo en todo.

Balboa se mostró satisfecho con las palabras del gobernador.

—Quedo muy agradecido al rey, nuestro señor, y me pongo

totalmente a vuestro servicio. Os informaré de cuanto necesitéis saber sobre estas tierras.

—Sabréis, amigo mío, que mi abuelo, igual que mi padre, fue contador y tesorero con el rey Enrique IV, el hermano de la reina Isabel, que en gloria esté, y mi esposa, doña Isabel de Bobadilla, hija del Comendador de la Orden de Calatrava, es la sobrina predilecta de una íntima amiga de la reina. Me consagré en la campaña de Argel, y me apodaron rl León de Bujía.

Tras esta exhibición, Pedrarias se levantó de su imponente sillón de madera tallada que había traído consigo, pidió que le disculparan, porque tenía una necesidad y, además, debido a sus dolencias, debía tomar unos remedios que no admitían demora. Cuando quedaron a solas, Fernández de Oviedo se acercó a Balboa.

—No salgo de mi asombro. Nunca he visto a Pedrarias tan cordial, él, que es de lo más arrogante y tirano.

—¿Qué podéis contarme sobre él?

—Para empezar os diré que es el mayor hipócrita que ha pisado estas tierras. Se comenta en la corte su ascendencia judía; no es noble, aunque presume de ello. Al rey Fernando este individuo no le cae bien. Por eso ha recortado sus poderes y no podrá administrar justicia ni tomar decisiones sin el consentimiento de tres oficiales: tesorero, contador y factor, ni podrá nombrar al alcalde mayor, potestad del propio rey, que ha nombrado al bachiller Gaspar de Espinosa, que tiene ya cincuenta años. Y el obispo Quevedo es el vicegobernador, quiero que lo sepáis.

—Sin embargo, parece un hombre muy importante.

—Lo es, sin duda. Pero también es codicioso y engreído; se pavonea porque desde su infancia se ha criado en la Casa Real, en la corte de los Reyes Católicos. Hay que reconocer que es muy valiente y un afamado coronel del ejército real. Se ha distinguido en muchas guerras. Pero ya es viejo y los años no perdonan. Veremos cómo lleva la gobernación de Castilla del Oro.

—¿Y qué me decís de su mujer?

—Doña Isabel no es mala persona. Y es treinta años más joven que el marido. Como todos, el suyo fue un matrimonio de conveniencia.

Pedrarias hizo de nuevo aparición disculpándose por haber tenido que ausentarse, pues cada poco tiempo tenía necesidad de evacuar la vejiga. Balboa le entregó un memorial detallado de todos sus descubrimientos, los lugares donde se encontraron oro y perlas, las provincias sometidas y todos los secretos sobre esas tierras que había atesorado desde hacía casi cuatro años, así como proyectos sobre sus futuras actuaciones. Y le explicó los mapas que había dibujado.

El gobernador los ojeó malicioso, conteniendo todo el rencor que Balboa le producía; pidió a Oviedo que levantara acta de la reunión y le despidió pretextando sus muchas ocupaciones.

Capítulo 42

Gobierno de Pedrarias

Como ya tenía lo que necesitaba, Pedrarias mudó su actitud. Dos días después ordenó al nuevo alcalde mayor Espinosa que dictara juicio de residencia contra Balboa. Significaba que sería juzgado por su gobernación en el Darién, como era práctica habitual con los que cesaban en un cargo. Balboa temía que lo prendieran y lo llevaran encadenado para ser juzgado en España, como ocurrió con Bobadilla. La condena podía ser incluso la muerte.

Hizo falta poco tiempo para que el lobo mostrara sus colmillos. Al tercer día de su llegada a Santa María, reunidos los nuevos gobernantes en la casa del Cabildo, Pedrarias precisó su orden a Espinosa.

—Ordeno que se encierre en prisión a Balboa, por su mala gobernación en esta ciudad.

El nuevo alcalde se revolvió contra Pedrarias.

—Me niego a encarcelarlo; no veo indicios de crímenes por la expulsión de Enciso y Nicuesa, pues se hizo con el consentimiento del pueblo.

También el obispo Quevedo se sumó a su defensa.

—Yo, como vicegobernador, también me opongo al juicio de residencia.

—¿Qué tenéis que alegar en su favor? —preguntó Pedrarias muy alterado y rojo de ira.

—Alego que todo lo que he escuchado por la ciudad, a ricos

y pobres, son alabanzas a la labor de Balboa como gobernante. Además —continuó el obispo—, si enviáis a Balboa a España y se presenta ante el rey, es muy posible que le colme de favores, incluso que le dé la gobernación de Castilla del Oro.

Antes de que Pedrarias respondiera, Espinosa añadió otra alegación.

—Como juez que también soy, digo que no puedo condenarlo por la muerte de Nicuesa, ya que todos los habitantes de la ciudad son igualmente responsables. Por tanto, debe quedar en libertad.

Esta sentencia disgustó a Enciso —nombrado por Pedrarias alguacil mayor y, por tanto, presente en la reunión—, a Del Corral —uno de los regidores— y al propio Pedrarias, que protestaron porque esperaban la sentencia de muerte o la deportación a España. Pero el juez tenía plenos poderes del rey para asuntos judiciales. Pedrarias disolvió la reunión malhumorado y se retiró a sus aposentos.

Días después llegó un mensajero a casa de Balboa con una orden del gobernador: le confiscaba todos sus bienes y el oro. Balboa estaba ausente en ese momento, pero Anayansi, al oír al emisario, se hizo pasar por una criada y, en el poco tiempo que les dio para desalojar la casa, recogió los objetos de más valor: un hatillo con las mejores ropas, un saco con el oro y las perlas que guardaban, los mapas y documentos de Balboa, que cargó a las espaldas de los criados, y fueron a refugiarse a casa de Marigalante.

El gobernador había elegido la casa de Balboa como residencia, por ser la mejor de la colonia. También le confiscó otra casa que poseía en la plaza, donde se alojaban sus criados y su mayordomo. Y repartió las demás propiedades de Balboa entre sus acusadores y los que reclamaban contra él, como Enciso, Del Corral y otros. Doña Isabel intercedió ante su marido, le parecía una injusticia que le despojaran de sus bienes; pero su petición no hizo más que acrecentar los celos de Pedrarias. Le constaba que Balboa la había visitado varias veces para conversar y que la obsequiaba con frutos y caza. En cuanto Balboa regresó a su casa, lo prendieron y llevaron maniatado al calabozo. En cuanto se enteró Anayansi fue a visitarle y le contó lo sucedido. Él apretó los puños con rabia y exigió a los guardianes que avisaran a Pedrarias. El nuevo gobernador se hizo esperar, pero al fin, se presentó en la cárcel. Vio a Balboa tan exaltado que tuvo miedo, pero echó mano de una desvergüenza sin precedentes.

—Sosegaos, amigo; yo no tengo nada que ver; esto ha sido cosa del juez y el alcalde mayor. Os reitero que tenéis todo mi afecto y admiración. Y habéis de saber que, gracias a mí, se ha parado el juicio de residencia contra vos y, además, he escrito al rey hablando en vuestro favor. Aprovecho para comunicaros que en breve os enviaré para ejecutar una entrada a Dabaibe.

Balboa quedó conforme con la explicación de Pedrarias y se aplacó. La realidad era que intrigaba a sus espaldas e instigaba a sus enemigos —los partidarios de Enciso y Nicuesa— contra él.

En cuanto se enteró el obispo Quevedo del encarcelamiento de Balboa, habló con el juez Espinosa, que ese mismo día lo sacó de la cárcel.

—Siento vuestro encierro —dijo—. No se contó conmigo, de lo contrario no lo habría consentido. Pero no puedo devolveros vuestras tierras y demás propiedades porque ya las han donado a otros mediante escritura.

Balboa se sentía feliz por estar libre, aunque con desasosiego por las intrigas que se cernían en torno a él. Marigalante les había ofrecido una pequeña casa que poseía a las afueras de La Antigua y allí se fue a vivir con Anayansi y los criados indios más fieles. Como era incapaz de estar ocioso y Pedrarias no contaba con él para nada, compró varias cabezas de ganado y arrendó unas tierras, propiedad de un soldado borracho, que las tenía abandonadas.

Un día recibió la visita de su amigo Andrés Hurtado —como él, apartado de cualquier cargo—, que venía acompañado de Marigalante. Anayansi sacó a los visitantes una jarra de vino, un poco de morcilla y tortas de maíz. Acercaron una mesa y se sentaron en unos troncos a la sombra bajo un árbol, junto a la casa. Marigalante les contó todo cuanto había escuchado en la taberna.

—Pedrarias ha decretado cinco expediciones, dicen que para descubrir minas de oro. Los soldados que han tomado

396

parte se jactan de haber conseguido un botín de treinta mil pesos.

—Recuerdo haber comentado con Pedrarias —dijo Balboa mientras partía un trozo de pan— el problema que supone la llegada de tanta gente a la aldea. Santa María no puede albergar una población de dos mil quinientos españoles, ni alimentar tantas bocas. Por eso Pedrarias habrá decidido organizar esas expediciones contra los territorios indios y distribuir así a sus hombres por diferentes regiones.

—Pero a vos ni os lo ha comunicado —intervino Hurtado tras echar un trago de vino.

—No tiene obligación de hacerlo —dijo Balboa y meneó la cabeza—, yo ya no represento la autoridad. Y es buena estrategia pues de esta manera libera a la ciudad de tantas bocas, y se alivia, en parte, el problema de los alojamientos. Además, pensará que las campañas triunfantes le encumbrarán a los ojos de los habitantes de La Antigua y del rey.

—Pero aún hay más —dijo Marigalante con la boca llena de morcilla—. Por lo visto, Pedrarias ha enviado a muchos capitanes, entre ellos a Enciso y Pizarro, a hacer entradas por la costa de la Mar del Sur, a la isla de las perlas y a los territorios descubiertos por ti, Vasco. Y en mi taberna los soldados, la mayoría codiciosos y crueles, se ríen de que los indios anden revueltos por el mal trato que de ellos han recibido.

—Esos mentecatos —renegó Balboa mientras golpeaba la mesa acompasadamente con los nudillos de la mano—, en pocos meses han destruido la amistad que conseguimos establecer con los caciques. ¡Desgraciados!

—¡Ah! —intervino de nuevo Marigalante—, al mismo Pedrarias le he oído decir, de su propia boca, que si Vasco ha descubierto la Mar del Sur, él la explorará y colonizará, y su gloria será aún mayor que la tuya. Y que al frente de algunas expediciones ha mandado a su hermano Ayora, que es un hombre violento y ambicioso.

—No cabe duda de que Pedrarias es ambicioso. Pero yerra en los medios que emplea.

—Se me revolvían las tripas —interrumpió Marigalante— cuando Ayora se jactaba en la taberna del disfrute que le producía echar a su caballo a la carrera y alancear a los indios que corrían delante. Y contaba, a voz en grito, que se dieron a la rapiña, que ha ahorcado a unos cuantos, ha quemado a otros y torturado a muchos; y alardeaba de que disfrutó con matanzas de indios por los perros, y entregó a las espaves a sus soldados, para su disfrute.

—¡Qué mala ralea tiene toda esa gentuza! —se quejó Hurtado.

Marigalante intentaba recordar hasta los menores detalles para informar a sus amigos.

—Y eso no es todo —dijo tras darse una palmada en la cadera—. Escuché que, en tierras de don Carlos-Comagre, Ayora había cogido prisionero a tu amigo don Felipe-Panquiaco, a pesar de ser vasallo de España, que le robaron cuanto encontraron y le amenazaron con echarlo a los perros si no les decía dónde guardaba el oro.

Balboa se revolvió en el asiento al escuchar el oprobio a su amigo. Marigalante calló para echar un trago del vino que le había servido Anayansi. Al oír el nombre de don Felipe-Panquiaco, la india se sentó a escuchar.

—¿Qué pasó con él? Sigue, que me tienes en ascuas.

Su amiga se limpió la boca con el envés de la saya.

—Nuestro don Felipe-Panquiaco logró escapar y, no sabiendo adónde ir, se refugió en el poblado de su enemigo, el cacique Pocorosa, pero, como enemigos que eran, poco después le mataron.

—No puedo creer que haya muerto don Felipe-Panquiaco —dijo Balboa apenado—. Era mi amigo, y un vasallo fiel. Y me duele que en poco tiempo hayan destruido la labor de paz que procuré. Ahora todas las tribus están enemistadas con nosotros.

—He escuchado al propio Pedrarias ordenar a sus capitanes que esclavizaran a los indios que no obedecieran al requerimiento. Muchos poblados han sido saqueados, y torturados los caciques; por eso han roto las relaciones amistosas que mantenían con los españoles y se han puesto en pie de guerra.

—Me arden las tripas —dijo Balboa— al comprobar que, en solo medio año, no queda en Castilla del Oro ni un cacique amigo. —Y sin poder contener su rabia, dio un puñetazo en la mesa y el vino se derramó sobre la saya de Marigalante.

—Cálmate —le dijo Anayansi con una mano en su hombro—. Enfadándote no vas a arreglarlo.

Balboa se levantó resuelto y se dispuso a despedirse de sus amigos.

—Los indios están en pie de guerra, se revuelven contra nosotros y atacan los campamentos; incluso han tenido que levantar un fuerte en cada asentamiento que han fundado, para protegerse del ataque indio.

—No hay duda —intervino Hurtado— de que la codicia y la crueldad se han apoderado de ellos. La justicia se ceba solo en los humildes. Una viuda me contó el otro día que habían condenado a muerte a su marido por robar una camisa de algodón. Pedrarias cada vez va haciéndose más sanguinario, tanto con los indígenas como con los españoles que están bajo su mando.

—¿No pensáis hacer nada? —preguntó Marigalante a Vasco.

—Escribiré al rey. Tiene que enterarse de los desmanes que están cometiendo estas gentes. Y sé que Fernández de Oviedo ha enviado un memorial a Su Majestad denunciando los abusos de Pedrarias y sus oficiales.

399

A mediados de diciembre de 1514 un barco arribó al puerto del Darién con un cargamento importante: el capitán del navío llevaba unas cartas de Su Majestad para Balboa y Pedrarias. Preguntó por el gobernador, pues tenía órdenes de entregarlas en mano. Se encaminó a la casa del Cabildo, donde se encontraba reunido Pedrarias con el alcalde Espinosa, el obispo Quevedo, los regidores y el escribano Fernández de Oviedo.

La primera intención de Pedrarias fue abrir las dos cartas pero, cuando iba a romper el lacre de la segunda, el obispo Quevedo le arrebató de las manos la carta a nombre de Balboa.

—No podéis abrir esta carta. Va contra las reglas. Y lo sabéis.

El gobernador se disculpó y, con la cara como la grana, mandó llamar a Balboa. Se personó al instante, saludó respetuoso a las autoridades, cogió la carta, quitó el lacre y leyó en voz alta. Todos escuchaban atentos, sin respirar siquiera, esperando conocer lo que le notificaba el rey. Su Majestad le decía que había tenido noticias del descubrimiento de la Mar del Sur, se alegraba de las muchas riquezas que había encontrado y le prometía la concesión de grandes favores, que en breve le haría llegar. En la carta le pedía también que asesorara a Pedrarias en cualquier asunto que le solicitara.

El escribano y el obispo le felicitaron y los demás, comidos por la envidia, se acercaron de mala gana para darle el pláceme. El gobernador no tuvo más remedio que hacer lo mismo y leer la suya en voz alta. Don Fernando le pedía que consultara con Balboa todas las decisiones sobre la gobernación. Esto avivó aún más su rencor. Pero ante Balboa disimuló sus celos, le dio la más cordial enhorabuena y le prometió que le consultaría cualquier decisión sobre la colonia.

Balboa caminó hacia la taberna henchido de felicidad. Lo festejó con Marigalante, con su fiel Hurtado, que todos los días visitaba la cantina, y convidó a vino a todos los presentes, a los que leyó la carta del rey. Luego se encaminó a su casa, deseando contárselo a Anayansi. Confiaba que su vida cambiaría a partir de ese momento pero lo cierto fue que Pedrarias le daría largas y le mantendría ocioso.

Meses después, en marzo de 1515, llegaron a Santa María dos carabelas cargadas de provisiones y de numerosas personas para residir en la colonia, además de otra carta de Su Majestad para Balboa. El emisario se la llevó a Pedrarias, como máxima autoridad. En esa ocasión se encontraba solo y no pudo dominar su curiosidad. La abrió y su cara se tornó pálida, su boca echaba bilis al leer que el rey nombraba a Balboa adelantado de la Mar del Sur y gobernador de las provincias de Panamá y Coiba, y para toda la vida, aunque —matizaba— sujeto a Pedrarias. Pero el rey le ofrecía a Balboa la gobernación de las más ricas tierras en oro, y de unas dimensiones ilimitadas. Tiró todo lo que se encontraba sobre la mesa con tal estruendo que unos soldados acudieron raudos. Pedrarias les gritó que eran unos inútiles y que los iba a despedazar.

Ocultó el nombramiento de Balboa durante un tiempo pero, temiendo que lo acusaran de desobedecer las órdenes del rey, convocó a sus oficiales y al obispo en la sala del Cabildo.

Pedrarias propuso guardarse las cédulas reales para ocultárselas a Balboa, indefinidamente, aduciendo que sería mejor para todos. Mediante dádivas había conseguido poner a los oficiales a su favor, excepto al obispo Quevedo, que amonestó a todos por su indigno proceder y amenazó con hacerlo público desde el púlpito.

—No era competencia vuestra abrir esa carta destinada a Vasco Núñez de Balboa —expuso con energía el obispo desde el centro de la sala—. El rey, nuestro señor, le ha considerado digno de recibir esos nombramientos y vuesas mercedes no pueden impedirlo ni ocultarlo, por envidia, supongo. Y os advierto —gritó mientras les señalaba con el dedo— que esto puede considerarse alta traición. No contéis conmigo para cometer esta tropelía.

Ante la amenaza, Pedrarias adoptó su tono conciliador.

—Os pido disculpas, fue una tentación. Sin demora le entregaremos estos documentos a su destinatario. —Mientras hablaba, en su rostro se dibujó una sonrisa maliciosa. Le satisfacía tener la sartén por el mango, solo él podía aprobar todas las empresas de Balboa—. Tiene razón el vicegobernador. Yo también creo que debemos entregarle los nombramientos al descubridor de la Mar del Sur.

El obispo Quevedo y Fernández de Oviedo se lo contaron a Balboa nada más acabar la reunión. Este corrió echando humo y se presentó sin avisar en la que había sido su casa. Empujó a los soldados que hacían guardia a la puerta y buscó al gobernador hasta encontrarlo en una sala, leyendo. Lo agarró por la pechera y sacó su voz de trueno.

—Os habéis apoderado de mi correspondencia, habéis violado nuestros derechos y desobedecido al rey…

Pedrarias, tan adulador como siempre, se asustó ante el imponente Balboa y temiendo la revancha, plegó velas con la mayor de las hipocresías.

—No es así, hijo mío. Alguien os ha hablado mal de mí, que os aprecio y admiro. Los oficiales consideraron que había que esperar el momento oportuno para entregárosla, en un acto solemne el día de la fiesta mayor, y yo no podía contrariarlos. Aquí la tenéis. —Y sacó el rollo de pergamino de un cajón de la mesa—. Os doy la enhorabuena.

Balboa leyó los documentos emocionado, con un chispear en los ojos. Por fin el rey le premiaba largamente. Y olvidó los agravios del gobernador; en su corazón no había cabida para el rencor.

Pedrarias le dirigió una mirada maliciosa por encima del hombro.

—Sin embargo —arrastró las últimas sílabas haciendo una breve pausa con el dedo índice alzado—, las cédulas reales no me ordenan que os abastezca de hombres y bastimentos para vuestra expedición. Desgraciadamente, necesito a todos mis hombres de Castilla del Oro. Tampoco os autorizo el reclutamiento de voluntarios baquianos. Tendréis que arreglároslas como podáis.

—Eso es atarme de pies y manos, ¿qué puedo hacer entonces? —preguntó desconcertado.

—Hasta que podáis haceros cargo de vuestra gobernación, os voy a encomendar una entrada a la provincia de Dabaibe, rica en oro, según cuentan, porque vos la conocéis mejor que nadie. Estaréis al mando de los soldados recién llegados de Castilla.

—Esos hombres carecen de experiencia, vienen directamente de España y no están acostumbrados al clima y las costumbres del Nuevo Mundo. Lo suyo es que lleve baquianos, no novatos; serán incapaces de defenderse y pueden resultar todos muertos.

Balboa no vio la sonrisa maligna en su cara al pronunciar la palabra «muertos».

Pedrarias resultó ser un garbanzo en el zapato de Balboa. En cuanto salió por la puerta, le escribió una carta al rey pidiéndole que revocara los títulos a Balboa porque no los había aceptado y porque, además, era un hombre depravado, ladrón y fullero, enemigo de la Iglesia, que cuestionaba su autoridad, y le pedía que le confiriera el poder para sentenciar sus crímenes y excesos.

Obedeciendo el encargo de Pedrarias, Balboa partió para Dabaibe con su fiel Hurtado y doscientos hombres inexpertos. Afortunadamente, sus amigos Muñoz, Botello y Marigalante prometieron cuidar de Anayansi, y Garabito se hallaba lejos pues Pedrarias le había encomendado una entrada por la costa sur.

La expedición resultó un desastre. Les hablaron de unas minas tierra adentro, a diez jornadas. Apenas podían avanzar a través de la espesura, los acompañantes de Balboa sufrían la dureza del clima. Muchos enfermaron y fueron incapaces de hallar las famosas minas. Descansaron cerca de un poblado. Balboa negoció con los naturales para conseguir comida a cambio de adornos brillantes y espejos. Envió a dos indios para convocar al cacique Dabaibe, pero este no acudió. «Probablemente, ahora desconfía de los españoles», pensó. Cuando continuaron la marcha para encontrarlo, vieron un terreno cultivado completamente arrasado.

—Esto ha sido la langosta —dijo uno de los naturales del poblado que los acompañaban—, vinieron nubes de estos bichos y acabaron con la cosecha.

Con los campos yermos no encontraron nada que comer. Sin experiencia en esas tierras, los españoles que acompañaban a Balboa eran incapaces de buscarse mantenimientos. El hambre los volvió agresivos y pidieron al capitán regresar. Balboa propuso continuar hasta Abibaibe en canoas, pero los españoles no sabían manejarlas bien; pronto se vieron rodeados de indios que maniobraban con más maestría sus canoas y no cesaban de lanzarles flechas. Balboa dio orden de disparar los arcabuces. Veinte soldados murieron y más de treinta resultaron heridos. El mismo Balboa sufrió una herida de macana en la cabeza, y su canoa se fue a pique, pero se restableció para seguir la marcha. Sabía que si continuaban por esas tierras morirían de hambre, por lo que, en vista de tantas desgracias, decidió regresar a La Antigua. Solo habían logrado ciento cincuenta pesos de oro y treinta esclavos.

Antes de un mes estaban de vuelta en Santa María. Llegaron hambrientos, ojerosos y cubiertos de harapos; arrastraban los pies al caminar, doblados por el peso de las armas.

Ese sábado por la mañana, la población se concentraba en la plaza, pues tendría lugar la subasta acostumbrada cuando una expedición regresaba de la Mar del Sur. Cuando vio llegar a Balboa derrotado y con la cabeza vendada, Pedrarias se regocijó.

—Por vuestro aspecto y el tiempo que habéis empleado, deduzco que habéis fracasado en esta empresa. Quizás estáis perdiendo facultades.

Balboa se mordió la lengua porque lo que le provocaba era cantarle las verdades del barquero a aquel desvergonzado. Tenía un fuerte dolor de cabeza, por la reciente herida, y guardó silencio.

Un grupo de indios se afanaba en colocar en el suelo cestos de fibra vegetal, llenos de piezas de oro labrado, otros con granos del metal amarillo, extraídos de los ríos. Numerosos canastos contenían perlas de diferentes orientes y tamaños. Algunos comentaron que el botín procedía de la expedición de Pizarro y un tal Morales, primo de Pedrarias, al archipiélago de las Perlas, perteneciente a la gobernación de Balboa.

El alguacil Albites dio dos toques de corneta, el público guardó silencio y comenzó la subasta. Los interesados se colocaron delante de la balanza para revisar bien cada lote. Balboa observó que, cuando Pedrarias ofrecía una suma, los demás se retiraban y él conseguía las mejores perlas al precio de salida. Subastaron una enorme, en forma de pera, que bautizaron como «Perla peregrina» y pesaba 31 quilates. Legalmente, formaría parte del quinto real que había que pagar al rey. El gobernador la compró por unos pocos maravedís, aunque su valor era de mil doscientos pesos. Poco después, todo el mundo pudo contemplarla en el pecho de doña Isabel, engarzada como colgante.

Balboa, decepcionado por las tretas de Pedrarias, que manejaba a todos a su antojo, como si se creyera un califa, abandonó la plaza y se dirigió pensativo a su hogar.

Pasadas unas semanas, en cuanto Balboa se encontró completamente recuperado, pensó que ya estaba bien de tanta demora y decidió no retrasar más el establecimiento de su gobernación en las costas de la Mar del Sur. Estaba harto de que, cada vez que lo intentaba, Pedrarias lo aplazara con diversos pretextos. El adelantado convocó a los hombres más cercanos de su entorno y se reunió con ellos en el campo, junto a su casa, lejos de miradas indeseadas. Caía la tarde y comenzaba a refrescar. Acudieron más de treinta hombres de entre los que le acompañaron en el descubrimiento de la mar de Sur, entre ellos Valderrábago, Albites, Pizarro, Muñoz y el padre Vera. Les informó de sus proyectos inmediatos, que consistían en organizar una salida a las tierras de su gobernación para explorar y conquistar. Sus amigos se entusiasmaron con la idea; eso significaba no solo riquezas sino aventura, movilidad, riesgo. Francisco Pizarro se excusó.

—Lo siento mucho, Balboa, no sabéis cuánto me gustaría acompañaros pero Pedrarias me requiere para una entrada hacia tierras del este…

—Más siento yo que no vengáis conmigo. Sabéis que os tengo en grande estima. Pero entiendo que no podáis o queráis desobedecer al gobernador. Solo os pido que guardéis el secreto. Nadie debe enterarse de lo que planeamos, Pedrarias no lo aprobaría.

—Tenéis mi palabra.

Pidió un voluntario para llevar a cabo una acción muy arriesgada. Garabito, que estaba de vuelta de la entrada que le encomendara Pedrarias y se había casado con la hija de un cacique, se ofreció voluntario. Se mostraba muy arrepentido de su ataque a Anayansi y era un esclavo ante las órdenes de Balboa. Le habría lamido los pies si se lo hubiera pedido, a pesar de que Hurtado desconfiaba de él y así se lo hacía saber a su capitán.

La misión consistía en embarcarse en un navío hacia la isla de Cuba, al noroeste de La Antigua, en busca de voluntarios y de armas, ya que Pedrarias no se los concedería. Garabito zarpó con un barco sin levantar sospechas. Meses después, regresó con sesenta hombres y muchas provisiones. Balboa le había advertido que echara el ancla en una pequeña bahía a seis leguas de La Antigua, para que Pedrarias no se enterara.

—¿Fuiste visto? —inquirió.

—No —dijo Garabito con orgullo—. Tuvimos mucha precaución y fondeamos al amanecer.

Pero el viejo zorro de Pedrarias, que casualmente regresaba

405

de Cueva, sí divisó el barco. Ordenó una investigación y, sin que Balboa se lo explicara, descubrió sus planes. Aprovechó ese motivo para acusar a Balboa de desobediencia y mandó prenderlo. Temiendo que sus numerosos partidarios lo liberaran, ordenó construir una gran jaula de madera cuadrada en el patio de su casa y lo encerró en ella, como si de una fiera se tratara. Le acusó de conspiración y de rebelión.

—¡No hay ley alguna que impida a un adelantado conseguir voluntarios para ir a hacerse cargo de su gobernación! —le gritó Balboa.

Pedrarias no le hizo caso. La noticia corrió de boca en boca y, cuando la población de La Antigua se enteró de su encierro, se concentró a las puertas de la casa armando un gran tumulto; amenazaban con amotinarse si no lo soltaban.

Los partidarios de Balboa, que eran numerosos, escribieron al rey, informándole de los abusos del gobernador; le exponían los males que padecían por su culpa y le solicitaban que lo sustituyera por Vasco Núñez de Balboa.

El obispo se personó en casa de Pedrarias y lo encontró muy nervioso. Trató de mitigar el temor del gobernador ante el odio del pueblo, que no dejaba de gritar.

—Deberíais tratar bien a Balboa. —Y señaló la jaula del patio.

—¿Por qué?

—Sabéis que es muy querido en estas tierras y si persistís en vuestra actitud, podría acarrearos la enemistad del rey. ¿Por qué insistís en ver a Balboa como vuestro enemigo? Lo inteligente sería que lo contarais entre vuestros mejores amigos.

—¿Estáis de chanza?

—Hablo muy en serio. Tenéis varias hijas. ¿Por qué no lo casáis con una de ellas? De esta manera seríais parientes, lucharíais juntos por la misma causa y se acabarían los enfrentamientos. Y todos sus logros quedarían en la familia.

Pedrarias pensó que sería una solución tenerlo como yerno y lo consultó con su mujer. Doña Isabel estuvo de acuerdo en el casorio con su hija mayor, María de Peñalosa. Quizá también influyeron en esa decisión las noticias alarmantes que habían llegado de España: a finales de enero de 1516 había muerto el rey Fernando y hasta que el heredero, su nieto Carlos I, llegara a España procedente de Flandes, ocupaba la regencia el cardenal Cisneros, enemigo de Fonseca, al que había destituido. Fonseca era amigo de Pedrarias, y el gobernador temía caer en desgracia también y perder el favor real.

El obispo Quevedo le comunicó a Balboa los planes de matrimonio y las ventajas que conllevaría esa unión.

—Agradezco vuestro interés por solucionar nuestros conflictos, pero me opongo a emparentar con él y, mucho menos, a tener a Pedrarias por suegro. Además, yo ya estoy casado con Anayansi.

—Solo os pido que lo consideréis. De Pedrarias recibiríais lo necesario para vuestras expediciones, y dejaría de hostigaros y de poneros zancadillas. Además, es viejo y no durará mucho. Cuando muera se acabará el problema. Y os recuerdo —le dijo en tono jocoso— que no estáis casado con la india ni ante los ojos de Dios ni de los hombres, estáis amancebado.

Balboa, que llevaba dos años ocioso, recapacitó. Valdría la pena si con ello cesaba la lucha y reinaba la paz. Además, él no pensaba renunciar a Anayansi. Lo meditó durante unos días y por fin aceptó.

Pedrarias mandó sacar de la cárcel a Balboa, donde había estado dos meses, y le pidió que acudiera a su presencia.

—Os pido disculpas por vuestro encierro. Siempre estuve en contra de haceros preso. Vos quizá penséis que no es así, pero os digo la verdad.

Balboa nada dijo. Tras una distendida charla y los consejos del obispo, Pedrarias le concedió la mano de su hija María. La muchacha estaba en España, la boda se celebraría por poderes.

Organizaron los preparativos para el día siguiente. Esa noche, Balboa durmió en los aposentos de la que había sido su casa. Por la mañana, se vistió y se encaminó a la iglesia, pues la que sería la primera catedral en el Nuevo Mundo estaba construyéndose. No pasó por su hogar ni le contó nada a Anayansi.

Ante el altar le esperaba la familia Pedrarias con sus nueve hijos pequeños. A su lado, Fernández de Oviedo con el contrato de esponsales preparado para su firma, y fray Juan de Quevedo, que oficiaría la ceremonia

Balboa había mandado llamar a Marigalante, que haría de

407

madrina, y a Hurtado como testigo. El adelantado se acercó despacio al altar mayor. Doña Isabel de Bobadilla, luciendo al cuello la Perla peregrina, ocupaba el lugar de la novia. Cuando el obispo les dijo que se tomaran de la mano, Balboa notó los dedos finos de doña Isabel enredándose entre los suyos con una calidez inesperada. Pero seguía mirando al frente. El obispo les colocó un manto sobre sus cabezas. Nunca habían estado tan juntos como entonces.

—Me gustaría que esta celebración no acabara nunca —susurró la dama.

Balboa le sonrió. Al acabar la ceremonia, Pedrarias se abrazó a Balboa y le llamó «hijo amantísimo». Desde entonces, siempre le llamaría «mi amado hijo».

Al salir de la iglesia fueron a tomar un pequeño refrigerio a casa del gobernador. Todos desearon al novio mucha felicidad y una amistad sincera entre suegro y yerno.

Cuando llegó a casa, Anayansi lo recibió feliz de verlo libre de la prisión. Poco a poco Balboa fue contándole su liberación y el compromiso de boda, por consejo de fray Juan de Quevedo. Anayansi arrugó la nariz y le miró fijamente sin decir nada. Pero cuando le contó que la boda ya se había celebrado, comenzó a tirar cuantos cacharros tuvo a mano, dio patadas al suelo, golpeó las puertas con los puños hasta hacerse sangre y le recriminó que ya no la quisiera y que la repudiara. Balboa tuvo que desplegar todo su poder de persuasión para calmarla. Le dijo que su verdadera mujer seguiría siendo ella y nadie más, pero que debía acceder por motivos puramente políticos, que la tal María estaba en España y quizá nunca la conocería, pero que, si llegaba a venir, él no le haría caso. Eso la tranquilizó, de momento. Pensó que no había que sufrir antes de tiempo y ya encontraría ella una solución.

Pocos días después llegó un navío a La Antigua desde La Española. Traía buen acopio de mantenimientos, esclavos negros y una desgracia: algunos hombres venían enfermos y la peste se extendió por toda la ciudad. Pronto los vecinos observaron que algunos familiares y amigos se quedaban amodorrados y padecían fiebres altas que les inducían un profundo sueño; muchos vomitaban sangre y deliraban. Comenzaron a llamar a esta enfermedad «modorra».

Pocos días después, Balboa se encontró con un soldado amigo en las calles de La Antigua. Mientras conversaban, el soldado perdió el conocimiento y murió en plena calle. Balboa se encaminó a entrevistarse con Pedrarias. Le habló de la necesidad de despejar las calles de cadáveres y enterrarlos, pero el gobernador dijo que no pensaba salir de casa mientras no pasara la epidemia. Para evitar el contagio, el gobernador se refugió con su familia en una casa en el campo a varias leguas de la colonia. Sin embargo, un viajero que pasó por allí y departió largo rato con él, al parecer, portaba la peste y el gobernador amaneció con fiebre alta y grandes bubas oscuras en ingles y axilas. Una sirvienta le dijo que Anayansi sabía curar muchas enfermedades con hierbas. Pedrarias mandó a por ella a pesar de no soportar a la india, era la rival de su hija. Anayansi se negó a ir a sanar al hombre que había encerrado a Balboa y les había quitado la casa. Pero Balboa la convenció y ambos acudieron a ver a Pedrarias. Anayansi observó las bubas y le confirmó que padecía pestilencias. Desapareció, se internó en el bosque y al rato volvió con unos hongos. Los machacó, preparó un brebaje y se lo dio a tomar. Las fiebres remitieron y, al cabo de unas semanas, estaba curado. Pedrarias le repitió a Balboa que siempre estaría en deuda con ellos pero no le agradeció a Anayansi su restablecimiento.

—Loado sea Dios y Santa María de la Antigua, que con mis rezos me han sanado.

La peste iba extendiéndose; se llevó a setecientos hombres en dos meses y la ciudad se llenó de cadáveres. El físico y el cirujano no podían hacer nada para controlar la epidemia, que no cesó hasta diciembre. Hecho el recuento, supieron que había muerto la mitad de la población. Como no quedaba gente que trabajara los campos, se perdieron las cosechas y otros muchos murieron de hambre.

Un día Balboa se topó en la calle con un hidalgo sevillano. El noble le paró, lo llevó junto a un poyo y abrió el hato que llevaba encima. Desdobló dos magníficos jubones de terciopelo y varios vestidos de seda y encajes. Se los ofreció a cambio de un trozo de pan de casabe. Balboa le miró: el noble tenía unas enormes ojeras, los ojos hundidos y el rostro macilento.

—¿Tan mal estáis? —le preguntó Balboa.

—Llevo tres días sin comer. Moriré de hambre si no me llevo algo a la boca. He gastado mis caudales y esto es lo que me queda. Los vestidos son de mi mujer, muerta por la modorra.

—Venid conmigo.

El hidalgo caminaba casi a rastras. Lo llevó hasta su casa y pidió a Anayansi que sacara un plato de comida. Al rato apareció con una sopa humeante en un cuenco de madera. Balboa le pidió que se sentara a su mesa, le alargó una cuchara de palo y le sirvió un poco de chicha, pues el vino español escasearía hasta que no llegara otro barco.

El sevillano se tragó la sopa en un santiamén. Anayansi le sirvió un trozo de capón y pan de maíz; tardó más en ponerlo sobre la mesa que el hidalgo en echárselo al estómago.

—Al llegar a estas tierras —les dijo con cara de felicidad— despreciábamos esta bebida azucarada de los indios, de maíz en vez de uva, que parecía vino blanco, pero ahora me sabe mejor que el más exquisito caldo.

410 Cuando terminó de comer, rogó a Balboa que se quedara con la ropa, pero este no aceptó. Le aconsejó que fuera a la taberna y que quizá Marigalante se la cogería a cambio de un plato de comida por un tiempo, hasta que se recolectara la cosecha, se repartiera algún botín o llegara otro barco.

Los malos ánimos estaban a flor de piel. Por cualquier pendencia, los hombres sacaban las espadas. Un noble segoviano proclamaba en la plaza que empeñaba su mayorazgo por una libra de casabe. Otros se echaban al bosque a buscar raíces y animales raros. Un día, una multitud desesperada se amotinó a la puerta de la casa de Pedrarias, suplicándole comida a voces.

—¡El pueblo tiene hambre, nuestras familias tienen hambre, queremos mantenimientos!

Como la gente no se cansaba de gritar, el gobernador abrió un balcón e intentó quitárselos de encima.

—¿Qué queréis que haga yo? Las cosechas se han perdido y no tengo la culpa. Nada puedo hacer por vosotros. En vez de estar aquí perdiendo el tiempo, podríais ir al campo a buscar comida.

Movidos por la desesperación de ver morir a sus hijos, se

reunieron en la plaza armados de azadas y hachas y se dirigieron al almacén de víveres. Dos guardianes trataron de detenerlos pero ellos los redujeron, dispuestos a asaltarlo. Otros cuatro soldados amenazaron con disparar contra ellos si no se retiraban. El pueblo no se arredró, sino que los arrollaron en masa. Les quitaron las llaves, los tiraron al suelo y pasaron por encima, enloquecidos, segregando saliva a la espera de llevarse algún alimento a la boca. Uno de ellos, un hombretón con las ropas desgarradas, abrió nervioso la puerta facilitando que todos pudieran entrar en el almacén. La rabia se apoderó del grupo de hambrientos al comprobar que el local estaba atiborrado. La gente humilde de La Antigua comió bacalao seco, bizcocho, aceitunas, queso y conservas hasta saciarse, y arramplaron con cuanto pudieron llevarse.

Hurtado avisó a Balboa. Ambos se encaminaron raudos hacia los almacenes para frenar a la población. Balboa pensaba que sería posible llegar a un acuerdo con Pedrarias. En medio de una calle se topó con el gobernador, que se encaminaba hacia allí rodeado de un grupo numeroso de soldados bien armados. Balboa se interpuso entre el grupo asaltante y los soldados.

411

—Apartaos, Balboa —dijo Pedrarias—. No obstruyáis a la justicia.

—Estas gentes no son ladrones, solo tienen necesidad de alimentos. Y teníais muchos almacenados.

—Si los reparto a todo el pueblo, se acabarán en dos días y moriremos todos. Y no me importa decir que favorezco a mis amigos y a los nobles. Sus vidas son más valiosas que las de los plebeyos.

Balboa sintió el impulso de lanzarse sobre él y exterminarlo. Era impensable tanto cinismo y maldad. Desenvainó su espada pero Hurtado, que adivinó sus intenciones, le detuvo y le hizo ver que, a su pesar, era la máxima autoridad y, si atentaba contra él, sería detenido, juzgado y condenado a muerte. Y, en vísperas de partir hacia su gobernación, no le convenía enemistarse con Pedrarias, aunque fuera un mal bicho.

En la ciudad se formaron dos bandos, amigos y enemigos de Pedrarias, y estuvo a punto de estallar una guerra civil de no haber sido por Balboa, que exigió a su suegro que repartiera comida entre la población. Accedió cuando no le quedó más remedio, por temor a una venganza.

La ciudad sufrió un retroceso. Las calles estaban cubiertas de porquería y los barcos en el puerto vieron cómo se pudrían sus cascos por falta de cuidados, los campos estaban yermos, el pueblo, desesperanzado. Ante esa situación, algunos se embarcaron para Cuba y otros se volvieron en los barcos para España.

Afortunadamente, un día llegaron al puerto varios navíos procedentes de Jamaica, enviados por la Corona. Descargaron miles de quintales de maíz, pescado seco, carne de puerco, trigo y abundantes animales vivos. Los vecinos de La Antigua acudieron en masa hasta el puerto. La taberna de Marigalante quedó vacía, excepto por sus amigos: Vasco, Anayansi y Hurtado.

—Vosotros soléis decir que las ratas son las primeras que abandonan el barco en caso de peligro, pues algunas ratas han huido ya —comentó Anayansi.

—¿Qué cuento es ese? —preguntó Balboa.

—He visto subir a un barco a Ayora, el hermano de Pedrarias, con algunos criados y un gran cargamento.

—Hace unos días —dijo Hurtado— escuché decir a unos soldados que los indios ya les plantaban cara y era difícil conseguir un botín.

—Ese bellaco se habrá ido huyendo para España con todo lo robado —dijo Balboa—. Y lo mismo su hermano es consentidor. Esto está cada vez más corrompido.

Ante este estado de cosas, Balboa escribió varias cartas al rey de España. En ellas denunciaba la política sanguinaria del gobernador y le pedía que enviara un visitador de La Española para que lo comprobara. Pero esas cartas nunca llegaron.

Un oficial borracho le contó a Marigalante, bastante tiempo después, que Pedrarias, en complicidad con el regidor Diego del Corral, que siempre odió a Balboa, intervenía las valijas, se quedaba con las cartas que enviaba Balboa y mandaba otras, falsificadas. Pedrarias achacaba a Balboa las matanzas de indios e informó al rey de que era él quien provocaba los motines en la ciudad. En medio de estos tejemanejes, el gobernador ordenó al adelantado que no saliera de Santa María, quería colonizar él

412

mismo las tierras pertenecientes a la gobernación de Balboa y llevarse los parabienes de Su Majestad.

Si es cierto que el pueblo llano trata de imitar a los poderosos, esa debió ser la explicación de que los soldados del Darién se tornaran egoístas, hipócritas, de que se vendieran unos a otros por detrás y se acusaban sin pudor. Nada que ver con los tiempos del gobierno de Balboa. Este no dejaba de escribir al rey acusando a Pedrarias y a sus amigos de gobernantes sin escrúpulos, de permitir el maltrato a los indios y las rapiñas de los capitanes, y expresando su temor a que esa corrupción fuera la ruina de Santa María y de toda Castilla del Oro.

413

Capítulo 43

El adelantado de la Mar del Sur

A partir de la boda por poderes entre María de Peñalosa, la hija mayor de Pedrarias, y Vasco Núñez de Balboa, las relaciones entre suegro y yerno se suavizaron. En apariencia hicieron las paces y, dos años y medio después de que el rey distinguiera a Balboa con los títulos de adelantado de la Mar del Sur y gobernador de Panamá y Coiba, por fin Pedrarias le autorizó una expedición a las tierras de su gobierno. Aunque, siempre tan mezquino, le impuso tres condiciones: debía establecer dos asientos —uno en cada océano—, no podía llevar más de ochenta hombres y tenía un plazo de dieciocho meses.

Balboa aceptó todas las trabas, consiguió la aprobación del Consejo de la ciudad, agilizó los preparativos y salió de Santa María el 24 de agosto de 1517 rumbo a Coiba. Anayansi empaquetó todas sus pertenencias y las de Balboa: las ropas, el ajuar, el oro, los muebles y las armas. Las subieron a una carreta junto a los mantenimientos almacenados y utensilios. Antes de partir a lomos de su caballo, echó una mirada a los rincones de aquella casa en la que había vivido feliz con Balboa. Tenía el presentimiento de que no iban a volver a Santa María. Con ayuda de su fiel Andrés Hurtado, Balboa consiguió embarcar ciento setenta y cinco hombres desde Santa María; entre ellos, cien baquianos de La Española, expertos soldados y acostumbrados a las vicisitudes del clima. También los acompañarían varios criados indios, que guiaban los animales que tenían domesticados. Además, los sesenta cubanos reclutados por Garabito esperaban en Acla.

Con Anayansi, Hurtado, Valderrábago, Argüello, Andagoya, Garabito, Hernando Muñoz y Luis Botello cubrió a bordo de un bergantín las pocas millas hasta Acla, en la costa atlántica. Al desembarcar, Balboa se quedó mirando la tosca fortaleza entre los campos yermos, único vestigio del asiento español fundado por Lope de Olano.

—Olano fue un valiente —dijo Balboa— y lo defendió con su vida. No quedó ni un español cuando los indios lo arrasaron. Ahora nosotros levantaremos una aldea.

Era un sitio excelente junto al litoral, al norte de Santa María, para fundar uno de los dos asientos que le había encomendado Pedrarias. Estaba en tierras de Careta, a dos leguas de su poblado, pero los indios ya no tenían buenas relaciones con los españoles.

Era la tercera vez que Balboa construía una colonia —después de Santo Domingo y La Antigua—. Trazó los planos y todos los hombres se pusieron a trabajar. Pero no eran suficientes brazos. Balboa visitó al tequina de Cueva, que ahora era regente del nuevo cacique, el hermano pequeño de Anayansi. Y estableció con él relaciones cordiales, como antaño con su padre, don Fernando-Careta. El tequina le envió muchos indios para ayudar en la construcción. En seis meses, Acla era una aldea habitable, rodeada de una alta empalizada de troncos acabados en punta, para mayor seguridad.

Anayansi escribió unas letras a Marigalante para invitarla a la inauguración de Acla. La tabernera previó negocio en la nueva colonia, compró una casa en la plaza por mil quinientos pesos y abrió un mesón, tras dejar a un vecino de confianza encargado de la posada de Santa María. Comprobó que acudían a Acla muchos barcos con mercaderes y aventureros, por la ventajosa situación de su puerto y las posibilidades que ofrecía de medrar en aquella comarca fértil y rica en oro. Contaba con la ayuda de dos indias y un indio que trajo con ella desde Santa María de la Antigua. Hurtado le echaba una mano, especialmente cuando la taberna estaba abarrotada, que era casi todos los días.

Al cabo de un año Acla había crecido bastante y Balboa preparó todo lo necesario para volver a la Mar del Sur. Mientras tanto, Anayansi visitaba con frecuencia a su madre y hermanos en su poblado. Si quería ver a su marido, debía coger un poco de comida y llegarse hasta el astillero donde Balboa trabajaba de sol a sol, dirigiendo la tala de árboles y su transformación en el maderamen necesario para construir los barcos. Mientras almorzaban juntos, Balboa le comentaba a Anayansi sus proyectos inmediatos y futuros.

—No puedo perder el tiempo. Pedrarias ha puesto un tope y debo aprovecharlo. Tu padre me informó de que la madera de Cueva es especial para hacer barcos, porque no la ataca la broma. Ahora lo más urgente es construir unas naves para navegar cientos de leguas por la Mar del Sur.

Pedrarias no le había ayudado en nada, y Balboa necesitaba dinero. Para financiarse, ideó fundar en Acla la Compañía de la Mar del Sur. Propuso a mercaderes ricos, a Marigalante, a Arbolancha y a muchos amigos que participaran como accionistas, a cambio de un reparto de beneficios.

Distribuyó tierras entre los que se asentaron en la colonia, con el encargo de roturar, labrar y sembrar maíz, fríjoles y yuca. Todos aceptaron con entusiasmo y pronto las tierras empezaron a dar sus frutos.

Esta vez Balboa consiguió que Anayansi aceptara quedarse en Acla. Argumentó que su presencia en Cueva era necesaria para consolidar las antiguas relaciones entre indios y españoles.

Balboa había decidido que era conveniente la construcción de un fuerte a mitad de camino, para descansar y cubrir el camino de vuelta. Envió por delante a treinta baquianos y un puñado de naturales con la misión de levantar un asentamiento al otro lado de las montañas. Debían elegir un buen lugar para emplazar un astillero, donde construir dos grandes botes.

Cuando estuvo todo preparado, Balboa dejó en Acla a sesenta y cinco hombres y partió con ochenta baquianos, como había pedido Pedrarias. Esta vez consiguieron pocos indios porteadores, así que ellos mismos debían llevar a cuestas los materiales para construir los barcos: la madera y los aparejos, velas, anclas, cuerdas y la pez para calafatear. Balboa mismo, a pesar de ser adelantado de la Mar del Sur y gobernador de Panamá y Coiba, cargó con los maderos más pesados y caminaba alegre, comentando los triunfos que conseguirían para darles ánimos.

—En lugar de seguir el trayecto por Ponca, como la vez anterior —trasladó Balboa a sus capitanes—, iremos por el río Subcutí hasta la junta con el Chucunaque. Allí podemos elegir entre dos rutas: por tierra o por agua. Ambas tienen ventajas e inconvenientes, que quiero debatir con vosotros.

—Explicaos —dijo Hurtado.

—Si elegimos la de tierra, seguiremos por los senderos transitados por los indios que hemos mandado delante, y que me tendrán señalados, hasta llegar al río principal para desembocar en la mar. Tiene el inconveniente de que abundan los árboles cuajados de niguas, y ya sé por experiencia los estragos que causan.

—¿Y la segunda ruta? —preguntó Valderrábago.

—La otra sería bajando por el río Chucunaque. Es más descansada porque iríamos en canoas hasta el fuerte, donde nos esperan nuestros compañeros.

—¿Y los peros?

—El pero es que es más larga porque el río es muy corvo, y estaremos más indefensos del ataque indio, pero más descansada por no tener que ir a pie.

Después de analizar con detalle una y otra, se decidieron por la seguridad de la ruta de tierra.

Al cabo de pocos días llegaron al fuerte. Sus compañeros le mostraron a Balboa quince canoas de los naturales, que se habían apropiado y les vendrían de perlas para navegar por el río hasta el mar.

Asentaron el real mientras se procuraban unas chozas de caña para guarecerse. Balboa mandó construir aserraderos, andamios, fraguas y el astillero, sobre un río desconocido que bautizaron como río Balsas. La actividad era frenética, debido al plazo de dieciocho meses impuesto por Pedrarias.

Días después, al amanecer, Hurtado comenzó a dar gritos y

417

lanzar imprecaciones. Balboa salió de la choza frotándose los ojos, al tiempo que Hurtado se arrancaba los cabellos y pateaba el suelo.

—¿Qué te ocurre, amigo? —dijo acercándose intrigado.

—¡Por Belcebú y los mil diablos! ¡Que estas maderas están todas pochas por la maldita broma! Miradlas vos mismo.

La mayoría de los hombres había acudido hasta el astillero al oír los gritos de Hurtado.

—¡No puede ser! —exclamó Balboa—. Es cierto. Están como un colador.

—Y eso que vuestro suegro don Fernando-Careta presumía de que las maderas de Cueva eran las mejores porque no se pudrían. Sí, sí, ya, ya…

—En vez de lamentarnos y mesarnos los cabellos —dijo Balboa— habrá que buscar una solución. Estas tablas que trajimos no solo son insuficientes para hacer los barcos sino que, además, están inservibles. Tendremos que aprovechar las que podamos para construir dos bergantines.

—¿Y de dónde sacaremos la madera? —preguntó Muñoz.

—Tengo un plan.

Eligió a treinta baquianos musculosos y un puñado de indios de los más fuertes.

—Vosotros construiréis un camino transitable que llegue desde aquí hasta Acla. Coged hachas, hoces, guadañas y azadas. Tendréis que talar árboles, arrancar raíces, segar maleza, bordear las ciénagas, alisar la tierra. Cuando lleguéis a Acla, llenaréis una carreta con mantenimientos y volveréis sin dificultad por el camino trazado.

Luego bajó hasta el lugar donde comenzaba a levantarse el astillero.

—Nosotros cortaremos árboles hasta tener la madera que necesitamos, y levantaremos esos bergantines en un santiamén.

Los componentes de la expedición se contagiaron del entusiasmo de Balboa, que daba ejemplo de trabajo y animosidad. Todo marchaba a la perfección pero, tres días después, las cosas, repentinamente, cambiaron.

Un ruido de choque de piedras despertó a Balboa. El campamento aparecía completamente inundado por el desbordamiento del río. Las ropas y los pequeños objetos flotaban en medio de las chozas. En poco tiempo estaban anegados hasta las rodillas. Corrieron a subirse a los árboles más cercanos para escapar de la crecida de las aguas que, furibundas, les arrebataron todos los víveres y las maderas. Vieron, desesperados, cómo el desbordado Balsas se las llevaba corriente abajo.

El hambre empezó a acuciarlos, el calor y la humedad eran insoportables y varios enfermaron de fiebres. Para resistir, imitaron a los indios, que se comían cualquier bicho y escarbaban la tierra para encontrar raíces y semillas. Balboa mandó a un grupo internarse en la selva en busca de alimentos, que deberían comer crudos pues con la humedad no encontraban leña seca para hacer fuego. Garabito se prestó voluntario y, horas después, regresó con abundante comida de un poblado indio cercano, y muchos nativos que habían capturado para que los ayudaran en los trabajos.

Ante tanta contrariedad, Balboa convocó a sus socios de la Compañía de la Mar del Sur a una reunión de urgencia, y les preguntó si deseaban continuar o abandonar la empresa. Los que estaban presentes decidieron seguir adelante.

—No os niego que tenemos todo en nuestra contra. Y que necesitamos muchos más hombres, materiales para los barcos y, lo que es más importante, tiempo, que se nos agota. Habrá que volver a Santa María para negociar con Pedrarias.

—Quizá sea más prudente que no vayáis vos a La Antigua —dijo Hurtado—, no sea que vuestro suegro no os deje salir de allí, que ya lo conocemos. Si queréis, puedo ir yo en vuestro nombre.

De vuelta en Acla, Balboa envió a sus amigos con los informes sobre lo realizado, las necesidades que tenían, un costal de oro recaudado y una carta donde le pedía al gobernador que le concediera más tiempo.

En enero de 1518, Hurtado y Argüello regresaron a Acla. Volvían con sesenta hombres más, unos venían voluntarios desde La Española y otros de Jamaica, y traían muchos víveres. Pedrarias les había concedido cuatro meses, ni un día más, y ni un solo maravedí del préstamo que Balboa le solicitara.

Balboa dio la orden de partir nuevamente hacia el río

419

Balsas. Al llegar comprobaron gratamente que, en ese tiempo, los hombres que había dejado en el fuerte habían talado gran cantidad de árboles y, cuando las aguas del río bajaron, consiguieron recuperar parte de la madera que se llevó la crecida y quedaron atrapadas entre el cieno y en los recodos del río.

Trabajaron día y noche, ajenos a la lluvia, alumbrados con antorchas. Por fin, cuatro meses más tarde, los bergantines estaban listos.

Pero no habían acabado todos los inconvenientes. Terminaba la estación seca y las aguas estaban muy bajas. Tuvieron que construir un canal, cavando en el lecho del río, y, a través de él, botaron los bergantines, no sin esfuerzo. Dos días después, pudieron llevarlos hasta el golfo de San Miguel.

Balboa se sintió feliz, era el primer europeo que navegaba por la Mar del Sur. Poco después, comprobaron, desesperados, que los barcos, atacados por la broma, parecían dos coladores y poco a poco iban hundiéndose. Balboa se hincó de rodillas en cubierta, sollozando de rabia y de impotencia. ¡Eso quedaba del trabajo de diez meses! Los demás participaban del mismo dolor. Sus ilusiones y sueños, machacados por aquel horrible gusano comedor de barcos. Pero el adelantado de aquella mar se repuso en breve.

—Ni el gusano de la broma, ni Pedrarias, ni las crecidas harán que desistamos de nuestra empresa. Repararemos los barcos, los calafatearemos, informaré a Pedrarias de que zarpamos y, después, ¡todos a bordo a explorar las tierras de la Mar del Sur!

—¿Adónde nos dirigimos? —preguntó Hurtado tras dejar que la expedición aclamara a Balboa y se sumara a su indestructible ánimo.

—Al archipiélago de las Perlas, que está solo a siete leguas de aquí.

Por más que achicaron el agua sin descanso, al cabo de cuatro leguas era imposible continuar. Se dirigieron a Terarequi, no lejos de allí. Navegando con mucha cautela, consiguieron atracar. La isla estaba poco poblada, los nativos habían huido o habían sido capturados con las expediciones que había mandado Pedrarias.

Llevaron los carcomidos bergantines a sotavento de la isla para carenarlos en la arena de la playa y construir allí otros dos bergantines nuevos, más grandes, pues abundaban las buenas maderas. Si se afanaban en las tareas, podrían estar listos en setenta días y, entonces, con los nuevos barcos, Balboa pondría rumbo a los ricos reinos del Birú.

A principios de otoño, Balboa dejó a una parte de sus hombres en la isla y les encomendó la fábrica de otros dos barcos más. Y él, acompañado de cien hombres, salió para el continente.

Debido al mal tiempo, tuvieron que asentarse en el golfo San Miguel por espacio de dos meses. Ya no estaban sus amigos Chiape ni Tumaco, y los indios de la mayoría de los poblados eran ahora enemigos de los españoles. Balboa no tenía tiempo para restablecer relaciones cordiales. Mientras esperaban a que cambiase el cielo, hacían algunas incursiones de poco riesgo, y envió a Hurtado y al escribano Valderrábago con un grupo de hombres a Acla, pues necesitaban cordaje, pez y algodón para las velas. Luego se llegarían hasta La Antigua para entregar a Pedrarias una relación detallada de los progresos realizados, abundantes perlas y algo de oro, y la petición de una nueva prórroga, de todo punto necesaria.

Cuando después de unas seis semanas Hurtado y su grupo estuvieron de vuelta, le informaron de que Pedrarias parecía una fiera endemoniada, y la causa de su malhumor era que el rey había nombrado un nuevo gobernador para el Darién en la persona de Lope de Sosa, que entonces era gobernador de las Canarias.

—Y él sabe bien —dijo Valderrábago— que le harán juicio de residencia, y que se ha buscado muchos enemigos.

—¿De cuántas cosas le acusarán? —preguntó Hurtado.

—Entre otras —dijo Balboa—, de apropiarse del botín de mi gobernación, de haberme metido en una jaula, de haber detenido mi correspondencia, de desacato al rey y de muchos asuntos más. Y le reclamarán todo lo que se ha apropiado en

421

las empresas realizadas, amén del maltrato e injusticias con los indios. Seguro que su malhumor es porque piensa que yo le voy a reclamar, y que a mí me escucharán y le condenarán a él.

—Me contaron unos vecinos —dijo Hurtado— que quiso huir del Darién, pero el pueblo no se lo ha permitido.

—Y otra mala noticia —apuntó Valderrábago—. El obispo Quevedo ha vuelto a España. Me dijo al despedirse que quería dar a conocer a la Corte los desatinos de Pedrarias con los naturales, los saqueos, exterminio y violaciones que ha consentido, y que se iba tranquilo porque creía que vos, lejos de allí, y siendo yerno de Pedrarias, ya no corríais peligro alguno.

—No estoy tan seguro —dijo Balboa—. Mi suegro es cicatero y envidioso, a pesar de que siempre se muestra muy cariñoso conmigo.

Ese día, después de cenar, se sentaron al raso, recostados sobre los troncos de unos árboles. Hurtado miraba al cielo en silencio.

422

—Mirad las estrellas. Están colocadas como os dibujó Micer Codro. Y la que dijo ser vuestra estrella tiene un cerco luminoso y se halla en el lugar que os indicó. Estáis en peligro de muerte.

—Cierto, pero también me dijo que, si escapaba de ese peligro, sería el más grande capitán de las Indias. No sé si creer en esas falacias de brujo. Me siento feliz y satisfecho de mis hazañas. Y estoy dejando de tener esas malditas pesadillas.

Ya en la choza, solo con sus amigos, Balboa estuvo cavilando que un nuevo gobernador en el Darién podría ser una contrariedad.

—A lo peor hace bueno a Pedrarias. Y lo que temo es que me desautorice esta expedición, se la dé a otros y haga suyos nuestros triunfos. Bien acostumbrado estoy a las puñaladas traperas.

—¿Qué podemos hacer? —preguntó el padre Fabián Pérez, socio de la empresa, que también iba en la expedición.

—Propongo que vos mismo con Valderrábago, Muñoz, Botello, Argüello y Garabito vayan con treinta hombres al Darién en busca de ayuda y se informen de todo. Al pasar por Acla, solo Botello se llegará hasta mi casa sin ser visto y se informará por Anayansi si Pedrarias ya ha sido sustituido. Si no ha sido así, proseguiréis todos hasta Santa María.

—¿Y si al llegar estuviera allí el nuevo gobernador? —preguntó Valderrábago.

—Entonces os venís volando. Volveremos y nos instalaremos en Panamá, la aldea de pescadores que vimos en la costa en nuestro primer viaje a la Mar del Sur. Una vez fundado el asiento no se puede abandonar ni destruir. Allí montaremos el real para reanudar nuestras exploraciones.

A mediados de diciembre, Balboa se encontraba explorando una isla cuando llegaron Andagoya, Segovia y otros dos soldados más, y le entregaron una carta de Pedrarias. Después de repasarla, se la leyó a sus compañeros en voz alta.

> Mi muy amado hijo:
>
> Os ruego que os personéis, a la mayor brevedad posible, en Acla, pues debemos tratar de ciertos asuntos que os conciernen, y que, de seguro, os resultarán beneficiosos para vuestra gobernación y la exploración que tenéis entre manos. No me atrevo a escribirlas por ser materia reservada, prefiero contároslo personalmente. Y os necesito a mi lado en estos momentos. Yo mismo parto para allá. Os diré que vuestros hombres han quedado en Acla buscando mantenimientos, y luego partirán con vos. Me ocuparé personalmente de que obtengan todo lo que necesiten.
>
> Os suplico que no os demoréis y acudáis a reuniros conmigo cuanto antes.
>
> Os manda un cordial abrazo de despedida vuestro amantísimo padre y gobernador,
>
> PEDRO ARIAS DE ÁVILA

423

Balboa quería zanjar los malentendidos con su suegro y dedicar el tiempo a explorar sus territorios; no lo dudó un momento y se dispuso a acompañar a los cuatro emisarios. Antes de partir, recomendó a sus hombres el cuidado de las embarcaciones que ya estaban listas para hacerse a la vela, y les encargó seguir obrando otras dos.

Balboa dejó el grueso de la expedición en el asiento y eligió a tres de los suyos. Hurtado se empeñó en acompañarlo.

—Ya no tenéis a *Leoncico* para cuidaros pero me tenéis a mí.

Balboa cabalgaba contento de apreciar el buen trabajo que habían desarrollado sus hombres pues ya existía una calzada bastante despejada hacia Acla por la que cabía un carro. Los emisarios avanzaban serios y callados, hasta que Andagoya se colocó junto a Balboa.

—No aguanto más, señor. Siempre os habéis portado bien con nosotros y os apreciamos de corazón.

—Hablad sin temor —dijo Balboa.

—Capitán, no vayáis a Acla. Creemos que traman algo grave contra vos.

Balboa lo miró incrédulo. Los emisarios le pusieron al día de los acontecimientos ocurridos con Botello: había sido detenido y acusado de conspirador. Balboa pensó que se trataba de un malentendido que debía aclarar cuanto antes.

Al día siguiente, a media legua de Acla, se tumbaron a sestear cerca de un riachuelo. Le despertó el ruido de cascos de caballos. Balboa se refrescó la cara y distinguió a un grupo de soldados al mando de Francisco Pizarro. Este, con el semblante serio y espada en alto, se adelantó al grupo.

—Daos preso, adelantado.

—¿Qué significa esto, Pizarro?

—Disculpad, capitán, solo cumplo órdenes del gobernador Pedrarias. He de llevaros custodiado a su presencia.

La primera reacción de Balboa fue echar mano a su espada. «¿Se habrán creído estos soldados —pensó— que pueden atentar contra mi persona?» Pero recapacitó, no había razón para pensar mal de su suegro. Además, por las malas, él solo sería capaz de acabar con todos ellos.

—Está bien. Debe de ser un malentendido. No penséis que me voy a escapar. Vamos.

Pizarro no se atrevió a ponerle los grillos a su capitán, pero un soldado, alegando que cumplía órdenes, le desarmó.

—¿Es necesario todo esto?

—Nosotros estamos de servicio y solo cumplimos órdenes. Lo siento, Balboa.

—No creo que lo sintáis. Aunque el deber de un soldado es obedecer. Esto será, sin duda, otra extravagancia de mi suegro. Pero ya sabré convencerle.

Así como la araña va tejiendo su tela silenciosa y sin parar, con el objetivo de atrapar a su presa, así se iba cerniendo sobre Balboa una tela de araña fruto de las envidias, celos profesionales y rabia hacia aquel héroe que había descubierto la mar del Sur. Los mediocres no pueden perdonar el triunfo ajeno.

Capítulo 44

La cárcel

A últimas horas de la tarde llegó a Acla el grupo que llevaba detenido a Balboa. El tiempo estaba desapacible y se iba levantando un fuerte viento. Delante cabalgaban Pizarro y otro jinete; en medio iba Balboa, custodiado por cuatro soldados, y, cerrando la comitiva, otros dos hombres a caballo. Dos vecinos que los vieron alertaron al resto. Una docena de hombres fueron saliendo de las casas para ver al detenido. A lo largo de la calle lo recibían con vítores y aplausos. Eso le tranquilizó. Una mujer corrió a avisar a Anayansi. Esta abandonó la labor que tenía entre manos, pasó entre los caballos, esquivó a los soldados de a pie y se arrojó en sus brazos.

—No te alarmes. El gobernador reclama mi presencia para solucionar algún malentendido, sin duda.

—Pero ¿qué ocurre, Balboa? —preguntó con tristeza.

—Aguárdame en casa —le dijo acariciándole el pelo—. Va a empezar a llover. No tardaré.

Marigalante lo siguió con el grupo de vecinos que le habían aclamado. Al llegar frente a la casa que pertenecía a Juan Castañeda, Pizarro y su grupo descabalgaron.

—Tenemos órdenes de dejaros aquí —dijo Pizarro.

El propio Juan Castañeda y cuatro soldados los esperaban a la puerta, encogidos de miedo.

—Os ruego, almirante, que esperéis en mi casa hasta la llegada del gobernador. Solo cumplimos órdenes.

Dos soldados se apostaron en la entrada. Anayansi llegó hasta allí pero no pudo pasar y le ordenaron que se volviera a casa.

Castañeda le invitó a su mesa. Durante la cena, Balboa se interesó por lo acaecido en Acla desde su ausencia. Castañeda le informó someramente y le acompañó hasta una de las alcobas. Al día siguiente, Pedrarias entró en la casa de Castañeda con cuatro soldados y, con gran cinismo, abrazó muy cariñoso a Balboa.

—No sabéis cuánto deseaba veros, mi amado hijo. Yo confío en vos.

Balboa, desconcertado, alzó la voz.

—Entonces, ¿por qué estoy aquí confinado? ¿Qué pretendéis? ¿Acaso os he faltado en algo?

—No os inquietéis, hijo mío, por el arresto. El motivo son unas cartas que hemos recibido con acusaciones graves contra vos, estoy seguro que sin fundamento. Y quiero escucharlo de vuestra boca.

—No sé quién ha podido acusarme y de qué. ¡Nada malo he hecho!

—Yo os creo, mi amado hijo, pero he tenido que ordenar un proceso contra vos para complacer al tesorero Puente. Seguro que todo se aclarará y resplandecerá vuestro proceder y vuestra lealtad.

Departieron durante horas. Balboa se tranquilizó. Pedrarias fingió interesarse por sus éxitos.

—Contadme todos los detalles de vuestra expedición. Me importan vuestros logros y vuestras cuitas. Ahora somos familia.

Tras informarle, Balboa preguntó si podía marcharse a su casa.

—Os ruego, hijo, que permanezcáis aquí custodiado, pues temo que vuestros enemigos tomen represalias contra vos. Aquí estáis a salvo. —Se puso en pie, llamó a los soldados que lo escoltaban y mandó ensillar su caballo—. Quedad tranquilo, querido yerno. Os reitero mi amistad absoluta y mi confianza en vos. Veréis que, muy pronto, se aclarará todo y podréis volver a vuestra casa.

Pedrarias amplió su continua sonrisa y los labios se le esti-

427

raron hasta darle a su cara cierto aire de serpiente, y de ese reptil era también el brillo que había en sus ojos, pensó Balboa.

El gobernador estaba crecido como político. Su enemigo en la Corte, el regente cardenal Cisneros, había muerto, coincidiendo con la llegada a España del joven rey Carlos I. Pero su alegría duró poco. En cuanto supo que se había nombrado gobernador a Lope de Sosa, temió que Balboa declarara contra él en el juicio de residencia. Entonces decidió que Balboa debía morir.

En su cuarto de la casa de Castañeda, sobre una mesa, Balboa coloreó un poco más los montes, marcó una línea de puntos y, en la parte superior del pergamino, escribió con letras muy rizadas y altas de orgullo: «Mar del Sur».

Se quedó con la pluma en el aire observando su obra, pensando que había dibujado, más que un mapa, la grandeza de su hazaña.

428 Cuando oyó el retumbar de unos cascos de caballería, reconoció ese trote suave —para no descaderar del todo al viejo—, pero también soberbio. Y supo que llegaba Pedrarias escoltado por algunos de sus hombres. Balboa dejó la pluma sobre la mesa y, antes de que se detuviera la tropa, saludó a Castañeda, que también salía a recibirlo. Un primer rayo de claridad le hirió los ojos. Pedrarias bajó del caballo. La media docena de guardias permaneció sin desmontar, en un silencio tan terco que a Balboa le dio mala espina. A pesar de la débil luz del alba, Balboa alcanzó a ver que Pedrarias traía cara de pocos amigos.

—¿Ha sucedido algo malo? —preguntó mientras salía a su encuentro con intenciones de saludarle.

—Malo, sí. —Pedrarias le esquivó el saludo y se dirigió hacia el interior de la casa de Castañeda—. ¡Malísimo!

Balboa buscó la mirada de los guardias, pero ellos bajaron la vista. Tragó aire y fue a reunirse con su suegro.

Pedrarias ya estaba adentro, en el cuarto de Balboa, de espaldas a la puerta, junto a la mesa; había desplegado el mapa y parecía mirarlo con interés.

—Pues si es tan malo, será mejor que lo digáis sin rodeos, suegro.

—No os atreváis a llamarme de ese modo, ¡sabandija! —dijo Pedrarias, y soltó el pergamino, que se enrolló sobre sí mismo como un ciempiés.

—Pero… ¿qué ocurre? —dijo Balboa, definitivamente desconcertado. En sus ojos había un temblor de pájaro herido; en los de Pedrarias bailaban dos demonios.

—¡Que sois un traidor y un ingrato! ¡Que habéis traicionado mi confianza, malnacido!

—Yo no he hecho nada —dijo Balboa airado. Pensó que, si no le hubieran quitado la espada, lo retaría allí mismo—. No entiendo el motivo de vuestro enfado.

—Conque no entendéis, ¿eh? ¿Acaso no habéis tramado una rebelión contra el rey y contra mí, que aquí soy su representante? ¡Hay documentos que lo atestiguan, desvergonzado!

—¡Eso es imposible!

—Sois un malhechor y un rebelde a la Corona; por tanto, no sois digno de que os siga llamando «hijo». Os habéis convertido en mi enemigo y, a partir de ahora, seréis tratado como tal.

—Esos no son más que infundios. Yo no he hecho nada ni contra el rey ni contra vos. ¡Lo juro! La prueba de mi inocencia es que, de haber tenido algo que ocultar, no habría venido a Acla a vuestro llamado. Repito que soy inocente.

Balboa iba subiendo en cólera. Se había colocado delante de Pedrarias y le hablaba casi pegando su nariz con la de su suegro. Pero el viejo, lejos de amedrentarse, le miraba a los ojos.

—Si es así —le gritó Pedrarias—, tendréis que demostrarlo. No obstante, aún tenéis una oportunidad de salvaros y quedar libre, con dos condiciones.

—Hablad —dijo Balboa, y se sentó frente a él.

Pedrarias se tomó unos segundos para escoger bien las palabras, y trató de parecer calmado hablando lentamente.

—Deberéis renunciar a la india con la que cohabitáis. Y haréis que mi nombre figure junto al vuestro en las conquistas por la Mar del Sur…

Balboa siguió el dedo de Pedrarias que señalaba hacia la mesa y vio el pergamino enrollado donde figuraba, escrito con tinta, lo que había conseguido con sudor y sangre. Pedrarias quería la mitad de su gloria y alejarlo de su fiel Anayansi.

429

—¡Eso jamás! —dijo—. En ninguna de las dos cosas os complaceré.

—Pues entonces, acabáis de condenaros.

Salió de la estancia a grandes zancajadas. Balboa se apresuró a esconder el mapa y, antes de que se diera cuenta, entraron los guardias con caras de hastío. Parecía que le pedían disculpas mientras le colocaban los grillos en los pies. Un instante más tarde ya lo llevaban a rastras detrás de un caballo, a la cárcel de Acla, como al peor criminal.

La casa de Castañeda distaba solo dos calles de la cárcel. Camino del calabozo Balboa pensaba que aquello era un desatino que pronto se aclararía. Confiaba en la justicia y en la sensatez del juez Espinosa. Él no había hecho nada ilícito. Le preocupaba Anayansi, con la que no le dejaban comunicarse. Pero esperaba que Anayansi y Marigalante estuvieran enteradas de lo que tramaba Pedrarias. Y se alegró de que Hurtado hubiera querido acompañarlo hasta Acla porque ahora la protegería.

A esas horas de la mañana la aldea estaba solitaria. Solo se toparon con un campesino tirando de un carro que se quedó boquiabierto al ver a Balboa caminando engrillado. Al llegar a la cárcel, desataron a Balboa del caballo al que lo llevaban atado y lo introdujeron en el edificio que él mismo había trazado cuando construyeron la aldea. Balboa entró en un amplio zaguán con una pequeña mesa y dos sillas ocupadas por guardias armados. Y en la pared, un dibujo del rey don Carlos. Los guardianes se hicieron cargo de él. Uno de ellos anotó su nombre y la fecha en un libro. Luego lo agarraron del brazo, sin violencia, y le condujeron a una de las dos celdas.

Balboa no podía creer que ahora él fuera el ocupante de la prisión. Los guardianes le quitaron los grillos de los pies. Durante un instante, estuvo tentado de tumbar a los guardias y escapar. Pero, se dijo, eso sería declararse culpable de algo que no había hecho. Y confiaba en que su encierro durara poco. Sentía una tristeza inmensa porque se veía impotente para defenderse, cuidar de Anayansi, realizar sus futuros sueños.

En el silencio y la soledad de aquella lúgubre celda, Balboa ahora veía claro que estaba a merced del odio, la envidia y el resentimiento de Pedrarias; de Enciso, que nunca le perdonó haberlo apartado del mando; de Pizarro, al que consideró su amigo, pero no tuvo reparos en apresarlo, por ser un obstáculo para sus planes de conquista. Y le recordó con sus ansias de triunfo y deseos de ir al Birú, y su resquemor cuando él mismo le recriminó su mala conducta al dejar en el camino a un compañero herido. Pensó que quizá Garabito también podría ahora traicionarlo y tratar de conseguir el amor de Anayansi. Ahora comprendía que aquellos seres se unían para aniquilarlo porque su estrella destacaba entre todos. Olía a orín y a humedad; escudriñó el reducido espacio de la celda y le pareció que el aire contenía las frustraciones y miedos de otros presos que le precedieron. Más tarde escuchó un ruido de sillas y las voces de los centinelas que salían a la puerta de la prisión. Y también voces procedentes de la celda aledaña. Se agarró a los barrotes y sacó la cara cuanto pudo por entre ellos.

—¿Quién está ahí? Yo soy Vasco Núñez de Balboa. Hablad, ¡por los clavos de Cristo!

Escuchó un ruido de jergones y unos hombres que golpeaban los barrotes de la otra celda.

—¡Balboa! ¿Cómo habéis venido a parar aquí?

—¿Valderrábago? ¿Sois vos…?

—Sí, y Botello, Muñoz, Argüello, Garabito y vuestro socio, el padre Pérez, están aquí.

—Contadme qué ha pasado. No entiendo nada.

—Tal y como estaba planeado —detalló Valderrábago—, esperamos a las afueras hasta que llegara Botello con la información de si había llegado a La Antigua el nuevo gobernador o no. Pasaron horas y nuestro amigo no regresaba. Cansados de esperarle, propuse que continuáramos para Santa María, pues eso era buena señal. Cuando llegamos, nos dijeron que Pedrarias estaba en Acla. Hasta ahí, todo nos pareció normal, pero en cuanto llegamos aquí, sin darnos ninguna explicación, nos metieron a todos en esta celda. Hemos oído decir que Pedrarias ha urdido un plan para desembarazarse de vos.

—Ahora entiendo. Por eso me escribió aquella carta tan cariñosa. ¿Porqué no me fié de mi instinto al recibir aquella arma emponzoñada?

—¿Con qué engaño os han encarcelado? —preguntó Muñoz.

—Ya os lo contaré despacio. Tiempo es lo que tenemos.

431

Pero decidme, Botello, ¿qué fue lo que os ocurrió? De camino me contaron que os habían prendido.

Botello se acercó a los barrotes de su celda y sacó la cabeza cuanto pudo.

—Me llegué hasta Acla, como estaba proyectado. Esperé a la noche para no ser visto. Pero un centinela, y Pedrarias los tiene a cientos, me echó el alto y me detuvo por sospechoso, a pesar de mis explicaciones. Me llevó ante la autoridad, que resultó ser Benítez, ¿os acordáis?, el que se rio de Nicuesa, le insultó y vos le castigasteis con unos latigazos, hace varios años. Me lo recordó y dijo que, desde entonces, era vuestro enemigo. Me sometieron a horrorosos tormentos y confesé nuestro plan, porque no creí que tuviera nada de malo. Les dije que, enterados del nombramiento de un nuevo gobernador, nos volveríamos a los Mares del Sur, crearíais un asiento del que no os pudieran echar y proseguiríamos nuestra expedición hacia el Birú. Malherido y chorreando sangre, con las carnes moradas, me encarceló y avisó a Pedrarias.

—Nosotros —dijo Valderrábago—, en cuanto entramos en Acla, fuimos encarcelados, aunque no nos han dado tormento.

Cuando oyó la puerta de la calle, el capitán Andrés Garabito pidió a voces hablar con el gobernador. Prometió a sus amigos que intercedería por todos. Llamó a los guardias, dijo que quería confesar, y le sacaron de allí. Sus compañeros no volvieron a saber de él.

Al otro día, Marigalante fue a la prisión a llevarle comida a Balboa. Les dejó a los centinelas un suculento guiso y una bolsa con monedas que rápidamente se guardaron. Uno de ellos se levantó para abrirle la puerta de la celda.

—Te dejo que hables con el preso el tiempo que nosotros tardemos en dar cuenta de tus viandas, que saben a gloria.

—Está bien. Gracias, amigo.

Balboa, al ver entrar a Marigalante en la celda, se levantó del camastro, emocionado. Sin pronunciar palabra se abrazaron largo rato. Él necesitaba más que nunca el afecto de los suyos. Y consideraba a Marigalante como a una hermana.

—Tenemos poco tiempo y debes de estar enterado de todo lo que está ocurriendo fuera. Pero antes te diré que Anayansi se encuentra bien, y te ama más cada día. Ahora escú-

432

chame —le dijo tras cogerle de las manos—: aprovechando que doña Isabel de Bobadilla ha regresado a España y tu protector el obispo Quevedo, también, dicen que para contar al rey las componendas del gobernador, el pérfido y malnacido de Pedrarias ha dado rienda suelta al odio y envidia que te tiene por tus triunfos y tu gallardía. Ha convencido a muchos enemigos tuyos para que te acusen. Ha dado orden al tesorero Puentes de que levante una acusación formal contra ti.

—¿Quiénes pueden quererme tan mal para desear mi muerte?

—Muchos, por desgracia. Ha conseguido comprar a los tres oficiales reales, a Espinosa, a Garabito y a muchos otros.

—Me resisto a creerlo, amiga.

—Ayer Hurtado vio que al anochecer se reunían varios oficiales en la casa de Pedrarias. Los siguió, saltó por la tapia y junto a un ventanal abierto escuchó decir a Pedrarias que entre todos alegarán acusaciones suficientes para condenarte. El narigudo Alonso de la Puente se puso colérico recordando que te atreviste a pedirle el pago de una deuda. Y el bachiller Del Corral no te perdona que le encerraras cuando las disputas en La Antigua por su conducta indeseable, él cree que solo por ser partidario de Samudio.

—Rencorosos...

—Pedrarias encargó a Del Corral que comprara un testigo neutral. El alcalde mayor, Espinosa, te defendió y dijo que te tenía aprecio, pero también se ha vendido. Pedrarias prometió darle todos tus barcos y tus hombres en cuanto te eliminen, solo si te sentencia. Y él asintió, se sumará a la acusación.

—¿Y Garabito? Salió de la cárcel diciendo que iba a interceder por nosotros.

—Garabito prometió confesar si le daban como absuelto, ya que fue detenido como uno de los tuyos. Incluso confesó que fue él quien envenenó a *Leoncico*...

Balboa se puso en pie furioso.

—¡Bellaco! ¡Tenía que haber sido él! —dijo mientras meneaba con rabia los barrotes—. Si llego a saberlo antes, lo mato con mis propias manos.

—Cálmate, Vasco, y escucha, que se acaba el tiempo. Según Hurtado, Garabito añadió que quieres convertirte en

433

rey y acabar con Pedrarias. Y que nunca repudiarías a tu concubina india, con lo que estás insultando a su hija y riéndote de ella a sus espaldas.

—Si estuviera vivo *Leoncico*, se habría tirado sobre los guardianes, Hurtado les habría quitado las llaves y ahora yo estaría libre. Prosigue.

—También amenazaron a un soldado que aseguraba haberte escuchado aquella noche, y que no hablabas de traición sino de averiguar si había llegado el nuevo gobernador. Pedrarias le ofreció dinero si declaraba lo contrario y, si no lo hacía, lo encerraría en prisión. El pobre soldado te acusará en el juicio.

—¿Sabes cuándo será el juicio?

—Lo ignoro, pero procuraré enterarme.

—Hay que mover todos los hilos, por si acaso. Habla con Hurtado.

En ese momento, uno de los carceleros avisó a Marigalante de que estaba a punto de llegar el cambio de guardia.

—Volveré, Vasco —le dijo al despedirse—, y te tendré informado.

Anayansi permaneció oculta en la casa que tenía Marigalante en la plaza, como posada. Tanto Hurtado como Marigalante temían que si alguno de sus enemigos la descubría, podría correr la misma suerte que Balboa. Uno de los días en que Marigalante le llevó la comida al preso, estaba más afligida.

—No pienses que te abandonamos. No dejan a nadie, ni a Hurtado, venir a verte. Todas las tardes nos reunimos en la taberna y pensamos cómo podríamos hablar con los poderosos para que te saquen de aquí. Pero hasta ahora todo es inútil. Pedrarias los tiene comprados.

—Escribid unas cartas a Diego Colón, al obispo Quevedo y al mismo rey de España.

—Pero ¿quién? Anayansi y yo apenas sabemos escribir unas letras, y no nos expresamos bien. Hurtado tampoco sabe. ¿A quién, versado en gramáticas, podremos acudir? Hurtado dijo ayer que si estuviera vivo Olano le pediríamos ayuda. Tampoco podemos contar con Fernández de Oviedo, que se ha vuelto a España, lo mismo que el obispo Quevedo y doña Isabel de Bobadilla...

434

—Ya está. Id a ver a Micer Codro, el astrónomo veneciano.

—¿A ese brujo tan raro?

—No es brujo ni raro, es un sabio. Él os escribirá las cartas. Pero no hay tiempo que perder. Luego, Hurtado se llegará hasta el puerto y se las dará a algún marinero o mercader para que las lleve a Santo Domingo.

—Se hará como dices.

Marigalante mandó llamar a la taberna a Hurtado y a varios de los íntimos amigos de Balboa, socios de la Compañía de la Mar del Sur. Acordaron que, al alba, Hurtado, Marigalante y Anayansi se embarcarían en una canoa con algunos indios amigos y arrumbarían hacia Santa María. Tenían conocimiento de que había un navío próximo a zarpar.

En cuanto llegaron, buscaron al astrónomo Micer Codro en su casa de las afueras, entre aparatos y brebajes. El veneciano se avino a ayudarles con un pequeño reparo.

—Mi castellano no es perfecto, a veces mezclo palabras en italiano.

Entró en su choza, cogió una pluma de pavo, la mojó en la tinta que él mismo elaboraba y fue poniendo lo que Hurtado y Marigalante le dictaron, según las indicaciones de Balboa. Escribía despacio, dibujando unas letras elegantes. Le hicieron escribir cinco cartas; pensaron que no solo el rey, Diego Colón y el obispo Quevedo debían enterarse, sino que también podrían mediar el escribano Fernández de Oviedo y hasta doña Isabel de Bobadilla. A todos les decía que, si no lo remediaban, Pedrarias le condenaría a muerte a él junto a otros cinco inocentes.

Cuando Micer Codro terminó la quinta carta, Hurtado le pidió que añadiera una petición de respuesta urgente al rey, ya que podían pasar meses antes de recibir su resolución.

Anayansi ofreció al astrónomo un trozo de oro y una bolsa de maíz. Hurtado guardó las cartas lacradas en su zurrón, pidió prestado un caballo y salió a galope para el puerto. Se las entregó a un comerciante que conocía de haberlo visto otras veces por la taberna, rogándole que las entregara en mano al gobernador de La Española. Luego se volvieron los tres para Acla.

Al día siguiente, al mediodía, Marigalante se puso un sombrero de paja para protegerse del sol y se encaminó de

435

nuevo hacia la cárcel. La acompañaba una india que cargaba con los víveres. Los guardias, sentados a la puerta, esperaban ansiosos la llegada de Marigalante pues disfrutaban de sus guisos y con su compañía. Siempre, antes de entrar a ver al preso, les ponía al día de los chismes más sustanciosos escuchados en su taberna.

—Hoy prefiero quedarme platicando con vosotros y que esta india le lleve la comida a Balboa. —Se sentó junto a los centinelas y ordenó con descuido—: Anda, sirvienta, llévale la comida al preso mientras yo departo con estos guapos mozos.

Al llegar a los barrotes de la celda, Anayansi se apartó los cabellos que ocultaban la cara.

—¿Anayansi? —exclamó Balboa acercándose a los barrotes.

—Aquí estoy. Estas ropas prestadas han sido idea de Marigalante.

Se abrazaron con ansia. Sonó el chirriar de la puerta de entrada. Se separaron. Uno de los centinelas abrió la celda para que la india pasara la cesta con la comida y a continuación, la cerró de nuevo y volvió a la calle con Marigalante.

Balboa atrajo a Anayansi; la echó sobre el jergón, sin el impedimento de la reja.

—No puedo creer que estés aquí. No sabes cómo te extraño.

—Pero come, que va a enfriarse la olla.

—Contigo aquí no necesito comer —dijo sin soltarle la cintura—. Ya lo haré luego.

Le acarició el pelo, tan liso y suave, le levantó la saya, le desabrochó el jubón y le recorrió el cuerpo con las manos y los labios, con prisa. Se amaron desesperadamente, sin importarles que a su alrededor hubiera un mundo hostil que se empeñaba en separarlos.

Desde entonces, Marigalante hacía que su criada india le llevara la comida mientras ella entretenía a los guardianes con su cháchara, algún guiso y unas monedas. Anayansi y Balboa aprovechaban ese rato para amarse. Aunque un día ella llegó quejosa.

—Garabito me dijo el otro día en la taberna que me vas a repudiar por la hija del gobernador.

—Eso jamás ocurrirá. Nunca renunciaré a tu amor, aunque me cueste la vida, y así se lo he dicho a Pedrarias.

Otro día Balboa la observó fijamente y le dio una vuelta.

—Te noto distinta. Creo que has engordado, tus senos son más grandes y tienes menos ganas de encamarte conmigo.

—No sé qué me pasa, amor; me siento rara, pero no dudes de que te amo más que nunca.

—¿No estarás preñada?

—¿Y cómo puedo saberlo?

En ese momento entró un centinela.

—Venga, india, recoge los cacharros de la comida y sal de ahí. Se acabó el tiempo.

—Con Dios, amigos —se despidió Marigalante de los guardias.

Y aquella india tapada y silenciosa la siguió sin pronunciar palabra.

437

Capítulo 45

El juicio

*E*l día amaneció en Acla limpio y soleado. Un pregonero fue tocando la corneta por todos los rincones de la aldea. El bando anunciaba el juicio contra el adelantado Vasco Núñez de Balboa en la plaza, a la vista del pueblo, el día 17, después del ángelus. Los vecinos se quedaron comentando en corrillos la desgracia de Balboa, sin saber qué podrían hacer para ayudarle.

A Anayansi se le encogió el corazón al escucharlo. Marigalante y ella se abrazaron. Hurtado, que también estaba allí, se les unió. Se sentían impotentes, sin amigos, sin gente con influencias a quien acudir. Las cartas que enviaron a Santo Domingo no habían obtenido respuesta, había pasado poco tiempo. ¿Qué podían hacer ellos tres contra todos aquellos demonios sin escrúpulos?

Anayansi porfiaba con Marigalante porque estaba decidida a asistir al juicio.

—No conviene que te vean. A saber qué te haría Pedrarias. Ese día, puedes escuchar y verlo todo desde la ventana de mi alcoba, que da a la plaza. Pero sin moverte de allí.

El 17 de enero, un poco antes del mediodía, sacaron a Balboa de prisión cargado de grillos, custodiado por seis guardias que lo llevaron caminando hasta la plaza, tras unos soldados que marcaban el paso lentamente al son de unos redobles de tambor. Tras su paso, los vecinos formaron un cordón y le siguieron en silencio. Los soldados ataron al reo a un poste y, al otro lado, sentados ante una larga mesa, custodiados por una docena de soldados armados, estaban Pedrarias, en el medio, como gobernador del Darién; Gaspar de Espinosa, como alcalde mayor y juez, y los tres oficiales reales: el tesorero Alfonso de la Puente, el contador Diego Márquez y el factor Juan de Tovira. Dejaron de sonar los tambores, la gente contuvo la respiración y, a una orden del juez, un pregonero anunció:

—Esta es la justicia que manda hacer el rey, nuestro señor, y Pedrarias, su lugarteniente, en su nombre, a este hombre, por traidor y usurpador de las tierras sujetas a su real Corona.

Vasco Núñez de Balboa miró a los del tribunal a los ojos para hacer su alegato.

—¡Todo eso es mentira! —gritó furioso—. Lo único que he hecho, como ya os contó Botello, es mandar a algunos de mis hombres a ver si había llegado el nuevo gobernador para, si era afirmativo, establecer un asiento en la Mar del Sur con el fin de que no me echaran de mi gobernación. Ese es todo mi delito. Os he servido fielmente y obedecido, a pesar de los impedimentos que me habéis puesto siempre. Con un puñado de hombres he atravesado un país montañoso, he sometido a muchas tribus guerreras, atrayéndolos con afecto y creando lazos de amistad; siempre he sido el primero en enfrentarme a los peligros, y el último en abandonar el campo; he trabajado codo con codo con mis hombres para construir navíos, abrir caminos; juntos hemos pasado hambres y peligros, y he sido generoso en el reparto de cada botín. Mis hombres pueden dar fe de ello. ¡Todo el pueblo puede dar fe de ello!

El alcalde mayor Espinosa estaba asombrado por la brillante defensa que hizo Balboa; se encogió de hombros y dijo que no veía indicios de traición ni rebeldía.

—Si queréis la recompensa que os he prometido —le susurró Pedrarias—, proceded y condenadlo sin vacilar.

Uno a uno fueron pasando los falsos testigos y declarando en su contra: De la Puente, Del Corral, un soldado comprado y los dos oficiales, que solo dijeron amén.

Le tocó el turno a Garabito, a quien introdujo el juez Espinosa.

—Tenemos aquí una carta que envió Garabito a Pedrarias con un esclavo negro, mientras acompañaba a Balboa en la ú tima expedición. En ella dice que Balboa pensaba derrocar a Pedrarias, y que conspiraba contra él y contra el rey.

Balboa miró al perverso Garabito, que no quiso sostenerle la mirada. Su voz sonaba molesta, sucia, y de vez en cuando miraba de reojo hacia donde estaban Anayansi y Marigalante y sonreía malicioso. Cuando pasaron todos los testigos, Pedrarias se levantó y leyó en voz alta las pesquisas secretas que había llevado a cabo, y pidió a Espinosa que las incluyera en el sumario como acusaciones.

El licenciado Espinosa dio por aceptadas sus denuncias y, para que no resultara muy llamativo inculpar solo a Balboa, acusó asimismo de traición a cinco infelices que nada habían hecho: Fernando de Argüello, Luis Botello, Andrés de Valderrábago, Hernando Muñoz y el padre Fabián Pérez.

Espinosa le dio la palabra a Balboa.

—Quiero apelar al rey. Y os recuerdo que el propio rey me ha nombrado adelantado perpetuo, capitán general y gobernador de Panamá y de Coiba. Por tanto, reclamo que me enviéis a España para ser juzgado, o a Santo Domingo. Mandadme allí.

Pedrarias miró, sorprendido por aquella petición, a Espinosa.

—Es cierto —dijo Espinosa después de un momento—. Estáis en vuestro derecho.

—Ante todo, diré que no soy ningún santo. Reconozco que no me ha temblado la mano cuando se trataba de sofocar una rebelión y estaban en juego nuestras vidas. Era la voluntad de Dios. Es cierto también que he esclavizado a los caribes, como está aprobado por las leyes. Siempre he pensado que nuestra misión en el Nuevo Mundo puede llevarse a cabo por medios pacíficos o con la mínima violencia, sin opresión del indio. Y esa consideración y amistad con los naturales me ha dado buenos resultados, pero cuando llegasteis y arremetisteis contra ellos, todo lo echasteis a perder, y ahora todas las tribus nos son hostiles. Pero no he abusado de ellos, aunque les exigiera tributo para la Corona. También he obrado con benevolencia con mis hombres. La prueba es que, de todos ellos, excepto Gabito, y él y yo sabemos por qué, ni uno solo me ha traicionado. Porque estoy seguro de que habéis comprado al pobre centinela que ha testificado contra mí. Y sobre la boda con vuestra hija, es cierto que he tenido que vender mi libertad para hacer las paces con vos y conseguir mi gobernación. Pero no digáis que he sido un traidor. He respetado los plazos que me habéis dado y siempre he obrado dentro de la legalidad. De no haberlo hecho, me habría embarcado a la conquista de otros países y habría realizado grandes hazañas sin consultaros. Además, si hubiera hecho algo ilegal, no habría acudido voluntariamente a Acla cuando recibí vuestra carta. He venido porque confiaba en vos.

Espinosa, con escrúpulos de conciencia, comentó con el tesorero De la Puente:

—Sé que el hecho de ser alcalde mayor no me da derecho a dictar sentencia. Además, la pena de muerte está prohibida en Castilla del Oro.

—¿Y no vais a complacer al gobernador?

—El premio que me ofrece Pedrarias es demasiado tentador. Ha prometido nombrarme almirante y entregarme los numerosos barcos, indios y soldados de Balboa. Esto de Balboa es una injusticia pero no puedo resistirme.

441

Se vendió. Y se cubrió ante el gobernador por hacer algo para lo que no tenía competencia.

—Sabéis que, legalmente, no puedo hacer lo que me pedís. No obstante, os complaceré siempre que me firméis, de vuestro puño y letra, un documento donde atestigüéis que vos, como mi superior, me lo habéis ordenado.

Pedrarias no tuvo escrúpulos en firmársela allí mismo, en un descanso del juicio. A continuación, Espinosa, se puso en pie y dijo en voz alta, de mala gana:

—Por el delito de rebelión a la Corona y al gobernador, a instancias de este condeno a los seis prisioneros a morir decapitados.

Anayansi se desmoronó junto a la ventana y perdió el sentido. Marigalante, que acababa de entrar, la recostó en una silla y la reconfortó con palabras. Resultaba desesperante, pero si no se obraba un milagro, ellas nada podían hacer. El público estalló en un murmullo en contra de la sentencia, pero la presencia de los soldados armados les impidió manifestarse abiertamente.

Hurtado gritó entre la multitud: «¡No lo condenéis!, ¡Balboa es inocente, como los demás! ¡Dejadlos en libertad!». La gente que poblaba la plaza se envalentonó: «¡Dejadlos libres!».

Pedrarias, sordo a los ruegos del pueblo, mandó que los presos volvieran a la cárcel y estuvieran incomunicados hasta que se ejecutara la sentencia.

Antes de retirarse, Espinosa, abrasado de remordimientos, se dirigió a Pedrarias.

—Gobernador, os ruego que consideréis si estos crímenes son necesarios. Debéis perdonarles la vida porque me consta que son inocentes.

—Eso nunca. Y no tengáis escrúpulos. Hoy mismo me haréis llegar la solicitud para que os nombre jefe de la expedición a la Mar del Sur y pediré para vos, al rey, el título de adelantado.

Pedrarias se refugió tras los muros de su hogar, dispuesto a destruir cuantos documentos dieran fe de los triunfos de Balboa, para borrar cualquier vestigio de su paso por Castilla del Oro.

Aunque el obispo Quevedo estaba en España, los demás clérigos de Acla y Santa María acudieron al día siguiente a ver al gobernador y le suplicaron que perdonara al padre Pérez. Sabedor del poder de la Iglesia, Pedrarias le indultó y lo mandó para España. Las autoridades absolvieron a Garabito por prestar declaración contra su capitán.

Los socios de Balboa, reunidos en la casa de la Compañía de la Mar del Sur, redactaron un escrito pidiendo el indulto. Pedrarias no solo lo ignoró sino que, temiendo que a última hora llegara alguna orden que lo salvara, ordenó que los ajusticiaran dos días después.

Capítulo 46

La condena

*L*a mañana del 19 de enero de 1519 amaneció brumosa y desabrida. El sol pereceaba y se resistía a salir. Balboa se despertó poco antes del alba. «Seguro que mi estrella brilla en el cielo», pensó. Oyó el canto de los gallos, el gorjeo de los pájaros y las primeras voces de la calle. Nunca se había parado a escuchar esas menudencias.

Abrió los ojos —quizá también por última vez— y sintió un estremecimiento. Se resistía a morir a los cuarenta y cuatro años, cuando aún le quedaban tantas tierras por descubrir, cuando todavía conservaba todo su vigor y aún no había tenido hijos con Anayansi. Escuchó a los centinelas desperezarse y el crujir de los jergones al levantarse sus cuerpos. Tiró para atrás la manta que lo cubría, saltó del camastro, echó un poco de agua del jarro en la palangana y se lavó la cara y los sobacos. No quería oler mal en el que quizá fuera su último día. En el fondo, tenía la esperanza de que ocurriría un milagro, quizás una carta que anulara la sentencia, o quizá sus amigos lo rescataran; algo tenía que ocurrir. Y por eso no se sentía desesperado.

Fray Andrés de Vera, recién llegado de Santa María, acudió a prisión para confesar uno a uno a los reos. Lloró de impotencia por no poder probar la inocencia de Balboa. Este se quitó el crucifijo que siempre llevaba al cuello, lo besó y le pidió que se lo entregara a Anayansi. Luego, el sacerdote les dio la comunión y se dispuso a acompañarlos al tormento. Mientras, en la plaza se organizaban los preparativos para llevar a cabo las ejecuciones.

En la tarde, los vecinos, vestidos con sus mejores ropas, se iban congregando en un extremo de la gran plaza; todos estaban tristes y horrorizados, murmuraban que era una injusticia, pero no se atrevían a rebelarse porque Pedrarias había amenazado con darles tormento y encarcelar a quien causara cualquier tumulto. El mismo temor a las represalias del gobernador mantenía a los partidarios de Balboa pasivos; un grupo de criados indios que veneraban a Balboa miraban asustados el tosco tablado levantado en medio de la plaza, con un grueso asiento de madera, y al lado, un hacha de acero y una artesa para recoger las cabezas. Toda la población de Acla cabía en media plaza, pues la villa no estaba muy poblada. La gente guardó silencio al escuchar el sonido de trompetas y el repicar de tambores.

Un pregonero iba delante de los condenados voceando que iba a ejecutarse la sentencia.

444

Detrás, el padre Vera, con un libro entre las manos, entonaba cánticos en latín. Al frente de los reos iba Balboa, bien escoltado por los guardias, seguido por los otros cuatro condenados. Y cerrando el desfile, las autoridades locales custodiadas por soldados.

Mientras caminaba, Balboa miraba —quizá por última vez— las casas bajas de Acla con sus aleros que cercaban la plaza y que él había ayudado a construir, la iglesia, la posada; el olor de la selva que rodeaba la aldea le transportó al primer día que había puesto el pie en aquellas tierras. Al llegar a la plaza miró hacia su casa, cerrada a cal y canto. Siempre pensó que podría morir por flecha envenenada, o por un hacha caribe, en el campo de batalla, luchando por lo que creía. Pero nunca así, a manos de un verdugo, degollado como un vulgar malhechor. Unos perros ladraron al pasar la comitiva, y recordó a *Leoncico*. Miró aquel cielo plomizo que amenazaba lluvia, quizá buscando su estrella. Y en aquel momento recordó la predicción de Colón. Todo encajaba: «Veo la muerte… Veo un joven muriendo, a manos de un cabo… Pero puede que no seáis vos, o puede que yo esté equivocado, o…». Ahora sabía que el cabo era Pedrarias. Del único que nunca había sospechado, porque siempre ocultó su odio y envidia con la adulación y el falso afecto. Miró a sus vecinos, que le debían tanto. Le decepcionó su ingratitud, que no lucharan por él. Pero enseguida pensó que sí le amaban, porque veía sus rostros llorosos, pero temían a Pedrarias, y él ya estaba condenado.

Los soldados despejaron al personal y los golpeaban con la culata de los arcabuces si estorbaban el paso. Balboa, engrillado, subió despacio los peldaños hasta el patíbulo; con la cabeza alta, miró a la gente y pronunció con calma su despedida.

—Es una mentira y falsedad que se me levanta y, para el caso en que voy, nunca por el pensamiento me pasó tal cosa, ni pensé que de mí tal se imaginara de que fuera un traidor. Antes fue siempre mi deseo servir al rey como fiel vasallo y aumentarle sus señoríos con todo mi poder y fuerzas. ¡Y vive Dios que lo he conseguido!

Anayansi, que llevaba un rato observando desde la ventana de la casa de Marigalante, vio entrar a Pedrarias en una casa de madera, a pocos pasos del tablado. «No se atreverá a presenciarlo en la plaza y mirará a través de una rendija —pensó Anayansi—. Quizá tema que el pueblo se le eche encima. ¡Asesino!». Tuvo el impulso de coger un puñal y correr a clavárselo. Marigalante la vio con la daga y trató de retenerla, primero con palabras y después valiéndose de su mayor fortaleza física; al fin la redujo y le ató el pie a una argolla de la pared del patio.

—No puedes ir —le dijo cogiéndola firmemente del brazo—. El espectáculo sería desagradable. Si te reconocen, Pedrarias te mandará detener y te matará también.

—Tengo que verlo. Él debe saber que estoy allí, a su lado, como he estado siempre, como estuve en el viaje hacia la Mar del Sur. Juntos hemos vivido en Santa María, juntos fundamos Acla. Ahora no puedo dejarlo solo.

—Sea —dijo Marigalante—. Ponte estas ropas y esta cobija mía, que no se te vea la cara.

Anayansi y Marigalante, tapadas con cobijas, y Hurtado con un gran sombrero, acudieron a la plaza y se mezclaron entre la multitud.

445

Υ

Balboa cerró los ojos y, como una ráfaga, vio desfilar por la mente toda su vida: se vio con los calzones cortos de tirantes, en Xerez de los Caballeros, correteando por sus calles; se vio cabalgando con su padre hasta Moguer, en la guerra de Granada, en el barco con Bastidas; se sintió en los brazos de Anacaona, en medio de las matanzas entre indios y blancos; recordó a los diferentes caciques, su querida Santa María; se vio navegando por el pacífico Mar del Sur que él había descubierto, y buscó con la mirada a sus amigos y a su gran amor, Anayansi. La reconoció entre la multitud, a pesar de que llevaba la cabeza cubierta por un manto. Vio que se llevaba la mano al vientre repetidas veces, luego a los labios y le tiró un beso. Su cuerpo se estremeció: su hijo venía de camino, aunque él no lo conocería. Debió de ser concebido en la cárcel, o quizás antes salir de Acla hacia la Mar del Sur, pero sería libre. Ahora se negaba a morir y gritó con todas sus fuerzas:

—¡Bajadme de aquí! ¡Soy inocente! ¡Soy inocente!

Su potente voz retumbó en medio de la plaza como un eco y se expandió por todos los rincones de Acla. No quería llorar pero sintió que se le nublaba la vista y que esa aldea que él había levantado en su día ahora solo era un borrón, una nebulosa, como las caras de sus paisanos. Se contuvo y pensó con rabia: «Me duele que me degüellen con mis compañeros, todos inocentes, y yo, que he salido de tantas, ahora no pueda hacer nada por salvarlos y salvarme de la muerte».

Movía los labios mascando sus pensamientos y el fraile creyó que rezaba.

—Reza, hijo mío; rézale a Dios para que te acoja en su seno.

Tenía la lengua pastosa, las piernas entumecidas, el corazón helado a pesar del calor de la tarde. No quería cerrar los ojos, quería retener en su mente la figura de Anayansi hasta el último instante que le quedara de vida. Con la mirada le dijo cuánto la amaba, tanto que no quiso renunciar a su amor para complacer a Pedrarias. Solo lamentaba dejarla sola.

Le hicieron arrodillarse y colocar la cabeza sobre un grueso tronco. Lo hizo con sosiego, se giró y buscó entre la multitud a Anayansi. Quería que su rostro fuera la última imagen que conservara. Sintió el frío acero en el cuello, solo un instante antes de que el verdugo le cercenara la cabeza, que rodó por el estrado con los ojos abiertos. La melena rubia parecía moverse, pero era solo cosa del viento. El cuerpo quedó tendido en el suelo; el gobernador había ordenado que nadie osara retirarlo, serviría de pasto a los carroñeros.

En el momento en que el verdugo asestó el golpe y separó la cabeza del tronco, Anayansi había cerrado los ojos. A punto de desfallecer, tuvo que apoyarse en el brazo de Marigalante. Se le escapó un grito sordo, y un puñal de dolor le desgarró las entrañas. Sabía que no podía gritar. De su pecho salieron sollozos ahogados. De pronto sintió una mano fuerte en el hombro. Se volvió asustada. ¿La habrían descubierto? No temía por su vida, que en esos momentos estaba vacía, sino por la de su hijo. Junto a ella, fray Andrés de Vera le alargó un crucifijo. Anayansi reconoció el que Balboa llevaba siempre al cuello, regalo de su padre.

—Me lo entregó Balboa en la cárcel esta mañana —dijo el clérigo—. Se lo quitó, lo besó, lo puso en mi mano y me dijo que os lo entregara.

Con el semblante lívido y las manos cruzadas musitaba una oración a sus dioses y miró por última vez el cuerpo descabezado de su esposo.

Luego, tras Balboa subió Valderrábago, seguido de Botello y tras este, Hernando Muñoz. Uno por uno los tres fueron degollados como ovejas. Cuando solo quedaba Argüello, la tarde declinaba y aparecieron las primeras sombras de la noche. La gente se postró delante de la casa donde sabían que estaba Pedrarias. Le suplicaron a voces que hiciera la merced de perdonarle la vida, pues ya habían pagado cuatro y parecía que Dios así lo quería pues había enviado la noche antes de tiempo, quizá para atajar esa muerte.

Pero los ruegos de todo el pueblo no ablandaron a Pedrarias. Sin salir de su escondite su voz de cobarde ordenó la ejecución inmediata de la sentencia y mandó a los guardias que pincharan la cabeza de Balboa en una pica para que fuera pasto de las alimañas, con la orden de que nadie la tocara bajo pena de cárcel.

Poco a poco el gentío fue retirándose a sus casas; en la plaza solo quedaron dos solitarios guardianes. Esa noche, en casa de Marigalante, Anayansi no podía conciliar el sueño. Tampoco

447

quería. Si cerraba los ojos solo veía el momento en que el verdugo levantaba el hacha y asestaba un golpe seco en el cuello de su amor, y vio una mirada triste, que querría decirle tantas cosas. Fraguó quitarse la vida, desaparecer con él. Pero pensó en su hijo. Y se dijo que, aunque la vida de Balboa había acabado ese día, su semilla crecía en su vientre. Eso le dio fuerzas y tomó una resolución.

Antes de que amaneciera, salió de casa de Marigalante y no volvió hasta la hora de la siesta, cuando la aldea dormitaba y las calles estaban desiertas. Al día siguiente, Marigalante pasó por su aposento y no la halló. Le intrigó su ausencia y que se hubiera ido sin despedirse. Anayansi volvió anochecido, con un pequeño zurrón al hombro. Estaba tan ausente que Marigalante nada dijo, se limitó a no perderla de vista.

La segunda noche, viendo que nada ocurría, los guardianes se retiraron a dormir. Anayansi salió silenciosa, como solo los indios saben andar, se deslizó por entre los soportales de las casas, sin hacer ruido, avanzó resuelta al medio de la plaza y llegó hasta la pica de madera donde tenían clavada la cabeza de Balboa; la descolgó. Tenía la sangre ya seca, le dio un beso y notó la carne helada. Luego la metió en un saco y volvió a la posada.

Entró en la cocina. Lavó la cabeza con vino de palmeras, sal y aceites aromatizados, sacó del zurrón hierbas y resinas mezcladas con polvos y las aplicó para que no se descompusiera, pues ya comenzaba a apestar. Sacó un frasquito y la perfumó. Cuando llegara al poblado la metería en un líquido viscoso, donde permanecería durante tres lunas. Luego se fue a dormir. Faltaba poco para que amaneciera.

Por la mañana buscó a Marigalante, afanada con la lumbre.

—Me voy.

—¿Adónde?

—Con los míos, a Cueva.

—Espera a que oscurezca. Si te ven, te detendrán. Han registrado tu casa. Creen que has escapado. Debes ser prudente.

—¿Y tú qué harás? —preguntó Anayansi.

—Hurtado me ha pedido que me case con él. Quizá lo haga, y con las cuantiosas riquezas que hemos conseguido aquí en las Indias, nos embarcaremos para España y montaremos un mesón en Sevilla. Nos llevaremos a nuestros seis fieles indios.

Esperó a la caída de la tarde. Se despidió de Marigalante, que le dio unas alforjas con comida y agua para el camino. Ató al cinto la daga de Balboa, se echó las alforjas y una manta ligera en un hombro y el saco en el otro. Las dos amigas se abrazaron. Marigalante se entristeció. Quizá jamás volvería a verla.

Hurtado le abrió la puerta trasera y, con la cabeza de Balboa en el saco, y su hijo en el vientre, Anayansi emprendió un camino sin retorno hasta Cueva, donde criaría al hijo de Balboa, libre de envidias y odios. Hubiera necesitado la compañía de *Leoncico*, pero ni eso le habían dejado. Se descalzó para no hacer ruido y corrió por las calles de Acla sin mirar atrás; esquivó a los perros vagabundos para que no la delataran con sus ladridos y se mantuvo lejos de los lugares donde podían estar los hombres blancos, con quienes precisamente no se quería topar. Con cada paso, su corazón se aceleraba pensando solo en llegar a su poblado. Distaba de Acla unas dos leguas.

Tendría que caminar toda la noche por la selva, avanzar por montes y atravesar arroyos. Con el reflejo de la débil luna, cada árbol le parecía un espectro. Era noche cerrada y corría el peligro de ser atacada por fieras o serpientes. No le importaba el riesgo pues pensaba que, en caso de quedarse en Acla, Pedrarias la encarcelaría y la mataría, como a Balboa. Miró al firmamento, que aparecía sereno y cuajado de puntos brillantes; sonrió a la estrella más brillante y pensó que allí estaría Balboa. Para orientarse en la oscuridad, sacó de una bolsa cuatro cocuyos que le iluminarían el sendero.

Escuchó a lo lejos aullidos de fieras. Decidió que era mejor no caminar de noche. Se encaramó a un árbol, tendió la manta sobre unas ramas muy juntas y se recostó. Se sentía mal, repentinamente amedrentada, con ganas de cerrar los ojos y despertar en su aldea. Añoraba su bohío, los olores de su tribu, verse arropada y consolada por su gente, encontrarse segura en su mundo, que protegiera a su hijo y le ayudara a criarlo como un kuna. Lo llamarían el Hijo del Tibá; sería un mestizo sano y fuerte, como su padre, entrenado en las artes de su pueblo. Le enseñaría a hablar castellano, la lengua de Balboa, a leer y escribir. Y lo practicarían cada día para que no se le olvidara nunca.

449

El niño, el Tibá blanco —porque presentía que sería un varón—, sería de piel canela, ojos azules y pelo rubio. Anayansi se notó húmeda la mejilla. Unos lagrimones incontrolables le caían por el rostro, probó el gusto salado en los labios. Se extrañó de estar llorando, quizá por primera vez en su vida. Se sentía sola, vacía, desamparada, sin comprender la gran injusticia que los blancos habían cometido contra su marido, el más valiente capitán, y el más noble de todos.

Estaba cansada. Con los rayos del sol se encaminaría al que desde ahora sería su hogar. Rezó una plegaria a sus dioses para que la ayudaran, y comió cebolla cruda y maíz cocido. Se sentía más tranquila. Arrebujada en una manta, agarró fuertemente el crucifijo de Balboa; sería para su hijo, se lo pondría en cuanto naciera. Acunada por los susurros de la selva, notó que por momentos el sueño la vencía. Cerró los ojos.

La luna era una rajita de mango en el cielo.

Apéndice

PEDRARIAS reclamó la gobernación de Balboa. En agosto de 1519 fundó Panamá primero en el Caribe y, más tarde, en 1522, en el mismo lugar donde Balboa estableció un asiento, en la colonia de pescadores, en el Pacífico. Tuvo suerte, pues el nuevo gobernador, Lope de Sosa, murió nada más llegar en 1520.

451

Prohibió que se mencionara a Balboa, hizo desaparecer la mayoría de los documentos relativos a él. En 1525 se nombró un nuevo gobernador para Castilla del Oro pero murió, continuando Pedrarias en el gobierno de la Colonia hasta el año de 1526, en que Carlos I lo destituyó; consiguió que le nombraran gobernador de Nicaragua en 1527.

Murió a los noventa años, un lunes 6 de marzo de 1531, de vejez, pasiones y enfermedades (se dice que padecía sífilis y osteoporosis). Los restos de Pedrarias Dávila se encontraron en la antigua iglesia de La Merced de León Viejo tras una serie de excavaciones arqueológicas.

DOÑA ISABEL DE BOBADILLA vino a España enviada por Pedrarias para gestionar que lo confirmaran en el cargo, y lo consiguió de Carlos V el 7 de septiembre de 1520.

Vendió la famosa Perla peregrina a Felipe II por 9 000 ducados. La lucieron distintas reinas españolas. En el siglo XX, la adquirió en una subasta el actor Richard Burton para regalársela a su esposa, Elizabeth Taylor, pagando por ella 37 000 dólares.

En la última subasta, en 2011, se han pagado por ella más de nueve millones de euros.

GARABITO se convirtió en teniente de Pedrarias.

FRANCISCO PIZARRO se unió con Almagro y Luque y, con la aprobación de Pedrarias, dirigió la expedición por la Mar del Sur que culminó con la conquista del imperio Inca.

El capellán RODRIGO PÉREZ fue entregado al deán, que era íntimo amigo de Del Corral. Lo envió a España cargado de grilletes. Le absolvieron de los cargos que le imputaban y, pasados unos años, volvió a embarcarse para Castilla del Oro.

GASPAR DE ESPINOSA, después de varios años como conquistador, llegó a ser teniente de gobernador y capitán general con Pedrarias. Se retiró a Panamá inmensamente rico dedicado a sus negocios privados. Puso dinero para la expedición de Pizarro y Almagro a la conquista del Perú. Enfermó y murió en Cuzco en 1537.

DIEGO DE ALBITES llegó a ser nombrado gobernador de Honduras en 1530 y de Panamá en 1531. Murió en Honduras en 1540.

FRAY JUAN DE QUEVEDO expuso ante Carlos V el trato injusto a los indios y los desmanes de algunos españoles. Murió en Barcelona a finales de 1519.

ALONSO DE LA PUENTE se alió con el piloto Andrés Niño y abordaron la segunda expedición a Nicaragua; consiguieron una capitulación para explorar la Mar del Sur hacia Las Molucas.

EL DARIÉN. Sus habitantes no querían abandonar la ciudad para marchar al villorrio de Panamá, fundado por Pedrarias en 1519. Pero Pedrarias consiguió convencerlos con promesas, amenazas y engaños, y despojó a Santa María de la Antigua del Darién de todo cuanto se pudo transportar: equipos, instalaciones, piedras labradas, campanas. Lo demás lo destruyó. No quería que quedara ningún vestigio de Balboa. En 1524 Santa María era un lugar abandonado, solo habitado por unas cuantas personas enfermas que no quisieron moverse de su ciudad. Los indios la atacaron, mataron a sus habitantes y le prendieron fuego. La selva fue borrando cualquier vestigio de lo que había sido una floreciente ciudad. Solo unos árboles frutales eran testigos de que allí fundó Balboa la primera ciudad en Tierra Firme. Darién murió con Balboa, pero también entró en la historia con él. Hoy día, Darién es el municipio colombiano de Acandi, con 3 300 habitantes. Pertenece al departamento de Chocó. Aparece cubierta de selva, sin apenas carreteras. El nombre de Darién irá siempre unido al recuerdo de Vasco Núñez de Balboa.

453

Nota final

*E*sta novela está cimentada en pasajes de la historia que recrean, desde la ficción, la biografía del protagonista de una epopeya, con una concienzuda comprobación científica y documental.

No hay testimonio escrito de la infancia y adolescencia de Vasco Núñez de Balboa. Los cronistas de la época consultados apenas dejan constancia de las andanzas de Balboa en sus primeros años por el Nuevo Mundo. La mayor información aparece desde que decide huir de Santo Domingo hasta su muerte. Y la historia está, sin duda, distorsionada por el particular punto de vista de los cronistas.

De Anayansi (a la que algunos cronistas de la época solo mencionan como Caretita) apenas hay información: era la hija del cacique Careta (Chima), y fue la amante de Balboa. Ningún cronista menciona su verdadero nombre.

El nombre de Anayansi surgió en una reunión de un grupo de escritores de Panamá que pensaron que debería tener un nombre propio. El escritor panameño Octavio Méndez Pereira lo utiliza en su obra *Núñez de Balboa. El tesoro del Dabaibe*. Este nombre está muy arraigado en Panamá, incluso existe un teatro que se llama Anayansi; por eso decidí incorporarlo a esta novela.

Anayansi desempeñó un importante papel y sirvió de puente de unión entre ambas culturas. Una vez muerto Balboa, los cronistas de la época no escribieron ni una línea más sobre ella.

Todos los escritos de Balboa, excepto la carta fechada el 22 de enero de 1513, se han perdido. Es como si una mano invisible hubiera querido arrancar de la historia las páginas gloriosas que hablaban de él. Tampoco ha quedado constancia de ninguno de sus mapas ni diarios. Pero a pesar de ese empeño, su huella ha perdurado por los siglos, y su afán de integración de la cultura hispana con los indígenas, la fusión de pueblos de manera pacífica sigue viva hasta hoy.

Con Balboa murió, sin duda, una de las figuras más grandes del descubrimiento de América. Balboa fomentó el mestizaje y fue afectuoso con los indígenas aliados permitiendo que se sintieran unidos por lazos de amistad. Su diplomacia con los naturales de Panamá puso las bases para las relaciones armónicas entre Panamá y España. Estas relaciones gubernamentales se han mantenido a lo largo de los siglos. Prueba de ello son, en la actualidad, las magníficas relaciones gubernamentales existentes en ambos lados del Atlántico.

Glosario

AREITOS. Expresión poética musical y danzante que acompañaba los juegos taínos.

ASIENTO. Lugar elegido por los españoles como emplazamiento para fundar una colonia en el Nuevo Mundo.

BAQUIANO. Hombre experto en la lucha. Conocedor de caminos y sendas.

BARBACOA. Depósitos elevados para guardar maíz u otros víveres. También parrilla entre los caribes.

BATEY. Plaza grande cuadrilonga, llana y siempre limpia, destinada al juego de bates (pelotas) o donde los indígenas se reunían para realizar actividades religiosas y deportivas.

BEHIQUE. Sacerdote, chamán o brujo taíno. Realizaban ceremonias religiosas y curativas. También se encargaban de la enseñanza de la historia a los más jóvenes.

BOHÍO. Cabaña circular de palos, hecha de madera, ramas, palma, cañas o paja, y techos cónicos, con la sola abertura de una puerta.

BROMA. Molusco bivalvo de forma alargada. Se alimenta de madera sumergida en aguas saladas o salobres. El más representativo es el taredo.

CABILDO. Institución propia de la época colonial. Era un cuerpo legislativo de un pueblo, algo parecido a la asamblea municipal.

CACIQUE. Jefe o señor de la tribu. Los españoles los consideraban reyes. A su muerte solía heredar el cacicazgo su hijo varón.

CAMAYOA. Nombre indígena denigrante con que se designaba a los indios del continente que ejercían el oficio de pederastas pasivos. Vestían y vivían como mujeres, según el cronista Fernández de Oviedo.

CANEY. Vivienda más grande que el bohío, rectangular, con ventana, para morada del cacique y su familia.

CARIBE. Etnia de las Antillas, procedente de la costa de Sudamérica. Eran fuertes, belicosos y antropófagos.

CASABE. Pan de los indios antillanos hecho de las raíces de yuca rallada, cocida o asada.

CASTELLANO. Moneda imaginaria, tomada como medida principalmente en las Indias, equivalente a un peso de oro y 450 maravedís.

CAYUCO. Barco indio más pequeño que una canoa, con el fondo plano y sin quilla.

CEMÍ. Dios, ser sobrenatural que protegía a los indígenas.

COCUYO. Luciérnaga. Insecto coleóptero de América tropical que despide por la noche una luz azulada muy hermosa.

COHOBA. Polvillo de la semilla de una planta que, durante las ceremonias, inhalaban los caciques y gente importante por la nariz, con instrumentos especiales, buscando comunicación con las divinidades ancestrales.

COPEY. Árbol resinoso, como el pino, cuyas hojas usaban los españoles como papel para escribir. Los taínos hacían pelotas con su resina para jugar en el batey.

DUCADO. Moneda de cuenta de 3,5 gramos de oro. Equivalente a medio doblón, 11 reales castellanos o 375 maravedís. Se usó en España hasta el siglo XVI.

DUHO (o duhou). Asiento de madera labrada usado por los caciques.

ENCOMIENDA. Sistema de reparto de tierras entre los colonizadores mediante el cual un español obtenía un grupo de indios que trabajaban para él a cambio de instruirlos en la religión católica y protegerlos.

ENTRADA. Incursión en un territorio con el fin de invadirlo, explorarlo, conquistarlo.

ESPAVE. En Castilla del Oro, mujer hija o esposa de nobles.

GRILLOS. Conjunto de dos grilletes unidos por un perno común o una cadena que se colocan cada uno en un pie de los presos.

GUANÍN. Oro de poco valor formado por una aleación de oro y cobre.

HIDALGUÍA. Rama de las capas medias de la sociedad a la cual pertenecían los hidalgos o caballeros. Eran hombres que tenían una tierra gracias a un tipo de arrendamiento, poseían un caballo y estaban dispuestos a ir a combate para defender a su señor, aunque esto no implicaba una sumisión total a los señores.

HUTIA (o jutía). Animal más pequeño que un conejo, uno de los cinco cuadrúpedos que existían en La Española.

MACANA. Largo garrote de madera dura con dos filos que los indios extraían de palmeras negras. Arma ofensiva de los taínos.

MAMEY. Árbol frutal abundante en la isla La Española que alcanza hasta los veinticinco metros.

MANDOBLE. Golpe dado con la espada, esgrimiéndola con ambas manos.

MARAVEDÍ. Moneda española en el siglo XVI, una aleación de plata y cobre. Unidad de cómputo en las transacciones oficiales y comerciales.

NABORÍA. Indio trabajador de la tierra, de la escala social más baja. No eran esclavos, pero estaban obligados a servir: cazaban, pescaban, construían casas y prestaban atención personal a los caciques.

NAGUA (voz taína) = Enagua. Prenda de mujer de algodón, desde la cintura.

NIGUA. Insecto parecido a la pulga que penetra en los pies de las personas y pone algunos huevos causando picazón y úlceras.

PORTULANO. Atlas formado por una colección de planos o mapas de puertos.

QUINTO REAL. Impuesto que los colonizadores tenían que pagar a la Corona. Era la quinta parte de los ingresos de oro, perlas u otros productos obtenidos en las Indias.

REAL. Moneda española de plata equivalente a treinta y cuatro maravedís.

459

REPARTIMIENTO. Acción en la que se repartían los indios entre colonizadores para que trabajaran para ellos, a cambio de lo cual se les pagaba un sueldo o «cacona».

REQUERIMIENTO. Acta que se leía a los indios taínos para someterlos a aceptar el cristianismo y el nuevo sistema de gobierno.

RESCATE. Intercambio que se hacía entre españoles e indios. Cambiaban oro y perlas o piedras preciosas por baratijas.

SARRACENO. Musulmán, moro de la España de la Reconquista.

TABACO. Caña hueca con la que se inhalaba el humo de las hojas prensadas de una planta, la cohíba. Por extensión, se llama tabaco al cigarro.

TAÍNO. Habitante originario de Haití, Quisquella (La Española) y Boriquén (Puerto Rico). Poblaba Las Antillas en el momento de la conquista y colonización de los españoles.

TEQUINA. Persona sabia conocedora de la historia de su país, que repetía a las nuevas generaciones y dirigía el areito.

YOCAHÚ. Divinidad suprema entre los indios cueva. Dios de la agricultura.

Índice

Este libro utiliza el tipo Aldus, que toma su nombre
del vanguardista impresor del Renacimiento
italiano Aldus Manutius. Hermann Zapf
diseñó el tipo Aldus para la imprenta
Stempel en 1954, como una réplica
más ligera y elegante del
popular tipo
Palatino

***
**
*

La pasión de Balboa se acabó de imprimir
en un día de otoño de 2013,
en los talleres gráficos de Egedsa
Roís de Corella 12-16, nave 1
Sabadell (Barcelona)

***
**
*

ISLA LA ESPAÑOLA
Cacicazgos según Las Casas y Fdez. de Oviedo (siglo XVI)

(1) La Isabela era la principal población del cacicazgo del Marién.

(2) Cacicazgo de Maguá.

(3) Cacicazgo de Maguana.

(4) Santo Domingo era la principal población del cacicazgo de Higüey.

(5) Salvatierra de la Sabana era la principal población del cacicazgo de Xaraguá.

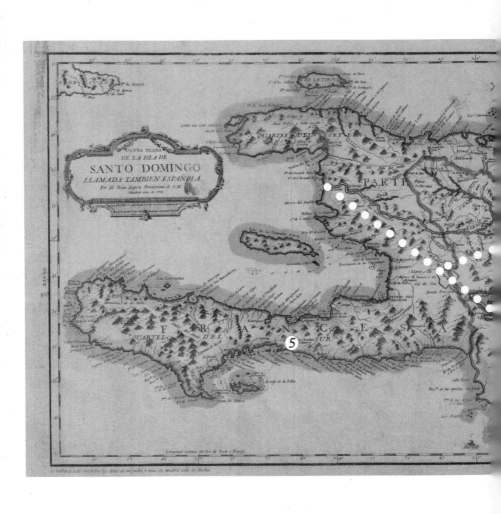